香子《かおるこ》

紫式部物語

三

帚木蓬生《ははきぎほうせい》

PHP

香子《かおるこ》（三）　紫式部物語

目次

（一）目次

（二）目次

香《かおる》子《こ》（三）　紫式部物語

第二十八章　進講《しんこう》

　五月五日の端午節会《たんごのせちえ》と、翌日にかけての馬射《うまゆみ》が終わったあと、宰相《さいしょう》の君《きみ》が局《つぼね》にやって来た。彰子《あきこ》中宮《ちゅうぐう》様がお呼びだと言う。後について、中宮様の在所《ざいしょ》まで伺《うかが》う。

　御簾《みす》が上げられ、脇には藤原道長《みちなが》様も控えておられた。

「藤式部《とうしきぶ》、よくぞ参った。折り入っての頼みがある」

　道長様がおもむろに口を開かれた。「実は中宮に進講《しんこう》してもらいたい」

「ご進講でございますか」

　思いがけない依頼に困惑する。

「さし当たっては、中宮とも話し合って、『白氏文集《はくしもんじゅう》』の「新楽府《しんがふ》」がいいと思われるが、どうだろうか」

「『新楽府』を」

　あとが続かなかったのは、若い頃の日々がありありと想起されたからだ。具平親王《ともひらしんのう》の千種殿《ちぐさどの》に出《しゅっ》仕《し》したとき、年少の身でありながら、北の方の延子《のぶこ》様にご進講したのが「新楽府」だった。

あのときは恐いもの知らずの若さがあった。しかし今は違う。しかもご進講の相手は中宮様なのだ。

「『白氏文集』の中では、『新楽府』が面白いと聞いています。わたくしも、この目で確かめたいのです。ただしひとりでは、どうにもなりません。師がいります。その導きの師を務めてもらいたいのです」

これは、もはや命令に違いなかった。『白氏文集』の中には、「新楽府」以外にも優《すぐ》れたものが多々ある。折を見て、それも中宮様にお伝えできるかもしれない。あの白楽天《はくらくてん》の民《たみ》を思う心を、その一端でも理解していただければ、それは今上帝《きんじょうてい》の御代が安らかに続くのにも寄与するに違いない。

「わたくしのような微力《びりょく》の者でよければ、務めさせていただきます」

深々と頭を下げて言上《ごんじょう》する。

「そなたが微力であるはずがありません。さっそく明日からでもどうでしょうか」

どこかほっとしたような顔で、中宮様がおっしゃる。

「『新楽府』は、あとで大納言《だいなごん》の君に持参させる。私も楽しみにしている」

道長様が言うのを聞き、まさか道長様まで、傍《そば》でご進講の様子をご覧になるのではないかと心配になった。

そのまま局に下がっていると、大納言の君が、貴重な物を捧《ささ》げ持つようにしてはいって来た。

「これが、道長様が直々《じきじき》に、二階厨子《ずし》から出された『新楽府』です」

いかにも時代物ではあるものの、稀《まれ》に見る達筆《たっぴつ》だ。「橘 逸勢《たちばなのはやなり》の筆になるものだそうです」

言われて改めて驚く。嵯峨《さが》天皇と空海《くうかい》に並び、三筆《さんぴつ》と称された方だ。多分百五十年以上は経っている。

「それから、わたしが写し書きした『朝顔』の帖《じょう》は、中宮様にお渡ししてあります。ご進講中に何かお尋ねがあるかもしれません」

じっと「新楽府」に見入っていると、大納言の君がつけ加えた。これはまた難儀が増えたと思いつつ、礼を言った。

翌日から、日が充分に上がってのち、中宮様の在所に呼ばれた。前の晩、久方ぶりに「新楽府」に目を通し、改めて白楽天の詩才にひれ伏す思いがした。五十首の内容は多岐《たき》に及び、これによってひとつの宇宙を形作っているかのようだ。そのすべての詩篇を、作者が魂をこめて作っているのがわかる。

読んでいて、思わず涙しそうになったのは、具平親王の北の方にご進講したときの情景が浮かんできたからだ。年端《としは》もいかない者が、恐いもの知らずに、生意気《なまいき》に口にするのを、北の方はいちいち頷《うなず》きながら聞いてくださった。その恩情の深さに、今頃になって感激する。北の方へのご進講という、あんな大胆なことを勧めてくださった具平親王に感謝するしかない。思えば、当時は辛《つら》いとしか思えなかった出仕が、自分という人間の基《もとい》を作ってくれたような気がする。

しかもその同じ「新楽府」を、今度は中宮様に講じさせていただくというのは、何という宿運《しゅくうん》だろうか。そう思いながら読み進めていると、不意に涙が紙の上に落ち、慌《あわ》てて袖口で拭《ぬぐ》った。

「もっと近くに寄ってもらわないと、そなたの顔が見えません」

御前《おまえ》にいざり寄ったとき、中宮様が手招きされた。このあばた顔をお見せしまいとして、これまでは近くに寄るのを極力避けていたのだ。御簾越しのときは心安くしていられた。

一瞬、中宮様と目が合ったとき、どこまでも澄み、何ものも疑わないような瞳の清らかさを感じた。こんな御方であれば、ご進講したことが何の歪《ゆが》みもなく胸の内にはいっていかれるのではないか、そう直感した。

「そもそも白楽天がこの一巻を『新楽府』と名づけたのは、唐土《もろこし》に楽府という役所があったからでございます」

まずはうろおぼえではあるものの、「新楽府」の由来をご説明する必要があった。「この役所では、当時流行していた内外の楽曲を集める一方、新たに詩人に命じて詩を作らせたのです。こうして出来上がった歌詩が、その後は『楽府』と称されるようになりました。この『楽府』は、本来楽器にかけて謡《うた》うので、長短の句を用い、楽奏の変化を重んじています。内容は、古代よりの歴史、世情の機《き》微《び》、世相と、様々だったようでございます」

長々とした前口上《まえこうじょう》に、中宮様は頷きながら聞き入られる。今にも道長様が在所にはいって来られるのではと懸念《けねん》していたのは杞憂《きゆう》で、侍《はべ》る女房《にようぼう》も側にはいない。

「この古い『楽府』に対して、白楽天は自らが作った楽府体の詩を『新楽府』と名付けました。必ずしも楽器にかけて謡われるのを前提にはしておりません。これが『新楽府』という名の由来でございます」

そこまで言い終えて、いつの間にか手に汗をかいているのに気がつく。暑いせいもあって、首筋にも汗がにじんでいた。

「よくわかりました。道長殿が『新楽府』がよかろうと言ったときは、何のことか解《げ》せなかったのです」

中宮様が、微笑《びしょう》しつつ頷かれたので、胸を撫《な》でおろす。

「まず冒頭に、白楽天が書いた序文がございますから、読み下《くだ》します」

言い置いて、なるべくゆっくりと読み上げた。

序に曰《いわ》く、凡《およ》そ九千二百五十二言《げん》、断《た》ちて五十篇と為《な》す。篇に定句《ていく》無く、句に定字《ていじ》無し。意に繋《つな》ぎ、文に繋げず。首句《しゅく》にその目《もく》を標《ひょう》し、卒章《そつしょう》にその志を顕《あら》わすは、詩三百の義なり。その辞の質《しつ》にして径《けい》なるは、これを見る者の諭《さと》り易《やす》きを欲すればなり。その言の直《ちょく》にして切《せつ》なるは、これを聞く者の深く誡《いまし》むるを欲すればなり。その事の覈《かく》にして実《じつ》なるは、これを采《と》る者をして信《しん》を伝えしめんとすればなり。その体《たい》の順《じゅん》にして肆《し》なるは、以《もっ》て楽章歌曲に播《し》く可《べ》きなり。総じてこれを言えば、君の為《ため》、臣の為、民の為、物の為、事の為に作りて、文の為に作らざるなり。

幸い途中でつっかかりもせずに読み下せた。

「そうですか。『新楽府』は五十篇の詩から成っているのですね」

「はい」

さすがに中宮様はのみ込みがお早かった。

「その詩は、君のため、臣のため、民のために書かれたのですね」

「そうでございます」

頷いてから「念のために、平たく申しますと、このようになります。一篇の詩に定まった句数はなく、一句の字数も一定でなく、内容も文の修辞《しゅうじ》を主とせず、あくまでも内容を重んじている。初めの一句に詩の名目を掲げたのは、古詩十九首の例にならい、終末の一段に詩の作意を明言したのは、『詩経《しきょう》』三百篇と同じにしたからである。表現を素朴《そぼく》にし、直言《ちょくげん》を主としたのは、読み手がわかりやすいようにしたのであり、言葉遣いを卒直で適切にしたのも、聞く人が深く誡《いまし》めて欲しいからである。事柄の正確真実を求めたのは、他日この詩篇を採収する人に真実を伝えさせたいからであり、体《てい》裁《さい》を素直にして音律《おんりつ》に沿わせたのは、楽章や歌曲の役にも立たせたいからである。

つまりこれは、君のため、臣のため、民のため、物のため、事のために作ったもので、単に文を飾るために作ったものではない」と言上する。

「文を飾るためではない」

中宮様が口ごもられる。

「はい。美辞麗句《びじれいく》ではなく、魂の言葉を書き刻んだということでございます」

「魂の言葉、ですか」

「白楽天はそう書いてはおりませんが、読んでいて、そう思います。たとえ自分が吐《は》いた言葉によって、命を奪われたとしても、悔《く》いはないという気迫《きはく》が感じられます」

「命に等しい言葉を吐く、というのですか」

呆気《あっけ》にとられたように中宮様は言い、文机《ふづくえ》の上のぶ厚い冊子《さっし》を見つめられた。

命と等価の言葉を吐く――。自分で口にしながら、その言葉が胸に突き刺さる。白楽天は間違いなくそうだったろう。血を吐く思いで言葉を書きつけたのだ。

翻《ひるがえ》って自分はどうだろうか。そこまで命を削りながら、源氏の物語を書いているのだろうか。いや到底、白楽天には及ばない。しかしそうありたいと、胸の内で願っているのは確かだ。

「そんな命の詩篇が五十首もあるのですね。一日一篇を講じて貰うとして、ふた月はかかる。これから、そんな胸躍《おど》る日が二か月も続くとは、考えるだけで嬉《うれ》しい」

中宮様のお言葉を耳にしながら、この方は中宮の名に恥じない優れた素質を持っておられると思った。

「唐土の白楽天も、まさか自分が著した『新楽府』を、遥か遠くの日《ひ》の本《もと》の妃《きさき》が読むとは、思ってもいなかったのではないでしょうか」

「そうかもしれません。いえ、きっとそうでございます」

中宮様がにっこりしながら頷かれる。

「泉下《せんか》の白楽天も喜んでくれています」

それは確かだろう。自分の思想が、異国の王妃《おうひ》に伝わるなど、夢想だにしなかったのは確かだ。

「ありがとう。それで、毎日一篇、どこから始めるのですか」

「どこからでも構いません。最初から順にでもよろしいですし」

「君のため、臣のため、民のためとあったので、その順番で、そなたが選んではくれませんか」

「かしこまりました」

「それではさっそく、明日から始めましょう」

承って、いざりながら退出する。局まで戻ったとき、どっと疲れを感じた。

その夜は、「新楽府」を通読して、大よその順序を頭に描いた。「新楽府」そのものが、大まかに君・臣・民・物・事の順に並べられていて、適宜《てきぎ》それを入れ替えればいい。

難しいのは、おのおのの詩篇がどんな風にわが国で受け取られたかを、中宮様にお伝えすることだ。これを省《はぶ》くと、単なる講釈になってしまい、深みがない。各篇毎《ごと》に、手控えの覚書《おぼえがき》を作ることにした。

手控えを記しながら改めて感心するのは、白楽天が三十八歳にしてこの「新楽府」を書いたことだ。我が身の三十五歳に比べると、何という隔《へだ》たりだろう。つい筆を休めては溜息《ためいき》が出る。

灯火《ともしび》の下で、手控えを書き散らしていると、隣の小少将《こしょうしょう》の君が顔を覗《のぞ》かせた。

「中宮様が大変喜んでおられました。何でも藤式部の君のご進講のことは、帝《みかど》には内緒にされるみたい。すべてが終わってから、さりげなく詩篇の一句を口にして、帝を驚かす心づもりでおられるようです」

「さりげなく、ですか」

「そうです。中宮様は何につけ、いつもさりげなくされます」

小少将の君が口にしたさりげなくという言葉は、眠りにつくまで頭の中でぐるぐると回った。

翌日、呼びに来てくれたのは宰相の君だった。

「今日からいよいよ、『新楽府』のご進講が始まるそうですね」

宰相の君がどこか羨《うらや》ましげに訊いてきた。

「はい」

「その題名だけでも、教えて下さいな」

「冒頭の『七徳《しちとく》の舞《まい》』にいたします」

「『七徳の舞』」

「はい、唐土の宮中で舞われた曲です。七徳とは君主が守るべき七つの徳を言います」

「それは中宮様が喜ばれるでしょう」

宰相の君は納得したように頷いてくれた。

当然、七徳とは何かと中宮様がお訊きになるはずなので、記憶を新たにしつつ、御前に侍った。

またしても、文机を前にした対座になる。

「ちょうど第一の詩が、君のための詩になっていますので、まず読み下し、そのあとで解釈を述べさせていただきます」

「そうして下さい」

中宮様が言い、冊子を覗き込まれる。少しでも真名《まな》にお触れになりたいのに違いなかった。

七徳の舞
乱を撥《おさ》め王業を陳《の》ぶるを美《ほ》むるなり

七徳の舞　七徳の歌
伝えて武徳《ぶとく》より元和《げんな》に至る
元和の小臣《しょうしん》　白居易《はくきょい》
舞を観《み》　歌を聴きて　楽の意を知る
楽終わりて稽首《けいしゅ》して其《そ》の事を陳《の》ぶ

太宗《たいそう》十八にして　義兵を挙げ
白旄黄鉞《はくぼうこうえつ》もて両京《りょうけい》を定む
充《じゅう》を擒《とら》え　竇《とう》を戮《りく》して　四海《しかい》清らかなり
二十有四《ゆうし》にして　功業成る
二十有九にして　帝位に即《つ》く
三十有五にして　太平を致す
功成り理《り》定まること　何《なん》ぞ神速なる
速きは心を推《お》して人の腹に置くに在《あ》り
亡卒《ぼうそつ》の遺骸《いがい》　帛《はく》を散じて収め
飢人《きじん》　子を売れば金《きん》を分かちて贖《あがな》う
魏徴《ぎちょう》　夢に見《あら》われて天子泣く
張謹《ちょうきん》の哀《あい》聞こゆれば辰日《しんじつ》にも哭《こく》す
怨女《えんじょ》三千　放ちて宮《きゅう》を出《い》だし
死囚《ししゅう》四百　来たりて獄に帰《き》す
鬚《ひげ》を剪《き》り薬を焼きて功臣に賜《たま》い
李勣《りせき》は嗚咽《おえつ》して身を殺さんことを思う
血を含み瘡《きず》を吮《す》いて戦士を撫《ぶ》し
思摩《しま》は奮呼《ふんこ》して死を効《いた》さんことを乞《こ》う
則《すなわ》ち知る　独《ただ》に善《よ》く戦い善く時に乗ずるのみならず

心を以《もっ》て人に感ぜしめて人心《じんしん》帰《き》するを
爾来《じらい》一百九十載《さい》
天下今に至るまで之《これ》を歌舞《かぶ》す
七徳を歌い　七徳を舞う
聖人作有りて無極《むきょく》に垂《た》る
豈《あ》に徒《た》だに神武《しんぶ》を耀《かがや》かすのみならんや
豈に徒だに聖文《せいぶん》を誇るのみならんや
太宗の意は王業を陳《の》べて
王業の艱難《かんなん》を子孫に示すに在り

読み終ったとき、中宮様はまだ冊子に目を釘づけにされていた。

「これは難しい。わかったのは、五分の一くらいしか、ありません」

顔を上げて言う中宮様は、放心気味《ぎみ》のご様子だった。

「それは当然です。では、これを平易に嚙《か》み砕いてまいります」

真名の並びを凝視《ぎょうし》しつつ、今一度、ゆっくりと意味を辿《たど》る。

乱世を平定したあと、王としての治世を述べられたのに対して、讃《たた》えるための詩です。「七徳の舞」と「七徳の歌」は、武徳の頃から元和の今まで伝わっております。元和の小臣《しょうしん》でしかない私、白居易はこの舞を観て、歌を聴いて楽の意味を知りました。曲が終わったので、首を地に伏して礼を尽くし、その事柄を述べさせていただきます。

太宗帝は十八歳のとき、正義の軍を起こして、白い旄牛《ぼうぎゅう》の尾の旗と、黄金《おうごん》で飾られた斧《おの》を手にして、長安《ちょうあん》と洛陽《らくよう》の二つの都を平定されたのです。賊である王世充《おうせいじゅう》を捕縛《ほばく》し、竇建徳《とうけんとく》を殺して、四海を清らかに平定しました。二十四歳で功を成し遂げ、二十九歳で帝位に就《つ》き、三十五歳で太平の時代を築かれました。

その功績と政《まつりごと》の安定の速さは、神業《かみわざ》のようであり、その理由は、誠意を以《もっ》て人に接し、人を信じて疑わなかったからです。戦死した兵卒の遺骸は、帛《はく》を与えて納め、飢えた人が売った子供は、金銭を与えて買い戻されました。

老臣の魏徴《ぎちょう》の病《やまい》が重かったとき、夢枕に立ったのを知って、夜半に別れを惜《お》しんで泣かれました。張公謹《ちょうこうきん》の死がもたらされると、辰《たつ》の日で涙を禁じられた日であったが、辺りを構わず慟哭《どうこく》されました。

宮中に幽閉《ゆうへい》されていた、不幸な女官三千人を解き放つとともに、死刑囚四百人を家に帰らせたものの、約束の日までに全員が戻って来たのです。

功臣の李勣《りせき》が病を得たときは、自らの顎鬚《あごひげ》を切って、焼いて灰として薬にされたのです。李勣は感激の余り、嗚咽《おえつ》して、天子《てんし》のためなら我が身を捧《ささ》げてもよいと思いました。

戦士の李思摩《りしま》が弓矢で傷を負った際も、その傷口の血を吸い、膿《うみ》も吸い取っていたわったので、李思摩はこの君のためなら命を投げ打ってもよいと考えたのです。

こうして考えると、太宗はただ戦《いくさ》が上手《じょうず》で、時の運が良いだけではなく、真心を以て人を感動させたからこそ、人の心もおのずから帰服したのです。

以来、百九十年の間、人々はこの七徳を歌い、かつ七徳を舞っています。この歌舞こそは、太宗の武力を世に輝かせるためでもなく、並びない文徳《ぶんとく》を誇るためでもなく、帝の行いをひとつひとつ述べ、王業がいかに艱難を伴うのかを、子孫に示さんとされたからです。

長々と述べる間、中宮様は少しずつ頭をもたげ、半ば以降は、注釈する自分の口元だけを見つめておられた。

「大意はこのようなものでございます」

頭を下げて申しあげる。

「よくわかりました。太宗という帝の行いが、手に取るようにわかり、帝たるもの、かくあるべきだと、感じ入りました」

しんみりとしたご口調だった。「ところで、ここで述べられている七つの徳とは何なのか、教えてくれませんか」

「それは、暴力を禁じ、世を平定し、威厳を保ち、功績に報い、民を安らかにし、民心を相和《そうわ》させ、財を豊かにする、の七つでございます」

「なるほど、そのどれかひとつが欠けても、国は安らかになりません。それを戒めるのが、七徳の舞、七徳の歌だとすれば、日本にも伝わってよさそうに思えますが」

中宮様が控え目に問いかけられた。

「今も伝えられている『太平楽《たいへいらく》』こそは、『七徳の舞』の遺意《いい》を讃えたものでございます」

「そうでしたか」

中宮様が驚かれる。「あの豪華絢爛《ごうかけんらん》の舞を、ただ漫然《まんぜん》と眺《なが》めていました。そんな由来《ゆらい》があると教えられた今、見る目が変わります。他の家臣や女官たちは、『太平楽』の来歴を知っているのですか」

「殿方《とのがた》たちは、知っておられるはずです。女官については何とも申しかねます」

あえて直言《ちょくげん》を避けた。

「来歴を知って舞曲《ぶきょく》を見聞きするのと、知らないまま眺めるのでは、心への響き具合が違いますね」

「確かにそうでございます」

中宮様のおっしゃる通りに違いない。

「本当にありがとう。また明日を楽しみにしています」

礼のお言葉をお聞きし、多少は肩の荷が軽くなった気がした。このくらいのご進講でよいのであれば、五十篇にわたって続けられそうだった。いや逆に、こちらこそ楽しみになっていくような気がした。

ご進講の下準備をするかたわら、源氏の物語は、細切《こまぎ》れながらも書き継いだ。


年が改まり、光源氏は三十三歳、紫の上は二十五歳、斎宮女御《さいぐうのにょうご》は二十四歳になった。

藤壺宮《ふじつぼのみや》の一周忌も過ぎて、世の中は通常の装束《しょうぞく》に変わり、衣更《ころもが》えも真新《まあたら》しい色合いとなり、まして葵祭《あおいまつり》の頃は空模様も心地良く、前斎院《さいいん》の朝顔の姫君は、つれづれなるままに、庭先を眺めている。桂《かつら》の木の下を吹き抜ける風が懐しく感じられ、若い女房たちもあれこれ過ぎた日の事を思い起こしていた折、源氏の君から文《ふみ》が届く。「斎院を退かれた今、どんな風に穏やかな日々を送られておれますか」と書かれ、歌が添えられていた。

かけきやは川瀬《かわせ》の浪《なみ》もたちかえり
　君が禊《みそ》ぎのふぢのやつれを

賀茂《かも》の川瀬の浪も立ち返るように、御禊《ごけい》の日が巡って来たのに、あなたが喪服の禊ぎをされるとは、思いもしませんでした、という挨拶《あいさつ》で、「たちかえり」には、川浪が立つのと御禊の日が再来したのが掛けられ、「ふぢ」は淵（ふち）と藤衣（ふじごろも）を掛けていた。紫の紙に書かれ、上包みを上下に折り込んだ普通の手紙の体裁《ていさい》であり、藤の花が載せられて、実に趣《おもむき》があり、朝顔の姫君も返歌する。

藤衣着しは昨日《きのう》と思うまに
　今日は禊ぎの瀬に変わる世を

喪服を着たのを昨日のように思っているうちに、今日は除服《じょふく》の禊ぎのために川瀬に立つ事になり、流れの速い世の中です、という無常観で、『古今《こきん》和歌集』の、世の中は何か常なる飛鳥川《あすかがわ》　昨日の淵ぞ今日は瀬になる、を下敷にして、「はかない事です」と付記されているのを、源氏の君はじっと眺める。

除服の折などに、宣旨《せんじ》の女房の許《もと》に、所狭くなる程に届け物をするので、朝顔の姫君はそれを見苦しいと感じて、宣旨の女房に注意をするものの、宣旨は「どこか懸想文《けそうぶみ》のように思えるのでしたら、突き返す事もできましょうが、折々の真面目《まじめ》な時候《じこう》伺いなので、軽くはあしらいかねます」と言いつつ、処置に困っていた。

源氏の君の同様な時候伺いは、朝顔の姫君と桃園宮《ももぞののみや》邸で同居している叔母の女五の宮にも欠かさず届けられ、女五の宮の方は感激するばかりで、「源氏の君は昨日今日までまだ幼いと思っていましたのに、このように大人びた御見舞を届けられます。容姿が美しいのに加え、心配りまでも、人より格段に立派になられました」と、褒《ほ》め讃えるので、若い女房たちは苦笑する。

女五の宮は姫君に対して、顔を合わせるたびに、源氏の君を賞讃し、「源氏の君が熱心に便りを下さっているようですが、この厚意は今始まった事ではありません。亡き桃園宮も、源氏の君が家筋の違う方の婿《むこ》になって、お世話できなくなったのを嘆いておられました。心の内では源氏の君との縁談を願っていたのに、姫君から強く拒《こば》まれたと、しきりに残念がられて悔《くや》しそうでした。

故左大臣の姫君である葵《あおい》の上《うえ》がご存命の間は、葵の上の母君で、わたくしの姉である三の宮が悩まれるので、こちらからは何も申し上げない事にしていました。しかし今は、その葵の上も亡くなり、故桃園宮のご遺志通りにされても、不都合はないと思われます。ましてや源氏の君が、昔に返ってこのように熱心にお便りなさるのも、当然そのようになるべき縁があったのではないでしょうか」と言う。

女五の宮の古風な口上《こうじょう》を、朝顔の姫君は苦々《にがにが》しい思いで聞きながら、「亡き父にも、わたくしは強《ごう》情《じょう》な娘と思われていました。今更ここに至って、世に習って身を処するのは、本意ではありません」と、毅然《きぜん》として応じるので、女五の宮も腰が引け、強く迫る事はできなかった。

桃園宮邸に仕《つか》える人々も、上から下まで源氏の君の肩を持ち、縁づくのを期待している様子なので、姫君は気が気でなく、一方の源氏の君は、そんな姫君の胸中を尊重して誠意を尽くし続ける。姫宮の心が和《やわ》らぐのを待ち続けながらも、気になっているのは、ひとり息子の夕霧《ゆうぎり》の元服《げんぷく》で、当初は自邸で行おうと思ったものの、故葵の上の母君である大宮《おおみや》が楽しみにしておられるので、そのまま息子の夕霧が暮らしている三条院で実施する事にした。

今は右大将《うだいしょう》になっている葵の上の兄をはじめ、母の兄弟たちはすべて上達部《かんだちめ》になり、帝の信望も格別であり、いきおい三条院側では、我も我もと競うようにして、思い思いに元服の儀式に奉仕する光景は、世の評判になる程に仰々《ぎょうぎょう》しかった。

通常ならば、若君は元服とともに四位《しい》になるはずで、世間でもそう思っていたのに、源氏の君は、若いのにそうした高い位《くらい》を与えてはありきたりだと考え、違う道を辿《たど》らせる事にしたため、夕霧は六《ろく》位《い》の者が着る浅葱《あさぎ》色の袍《ほう》姿で参上して来た。

祖母の大宮は驚き、嘆く事しきりで、この不満を源氏の君にぶつけると、源氏の君はその理由を、「今のうちから大人扱いする必要はないのですが、思うところがございます。大学《だいがく》の道に進ませて、学問をさせるつもりです。これから二、三年は無駄にするかもしれません。しかしその後、朝廷に仕える事があれば、一人前になるでしょう。

私自身はと言えば、宮中に生まれ育って、世の中の有様《ありさま》も知らず、ただひたすら帝の御前にいて、ほんの少しばかり書物を学んだ程度です。桐壺《きりつぼ》帝直々《じきじき》のお教えとはいえ、広い視野を持たないうちは、漢詩文はおろか、琴笛《ことふえ》の調べもよい音色《ねいろ》が出ず、万事につけ不充分でした。

愚かな親にその子が勝《まさ》る例は、実に稀《まれ》です。まして、親から子へ次々に伝わり、皇統から遠ざかって行く事を考えると、情けなく、それが大学への道を決めた事情です。

位の高い家柄に生まれて、位階も思い通りになり、この世の栄えをおごり高ぶるのに慣れてしまいますと、学問に身を砕く事からは疎遠《そえん》になってしまいます。そして遊興《ゆうきょう》を好み、望み通りの官位に昇りますと、どうなるでしょうか。時勢に追従《ついしょう》する者たちが、内心では鼻であしらいつつ、媚びて機嫌ばかりをとって近づいて来ます。そうなると自分では立派な人間だとうぬぼれ、有頂点《うちょうてん》になりましょうが、時節が移り、後見人《うしろみ》が亡くなると、勢力も衰え、人から軽蔑《けいべつ》されるようになります。

やはりここは、学問の才をしっかりと養い、大和魂《やまとだましい》を充分に発揮してこそ、世に用いられるのでございます。差し当たっては心細いでしょうが、世の重しとなるべき心構えを身につけておけば、私がいなくなったあとも、安心だと思うのです。たとえ今は未熟であっても、私が世話をしている間は、赤貧《せきひん》の大学生《だいがくしょう》だと、侮《あなど》り笑う者もおりますまい」と述べる。

この理由を聞いて、大宮はまたも嘆いて、「なるほど、そこまで考えておられたのですか。息子の右大将も、これは異例な措置《そち》だと首を捻《ひね》っておりました。若君自身も、子供心に自分より格下だと思っていた、右大将や左衛門《さえもん》の子などの従兄弟《いとこ》たちが、おのおの昇進していくのを見て、自らの浅葱姿を辛いと思っているようで、気の毒です」と言う。

源氏の君は苦笑しつつ、「それは何とも不満だけは一人前のようです。しかしそれこそ幼さでしょう。学問をして分別がつけば、その不満は自然と消えるに違いありません」と言上《ごんじょう》して退出した。

大学寮《りょう》の文章道《もんじょうどう》に進む際には、二文字の名前をつける事になっていて、その儀式は二条東院で催《もよお》され、滅多に見られない行事なので、式場となった二条東院の東の対《たい》には、興味津々《しんしん》の上達部や殿《てん》上人《じょうびと》が、我も我もと押しかけた。

その人数に、博士《はかせ》たちも気後《きおく》れがしているのを見て取り、源氏の君は注意を与えつつ、「遠慮はいりません。先例通りに、手心など加えず厳格に指導を実施して下さい」と言ったので、博士たちは力を得て、平静を装って進み出たものの、借り物の衣装《いしょう》が体に合わず、どこか珍竹林《ちんちくりん》であった。そんな事には気づかずに、表情や口振りをもっともらしくして、それぞれが着座すると、その作法からして滑稽《こっけい》ではあり、年若い公達《きんだち》は吹き出してしまう。

宴席になると、源氏の君は真面目で冷静でいられる者のみを選んで、それぞれにお酌《しゃく》をさせた。しかし勝手が違うため、右大将や民部卿《みんぶきょう》などは、見様見真似《みようみまね》で懸命《けんめい》に盃《さかずき》を受けた。博士たちが、その不作法《ぶさほう》を叱《しか》りつけ、「そこもとの相伴役《しょうばん》のお二方は、はなはだ無作法でございます。私がどれほど著名であるのかを知らずして、朝廷に仕えておられるとは、実におろかな事です」と、真顔で博士のひとりが言うので、人々はまた笑いこける。

それを制して博士が声を荒らげて、「騒がしい。静粛《せいしゅく》にされよ。全く非常識の極みです。もうご退席下さい」と、立腹する様子を見て人々が面白がる一方で、大学寮出身の上達部は得意げに溜飲《りゅういん》を下げて、源氏の君がこうした学問の道を選んだ事に感心し、いよいよ尊敬の念を深くする。

博士たちは、私語を厳しく制し、無礼を大声で叱りつけていたが、夜に入ってその顔が灯火《ともしび》に照らされると、世間離れした所作やみすぼらしさが、よりはっきりしてきた。その異様さに、源氏の君も「自分は礼儀知らずで、無教養なので、叱責《しっせき》されて当然」と言って、とうとう御簾《みす》の中に隠れて眺める事にする。

数の限られていた座席に着けずに帰って行く大学生があるのを耳にし、源氏の君は呼び戻して釣殿《つりどの》に案内し、特別な引出物を与えたあと、ようやく式が終わり、博士や学才のある者を招いて、引き続いて漢詩を作らせる。上達部や殿上人の中で、詩作が得意な者も座に留《とど》めると、博士たちは七言律詩《しちごんりつし》、源氏の君以下の者たちは絶句《ぜっく》を作り、文章博士が、興のある文字を題に選んで差し示し、各自が応じて詩作していくうちに、夜も短く、明け方になる。

まずは左中弁《さちゅうべん》が自らの詩を披露《ひろう》する。顔立ちも美しく、声も良く、神々《こうごう》しく読み上げ、さすが信望も高い博士であった。夕霧の若君は高貴な家の出なので、世の栄華に身を浸《ひた》してもよかったのに、敢《あ》えて窓の蛍《ほたる》、雪の明かりの下で学ぶ道を選んだ志《こころざし》が優れているのを、種々の故事を引用しながら作った漢詩は、どれもこれも秀逸《しゅういつ》であり、唐土《もろこし》に持って行って披露したい程だと、賞讃された。

源氏の君の漢詩も出来映《できば》えは素晴らしく、親としての情感も添えられ、人々は涙を落としながら朗誦《ろうしょう》する。

その後は、入学の礼として、恩師たちに贈物をし、二条東院に若君の曹司《ぞうし》を作り、学才の深い師に勉学を託した。そのため、いきおい、祖母の大宮の許に参上する暇などなくなり、大宮を失望させたが、大宮は若君を夜も昼も可愛《かわい》がり、あたかも稚児《ちご》のように世話をやくので、三条院では勉学などできるはずはないから、静かな所に閉じ込められたのである。とはいえ、ひと月に三度くらいは、参上《さんじょう》を許された。

部屋に籠《こも》らされた夕霧の若君は、気が晴れないまま、「何とも辛い仕打ちだ。こんなに苦しまなくても、高い位に昇って世に用いてくれる人がいないわけでもないのに」と、父の源氏の君を恨《うら》んだもののの、元来真面目で、浮《うわ》ついたところのない人物なので、辛さに耐え、必要とされる書物を早々と読み終えた。

いずれは官職を得て出世しようと努力し、四、五か月のうちに、『史記《しき》』は読破したため、次は大学寮の試験を受けさせるべく、源氏の君はまず自分の前で試させると、例の如《ごと》く、右大将や左大弁、式部大輔《しきぶのたいふ》、左中弁などが集まる。恩師である大内記《だいないき》を呼んで、『史記』の難解な巻をいくつか選んで、博士が出題しそうな箇所を読ませたところ、若君はすらすらと読み、その解釈も充分であり、難《なん》詰《きつ》する点などない。驚嘆すべき出来映えに、若君が非凡の才を持っている事がわかり、一同涙を禁じ得なかった。

特に右大将は、「ここに亡き祖父の太政《だいじょう》大臣がおられたら、どんなに喜んだだろう」と言って、涙し、源氏の君も感激して涙を拭いつつ、「我が子が育っていくにつれ、親が愚かになっていくとは聞いていましたが、今の私がまさしくそうで、これこそが世の道理なのでしょう」と言う。

恩師の大内記は嬉しがり、面目《めんぼく》を施《ほどこ》した思いがするままに、右大将が何度も盃を差し出すので、酔いがまわった。その顔貌《がんぼう》は骨さらばえて、才能があるのに世に重用《ちょうよう》されず、愛想を欠く、ひねくれ者と見なされ、貧に窮《きゅう》していたのを、源氏の君は自らの眼識で我が子の師として取り立てたのであり、身に余る程の恩顧《おんこ》を得て、若君によって我が一生までが変わってしまった今、若君も行く末は並びない人になると、大内記は考えた。

いよいよ大学寮の試験を受ける日、寮の前には上達部の牛車《ぎっしゃ》がひしめいて、世の中に残っている者はなかろうという程の集まり方で、大学への関心の高さが窺《うかが》えた。

尊《とうと》い家柄の中で大切に育てられた夕霧が、従者に付き添われてはいった様子は、他の学生《がくしょう》とは全く異なって可愛らしく美しい。その反面、例によって、みすぼらしい身なりの学者たちも集まっているため、その末席に坐るのかと思うと、若君は心細くなる。ここでもまた大声を上げる学者がいて、不愉快ではあったものの、若君は臆《おく》する事なく試問をすべて答え終えた。

昔のように大学が栄えている頃なので、身分の上中下《かみなかしも》を問わず、我も我もと学問の道を志《こころざ》す者が集まって来ており、世の中も、学才に富む人材が多くなっていた。

若君は、文章生《もんじょうしょう》や擬《ぎ》文章生などの試験を次々と突破し、今は学問に専念し、恩師と共に勉学に励む。二条院でも、光源氏は作文《さくもん》の会を頻繁《ひんぱん》に催し、文章博士や学才のある者は、活躍の場を広げており、何事につけても、学芸に才のある人が実力を発揮する世の中になっていた。

◇　◇

この寮試の様子を詳しく書けたのも、若い頃に父君から聞かされた話が大いに役立っている。父君は元服したあとに大学寮の紀伝道《きでんどう》に進み、あの菅原道真《すがわらのみちざね》公の孫である文章博士の文時《ふみとき》様を師にした。

この寮試に合格したあと擬文章生になり、さらに式部省で行われる省試に受かれば、晴れて文章生になる。省試で合格する人数は限られているので、寮試と違って選抜試験だった。かつては『史記』と『漢書《かんじょ》』『後《ご》漢書』の三史の素読《すどく》を求められていたというが、父君の頃には『史記』に限定されたという。寮試では五題出題され、三題正解で及第《きゅうだい》とされた。

父君が多くの文章生と知己《ちき》になったのは、大学寮で学んだからだと言える。その中の筆頭が、大内記まで昇ったあの慶滋保胤《よししげのやすたね》様だった。七十歳で亡くなったのがちょうど六年前、あの方の引き立てがなければ、具平《ともひら》親王の許への出仕もなく、勉学への励みもなかったに違いない。わたしが仮に男であったら、この文章生の道を歩みたかったという思いは、今なお残っている。

中宮様を前にしての「新楽府」のご進講は、ほぼ毎日実施された。これも中宮様のご熱心さゆえで、日を重ねる毎に熱意が伝わってくる。

君主のあり方を誡《いまし》めた詩のあとは、臣下のあるべき姿を描いた漢詩になった。

「今日は、『蝗《いなご》を捕《とら》う』という詩でございます」

「蝗とは、稲を枯らす虫ですね」

さすがに中宮様は害虫の知識をお持ちでいた。

「はい。唐土でも、たびたび虫害に悩まされたようです。これは、地方の長官が民を虐《しいた》げるのを誡めた詩でございます」

そう言って、詩を読み上げる。

蝗を捕え蝗を捕う　誰《たが》家の子ぞ
天熱く日長くして餓《う》えて死せんと欲す
興元　兵久しくして陰陽を傷《そこな》い
和気　蠱蠹《こと》して化して蝗と為る
始は両河《りようが》よりして三輔《さんぽ》に及び
荐食《せんしよく》　蚕の如く飛ぶこと雨に似たり
雨飛蚕食《うひさんしよく》す千里の間《かん》
青苗《せいびよう》を見ず　空しく赤土たり
河南の長吏《ちようり》　農を憂うと言い
人に課して昼夜蝗虫《こうちゆう》を捕えしむ

是時《このとき》　粟《そく》は斗に銭三百
蝗虫の値は粟と同じ
蝗を捕え蝗を捕う　意《つい》に何の利がある
徒《いたずら》に餓人をして労費を重ねしむ
一虫死すと雖《いえど》も百虫来《きた》る
豈《あに》　人力を持《もっ》て天災に勝たんや
我聞く古《いにしえ》の良吏善政あり
政《まつりごと》を以《もっ》て蝗を駆り　蝗　境を出づと
又聞く　貞観《じょうがん》の初　道昌《さかん》ならんと欲す
文皇《ぶんこう》　天を仰ぎて一蝗を呑むと
一《いち》人慶《けい》あれば兆民頼る
是歳　蝗ありと雖《いえど》も害を為さず

「聞いていて、大体の意味は摑《つか》めました。これは民を無駄に働かせた愚かな臣を諫めた詩ですね。民の悲鳴が聞こえてくるようです」

中宮様は軽く頷いたあと、「藤式部は蝗を見たことはありますか」と下問《かもん》された。

「はい、ございます。父に従い越前《えちぜん》にいた頃、蝗で苦しむ村から訴えがありました。村民が袋一杯の蝗を持参したのです。一寸を超える虫で、頑丈《がんじょう》な口を持ち、それで稲をすべて食べ尽くすのでしょう」

「それで為時殿《ためとき》はどうされましたか」

「幸い蝗は大群とならずに、二、三の村に留まって、いつの間にか消えたということです。しかし収穫は半減したので、父は税を課さず、備蓄していた米を配ったようでございました」

「それは、この愚かな臣とは正反対です。誠に白楽天が言っているように、人の上に立つ者ひとりに善行があれば、下の万民はそのお蔭をこうむるのと同じです」

そこまで中宮様がご理解されているのであれば、今さら平易な文章に直す必要もなかった。局に戻りながら、中宮様が父の名をご存知だったのには、感激させられた。

翌日も、欲深い臣下を非難する詩を選んだ。

「これは『黒潭《こくたん》の龍《りょう》』と題された詩で、貪欲《どんよく》な官吏《かんり》を憎んだものになっております。ゆっくり読み下します」

黒潭　水深くして色墨の如《ごと》し
神龍ありと伝うるも人識《し》らず
潭上に屋を架して官は祠《ほこら》を立つ
龍は神なる能《あた》わず人之を神にす
豊凶と水旱《すいかん》と疾疫《しつえき》と
郷里皆言う　龍の為す所と
家家豚を養いて清酒を漉《こ》す
朝《あした》に祈り暮に賽《さい》するは巫《ふ》の口に依《よ》る

神の来《きた》るや　風飄飄《ひょうひょう》たり
紙銭《しせん》動きて錦傘《きんさん》揺ぐ
神の去るや風亦静かなり
香火滅して杯盤冷やかなり
肉は潭岸《たんがん》の石に堆《うずたか》く　酒は廟前の草に潑《そそ》ぐ
知らず　龍神饗《う》くること幾多《いくた》ぞ
林鼠《りんそ》　山狐《さんこ》　長《とこし》えに酔飽《すいほう》す
狐は何の幸《さいわい》ぞ　豚に何の辜《つみ》かある
年年　豚を殺して将《まさ》に狐を餧《か》わんとす
狐は神龍を仮りて豚を食い尽《つ》くす
九重《じゅう》の泉底　龍知るや無《いな》や

読み下す間、時々顔を上げると、中宮様は真剣な顔で聞き入っておられた。難解な言葉が連なっているので、聞いただけでは意味が通じにくいのは確かだ。

「これは、深い意味がありますね」

中宮様が口を開かれる。「深い淵があって、そこにお上《かみ》が龍神の祠を立て、人々は拝んでいる。豊年の年も、洪水や日照り、疫病《えきびょう》もみな、この淵に棲《す》む龍のせいだと言う。そこで、豚を飼ったり、酒を作ったりして、捧《ささ》げている。祭が終わると、肉が積まれ、酒は草原にまかれてしまう。一体何の罪で豚が殺され、山の狐たちはこれ幸いと肉を食べてしまう。それを龍神は知っているか。そういう意味ですか」

「はい、間違いございません」

「しかし、全体として白楽天が何を訴えているのかが、わたくしにははっきりしません」

中宮様がわずかにお顔を曇らせる。

「これは、始めから終わりまで、喩《たと》え話になっております」

「そうでしたか」

中宮様が驚かれる。

「この淵に棲む龍は君主です。そこに捧げられたものを食っている狐や鼠《ねずみ》は官吏のことです。そして龍前に置かれた豚は民でございます」

「そうなのですか」

驚きながら中宮様が頷かれる。「とすると、欲張りな役人たちが、君主をだしにして民を食い物にしている。それを君主はご存知でしょうか、ということですね」

「はい、そうでございます」

中宮様の賢明さに感心しながらお答えする。

「もう一度、この漢詩を読み下して下さい」

中宮様から言われ、再度読む。白楽天が書き遺《のこ》した寓意《ぐうい》の深さが心に響き、中宮様と二人で過ごすこのときを幸せだと思った。

局に下がったときも、白楽天の詩才を頭に置くと、妙に筆が進む。おそらく「新楽府」に宿っている詩の心があと押ししているのだろう。

一方で、この頃、宮中で持ち上がっていたのが、帝の女御《にょうご》のうち誰を后《きさき》にするかであり、源氏の君はさっそく「前斎宮《さいぐう》であった女御こそは、母君が東宮妃《とうぐうひ》であり、帝の母である故藤壺宮《ふじつぼのみや》も認めておられましたので、最適かと存じます」と進言したものの、皇族出身から引き続き立后《りっこう》するのは極めて稀《まれ》で、世の人々がすぐに認めそうもなかった。

他の女御たちより先に入内《じゅだい》していたのは弘徽殿《こきでん》女御であり、それを差し置いての立后には首をかしげる向きも多く、さらに、かつて兵部卿宮《ひょうぶきょうのみや》だった紫の上の父君が今は式部卿《しきぶきょう》になり、その姫君が望み通りに入内している。母方の血筋としては、この姫君のほうが優れており、帝の世話役にふさわしいという意見もあったが、結局、立后したのは、源氏の内大臣が推挙した斎宮女御であった。梅壺《うめつぼ》が居所だったので梅壺中宮とも言われ、秋を好むところから秋好《あきこのむ》中宮とも呼ばれた。母君である六条御息所《ろくじょうのみやすどころ》が不運だったのに引き換え、この秋好中宮の好運には、世間の人々も驚いた。

これを機に、源氏の君は太政大臣に昇進し、右大将が内大臣になったので、源氏の君は実際の政《まつりごと》はこの内大臣に一任する。かつての頭中将《とうのちゅうじょう》である内大臣は、人柄も堅実で何事にも臆《おく》せず、思慮《しりょ》にも富んでいて、古詩の脚韻《きゃくいん》を当てる韻塞《いんふた》ぎには源氏の君に後《おく》れを取ったものの、政務に関しては手腕がある。妻妾《さいしょう》の数も多いので、子供の数は十人以上いて、それぞれに成人して官職を得ていて、源氏の君に劣らない家の勢いだった。

この内大臣には、弘徽殿女御の他にもうひとり娘がいて、母親は皇族出身で高貴な血筋ではあったものの、今は按察《あぜち》大納言に北の方として嫁いでいた。二人の間に生まれた子供は多く、その娘を一緒にさせておくのは可哀想《かわいそう》だと内大臣は考え、引き取って大宮に預けており、弘徽殿女御程重んじたわけではないが、今は人柄も器量も良い姫君になっている。

源氏の君の息子である夕霧も、この大宮の許で同じ屋敷で育てられていたが、お互い十歳を過ぎると、部屋を別々にされ、これは、いかに親しくても、男子には心を許してはならない、という内大臣の配慮からだった。

疎遠《そえん》にはなったものの、夕霧は幼な心にも思慕《しぼ》の情は消せず、花や紅葉《もみじ》の季節、人形遊びなど折につけて遊び相手になり、一緒にいては好意を示すうちに、いきおい、お互い心が通じ合い、姫君にしてもよそよそしくはできなくなる。「長年一緒に過ごした子供心でのつきあいなのに、今更急に引き離すのも可哀想なこと」と、お付きの女房や乳母《めのと》たちは言い合っていた。

姫君は無邪気なままなのに比べ、夕霧のほうは未熟だといっても、恋心めいたものがあり、別々の部屋にされてからは、もどかしさが募《つの》るばかりで、筆遣いはまだ幼いながら、二人で書き交わした文の数は多かった。散らかっていた文を読んだ姫君付きの女房は、二人の仲が案外深いのに気がついたものの、誰かに言いつける事などなく、見て見ぬふりを貫いていた。

源氏の太政大臣と内大臣の双方で、昇進祝いの饗宴《きょうえん》もすみ、公事の準備もなくなって、内大臣が大宮の許に参上した折、時雨《しぐれ》が降り、萩《はぎ》の上を吹く風も強い夕暮れ時であり、内大臣は姫君を呼んで、琴《こと》を弾《ひ》かせた。大宮はすべての楽器の名手《めいしゅ》で、姫君に伝授していたので、見事な出来映えである。

「琵琶《びわ》は女が弾くと可愛げがないのですが、妙《たえ》なる音色《ねいろ》を持っています。その音色を今に伝えている人は、ほとんどいなくなりました。皇族の血筋を引く人では」と内大臣は言う。

続けて幾人かの名を挙げて、「女のうちでは、あの太政大臣が山里に隠し住まわしている人が、大変な名手と聞いています。しかし音楽の名手の家系とはいえ、末代になり何年も田舎《いなか》住まいしている人が、上手に琵琶を弾くとは信じられません。ところが、あの源氏の太政大臣は、それについて熱弁を振《ふ》るう事があります。

他の芸事と比べて、音楽の才能というのは、広くその筋の才のある者と打ち交じってこそ、技が上達するのです。なのに、ひとりで琴を奏《かな》でて名手の域に達したというのは、稀有《けう》な事です」と言いつつ、母の大宮に琵琶を勧める。

「そう言われてしまうと、柱《じゅう》を押さえるのも気後《きおく》れがします」と大宮は応じたものの、その音色は見事であった。

「その山里に住む人は、幸運だけでなく、比類《ひるい》なく秀《ひい》でた方なのでしょう。源氏の君がこれまで持てなかった女の子を産み、自分の側に置いてみすぼらしくするのではなく、れっきとした身分である紫の上に譲られたその心映《こころば》えは見上げたものです」と、琵琶を奏じつつ、大宮が言えば、「女はひとえに気立《きだ》てが良ければ、世に重んじられるものです」と内大臣も応じる。

「弘徽殿女御も、他人にひけを取らない良い育て方をしたと思っていましたが、思いがけない人に先を越され、実に世の中は願い通りに行かないものと痛感しています。今はこの我が姫君こそを、思い通りに世話して、東宮《とうぐう》の元服がもうすぐなので、内々に入内を考えておりました。

ところが、今申し上げた幸運な人から生まれた姫君が、その対抗として頭をもたげて来ています。その姫君が後宮《こうきゅう》にはいれば、もはや競うのも不可能でしょう」と、内大臣が嘆くのを、大宮は制して、「そんな事はありません。この家から妃になる筋の者がいなくなるなど、考えられません。亡き左大臣が存命でおられたなら、女御の入内もぬかりなく準備されたでしょうが、そこは残念です」と諭《さと》しながらも、太政大臣である源氏の君の手腕を恨めしくも思った。

大宮の孫にあたるこの姫君は幼いながらも可憐《かれん》で、箏《そう》の琴を弾いている時も、髪の下がり具合や生え際が美しく、父の内大臣がじっと見るので、恥ずかしがり横を向く。その横顔も頰の辺りが可愛らしく、左手で絃《げん》を押さえる手つきは、まるで作った人形のようである。

大宮も思わず見とれてしまう程で、姫君は調子合わせのための小曲を弾いてから、手を引っ込めた。すると、内大臣が和琴《わごん》を引き寄せて、秋の情趣《じょうしゅ》をかもし出す律《りつ》の調べで、今様《いまよう》の曲を弾く。さすが名手であり、即興であってもうっとりさせる出来映えなので、庭先の梢《こずえ》から枯葉がほろほろと散る中、老女房たちがあちこちの几帳《きちょう》の陰に身を寄せ合い、聴き入っていると、内大臣が『文選《もんぜん》』の一節を吟誦《ぎんしょう》する。

落葉は微風を俟《ま》ちて以《もっ》て隕《お》つ
而《しか》も風の力蓋《けだ》し寡《すくな》し
孟嘗《もうしょう》は雍門《ようもん》に遭《あ》いて泣く
琴の感や以て末《すくな》し
何 者《なんとなれば》隕《お》ちんと欲《す》るの葉は
烈風を仮《か》る所無く
将《まさ》に堕《お》ちんとするの泣《なみだ》は
哀響《あいきょう》を繁《しげ》くするに足《た》らざればなり

内大臣は「この漢詩の中にある『琴の感』ではないですが、落葉も感涙も、風や琴のせいではなく、自《おの》ずと落ちるものです。何とも感興を催させる夕べです。もっと遊びましょう」と言って、「秋風楽《しゅうふうらく》」の和琴に合わせて唱歌《しょうか》すると、その妙《たえ》なる声に人々は感心する。夫と娘を亡くした大宮も、我が子と孫娘の立派さに目を細めていると、そこに一層趣を添えるようにして、夕霧の若君が参上した。

「どうぞこちらへ」と内大臣は招き入れ、姫君とは几帳を隔てて坐らせると、「本当にこの頃は、会うのも難しくなりました。これも学問に身を入れているからでしょう。学才が身分以上になるのはよくないと、太政大臣も心得ておられるのに、かくも学問に専念させるとは、何か理由があるのでしょうが、気の毒でなりません。時々は別の事もされるといいです。故事にも音楽は大切と言われているはずです」と言いつつ、笛を差し出す。

夕霧の若君は見事な音色で笛を吹き、合奏していた大宮の琵琶、内大臣の和琴、姫君の箏は、しばし手を休めて、内大臣が扇で拍子《ひょうし》を取りつつ、催馬楽《さいばら》の「更衣《ころもがえ》」を謡う。

〽衣更せんや　さきんだち
我が衣《きぬ》は
野原篠原《しのはら》萩の葉の摺《すり》や
さきんだちや

「源氏の太政大臣も、こうした管絃《かんげん》の遊びはよくされて、多忙な政務の気休めをされました。つまらない世の中ですので、気の赴《おもむ》くままに過ごしたいものです」と内大臣が言いつつ、夕霧に酒杯を勧めていると、そのうち暗くなったので、灯台《とうだい》に灯《あか》りを入れ、湯漬《ゆづけ》や果物などが皆に配られた。姫君だけは部屋に帰らせ、琴の音も若君には聞かせないようにしたため、「本当に気の毒な事になった、お二人の仲ですよ」と大宮に仕える老女房たちが、囁《ささや》き合う。

内大臣は邸《やしき》を退出するふりをして、大宮付きの若い女房と内密に逢うべく、そっと席を立ったところだったので、老女房たちの囁きを耳にして立ち聞きすると、どうやら自分の事を話しているようである。

老女房たちは、「賢そうに振舞っておられるとはいえ、所詮《しょせん》は人の親ですよ。知らないうちに、愚かしい事が起きてしまいそうです。『日本書紀』にある、『臣《しん》を知るは君《きみ》に如《し》くものなし　子を知るは親に如くものなし』というのは嘘《うそ》ですよ」と言っていた。内大臣はあきれながら、「そうだったのか。気にかけてはいたが、まだ幼い二人だと思って油断していた。全くもって世の中は憂《う》き事が多い」と思う。

召人《めしうど》と契《ちぎ》ったあとで、音も立てずに退出すると、先払いの声が高らかに聞こえたので、老女房たちは、「内大臣は今出て行かれたようです。これまでどこに隠れておられたのか。何ともはや、色好みは相変わらずです」と言い合うものの、付近に香《こう》ばしい匂いが漂っていたのを、夕霧の若君のものと錯覚《さっかく》していたのに気がつき、「ひょっとしたら内大臣が立ち聞きされたのかもしれない。気難しい面もある方なので、面倒な事にならなければいいが」と心配になった。

帰途、牛車の中で内大臣は反省しきりであり、「あの二人を一緒にするのは、非常に残念というわけではないが、世間は平凡でよくある縁組だと思うだろう。源氏の君が、強《し》いて弘徽殿女御を押さえつけたのも辛かったので、この姫君なら人に抜き出たところもあると、期待をしていたのに、ともかく癪《しやく》にさわる」と思う。

この内大臣と源氏の君の仲は、今も昔も変わらず良好ではあるものの、こうした男女の事に関しては、以前から競い合っており、不愉快さが消えない内大臣は、眠れないまま夜を明かす。「母の大宮も、女房たちと同様に、幼い二人の関係に気づいておられるのだろうか。いや、余りの可愛がり方だったので、好きなようにさせていたのではないか」と考えると、女房たちの話がまた思い出され、腹が立った。

二日ばかりして、再び内大臣は大宮の許に参上する。こうして頻繁に息子と会えるのは大宮も嬉しく、さっそく尼削ぎの額髪を整え端正《たんせい》な小袿《こうちき》を着て、我が子とはいえ内大臣なので、几帳を隔てて対面する。

内大臣は不満げに、「ここに参上するのも、本当は気が進みませんでした。女房たちがどう見ているのか、気にかかるからです。私はまだ未熟者ではございますが、この世に生きている限り、母君にお会いし、心配などかけまいと念じておりました。ところが、心がけの良くない娘の事で、恨めしく思う事態が生じました。考えまいとしますが、どうもこの恨みは鎮《しず》まりそうもありません」と言って涙を拭った。

聞いていた大宮は顔色を変え、目を大きく見開き、「一体、何事でしょうか。今更この齢《よわい》になって、忠告がましい事を言われようとは思いもよりません」と応じると、内大臣は、「母君を頼りにして、お手許に幼い娘を預け、自分は面倒も見ずにおりました。さしあたり身近に置いていた弘徽殿女御の宮仕えが順調に進まないのを嘆いておりました。しかしお預けした娘については、一人前に立派に育てて下さると思っていたのに、とんでもない不祥事《ふしょうじ》が起き、口惜《くちお》しゅうございます。

なるほど相手の若君は、天下に並ぶ者がいないくらいの学才を持っているようですが、従兄弟《いとこ》同士でこうなるのは、世間でも軽はずみな事と思われ、あの若君にとっても大きな汚点になるのではないでしょうか。血筋の異なる立派な家系の娘を貰ってこそ、華々しい将来が約束されるはずです。縁者同士で親しくなるのは常識はずれであり、あの源氏の太政大臣も快《こころよ》くは思われないでしょう。

また二人がたとえそうなったとすれば、父である私に知らせて下さっておれば、何とか体裁を整え、世間が羨《うらや》むような事もできるはずです。それなのに、幼い二人をなすがままに放っておかれたのは、実に心外でございます」と言う。

夢にも思わない事を息子から言われて、大宮は仰天《ぎょうてん》し、「二人の仲がそうであれば、あなたが言われる事は当然です。しかしわたくしは、あの二人の思いなど少しも知りませんでした。こちらこそ、あの姫君をいずれは入内させようと考えていたので、残念です。

とはいっても、あの二人と一緒くたに、わたくしにまで罪をかぶせるのは、余りにも口惜しい事です。姫君をお世話し始めた時から、人知れず万事につけて心をこめて教え育ててきました。孫可愛さに目がくらみ、二人を一緒にするなど、考えもしなかった事です。

一体、誰がそんな噂《うわさ》を耳に入れたのでしょうか。つまらない世間の噂に惑《まど》わされて、事を大きくするのは良くありません。姫君の評判にも傷がつくでしょう」と言うと、内大臣は「いえ、これは根も葉もない噂ではございません。女房たちはみんな裏で笑い、なじっているようですので、私としてはとてもいたたまれないのです」と、言い置いて退出した。

事情を知った女房たちは気の毒に思い、あの夜にひそひそ話をしていた老女房たちは、自分たちの不用意さを嘆くしかなく、一方、姫君はあくまで無邪気であり、それを覗き見した内大臣も、つい見とれてしまう。

「年若く考え方も未熟なのを知らず、いずれ入内させようと願っていた私は、馬鹿でした」と内大臣は言い、遠回しに乳母《めのと》たちの不手際《ふてぎわ》を責め立てたので、乳母たちも弁解のしようがなく、「こういう事は、帝の大切な姫君でも、自ずから過《あやま》ちをする例が、昔物語にもあるようです。双方の思いを知っている者が、好機を見つけて手引きしたのでしょう。

今度の場合は、長年一緒に過ごしており、幼い年齢なので、大宮のご意向を無視して出すぎた事はせず、二人を遠ざける事なく、油断していました。しかし一昨年《おととし》くらいからは、きちんとけじめをつけて扱われていました。幼いながらも色気づく者もいるようですが、あの若君にはそんな面は全くないので、よもやと思っていたのに」と嘆く。

内大臣は「もうよい。しばらくこの件については、内密にするに限ります。隠せる事柄ではないでしょうが、慎重にこれは嘘だと否定しておいて下さい。姫君はすぐにでも私の邸に引き取りましょう。ともかく大宮の不注意は残念至極《しごく》です。そなたたちは、いくら何でも、こうなって欲しいとは思わなかったでしょうに」と言って、乳母たちを許すと、「もったいないお言葉です。姫君の継父《ちち》である、按察《あぜち》大納言様の耳にはいる事もありましょう。いかに相手が優れた若君とはいえ、所詮臣下の家筋なので、相手としては不充分です」と、乳母たちも内大臣の意向に沿う返事をした。

姫君は相変わらず幼く、内大臣が種々言い諭しても耳にはいらないようであり、内大臣もつい涙ぐみ、何とかして姫君の体面を保ち、将来に備えるすべを、しかるべき女房たちと相談する一方で、大宮についてはまだ恨んでいる。

大宮は幼い二人を可哀想だと思いつつ、特に若君へのいとおしさが格別なので、恋心が芽生えていた事をいじらしく感じていたのに、内大臣が二人の仲を裂《さ》こうとしているのは心外であり、「どうして息子はそんな風に考えているのだろう。もともとは姫君の事など大して思ってもいなかったのに、わたしが世話をするようになって、唐突《とうとつ》に東宮への入内を思いついている。

しかし宿命がそうではなく、臣下に嫁ぐようになっているのであれば、あの夕霧の若君に勝《まさ》る者はなかろう。姿形の美しさは格別なので、あの姫君以上の高貴な方を娶《めと》る事だってありえるのに」と、若君可愛さの余り、内大臣の画策を恨めしく感じた。

こんな具合に騒がれているとは知らない夕霧の若君は、程なく大宮の許に参上し、先日の夜は、人目があって胸の内を姫君に伝える事ができず、悶々《もんもん》としていたので、夕暮れを選んで赴いたのであり、いつもは笑顔で迎え入れる大宮は、真剣に応じる。

話のついでに、「あなたの事で、内大臣がわたくしに恨み言を言ってきたので、困っています。妙な勘《かん》ぐりをし始めており、あなたに迷惑がかからないかと心配しています。言うまいと思っていましたが、あなたが知らないままでいるのは不都合と思い、伝える事にします」と口にする。

若君も日頃から感じていた事なので、顔を赤くして、「何の事でしょうか。学問のためずっと二条東院の曹司に籠っておりましたので、人と交わる機会などありません。内大臣から恨まれるような事はしておりませんが」と恥ずかしげに答える。大宮は尚更《なおさら》いとおしく感じつつ、「それでいいのです。今後とも気をつけたほうがいいです」と、それだけ述べるに留めた。

若君はこれから文を取り交わす事も難しくなると思うと、いたたまれなくなり、食事にも手をつけず、寝ようとしたが、心は上《うわ》の空で、人が寝静まった頃に、姫君の部屋の中襖《なかふすま》を引いてみる。すると日頃はかかっていない鍵がかかっている。物音もせず、心細くなって襖に寄りかかっていると、姫君も目を覚ましたようであった。

竹が風に吹かれてざわめき、雁《かり》が鳴き渡る声がほのかに聞こえて、姫君は子供心にも思い乱れ、「雲に居る雁も、わたしのように悲しいのだろうか」と呟《つぶや》く様子も幼く可愛らしいので若君はじっとしておられず、「この襖を開けて下さい。小侍従《こじじゅう》はいませんか」と姫君の乳母に言ったものの、返事はない。

独り言を聞かれたと思った姫君は、恥ずかしくなって夜具《やぐ》の下に顔を隠したが、乳母たちは近くに寝ているはずで、身じろぎはできず、お互い声もかけられないので、若君は心の内で和歌を詠《えい》じた。

小夜中《さよなか》に友呼びわたる雁が音《ね》に
うたて吹き添う荻《おぎ》の上風《うわかぜ》

真夜中に友を求めて鳴く雁の声に、さらに物寂しさを加えるように、風が荻の葉末を吹き渡る、という恋の孤独感で、古歌《ふるうた》の、**秋はなお夕まぐれこそただならぬ　荻の上風萩の下露**、を下敷にしていた。風が身に沁《し》みると感じた若君は、大宮のところに戻って溜息をつくと、大宮を起こさないように、そっと横になった。

翌朝は早々に自分の部屋に戻り、手紙を書くも、小侍従と会えないため、文を託せず、姫君の部屋に行く事もできない。胸を焦《こ》がすばかりであり、一方の姫君は、騒がれているのが気恥ずかしいものの、これから先、自分がどうなっていくのか、人はどう思うかなどという事には無頓着であった。女房たちが何を話し合っているのか気にしていなかったが、世話する女房たちが、手紙を書くのを戒めるので、文も通わさなくなった。

内大臣はあれ以来、大宮の許には参上せず、恨めしいと思い続けていた。正妻の北の方にも、そうした事情がある素振《そぶ》りは一切見せずに、不機嫌な日々を送りながら、「前斎宮の姫君が秋好《あきこのむ》中宮として入内したので、我が娘である弘徽殿女御が悲しんでいる姿は、見ておられません。ここは里帰りをさせて、心を休ませましょう。帝は夜昼我が女御を側に侍らせておられるので、お付きの女房たちもゆっくりできずに困っているようです」と、北の方を諭して、急遽《きゆうきよ》娘を里下りさせた。

もちろん帝は不満で、許可を出すのを渋っておられたが、内大臣は強引に連れ戻して、「これでは何かと気が紛《まぎ》れないかもしれないので、大宮の許にいる姫君をここに連れて来ます。どうかここで一緒に音楽などして心和《なご》ませて下さい。あの姫君を大宮に預けていたので安心でしたが、このところ生意気な者が立ち入っており、親しい仲になっては困ります」と女御に言い、姫君を大宮の許から自邸に引き取った。

悲しんだのは大宮で、「たったひとりの娘には早逝《そうせい》され、心細く思っていたところに、あの姫君を預かって、生涯の贈物と思いました。明け暮れ、老いの身の侘《わび》しさも慰めてくれていたのに、このたびは思いの外《ほか》の事をされて辛いです」と嘆いた。

内大臣も恐縮しきりであり、「内心で懸念《けねん》した事を、率直に申し上げただけでした。実のところ、入内していた女御が、帝との仲を気にして里帰りしております。退屈そうで鬱々《うつうつ》としているので、一緒に遊ぶのにはちょうどよいと考え、一寸《ちよつと》の間、姫君をあちらに移そうと思います。

これまでお世話していただき、一人前にしていただいておりますので、それを台無しには致しません」と言われた大宮は、いったん決めた事を引っ込めるような気性《きしょう》ではない内大臣なので、引き留めはしないものの無念であった。

「人の心こそ、思う通りにはいかず、辛いものはありません。幼いあの二人の心にしても、わたくしに隠し事をしていました。しかしそれは幼いゆえだから許せるものの、分別《ふんべつ》のある内大臣がわたくしを恨んで、こうして姫君を連れ出すとは解《げ》せません。むこうの館《やかた》がここより安心というわけでもないでしょうに」と言って、大宮は涙を流した。

ちょうどその折、若君が参上したものの、わずかな隙《すき》でもないだろうかと思い、最近では頻繁《ひんぱん》にやって来ていたが、内大臣の牛車があるので、気まずくなり、そっと隠れながら自分の部屋にはいる。

内大臣の子息である左少将や少納言、兵衛佐《ひょうえのすけ》、侍従、大夫《たいふ》など、みんな集まっていたが、大宮は御簾《みす》の中にはいるのは許さない。

左兵衛督《さひょうえのかみ》や権《ごん》中納言などは、大宮腹の子ではないものの、故太政大臣の配慮があって、しきりに参上して仕えていて、その子供たちもそれぞれ参上してはいたが、若君に肩を並べるような資質を備えている者はいなかった。いきおい大宮の愛情も比類ないものだったのに、若君は邸を出てしまい、残った姫君をことさら慈《いつく》しみ、手許に置いていたのにもかかわらず、姫君までも出て行く事態になり、大宮は寂しさが一段と募るばかりである。

「今のうちに内裏《だいり》に行き、夕方に姫君を迎えに参ります」と言い置いて、内大臣は帰って行った。

内大臣は牛車の中で、「大宮があれ程悲しまれるのなら、いっその事二人を一緒にして、丸くおさめようか」と思うものの、やはり不満が残り、「夕霧の若君が一人前になってから、愛情の深さを見極めて、二人の仲を許し、正式な結婚にしてやってもいい。しかし、いまいくら注意して制止しても、二人を大宮の許に置いていては、子供心にまかせて、目も当てられぬようになるかもしれない。それを大宮は戒めないだろう」と思い定める。大宮にも弘徽殿女御の母である北の方にも、角《かど》が立たないように言いつくろい、姫君を転居させた。

姫君が内大臣邸に移ったあと、大宮は文を送る。

「内大臣はわたくしを恨んでいるようですが、あなたはわたくしの変わらぬ心根を知っているでしょう。どうかこちらに会いに来て下さい」という内容の文を読んだ姫君は、美しく着飾って大宮の許に参上した。十四歳なので大人ではないものの、しとやかで愛らしい。

大宮が「常に手許に置いて、朝夕心の慰めと思ってきましたが、これからは寂しくなります。わたくしももう残り少ない齢になり、あなたの成長を見届けられないわが命だと思っていました。それなのに、このわたくしを見捨てて行かれるとは。この先、あなたがどこに行くのだろうかと考えると、不憫でなりません」とおっしゃって泣くため、姫君も心もとなくなり、顔も上げずに、ひたすら涙を流していた。

そこへ若君の乳母である宰相の君が顔を出して、「姫君の事も若君の事も、同じ主君と思って仕えておりましたが、このような事になったのは本当に残念です。向こうに移り、内大臣が他の方との結婚を思いつかれても、どうか言いなりにならないようにして下さい」と小声で申し上げたので、姫君はいよいよ恥ずかしくなり、黙ってしまった。

大宮は、「そんな煩《わずら》わしい事を言うものではありません。人の宿縁《しゅくえん》は定め難いものです」と諫《いさ》めるものの、乳母は「いえいえ、内大臣は若君をたいした事のない者と軽く見ておられるのでしょう。仮に今はそうであっても、本当に人より劣っているかどうか、誰かに訊いて下さい。みんな否定いたします」と、憤懣《ふんまん》やる方なく言上した。

この様子を、若君は物陰から見聞きしており、通常なら人に見られるのは辛いものの、心細くなり、見られるのも構わず、涙を流していて、これに気づいた乳母は、可哀想でならず、大宮と相談して、夕暮れ時の人の出入りの騒がしさに紛れて、二人を対面させる。

二人は恥ずかしがり、胸一杯で何も言えず、泣くばかりであった。若君は「内大臣の心がとても冷たいのが辛く、もう諦《あきら》めてしまおうと思ったのですが、恋しく思う胸の内はどうしようもありません。これまで逢う機会はいくらでもあったのに、よそよそしく過ごしたのが悔やまれます」と言う様子にも、どこか幼さが漂っている。

一方の姫君も、「わたくしも、そうです」と答え、「私を恋しいと思ってくれますか」と若君が尋ねると、姫君はこくりと頷き、その様子にも幼さが残っていた。

夜になり、灯火《ともしび》か点じられ、内裏から戻った内大臣の先払いの声が仰々《ぎょうぎょう》しく、女房たちも「お帰りです」と、大騒ぎになると、姫君は恐怖の余り震《ふる》え出すが、若君は見つかって構うものかと開き直って、姫君へのいとおしさからその場を離れないでいる。

姫君の乳母がやって来て、二人を見て嘆き、「本当に困った事になりました。内大臣が言われているのももっともで、継父の按察大納言もどう思われますか。若君は立派な方とはいえ、六位の身分ではどうしようもありません」と呟くのが、屛風《びょうぶ》の後ろから聞こえた。

自分の位が低いので軽蔑されたのだと感じて、若君は世の中が恨めしく、恋心も醒《さ》める心地がして、「聞きましたか、恥ずかしい事です」と言いつつ詠歌する。

紅《くれない》の涙に深き袖の色を
浅緑《あさみどり》にや言いしおるべき

あなたを慕って流す涙で深紅《しんく》に染まった袖を、六位ごときの浅緑だと非難しています、恥ずかしい事です、という嘆きで、深紅は四位の袍《ほう》の色であり、すかさず姫君が返歌をする。

色々に身の憂きほどの知らるるは
いかに染めける中の衣ぞ

我が身の辛さを色々と知らされ、一体わたくしたちは何の色に染められたのでしょうか、という苦悩で、言い終わらないうちに、内大臣が邸内にはいって来たので、姫君は自室に戻る。

残された若君は、胸塞《ふさ》がったまま自分の部屋で横になっていると、牛車三両で、姫君たち一行が忍びつつ、内大臣邸へ急いで帰って行く気配がする。気はそぞろで、大宮から「こちらに来てはどうですか」と誘いがあったものの、寝たふりをして動かず、涙を流すばかりだった。

翌日、霜が白く降りた朝、夕霧の若君は急いで退出の用意をし、泣き腫《は》らした目を人に見られるのも恥ずかしく、大宮から声を掛けられるのも嫌で、早々に二条東院の自室に向かう。空も雲が重く垂れて、まだ暗い。思えば自分のせいでこうなったのであり、この先どうなるのか、心細いままに独詠する。

霜氷《しもこおり》うたて結べる明《あ》けぐれの
空かきくらし降る涙かな

霜や氷が凍《い》てつく未明の暗い空を、さらにかき曇らせて私の涙の雨は降る、という悲哀《ひあい》だった。

◇　◇

物語を書き進めているうちに、中宮様へのご進講は、君臣の詩を終えて民の惨状を歌う詩にはいっていた。中でも中宮様がいたく感じ入ったのは「売炭翁《ばいたんおう》」で、ほとんど涙を流さんばかりになられた。

思い出されたのは、十六歳の頃に同じように、「売炭翁」を具平《ともひら》親王の北の方に講じたことだった。あのときも北の方は涙ぐまれ、「むごいことです」と言われたのだ。

炭を売る翁《おきな》
薪《まき》を伐《き》り炭を焼く南山《なんざん》の中《うち》
満面《まんめん》の塵灰《じんかい》　煙火《えんか》の色
両鬢蒼々《りょうびんそうそう》として十指《じっし》黒し
炭を売り銭を得て何の営む所ぞ
身上《しんじょう》の衣裳《いしょう》　口中《こうちゅう》の食

憐《あわれ》む可《べ》し　身上《しんじょう》、衣正《ころもまさ》に単《ひとえ》なり
心に炭の賤《やす》きを憂《うれ》いて天の寒からんことを願う
夜来《やらい》　城外一尺《しゃく》の雪
暁《あかつき》に炭車を駕《が》して氷轍《ひょうてつ》に輾《てん》ず
牛困《つか》れ　人飢えて　日已《すで》に高し
市《いち》の南門外の泥中《でいちゅう》に歇《やす》む
翩翩《へんぺん》たる両騎　来《きた》るは是《こ》れ誰《たれ》ぞ
黄衣《こうい》の使者　白衫《はくさん》の児《じ》
手に文書を把《と》りて口に勅《ちょく》と称《しょう》し
車を廻らし牛を叱《しっ》して牽《ひ》きて北に向《むか》わしむ
一車の炭　重さ千余斤《きん》
宮 使《きゅうし》駆《か》り将《ゆ》きて惜《おし》み得《え》ず
半疋《はんひき》の紅綃《こうしょう》　一丈の綾《あや》
牛頭に繋《か》けて炭の直《あたい》に充《あ》つ

同じ詩ではありながら、二十年近くの歳月を経て読むと、感慨も違う。白い雪の中を進む荷車に積まれた炭の黒、城の方角から馬に乗ってやって来る宦官《かんがん》の黄色い衣、そして若武者《わかむしゃ》が着る白い衣、牛の頭に掛けられた紅の絹、という具合に、色の対比がまるで絵のようではある。そんな情景の中で、炭焼き老人の悲哀《ひあい》が語られるのだ。

「今日読むのは、『母別子《ははべっし》』と題された詩で、先日の『売炭翁』の次に載せられております」

「また悲しい詩でしょう」

中宮様が柔和《にゅうわ》な表情で訊かれる。

「はい。違った意味で悲しゅうございます。新しい妻が来て、旧《ふる》い妻を追い出した内容になっています。二人の子供は置いて行けと言われ、泣く泣く家を去って行くのでございます」

「それは確かに辛いです」

中宮様は、真顔《まがお》になって耳を傾けられた。

　母は子に別れ　子は母に別る
　白日光無く哭声《こくせい》苛し
　関西《かんせい》の驃騎《ひょうき》大将軍
　去年虜《りょ》を破りて新に勲《くん》を策《さく》し
　勅《ちょく》して金銭二百万を賜り
　洛陽《らくよう》より迎え得たり衣花の如き人
　新人迎え来りて旧人棄《す》てらる
　掌上の蓮花《れんか》　眼中の刺
　新を迎え旧を棄つるは未だ悲しむに足らず
　悲しみは君が家に両児を留《とど》むるに在り
　一は始めて扶けられて行き　一は初めて坐す

坐するは啼き　行くは哭して人の衣を牽く
汝が夫婦の新に嬿婉《えんえん》たるを以て
我が母子をして生きながら別離せしむ
如かず林中の烏《からす》と鵲《かささぎ》との
母は雛を失わず　雄《ゆう》に雌《し》を伴《ともな》うに
又似たり園中桃季の樹
花は落ちて風に随《したが》い　子は枝に在るに
新人新人我が語を聴け
洛陽限り無し紅楼の女
但だ願う将軍重ねて功を立て
更に新人の汝より勝《まさ》るもの有らんことを

「この詩にある驃騎大将軍とは、功績のある将軍に与えられる称号のようです。敵を討った功があったので二百万銭を貰い、都から花のように美しい女を迎え入れたのでございます」

「それで前妻は追い出されたのですね」

「はい。そのとき置いて行けと言われた子供は、ひとりはよちよち歩き、もうひとりは坐るくらいの幼さでございました」

「二人とも泣いて、歩ける子は、去って行く母の衣を引っぱるのですね」

中宮様がしんみりとおっしゃる。「それで離縁される前妻は、母鳥が雛と離れず、親鳥も一緒の鳥や鵲のほうがましだと嘆いている」

「そうでございます」

中宮様の理解の早さに舌を巻く。「それで前妻は、新しい妻に呼びかけるのです。新しく来た人よ、都には美しい女が無数にいる。再び将軍が手柄を立て、あなたよりもっと美しい人を迎え入れるのを願っています、と」

「まさしく、呪《のろ》いですね」

「我が子と別れるのが、そこまで辛かったのでございましょう」

「生木《なまき》を裂くというのは、こういう事なのでしょうね」

そう言って中宮様が頷かれる。「新しい妃を迎えると、旧い妃が捨てられる。これは唐土《もろこし》だけでなく、人の世の常のようです」

「はい」

お答えしたものの、釈然《しやくぜん》としないままだった。中宮様の前妃は、定子《さだこ》中宮であり、亡くなられる前に、その上の位の皇后に退かれ、新たに彰子様が中宮になられたのだ。捨てられたわけではなく、定子中宮への帝の寵愛《ちようあい》はずっと続いたと聞いている。あまつさえ、彰子中宮様は定子中宮のたったひとりの子息である敦康《あつやす》親王を、手許《てもと》に置いて養育されている。ほんの少しだけお姿を見る機会は何度かあって、まるで本物の母子のようだった。その敦康親王も九歳で、いずれは東宮から帝になられるはずだ。

とはいえ、女房たちの間で囁かれている話題は、道長様の思惑だった。道長様が切に望まれているのは、彰子中宮様が懐妊《かいにん》されて、親王を産まれることであるのは、親心から言って間違いない。親王が誕生したとき、敦康親王が目の上のたんこぶになるのは目に見えている。

そのとき、道長様は中宮様から敦康親王を引き離し、どこかに遠ざけるだろう。それを中宮様がよしとされるか、養育してきた可愛さの余り、道長様の措置《そち》に反対されるか。大納言の君によると、反対されるだろうと言う。それ程、敦康親王への愛着が深まっているというのが理由だ。小少将の君は、中宮様の愛情は認めても、策略に長《た》けた道長様は、生まれて来る帝の第二皇子《みこ》を東宮にし、そして次は帝へ必ず昇らせる魂胆《こんたん》だと見ていた。道長様の方針の前には、中宮様も折れるしかないだろうというのが、大方の女房たちの結論だった。

その夜、中宮様が口にされた「生木を裂く」という言葉が、眠りを妨げた。それは書き進めている物語でも同じだった。明石《あかし》の君から、光源氏は姫君を生木を裂くようにして自邸に引き取ったのだ。明石の姫君は幼いので、その辛さはさして強くなく、今では紫の上になついている。

しかし明石の君のほうは、手塩にかけて育てた娘を手離して、どれほど悲しんでいるか、容易に想像できる。自分の運命を嘆きつつ、母の尼君と共に大堰《おおい》の山里で日々を送るしかないのだ。

そもそも光源氏をどこかに流して、試練を受けさせなければならないという考えは、物語を書き始めた頃から頭の隅にあった。このまま都で栄華を極めるだけの筋道では、物語が陰影《いんえい》を欠く。辛酸《しんさん》を嘗《な》めることによって、光源氏はひと回りも二回りも大きく成長する。

とはいえ光源氏を連れ出す先が都から遠く離れていては、連れ戻すのにいくつもの手順を踏む必要がある。道真公のように大宰府《だざいふ》に流されると、召還《しょうかん》は難しい。同じく、定子中宮の兄である藤原伊周《これちか》様も、終《つい》には道真公同様に大宰権帥《ごんのそち》となって、渋々下ったものの、翌年、東三条院《ひがしさんじょういん》の重病の際の大赦《たいしゃ》で都に戻っている。しかし、この伊周様の話は余りに生々しく、例に取ることはできない。

遣唐副使に任じられて、病と称して乗船しなかった小野篁《おののたかむら》が、流罪《るざい》で隠岐《おき》に送られた例もある。篁は二年後に宮に召還され、翌年には帝の特赦《とくしゃ》で元の位階に復された。しかし隠岐は大宰府以上に遠過ぎる。光源氏がそこに流されると、どこか話が昔物語に近くなる。

もうひとり、一世《いっせ》の源氏《げんじ》として臣下に下され、余りある才で左大臣にまでなった源高明《みなもとのたかあきら》様も、謀反《むほん》の疑いで大宰権帥に降格している。この場合も三年後には召還された。こうして見ると、大宰府は流謫《るたく》の地としては新鮮味を欠く。

都からはさして遠くない畿内《きない》にある土地柄として、最もふさわしいのは、摂津国守《せっつのかみ》だった伯父《おじ》の為頼《より》殿から聞いていた須磨《すま》だった。しかも須磨については、在原行平《ありわらのゆきひら》の歌、**わくらばに問う人あらば須磨の浦に　藻塩《もしお》たれつつわぶと答えよ、**があった。行平は流罪などではなく、あの辺りに住んだ経験があるのだろう。

以来、須磨という地は、都人《みやこびと》に、郷愁《きょうしゅう》のようなものを喚起《かんき》するのだ。しかも須磨を少し離れると、もう幾外《きがい》になってしまう。そこにあるのが明石だとは、伯父君から教えられていた。この須磨と明石以外、光源氏の流される地は考えられなかった。

それでは、何の罪で光源氏は流謫の身になるのか、その理由を書き記すのが次の課題だった。確かに光源氏は、快く思わない向きからは、罪にあたりかねない行為をしている。藤壺宮との密通は、秘められたままなので これはさし置いていい。しかし帝に入内予定の朧月夜《おぼろづきよ》と、弘徽殿皇太后《こうたいごう》の在所で契《ちぎ》った事実はもはや隠せない。

これを口実にして、光源氏が帝をないがしろにし、帝を退位させて、後見をしている東宮の治政を早めようとしたという嫌疑《けんぎ》はかけられる。光源氏を嫌う弘徽殿皇太后なら、その嫌疑を針小棒大にあげつらうことはできよう。

しかしその場合でも、罪状は決め難い。そのため明確な罪名は物語の奥に秘めたまま、我が身と東宮を護《まも》るために、光源氏は須磨に自ら赴くしか為すすべがなかったのだ。これによって、弘徽殿皇太后は、さらなる追及の手はもはや下せなくなる。

もうひとつ、光源氏を須磨・明石に下らせる理由として、貴なる人には苦難がつきものであり、それがその悲劇と高貴さを同時に高める作用があるのは否定しようがない。『日本書紀』には麻続王《おみのおおきみ》が因幡《いなば》国に流されたと記され、『古事記』には、木梨之軽太子《きなしのかるのみこ》と軽大郎女《かるのおおいらつめ》の同母兄妹が契った罪で、伊予《いよ》国まで下ったと記されている。

三位《さんみ》だった麻続王については、『万葉集』に、罪を得て王は因幡、二人の子はそれぞれ別々に伊豆《いず》島と血鹿島《ちかのしま》に流されたと書かれている。その麻続王が詠んだ歌は平易ながらも胸に打つ。

うつせみの命を惜しみ波にぬれ
伊良虞島《いらごのしま》の玉藻《たまも》刈り食《は》む

こうした流浪《るろう》の悲劇の例は、これまでの物語にもひとつの型として定着もしている。『竹取物語』の赫夜姫《かぐやひめ》、『宇津保《うつほ》物語』の俊蔭《としかげ》、『伊勢《いせ》物語』の東下《あずまくだ》りがそうであり、流浪そのものが物語になっている。

となれば、光源氏の須磨下りは、その背景はどうであれ、物語の中に組み込む必要があった。そしてこの流浪を奥深いところで支えているのが、住吉《すみよし》の神への信仰だ。

明石の君の父である入道《にゅうどう》は熱心な住吉信仰の人であり、毎年そこに明石の君を伴って祈願に行っている。光源氏もあとで、須磨への下向《げこう》が住吉の神の神意だと気づく。ある夜の暴風と高波で館が流されそうになったときも、神の怒りに触れたのだと思い、翌朝、明石入道の舟が迎えに来たときも、この海神《かいじん》の神意と感じて明石に移ることを決めるのだ。こうなると須磨下りは、光源氏の意志とはいえ、もはや宿命《しゅくめい》だったのだ。

宿命の地である明石で巡り会った明石の君と、契りによって生まれた明石の姫君は、これから先、物語の新しい起点になる。その起点となる人を、今は紫の上が養育している。これこそ光源氏が生きている限りの宿命に違いなかった。そう思い定めると、もう筆の進む先は自ずと明らかだった。

昨年の藤壺宮の喪《も》で中止されていた五節《ごせち》を、今年は、源氏の大臣が催す事になり、女童《めのわらわ》の装束《しょうぞく》も用意した。二条東院の花散里《はなちるさと》は舞姫に付き添う者たちの衣装《いしょう》を支度《したく》し、斎宮女御《さいぐうのにょうご》で今は中宮となって梅壺に住む秋好《あきこのむ》中宮も、女童や下仕《しもづか》えの装束を見事に調達させる。

去年が取り止めになっていただけに、殿上人《てんじょうびと》も今年こそはと、競い合うようにして舞姫を差し出そうとやっきになる。公卿《くぎょう》では、夕霧が慕う雲居雁《くもいのかり》の姫君の義父である按察《あぜち》大納言、内大臣の異母弟の左衛門督《さえもんのかみ》がそうであり、殿上人では光源氏の供人《ともびと》で今は近江守《おうみのかみ》兼左中弁になっている良清《よしきよ》が舞姫を出す。今年の舞姫たちは全員、宮中で宮仕えをするようにと勅命《ちょくめい》があったため、それぞれ自分の娘を差し出した。

源氏の君が推挙したのは、摂津《せっつ》守兼左京大夫《たいふ》になっている惟光《これみつ》の娘である。姿かたちが美しいと評判をとってはいたものの、父の惟光は頭を抱えて躊躇《ちゆうちよ》しているため、周囲の者たちは、「按察大納言は、側室腹の娘を差し上げられます。その下の位の者が大切な娘を差し出したところで、誉《ほま》れにこそなれ、恥にはなりません」と、言うので、それならこれを機に宮仕えさせようと決心した。

舞の稽古は入念に実家でして、介添《かいぞ》えの女房も慎重に選別して、当日の夕方、惟光は娘を二条院に送る。源氏の君も、紫の上や花散里の許にいる女童や下仕えを見比べて選び出し、帝の前で披露《ひろう》する前に、予行練習として源氏の君の前を通らせると、どれも捨て難く、美しさは優劣つけ難いので、「もうひとりの舞姫の介添え役も、こちらから出したくなる」と言いつつ、身のこなしと心配りを重視して選んだ。

一方、夕霧の若君は、胸塞がって食も取らず、鬱屈《うつくつ》した心地のまま、書も読まずに臥《ふ》していたが、外の騒ぎを聞きつけて体を起こし、そっと見に行く。その夕霧の姿は優雅で物静かであり、若い女房たちはつい見とれてしまう程であった。

源氏の大臣は我が子を紫の上の居所には決して近づけず、御簾の前にも寄らせていなかったので、若君は紫の上付きの女房たちとも疎遠《そえん》だったが、この日だけはふらふらと西の対《たい》にはいってしまうと、ちょうど、舞姫を牛車から降ろして、妻戸《つまど》の間に屏風を立て、控えの間をこしらえている最中であった。

若君が近寄って見ると、舞姫が疲れたのか苦しそうに柱に寄りかかっていて、年恰好はあの恋仲の姫君と同じで、多少背がすらりと高く、美しさの点では勝っている。とはいえ、暗くてよく見えず、あの姫君が頭に浮かび、つい自分の衣装の裾を引いて衣ずれの音を立てると、舞姫はさすがに変だと思って辺りを見回したので、詠歌した。

天《あめ》にますとよおか姫の宮人《みやびと》も
わが心ざす注連《しめ》を忘るな

天にいる豊受《とようけ》姫に仕える宮人も、私がひとり占めしようとして張った注連縄を忘れないで欲しい、という恋情であり、「注連」は占めを掛け、下敷になっているのは、神楽《かぐら》歌の「幣《みてぐら》は我がにはあらず天《あめ》に坐《ま》す豊岡姫の宮の幣」で、若君はさらに、**少女子《おとめご》が袖振る山の瑞垣《みずがき》の**、と、柿本人麻呂《かきのもとのひとまろ》の歌を引いて言い、下の句の、**久しき世より思いそめてき**、を匂わせる。

若くて美しい声であるものの、声の主がわからず、舞姫が気味悪く思っているところへ、化粧直しのために、女房たちが騒々《そうぞう》しくやって来たので、若君は残念そうに立ち去るしかなかった。

六位の袍の浅葱色が気に入らない若君は、気が滅入ったまま内裏へも参上しなかったが、五節の儀式なので、他の色の直衣《のうし》を着る事が許され、参内《さんだい》する。清らかな姿ではあっても幼いので、大人を気取ってあちこちに顔を出すと、帝をはじめ可愛がられ、なかなかの信望ぶりだった。

五節の舞姫が参入する儀式は比類なく趣向が凝《こ》らされ、舞姫の容姿の美しさは、源氏の君と按察大納言が差し出した娘が傑出《けっしゅつ》していると評判になっていた。なるほど、二人とも美しいのだが、おっとりとして可憐《かれん》なのは、源氏の君の舞姫のほうで、清楚《せいそ》でかつ華やかであり、臣下の娘とは思えない程美しく飾られていた。

源氏の君もそれを眺め、昔見た大宰大弐《だざいのだいに》の娘である筑紫《つくし》の五節を思い起こし、五節の最終日の夕暮れ、その筑紫の五節に文を送り、歌も添えた。

少女子《おとめご》も神さびぬらし天《あま》つ袖
　ふるき世の友齢《ともよわい》経《へ》ぬれば

かつての舞姫も年を取られたのでしょう、天衣《あまごろも》の袖を振っていた当時の友の私も同じです、という懐古《かいこ》で、「ふる」は古と振るを掛けていて、程なく返歌が届いた。

かけていえば今日のこととぞ思おゆる
　日蔭《ひかげ》の霜の袖に解けしも

五節にちなんでの恋心が、まるで今日の事のように思われます、冠《かんむり》に日蔭蔓《ひかげのかずら》をかざしたわたしは、日射しに雪が溶けるようにあなたに心を許しました、という懐旧で、「日蔭」は日の光の日影、「解け」は溶けが掛けられていて、青摺《あおずり》の紙をうまく取り合わせ、筆跡を人にはわからないように書いた墨の濃淡、万葉仮名を少しくずしたところなど、大弐の娘にしては趣《おもむき》に富んでいた。

一方、若君は、あの舞姫の姿が忘れられず、こっそりとうろついてみるが、見つける事ができないまま五節は終わった。

舞姫たちは、そのまま宮中に残り、宮仕えするようにと帝の意向が示されたものの、近江守良清の娘は唐崎《からさき》の祓《はらえ》、摂津守惟光の娘は難波《なにわ》の祓に、いったん退出する。按察大納言も、娘を改めて参内させる旨《むね》を奏上《そうじょう》し、左衛門督は資格外の娘を差し出していたので、帝の咎《とが》めがあったものの、娘はそのまま宮中に留め置かれた。

摂津守惟光が「典侍《ないしのすけ》がひとり欠員となっておりますので、どうかそこに私の娘を」と、人を介して伝えてきたので、源氏の君もその気になると、それを聞いて残念がったのは若君である。自分の年や位を考えると、あの舞姫を所望《しよもう》するなど、もっての外《ほか》で、自分の心の内など打ち明けるすべもない。この舞姫だけでなく、あの姫君も今は遠い所にあり、涙を浮かべる日々を送っていた。

舞姫の弟が殿上童《てんじようわらわ》として、常時この若君に仕えていたので、日頃とは違って親しく話しかけ、「あの五節の舞姫は、いつ内裏に参るのだろうか」と問うと、殿上童は「今年だと聞いております」と答える。

「きれいな顔立ちだったので、気になって仕方がない。そなたがいつも会っているのが羨ましい。もう一度会いたいので、何か手立てはないだろうか」と訊くと、「そんな事はできません。私でも思い通りには会えません。男兄弟として、近寄るのも難しいのです。ましてや若君のような高貴な方は、会うのは不可能でございます」と答えた。

若君は「手紙ならよかろう」と言って文を託すと、殿上童は、このようなやりとりは父の惟光から禁止されていたが、若君の熱心さに負けて手紙を受け取った。

文を渡された姉の舞姫は、大人びたところもあり、手紙に感動する。舞った時の日蔭蔓と同じ薄緑の料紙《りようし》を重ねてあり、筆遣いはまだ幼いものの趣があった。

日影にもしるかりけめや少女子が
天《あま》の羽《は》袖にかけし心は

あなたが挿《さ》した日蔭蔓ではありませんが、日の光ではっきりしたでしょう、舞姫の天の羽衣《はごろも》に寄せた私の恋心は、という恋情で、「日影」と日蔭蔓が掛けられていた。

二人で手紙を見ていると、父親の惟光が姿を見せたので、驚愕《きょうがく》して文を隠せないでいると、「一体何の手紙ですか」と問い詰められ、互いに顔を赤らめる。「何か悪い事をしたのですね」と惟光が叱ると、弟の方が逃げ出したので、呼びとめ、「誰からの手紙だ」と問うと、「源氏の君の若君が渡されたのです」と答えた。

惟光はうって変わって笑顔になり、「それは見上げた御心だ。お前たちと同じ年頃なのに、こうも違うとは」と、若君を褒める。その文を北の方にも見せると、「夕霧の若君が娘を見初《みそ》めておられるのであれば、宮仕えさせるよりも、若君に差し上げたほうがよいかもしれません。源氏の大臣は、いったん目をかけた人の事は忘れない、立派な性分の持主です。わたしたちも、明石入道の例になるといいのですが」と、北の方は結婚に乗り気になったものの、ともかく宮仕えの準備だけは調《ととの》えた。

若君は手紙さえも交わせず、悶々《もんもん》としていて、舞姫より思いの勝る方が心に残り、このまま会えなくなるのではと心細さは限りなかった。実家である大宮の許にも赴く気になれずに、行けば雲居雁のいた部屋や、長年一緒に遊んだ所が思い出されるため、ひたすら二条東院の自室に籠っていた。

源氏の君は我が子の世話を、西の対《たい》にいる花散里に託していたので、「大宮の命もそう長くはないでしょう。亡くなられたあとのために、今から若君に親しんでおくとよいです」と言い付け、根が素直で従順な花散里は、真心を込めて若君の世話をした。

若君は、この花散里を几帳《きちょう》や屏風の間《あいだ》から垣間見《かいまみ》て、「この方は美人ではないのに、よくぞ父君は見捨てずに大事にしている。自分はつれない人の美しさばかり心に浮かべて、恋しがっている。本当は、この方のように心穏やかな人を選んで愛するべきではなかろうか」と反省したものの、器量の良くない人とずっと面と向かうのも、あじけないとも思う。

「父君はしかし、この容貌とこの心映えを充分承知の上であり、このお方も幾重にも顔を隠し、父君からの世話を受け続けられてきたのだ」という若君の考え方は、なかなかしっかりしたものである。祖母の大宮は尼姿ながらも美しいので、若君はそうした美しさを普通だと思っていたらしく、それに比べると、花散里はもともと不器量であるのに、少し盛りを過ぎて髪も薄くなり、痩《や》せていたので、若君の受けた印象も、もっともではあった。

年の暮れが近づくにつれ、大宮はこの若君のために正月用の装束を美しく何着も仕立て、それを見た若君は気が滅入ってつい、「元旦《がんたん》には、あまり参内したくありません。こんなに準備されても無駄です」と言う。大宮は「そんな事を言うなど、まるで老人のようですよ」と諭し、若君は「年老いてはいませんが、気分はすっかり衰えています」と内心で呟きながら涙ぐむ。

まだあの姫君の事を思っているのだと感じて、大宮も泣き顔になり、「男は低い身分の者でも、心構えを高く持つべきです。余りにめそめそして、ぼんやり塞ぎ込むなど、縁起が悪いですよ」となだめたものの、若君は「いいえ、そうではありません。人は私を六位の身分だと蔑《さげす》んでいます。これもしばらくの間だとはいいえ、参内する気にはなれません。

祖父の太政大臣が存命であれば、冗談にも人に軽蔑などされなかったでしょう。実の親の源氏の大臣は、どこかよそよそしく、私を遠ざけていますので、気軽に対面はできません。ただ学問所の東院でのみでお傍近くに上がります。西の対におられる御方は優しい人ではあるものの、母上が健在であったなら、こんなに思い沈む事もなかったでしょう」と、涙が落ちるのを隠しつつ言う。

大宮は益々涙を流しながら、「母に先立たれた者は、身分にかかわらず誰でも不憫《ふびん》なものです。しかし自《おの》ずからの宿世《すくせ》に応じて一人前になってしまえば、とやかく言う者もなくなります。思い詰めないようにして下さい。確かに故太政大臣がもう少し長生きされたら、こうはならなかったでしょう。源氏の大臣にはその代わりの後見を願っていますが、思うようにはいかないようです。

一方の内大臣も心映えは並々ならぬと、世間では褒めているようですが、人柄が昔とは変わってしまいました。こうしてわたくしが長生きしているのも恨めしく、まして将来のあるあなたまでが、世の中に嫌気がさしているのを見ると、何もかもが恨めしく思えます」と、さめざめと泣いた。

元旦には、源氏の君は参内せず、ゆったりと自邸でくつろぎ、人臣として初めて摂政《せっしょう》になった藤原良房《よしふさ》の昔の例にならい、白馬《あおうま》を引き、節会《せちえ》を祝い、内裏の儀式を取り入れたので、過去の行事よりも華やかで立派な催しになった。

二月二十日の頃、帝は朱雀院《すざくいん》へ行幸《ぎょうこう》した。花盛りにはまだ早いとはいえ、三月は故藤壺宮の忌月《きづき》でもあり、早咲きの桜を賞《め》でるのにふさわしい時節だったので、朱雀院でも念入りに準備をし、帝の供をする親王や上達部などにも格別の配慮を怠らなかった。

帝は赤色の御表《おんぞ》を着、参加の人々はみんな青色の袍《ほう》に、表が白で裏が紫の桜襲《さくらがさね》である。呼ばれた源氏の太政大臣は、帝と同じ赤色の袍を着ているので、益々そっくりになり、ひとつのものとして輝き、見分けがつかない程だ。この日は特に漢詩の文人は招かれず、学才に富むと評判の学生《がくしょう》十人を呼び寄せる。式部省の試験にならって、帝が題を出したのも、源氏の大臣の子息が試験を受けるからかもしれなかった。

気後《きおく》れした者は何も考えられず、各自別々の繋《つな》がれていない小舟に乗せられ、詩作に難渋《なんじゅう》して途方にくれている。

日がようやく傾き、楽人《がくにん》を乗せた二隻の船が漕《こ》ぎ回り、調子合わせの曲を奏《かな》で、そこに山から吹き下る風が趣のある音を添えたので、「こんなに苦しい道を進まなくても、みんなに交じって楽に浮かれ興じる事もできるのに」と、夕霧の若君は、学生たちを眺めて世の中が恨めしくなる。

「春鶯囀《しゅんおうてん》」が舞われる頃になると、朱雀院は昔の花宴《はなのえん》を思い出して、「もう二度と、あの時のような花宴は見られまい」と言い、聞いた源氏の君も当時を思い出して、感慨深くなり、舞が終わると、朱雀院に盃を差し出して詠歌する。

鶯《うぐいす》の囀《さえず》る声は昔にて
むつれし花の蔭ぞかわれる

鶯の囀る声は昔のままなのに、親しく遊んだかつての花の陰は変わってしまいました、という郷愁《きょうしゅう》であり、朱雀院もすかさず返歌する。

九重《ここのえ》を霞隔《かすみへだ》つる住みかにも
春と告げくる鶯の声

内裏とは遠く霞で隔てられたこの院の邸にも、春を告げる鶯の声は聞こえてくる、という感謝で、「行幸」を鶯に喩《たと》えており、帥宮《そちのみや》で今は兵部卿《ひょうぶきょう》になっている源氏の君の弟君も、帝に盃を差し上げて、歌を詠じた。

いにしえを吹き伝えたる笛竹に
囀る鳥の音《ね》さえかわらぬ

昔を吹き伝えている笛の音色《ねいろ》も、囀る鶯の声も、昔と変わっておりません、という唱和《そうわ》歌で、桐壺《きりつぼ》院の御代《みよ》と今上帝《きんじょうてい》の世が変わらない事を見事に讃えていたので、盃を受け取った帝も歌で唱和する。

鶯の昔を恋いて囀るは
木伝《こづた》う花の色やあせたる

鶯が昔を恋しがって囀っているのは、飛び回っている木々の花の色が褪《あ》せてしまったからでしょうか、という謙遜《けんそん》であり、やはり自分の治政《ちせい》が桐壺帝の時代よりも劣っているからだろうか、という謙譲の心が示されていた。

楽所が遠くてもどかしく、帝の前に楽器が取り寄せられ、兵部卿宮は琵琶《びわ》、内大臣は和琴《わごん》、箏《そう》は帝、そして琴《きん》の琴《こと》は源氏の太政大臣が担当すると、いずれも名手であり、巧技を尽くした合奏は比類なく、楽に合わせて歌うのは、大勢の殿上人であり、まずは催馬楽《さいばら》の「安名尊《あなとうと》」が謡われる。

〽あな尊
今日の尊さや
古《いにしえ》も　はれ
古もかくや有りけんや
今日の尊さ
あわれ　そこ良しや
今日の尊さ

その次が「桜人《さくらびと》」になる。

〽さくら人其《そ》の船止《ちぢ》め
嶋津田《しまつだ》を十町《とまち》作れる
見て帰り来んや　そよや
明日帰り来んや　そよや
言《こと》をこそ明日とも言わめ
遠方《おちかた》に妻《つま》さる夫《せな》なれば
明日もさね来《こ》じや　そよや
明日もさね来じや　そよや

朧月《おぼろづき》が出て興を添える時分、中島《なかじま》のあちこちに篝火《かがりび》を灯《とも》して、管絃《かんげん》の遊びは終わり、夜は更《ふ》けたものの、こうした折に皇太后宮である弘徽殿大后《おおきさき》を訪れないのは失礼になるので、帝は帰りがけにそこに赴いた。源氏の君も付き従ったので、かつて源氏の君を遠ざけた、大后も喜んで対面する。

年を取った姿を見るにつけ、帝は母宮の亡き藤壺宮を思い出し、「こんな年齢まで生きておられる方もいるのに」と早逝《そうせい》を悲しんでいると、大后は「今はこんな高齢になってしまい、いろいろな事はもう忘れてしまっております。お立ち寄り下さったのも勿体《もったい》なく、改めて昔の御代が思い起こされます」と泣きながら言い、その昔、源氏の君を疎《うと》んだ事は忘れたと吐露《とろ》する。

帝は「桐壺院と藤壺宮の両親に先立たれてからは、春の訪れもわからずに過ごしておりました。今日はやっと心が慰められました」と言うと、源氏の君も恭《うやうや》しく「また改めてお伺い致します」と言い添えた。

二人が慌ただしく退出する響きを聞きながら、大后は胸騒ぎを覚え、「あの源氏の君は、昔の事をどのように感じておられるのだろうか。かくも立派に世の中を治められる宿縁《しゆくえん》は、もう消し得ないものだった」と、過去を後悔した。

一方、朱雀院と一緒に暮らしている朧月夜の尚侍《ないしのかみ》も、心静かに昔を思って感慨に耽《ふけ》る。源氏の君は今でも時節に応じて手紙を送っていた。

こうした世の変化を見た弘徽殿大后は帝に奏聞《そうぶん》するたび、下賜《かし》された年官《ねんかん》や年爵《ねんしやく》に不満を漏《も》らし、増額を願い出て、長生きした不自由な身を嘆く。昔の権勢を取り戻りそうとして不機嫌さは募《つの》り、意地の悪さも加わり、朱雀院もこの母君を持て余すばかりだった。

他方、学問に身を入れていた夕霧の若君は、行幸の日の漢詩を見事に作って、擬文章生《ぎもんじようしよう》から文章生になり、進士《しんし》の資格を取得した。受験生には何年も勉学した優秀な者のみが選ばれていたのに、合格者はわずか三人のみであった。

秋の司召《つかさめし》で、従五位下《じゆごいげ》に任命され、中務省《なかつかさしよう》の侍従《じじゆう》になった若君はあの姫君の事を忘れないものの、父の内大臣がひたすら守り遠ざけているので、強《し》いては会わず、つてを得て文のみを送り届けるしかなく、二人とも互いに悩み合う日が続いた。

この頃、源氏の君は、閑静な屋敷を新しく建てる算段をしていた。どうせなら、広大で興趣《きようしゆ》に富む邸にすべきで、あの大堰《おおい》に住む明石の君も、山里からそこに移したいと思い、六条京極《きようごく》に、秋好中宮が母の六条御息所から受け継いだ旧宮邸があったので、それを含めて四町の敷地を入手した。

通常は三位《さんみ》以上の邸宅は一町、三千坪だったので、その四倍にあたる破格の広さになる。ちょうど、紫の上の父である式部卿宮が来年は五十歳になるため、紫の上がそれを口にすると、源氏の君も、「確かに五十歳の算賀《さんが》に合わせよう」と賛同し、造営を急がせた。

年が改まり、源氏の君は三十五歳の春を迎え、算賀の準備だけでなく、法要のあとの精進落《しようじん》としの宴などに備えて、楽人《がくにん》や舞人《まいびと》の選定も入念に行う。加えて、経巻《きようかん》や仏像の入手、法事の日の装束、禄《ろく》については、紫の上が支度を調え、二条東院に住む花散里も、この準備に加わり、紫の上との文のやりとりも親密になった。

六条院の造営は、世の中を揺るがす程の出来事になり、式部卿宮の耳にもはいり、「長年、源氏の大臣は世間に対しては、隅々にまで行き渡る程の慈愛を示している。しかし、この自分に対しては薄情であり、ここに仕官している者たちの昇進にも気を配らなかった。私を恨めしいと思っているのだろう」と、情けなく感じる。

その反面、「しかし源氏の大臣が大切にしている女君《おんなぎみ》が大勢いる中で、我が娘の紫の上を特別に愛情深く過ごしているのは、名誉な事です。ただ娘の運がこちらに及んでいないだけでしょう。とはいえ、この頃は自分の五十賀のために、世を驚かす程の準備をしてくれていると聞いています。これこそ晩年になっての思いがけない幸運です」と北の方に言う。

紫の上の継母《ままはは》である北の方は不満たらたらであり、自分の娘が女御として入内した折に、源氏の大臣が何の配慮もしてくれなかった恨みがまだくすぶっていた。

八月になってようやく、六条院が完成し、西南の町は、六条御息所の旧宅だった場所なので、そのまま娘の秋好中宮の住居になった。東南の町が源氏の君と紫の上の町になり、東北の町は二条東院に住んでいる花散里、西北の町は明石の君の居所になり、もともとあった池や山は、不都合な所にあったのを崩して移し、水の趣、山の配置も改め、様々にそこに住む人の好みに合わせて造営されていた。

源氏の君と紫の上の住む東南の町は、山を高くし、春の花の木を数多く植え、池の有様も情緒《じょうちょ》がある。部屋の近くには、五葉《ごよう》の松、紅梅《こうばい》、桜、藤、山吹、岩つつじを植え、所々に秋の植え込みも取り混ぜた。

前斎宮の秋好中宮の邸は、その名の由来にもなっている秋の興趣が中心であり、もとからあった山に、紅葉《もみじ》が濃くなるような植栽を加え、泉の水を長々と流し、岩を置いて遣水《やりみず》の音を高め、滝も落として秋の野を表わしている。ちょうど時節柄、草花が盛んに咲き乱れていて、嵯峨《さが》の大堰の辺りの野山も、ここには顔負けだった。

花散里の住む東北の町には、涼しそうな泉があって、夏の趣が前面に出ており、部屋近くに呉竹《くれたけ》が植えられ、下風《したかぜ》が涼しく抜けるように工夫され、木高い森にも似て樹木が繁《しげ》っている風情も面白い。山里のように垣根には卯《う》の花を巡らせ、花橘《はなたちばな》や撫子《なでしこ》、薔薇《そうび》、くたになどを植え、少しばかり春秋の木草も交ぜていた。

花橘を見れば、『古今和歌集』にある、**五月待つ花橘の香《か》をかげば 昔の人の袖の香ぞする**、を想起する仕掛けが工夫されている。東面《ひがしおもて》は敷地を分けて、東半分は馬場殿《うまばどの》になり、柵を組んで、五月の行事の遊び所となっていて、水辺に菖蒲《しょうぶ》が植えられ、その対岸が厩舎《きゅうしゃ》であり、良馬が揃えられていた。

明石の君を迎えるべく造営された西北の町は、北面《きたおもて》を築地《ついじ》で区切り、御倉《みくら》町になり、隔ての垣根には雪を積もらせるために、松の木が繁っていて、初冬の朝霜が降りるための菊の籬《まがき》がある。柞《ははそ》の原の紅葉も美しく、その他にも名も知れない深山木《みやまぎ》が移植してあった。

引越しは秋の彼岸《ひがん》の頃に行われ、みんな一度に移るように源氏の君は決めたものの、秋好梅壺中宮は、騒々しさを避けて少し遅れてする事にし、例の如《ごと》くおっとりして物怖《ものお》じしない花散里は、夜、紫の上と同じ時に移った。源氏の君と紫の上が移った春の町の飾りつけは、この季節にはふさわしくないものの、特別な情趣があった。

なべて牛車は十五両で、前駆《さき》を務めたのは四位《しい》、五位《ごい》の者が多く、六位の殿上人は最適な者だけが選ばれ、世の評判にならないように、仰々《ぎょうぎょう》しくなるのを嫌い、簡略を心がけていた。花散里も紫の上同様で、夕霧の君が何くれと世話をしての転居になり、女房たちがはいる部屋は、特別に曹司町《ぞうしまち》のようなものが設けられており、それぞれ細《こま》やかに割り当てられた。

五、六日あとに、前斎宮の秋好中宮が宮中の梅壺から退出して来る。これは簡略とはいえ自然に盛大なものになり、中宮が好運であるのはもちろん、心映えも奥床《おくゆか》しく、世の信頼も得ていた事の表れである。

各町の間には塀や廊《ろう》などを造り、互いに往来が可能で、交際がしやすいようになっていた。

九月になり、紅葉が所々で色づき始めると、秋好中宮の庭先が、言いようのない程興趣を増してきた。微風が吹く夕べ、箱の蓋《ふた》の上に色とりどりの花や紅葉を交ぜて、秋好中宮が紫の上に献上すると、大柄な女童《めのわらわ》が濃い紫色の衵《あこめ》に、紫苑《しおん》の織物の表着《うわぎ》を重ね、その上に赤朽葉《あかくちば》の汗衫《かざみ》を着て、廊を通り、渡殿《わたどの》の反橋《そりはし》を器用に渡って参じる。

これは中宮の贈物の際の決められた儀式であり、特にこの女童は美しく高貴な所に仕えた経験があって、立振舞が垢抜《あか》けしていて、こうしたならわしにはふさわしかった。献上の贈物には、中宮の歌が添えられていた。

心から春まつ苑《その》はわが宿の
　紅葉を風の伝《つ》てにだに見よ

心から春を待たれている庭は寂しいでしょうから、わたくしの町の紅葉をせめてもの、秋の風の便りにしてご覧下さい、という心意気が示されていたので、春の町では、若い女房たちが、使者の女童を様々にもてなす。紫の上の返事は、この箱の蓋に苔《こけ》を敷いて岩のようにして、五葉の枝に歌が添えられていた。

風に散る紅葉は軽し春の色を
岩根《いわね》の松にかけてこそ見め

風に散る色変わりする紅葉は軽いものです。春の緑色を、永久に変わらぬ岩根の松と思ってご覧下さい、という応酬歌《おうしゅうか》であり、よく見ると、この岩根の松も見事な出来の作り物で、秋好中宮に仕える女房たちも、紫の上の咄嗟《とっさ》の着想に趣味の良さを感じ、互いに褒めそやした。

春の町にいた源氏の君は、中宮の文を見て感心し、「この紅葉の手紙は、いかにも小憎《こにく》らしい配慮です。春の盛りの頃に、また返事をしたらどうでしょうか。今の時節に紅葉をけなすと、秋の女神の龍田姫《たつたひめ》が怒るでしょうから、ここはいったん退《ひ》いて、来春に改めて春の花を楯《たて》にすると、強い事も言えますよ」と言う。

源氏の君の姿は誠に、若々しくて美しく、今は思い通りの住居となり、六条院の女房たちは、互いに文のやりとりをした。

大堰に住む明石の君は、他の女房たちの引越しが一段落したあとこそ、人数のうちにもはいらない自分にふさわしいようだと、初冬の十月になって、そっと冬の町に移る。住居の飾りや調度《ちょうど》も、他の町といささかも変わらず、重々しく調えられており、これも明石の姫君を大事に思う故《ゆえ》の源氏の君の配慮だった。

第二十九章　中宮懐妊《ちゅうぐうかいにん》

この「少女《おとめ》」の帖《じょう》を書き終えて、さてその次をどうするかを考えあぐねた。光源氏は六条院を完成させ、太政大臣《だいじょう》としてようやく栄華の極みに達していた。光源氏三十五歳の冬だ。

六条院東南にある春の町は光源氏の本宅であり、紫の上とその養女にもなった明石《あかし》の姫君もいる。東北の夏の町に住むのは花散里《はなちるさと》で、預かっていた夕霧《ゆうぎり》の若君は二条東院に残して来ており、今のところひとり住まいだ。

もともと母の六条御息所《ろくじょうのみやすどころ》から、前斎宮《さいぐう》の秋好中宮《あきこのむちゅうぐう》が伝領したのが、六条院の一部になっているので、この西南の場所を、中宮が好む秋の町にしていた。

そして西北にある冬の町には、ひっそりと明石の君《きみ》が大堰《おおい》の山里から移住して来ていた。我が娘の明石の姫君とは別々の住まいではあるものの、同じ六条院の邸宅内なので、心は穏やかであるはずだった。

こうして時代は、少しずつ次の世代に移って行こうとしている。物語の先を担《にな》うのは、光源氏の二人の子であるのは当然とはいえ、まだ物語を移行させるには若年過ぎる。夕霧は進士《しんし》に合格したばかりで、十二歳で元服して二年くらいにしかならない。初恋の相手である内大臣の娘の雲居雁《くもいのかり》とは仲を裂《さ》かれ、悶々《もんもん》とする中、惟光《これみつ》の娘に文《ふみ》を送ったりして心は定まらない。

明石の君に光源氏が産ませた明石の姫君は、紫の上に養育されて、いずれ東宮《とうぐう》へ入内《じゅだい》するのは間違いない。しかし、まだそれは何年か先になる。

こう考えると、物語としてはここは小休止で、このまま筆を進めるには無理があった。各人物が動きようがないのだ。別方向から物語を進める必要があった。これまでの物語の流れで、光源氏に陰影を添えたのは、何と言っても、須磨《すま》への配流《はいる》だった。その罪の詳細はぼかしたままにし、貴人につきものの流離譚《りゅうりたん》に依拠《いきょ》させ、そこに住吉《すみよし》の神意を添えた。

幸いこの点については、読んだ親しい女房《にょうぼう》たちから、とやかくあげつらわれたことはなかった。逆に弁内侍《べんのないし》の君からは、「須磨・明石の情景が目に浮かぶよう」と褒《ほ》められ、小少将《こしょうしょう》の君からは「須磨・明石に行ったことがあるのね」とまで訊《き》かれた。

その返事は濁したものの、行ったことなどあるはずはなかった。摂津守《せっつのかみ》だった亡き伯父《おじ》から、少しだけ仄聞《そくぶん》したのみだった。実際に訪ねていれば、京から難波《なにわ》までの船旅の様子、そして須磨や明石の風景も、もっと詳細に描《か》けたに違いない。

とはいえ、光源氏を京の外に出したことで、物語に広がりが加わり、物語の新たな起点にもなり、明石の姫君を登場させることができた。

次に描く舞台も、やはり京の外にする必要がある気がする。それは、京よりもっと遠い所に求めなければなるまい。といっても何年か住んだことのある越前《えちぜん》では、余りに近過ぎ、須磨・明石と五十歩百歩だ。

　土地勘というか、多少なりとも聞き知っているのは九州だった。若い頃の夫だった平維敏《たいらのただとし》殿の最後の任地が肥前《ひぜん》だったので、唐津《からつ》の美しさも聞いている。さらに筑前《ちくぜん》に関しては、何と言ってもあの藤原宣孝《のぶたか》殿が筑前守と大宰少弐《だざいのしょうに》を兼任していたので、さんざんその土地のことを聞かされた。この大宰府こそは、あの菅原道真《すがわらのみちざね》公の左遷《させん》の地でもあり、知らなくても、京人《きょうびと》には何となく親しみのある場所と言えた。

　加えてもうひとつ、短い縁ではあったものの、藤原保昌《やすまさ》殿も肥後《ひご》の国守を務めていた。

　この肥後と肥前、そして筑前の三国との縁を考えると、何か神慮《しんりょ》が働いているような気がして、啞然《あぜん》となる。契《ちぎ》りを結んだ三人の殿方すべてが、この地と縁があったのだ。次の物語の起点とすべきなのは、その三国に違いない。

　書き終えた物語の中で、どうしても頭から去らない人物がいた。西の京にある乳母《めのと》の家から光源氏によって拉致《らち》され、廃院で契《ちぎ》ったあと、物の怪《け》に取り憑《つ》かれて急死した夕顔《ゆうがお》だ。夕顔の亡骸《なきがら》は、夕顔に付き添った女房の右近《うこん》をその場に残して、密《ひそ》かに葬られた。光源氏十七歳のときのこの体験は、光源氏の記憶に深々と刻まれている。

　その折の罪滅ぼしとして、光源氏は亡き夕顔の女房右近を、今でも身近に置いていた。かつて右近に対して、光源氏は「夕顔こそ我が理想の女人《にょにん》」と語っていただけに、右近としては六条院が完成した今、夕顔が生きていれば、この邸《やしき》のどこかに迎え入れられたはずだと嘆いているに相違ない。

　そして光源氏と右近が共に、気にかけているのが、夕顔が遺《のこ》した三歳の女児だった。今の内大臣、かつての頭中将《とうのちゅうじょう》との間に、夕顔が産んだ娘で、あのときはまだ幼かった。その後どうしているか、内大臣はもとより、誰ひとり行方《ゆくえ》を知らなかった。

新たに紡《つむ》ぐ物語では、この姫君にこそ焦点《しょうてん》を当てるべきだろう。しかしどうやって起筆するか、思案しているうちに師走《しわす》になり、年の瀬も迫りつつあった。

そんな忙しい折、宰相《さいしょう》の君から小声で話しかけられた。

「『少女』の帖、読みました」

そう言われて驚く。もう女房たちの間で話の続きが読まれているのだ。

「わたしも、書写し終えて、大切に取ってあります。いずれ里居《さとい》したときに、家人《けにん》に書き写させるつもりです」

宰相の君が満足げに言う。「とうとう、良清《よしきよ》と惟光が国守になったのですね。これこそ光源氏の政治の力でしょう。左中弁《さちゅうべん》の良清は、近江守《おうみのかみ》を兼ねています。東国《とうごく》から京にはいるには、逢坂《おうさか》を越えて粟田口《あわたぐち》に至ります。北陸の諸国からの貢納物《こうのうぶつ》も、若狭《わかさ》から勝野津《かちのつ》あるいは海路で敦賀津《つるがつ》に至り、今度は陸路で塩津《しおづ》に出ます。いずれもあとは、舟で大津に至って京に辿《たど》り着きます。この要所が近江国です。そこを光源氏は腹心の部下の良清に治めさせたのです」

宰相の君がそこまで詳しいのも、縁者に国守が何人もいるからだろう。「もうひとりの惟光には西《さい》国《ごく》の護《まも》りをさせています。左京大夫《さきょうのだいぶ》を兼ねた摂津守《せっつ》ですから、難波津を治めています。山陽道や南海道、さらに西海道で集められた物資は、海路で必ず難波津に到着します。そこから淀川《よどがわ》を上って京に至るのです。その要衝《ようしょう》の地を惟光が統《す》べているのです。須磨と明石で苦労を共にした二人が、受《ず》領《りょう》とはいえ、こうして政《まつりごと》の中枢にいるのを言祝《ことほ》ぎたく思います。もちろんそれを采配《さいはい》した光源氏、物語を書いたあなたも言祝ぎたいのです」

宰相の君は長々と話したのを恥じるように、少し顔を赤らめる。

「ありがとうございます」

そう答えて頭を下げた。宰相の君は、讃岐《さぬき》守の大江清通《おおえのきよみち》殿の妻でもあるので、国守の地位の軽重《けいちょう》については精通しているに違いなかった。

その日の夜、隣の局《つぼね》の小少将の君から、思いがけない慶事を耳打ちされた。

「中宮様には、どうやら十一月の月事《げつじ》がなかったようです。この師走もなければ、ご懐妊《かいにん》かもしれません。大納言《だいなごん》の君の話では、このところ食が細くなられたそうですし」

「それは、それは」

年が明ければ、中宮様は二十一歳になられる。帝《みかど》は二十九歳、むしろこれは当然の結果だろう。

「それで道長《みちなが》様への報告はされたのですか」

これを最も喜ぶのは、道長様に決まっている。小少将の君は首を振った。

「中宮様からは、道長様にはお知らせないようにと口止めされています。騒ぎ立てられるのがお嫌なのでしょう。御匣殿《みくしげどの》の例もありますから」

小少将の君が眉《まゆ》をひそめる。御匣殿の不幸は耳にしていた。前の中宮定子《さだこ》様の妹で、亡き定子様に似ていたので帝に愛されて、懐妊された。しかし不幸にも出産に至らないまま死去、享年《きょうねん》十八だったと聞いている。五年ほど前の悲劇だ。

「もし来年、皇子を出産されれば、道長様のお喜びは天まで昇るくらいのものでしょう」

声を潜《ひそ》めて言い、小少将の君の反応を見る。

「とはいえ、帝には既《すで》に定子様腹の第一皇子《みこ》、敦康親王《あつやすしんのう》がおられます。その親王を彰子《あきこ》中宮様は大そう慈《いつく》しんでおられ、もう実の母子のようです。このこともあって、中宮様は、この慶事を手放しで喜ばれないのではないでしょうか」

なるほど、中宮様の近くに長く侍《はべ》っている小少将の君ならではの思慮《しりょ》だった。その敦康親王も、来年には十歳になられるはずだ。

しかし年が明けてしまえば、この慶事はあからさまになる。知らせは正式に道長様に届き、帝にも奏上《そうじょう》されるはずだった。なれば、これから世の中が変わっていく。この一条院内裏《だいり》は、そのはざまに立たされていた。

年末から年始にかけて、行事が重なっているなかで、ふと思い出されたのが、『詩経《しきょう》』の中の一節「葛藟《かつるい》」だった。

綿々たる葛藟　河の滸《ほとり》に在《あ》り
終《つい》に兄弟《けいてい》に遠ざかりて　他人を父と謂《い》う
他人を父と謂うも　亦《また》我を顧《かえり》みる莫《な》し
綿々たる葛藟　河の涘《みぎわ》に在り
終に兄弟に遠ざかりて　他人を母と謂う
他人を母と謂うも　亦我に有《した》しむ莫し
綿々たる葛藟　河の漘《しん》に在り

終に兄弟に遠ざかりて　他人を昆《あに》と謂う
他人を昆と謂うも　亦我に聞く莫し

幼い頃、この漢詩を父君から教えられ、意味を解したとき、言いようのない悲しみで胸が塞《ふさ》がれたのを覚えている。語数が少なく、反復が多いので、父君はこれを子供にも平易《へいい》だと考えたのだろう。平易であっても、意味は深く、自室に戻っても、そして床《とこ》にはいっても、この詩に描かれた幼子《おさなご》の運命に涙が出てきた。

父君によると、葛《かつ》は文字通りどこにでも生い繁《しげ》る葛《くず》であり、藟《るい》は木蔦《きづた》で、樹木にからみついてどこまでも伸びるつたのことだ。その有様《ありさま》が、この可哀想《かわいそう》な貰《もら》い子が、はるばる遠くまで流浪《るろう》して来たことを示していると言う。

その貰い子は、親兄弟姉妹と別れ、見知らぬ土地までやって来ている。他人を父と呼ばねばならないが、父は振り返ってもくれない。他人を母と呼んでも、親しんではくれない。他人を兄と呼んでも、兄は話しかけてもくれない。

そんな幼い女の子の境涯《きょうがい》と、親兄弟姉妹、そして祖母に囲まれて育っている我が身を比べて、谷底を覗《のぞ》き込んだようなおののきを覚えたのだ。もし自分がそんな境遇《きょうぐう》に落とされたら生きてはいけないような気がして、貰い子への同情が募《つの》った。

そんな幼い頃の懐旧に浸っているうちに、筆の先が動き出した。

あれから十七、八年が経過したものの、源氏の君にとって忘れようとしても忘れられないのは、夕顔であり、生きていたならと、口惜《くちお》しさが、他の様々な女を見るたびに頭をよぎる。せめてその形見にと、あれ以来、身近に仕《つか》えさせているのが、夕顔の女房だった右近であり、須磨へ退居した時には、他の女房たちと同様、紫の上に預けた。

以来、そこに留《とど》まっていて、控え目な気立《きだ》てのよさで、紫の上も気に入っていたものの、右近は胸の内では薄幸《はっこう》な夕顔を思っては涙しつつ、「もしあの方がご存命であれば、明石の君にも負けないくらいの寵愛《ちょうあい》を受けていただろう。源氏の君は、さして思いが深くない方でさえも、見捨てずに世話をされている。まして夕顔の君であれば、高貴な方々並とはいかないまでも、六条院への引越しの中には加われていたはずだ」と、どうしても諦《あきら》められない。

悲嘆に暮れつつも、ひとえに気になるのは、夕顔の遺児の幼い姫君で、その行方は杳《よう》として知れず、また源氏の君からはあの一件を口止めされていたため、泣く泣く捜し出すのを断念していた。

その幼な子は、右近の母とは別の、もうひとりの夕顔の乳母の許《もと》で育てられていて、乳母の夫が大宰少弐の正五位上《しょうごいじょう》に任じられたので、みなで一緒に筑紫に下る事になった。この時、姫君はわずか四歳であった。

乳母はそれまでに、夕顔の行方を知ろうとして、あらゆる神仏に祈り、夜昼泣いては、心当たりの所を捜させたものの、とうとう聞き出せないまま、「こうなれば仕方ない。せめて姫君だけでもあの夕顔の母君の形見と思って育てよう。とはいっても、遠い筑紫へ連れて行くのも、可哀想だ。ここは、父君の頭中将に知らせるべきかもしれない」と思ったが、頭中将には全くつてがない。

「たとえ、しかるべきつてを見つけたとしても、母君がどこに行ったか訊かれると、答えようがない」と考えて、他の乳母たちに相談すると、「いやいやその前に、この姫君を父君に預けたとしても、馴染《なじ》んではおらず、母親がいないため継子《ままこ》扱いされるだけでしょう」と言われる。

「そしてまた、父君が姫君を我が子だと知れば、筑紫まで連れて行くのを許さないでしょう」と言われ、父君の頭中将には知らせずに、筑紫に姫君を伴う事を決めた。

幼いながらも気品があって美しい姫君を、並の屋形船《やかたぶね》に乗せて漕《こ》ぎ出した時、いかにも不釣合《ふつりあい》で、気の毒ではあった。姫君は幼な心にも母親を忘れておらず、折に触れては「母の御許《おんもと》に行くの」と訊く。そのたび乳母は涙にくれ、二人の実の娘たちも夕顔の君を恋しがっては泣くため、「船旅に涙は縁起が悪く、禁物《きんもつ》です」と、乳母は涙をこらえながら、娘二人を制した。

景色のよい所を通る時、娘たちは気が若かった夕顔の君を思い出しては、「あのお方にも、この道中の眺《なが》めも見せてやりたかった」と言い、「夕顔の母君がおられたなら、わたしたちも筑紫に下っていません」と語り合っては、つい京の方ばかりが恋しく、寄せては返す波が恨《うら》めしくもある。心細くなっているところに、舟子《ふなこ》たちの荒々しい歌声も聞こえてくる。

〽うらがなしくも遠くに来にけるかな

娘二人は、たまらず互いに涙を流しつつ、歌を詠《よ》んだ。

舟人《ふなびと》もたれを恋《こ》うとか大島《おおしま》の
うら悲しげに声の聞こゆる

来《こ》し方も行方も知らぬ沖に出《い》でて
あわれいずくに君を恋《こ》うらん

第一首は、船乗りたちも誰を恋しがっているのでしょう、大島の浦を過ぎる時、悲しげに歌う声が聞こえます、という感傷で、「うら」には大島の浦とうら悲しを掛けていた。二首目は、来た方角も行く方向もわからない沖に漕ぎ出して、どこを目ざしてあなたを恋い求めるのでしょうか、という夕顔の君への追慕《ついぼ》であり、『古今《こきん》和歌集』にある小野篁《おののたかむら》の歌、思いきや鄙《ひな》の別れにおとろえて　海人《あま》の縄たきいざりせんとは、を下敷にしていた。

玄界灘《げんかいなだ》の鐘崎《かねざき》を過ぎると、『万葉集』にある、ちはやぶる金の岬を過ぎぬとも　われは忘れじ志賀《しか》の皇神《すめかみ》、が、明け暮れ乳母の口癖になった。

任地に着いてからは、遥かに都から隔たっているのを思い、泣きながら、姫君を大切な主人と思って日々を送っていた。乳母は夢に夕顔の君を見る折もあって、夕顔と同じ姿をした女が一緒にいるようにも見え、夢から覚めたあとは気味悪く、体の具合も悪くなり、やはり、夕顔の君はもうこの世にはいない気がして、悲しみが募るばかりだった。

夫の大宰少弐は、ようやく五年の任期が果てて帰京する事になったが、都への道程は遠く、財力も充分でないまま、出立《しゅったつ》を思い留まっているうちに、重い病《やまい》を得た。今にも死にそうな気がしてきて、姫君を眺めると、十歳ばかりになっており、全く比類《ひるい》ない美しさに、心配が先立ち、「この自分までがこの世を去って、姫君を見捨てるような事になれば、姫君は落ちぶれ果ててさ迷われるに違いない。かといって、この田舎《いなか》の地で成長されても、これはこれで勿体《もったい》ない。やはりここは何としてでも京に連れて行き、父君に知らせるべきだろう。

あとは姫君の前世からの因縁《いんねん》にまかせて、お世話すればいい。都は広いので、何とかなろう。そう思い定めて旅装を調《とと》えていたのに、ここで命が果てるとは情けない」と、姫君の将来を思い遣る。三人の息子を呼びつけて、「この姫を京にお連れする事を第一にせよ。私への供養《くよう》など二の次でよい」と遺言した。

姫君が誰の子であるのかは、邸に仕える人々には知らせず、ただ自分の孫で、大切に育てる理由があるとのみ、言いきかせて、誰にも会わせずに大事に育てているうちに、大宰少弐があっけなく亡くなった。

遺された家族は悲嘆にくれつつ、京への旅立ちの準備をしたものの、少弐とはそりの合わない地方の有力者が多かったため出立をためらい、怯《おび》えつつ何年か過ごしているうちに、姫君は成長するにつれて、夕顔の君以上の美しさになった。父君の血筋も加わってか、気品も備わっていて、気立てもおっとりとして非の打ちどころがなかった。

こうした姫君の評判を聞きつけて、色好みの田舎人が数多く、恋文を送りつけるようになり、乳母たちは気味悪がって、誰ひとり会う気にはなれず、「この孫娘は顔立ちは人並ですが、体に支障《さわり》があるので、縁づかせずに尼にして、わたしが生きている間は、手許に置いておくつもりです」と、言い散らした。

「亡き少弐の孫は体に見苦しい点があるようだ」という噂《うわさ》が立ったため、そんな噂とて忌《い》まわしく、乳母は、「何とかして姫君を都に連れて行きましょう。父君の内大臣に報告しなければなりません。

幼い頃、内大臣は本当に可愛《かわい》いと言っておられたので、今更見捨てる事はなさるまい」と言い、嘆きながら、神仏に願をかけるのに余念がなかった。

そのうち、乳母の娘や息子たちも、それぞれ土地の男女と縁づき、住みつくようになると、乳母は心の中で何とか上京しなければと思うものの、帰京は遠のくばかりであった。姫君も分別がつく年頃になり、この世と我が身の運命を乳母は嘆きながら、正月、五月、九月の前半分の十五日間、精進《しょうじん》して菩薩《ぼさつ》祈願《きがん》を怠《おこた》らず、こうして二十歳《はたち》になる頃には、この土地柄には稀有《けう》な美女に成長した。

この頃、乳母一家が住んでいたのは肥前国《ひぜんのくに》であり、ここでも姫君の様子を聞きつけた土地の有力者たちが、ひきもきらず訪ねて来た。

中でも特に熱心なのは、大宰少弐に次ぐ官職の大監《だいげん》にあって、特に従五位《じゅごい》に叙せられて大夫監《たいふのげん》になった男で、出自は肥後国で、そこでは一族が幅を利《き》かせ、声望も勢力も備っている武士であり、無骨《ぶこつ》ながらも好き心を持っていた。

器量《きりょう》の良い娘を集めて妻にする魂胆《こんたん》があり、姫君の噂を聞きつけて言い寄って来て、「体に支障があったとしても、私は見ぬふりをして、是非《ぜひ》とも妻に迎えたい」と言う。その熱心さが薄気味悪く、乳母が使いの者に、「お受けできません。孫は尼になるつもりでおり、縁談はすべて断っています」と伝えた。

この返事を聞いた大夫監は、なおも執心《しゅうしん》して肥前国にやって来た。

乳母の息子たちを呼びつけ、「あなた方が自分の意を汲《く》んでくれたら、互いに協力し合って家を興《こう》隆《りゅう》させましょう」と甘言《かんげん》する。三人の息子のうち下の二人は賛同してしまい、そのひとりは「当初は不釣合《ふつりあい》な縁談と思い、姫君が気の毒と考えていましたが、私共が庇護者《ひごしゃ》として頼りにすれば、大夫監は力強い後見《うしろみ》になる人です。あの人に悪く思われたら、この辺りで安らかに暮らしていける所はありません。

　確かに姫君は貴《とうと》い方の血筋ではあるものの、親からは子の数の中には入れてもらえず、世間に知られないままではどうしようもありません。あの人がこうして熱心に求婚しているのは、姫君にとっても幸いかもしれません。このような田舎暮らしになったのも、前世からの因縁でしょう。今更逃げ隠れしたとて、うまくいく事はありません。あの人が、都人《みやこびと》には負けられないと怒り出したら、もう手がつけられません」と言って脅《おど》すので、乳母はどうしたものかと心が揺らいだ。

　そこで口を開いたのが長男の豊後介《ぶんごのすけ》で、従六位上の豊後国次官《すけ》だったが、任期が終わって肥前に来ていて、「それは道理からはずれている。亡き父の遺言に背《そむ》く事はできない。かくなる上は、何としてでも算段を巡らして、姫君を京にお連れ申そう」と言って、乳母を安心させる。

　娘二人も同じく、大夫監との縁談を嘆いて、「夕顔の君があのように忽然《こつぜん》と姿を消され、行方知れずになり、代わりにこの姫君だけは、せめて人並になっていただけるようにと念じていたのに、あんな人と縁づくなど、考えられません」と母親に賛同した。

　そんな嘆きを知らない大夫監は、自分こそはいよいよ名声高い者になると思い上がって、文を送りつけ、筆遣いはさして劣らず、唐《から》の色紙に香を薫《た》き染《し》めていたものの、文章にはひどい訛《なま》りがあって、目も当てられなかった。

　それでも大夫監は二男の二郎をうまく言い含めて、二人連れ立ってやって来ると、三十歳くらいの、でっぷりした大男で、見苦しくはないものの、やはり荒武者《あらむしゃ》であり、立振舞が粗野《そや》な上、血気盛んに田舎言葉をしゃがれ声でしゃべりまくる。懸想人《けそうびと》は通常は夜に訪れるので夜這《よば》いというにもかかわらず、これは一風変わった春の夕暮れ時であり、『古今和歌集』の、いつとても恋しからずはあらねども　秋の夕べはあやしかりけり、に似て、異常な情景ではあった。

大夫監の機嫌を損《そこ》ねてはまずいと思った乳母が応待すると、大夫監がさっそく、「故少弐殿は実に情深い、立派な人でござった。私もどうかして交誼《こうぎ》を結びたいと願っとりまして、機を窺《うかが》っとるうちに、亡くなられたのは誠に悲しゅうございます。その少弐殿の代わりに、姫君に私が誠心誠意尽くさんと思いまして、一念発起《いちねんほっき》して参上《さんじょう》したとです。

こちらにおいでの姫君は、特別な血筋の方と聞いとります。私には不釣合かと存じますが、ここは内々の主君として崇《あが》め奉《たてまつ》るつもりでおります。祖母殿におかれては、私めが下品な女どもと大勢つきあっとるのを耳にされ、嫌な奴だと思っとられるでしょう。しかしながら、姫君をそういう輩《やから》と同列に扱う事など、いささかもございません。后《きさき》の位《くらい》にも劣らんくらいにお世話申し上げます」と、巧《こう》言《げん》を弄《ろう》した。

乳母も丁重《ていちょう》に、「あなた様を嫌うなど、とんでもございません。そのようにおっしゃっていただけるのは、誠にありがたく思います。とはいえ、前世からの宿運《しゅくうん》が悪い人なのでしょう、遠慮すべき子細《しさい》がありまして、人様に縁づく事はできないと嘆いておるようでございます。わたしどもも、気の毒で困り果てています」と言う。

大夫監は「いえいえ、ご遠慮には及びません。たとえ目がつぶれて足が折れておっても、この私めが祈禱《きとう》をさせて治して進ぜましょう。国中の神仏はすべて、私めの言いなりでございますゆえ」と胸を張って、鼻息が荒い。そして「何日頃にお迎えに参りまっしょか」と迫るので、乳母は「いえ、今月は三月で、季節の終わりですので、縁づきにはふさわしくありません」と、その土地の因習《いんしゅう》を楯《たて》にして突っぱねる。

大夫監は庭に下り、ひとつ和歌を詠《えい》じたいと考え、ひとしきり思案したあと、詠歌した。

君にもし心たがわば松浦《まつら》なる
　鏡の神をかけて誓わん

姫君に対する私の思いが変わったなら、松浦の鏡の神にかけて、どのような罰でもお受けします、という熱烈な求愛であり、大夫監は「我ながら、ほんによく詠めた和歌でございます」と言って、得意げに笑う姿は、三十男には不似合いなうぶな感じである。

乳母は生きた心地もせず、返歌もできず、傍《そば》にいる娘たちに頼んでも、二人とも「何も考えられません」と尻込みをして、時間が経つばかりなので、乳母は心に浮かぶままに歌を詠んだ。

年を経て祈る心のたがいなば
　鏡の神をつらしとや見ん

長年、姫君の幸せを祈って来たわたしの願いが叶《かな》わなかったら、鏡の神を恨むでしょう、という懸《け》念《ねん》であり、震《ふる》える声で言うと、大夫監は、「待って下さい。それはどげな意味でしょうか」と言いつつ、詰め寄って来そうになる。

乳母は怯えて、顔から血の気《け》が引いていくのを感じていると、娘二人が気丈《きじょう》に笑って見せ、歌の意を、「姫君が普通と違うので、あなた様との縁が切れてしまうような事があれば、恨めしく思うだろう、という趣旨を、少し惚《ぼ》けた母が詠みそこなったものです」と説明してやる。

大夫監は「そげんですか、なるほど」と納得して、「さすが面白い詠みぶりです。私めも田舎者だと噂はされとりますが、そこいらの無学の民《たみ》などとは違っとります。都人といっても大した事はなく、私めも歌についてはすべて知っておりますけん、馬鹿にせんで下され」と言いつつ、再び歌を詠もうとしたが、頭に浮かばなかったのか、すごすごと立ち去った。

乳母は次男が大夫監の言いなりになっているのが恐ろしく、心配の余り長男の豊後介を責め立てるので、「一体どうしたらいいのでしょうか。他に相談する人もいません。弟たち二人は、私が大夫監に従わないので、今は仲違《なかたが》いしています。この大夫監に睨《にら》まれると、もう身動きもできません。下手《へた》な事をすれば仕返しをされるでしょう」と、豊後介も思案に余る。

一方で、姫君が人知れず悩んでいる様子は、実に気の毒であり、あの男の妻になるくらいなら死んだ方がましと考えているのも道理ではあるので、豊後介は壮大な計画を思い立ち、京に向けて出立する。妹二人も、長年連れ添った夫を捨て、姫君の供として従おうとした。

幼名を「あてき」といった妹は、今では兵部《ひょうぶ》の君と呼ばれていたが、姫君に従い、夜闇に紛《まぎ》れて逃げ出し、船に乗り込んだ。大夫監が勝手に結婚の日取りを四月二十日に決めていたので、これはまさしく危機一髪だった。

姉娘の方は、家族が多くなっていて、どうしても家を捨てられず、姉妹は互いに別れを惜《お》しんだが、二度と会う事はないのを覚悟する。妹の兵部の君にとっても、長い間暮らした第二の古里である。見捨てるのは難しくはなかったものの、松浦の宮の前の渚の風情《ふぜい》と、姉との別ればかりは、後ろ髪を引かれる思いがして、悲しみにくれつつ別離の歌を詠んだ。

浮島を漕ぎ離れても行く方《かた》や
　いずくとまりと知らずもあるかな

辛《つら》い島から舟出して離れてはみたものの、これからどこに行くのかもわかりません、という不安な胸中であり、「浮」と憂きを掛けていて、姫君も歌を唱和する。

行く末も見えぬ波路に舟出して
　風にまかする身こそ浮きたれ

行く先も見えない波路に舟出して、風に任せて漂う我が身ははかないものです、という戦慄《せんりつ》であり、姫君は不安なまま、船の中でうつ伏せになっていた。

こうして逃げたのが噂になり、大夫監の耳にでもはいれば、例の負けん気にかられて、追尾《ついび》してくるに違いないので、特別に仕立てた早舟《はやふね》を選んでいた。

望み通りの順風になり、恐ろしいくらいの速さで、都を目指し、難所の響灘《ひびきのなだ》も無事に行き過ぎた時、「海賊《かいぞく》の舟かもしれません。小舟が矢のような速さで近づいて来ます」と言う者がいた。それは海賊のむくつけき輩ではなく、あの恐ろしい大夫監のような気がして、一同切羽《せっぱ》詰《つ》まるなか、乳母が怯えつつ歌を詠む。

憂きことに胸のみ騒ぐ響きには
　　響きの灘もさわらざりけり

辛い思いで打ち震える胸の響きに比べれば、響灘の響きなど恐ろしくはありません、という感慨であり、「川尻《かわじり》という所に近づいた」と、人が言うので、ようやく生き返った心地がすると、舟子たちが謡《うた》い出す。

〽唐泊《からどまり》より川尻おすほどは　いと悲しき妻子《めこ》も忘れぬ

風情がない唄でも、豊後介は実際に妻子を筑紫に残しているので、心に沁《し》みて、「なるほど、この唄のように、何もかも打ち捨てて来たものだ。妻子はどうなっているだろうか。頼りになるしっかりした家来はみんな連れて来た。あの大夫監が私を憎み、仕返しに、遺して来た妻子を追い散らしていないだろうか。思い返すと、大人げなく、妻子の事も考えずに出て来たものだ」と、心が落ち着くにつれ、自分がした事の重大さに気がつく。涙を流しながら、「新楽府《しんがふ》」の「縛戎人《ばくじゅうと》」を吟詠《ぎんえい》した。

　縛戎人　縛戎人
耳穿《うが》たれ面《おもや》破《ぶら》れ駆られて秦《しん》に入る
天子矜憐《きょうれん》して殺すに忍びず

詔《みことのり》して東南の呉《ご》と越《えつ》とに移す
黄衣の小使姓名を録し
領して長安《ちょうあん》を出でて逓《てい》に乗じて行く
身は金瘡《きんそう》を被《こうむ》り面は多く瘠《や》せ
病を扶《たす》けて徒行すること日に歌
朝 滄《ちょうそう》飢面《きめん》して杯盤《はいばん》を費し
夜《や》臥《が》腥臊《せいそう》にして床席《しょうせき》を汚《けが》す
忽《たちま》ち江水に逢いて交河《こうか》を憶《おも》い
手を垂れ声を斉《ひとし》くして嗚咽《おえつ》して歌う
其の中の一虜諸虜に語る
爾《なんじ》が苦多きに非ず我が苦多しと
同伴の行人因《よ》りて借問《しゃくもん》すれば
説かんと欲して喉中《こうちゅう》気憤々《ふんぷん》たり
自ら云う郷管《きょうかん》は本《もと》涼原《りょうげん》
大暦《たいれき》年中蕃《はん》に没落す
一たび蕃中に落ちてより四十載《さい》
皮裘《ひきゅう》を著け毛帯を繋《か》けしむ
唯《ただ》正朝《せいちょう》のみ漢儀《かんぎ》を服するを許し
衣を斂《おさ》め巾を整うれば潜《ひそか》に涙垂《た》る

心を誓いて密かに帰郷の計を定め
蕃中の妻子をして知らしめず
暗に思う幸に残れる筋骨《きんこつ》有りと
更に恐る年衰えては帰り得ざらんことを
蕃候兵を厳にして鳥だに飛ばず
身を脱し死を冒《おか》して奔逃《ほんとう》して帰る
昼は伏し宵《よる》は行《ゆ》きて大漠《たいはく》を経《へ》
雲陰《くも》り月黒くして風沙悪し
驚きて青塚《せいちょう》に蔵《かく》るれば寒草疏《まばら》に
偷《ひとえ》に黄河を渡れば夜氷《やひょう》薄し
忽ち聞く漢軍の鼙鼓《へいこ》の声
路傍に走り出でて再拝して迎う
游騎《ゆうき》は聴かず能《よ》く漢語するを
将軍遂に縛して蕃生《ばんせい》と作《な》す
配せられて江南卑湿《ひしつ》の地に向う
定めて存卹《そんじゅつ》無からん空しく防備す
此れを念い声を呑み仰ぎて天に訴う
若為《いかん》とて辛苦して残年を度《わた》らん
涼 原《りょうげん》の郷井《きょうせい》見るを得ず

胋地妻児虚《せいじむな》しく棄捐《きそん》す
蕃に没しては囚《とら》えられて漢土を思い
漢に帰っては劫《おびやか》されて蕃虜《ばんりよ》と為る
早く此《かく》の如きを知らば帰来を悔ゆ
両地寧《いずく》んぞ一処《いっしょ》の苦に如《し》かんや

縛戎人

戎人の中我苦辛す
古《いにしえ》より此の冤《えん》応《ま》に未《いま》だ有らざるべし
漢心漢語吐蕃《とばん》の身

白楽天《はくらくてん》が語った漢人の苛酷《かこく》な身の上とは、ある偶然から辺境の地の吐蕃に赴《おもむ》き、そこで妻子を得たものの、郷里が恋しくなって逃げ出し、漢軍の太鼓《たいこ》の音を聞いて飛び出したところ、吐蕃人に間違えられて捕縛《ほばく》され、耳に穴を開けられ、顔を傷つけられ、縛《しば》られたまま江南に流されて、吐蕃でも苦しみ、またこの漢の国でも苦しんでいるが、彼《か》の地に残した妻子はどうなっているだろうか、という慟《どう》哭《こく》で、豊後介の詠唱を聞いた妹の兵部の君も、同じように嘆いた。

「わたしも、何という事をしたのだろうと、今となっては身震いがします。長年連れ添った夫の許《もと》を逃げ出して来ました。あの人はどうしているのでしょう」と、思いは千々《ちぢ》に乱れる。

これから京に向かうとしても、そこに頼れる知人とてなく、ひとえに、この姫君のために、住み慣れた土地を離れ、波風に漂っているのであり、「この姫君を、これからどうやって、さるべき人に差し上げたらよいものか」と一同思案しても名案は浮かばないまま、途方にくれつつ、都に到着した。九条《くじょう》に、かつて知っていた人を捜し訪ね、そこを仮の宿としたものの、京の中とはいっても、そこは身分のある人たちが住む場所ではなく、下賤《げせん》な商《あきな》いをする市女《いちめ》や商人に立ち交じって暮らすはめになった。

ままならない世を嘆くうちに、秋が来て、来《こ》し方と行く先を悲しむばかりで、頼りにする豊後介とて、今は水鳥が陸に上がった心地がして、どうしたものか算段するすべも持たない。かといって筑紫に帰るわけにもゆかず、見境なく飛び出して来たのを悔《く》やむうちに、一緒に来た者たちも、つてを捜して逃げ去るか、筑紫に戻って行った。

こうして都に腰を下ろすすべもないのを、母の乳母が明け暮れ嘆いて、不憫《ふびん》がるので、豊後介は「そんなに嘆く事もありません。私は気楽そのものです。姫君ひとりの身代わりとなって、私たちがどこで命が消えようとも、誰も責める人はありません。姫君をあの大夫監に差し出して、私たちの羽振りが良くなったとしても、心安らかであるはずはないでしょう」と、母親を慰める。

さらに「これからは神仏こそ、姫君をしかるべき方向に導いて下さるような気がします。この近くにある八幡宮《はちまんぐう》は、筑紫にいた頃にも参って祈願《きがん》した松浦宮や筥崎宮《はこざきぐう》と、筋が同じ八幡宮です。筑紫を発《た》つ時も、多くの願掛《がんか》けをしました。こうして京に無事に帰って来られたのも霊験《れいげん》でしょう。早くお礼詣《れいまい》りをするとよいでしょう」と言う。

かつて父の少弐が親しくしていた五師《ごし》の僧を捜し出して、一緒に姫君を石清水八幡宮《いわしみずはちまんぐう》に参詣《さんけい》させたあと、豊後介は、姫君に初瀬詣《はつせ》りも勧めて、「八幡宮の次には、初瀬の観音《かんのん》こそが、日本中で霊験あらたかと評判で、唐土《もろこし》にも信仰が伝わっているそうです。まして姫君は、遠い筑紫に長く住んだとはいえ、そこは日の本の内ですから、必ずやお助け下さるでしょう」と言うので、姫君は徒歩《かち》で初瀬に向かった。

初めての徒歩なので姫君にとって辛い道のりだったが、人が言うまま無我夢中で歩いて、「このように流浪の日々を送るとは、何と罪深い我が身なのか。母上がたとえこの世におられないとしても、わたくしを哀れと思い、その天上に誘って下さい。もしご存命ならば、どうかお顔を見せて下さい」と、道すがら仏に祈ってはみたものの、生前の母親の面影《おもかげ》も覚えていない。

どうか生きていて欲しいと願う一方で、悲しみは尽きず、さし当たって我が身がどうなるかもわからず、悲痛な心持ちのまま、やっと四日目の巳《み》の刻に、椿市《つばいち》という所に着いた。疲労困憊《こんぱい》して、生きた心地もせず、足裏のまめを手当てしてもらっても、もはやこれ以上は歩けなかった。

供の者は、頼りにしている豊後介と、弓矢を持った者が二人、下人《しもびと》と童《わらわ》が三、四人、壺装束《つぼしょうぞく》の女が三人、携帯用の便器を洗う下女《げじょ》、古参の下女二人で、人目を極力避けた一行であり、仏前に備える灯明《みあかし》などを調達しているうちに、日が暮れる。

宿坊《しゅくぼう》の主人である法師が、一行を見て顔をしかめながら、「今夜は他の御一行を泊めるつもりだったのに、どうしてこの人たちを泊める事にしたのですか」と言って、宿に仕えている下女たちを叱《しか》っている声を聞いているうちに、当の一行がやって来た。

この一行も徒歩のようで、身分の高そうな女が二人いて、下人の男女が多数おり、馬も四、五頭引かせ、人目を忍んで地味《じみ》な身なりではあるものの、小ざっぱりした装束の男もいた。

法師はこの一行を宿に泊めたいので、頭を掻《か》きながら、部屋割りに四苦八苦している。それを見ると気の毒ではあるものの、今更宿を変えるのも体裁が悪く、豊後介の一行は奥の間にはいったり、下人などは他の部屋に隠れたり、部屋の片隅に身を隠したりし、姫君は仕切りの幔幕《まんまく》を置いて、その陰に身を潜《ひそ》めていた。

幸い、新しく着いた客は、さして身分の高い人々ではなく、ひっそりと物静かで、向こうでも気遣っている様子が感じられた。

この客人《まろうど》こそ、主人の女君《おんなぎみ》である夕顔を恋い慕って泣く右近《うこん》であり、年月が経つにつれ、六条院での勤めが苦になる我が身を思い悩み、たびたびこの寺に参詣していたのであった。いつもの事なので、軽装でやって来てはいたものの、徒歩の旅で疲労がひどく、柱に寄りかかって休んでいると、豊後介が隣の仕切りに寄って、食べ物の載る折敷《おしき》を持って誰かに差し出す。

「これを姫君に上げて下さい。御膳《ごぜん》も間に合わずに、申し訳ないです」と言うのを耳にした右近は、自分たちとは身分の違う人だと思い、隙間《すきま》からそっと覗《のぞ》くと、どこかで見たような男ではあるものの、誰かは思い出せずにいる。それもそのはず、右近が見たのは若い頃の豊後介であり、今は太って日焼けもしており、身なりも粗末で、長い年月が経っているので、すぐには見分けられなかったのだ。

その男が「三条、姫君がお呼びだよ」と言って、呼び寄せた女を見ると、これもまた見た覚えがあり、かつて夕顔の許で下働きをしていた女である。長く仕えて、夕顔が西の京の家に身を隠していた際も、お供していた者に間違いないので、右近は夢見心地になり、女主人は誰だろうと思って確かめようとしたが、姿が見えなかった。

「よし、この三条という女に訊いてみよう。あの男も若い頃、兵藤太《ひょうとうた》といっていた人だろう。そうすると、あの姫君がおられるかもしれない」と思って、中仕切りの中にいる三条を、人をやって呼び寄せさせたが、どうやら食べ物に夢中になっているようで、すぐには来ない。

右近がじれったさに身を捩《よじ》っているところへ、ようやく三条が姿を見せて、「どなた様でしょうか。心当たりはございません。筑紫国に二十年ばかり住んでいた下衆《げす》のこの身を、京のお方が知るはずはありません。人違いでございましょう」と言うのを見ると、田舎じみた掻練《かいねり》の小袖に衣《きぬ》を重ねて、ひどく太っている。

右近は年取った自分も思い合わせて、気がひけながらも顔を差し出して、「わたしの顔をようく見るように、見覚えはありませんか」と問うと、女は、はたと手を打って、「あなた様でいらっしゃいましたか。本当に嬉《うれ》しゅうございます。どちらからお詣りに来られたのですか。あの女君もおられますか」と感激して、大声で泣き出した。

右近も、若い頃の三条をいつも見ていた昔を思い出し、積もる年月が身に沁みて胸一杯になり、「それよりも、あの乳母殿はおられますか。そして姫君はどうなりましたか。また、あてきといった人は」と、右近は夕顔の事は言わずに訊くので、女は「みんなおられます。姫君も大人になられました。ともかく乳母殿にお伝えします」と言って奥に消える。

乳母一行に伝えると、みんな驚愕《きょうがく》して、「本当に夢のよう。何というひどい事をする人だと恨んでいたお方に、こんなところで出会うとは」と乳母は言い、仕切りに近寄ると、隔てていた仕切りの屏風《びょうぶ》などをすっかり取り払って、対面し、言葉もなく泣き合う。

「わたしたちの主人であるあの女君は、どうされたのですか。この長い年月の間、どこにおられるのか、夢にでも知りたいと思い、願をかけていましたが、遠い田舎にいては、風の便りでも噂は届きません。何とも悲しい事でございました。わたしもこうして老残の身をかこっていて、情けないものの、あの女君が遺された姫君がいとおしく、可哀想なので、このままでは死にきれないと考えて、まだ生き長らえています」と、乳母が言う。

それを聞いて、右近はあの時の子細を言う事はできず、さりげなく、「もう申し上げても甲斐《かい》ない事ですけれども、あの女君はとっくの昔に亡くなられました」と告げ、二人、三人とむせび泣き合うばかりだった。

日が暮れてしまうので、豊後介が灯明を急いで用意して、急がせるので、せっかくの再会ではあるものの、慌《あわ》ただしい別れになる。右近が「ご一緒しましょうか」と言ったが、お互い供の者たちが不審がる恐れもあり、豊後介にも詳細を伝える暇もなく、双方とも気兼ねする仲でもないので、別々に出て行く仕儀になった。

右近がそっと乳母たちの一行を見ると、後ろ姿が美しい、ひどく粗末な旅姿にもかかわらず、初夏四月の単衣《ひとえ》から長い髪が透けて見える姫君がいて、右近は胸つぶれる心地で後ろ姿に手を合わせた。

多少とも歩き慣れた者は、一足早く本堂に着いていたが、乳母の一行は、姫君の歩調に合わせてゆっくりしか進めず、やっと初夜《しょや》の勤行《ごんぎょう》の頃に登って来ると、辺りは参詣人で混み合い、賑《にぎ》わっていた。

右近の局《つぼね》は、本尊《ほんぞん》の右近くにあり、姫君の一行は、祈禱僧《きとうそう》と馴染みがないため、遠い西の間《ま》に追いやられていた。右近が「やはり、ここにご一緒しましょう」と勧めると、乳母は男たちをそこに残し、豊後介に事情を打ち明けて、姫君をそちらに移してやる。

右近は、「わたしはこのように下賤の身ではありますが、今の大臣に仕えておりますゆえ、こうしたお忍びの旅でも、無礼な仕打ちを受けずにすんでおります。田舎からの参詣者を見ると、こうした所にはよからぬ者がいるので、姫君に失礼な振舞でもされたら申し訳ないです」と言い、さらに話を続けたかったものの、大音声《だいおんじょう》の勤行にかき消される。

騒々《そうぞう》しさの中で、心の内で「この方を何とかして捜し出そうと願をかけてきて、ようやくこうして会う事ができ、望みが叶いました。この上は、源氏の大臣も捜そうとしておられたので、言上《ごんじょう》するつもりです。どうか姫君に幸《さち》を与えて下さい」と仏に祈った。

ここには地方の国々から、多くの田舎人が多数参詣しており、当地大和《やまと》国守の北の方もちょうど詣《もう》でていて、いかめしく威勢をひけらかしていた。

それを羨《うらや》んで三条は、「観音菩薩には、他の事は御願い致しません。ただ、わたしたちの姫君を大宰大弐の北の方か、他国の受領の北の方にしてさしあげとうございます。そうなれば、わたしたちもそれなりに栄えるはずで、その折は必ずや御礼詣りを致します」と、額に手を当てて、ひたすら念じている。

それを耳にした右近は、縁起でもないと思って、「なんという田舎人に成り下がったのでしょう。姫君の父である頭中将様は、あの頃、既に帝の信頼も厚かったのです。さらに今では、天下も思いのままにできる大臣になられ、姫君とは高貴な親子の間柄なのです。その姫君が受領の妻の身分に定まってしまうものですか」と諭す。

それに対して三条は、「お静かに。大臣とやらの話もちょっと待って下さい。大宰大弐の北の方が、大宰府の観世音寺《かんぜおんじ》に詣られた時の勢いは、帝の行幸《みゆき》にも負けないくらいでした。知らないのですね」と反発して、なおも手を額に当てて、坐って拝み続けた。

筑紫からの一行は、三日間お籠《こも》りをするつもりにしていて、そこまでの予定はなかった右近は、この際、姫君とゆっくり話をしたいと思い、自分も三日籠りをする旨《むね》を伝えるべく、寺僧を呼ぶ。

年来の願文《がんもん》の内容を知っている僧なので、右近は「いつもの藤原の瑠璃君《るりぎみ》というお方のために、お布施《ふせ》を致します。どうかよくお祈り申し上げて下さい。そのお方を、最近になってやっと見つけ出す事ができ、願《がん》が叶いました。願解《と》きのお礼をしなければなりません」と言う。

それを横で聞いていた乳母たちは、感無量で、法師は「それはようございました。私どもが怠《おこた》らずに祈り申し上げている効験でしょう」と応じ、全くその通りで、一晩中祈り続ける声が騒々しかった。

夜が明け、一行は右近が知っている僧の宿坊に下がって、積もる話をするつもりでいた。ひどく粗末な身なりの姫君は恥ずかしそうであったものの、その美しさに右近は感動して、「わたしは長年、大勢の高貴な方に仕えて参りました。美貌《びぼう》の点では、源氏の君の奥方である紫の上に並ぶお方はないと思っていました。その他では、邸で育てられている明石の姫君が、当然ながらご立派です。源氏の大臣が大切にされている点も、並大抵ではありません。しかしこの姫君は、粗末な身なりをされていても、あのお二方に劣らぬ稀《まれ》な美しさです。

あの源氏の君は、父上である桐壺帝の御代《みよ》から、幾人もの女御《にょうご》や后《きさき》をはじめ、それ以下の方々もすべてご存じでした。その目からして、今上帝《きんじょうてい》の母后《ははきさき》であった藤壺宮《ふじつぼのみや》と、明石の姫君を例にとって『美人とはこういう人をいうのでしょう』と紫の上に言っておられました。

かの藤壺宮は残念ながら存じ上げませんが、わたしが見比べますに、明石の姫君は美しくはあっても、まだ幼く、成人後が楽しみなお方です。紫の上のご容貌は、やはり並ぶものがないくらいの美しさです。源氏の大臣はそれも承知の上で、美人の中には数えられないのも当然で、私に連れ添っているなんて、あなたは身の程知らずですよ、と冗談を言っておられます。それを拝見していると、こちらの命が延びるような気がして、他にあのようなご夫婦はあるまいと思っておりました。

でも、この姫君はあの紫の上と見比べても、決して劣ってはおりません。ものには限りがあるので、いくら優《すぐ》れているとはいえ、仏様のように頭上から光がさすというわけにはいきません。しかしこの姫君こそは、類稀《たぐいまれ》な美しさであると言うべきです」と、右近が姫君を見ながら笑顔で言うので、老いた乳母の嬉しさは格別だった。

乳母は、「こうしたお方を、危《あや》うく、鄙《ひな》びた田舎に埋もれさせるところでした。それが勿体なくて、家と竈《かまど》も打ち捨て、頼りにしていた息子や娘とも生き別れ、今となっては見知らぬ所になった京に舞い戻ったのです。どうかどうか、姫君を早く良運の方に導いて下さい。貴人の邸に仕えているあなた様であれば、多くのつてがおありでしょう。どうか姫君の父君である大臣の耳にはいるようにして、子供のひとりとして数えられるように、手はずを整えて下さい」と言うと、姫君は恥ずかしがって背を向ける。

右近は「それはもう。わたしなど物の数にもはいらない身ですが、源氏の大臣の近くに仕えておりますので、これまでも、あの姫君はどうなった事でしょうと、折々に申し上げておりました。すると、源氏の大臣は自分も何とかして捜し出したいと思っている、何か噂でも聞いたら申し出てくれ、とおっしゃっています」と答える。乳母は「源氏の大臣がどれほど立派であっても、れっきとした奥方たちがおられるとうかがっています。まずは、実の親である内大臣に伝えて下さい」と、賛同しない。

そのため、右近は夕顔と源氏の君との出会いの経緯《いきさつ》や、急死の模様を詳しく説明してやり、「ですから源氏の大臣は、その事件を忘れ難い悲劇だと思われていて、夕顔の身代わりとして世話してやりたい、自分の子は数が少なくて寂しい、見つかれば、自分の子を捜し出したのだと世間には知らせよう、と常々言っておられました。

わたしも、あの頃は心も幼く、何かにつけ遠慮がちでしたので、姫君を捜し出す事もせずにおりました。そのうち、あなたのご主人が大宰少弐になられた事を知りました。赴任の前、二条院にお越しになった際、お姿を見かけたのですが、何も申し上げる事ができないままでした。姫君はあの時の五条の宿に残されているものと思っておりました。それが間違いで、すんでのところで、姫君が田舎人になられるところだったとは」と、一日中昔話をし、念仏と誦経《ずきよう》で時を過ごした。

そこは、参詣してくる人々の様子が、眼下に見える所で、宿坊の前を流れる川を初瀬川と言った。右近は、『古今和歌六帖』にある古歌《ふるうた》の、**祈りつつ頼みぞ渡る初瀬川　うれしき瀬にも流れあうや**と、を念頭に、「うれしき瀬になりました」と姫君に言って詠歌する。

ふたもとの杉のたちどを尋ねずは
古川《ふるかわ》のべに君を見ましや

二本の杉の立っているこの初瀬に詣らなかったら、古川のほとりで姫君とも巡り会わなかった、という感慨であり、「古川」は初瀬川の別名で、『古今和歌集』にある旋頭歌《せどうか》、「初瀬川古川の辺《へ》にふたもとある杉　年をへて又もあい見んふたもとある杉」を下敷にしていて、姫君も泣きながら返歌する。

初瀬川はやくのことは知らねども
今日の逢う瀬に身さえながれぬ

流れの速い初瀬川の昔の事は知りませんが、今日こうしてあなたに会えて、嬉し涙で、この身まで流れてしまいます、という心境であり、昔を意味する「早《はや》く」が、川の流れの速くと掛けられ、「ながれぬ」は流れぬと泣かれぬが掛けられていた。

　右近は姫君の返歌に感動して、「こんなに美しく清らかなお姿でおられるとしても、もし田舎びて不作法であれば、どんなにか玉に瑕《きず》であろうかと思われたのに、事実は逆です。どうやってこうも気《け》高《だか》くお育ちになられたのでしょう」と、乳母の養育をありがたく思う。

「亡き母君の夕顔は若々しくておっとりしていて、なよやかでしとやかだったが、この姫君は気品があり、立居振舞もうるわしく、こちらが恥ずかしいくらいだ。おそらく姫君の育った筑紫という国が素晴らしいのだろう」と感じるものの、他の知り合いだった人は、みんな田舎じみてしまっているのが不思議ではあり、首をかしげながらも、日が暮れたので、御堂《みどう》に登り、次の日も一日中勤行《ごんぎょう》をした。

　秋風が谷から遥かに吹き上がって来て、大変肌寒く、感慨に浸《ひた》っている乳母には様々な思いが去来《きょらい》する。これまで、都での生活は人並には送れまいと思い沈んでいたのが、右近との出会いによって、光が射したような気がしていた。姫君の実父である内大臣の様子も心強いし、あちこちにもうけたたいした事もない子供たちも、それぞれ引き立てられて一人前になっているらしく、となれば、日陰の身で育ったこの姫君の将来も、頼もしくなりそうだった。

初瀬を出る時、互いに京の住居を尋ね合い、右近はそれでも、また姫君の行方がわからず仕舞《じまい》になるのではないかと心配になる。

右近の家は六条院の近くで、乳母たちのいる九条には遠くないため、今後何かと相談するには好都合であった。


都に着くなり早々に、右近が六条院に参上したのも、源氏の大臣にこの件を伝える機会があるかもしれないと、気が急《せ》いたからであった。御門から牛車《ぎっしゃ》を引き入れると、周囲は広々としており、多くの牛車が出入りしていて、自分のような物の数にもはいらないような者が出仕《しゅっし》するには、気後《きおく》れがする壮麗な邸であり、その夜は紫の上の許には参らず、思い乱れつつ床についた。

翌日の夜、昨夜に里から参上した上臈《じょうろう》や若い女房たちの中から特に右近を選んで、紫の上が近くに呼んだので、右近は晴れがましい思いで召されると、源氏の大臣がおられて、「どうして里居《さとい》が長くなったのですか。いつもとは違い、真面目《まじめ》人間が、若返って、何かいい事でもあったのでしょう」と例によって、右近が返事に窮するような冗談を口にした。

右近は「里に下がって七日になってしまいましたが、わたしの身に面白い事など起こりません。しかし、山寺にお詣りして、懐しい人を見つけました」と言上すると、「それは一体誰ですか」と源氏の君が訊く。「ここで申し上げ、あとで紫の上の耳にでもはいると、どう思われるか心配でございます」と右近が答えた時、人々がやって来たので口を閉ざした。

部屋の灯火《ともしび》をつけて、源氏の君と紫の上がくつろいでいる。その様子は絵のようであり、紫の上は二十七、八歳であろうか。女盛りの頃で、美しさは輝くばかりだ。日を置いて紫の上を見た右近の目には、改めてその美しさが眩《まぶ》しいくらいだった。あの初瀬で会った姫君を紫の上にも劣らず立派だと思っていたのに、気のせいか、紫の上のほうが格別な美しさであり、やはり不運な人と幸せな人とで、かくも違いがあるのだと、見比べずにはいられなかった。

源氏の君が就寝する段になり、足揉《も》みのために右近を呼んで、「若い女房はこれをするのを嫌がるようですが、やはり年取った者同士は気が合うので、いい心地です」と言うので、女房たちはくすくすと笑って、「ご冗談を。誰が召し使われるのを嫌がるでしょうか。変な事をおっしゃっては困ります」と口を揃えて言う。

源氏の君が、「紫の上は、こうやって年取った者同士が打ち解けていると、ご機嫌斜めにならないとも限りません」と右近に言って笑う様子は、魅力たっぷりな上に、気軽に冗談を言う面白味も備わっていた。

今のところ朝廷に出仕しても特別に多忙ではなく、ゆったりとした毎日であり、他愛のない戯言《ざれごと》を口にしては、女房たちを試して面白がり、右近のような古参女房にも、源氏の君は冗談をぶつける。

「先刻、尋ね出した人とは、一体どういう人ですか。尊い修行者《しゆぎようじや》と知り合って、連れて来たとでも言うのではないでしょうね」と訊くので、「そんな人聞きの悪い事を言わないで下さい。あの、はかなく消えた夕顔の露《つゆ》にゆかりのある人を見つけたのです」と右近が答える。

すると源氏の君は驚いて、「何と、それは聞き捨てられない話です。この長い間、どこにいたというのですか」と訊かれた右近も、返事を濁しつつ、「卑《いや》しい山里におられました。昔仕えた者たちも、一部はそのまま変わらずに仕えていたので、一部始終を聞き、胸塞《むねふさ》がる思いをいたしました」と言上する。

「もうよい。何も事情を知らない人がいるので」と源氏の君が制したのを、側にいた紫の上が聞き咎《とが》めて、「何と厄介《やっかい》な。わたくしはもう眠たくて、何も耳にはいらないのに」と言って、袖で耳を閉じてしまう。

「その人の容貌は、昔の夕顔に劣っていますか」と源氏の君が右近に訊き、「必ずしも母君のようにはおなりではなかろうと思っていましたが、より美しく成人されておりました」との返答に、「それは素晴らしい。器量の良さは誰くらいですか。この紫の上と比べてみてどうですか」と問う。

右近は、「まさか、そこまでの美しさではございません」と答えると、「本当かな。そなたの得意げな顔色からすると、そうではあるまい。私に似ているのであれば、これは好都合になるけれども」と、源氏の君はもう親気取りになっていた。

この話を聞いてから、源氏の君はたびたび右近ひとりを呼びつけて、「こうなれば、その姫君をこの六条院に引き取りましょう。長年、折につけ、行方がわからなくなったのを口惜《くちお》しく思っていたので、今、無事でいると聞いて、実に嬉しい。すぐに会えないのが寂しいくらいです。

実父の内大臣には知らせないでいいでしょう。向こうには大勢の子供がいて騒がしいはずで、その中に数ならぬ身の上の姫君が紛れ込んでも、不都合な事も生じかねません。私のほうは子供の数が少ないので、思わぬ所から実の子を捜し出したと言っておきましょう。好き者たちに、気をもませる種にもなるように、大切に世話してあげましょう」と言う。

右近は嬉しくなり、「それはもうお心のままでございます。内大臣に知らせるとしても、源氏の大臣以外、誰が伝えるというのでしょう。空《むな》しく亡くなられた夕顔の君の代わりに、どうかお引き立て下さいませ。それこそが罪滅ぼしになります」と言上する。

「それは恨みがましい事を」と、源氏の君は苦笑しつつも涙ぐんだ。

「しかし、何ともはかない二人の契《ちぎ》りだったと、私は長い間思ってきました。今、この六条院に集まって来ている方々の中にも、あの時の夕顔程、愛着を感じた人はありません。いつまでも命長らえて、私の真心を見届けてくれる人も多いのに、あの人だけは、あっけない結果になってしまいました。その形見として右近だけしかいないのは、ずっと残念に思っていました。これから姫君がこちらに来てくれるのなら、本意が叶います」と言って、姫君に手紙を書いた。

あの末摘花《すえつむはな》が全く期待はずれだったのを思い出し、落ちぶれた境涯《きょうがい》で育った姫君が果たしてどのようなものか、興味津々《きょうみしんしん》であり、その返事がどうなのか、文や筆遣いも見たいので、源氏の君は心をこめて手紙を書き、和歌も添えた。

知らずとも訪ねて知らん三島江《みしまえ》に
生《お》うる三稜《みくり》の筋は絶えじを

今は心当たりがなくても、やがて誰かが訪ねて判明するでしょう。三島江に生えている三稜の筋のように、あなたと私は縁が繋《つな》がっております、という喜びで、「三島江」は淀川の中流にある地であり、「三稜」は沼地に生える草で、地下茎《ちかけい》が横に張って伸びるところから、姫君の父の内大臣と源氏の君が義兄弟なので、姫君とも縁がある事をほのめかしていた。

右近は自らこの手紙を持って姫君の許に行き、源氏の君の言葉も伝える。源氏の君は姫君や女房たちの衣装も様々に準備し、おそらく紫の上にも相談したようであった。御匣殿《みくしげどの》から、似つかわしい品を調達したものと思われる衣装は、色や仕立などが特別であり、田舎じみてしまった目には、ことさら見事なものに映った。

姫君は、「これがほんの少しでも、実の親からの便りであれば、どんなにか嬉しいでしょう。知りもしない方の側で、どうして仕える事ができましょうか」と内心で悩む。そこは右近がどうすべきかを教え、周囲の者たちもみんなで説得し、「これから六条院に移り住まわれれば、自然と内大臣の耳にもはいりましょう。親子の契りというものは、切れるものではありません。あの数ならぬ身の右近が、どうか姫君に会えますようにと願い続けていたのも、こうして神仏の導きで実現したではありませんか。まして姫君は貴い身分ですので、内大臣と姫君が無事でおられる限り、必ずや念願が叶いましょう」と諭して、まずは姫君に返事を書かせた。

姫君は自分の字など、この上なく田舎じみているのを恥ずかしく思いつつも、香を薫《た》き染《し》めた唐紙《からのかみ》を取り出して書いた。

数ならぬ三稜や何の筋なれば
　うきにしもかく根をとどめけん

数にもはいらないこの身は、どうした筋合いから、三稜が沼に根を下ろすように、この憂き世に生まれて来たのでしょうか、という戸惑いで、三稜の「み」に身が掛けられ、「うき」は憂きと泥（うき）を掛けていた。

墨の色も薄く、弱々しい筆跡ながら気品があって、決して見苦しくはないので源氏の君はひと安心して、この姫君を住まわせる場所をあれこれと思い巡らす。

「紫の上がいる東南の町には、紫の上と明石の姫君がいて、空いている部屋はない。女房たちも多数詰めていて、人目にもつきやすい。秋好中宮のいる西南の秋の町は、静かではあっても、そこに住むと、中宮付きの女房と同列と思われるのでよくない」と思案して、「少し奥まってはいるが、花散里のいる東北の夏の町の文殿《ふどの》にある書類、典籍などを他に移して、そこに住んでもらうのがよかろう。花散里は心優しく気立てもいいので、相住みになっても、よい話し相手にもなるだろう」と決めて、紫の上にも過去の夕顔との経緯を詳しく打ち明けた。

源氏の君がこうして心の内に秘め続けた事を、当然ながら紫の上は恨むしかない。それを、なだめつつ、「恨むのは行き過ぎです。生きている人の事にしても、こちらから進んで話をする事は通常ありません。まして死んだ人の事まで、この機会に申し上げるのは、あなたを他の誰よりも大切に思うからです」と、感慨深く言いなして、昔を思い出しながら続け、「他人《ひと》の身の上の例で、いくらも見てきました。深く思ってもいない仲でも、女の執念《しゅうねん》の深さについては、あちこちで見聞きしているだけに、私もそうした軽々しい心は持つまいと自戒しておりました。

とはいえ、ついついそうはできない女と、数多く関わりを持つ結果になりました。その中で、心底可愛いという点では、あの夕顔がこの上ないと思うのです。もし存命であるなら、西北の町に住む明石の君と同列に世話をしてやったでしょう。人は十人十色《といろ》です。夕顔は才気や機転の面では劣っていたものの、気品に満ちた可愛い人でした」と言う。

紫の上が「でも、明石の君への待遇程にはされなかったでしょう」と返事したのも、明石の君を快く思っていないからであり、とはいえ、側で二人のやりとりを無邪気に聞いている明石の姫君がいじらしく、その母の明石の君を源氏の君が大切にするのも当然だと、思い直した。

時は九月で、姫君を六条院に移すとなると、事は容易ではない。乳母は適当な女童《めのわらわ》や若い女房などを捜させる。筑紫では、京から流れ下《くだ》った見苦しくない女房たちを、つてを使って呼び寄せていたものの、急な出立だったので、みんな残して来ており、今となっては、これといった女房はいなかったが、京は広く、市女のような人が、うまく捜して連れて来た。姫君が誰の子であるかは知らせないままである。

まずは右近が、自分の五条の里にこっそり姫君を移し、そこで女房たちを選び、装束も調えて、十月になって六条院に移り住む。

源氏の君は花散里にその旨を伝え、「私がいとおしく思っていた人が、私との仲をはかなんで落胆《らくたん》し、山里に隠れ住んでいました。幼子があったので、行方も知れないのを長年内密に捜していたところ、その子が年頃の娘になっていて、思いがけない筋から消息がわかったのです。せめて今からでもと思い、ここに呼び寄せる事にしました。

実はその母も亡くなっていたのです。息子の夕霧もあなたに預け、中将になりました。この娘もあなたに預けてはいけないでしょうか。山賤《やまがつ》のような境遇で育ったので、田舎びている点が多いとは思います。そこは何かにつけ、うまく教育して下さい」と丁重な口振りで頼む。

花散里は「そんな方がおられたとは存じ上げませんでした。あなた様には明石の姫君ひとりしか娘がおられないので、いかにも寂しく、これは慶事《けいじ》でございます」と、花散里の返事は寛大《かんだい》であった。

「その娘の母は、実に気立てのよい人でした。あなたの気性《きしょう》をもってすれば、もう安心です」と源氏の君が言うと、「わたくしがお世話してきた夕霧の君も、面倒な事はございませんでした。今は暇ですから、嬉しい事です」と花散里は答えた。

とはいえ、六条院の人々は、その経緯も知らず、「源氏の大臣はまたまたどんな方を捜し出されたのか。何と面倒な古物《ふるもの》扱いだろう」と噂し合った。

牛車を三両ばかり連ねて、右近のお蔭で付人の姿も田舎びてはおらず、転居して来ると、源氏の君からは美しい絹物が何品も贈られた。

その夜、源氏の大臣はさっそく姫君の部屋に足を運ぶと、乳母たちはその昔、源氏の君の名は聞いていたものの、田舎暮らしが長くなり、それ程の方とは思っていなかっただけに、几帳《きちょう》の隙間から、ほのかな大殿油《おおとのあぶら》の光に照らされた源氏の君をちらっと見て、あまりの美しさに驚く。

源氏の君がはいって来る方の妻戸《つまど》を右近が開けると、源氏の君は、「この戸口からはいる人は、あたかも恋人に逢う気がして心が弾《はず》みます」と言い、廂《ひさし》の間《ま》の席に膝をついて、「この灯火は暗くて、逢引きのような感じがしますね。親の顔は見たいものだと聞いていますが、そうは思いませんか」と言って、几帳を少し押しのけた。

姫君は恥ずかしさの余り、横を向いていて、その様子がいかにも好ましく、源氏の君は心を躍《おど》らせ、「もう少し明るくしてくれませんか。このままでは奥床《おくゆか》し過ぎます」と言うと、右近が灯心《とうしん》を上げて明かりを近づける。

「それはまた明る過ぎて、無遠慮過ぎます」と源氏の君は少し笑って姫君をよく見ると、なるほど夕顔によく似た美しい目元であり、他人行儀の物言いではなく、父親らしい口調になって、「長い間、消息もわからず、気にかからない日はありませんでした。こうして会う事ができ、夢心地です。過去の出来事があれこれ思い出されてきて、もう耐えられず言葉もありません」と言って、涙を拭《ぬぐ》う。

悲しみの中に、更に悲しい思い出が甦《よみがえ》り、姫君の年齢を数えて「親子の仲で、こんなに長い間会えなかった例はないでしょう。前世の因縁を恨みたくなります。とはいえ今は、恥ずかしがって子供じみてよい年頃ではないでしょう。積もる話をしたいと思っているのに、よそよそしくされるとは」と、恨みがましく言うと、姫君は答えるすべもなく、恥ずかしがりながら小声で、「足も立たないうちに田舎に沈んでしまってからというもの、生きているのか死んでいるのかわからない状態でした」と言う。

その声は母の夕顔に似て若々しく、源氏の君は微笑《びしょう》しつつ、「田舎に沈んでいる時の苦労が、さぞかし大変だったろうと嘆く者は、この私をおいて他にはありません」と言って、姫君の返事はなかなかのものだと感心し、右近に今後の世話を指示して、退出した。

源氏の君は姫君に難点がないのに満足し、紫の上にも報告して、「田舎人の間で長年暮らしていたので、どんなにかみすぼらしいだろうと軽く見ていましたが、なんのなんの、こちらが気恥ずかしくなるくらいでした。このような姫君がいる事を、是非とも世間に知ってもらいましょう。例えば、私の弟の兵部卿宮《ひょうぶきょうのみや》などのように、この六条院を気に入っている人の心を、やきもきさせたいものです。好き者たちが、くそ真面目な顔をしてこの邸に来るのも、こうした気をもませる娘がいなかったからです。心ゆくまで姫君を世話したら、真面目顔の好き者がどう反応するか見物《みもの》です」と言う。

紫の上は、「それはまた妙な父親です。人の心を引きつけるのを楽しむなど、感心しません」と反発したので、「本当は、今の心であったなら、あなたをこそそうやって、人の気を引いてみたいところでした。全くもって残念です」と源氏の君が笑いながら言うと、紫の上は顔を赤らめた。その様子は若々しくて、美しく、源氏の君は硯《すずり》を出して、思うまま筆を走らせた。

恋いわたる身はそれなれど玉かずら
　いかなる筋を尋ね来つらん

夕顔をずっと恋しがっている自分は昔のままであるが、あの玉鬘《たまかずら》の姫君は、どういう筋を辿ってやって来たのだろう、という感激で、「何という縁だろう」と呟《つぶや》くので、それを見た紫の上は、なるほどそれだけ深く愛した人の忘れ形見なのだと、納得した。

源氏の君は息子の夕霧の中将にも、「こうした人を引き取ったので、仲良くするように」と念を押した。さっそく夕霧は玉鬘の姫君の許に赴いて、「ふつつか者でございますが、弟ですので、まずは真っ先に呼びつけていただきとうございました。転居の際にも参上せず、手助けもしなかった事をお詫び致します」と、生真面目《きまじめ》に言上したため、事情を知っている女房たちは、本当の姉ではないのにと、気の毒に思った。

筑紫の大宰府にいた時は、精一杯の贅《ぜい》を尽くした邸に住んでいると思っていた乳母以下の侍女《じじょ》たちは、この六条院と比べると田舎じみており、何もかもが雲泥《うんでい》の差だと気づかされる。調度類はすべて当世風で雅《みやび》やかであり、姫君が親や兄弟として親しんでいる人々の姿や器量も眩しい程であった。大宰府にいた頃、大弐を崇めていた三条も、今となっては大した身分でもないと思い直し、ましてあの大夫監の鼻息や剣幕など、思い出してもへどが出そうだった。

当の姫君は、豊後介の心配りを世にも稀だと感じ入り、右近も同様で、人々にもそう語って聞かせ、源氏の君は家司《けいし》を選ぶに際して、なおざりな者は無礼も働くので排除し、姫君の家司にふさわしい者だけを採用した。もちろん豊後介も家司になり、長年田舎に沈んでいた境遇とは一転し、こんな壮麗《そうれい》な邸に、朝夕出仕できるのは夢心地である。供人《ともびと》を指示して仕事をする身分を大変な名誉だと感じており、これも細《こま》やかな源氏の君の配慮の賜物《たまもの》だった。

年の暮れになり、姫君方の飾りつけや女房たちの装束についても、源氏の君は玉鬘を他の高貴な人々と同列にと考えていたが、中には、いかに美しい姫君であろうとも、田舎育ちであると考えて、軽々しく仕立てられた装束もあった。

同時に、織物職人たちが競い合って技を尽くして織り、持参した細長《ほそなが》や小袿《こうちき》の彩色豊かな衣装もあって、それを見た源氏の君は紫の上に、「これはものすごい数の品ですね。お互いが羨まないように、公平に分配すべきでしょう」と助言したので、紫の上は御匣殿で仕立てた衣装や、こちらの春の町で用意した装束など、すべて取り出して源氏の君に披露《ひろう》する。この方面の見立てに紫の上は優《すぐ》れていて、珍しい色合いやぼかしなどの染付けも上手《じょうず》なので、源氏の君はいよいよ感心する。

絹織物の艶を出すために砧《きぬた》で打つ擣殿《うちどの》は、あちこちにあり、そこから納められた品々を並べてみて、紫の濃いのや赤いのなどを、紫の上が選び、御衣櫃《みぞびつ》や衣箱《ころもばこ》に入れ分ける。その中から年輩の上臈《じょうろう》たちが、これはこっち、これはあっちと取り揃えるのを見て、紫の上が「どれも優劣のつけがたい物ばかりですが、着る人のお顔に似つかわしいように見立てなければなりません。着ている物が人柄に合っていないのは、みっともないものです」と注意する。

源氏の君が微笑しながら、「それとなく、人の器量を推《お》し量《はか》っていますね。とすれば、あなた自身はどれが似合いますか」と訊くと、「そういう事は鏡だけでわかるものではございません」と応じつつも、紫の上は恥ずかしがる。

紅梅の模様がはっきり出ている葡萄染《えびぞめ》の小袿、今様《いまよう》色の非常に美しいのは、紫の上の衣装《いしょう》になり、表は白で裏は赤の桜襲《さくらがさね》の細長に、柔らかくした掻練《かいねり》の絹物は、明石の姫君の召し物になり、薄い藍色《あいいろ》の浅縹《あさはなだ》に海辺の景色を描いた海賦《かいふ》の織物は、織り方は優美であっても色は控え目で、その表《うわ》着《ぎ》に、ごく濃い紅の掻練の下襲《したがさね》を揃えたのは、夏の町の花散里の衣になった。

赤の鮮やかな表着に、表は朽葉《くちは》、裏は黄の山吹襲《やまぶきがさね》の花模様のある細長は、夏の町の西の対《たい》にいる玉鬘の姫君用になったのを、紫の上はさりげなく眺める。実父の内大臣が華やかで小ぎれいな方とは思われるものの、さして優美ではないところから、姫君も似ているものと想像して、決めたのだったが、それを見た源氏の君は心中穏やかでなく、「いやどうも、衣装を人の容姿になぞらえると、本人が腹を立てるやもしれません。どれほど美しくても、物の色には限りがあります。人の容姿も、いくら劣っているといっても、やはり深味があるものです」と、それとなく言う。

あの末摘花の衣装としては、縦糸に萌黄《もえぎ》、横に白糸を使った柳の織物があり、由緒《ゆいしょ》ありそうな唐草《からくさ》の乱れ模様が織り出されていて、末摘花には似合わないものの、優美な召し物であり、源氏の君はにんまりとした。梅の折枝に、蝶《ちょう》や鳥が飛び合っている模様の唐《から》風の白い小袿に、濃紫の艶のある表着を重ねたのは、源氏の君が選んで明石の君用になる。その衣装からは高雅《こうが》な人柄が思い遣られて、紫の上は心穏やかではない。

かつて常陸《ひたち》国守となった夫と一緒に常陸に下り、任期が明けての帰途、逢坂の関で源氏の君と遭遇し、その後、夫の死で出家した空蝉《うつせみ》は、今では末摘花と共に二条東院に迎え入れられていて、その空蟬の尼僧用には、青鈍色《あおにび》の織物で、趣味のよいのを源氏の君は見つけ、贈る事にする。梔子《くちなし》色の衣で、禁色《きんじき》でないのも加え、それぞれが同じ元日に着るようにと書いた手紙を回覧させたが、これも、元日にそれぞれが器量に合った晴着を着た姿を見たいという、源氏の君の心配りだった。

その返事は、どの方面からも並々のものではなく、その使者に対する祝儀《しゅうぎ》の品も、それぞれに配慮がなされていた。その中で、二条東院に住む末摘花は、もう少し地味でひと工夫あってもよさそうなのに、古い作法を大切にする真面目さから、着古した山吹色の袿で袖口が煤《すす》けているのを、下襲のないまま表着だけを使者に被《かず》け、その手紙には、古くなって黄ばんだ陸奥国紙《みちのくにがみ》に強い香を薫き染めたものが用いられている。「どうも晴着をありがとうございます。とはいえ恨めしくもあります」と書いて歌も添えていた。

きてみればうらみられけり唐衣《からころも》
返しやりてん袖を濡《ぬ》らして

着てみるとつい恨めしくなります、この着物はわたくしの涙で濡らしてお返ししたいのですが、という謝意で、「うらみ」は裏見と恨み、「返し」には裏返しが掛けられていて、実に古風な筆遣いを、源氏の君はつくづく眺めて苦笑いを浮かべて、すぐ下に置かない。紫の上もどうした事かと眺めている。末摘花が使者に被けた物は実にみすぼらしく、源氏の君もあきれ返って眉をひそめたので、使者はそそくさと引き下がり、女房たちも囁《ささや》きあって笑う。

このような末摘花の行き過ぎた古風さと、見当違いのさし出がましさに源氏の君も閉口し、「古風の歌詠みは、〝唐衣〟とか〝袂《たもと》濡るる〟などの決まり文句の恨み言をよく使います。私もその類ではあるものの、末摘花がこのように古風一筋に固まって、今風の詠み方を取り入れないのは、いただけません。

例えば、人々が集まっている事を、主君の御前のような改まった席の歌会では、〝円居《まとい》〟という三文字が不可欠です。また、昔の恋の風流なやりとりでは、〝あだ人の〟の五文字を第三句に置くと、言葉の連なりがすんなりといくようです」と、笑いながら言い、「多くの草子《そうし》や歌枕の意味を知り尽くして、その中の言葉を取り出してみても、普段の詠み方が大きく変わるものではありません。かつて末摘花の亡父である常陸の親王《みこ》が紙屋院《かみやいん》で作られた紙に、書き写した草子を、読みなさいと言って、末摘花が送ってきた事があります。和歌の奥義《おうぎ》がびっしり書かれ、歌の病として避けるべき規則がこれでもか、これでもかという具合に並べられていました。

元来、私は歌が苦手《にがて》ですので、これでは動きが取れなくなると思い、面倒くさくなって返却しました。そうやってよく勉強されている割には、この末摘花の歌は凡庸《ぼんよう》です」と、末摘花には気の毒ながら、率直に言う。

紫の上が真面目な顔で、「どうしてその草子を返されたのですか。書き写しておいて、ここの明石の姫君に見せればよかったのに。手許にもその類の本がありましたが、虫食いになってしまいました。そうした教則本を読んだ事のないわたくしは、何と言っても和歌の心得が不足しています」と応じると、「明石の姫君の学問には、何の役にも立たないでしょう。すべて女というものは、好きな事をひとつ設けて、それに凝《こ》り固まってしまうのはよくありません。

他方で、何事にも不案内というのも感心しません。ただ自分の心の芯はしっかりと持って揺るがず、上べは穏やかにしているのが、最も好感が持てます」と源氏の君は言って、末摘花への返事は書こうともしない。

「歌の中に〝返してやりてん〟とあったようですから、返事しないのは失礼にならないでしょうか」と、紫の上は源氏の君に書くように勧めたため、もともと情にもろい源氏の君であり、相手が相手だけに、気安く筆を走らせた。

返さんと言うにつけても片敷《かたしき》の
夜の衣を思いこそやれ

返そうとおっしゃっていると聞き、その衣の片袖を敷いて独り寝をしているあなたを思い遣っています、という慰めであり、衣を裏返して寝ると、恋しい人が夢に現れるという恋歌の定型を踏んでいて、「嘆きもごもっともです」と末尾に書き添えた。

第三十章　土御門殿《つちみかどどの》

　この「玉鬘《たまかずら》」の帖《じょう》の中で、思い切って書きつけてよかったと思うのは、あのむくつけき大夫監《たいふのげん》が口にする田舎《いなか》言葉だった。あの辺りの言葉の訛《なま》りについては、亡き宣孝《のぶたか》殿から面白おかしく聞かされ、まだ記憶に残っている。あんなもの言いをする大夫監に、乳母一行が恐れをなすのは当然だ。

　書き上げた「玉鬘」の帖を、さっそく書写したのは、いつものように隣の局《つぼね》の小少将《こしょうしょう》の君《きみ》だった。灯火《ともしび》をつけて幾夜にもわたって、筆を走らせているのが几帳《きちょう》の隙間《すきま》から見えた。どんな感想かをこちらから訊《き》くのは控えた。

「こんな美しい姫君が筑紫《つくし》にいたとは」

　それが小少将の君の第一声だった。「大宰府《だざいふ》とは雅《みやび》やかな所だったのでしょうか。あの道真《みちざね》公が大宰《だ》権帥《ざいのごんのそち》として謫居《たつきょ》された官舎は床《ゆか》も朽《く》ち、屋根は水が漏《も》って、衣も濡《ぬ》れ、箱の中の書も傷《いた》んだと聞いております」

「それは道真公がことさら冷遇されていたからです。実際の大宰府は、官吏《かんり》だけでも五十人、書生や仕丁《しちょう》を含めると二、三千人が勤めているので、小さな都くらいの雅やかさがあります」

その賑《にぎ》やかさについても、宣孝殿から聞いて蒙《もう》を啓《ひら》かれたものだ。「その証拠に、近くにある観世《かんぜ》音寺《おんじ》は、あの僧玄昉《げんぼう》が造営に関わった寺で、そこの戒壇院《かいだんいん》は天下三戒壇のひとつです。金堂《こんどう》や講堂、法塔に四十を超える子院があり、廻廊《かいろう》の長さも八十四間《けん》あったそうです。観世音寺の鐘《かね》は名鐘《めいしょう》とされています」

「その鐘こそは、『都府楼《とふろう》はわずかに瓦色《かわらのいろ》を看《み》　観音寺《かんのんじ》はただ鐘声《かねのこえ》を聴く』と道真公が詠《うた》ったものですね」

小少将の君が思い出したように言ったのは、さすがだった。

「そうです、そうです。道真公は謫居の身ですから、関守《せきもり》が見張っていて、陋屋《ろうおく》から出られません。それを嘆く歌が、**刈萱《かるかや》の関守にのみ見えつるは　人も許さぬ道べなりけり**、です。その他にも、**かりがねの秋なくことはことわりぞ　帰る春さえなにか悲しき**、という歌もあります」

したり顔で言うのは憚《はばか》られるものの、相手が小少将の君なので、つい口に出してしまう。

「あ、それは」

小少将の君が目を輝かす。「ほら源氏の君が須磨《すま》に流されて詠《よ》んだ歌の下敷ですね。確か、**古里をいずれの春か行きて見ん　うらやましきは帰るかりがね**」

あまりの的確さに言葉を失う。そこまで小少将の君が、物語の詳細を頭に入れているのには、驚くしかない。

「全くその通りです」

「それで、この姫君が雅やかさを身につけているのがわかりました」

小少将の君がにっこりとする。「もうひとつわからないのは、乳母《めのと》の夫である少弐《しように》が、任果てて帰京するとき、充分な路銀《ろぎん》の貯えがなかったという点です。大宰少弐ともなれば、任期の間に蓄財はできそうにも思えます」

小少将の君の疑念はもっともだった。

「少弐とはいっても、あくまで官人です。大弐《だいに》はひとりでも、少弐は二人いて、その下に大監《だいげん》、少監《しようげん》、大典《だいさかん》、小典《しようさかん》とおのおの二人ずついます。帥《そち》を含めてこれらが四等官です。帥と大弐は並立しないのが普通ですから、大弐となれば官人であっても陰でいろいろ画策すれば、蓄財は可能です。少弐もそのおこぼれは貰《もら》えます。しかし元来清廉《せいれん》な乳母の夫は、それをしなかったのでしょう」

そう答えてから、宣孝殿の例を思い起こした。「受領《ずりよう》として、筑前守《ちくぜんのかみ》と少弐を兼ねている場合は、国守《こくしゆ》の身分でいろいろと蓄財ができるはずです」

ことさら亡夫のことは口にしなかった。あの抜け目のない宣孝殿は、任期が果てる頃には相当の蓄財をしていたのが、口振りからしのばれた。

「なるほど、作者直々《じきじき》の説明でよくわかりました」

小少将の君が満足そうに頷《うなず》く。「書写し終えた分は、今度は弁《べん》の内侍《ないし》の君に渡します。そのあとは宰相《さいしよう》の君に渡って、次に大納言《だいなごん》の君が書き写してから、彰子《あきこ》中宮《ちゆうぐう》様のお手許《てもと》に行くのではないでしょうか」

そう言われても答えようがない。書き終えた帖は、ひとり旅に出した子と同じようなもので、残る作者にはもう手のさし伸べようもないのだ。

ひと月くらいして、大納言の君から親しく声をかけられた。

「あの『玉鬘』の帖は、わたしの分をまず書写し、ついで浄書《じょうしょ》したものを中宮様に進呈しました。するとと、中宮様が、そなた少しばかり粗筋《あらすじ》を話してくれないか、と言われたのです」

大納言の君が声を低める。「いえ、それを申し上げると興《きょう》が薄れます、ただ舞台は筑紫に移りました、とお答えしたところ、何と、須磨、明石《あかし》に続いて今度は筑紫か、と半ばあきれ顔でした。それで、どうかお楽しみに、と申し上げて退出したのです。いずれ読まれたら、何かご下問《かもん》があるやもしれません」

意味深長《しんちょう》に言われ、「はい」とのみ答えた。

しかしその後、中宮様の許に参じても、物語については何も尋ねられなかった。それはそれで気が楽だった。

とはいえ、玉鬘と乳母の一行が肥前《ひぜん》から舟で京まで辿《たど》り着く行程については、全く知識がなかった。亡き宣孝殿にしても、あの肥前で客死《かくし》した平 維敏《たいらのただとし》殿にしても、筑前や肥前の様子は話しても、京までどうやって戻って来るかについては、全く触れなかった。そもそもこちらに興味がなかったからだ。今更ながらに悔《く》やまれる。願わくは、書写する人々に読み咎《とが》められんことを。

三月にはいって、ようやく中宮様のご懐妊《かいにん》が公《おおやけ》にされ、すぐに始まったのが、安産祈願の読経《どきょう》や御修法《みしほ》だ。これは道長《みちなが》様の熱心な皇子《おうじ》安産祈願の証《あかし》であり、これまでずっとご懐妊が公にされなかったのもそのためだった。

聞くところによれば、一月に初めて妊娠の兆候《ちょうこう》に気がつかれたのは帝《みかど》らしい。すぐにそれは道長殿に知らされ、内密に、尿や便を始末する樋洗 童《ひすましわらわ》や、下働きの女房《にょうぼう》からも報告させてご懐妊が確認された。まさに、彰子様が入内《じゅだい》されて十年目の慶事だった。前の年の八月、道長様はわざわざ吉野《よしの》の金峯山《きんぷせん》に詣《もう》でていたので、その霊験《れいげん》あらたかといえた。

ふた月の間、道長様がご懐妊の朗報を封じたのは、ひとつには呪詛《じゅそ》を恐れたからであり、ふたつ目は、先帝の花山院《かざん》が病悩を得られ、二月八日に崩御《ほうぎょ》されたからでもあった。

三月半ばになると、一条院から里邸《りてい》の土御門殿《つちみかどどの》への退出が決められ、その準備に大忙しとなった。その最中、堤第《つつみだい》の父君からの文《ふみ》が届いた。何と正五位《しょうごい》蔵人左少弁《くろうどのさしょうべん》への任官が内示されたという。正五位といえば、あの大宰大弐と同格だ。

蔵人所《くろうどどころ》というのは、検非違使《けびいし》と同じく令外官《りょうげのかん》ではある。その長官が蔵人頭《くろうどのとう》で、二人いるうち、近《この》衛府《えふ》から任じられた者が頭中将《とうのちゅうじょう》であって、近衛中将も兼ねていた。その下に大弁《だいべん》、中弁《ちゅうべん》、少弁があり、それぞれ左と右がつく。父君が任じられたのが左少弁なら、中務省《なかつかさ》の大外記《だいげき》より上の位ではある。父君が尊敬してやまなかった慶滋保胤《よししげのやすたね》様が最後に叙せられたのは、大内記《だいないき》で従《じゅ》五位下だった。父君はやがてそれを超えるのだ。

いずれにしても、光源氏のよき友であり好敵手の内大臣、かつての頭中将がにわかに身近に感じられる。父君はあの若い頭中将の下で働いていると思えばいいのだ。

父君の書状によると、惟規《のぶのり》は無事に蔵人として勤めているという。母君も健《すこ》やかであり、妹の雅子《まさこ》は今身籠《みごも》っていて、この夏頃が出産らしい。期せずして、彰子中宮様と前後しての慶事だった。

そして娘の賢子《かたこ》は、母君と身重《みおも》の妹がよく世話をし、弟二人がそれとなく漢籍を学ばせているという。「孫娘は、そなたに似て、出藍《しゅつらん》の誉《ほま》れがある」という父君の文面を読んで、自分は出藍の誉れなどではなく、すべては父君の訓育の賜物《たまもの》だと言上《ごんじょう》してやりたかった。

その反面、賢子が出藍の誉れならば、素直に嬉《うれ》しかった。覚えが早いとなれば、弟二人も競い合うようにして、あれもこれもと教え込んでいるのかもしれない。賢子ももう九歳だから、海綿《かいめん》が水を吸うように知識を吸収しているはずだ。こうした恵まれた環境で育てられているのは、まさしく宿運《しゆくうん》だった。

できることなら、すぐにでも里下りして父君を祝い、賢子とも会いたかった。しかし今は、中宮様の出産を控えての一条院退出の準備で、とても抜け出せない。その旨《むね》を文に書き、使いの者に手渡した。

それにしても、この時期に内示された父君の任官は、おそらく道長様の推挙に違いなかった。中宮様に「新楽府《しんがふ》」を進講した謝意を、そういう形で示されたのだとすれば、恩着せがましさを嫌う道長様らしい。そして、これから先、「出産を迎える中宮の世話を頼む」というさりげない依頼だろう。

一条院から道長様の私邸である土御門殿に退出したのは、四月十三日、夏の初めの暑くも寒くもない晴れ渡った日だった。多くの公卿《くぎよう》が従い、女房たちが乗る牛車《ぎつしや》も十指に余った。誰と誰が同じ牛車に乗るかは、もう決められていて、小少将の君、大納言の君、宰相の君と同車になった。その四人とも、土御門殿に住まうのは初めてだった。

「もともと道長様の土御門殿は、右大臣だった藤原定方《さだかた》様の所領でした」

そうした来歴に詳しい大納言の君が説明する。「それが子息の中納言朝忠《あさただ》様に譲られ、さらに娘の穆子《むつこ》様に受け継がれました。この穆子様の夫君は左大臣の源《みなもとのまさのぶ》雅信様で、二人の間に生まれた娘が、道長様の正妻の倫子《ともこ》様です。源雅信様は我が娘が道長様に嫁ぐのに反対でしたが、説得したのが穆子様です。どこか見込みがある殿方だと考えられたのでしょう。母君の御眼鏡《おめがね》は正しかったのです」

「その雅信様が土御門左大臣と呼ばれていたのは、そういう理由からですか」

これまた物知りの宰相の君が応じる。「道長様はその土御門殿の南にあった大江匡衡《おおえのまさひら》様の邸《やしき》を買われて、この十年で大改修されたと聞いております。おそらく中宮様の懐妊を見越して、準備されていたのではありますまいか」

「何事も用意周到《しゅうとう》の道長様らしい」

小少将の君が感心する。

大納言の君の話を聞いていて思い返したのは、右大臣定方様の所領は、この土御門殿と、もうひとつ堤第もあった事だ。その堤第のほうは、朝忠様の妹である父為時《ためとき》の祖母に譲られたのではなかったか。

つまり、父君と道長様の正妻は、右大臣だった定方様を通じて筋が繋《つな》がっているといえる。道長様もそういう血縁が念頭にあって、父君に何かと配慮してくださっているのかもしれなかった。

牛車の列は、一条大路《おおじ》を真直ぐ東に向かい、突き当たって右折し、東京極大路《ひがしきょうごく》を南下する。物見《ものみ》から左側の外を眺《なが》めると、実家の堤第が見えた。その向こうが鴨川《かもがわ》だ。懐しさがこみ上げる。両親がいて、娘が住む家は手の届く所にある。堤第の近くに土御門殿があるのは知っていたものの、あの壮大ないかめしい邸は、堤第とは無縁の場所だった。それが今、堤第を過ぎ、右側に見え出していた。

「二町《ちょう》にわたる大きな屋敷ですよ」

大納言の君が言う。「これまでいた一条院の二倍の広さです」

物語の中で書いたばかりの光源氏の六条院は、四町に広がっていた。あれは架空《かくう》の屋敷だから許されるとはいえ、道長様の土御門殿は、現実にその半分の広さだった。

土御門殿から堤第までは、歩いたとしても大してかからない。いつか牛車を仕立て里帰りできるかもしれなかった。

牛車が次々と、右側にある門からはいって行く。ここが邸の東側にあるので東門だろう。前を行く牛車が何両もあって、しばらく待たされる。かすかな臭《にお》いから、近くに厩《うまや》があるのがわかる。左側に車宿《くるまやど》があり、空《から》になった牛車はその辺りに集められていた。

牛車を降りたところが廊《ろう》になっていて、そこから邸の中にはいった。

「これは見たこともない広さ」

立ち止まった小少将の君が感嘆する。左側に庭、さらに広大な池が広がり、いくつもの中島が橋で結ばれている。庭の北側に寝殿《しんでん》があるので、廊を通って向かうのは東《ひがし》の対《たい》に違いなかった。

東の対の簀子《すのこ》にはいると、南庭と池の造作《ぞうさく》が見渡せた。池の西側には、西の対から南に延びた大小様々な邸が並んでいる。その先端は池を跨《また》ぐようにして造られた舞台だった。

池にそそぐ遣水《やりみず》が、寝殿と東の対を結ぶ渡殿《わたどの》の下を流れている。驚いたことに、渡殿は二つあって、その間に小さな泉が設けられていたが、どうやら湧き水のようで、噴《ふ》き出る水がいかにも涼しげだ。

女房たちの局は、東の対や寝殿の廂《ひさし》に、位《くらい》に応じて割り当てられていた。小少将の君と宰相の君と三人で占めたのは、東渡殿の局だった。北側は壁で、南側は片廂の通路の間が上下に開く蔀格子《しとみこうし》で隔てられている。通路には欄干《らんかん》があり、泉のある壺庭《つぼにわ》が見えた。さらに、通路の東側と西側には戸があって、一応形だけは仕切られていた。

「ここからの眺めが一番良いのかもしれませんよ」

欄干に寄りかかって宰相の君が言う。三人並んで南側に目をやると、橋廊になっている透渡殿《すきわたどの》越しに、南庭はもちろん、池や中島を一望できた。下を流れる遣水の清らかな音も耳に届く。

局に戻ると、片隅に一条院で使っていた文机《ふづくえ》と文箱《ふばこ》、衣桁《いこう》などが置かれていた。前の局よりは広く、両隣を仕切る几帳もぶ厚く、灯明《みあかし》も新しい。

ここに住むのは、おそらく中宮様のご出産までで、そのあとは再び一条院か内裏《だいり》に戻るはずだった。その数か月の間にも、執筆を中断するわけにはいかず、折を見て文机の前に坐った。二町を占める土御門殿にいて、四町の広さをもつ六条院の豪華さについて書くのも、思いがけない巡り合わせだった。

新春を初めて迎える、六条院のうららかさは、この世のものとも思えない典雅《てんが》さになり、時に主《あるじ》の源氏の君は三十六歳、紫の上二十八歳、明石の君二十七歳、明石の姫君八歳、玉鬘《たまかずら》二十二歳、そして夕霧《ゆうぎり》は十五歳となった。

元旦の空には雲ひとつなく、どんな貧家にも雪間に若芽が色づき出し、立ち初《そ》める霞《かすみ》に木の芽もわずかに萌《も》え出し、人の心も自然と、のんびりくつろいでいるように見える。ましてや、隅々まで玉を敷いたような六条院は、庭を筆頭に見所が多く、一段と磨き立てた方々の邸の様子は、どう形容しても言い尽くせない。

特に春の町の御殿《おとど》の庭は、風に乗った梅の香《か》も、御簾《みす》の内の薫物《たきもの》の香と入り混じって、この世の極楽浄土かと見紛《みまが》う程であり、そこで紫の上もゆったりと起坐している。仕《つか》えている女房たちの中から、若くて器量《きりょう》がよい者は明石の姫君のために選び分けたので、近くに侍《はべ》る女房はいきおい年輩の者が残り、それが却《かえ》って優雅で、装束《しょうぞく》も立振舞も雅やかであった。

あちこち集まっては、年頭の長寿の祝いをして、鏡餅《かがみもち》まで取り寄せ、古歌《ふるうた》の、**よろず代《よ》をまつにぞ君を祝いつる　千歳《ちとせ》の陰に住まんと思えば**、の通り、祝い言《ごと》を口にして戯《たわむ》れつつ、懐手《ふところで》をしてくつろいでいる最中に、源氏の君が顔を出したので、慌《あわ》てて居住まいを正す。

「これはこれは賑やかな祝い言です。おのおの願い事があるのではないでしょうか。私に聞かせてはくれませんか。私も祝い言をしましょう」と源氏の君が笑いながら言う様子も、年の初めのめでたさにふさわしく、自信たっぷりの中将の君がさっそく応じて、「いえいえ、我が主人の千歳《せんざい》の栄えは、もう疑いがないと鏡餅に向かって祝っておりました。わたしたちそれぞれのための祈りなど、物の数にははいりません」と言上した。

その日の朝のうちは、年賀の人々がひきもきらず参上して、その騒がしさが一段落した夕方、女房たちに年賀をするために装束を整え、念入りに化粧する源氏の君の姿が鏡に映ると、それが見る者たちをうっとりとさせる。「今朝《けさ》は紫の上の女房たちが賑やかに戯れていて羨《うらや》ましかった。今から私が紫の上に鏡餅を見せて祝いを言いましょう」と、源氏の君は冗談めかしく言って、紫の上の許に赴《おもむ》いて詠歌《えいか》した。

薄氷《うすごおり》解けぬる池の鏡には
世に曇りなき影ぞ並べる

薄氷が解けた鏡のような池に、曇りひとつない私たち二人の影が並んでいる、という言祝《ことほぎ》で、鏡餅と関連づけて池の鏡が詠み込まれ、いかにも仲のよい夫婦らしく、紫の上も返歌する。

曇りなき池の鏡によろず代を
　すむべき影ぞしるく見えける

曇りのない鏡のような池に、行く末長く暮らすに違いない、わたくしたち二人の影がくっきり見えます、という賛同であり、「すむ」には澄むと住むを掛けていた。なるほど、これからも長く仲良く暮らす夫婦の縁《えにし》が、歌の応答に見事に表されていて、ちょうど今日は子《ね》の日で、古歌の、**千歳《ちとせ》まで限れる松も今日よりは　君に引かれてよろず代や経ん**、にある通り、千歳の春を祝うのにふさわしい日だった。

明石の姫君の部屋を訪問すると、女童《めのわらわ》や下仕《しもづか》えの者たちが、庭の前の築山《つきやま》の小松を引いて遊んでいる。若い女房たちも小松を引きたくてじれったそうである。西北の冬の町に住む明石の君から、特別に用意したと見えるいくつもの鬚籠《ひげこ》や破子《わりご》などが贈られていて、造り物の五葉《ごよう》の松には、これまた造り物の鶯《うぐいす》が飛び交い、そこに明石の君からの歌が結びつけられていた。

年月《としつき》をまつに引かれてふる人に
　今日鶯の初音《はつね》聞かせよ

あなたに会える日を待ちわびて、この年月を過ごしているわたしに、せめて今日は鶯の初音を聞かせて下さい、という切望で、「まつ」に松と待つ、「ふる」に経ると古、「初音」に初子が掛けられ、古歌の、今日だにも初音聞かせよ鶯の　音せぬ里はある効《かい》もなし、を踏まえて、「誰も訪れない里から」の語が添えられていた。

読んだ源氏の君は、なるほど不憫《ふびん》だと感じ入り、正月早々縁起でもなく涙ぐんで、「この返事は、ご自分でしたほうがいいでしょう。相手は、初便りを惜《お》しむべき人ではありません」と言って、自ら硯《すずり》を用意して書かせる。筆を執る姫君の様子は実に可愛《かわい》らしく、明け暮れ仕えている侍女《じじょ》たちでさえ見飽きない程である。実母である明石の君とは、もう四年以上会ってはおらず、その姿はいたわしくもあった。

引き別れ年は経れども鶯の
巣立ちし松の根を忘れめや

別れて年月は経ったとしても、鶯は巣立った松の根を忘れません、という思い遣りで、決して実の母を忘れませんという子供心が初々《ういうい》しく反映されていた。

東北の夏の町を訪れると、花散里《はなちるさと》の住まいは、その時節からはずれているせいか、ひっそりとしていて、派手に風流に飾ったところもなく、品よく暮らしている様子があちこちに見られる。年月が経つにつれ、心が隔てなく通い合う二人の仲であり、今はことさら枕を交わす間柄ではなく、むしろ兄妹の交わりといった睦《むつ》まじさで、隔てていた几帳を源氏の君が少し押しのけても、慌てて隠れる事もしない。

淡い藍色《あいいろ》の衣装は地味で、盛りを過ぎて髪も薄くなっており、もう少し付け髪でもして体裁よくしたほうが無難なので、源氏の君は自分以外の男だったら嫌気がさすに違いないと思いながらも、そうしてありのままで見ておられる自分も捨てたものではないと自認する。

仮に花散里が、浅はかな女のように自分から離れていったとしたら、どういう境遇に落ちていただろうかと思う。会うたびに自分の愛情と、花散里の深情を確かめ合って、これはこれでいいと納得して、花散里とは昨年からの様子を語らい合って、西の対に渡った。

そこには玉鬘がいて、まだ住み馴《な》れていない割には、部屋の感じも清らかに整えられ、仕えている女童の姿も雅やかで、侍女の数も多く、調度はまだ充分ではないものの、こざっぱりとした住みなし方である。玉鬘自身の美貌《びぼう》は一目瞭然《いちもくりようぜん》で、表は薄朽葉《うすくちは》、裏は黄の山吹襲《やまぶきがさね》の衣装で一層引き立ち、華やかさには一点の曇りもなく、肌の色艶《いろつや》も目映《まば》ゆいばかりで、見飽きず、これまでの辛《つら》い経験からか、髪の裾が少し細くなり、さらりとかかっている点が、逆に清々《すがすが》しい。

鮮やかな美しさを目にして、源氏の君は、仮にこうして迎えていなかったらどんな結果になっていただろうと、感慨深く、この先も見過ごすわけにもいかないと思う。玉鬘のほうは、源氏の君と隔てなく会うのには馴れていたものの、どこか気の置けない点は、やはり実の父ではないせいのような気もして、こうした対面が現実のものとも思えず、振舞もぎこちない。

それが源氏の君の心を妙にかきたて、「お会いして何年も経ったような気がします。気兼ねなくお目にかかる望みも叶《かな》いました。この上は遠慮なく振舞って、春の町にも出かけて下さい。あそこには琴《こと》を習っている人もいるので、一緒に琴の音《ね》を聞いて耳を馴らすのもいいでしょう。軽々しい人もいないので安心です」と、源氏の君から勧められた玉鬘は、「そう致します」と言上した。

暮れ方になって、西北の冬の町に渡り、邸に近い渡殿の戸を押し開けると、御簾の中から吹く風が何ともいえない香りを漂わせていて、やはり他とは違う上品さがあった。明石の君の姿が見えないので、辺りを見回すと、硯の周囲に草子《そうし》などが取り散らかしてあり、それを手に取って見る。唐《から》の東京《とんきん》産の白地の錦《にしき》に、格別の刺繍《ししゅう》をした敷物があり、上に琴《きん》の琴が置かれて、趣向を凝《こ》らした火鉢も脇にあり、薫《た》かれた侍従香《じじゅうこう》が周辺の物に香りを染み込ませており、そこに草子の防虫としての匂袋《においぶくろ》の香りも入り混じって、何とも風雅《ふうが》である。

手習いの書が無造作に散らばっているのを眺めても、書風は通常のものと異なって教養がしのばれる。勿体《もったい》ぶって仮名に万葉仮名の崩し字を交ぜたりはせず、平易な筆遣いで、明石の姫君からの返歌に対して、心に沁《し》みる古歌を下敷にして、和歌が詠まれていた。

めずらしや花の寝ぐらに木伝《こづた》いて
谷の古巣を訪《と》える鶯

珍しい事です、華やかな春の花咲く邸に住みながらも、子の鶯は、木を伝って谷間にある実の母の住み処《か》に来てくれました、という歓喜で、「待ちかねた声がやっと聞けました」と添えられて、「梅の咲く岡近くに家があれば」とも書かれているのは、『古今《こきん》和歌六帖』にある古歌、**梅の花咲ける岡辺に家しあれば　とぼしくもあらず鶯の声**、を踏まえているのだろう。

源氏の君はそうした書き散らしを眺めて微笑《びしょう》して、筆を少し濡らしてすさび書きしているところに、明石の君が慎《つつ》ましくいざり出て来ると、白い小袿《こうちき》にくっきりと映える黒髪は、先の方が少し細くなり、それが余計に優美さを加えていた。新年早々に紫の上に騒がれる事を懸念《けねん》しつつ、その夜は明石の君の許に泊まったので、やはり寵愛《ちょうあい》は格別なのだと、六条院や他の女君《おんなぎみ》たちは羨み、まして春の町の女房たちの中には、けしからんと思う者もいた。

曙《あけぼの》近く、源氏の君が東南の町に帰るのを送り出した明石の君は、こんなに早く帰らなくてもいいのにと心が乱れる。

源氏の君は寝ずに待っているに違いない紫の上の心中を思って、帰り着くなり言い訳をして、「ついついうたた寝をして、年甲斐《がい》もなく寝入ってしまったのを、明石の君が起こしてくれなかったのです」と言いつつ機嫌をとっても、紫の上からの返事はなく、源氏の君はそのまま寝たふりをして、日が高くなって起きた。

正月二日は、親王や上達部《かんだちめ》を招く接待の日であり、紫の上とは顔を合わせないようにしていると、続々と客が参上して来て、またたく間に管絃《かんげん》の遊びになった。

引出物や祝儀《しゅうぎ》の品も類を見ない程の素晴らしさで、参集した誰もが、我こそはと晴れがましく振舞ってはいるものの、源氏の君の華やかさにはかなわない。諸芸に秀《ひい》でた者でも圧倒されてしまう程で、召使いまでも、六条院に向かうのには気を遣うくらいであった。

若い上達部などは、新参の玉鬘に興味津々《しんしん》のため、ことさら緊張していて、例年とは雰囲気《ふんいき》が異なり、夕風に乗って、梅の香がほんのり漂って来て、南庭の梅もほころんだ黄昏時《たそがれどき》、様々に楽《がく》の調べが起こると、まずは催馬楽《さいばら》の「この殿」だった。

〽この殿は　むべも
　むべも富みけり

三枝《さきくさ》の　あわれ
三枝の　はれ
三枝の三葉《みつば》四葉《よつば》の中に
殿造《とのつくり》せりや
殿造せりや

源氏の君も時折声を出して謡《うた》うと、その威光で、花の色も楽の音色《ねいろ》も変わる様子がはっきり感じられ、こうした年賀の客が、馬や牛車で行きかう騒がしさを、冬の町や秋の町、夏の町で聞く女君たちは、心穏やかではなく、蓮《はちす》の中にいながら、花が開くのを待つもどかしさと同じ心地がする。

まして二条東院に住む女君たちは、年月とともに心は晴れず、暗い山路にはいり込んだ気がして、ちょうど、**世の憂き目見えぬ山路へ入らんには　思う人こそほだしなりけれ**、の古歌の通りで、つれない源氏の君を恨みたくなるものの、源氏の君の訪れがない事以外は、不安も寂しさもない。夫の死後に出家した空蟬《うつせみ》は、仏道の修行にいそしみ、仮名文字の草子を学び、和歌の作法を学んでいる末摘花も、その道に熱中していて、生活上の処遇は源氏の君が不自由がないように面倒を見ていた。

その二条東院には、種々の行事を終えてから源氏の君は赴く。末摘花は常陸宮《ひたちのみや》の姫という身分が身分だけに、気の毒に思って、傍目《はため》には立派に見えるように充分な支援をしている。昔は見事だと感心した末摘花の黒髪も、年とともに薄くなり、白髪《しらが》になっており、その横顔もいたわしいので、面と向かっては顔を合わせせない。

歳末に贈ったあの柳の織物はやはり似合わないと思うばかりで、光沢のない黒い搔練《かいねり》の一襲《ひとかさね》は、音がさやさやとする程に糊《のり》がきいていて、その上に柳の織物の袿《うちき》を着ている。通常は何枚か重ねる袿がないので、いかにも寒そうであった。赤い鼻が春霞《はるがすみ》にも紛れないくらいはっきりしているため、源氏の君は溜息《ためいき》をつき、わざわざ几帳を間に置いて対面した。

末摘花のほうは、さして恥ずかしいとも思わず、源氏の君のこうした変わらぬ思い遣りに安心し、頼り切った様子であるのに対して、源氏の君にしてみれば、こうした生活は、並の身分ではない末摘花にとってみすぼらしいので、いじらしくもあり、他に頼る者もないはずで、自分が支えていくしかないと、思い定めている。

末摘花の声は、寒いのもあって震《ふる》えているので、見かねて源氏の君は、「お召し物などを世話してくれる者はいないのですか。こうした気兼ねのない住まいでは、ふっくらと柔らかい着物でもいいのです。外見ばかり気にした衣装は、感心しません」と注意を促すと、末摘花はぎこちなく、さすがに苦笑しながらも、「兄である醍醐《だいご》の阿闍梨《あじゃり》の世話をしているので、わたくしの着物までは縫《ぬ》えないのです。あの皮衣《かわぎぬ》まで取られてしまいました」と答える。

「兄君も寒がりで鼻の赤い人ではあった。兄の面倒を見ているなど、よい心掛けとはいえ、家の窮《きゅう》状《じょう》まで口にするとは余りにも素直だ」と源氏の君は思いながら、末摘花を前にすると軽口《かるくち》も叩《たた》けない。

「皮衣は山伏《やまぶし》の蓑《みの》代わりの衣としては、うってつけで、譲《ゆず》られてもいいでしょう。しかし先日さし上げたこの白地の衣は、普段の物なので惜しむ必要もなく、七重《ななえ》にして重ね、皮衣の代用としたらどうでしょうか。何か必要なものは、遠慮なく言って下さい。私はうっかり者で、ぼんやりと気が回らない性質《たち》である上、日々の雑事が次々とやってくるので、何かと行き届きません」と、真面目《まじめ》に言い、向かいの二条院の蔵を開け、絹や綾《あや》などを末摘花に贈った。

二条院はさすがに荒れた所はなく、源氏の君が住んではいないので静まり返り、庭前の木立も風情《ふぜい》があるのに、紅梅が咲き始めて匂っていても、それを賞《め》でる者がいないのが惜しく、源氏の君は独り言のように歌を詠む。

古里の春の梢《こずえ》に尋ね来て
世の常ならぬ花を見るかな

かつての旧居に春の梢を尋ね来て、世の常とは違った花を見ることだ、という感慨で、「花」は鼻を掛けていたものの、もちろん末摘花にはわかるはずがなかった。

同じく二条東院にいる尼姿の空蟬の許にも訪れると、派手な感じはなく、ひっそりした暮らしぶりで、自分は局に住み、大部分は仏に譲って勤行《ごんぎょう》に邁進《まいしん》している様子が見てとれ、経典や仏の飾り、質素な閼伽《あか》の具など、趣《おもむき》があり、優美でやはり心配りの行き届いた人柄であるのがわかる。

趣味のよい青鈍《あおにび》の几帳の後ろに隠れて坐り、色の違った袖口だけが見えていて、やはり源氏の君が贈った梔子《くちなし》色であった。

源氏の君はつい涙ぐんで、「あの古歌の、**音に聞く松が浦島今日ぞみる　むべも心あるあまは住みけり**、のように、あなたとの縁は薄いものでした。昔から切ない縁ではあったものの、今はこうして接するくらいの縁は続いております」と言うと、空蟬もしんみりと応じて、「このように頼りにさせていただき、縁が浅くはなかったのだと、しみじみ感じております」と言上する。

「辛い仕打ちをして私を悩ました罪を、日々仏様に懺悔《ざんげ》するのは苦しいでしょう。男は私のように素直とは限らない事が、おわかりになられたでしょう」と源氏の君が言ったので、夫の死後、継子《ままこ》の紀《き》伊守《のかみ》から言い寄られた事をほのめかしていると感じた空蟬は、恥ずかしがって、「このような尼姿をお見せする以上の辛い報《むく》いはございません」と言いつつ、心の底から泣く様子は、昔よりも奥床《おくゆか》しい。

もはや男女の仲とは縁遠い間柄になっていて、源氏の君は色めいた言葉はかけられず、支障《さわり》のない昔や今の世間話をしているうちに、せめてこのようなつきあいが続けばいいと、源氏の君は思い直し、末摘花もこのような接し方をしてくれるといいが、と惜しい気がした。

このように源氏の君から世話をされている女君たちは多く、それぞれに顔を見せて、「会えない日が長く続いても、心の中では忘れずにいます。ただ、必ずや訪れるこの世の別れだけは、どうしようもありません。人の寿命はわかりません」と声をかけると、どの女君たちも、それぞれの身分に応じて、源氏の君を慕《した》い続けている。

気位《きぐらい》を高く持って、尊大に振舞っても当然の源氏の君ではあるものの、場所柄に応じ、相手の身分に応じて、誰に対しても優しさは同じであり、誰もが応分の恩顧《おんこ》にすがって歳月を過ごしていた。

今年は男踏歌《おとことうか》が催《もよお》され、一行はまず内裏で舞い、ついで朱雀院《すざくいん》に参上し、その次に六条院へ赴く。道程がかなりあって、到着したのは夜明け方になったので、月がこよなく澄み、庭には薄く雪が積もって何ともいえない趣があった。殿上人《てんじょうびと》の中には音楽の名手《めいしゅ》が多く、笛の音も美しく、源氏の君の前とあって心して奏《かな》でる。

前以《もっ》て知らせていたため、女君たちも見物にやって来ており、左右の対の館や渡廊などに局が造られ、そこにそれぞれがはいり、西の対の玉鬘は、寝殿の南の部屋に来て、そこの明石の姫君と対面し、紫の上も一緒なので、几帳を隔てて挨拶《あいさつ》をする。

男踏歌の一行が、朱雀院の母である弘徽殿大后《こきでんのおおきさき》の邸を巡っている間に、夜も少しずつ明けていったため、六条院は一行を酒や湯漬《ゆづけ》でもてなす所にもなっており、簡略にすますべきなのに、逆に規則以上に盛大な饗応《きょうおう》がなされた。

月の光も冷たく、冴《さ》える暁月夜《あかつきづくよ》であり、雪が少しずつ降り積もり、松風が高い梢から吹き下ろし、興醒《きょうざ》めするような時刻である上に、男踏歌の一行の装束である青色の袍《ほう》は、糊が落ちてなよなよになっていて、その下は白い下襲《したがさね》なので、何の華やかさもない。挿頭《かざし》の綿《わた》の造花も色艶《いろつや》を欠く代物《しろもの》なのに、やはりここは六条院という場所柄、風情に満ち、心も和《なご》み、寿命も延びる気がする。

中将の君の夕霧や、内大臣の子息たちが、特に立派で美しく、ほのぼのと夜が明けていき、雪が少し舞って寒々とする中で、舞人《まいびと》たちが催馬楽《さいばら》の「竹河《たけかわ》」を歌った。

〽竹河の橋の詰《つめ》なるや
橋の詰なるや
花園《はなぞの》に　はれ
花園に我をば放てや
我をば放てや
少女伴《めざしたぐ》えて

歌う舞人たちが群をなして寄り添い、心地よい声が響き渡る光景は、一幅《いっぷく》の絵以上で、方々に位置する女君たちの局では、女房たちが御簾の下から袖口を出していて、それぞれに優劣をつけ難い美しさであり、あたかも、曙《あけぼの》の空に錦が載《の》って出された春霞のようで、心の満たされる見物《みもの》になる。

男踏歌の六位の舞人がかぶる高巾子《こうこじ》の世間離れした恰好《かっこう》や、卑猥《ひわい》な文句の祝言、滑稽《こっけい》な言葉を生真面目に並べたてた口上《こうじょう》など、取り立てて言う程の趣はないものの、恒例《こうれい》に従って全員が、禄《ろく》の綿を貰って、夜がすっかり明けて、皆それぞれに退出した。

源氏の君は少し寝て、日が高くなってから起き出す。

「夕霧の声は、美声で知られる弁の少将にもひけを取らない。不思議に、この頃は諸芸に秀でた者を輩出《はいしゅつ》している。昔の人は学問では優秀でも、芸の道では近頃の人にはとても及ばないのではないか。夕霧を真面目一途《いちず》な役人に仕立てようと思ったのも、遊びに走った我が身の愚かさに似ないようにするためだった。しかし、やはり心の下には好き心を持っていたほうがよい。生真面目なだけでは堅苦しい」と思って、夕霧をなかなかの男と見つつ、男踏歌での祝い言である「万春楽《ばんすらく》」を口ずさむ。

〽万春楽万春楽　万春楽
我皇延祚億千齢《がこうえんそおくせんれい》　万春楽
元正慶序年光麗《がんせけいじよねんこうれい》　万春楽

源氏の君は「女君たちが集まったこの機会に、何とかして合奏をしたいものです、我が邸で後宴《ごえん》を開催しましょう」と言って、上等な袋に入れていた秘蔵の琴をすべて取り出させ、埃《ほこり》を払い、たるんだ緒《お》を調律《ちょうりつ》させると、女君たちは女楽《じょがく》に加わるため、緊張しながら心の準備に余念がなかった。

第三十一章　召人《めしうど》

「初音《はつね》」の帖《じよう》を書き上げた翌日、例によって小少将《こしようしよう》の君《きみ》に、草稿を手渡した。その二日後の夜だった。深夜に目を覚《さ》ましたのは、格子《こうし》を叩《たた》く音がしたからだ。

耳を澄ますと、叩く音は隣の小少将の君の局《つぼね》ではない。明らかにこの局を叩いている。そっと上体を起こして格子の外を窺《うかが》う。かすかに鼻をついたのは空薫物《そらだきもの》の香《こう》だった。沈香《じんこう》に甘松《かんしよう》が混じっており、さらに麝香《じやこう》がほんのりと匂う。これで相手の見当がついた。枢戸《くるるど》は閉めていて、にわかにはいって来られない。

そのまま身動《みじろ》きしないでいると、相手は諦《あきら》めて去ったようだった。暗がりの中で、ふた月くらい前の一条院での出来事が思い起こされた。

彰子《あきこ》中宮《ちゆうぐう》様の近くに侍《はべ》っていたとき、道長《みちなが》様がお姿を見せた。懐妊《かいにん》した娘を案じて、三日に一度くらいは顔を出し、二言三言冗談を飛ばしては自ら笑い、用事を思い出したように退出される。その日は、運が悪いことに、中宮様の前に、大納言《だいなごん》の君が浄書《じようしよ》した物語が置かれていた。確か「朝顔」

の帖だった。道長様を膝《ひざ》をかがめて手に取り、少しめくったあと、お顔を上げた。

「この源氏の君が、そなたの筆の先から生まれているとは」

そこで言い淀《よど》み、軽口《かるくち》のようにして言い継がれた。「つまり藤式部《とうしきぶ》の胸の内の引き写しが、この源氏の君に違いなかろう」

返す言葉もなく赤面しているのを見て、道長様は中宮様の脇に置いてあった筆を手にされた。重しのようにして、梅の枝が載っている紙から一枚を抜いて、さらさらと筆を走らせたのだ。

　すきものと名にし立てれば見る人の
　　折らで過ぐるはあらじとぞ思う

読んで、ますます赤面してしまう。「すきもの」とは好き者であり、梅の香の酸（す）き物を掛け、「折らで」は梅の枝を折るに、女をものにする意味がかぶせられていた。

にっこりと笑ったのは中宮様で、「返しは」とでも言うように、硯《すずり》と紙を差し出され、道長様は筆をわざわざ手渡して下さる。ええい、ままよとばかり筆を走らせた。

　人にまだ折られぬものを誰かこの
　　すきものぞとは口ならしけん

末尾に「心外でございます」と書き添えた。「口ならし」には、梅が酸っぱくて口を鳴らす意と、あちこち言いふらすの意味を重ねた。

「これは、してやられた。さすがは源氏の君の生みの親」

道長様が満足げに答える返事にも、中宮様の安産が掛けられていて、感心させられた。

この贈答歌は、中宮様から授けられて、今は文箱《ふばこ》の中にしまい込んでいた。

その夜はまんじりともせずに夜を明かし、中宮様の近くに参上する。

「先刻、道長殿が来て、これを藤式部にとことづけて帰られました」

紙は懐紙《かいし》であり、間違いなく道長様の筆だ。

夜もすがら水鶏《くいな》よりけになくなくぞ
　まきの戸ぐちに叩きわびつる

「なく」には泣くと鳴くが掛けられ、「叩き」にも戸を叩くと水鶏の鳴き声が掛けられている。

「どんな歌ですか」中宮様から訊《き》かれて、小さく詠《よ》み上げる。昨夜の怯《おび》えが甦《よみがえ》った。

「道長殿も、例によって執心《しゅうしん》のようです。戯《たわむ》れとは思えませんよ。返しは、わたくしから届けさせます」

仕方なく、中宮様の前で筆を執《と》る。

ただならじとばかり叩く水鶏ゆえ
　あけてはいかにくやしからまし

「とばかり」には戸ばかり、「叩く」は戸を叩くと水鶏の鳴き声、そして「あけて」には、戸を開けると夜が明けるを掛けた。

中宮様が手を差し出したので、紙を手渡すと、読んだ中宮様が、意味ありげな口調でおっしゃった。

「くやしからまし、とありますが、たとえそうなっても、後悔などないと思いますよ」

上目づかいに見ると、中宮様は真顔であり、何かを諭《さと》すように頷《うなず》かれた。

中宮様の口から漏《も》れた「後悔などない」というお言葉は、その後、局に戻って床《とこ》につくたび頭をよぎった。

それから十日ほど後、再び夜中に格子を叩く音で目が覚めた。衣香《いこう》からして道長様に間違いない。この夜、隣の局の小少将の君は中宮様の側での夜伽《よとぎ》役であり、不在だった。道長様はそれを知っての上で、夜這《よば》いを決意されたのだろう。

再度格子が叩かれたとき、枢戸《くるるど》の鍵をそっと開いた。背をかがめて道長様がはいって来る。口を開かないまま添い寝の形になり、袿《うちき》や裳《も》を脱がされた。馴れた手つきであり、道長様も袙《あこめ》と単衣《ひとえ》、下袴《したばかま》を解《ほど》く。そのときは、局の中は衣香で満ち、暗がりの中で体を開いた。

何年ぶりの感触だったろう。最後に契《ちぎ》ったのは保昌《やすまさ》殿とであり、もう三年以上が経つ。奇妙にも、維敏《ただとし》殿とも宣孝《のぶたか》殿、そして保昌殿とも異なる感じが体に満ち、我を忘れる。

隣の局に小少将の君はおらず、その向こうの宰相《さいしょう》の君は寝入っているに違いない。そして廂《ひさし》との間は壁になっていて、声を上げても聞かれる心配はない。終わってから、初めて道長様が耳許《みみもと》でおっしゃった。

「これでそなたも召人《めしうど》になった。私は生きている限り、召人の面倒は見る」

そうか自分は召人になったのだと、陶然《とうぜん》となりながら思う。「後悔などないと思いますよ」と中宮様がおっしゃったのは、この事だったのかもしれなかった。

暗がりの中で衣装《いしょう》を整えた道長様が、声を潜《ひそ》めておっしゃる。

「実は、そなたに折入っての頼み事がある。聞いてくれるだろうか」

「わたしにできるのであれば、何なりと」

掠《かす》れる声でお答えした。

「これから中宮は出産を迎える。私にとっては待ちに待った慶事だ。どうかその日々を日記に綴《つづ》ってもらえないだろうか。そなたの筆になれば、今年のめでたさは末長く世に残る。あの源氏の物語が世に留《とど》まるのと同じだ。これができるのは、そなたをおいて、他にはいない。どうだろうか」

「かしこまりました」

すんなりとお答えしていた。日々の出来事を綴るのは苦痛でもなかろう。考えてみれば、一日一日が、またと訪れない貴重な日々なのだ。

「これで安堵《あんど》した。前以《もっ》て礼を言う」

道長様が暗闇の中で頭を下げ、そっと枢戸から退出されたとき、籠《こも》っていた香りが外気で薄められた。

袿を身につけたあと、横になって目を閉じる。頭に残り続けているのは、はからずも道長様が口にされた召人だった。ついに自分も召人になったのかと思う。とはいえ、中宮様がおっしゃったように、不思議にも後悔はなかった。

女房《にょうぼう》たちの中で、召人だと誰もが認めつつも口にしないのは、あの美しい大納言の君だ。その名の由来《ゆらい》も、婿《むこ》殿の父君が大納言だったからしく、道長様の正妻であり、中宮様の母である倫子《ともこ》様の姪《めい》にあたる。婿との仲がうまくいかなくなって中宮様の許に出仕《しゅっし》して、召人になったとは、小少将の君から聞いていた。自分の姪が道長様に気に入られて、そうなったのも、倫子様は黙認しておられる。おそらく倫子様は、それが夫の道長様にとっても、姪にとっても、有益だと判断されているのに違いない。

考えてみると、光源氏の側に親しく仕《つか》えている中将《ちゅうじょう》の君も召人に他ならない。葵《あおい》の上を失って意気消沈している光源氏が、足を揉《も》ませたのもその中将の君だった。

とはいえ、自分はあの気高《けだか》くて美しい大納言の君とは正反対であり、中将の君のように常に光源氏に影の如《ごと》く付き添っているわけでもない。それはできない相談で、ない袖は振れない。

道長様の意図は、おそらく我が召人に日記を書かせる事にあったのだろう。単に中宮付きの女房にそれを命じるのと、召人に命じるのとでは、結果に大きな差が出ると踏まれたのだ。

中宮様から聞いた話では、道長様は日々の出来事を日記に書き残しておられるという。多分に道長様は、自分が表から見たものの裏を、女の筆で書かせたいのだろう。

それは気の乗らない仕事ではなかった。日々の備忘録《びぼうろく》としても、これから先、物語を書き進めていく際の参考になる。そしてひいては、まだ幼い賢子《かたこ》が成長したとき、母はこういう所で働いていたのだと、わかってくれるはずだ。賢子もゆくゆくは婿取りをし、子を産み、ひょっとしたら貴人に仕える機会がないとも限らない。その折には、これから書きつけるはずの日記が役立つはずだ。

ここまで考えて、波立っていた心がようやく鎮《しず》まる。新しい出仕の日々が待っているような気がした。

「この『初音』の帖は、まるで錦のようでした」

ようやく草稿を返しに来た小少将の君が言う。「六条院と二条東院に、それぞれ女君《おんなぎみ》が住んでいて、十人十色《といろ》の華やかな暮らしぶりです。光源氏に縁《えにし》のある女君たちが、すべてそこに集められています。春の町の東の対には紫の上と明石《あかし》の姫君がいて、秋の町には、六条御息所《ろくじょうのみやすどころ》の忘れ形見のかつての斎宮《さいぐう》、秋好《あきこのむ》中宮がいます。夏の町では花散里《はなちるさと》が夕霧《ゆうぎり》の養育をしていて、西の対に玉鬘《たまかずら》がいます。冬の町には明石の君です。そして二条東院の東の対に末摘花《すえつむはな》、西の対にあの空蝉《うつせみ》です。結局、六条院にも二条東院にも招かれなかったのは、筑紫《つくし》の五節《ごせち》と朝顔の姫君だけです。様々な女君に、ふさわしい住まいを与えて、世話をしている光源氏は、さすがです。どこかほっとしています」

小少将の君は、あたかも自分がその六条院に迎え入れられたかのように、胸を撫《な》で下ろしていた。

とはいえ、六条院の栄華を「初音」の帖だけで終わらせるわけにはいかない。この道長様の土御門殿をさらに上まわる華やかさを書きつけなければ、光源氏に申し訳ない。

三月二十日過ぎの頃、六条院の春の町の庭は、花が美しく咲き匂い、鳥の声が響き渡っている。築《つき》山《やま》の木立《こだち》や、池の中島付近で色が濃くなった苔《こけ》を近くから見られないのを、若い女房たちは残念がっていたので、かねてから造らせていた唐様《からよう》の舟の仕上げを急がせて、初めて進水させる日、源氏の君は雅楽寮《ががくりょう》の楽人《がくにん》を集めて舟楽《ふながく》を催《もよお》し、親王《みこ》や上達部《かんだちめ》も多数招待されていた。

ちょうど折よく、秋好中宮は内裏《だいり》からこの六条院の秋の町に里下がりをしていた。去年六条院が完成した時、秋好中宮と紫の上との間で春と秋のどちらがよいかの話になり、中宮は、**心から春まつ苑《その》はわが宿の　紅葉《もみじ》を風の伝《つ》てにだに見よ**、の歌を紫の上に贈っていた。

その返事は今が最適だと源氏の君は思い、何とかしてこの花盛りの春を見せたいと口にしていたものの、中宮の身分では軽々しく春の町で花見を楽しめないので、中宮付きの女房たちから好奇心の強い若い侍女《じじょ》だけを選んで、舟に乗せる。秋の町にある池は春の町の池に通じていて、境目には小さな築山《つきやま》が造られて、そこが関所に見立てられており、秋の町から漕《こ》ぎ出した舟が関所を回って来ると、春の町の東の釣殿《つりどの》には、紫の上の若い女房たちが待ち受けていた。

龍頭鷁首《りゅうとうげきしゅ》の舟は、唐様に派手に飾りつけられ、楫《かじ》を取り棹《さお》さす女童《めのわらわ》たちは、男童のように髪を左右に分けて両耳で束ねた角髪《みずら》で、衣装《いしょう》も唐風であり、それが池の中央に漕ぎ入れたので、乗っていた女房たちは春の町を見て、異国に来たような心地になる。

中島の入江の岩陰に舟を漕ぎ寄せて、周囲を見回すと、さりげない石の配置もどこか絵に描いたようである。あちらこちらの梢《こずえ》に霞《かすみ》がたなびいているのが、あたかも錦を引いているようで、御前《おまえ》を見やると、緑を濃くした柳が枝を垂れ、花も薫香《くんこう》を漂わせている。他所《ほか》では盛りの過ぎた桜も、この春の町では今が盛りで、渡殿《わたどの》の廊《ろう》に巡らせた藤も、次々と色濃く咲き出していて、加えて、池面に影を映す山吹《やまぶき》は、岸から咲きこぼれ、今が真盛りと言えた。

水鳥たちがつがいで遊び、細い枝をくわえては飛び交い、鴛鴦《おし》が波模様の上に浮かんでいる姿が織り出されたように見えて、本当にいつまでも眺《なが》めていたい心地がして、秋好中宮方の女房たちが、和歌を次々と唱和した。

風吹けば波の花さえ色見えて
こや名に立てる山吹の崎

風が吹くと波しぶきまでが山吹色に染められているのは、ここがあの名にし負う近江国《おうみのくに》にある山吹の岬《みさき》なのでしょう、という感嘆だった。

春の池や井手《いで》の川瀬《かわせ》に通うらん
岸の山吹底も匂えり

この春の池は、山吹の名所である山城《やましろ》国井手の川瀬に通じているのでしょうか、岸の山吹が水底にも映っています、という賛美だった。

亀の上の山も尋《たず》ねじ舟の内に
老いせぬ名をばここに残さん

ここでは蓬萊山《ほうらいさん》を訪れる必要はありません、この舟の中で不老の名を残しましょう、という感激であり、「新楽府《しんがふ》」の「海漫々《うみまんまん》」の一句「蓬萊を見ずんば敢《あ》えて帰らず　童男丱女《どうなんかんじょ》舟中に老ゆ」を踏まえていた。

春の日のうららにさして行く舟は
　棹の雫《しずく》も花ぞ散りける

春の日がうららかに射す中を進む舟は、棹から垂れる雫も花のように散っている、という陶酔《とうすい》で、「さして」には日が射すと棹さすが掛けられ、若い女房たちはとりとめもない歌を詠み合い、水辺の景色に見とれて、行く先も帰り道も忘れてしまいそうだった。

夕暮れ時になり、舞楽曲の「皇麞《おうじよう》」が演奏される中、舟は釣殿の下に寄せられ、もっと舟中にいたかったのに、女房たちは岸に降り立つ。この釣殿の造りは質素ながらも趣《おもむき》があり、紫の上や中宮方の女房たちが、競って着飾った衣装や美貌《びぼう》で錦のようであり、『古今《こきん》和歌集』の、**見渡せば柳桜をこき交ぜて　都ぞ春の錦なりける**、さながらであった。

念入りに選ばれた舞人《まいびと》たちが、まだ世に知られていない珍しい楽の数々を演奏すると、夜になってもまだ飽き足らない心地のまま、春の町の前庭に篝火《かがりび》が灯《とも》されて、階段の下の苔の上に楽人が居並び、上達部や親王たちも、各自得意な絃《げん》楽器や管《かん》楽器を演奏した。

楽人の中でも特に笛に秀《ひい》でた者が、階段下で雅楽の双調《そうじよう》を吹き、上の簀子《すのこ》に坐る上達部や親王たちが琴を弾《ひ》いて、催馬楽《さいばら》の「安名尊《あなとうと》」を合奏する。

〽あな尊
　今日の尊さや
　古《いにしえ》も　はれ

古もかくや有りけんや
今日の尊さ
あわれ　そこ良しや
今日の尊さ

これを、門の近くにびっしりと並んだ馬や牛車《ぎっしゃ》の陰で聞いていた下賤《げせん》の男たちも、物の良し悪しがわからないまま、これは生きていた甲斐《かい》があったと、満面に笑《え》みを浮かべている。

空の色や楽の音《ね》など、春の調べの響きは比べようがないままに、みな、夜を通して遊び明かす。楽の調子が変わり、「喜春楽《きしゅんらく》」になり、源氏の君の異腹の弟である兵部卿宮《ひょうぶきょうのみや》が、催馬楽の「青柳《あおやぎ》」を繰り返し、興《きょう》深く謡う。

〽青柳を片絲《かたいと》に縒《よ》りてや
おけや
鶯《うぐいす》の　おけや
鶯の縫うという笠は　おけや
梅の花笠や

主人役の源氏の君もこれに唱和し、とうとう夜が明け、早朝の鳥の囀《さえず》りが、築山を越えて耳に届いた秋好中宮は、春の町に負けたのを残念に思った。

このようにいつも春の光に満ちた六条院ではあっても、物足りないのは、世の男たちが夢中になる姫君がひとりもいない事であったが、夏の町の西の対に住む玉鬘の姫君が、非の打ち所のない美貌であり、源氏の君が大切にしている様子が、世間に漏れ出て、心を寄せる殿方が多くなった。

まさに源氏の君の思惑通りになり、自分こそは婿にふさわしいと、自信たっぷりの高貴な殿方は、侍女たちのつてを頼って意中を伝えたり、口に出してもいる。他方、とても言い出せず、心の内で思い焦《こ》がれている若公達《わかきんだち》もいるようで、その中には、自分が玉鬘とは異母姉弟であるとは知らない、内大臣《ないだいじん》の子息の中将もいた。

兵部卿宮も、長年連れ添った北の方が亡くなり、この三年はわびしいひとり住まいであるだけに、気兼ねはいらず、求婚の意を漏らしている。今朝《けさ》も酔ったふりをし、藤の花を挿頭《かざし》にして、色っぽく振舞っているのを見て、源氏の君も期待していた通りになってきたと満足しながらも、ことさら知らぬふりをしていたため、兵部卿宮は酒杯が回って来るたび苦しげに、「心に思うところがなければ、早くに帰っているところでした。実に耐えがたいです」と、酒杯を辞退して詠歌《えいか》する。

紫のゆえに心を染《し》めたれば
　ふちに身投げん名やは惜しけき

あなたの大切な人に心を奪われてしまい、たとえ恋の淵《ふち》に身を投げたと噂《うわさ》になっても、不名誉とは思いません、という恋慕《れんぼ》であり、「ふち」には淵と藤が掛けられ、兵部卿宮から、同じ藤の花の挿頭を差し出されて、源氏の君はにっこり笑って返歌する。

ふちに身を投げつべしやとこの春は
花のあたりを立ち去らで見よ

淵に本当に身を投げる事などせず、この春は立ち去らずに花の辺りを見て下さい、という説諭《せつゆ》で、同じく「ふち」に淵と藤が掛けられ、「花」は玉鬘を暗示していた。源氏の君から引き止められた兵部卿宮は、そのまま居続け、昨夜にも勝《まさ》る今朝方の管絃の宴《うたげ》を見守った。

今日は秋好中宮が催す読経《どきょう》の初日で、参集していた人々も、退出せずに六条院で休みを取り、束《そく》帯姿《たい》に着替え、支障《さわり》のある者は退出する。正午近くになって、みんな中宮の秋の町に移動し、源氏の君を始めとして、殿上人《てんじょうびと》がひとり残らず着席したのも、源氏の君の威光のお蔭であり、尊くも荘厳《そうごん》な法会《ほうえ》になった。

春の町の紫の上からも、供養《くよう》の志《こころざし》として、仏に花を供えさせるために、特に顔立ちのよい女童八人を選び、鳥と蝶《ちょう》に装束《しょうぞく》を分け、鳥には白銀の花瓶《はながめ》に桜をさし、蝶には黄金《こがね》の瓶に山吹をさし、春の町の築山の岸から、舟を漕ぎ出して、西に向かう。秋の町にはいる時、風が吹いて、瓶の桜が少し散って舞い、空はうららかに晴れ、霞の間から女童たちが登場した光景は、何とも言えず優雅だった。

屋外には特に楽屋は設けず、庭を結ぶ廊下が楽屋代わりになり、いくつも楽人が腰掛ける胡床《あぐら》が並べられていた。女童たちは舟から降りて、階《きざはし》の下に寄って花を差し出すと、取次ぐ行香《ぎょうごう》の人々が受け取り、閼伽《あか》に供えた。

紫の上の文《ふみ》は、中将の君と夕霧が使者となり、秋好中宮に届けた。

花園の胡蝶《こちょう》をさえや下草《したくさ》に
秋まつ虫は疎《うと》く見るらん

春の花園に舞う胡蝶をも、下草の陰から秋を待つ松虫は、つまらないと思って眺めるのでしょうか、という春の誇示《こじ》であり、「まつ」には松と待つが掛けられていて、読んだ秋好中宮は、例の秋の紅葉《もみじ》の歌の返しだと感じて微笑《びしょう》する。

前日、春の町に舟で行った女房たちも、花に見とれて口々に、「本当に春の町の景色は、中宮様も打ち負かせるものではありませんでした」と中宮に言上《ごんじょう》した。

鶯《うぐいす》の声に鳥の舞楽が響き合ううちに、楽調が急に速くなり、終章に近づくのも名残《なごり》惜しく、胡蝶の舞は、鳥の舞にも増して、軽やかに山吹の咲きこぼれる垣根から飛び立つように舞い出た。

中宮職《しき》の次官である宮の亮《すけ》をはじめとして、殿上人は次々と褒美《ほうび》の禄《ろく》を取次ぎ、女童に下賜《かし》し、鳥の女童には桜襲《さくらがさね》の細長《ほそなが》、蝶の女童には表が薄朽葉《うすくちば》、裏が黄色の山吹襲の細長が与えられ、まるで前々から用意されていたように似つかわしい。楽人たちには身分に応じて、衣一襲《ひとかさね》や巻絹《まきぎぬ》などが配られ、夕霧の中将には、藤襲の細長に加えて一揃えの女装束が被《かず》けられた。

秋好中宮からの返事には、「昨日は声を出して泣いてしまいそうでした」と書かれ、歌が添えられていた。

こちょうにも誘われなまし心ありて

八重山吹《やえやまぶき》を隔てざりせば

来てごらんと言う胡蝶に誘われて、もう少しでそちらに行くところでした、そこに八重山吹の隔てがなかったら、という謙遜《けんそん》で、「こちょう」には胡蝶と来（こ）ちょうが掛けられており、紫の上も中宮も年功を積んでいたものの、春秋の競い合いは荷が重かったのか、さして優《すぐ》れた贈答歌とは言えないようであった。舟遊びを見物した女房たちの中で、中宮付きの者には、紫の上が全員に念の入《い》った数々の贈物を授けた。

夏の町の西の対に住む玉鬘は、春の町の踏歌《とうか》の折に紫の上に対面して以来、文のやりとりをしていて、深い配慮の点では、都に慣れていないため充分とはいえないにしても、しっかり者であり、親しみやすい性分なだけに、心隔てなどなく、みんなから好意を持たれている。他にも玉鬘に思いを寄せている男君《おとこぎみ》は数多く、源氏の君は容易に相手を決められそうもない上に、自分の心中にも、父親代わりを貫くには不純な恋心が生じていて、実父の内大臣に知らせるべきかどうかも迷っていた。

一方、夕霧の中将は少し親しくしていて、御簾《みす》の傍《そば》に寄って自分で応待しており、玉鬘はそれが恥ずかしいと思うものの、表向きは姉弟の間柄になっているので受け入れるしかなく、生真面目《きまじめ》一方の夕霧は、まさか姉でないとは思いもよらず、色めいた心など微塵《みじん》も抱いていなかった。

内大臣の若君たちは、夕霧の導きで六条院を訪れては、恋心をほのめかしつつ、切なげに振舞う。当の玉鬘は、実の父親に自分の事を知ってもらいたいと内心では思っても、口には出せずに、源氏の君をひとえに頼るしかない。その心遣いがいかにも初々《ういうい》しく可憐《かれん》で、顔立ちは母の夕顔にそっくりとまではいえないにしても、雰囲気《ふんいき》は似ていて、より才気があった。

四月一日の夏の衣替えで、装いが改まると、空の様子までが妙に趣を帯びてきて、源氏の君はさして用もなくて、暇《ひま》にまかせては管絃の遊びをしながら、玉鬘にしきりに懸想文《けそうぶみ》が届くのを見ては、思った通りだと満足げであった。何かにつけ西の対にやって来て、届いた懸想文を見ては、しかるべき相手には返事をしたほうがよいと勧めるのに、玉鬘はそれを辛《つら》いと感じるしかなかった。

手紙の中には、兵部卿宮の文もあり、言い寄って間がないのに、恨《うら》み言が書き連ねられているのを読んで、源氏の君は心地良さそうに笑う。「昔から多くの親王の中で、この兵部卿宮とは特に分け隔てなく仲良くしていました。しかしこうした恋の道だけは、以前から隠し事をされていました。ましてやこの年になって、こうした色めいた態度は面白くもあり、気の毒でもあります。どうか返事は出しておいて下さい。教養のある女人《にょにん》にとって、言葉を交わすのに、あの方以上にふさわしい人は、この世にはいません。非常に面白い方です」と、源氏の君は、若い女ならその気になるような言い方をするので、玉鬘はひたすら恥じいるばかりだった。

懸想文の中で、多少なりとも興が持たれるのは、右近衛大将《うこんえのだいしょう》からのもので、この人は謹厳実直《きんげんじっちょく》そのものでありながら、孔子《こうし》ほどの君子《くんし》でも恋の山路では我を失う喩《たと》えの如く、切々と恋情を訴えていた。他には、唐《から》から来た薄藍色の料紙《りょうし》で、薫香が染みて深く匂っているのを、実に細かく小さく結び文にしたのがあり、見つけた源氏の君は「これは、どうしてこんなに、きつく結ばれているのでしょうか」と言いつつ、中を開けてみると、見事な筆跡で和歌が書かれていた。

思うとも君は知らじなわき返り
岩漏《いわも》る水に色し見えねば

私の恋心も知らないでしょう、湧《わ》き返って岩間を漏れる水に色がないように、私の思いも目には見えないので、という恋情であり、紙の色を岩に見立てて、書きっぷりも当世風に洒落《しゃれ》ている。「これはどういう人からの文ですか」と、源氏の君が訊いても、玉鬘は言葉を濁して語らないため、右近《うこん》を呼んで、ひととおり注意を与えながら、「このように手紙をくれる人には、相手を選んで返事をさせたほうがいいでしょう。好色で不真面目な近頃の男が不祥事《ふしょうじ》を起こすのも、男の罪とばかりは言えません。

私の経験に照らしても、返事を貰《もら》えないと、薄情な恨めしい女、あるいは人情を解《かい》さない女、低い身分の女なら腹を立てたものです。男の方に格別の思いがなくても、花や蝶に寄せての恋心を匂わせた文に、返事をしないでいると、却《かえ》ってじらす結果になり、相手はいよいよ熱心になります。

一方で、返事をしないでいると、相手がそのまま忘れてしまう場合もあり、これは女の責任ではありません。何かのついでに書いたというような、いい加減な手紙に、早速に心得顔で返事をすると、後々に難を招きかねません。総じて、女が慎《つつし》みを忘れて、心のままに、もののあわれを知っている顔で、風流な事にも通じている様子を見せていると、積もり積もって良からぬ結果が生じます。

とはいえ、兵部卿宮や右大将は、軽薄な事をなさる方ではなく、二人に対して非常識な態度を貫くのは、姫君の立場にはそぐわないと思います。それより低い身分の人には、相手の誠意の深さに応じて、情愛の程度を判断しなさい」と諭す。

玉鬘自身は知らないふりをして横を向いていて、その横顔が美しい。表が紅梅、裏が青の撫子《なでしこ》襲の細長に、表は白、裏は萌黄《もえぎ》の卯《う》の花襲の小袿《こうちき》を重ね、今風の色合いで、かつては田舎《いなか》じみていた名残から、素朴《そぼく》でおっとりした感じであったのが、六条院の方々の様子を見ているせいか、物腰もしとやかで上品になっていて、化粧なども念入りにするため、いよいよ非の打ち所がなく、華やかで可憐であった。源氏の君は、この姫君を他人《ひと》の妻にするのが、残念でならない。

笑顔で二人を眺めている右近も、源氏の君を玉鬘の父親として見るには若過ぎ、夫婦として並んでいるのが似合いだと思いつつ、「殿方の手紙など、取次ぐ事は一切ございません。先程ご覧になった三、四通は、そのまま返すのはお顔をつぶす事と思い、受け取った次第です。しかし返事はされていません。ただあなた様が勧められた時のみ、返事を書かれますが、それも辛くお思いでございます」と言上すると、「そうすると、この若々しく文を結んでいたのは、誰からなのですか」と、源氏の君は笑いながら、改めて手紙を眺めて問う。

「それは、使いの者が執念《しゅうねん》深く置いて行ったのです。内大臣様の中将の君が、こちらに勧めている童女のみるこを、もともと知っておられ、そのつてでしょう。目付け役がいませんでした」と答えたので、「実にいじらしい。従《じゅ》四位下の下﨟《げろう》とはいえ、そうした人を落胆《らくたん》させるのも考えものです。この中将の声望は、公卿《くぎょう》でも肩を並べられる人はそう多くないし、公達の中では、思慮深くしっかり者で、いずれ実の姉弟だと気づく時もあるでしょう。その辺りは言い繕《つくろ》っておきなさい。しかし、これは見所のある文の書き方です」と、源氏の君は言う。

そして手紙を下に置こうともせずに、誠意をこめて玉鬘を諭す。「こうして細々《こまごま》と申し上げると、不快に思われるのではないかと、気が咎《とが》めます。あちらの内大臣に知ってもらうにしても、あなたはまだ初々しく、身の振り方も定まりません。それに、長い間、別々に離れていた血縁の中に、あなたがはいっていくのは、いかがかと懸念《けねん》しています。

やはりここは、世間の人が落ち着く結婚という形におさまってこそ、人並の立場で、父の大臣と対面する機会があるはずです。

兵部卿宮は、今はひとり身であるとはいえ、浮気っぽい人となりで、通っている所も多いと聞いています。その上、召人《めしうど》とかの小憎らしい名告《なのり》をする人も数知れぬという噂です。そうした事にも、あたふたせずに、夫が妻を見直すのを待てるような人は、うまく事を波風立てないようにするでしょう。しかし逆に悋気《りんき》持ちの人は、自《おの》ずから夫に飽きられてしまうでしょう。その辺りの心遣いが肝要です。

一方の鬚黒《ひげくろ》大将は、長年連れ添っている方が年取ってしまい、それを離縁もできかねて、あなたに求婚しています。周囲の人々は厄介《やっかい》な事になると思っているようです。これはこれでもっともであり、私もどうしたものか思い悩んでいます。

こうした結婚話は、親などに自分の思いはこうですと、言い出しにくいものです。とはいっても、あなたは自分の意見が言えない年齢でもなく、今は何事も分別をお持ちでしょう。私を、亡くなった母君の代わりだと思って下さい。あなたの心にそぐわない事をしては、申し訳ないです」と、誠意をこめて言う。

玉鬘は困って返事ができないものの、黙っているのも年甲斐《としがい》がないので、「何の分別もつかない頃から、親などは見知らぬ歳月を送って来たので、思案のしようがないのです」と、答える様子が、実に大らかであった。

源氏の君は道理だと思いつつ、「となれば、生みの親より育ての親という諺《ことわざ》のように、後の親を実の親と思って、私のおろそかでない心根を、どうか汲《く》み取って下さい」と、自分の恋心など、きまりが悪くてとても言い出せず、それとなく思わせぶりな言葉を時々交《ま》ぜるものの、玉鬘は気がついた様子もない。

源氏の君は心の内で嘆きながら腰を上げると、庭先の呉竹《くれたけ》が青々と伸び、風に靡《なび》く様子が優雅であり、足を止めて詠歌する。

籬《ませ》の内に根深く植えし竹の子の
おのがよよにや生い別るべき

この六条院に根深く植えた竹の子のように、大切に育った娘も縁づいて私から離れていくのだろうか、という寂寥感《せきりょうかん》で、「竹の子」は玉鬘を指し、「よ」は男女の仲の世と、竹の節《ふし》と節の間のよを掛け、「それを思うと恨めしい思いがします」と言いながら、御簾を引き上げて伝えると、玉鬘がいざり出て、返歌をした。

今さらにいかならん世か若竹の
生い始めけん根をば尋ねん

今更どんな折に、若竹が生い始めた根を尋ねる事がありましょうか、という反論であり、「根」は実父の内大臣を指しており、「あそこに行っても辛いだけでしょう」と玉鬘が言い添えた。

源氏の君は心を動かされたものの、玉鬘の心の内は、実父との対面を全く諦めているのではなく、源氏の君がどんな折に自分の事を内大臣に知らせてくれるのか気がかりで悲しいが、源氏の君の配慮をありがたく思う。実の親でも、最初から見馴《みな》れていない者には、こうした細心の気配りはしてくれないはずで、玉鬘は昔物語を様々に見て、人情の機微《きび》や世の中の有様《ありさま》がわかるにつれて、身の処し方が慎重になり、自分から進んで実父に知らせるのは難しいと思い定めた。

源氏の君はそんな玉鬘をいじらしく思い、紫の上に対して、「不思議に親しみの持てる人柄です。亡き母君は晴れやかなところがありませんでした。この玉鬘は物事の機微がわかり、人なつっこいところもあり、心配するには及びません」と、玉鬘を褒《ほ》める。

ただではすまされない源氏の君の気性を知っている紫の上は、思い当たる節があって、「物事の表裏を大変よく心得ているようなのに、あなたを無邪気に頼っているとは、気の毒です」と皮肉ると、「私を頼ってどこが悪いのでしょう」と、源氏の君が心外な顔をする。

紫の上は「さあ、わたくしも我慢できずに、悲しい思いをした時がありました。その折のあなたの気性について、自然と思い出されます」と、微笑しつつ言う。

源氏の君は図星だと思いつつ、「嫌な邪推《じゃすい》です。こっちに好き心があれば、先方が気づきますよ」と反論したものの、長くなると面倒なので、話を切り上げる。心の中では、紫の上がこんな風に気を回すのも厄介で、今後、玉鬘をどうしたものかと悩む一方で、無分別で無鉄砲な自分の色好みも自覚せざるを得なかった。

様々に気になるまま、玉鬘の部屋にたびたび行っては世話をやいていたが、雨が降ったあとのしめやかさが残る夕方、庭先の若楓《わかかえで》や柏木《かしわぎ》などが青々と繁《しげ》り合っていて、部屋の中から、何となく心地よさそうな空を眺めて、源氏の君は、「四月の天気和《わ》して且《また》清し　緑槐陰合《りょくかいかげお》うて沙隄《さてい》平らかなり」

と、白楽天《はくらくてん》の七言十二句「駕部呉郎中七兄に贈る《がぶごろうちゅうしちけい》」の冒頭の二句を吟《ぎん》じていると、つい玉鬘の匂うような美しさが思い出された。

いつものように忍びつつ、西の対に渡ると、くつろいで手習などをしていた玉鬘が、起き上がって恥じ入って顔を赤らめる。それが実に美しく、物腰の柔らかさがたまらなく、亡き夕顔を思い出させるので、「初めて見た時は、とてもこうまで似ているとは思いませんでした。最近は不思議と、母君その人だと思い違いをする時があります。何とも心打たれます。息子の夕霧の中将が、亡き妻の葵《あおい》の上の美しい面影《おもかげ》を残していないので、親子はそれ程似ないものと思っていました。しかしこうも母親似の人もいるのですね」と言って涙ぐみ、箱の蓋《ふた》の上に置いてある果物の中に、橘《たちばな》があるのを手に取って詠歌する。

橘の香りし袖によそうれば
変われる身とも思おえぬかな

昔懐しい橘の香りがした亡き母君の袖に、あなたを比べると、別人にはとても思えません、という感激で、「身」は橘の実でもあり、『古今和歌集』の、**五月待《さつき》つ花橘の香《か》をかげば 昔の人の袖の香ぞする**、を下敷にしていた。「胸の中で忘れ難く、慰撫《いぶ》されないまま月日が流れてしまいました。しかしこうして対面すると、夢のように思え、感無量になります。嫌がらないで下さい」と言って、玉鬘の手を取ると、そんな事をされた事のない玉鬘は、疎《うと》ましいと思いながらも、顔には出さずに返歌した。

袖の香をよそうるからに橘の
　　みさえはかなくなりもこそすれ

亡き母の袖の橘の香りをわたくしになぞらえると、我が身までも母同様にはかなくなってしまいます、という悲嘆であり、やはり『古今和歌集』の、橘は実さえ花さえその葉さえ　枝に霜《しも》ふれどはや常磐《ときわ》の木、を踏まえていた。

面倒な事になったと思いながら俯《うつむ》いている様子は優美で、手つきも体もふっくらとし、肌もきめ細かく艶《つや》があり、心の内を漏らしたために、源氏の君はつい物思いが深くなり、この日少しばかり恋心を口に出した。

玉鬘が戸惑い、身震《みぶる》いに襲われる様子が、はっきりと見て取れるため、「どうしてそんなに嫌うのですか。私は本心を隠して、人に咎められないようにしています。あなたも何食わぬ顔をしていればいいのです。親としての愛情の上に、恋しいと思う心地も加わって、世にも稀《まれ》な心地がするのです。それなのに、手紙を寄越《よこ》す人たちよりも、私を下に見ていいのでしょうか。これ程までに愛情の深い者は、この世には滅多にいません。それだけに、あなたが心配なのです」と言う。

玉鬘にとっては、益々心苦しい親心であり、雨がやみ、風が竹の葉を鳴らす頃、月明かりが美しくなり、夜の趣もしめやかになる。

女房たちも、親子の親密な語らいの様子に遠慮して、近くには寄って来ず、常日頃、よく顔を合わせている二人の仲とはいえ、こんな好機は再び訪れそうもなかった。

源氏の君は思いを打ち明けただけに、心が高ぶり、着馴れた装束の衣《きぬ》ずれの音を立てないように、着ている物を脱いで、玉鬘の脇に添い寝した。困惑して身の置き所のない玉鬘は、女房たちが知ったら変に思うはずだと胸塞《むねふさ》がれ、実の親の側にいるのであれば、何とも思わず放置して、辛いとは思わないはずだが、そうではないので余りに悲しく、隠そうとしても涙がこぼれ出る。

その痛々しい様子を目にした源氏の君は、「そんな風に嫌われるのは、心外です。全く見知らぬ人でも、世の道理として、恋した男に女人はみんな身を許すものです。ましてや長く過ごした間柄なのですから、このくらい近づくのは嫌な事ではありますまい。これ以上の無粋《ぶすい》な心は、決して見せません。一途《いちず》に耐えた心を、こうして慰めているだけです」と、しみじみ語りかける。

こうして側まで近寄った時の玉鬘の風情《ふぜい》は、亡き人にそっくりの感じがあり、胸一杯になるものの、我ながら軽はずみな振舞はよく自制して、女房たちから不審がられないように、夜が更《ふ》けないうちに退出しかけて、「こんなに嫌われるとは、辛いものです。他の男は、これ程あなたに夢中にはなりますまい。無限の愛情ですので、人が咎めるような事は決してしません。ただ昔の人を恋《こ》うる余り、これからも差《さ》し障《さわ》りのない話はするでしょう。どうか、あなたも同じ心で応じて下さい」と細々と述べる。

玉鬘はひたすら我を忘れた風で悲しげであり、源氏の君は「ここまで疎まれているとは知りませんでした。本当に私を毛嫌いしているのですね。でも、決して人には気づかれないようにして下さい」と、嘆きながら帰って行った。

玉鬘はある程度の年齢とはいえ、男女の仲は知らず、多少その道に馴れた人の様子さえも知識にはないので、男と女がこれ以上深くつきあうなど考えすら及ばず、思いがけない境遇《きょうぐう》になったと嘆きは増して、塞ぎ込むようになった。女房たちもその様子に頭を抱え、その中のひとり、筑紫《つくし》から従っている兵部《ひょうぶ》の君に、「源氏の殿の心遣いは、実に細やかで勿体《もったい》ない程です。本当の親でも、とてもここまでは心を尽くさないでしょう」と、そっと言われた玉鬘は、源氏の君の下心がいよいよ忌《い》まわしくなり、自らの身の上を恨めしく感じるばかりだった。

翌朝、さっそく源氏の君からの文が届いたので、気分が悪くて臥《ふ》している玉鬘に、女房たちは硯を差し出して「返事を早く」と急《せ》かせる。玉鬘が渋々見ると、恋文には用いない真面目な白い紙に、見事な筆遣いで、「いつになく不機嫌でおられたので、辛くもありましたが、それが却って忘れ難いものになりました。侍女たちは二人の仲をどのように思ったでしょうか」と書かれ、和歌が添えられていた。

うち解けてねも見ぬものを若草の
事あり顔に結ぼおるらん

うち解けて寝てもいないのに、どうして若草のようなあなたは、事あり顔に悩んでいるのでしょうか、という辛辣《しんらつ》な問いかけであり、「ね」に根と寝を掛け、下敷になったのは『伊勢《いせ》物語』四十九段の歌、**うら若みねよげに見ゆる若草を　人の結ばんことをしぞ思う**、で、末尾に「大人《おとな》げない事です」と書き足されていた。

親が娘を諭すような言葉遣いが、玉鬘には憎らしく思え、返事をしないのも傍目《はため》には妙なので、ぶ厚い陸奥国紙《みちのくにがみ》に、「わかりました。気分が悪いので、返事は遠慮します」とのみ書きつけたため、返事を見た源氏の君は、こうした対応はなかなかしっかりしていると、にんまりとして、これは口説《くど》き甲斐があると、いよいよ乗り気になる。

こうして心の内を吐露《とろ》したあとは、古歌《ふるうた》の、恋いわびぬ太田《おおた》の松のおおかたは　色に出でてや逢わんと言わまし、とは反対に、うるさく言い寄ったので、玉鬘はいよいよ追い詰められた心地がして、身の置き所もなく、悩みは深くなるばかりだった。

この辺の事情の真相を知る人は少なく、他人も身近な方も、二人は実の親子と思い定めていたから、仮にこの恋心が世間に漏れれば、物笑いにされ、ひどい噂も立つはずであった。まして実父の内大臣が捜し出した時には、細やかな愛情などないはずで、悪い評を耳にすれば軽薄極まる女だと思うに違いなく、玉鬘は八方塞がりの心地で思い乱れた。

一方、兵部卿宮や鬚黒《ひげくろ》大将は、人づてに、源氏の大臣が自分を問題外の求婚者とは思っていないと知って、いよいよ小まめに言い寄って来る。さらに柏木中将も、源氏の君の許しもあって、真相を知らないまま、ひたすら嬉《うれ》しく、熱心に恋の恨み言を訴えつつ、六条院の中をうろついていた。

第三十二章　法華三十講《ほっけさんじっこう》

た。

「召人《めしうど》」という言葉を、物語の中で初めて使ったのは確か「葵《あおい》」の帖《じょう》の中だった。「胡蝶《こちょう》」は何度目になるだろうか。ともかく召人は、あくまで暗黙の秘め事で、自ら吹聴《ふいちょう》するようなものでもなかった。

いずれ「胡蝶」の帖を書写する際、女房《にょうぼう》たちの誰もが、胸のうちで微笑《びしょう》するに違いなく、特に大《だい》納言《なごん》の君《きみ》は、よくぞ書いてくれたと、にんまりとするはずだった。

そして仮に道長《みちなが》様の目に触れれば、それはそれで、どう思われるかは書き手ならではの楽しみだ。いうなれば、道長様も物語中の兵部《ひょうぶ》卿《きょうの》宮《みや》と同じく、あちこちに召人を抱えている。

幸い、あれ以降、道長様の通いはない。おそらくこれからもないだろう。あの一夜限りの契《ちぎ》りは、「そなたは私の召人になった」という、書状のようなものだろう。「召人だから、これからは末永く面倒を見てやる」という意向もほのめかされているに違いない。道長様という人は、そんな人なのだ。

そして道長様から命じられた通り、四月二十三日から始まった彰子《あきこ》中宮《ちゅうぐう》様の安産祈禱《きとう》の様子から、日記を書き出した。これは法華三十講《ほっけさんじっこう》といい、法華経二十八品《ほん》の前に無量義経《むりょうぎ》一巻と、終わりに観普賢経《かんふげん》一巻を加えた三十巻を、三十日かけて一巻ずつ講じる行事だ。集められた僧侶の数は百人、上達部《かんだちめ》たちも、暇を見つけては、数日おきに参上し、土御門殿《つちみかどどの》の賑《にぎ》わいは、この邸《やしき》の完成後、例のないものになった。

僧侶の読経《どきょう》の声は、晴れ渡った初夏の空に、煙のように立ち昇る。この力強さと尊さは、御子《みこ》を腹に宿す中宮様にとって、何よりの励ましになるはずだった。道長様も高僧や主《おも》だった上達部に気軽に声をかけ、帰りがけには身分に応じての贈物を惜《お》しまなかった。

そして五月五日は、五巻目の日にあたり、参集した僧侶は百五十人、帝《みかど》からの勅使《ちょくし》も迎えて、華やかさは類を見ないものになった。中宮様から何か祝歌《いわいうた》を詠《よ》むようにとのご下命《かめい》があり、こうした歌は苦手ながら、紙に書いて応じた。

妙なりや今日は五月《さつき》の五日とて
五つの巻の合える仏法《みのり》も

我ながら凡庸《ぼんよう》極まる歌だと、顔が赤らむ。手柄といえば、五を三つ詠み入れた点だろう。中宮様からは「いかにも法華経《ほけきょう》の冥利《みょうり》を言祝《ことほ》ぐ歌だ」と、過分《かぶん》のお言葉をいただいた。

その夜は、池の周囲にずらりと篝火《かがりび》が焚《た》かれ、そこに屋内の灯明《みあかし》が加わり、土御門殿全体が昼間のような明るさになった。篝火を映した池面《いけも》が、風が起きるたびに揺らいでは鎮《しず》まる。池の底に篝火が燃えているようにさえ思えた。

池の端《はた》には花菖蒲《はなしょうぶ》が植えられていて、ふくよかな香りが匂ってくる。読経の声を耳にしていると、ここがまさしく浄土《じょうど》だという心地になる。陶然《とうぜん》としていると、道長様の使いが来て、歌を献上《けんじょう》するようにと促《うなが》された。その場で筆を走らせる。

かがり火の影もさわがぬ池水に
幾千代《いくちよ》すまん法《のり》の光ぞ

表向きは、法華経の功徳《くどく》によって、道長様が長く盛運《せいうん》を保って欲しいという賀歌《がのうた》にはしていた。とはいえ、その裏には、こんな晴れがましい所に住み続けるのは、心にそぐわないという私情を漂わせたつもりだった。

近くにいたのは大納言の君で、その容貌《ようぼう》の美しさが篝火に照らされて、目に眩《まぶ》しい。なるほど、この人こそ召人にふさわしい物腰と容姿だった。見とれているうちに歌が頭に浮かぶ。

澄める池の底まで照らすかがり火の
まばゆきまでも憂《う》きわが身かな

ふと大納言の君を見やると、目を赤くしている。読経の音が大きくなったとき、落ちる涙を大納言の君は、袖口でそっと拭《ぬぐ》った。目が合い、頷《うなず》き合う。その涙は歓喜ではなく、憂き身を嘆く涙に違いなく、年上の大納言の君であれば、憂き世を何倍も味わっているに違いなかった。

夜明けがようやく近づき、寝殿《しんでん》から退出して、東の対《たい》に続く渡殿《わたどの》で立ち止まる。高欄《こうらん》に寄りかかって、湧《わ》き水を眺《なが》める。水は絶え間なく噴き出て、その清水は透渡殿《すきわたどの》との間にある泉に集まり、さらに遣水《やりみず》を通じて庭の池に流れ込んでいた。

曙《あけぼの》の空はぼんやりと明るく、あたかも春霞《はるがすみ》か秋の霧のようだ。小少将《こしょうしょう》の君が眠気に耐えかねて局《つぼね》に戻っていたので、隔《へだ》ての格子《こうし》を叩《たた》いてやる。声がして、少ししてから小少将の君が格子を開け、渡殿に出て来た。二人並んで、流れる水をじっと見つめていると、小少将の君が歌を所望《しょもう》する。

影見ても憂きわが涙落ち添いて
　かごとがましき滝の音かな

小少将の君になら、我が身の憂さは包み隠さず打ち明けられる。耳に届く滝の音にかこつけて、胸にくすぶる悩みを歌にしていた。

さすがに小少将の君はすぐに返歌してくれた。

独り居て涙ぐみける水の面《おも》に
　うき添わるらん影やいずれぞ

水面《みなも》に浮いている憂き身が、水影に映っているけれども、それはあなたのだろうか、それともわたしのだろうか、という唱和で、やはり小少将の君も憂き心を抱えながら、出仕《しゅっし》しているのがわかった。

空が明るくなったので、それぞれ局にはいって横になる。すぐに眠くなり、寝入ってしまう。局を隔てる格子を、今度は小少将の君が叩いてきて起こされた。開けると、小少将の君が、紙に包んだあやめ草の長い根を黙って差し出す。紙片に歌が書かれていた。

なべて世の憂きに泣かるるあやめ草
今日までかかる根はいかがみる

あやめは前日の節句《せっく》に使われた物だ。菖蒲《あやめ》の節句が終わった今日まで、根は残っているように、わたしもずっと泣く音《ね》を立てています、という胸中であり、すぐに返歌で応じる。

何事もあやめは分かで今日もなお
袂《たもと》にあまるねこそ絶えせね

何事も道理の文目《あやめ》もわからないまま、この菖蒲の根が袂に包みきれないように、袖で押さえきれないわたしの泣く音は絶えません、という嘆きの唱和歌だった。

この頃、帝の大切な媄子内親王《びしないしんのう》が亡くなった旨《むね》が伝えられた。まだわずか九歳だという。故中宮定子《さだこ》様の忘れ形見であり、帝の嘆きがいかほどか容易に偲《しの》ばれた。

もうひとりの皇子の敦康親王《あつやすしんのう》は、この土御門殿にも同行されていない。帝が自ら愛《め》でられているに違いなかった。

道長様から頼まれた通り、日々の日記を記しながら、一方で源氏の物語を書き進める。奇《く》しくも物語の季節は同じ五月だった。我が身を取り巻く季節と経験上、物語の季節が同じだと書きやすい。


太政大臣《だいじょうだいじん》の源氏の君は、重い身分ではあっても多忙さはなく、穏やかな日々を送っていた。源氏の君を頼っている女君《おんなぎみ》たちも、その境遇に応じて思い通りの暮らしをし、心安らかな落ち着きを見せていたが、夏の町の西の対《たい》にいる玉鬘《たまかずら》だけは別で、思いもよらない源氏の君の懸想《けそう》に、どうしたらいいのか思い悩んでいた。

かつて筑前《ちくぜん》にいた時の大夫監《たいふのげん》の言い寄りとは比較にならないものの、侍《はべ》っている女房たちにも相談はできず、源氏の君を恨《うら》みたくなる程である。分別のある年頃だけに、あれこれと考えは千々《ちぢ》に乱れ、母の夕顔が亡くなった無念さも加わり、悲嘆に暮れていた。

源氏の君のほうも、恋心を口にして以来、人目が気になり、気軽な話もできなくなっているため、苦しさは募《つの》るばかりであった。

西の対に足繁《あししげ》く通い、女房たちが近くにいない時は、恋しい胸の内を玉鬘に打ち明けるので、そのたび毎《ごと》に玉鬘は胸のつぶれる思いがする。他方で源氏の君の面目《めんぼく》をつぶしてはいけないと考え、断るわけにもいかず、ひたすら気づかないふりを通していた。元来にこやかで親しみやすい性質《たち》なので、細心の注意を払って、用心をしている様子が、傍目《はため》には愛敬《あいきょう》があり、美しくも見える。

兵部卿宮は、頻繁《ひんぱん》に文《ふみ》を寄越《よこ》していて、恋《こ》い慕うようになって日数はそんなに経たないのに、結婚を忌《い》む五月雨《さみだれ》の時節になったのを嘆き、「せめてもう少し近くに侍る事ができれば、私の憂《うれ》いも少しは晴れます」と書いて寄越す。

手紙を見た源氏の君は玉鬘に、「どうぞどうぞ、こうした男君《おとこぎみ》たちが言い寄る姿は、見ていて心地良いでしょう。冷たい返事を書いてはいけません。時々はきちんと返事をするのがいいでしょう」と諭《さと》しながら書き方を教えてくれるが、玉鬘は嫌気がさし、気分が悪いと言って、返事は書かない。

玉鬘付きの女房たちは、家柄がよくて信望の厚い者は殆《ほと》んどいない。ただ亡き夕顔の叔父《おじ》で、四位《しいの》下《げ》の宰相《さいしょう》だった人の娘で、親に先立たれて落ちぶれてひとり暮らしをしていたのを、源氏の君が捜し出し、玉鬘の女房として迎えているのが、宰相の君と言い、字も程良く書け、しっかり者なので、これまでも代筆をさせていた。その宰相の君を呼び、言葉遣いを教えて、返事を書かせ、兵部卿宮がどういう反応をするのか、源氏の君は興味津々《しんしん》だった。

玉鬘自身は、嫌な思いをするようになって以降、兵部卿宮が真剣に書いた手紙を、時々は眺めていたが、それは、兵部卿宮に心惹《こころひ》かれているのではなく、源氏の君の底意地の悪さを見たくないためであった。一方で、男女の仲にも思いがいくようになり、源氏の君の恋情に、自分の心が傾くのを感じており、そんな玉鬘の心の揺れに気づかないまま、源氏の君はひとり緊張して兵部卿宮の訪れを待っている。

そんな事情も知らない兵部卿宮は、そっけなくもない返事を受け取ったので、こっそりと訪問すると、妻戸《つまど》の内側の廂《ひさし》の間《ま》に敷物を置き、几帳《きちょう》のみで隔てている近い場所が用意されていて、源氏の君が空薫物《そらだきもの》を奥床《おくゆか》しく匂わせ、細心の心配りをして迎える。

親としての配慮というよりも、いらぬ好奇心からの行為だったが、周囲の女房たちは、この上ないもてなしだと感心している。宰相の君は兵部卿宮への対応を取り次ぐよう言われているが、どうしていいかわからず、恥ずかしがっているばかりなので、源氏の君がそっと手をつねって、応対させた。夕闇が過ぎ、空には月が朧《おぼろ》に曇って見え、物思いがちな兵部卿宮の姿は美しく、部屋の奥から吹いて来る風が、ほのかな薫物の匂いを運び、そこに源氏の君の衣装《いしょう》の香《こう》が加わり、素晴らしい深い香りが部屋に満ちていた。

兵部卿宮は、前以《もっ》て想像していたよりも更に優雅な玉鬘の様子に、いよいよ魅了されて、几帳越しに、自分の思いを切々と訴える言葉遣いはしっかりしていて、好色めいたところはなく、風流そのものである。源氏の君も感心しつつ、物陰から耳をそば立てていると、玉鬘は母屋《もや》の東側の廂の間に退出し、そこに引き籠《こも》ってしまった。

宰相の君が兵部卿宮の伝言を伝えるため、いざりながらはいって来たのを見て、源氏の君は、「何とも、無骨《ぶこつ》な厚かましい応対です。何事もその状況に応じて振舞うのが無難です。ひたすら子供じみた態度でいるのは感心しません。兵部卿宮のような人たちに対してまで、よそよそしく人づてで返事をされるのは失礼です。自分の声で返事をするのは気がすすまないにしても、せめてもう少し兵部卿宮の近くにいるべきです」と注意する。

玉鬘はさらに辛《つら》くなり、今にも源氏の君が部屋の中にはいって来る気配がするため、進退窮《きわ》まり、そっと部屋を出、母屋と妻戸の間にある几帳近くに、身を横たえた。

兵部卿宮は何かにつけて、あれやこれやと話しかけるものの、玉鬘はどう返事をしていいのか戸惑うばかりである。源氏の君はそっと近寄り、几帳の帷子《かたびら》の一枚をめくって横木に掛けるやいなや、さっと光る物が辺りに散った。

玉鬘は誰かが紙燭《しそく》を差し出したのかと驚いたものの、それは蛍《ほたる》で、この日の夕方、何匹も捕《つか》まえさせて、薄布に包んで、光が見えないように隠していたのを、玉鬘の世話をするように見せかけて、一挙に蛍を放ったのである。辺りは急に明るくなり、玉鬘は扇《おうぎ》で顔を隠すと、その横顔が何とも美しい。

これこそ源氏の君の魂胆《こんたん》で、思いがけず几帳の中に光が見えれば、兵部卿宮が覗《のぞ》くだろうと考えていた。ひょっとしたら兵部卿宮は、玉鬘が源氏の君の娘だから熱心に言い寄っているのではないか、人柄や顔立ちがかくもよく備わっているとは想像もできないだろう、と思い、その好き心を惑わせてやろうという策略なのであった。実の娘であれば、こんな手の込んだ事をするはずはなく、何とも意地悪くも風流な仕掛けではあり、源氏の君はそのままそっとその場を立ち去った。

兵部卿宮は、玉鬘のいる場所の見当をつけて近寄り、すぐ近くまで来て、心躍《こころおど》らせながら、美しい几帳の薄帷子《うすかたびら》の間から覗き見しているところで、その瞬間、一間《けん》程先に思いがけない光がほのめいたため、好奇心にかられ、より近づく。

気がついた女房たちが、すぐに玉鬘を隠してしまったものの、ほのかな光が、兵部卿宮の恋心に火をつけたのは間違いなく、かすかではあったが、横になっていた、すらりとした玉鬘の美しい姿に心を打たれ、源氏の君の思惑通り、恋心は燃え上がって詠歌《えいか》する。

鳴く声も聞こえぬ虫の思ひだに
人の消《け》つには消《き》ゆるものかは

鳴く声も聞こえない蛍の光は、人が消しても消えるものではないように、私の思いも決して消えません、という恋情で、「思ひ」の「ひ」に火が掛けられ、下敷は『後拾遺和歌集』の、音もせで思ひに燃ゆる蛍こそ　鳴く虫よりもあわれなりけれ、であった。「私の思いは伝わったでしょうか」と兵部卿宮が和歌のあとに付言すると、返歌をあれこれ熟考するのも嫌なので、早いのを取柄《とりえ》として玉鬘は返歌する。

声はせで身をのみ焦《こ》がす蛍こそ
　言うよりまさる思ひなるらめ

声を出さずに身を焦がしている蛍こそ、言葉に出して言うあなたより、深い思いなのでしょう、という揶揄《やゆ》であり、ここでも「思ひ」の「ひ」は火を掛けていた。そのまま玉鬘は部屋に引き籠ったため、全く冷たい扱いを兵部卿宮は恨みつつ、そこで夜を明かすのは好色がましいので、苦しい胸を抱え、涙にくれながら、夜明け前に早々と退出した。

この兵部卿宮の艶《あで》やかな美しさは源氏の大臣によく似ていたと、女房たちが賞讃する一方で、源氏の君の玉鬘に対する女親のような面倒見の良さを、内情は知らないまま、「ありがたく勿体《もったい》ない」と口々に言い合う。

当の玉鬘は、隠しようもない複雑な源氏の君の心の内を、我が身のつたなさのせいだと思う。実の親に知らせた上で、普通の娘と同じ境遇で、源氏の君に懸想してもらうとすれば、嫌な気にはならないのにと感じながらも、自分は特異な境涯であり、この先、世間の語り草になるだろうと、寝ても覚めても思い悩むようになった。

実は源氏の君も、玉鬘に、人から感心されない扱いを続けるのはよくないと考えていたものの、生来の好き心から、あの秋好中宮《あきこのむ》への思いも断ち切り難く、思わせぶりな言葉をかけて気を引いたりしていた。中宮という高い身分なので、思いを遂《と》げられるはずはなく、熱心に胸の内をぶつける事は控えている。一方で、玉鬘の人柄は親しみやすく、当世風なので、思いを自制するのは難しく、いきおい、人が見たら疑いを持つような扱い方をするものの、それ以上の接近はなかった。

五日になって、源氏の君は夏の町の馬場《うまば》に来たついでに、西の対の玉鬘を訪問する。「どんなでしたか。兵部卿宮はここに夜更けまでおられましたか。あまり親しくしてはいけません。煩《わずら》わしいところのある方です。人の心を傷つけ、面倒な事を起こす男は案外多いものです」と、先日は褒《ほ》めていたのに、今度はけなす源氏の君の姿は、この上なく若く美しい。

色艶《いろつや》がこぼれるばかりの衣装《いしょう》に、直衣《のうし》をさりげなく重ねている色合いは、この世の人が染め出したとは思えない程であり、いつもと同じ直衣の色と文様《もんよう》でありながら、菖蒲の節句の今日は素敵に感じられる。薫物の香りも加わって、胸の内の悩みがなかったら、どんなに素晴らしいだろうと、玉鬘は思っている折に、兵部卿宮から便りがあり、白い鳥の子紙に、ことさら風情《ふぜい》のある筆致で歌が添えられていた。

今日さえや引く人もなき水隠《みがく》れに
生《お》うる菖蒲《あやめ》のねのみなかれん

端午《たんご》の節句《せつく》の今日まで、引く人もない水中に隠れて生えている菖蒲の根は、ただ水に流れている、ちょうどあなたにつれなくされて泣いている私のように、という悲嘆であり、「ね」は根と音、「なかれ」は泣かれと流れ、根を「引く」はひいき（贔屓）にする意味が掛けられていた。白い紙を使ったのも、菖蒲の根の白さを表すためで、文が結びつけられていたのは、立派な菖蒲の根であり、紀貫之《きのつらゆき》の歌、**水隠れて生うる五月の菖蒲草　長きためしに人は引かなん**、を下敷にしていた。

源氏の君は「今日は返事をしたほうがいいでしょう」と言い置いて退出し、女房たちもこぞって「やはりご返事を」と勧めるので、玉鬘は思い悩んだ挙句《あげく》、返歌する。

あらわれていとど浅くも見ゆるかな
あやめも分かずなかれけるねの

菖蒲の根が流れて露出《ろしゆつ》して、より一層浅く見えるように、分別もなく声を出して泣くあなたの心も浅いものでしょう、という諧謔《かいぎやく》で、「あやめ」に菖蒲と文目、「なかれ」に泣かれと流れ、「ね」に音と根が掛けられていて、薄い墨で書かれていた。受け取った兵部卿宮は、今少し風情のある書き方にして欲しかったと、風流好みには物足りなかったものの、返歌があった事自体に満足した。

薬草を五色の糸で括《くく》った邪気除《じやきよ》けの薬玉《くすだま》など、実に美しく飾られた物が、あちこちから贈られてきて、筑紫《つくし》で長年苦労をした日々が遠くなり、ようやく心にゆとりができてきた今、できる事なら誰も傷つかない形で、自分の身の振り方が決まって欲しいというのが、今の玉鬘の願いだった。

源氏の君は夏の町に住む花散里《はなちるさと》の所にも立ち寄って、「息子の夕霧《ゆうぎり》中将が、今日、左近衛府《さこんえふ》の騎射《きしゃ》の催《もよお》しを宮中でするついでに、官人たちを引き連れて来ると言っていました。そのつもりでいて下さい。まだ明るいうちに来るはずです。六条院では目立たないようにする催しも、不思議に兵部卿宮を始めとする親王《みこ》たちが聞きつけ、訪問するでしょう。そうなると、大袈裟《おおげさ》な催事になるやもしれず、心の準備をしておいて下さい」と花散里に前以て言いつつ、外を眺める。

馬場はこの寝殿の東廊《とうろう》から、さして遠くない所に見通せ、「若い女房たちも、渡殿の戸を開けて見物させなさい。左近衛府には、風流な官人が多くいる時期です。並の殿上人《てんじょうびと》にもひけをとりませんよ」と言うので、女房たちは馬場での騎射見物を心待ちにしている。

西の対の玉鬘の方からも、女童《めのわらわ》などが見物に来る。廊の戸口に御簾《みす》を青々と懸け渡して、今はやりの裾を濃い紫にした几帳をいくつも並べ立て、童や下仕《しもづか》えの人も、あちこち姿を見せている。

表は青、裏は紅梅《こうばい》の菖蒲《しょうぶ》襲《がさね》の衵《あこめ》の上に、紅花《べにばな》と藍《あい》で染めた薄物の汗衫《かざみ》を着た女童は、西の対から来ていた。感じのよい場馴《ばな》れした者ばかりが四人いて、下仕えは表は薄紫、裏は青の裳《も》をつけ、撫子《なでしこ》の若葉色の唐衣《からぎぬ》を着ていて、どの者も端午の節句にふさわしい装いである。一方の花散里の女童は、濃い紅《くれない》の衵に、表は紅梅、裏は青の撫子襲の汗衫をゆったりと着ており、双方が張り合っているようにしているのが面白く、加えて、若々しい殿上人なども、わざと目立つように意気込んでいた。

昼過ぎ頃に、源氏の君は馬場の御殿《おとど》に姿を見せると、その言葉通り、何人もの親王が集まっており、宮中での騎射とは趣《おもむき》が異なり、中将や少将が連れ立って参上した。

通常とは違って終日の楽しみとなり、近衛府の舎人《とねり》たちも、艶やかな装束《しょうぞく》を着て、秘技を尽くして騎射に熱中する光景は、興趣《きょうしゅ》に満ちていて、馬場は、東南の春の町にも長々と突き出しているため、そこでも若い女房たちが見物している。公達《きんだち》たちは「打毬楽《たぎゅうらく》」や「落蹲《らくそん》」などをして、勝負の行方《ゆくえ》に声をあげて騒いでいるうちに、夜になって何も見えなくなった。舎人たちには身分に応じて禄《ろく》が与えられ、すっかり夜が更《ふ》けて、人々はみんな帰って行った。

源氏の君は花散里の所に泊まり、様々な話をするうち、兵部卿宮の話題になり、「兵部卿宮は他の誰よりも優《すぐ》れています。顔立ちの美しさはそれ程ではないものの、心配りや立振舞が立派で、人好きのする方です。こっそり見ましたか。人は流石《さすが》だと褒めるのですが、今ひとつです」と言う。

花散里は、「弟宮ですけれど、あなた様よりもずっと年上に見えます。長い間、こうして六条院を訪問して親しんでおられると伺《うかが》っていますが、実際には昔、宮中でちらっとお見かけして以来、お目にかかってはいません。顔立ちは成長なさるにつれて、立派になられました。弟である大宰帥宮《だざいのそちのみや》はとても美しくておられるようですが、気品の面では劣っていて、並の皇子《おうじ》や皇孫《こうそん》程度の感じでした」と応じた。

花散里がひと目で人物を見抜いてしまっていると感心した源氏の君は、微笑しながら、今日の他の参集者について、良し悪しは口にしなかったが、これも、他人の欠点をあげつらったり軽蔑《けいべつ》する人を嫌っているからである。あの髭黒《ひげくろ》の右大将も奥床しいと思うものの、大した事はなく、婿《むこ》として見れば物足りなかったものの、口に出しては言わなかった。

花散里とは表向きの夫婦仲なので、寝床は別々になっているため、こんなに遠い間柄になったのかと、源氏の君は苦しく思う。その一方で、花散里の方は、何ら僻《ひが》む事もなく、長年こんな風にして時節に応じて催される行事を人づてに聞いていただけに、珍しく今日ここで行われた催しを、夏の町にとって晴れがましい名誉だと感じて、心のどかに詠歌した。

その駒もすさめぬ草と名に立てる
汀《みぎわ》の菖蒲《あやめ》今日や引きつる

その馬も見向きもしないと評判になっている水辺の菖蒲のようなわたくしを、菖蒲の節句の今日は引き立てて下さいました、という謝意であり、「引き」に菖蒲の根を引き抜くと、引き立てるが掛けられ、下敷になっているのは、古歌《ふるうた》の、香をとめて訪《と》う人あるを菖蒲草　あやしく駒のすさめざりける、と、神楽歌《かぐらうた》の「其駒《そのこま》」の一節、「その駒ぞや我に我に草乞う　草は取り飼わん水は取り　草は取り飼わんや」だったので、受け取った源氏の君は、それ程に優れた歌ではないものの、感じ入って返歌する。

鳰鳥《におどり》に影を並ぶる若駒は
いつか菖蒲に引き別るべき

雄と雌が別れない鳰鳥のように、あなたと影を並べている若駒の私は、菖蒲のあなたといつまでも別れるはずはないでしょう、という慰撫《いぶ》で、やはり古歌の、若駒と今日に逢いくる菖蒲草　おいおくるや負くるなるらん、を下敷にしていた。

実に心の通い合う二人であり、源氏の君は花散里に、「朝夕いつも一緒にはおられませんが、こうして顔を見ると、心が穏やかになります」と言う。冗談めいた言葉ではあったが、元来大らかな花散里は、安らかな心地で言葉を交わし、御帳台《みちょうだい》の浜床《はまゆか》は源氏の君に譲り、自分は几帳を引き寄せて間に置いて眠ったのも、寝床を共にするのは似つかわしくないと諦《あきら》めているからで、源氏の君も無理強《むりじ》いはしなかった。

例年よりも長雨となり、晴れる間もなく、うっとうしい日々が続き、六条院の女君たちは、それぞれ絵や物語に興じて、日を過ごしている。明石《あかし》の君は、物語や絵を趣味良く取り揃えて、明石の姫君に贈る。

一方、夏の町の西の対にいる玉鬘は、他の女君以上に物語に関心があり、明けても暮れても、書いたり読んだりして毎日を過ごす。物語の書写に秀《ひい》でている若い女房が多くいるので、様々な物語の中の人物の珍しい身の上を、虚実ない交ぜた色々な説話を読むにつけ、自分の身の上に匹敵《ひってき》するような話はないと思う。『住吉物語』に出て来る姫君は、確かに物語の中で多種多様なひどい目に遭《あ》っていて、今でも物語の世の評判は良く、老人の主計頭《かぞえのかみ》が姫君を危《あや》うく我が物にしそうになった場面では、筑紫での大夫監の恐ろしさが思い出された。

源氏の君はあちこちの町を訪れるたびに、物語の草案がそこここに散らばっているのを目にして、つい口に出して、「実に気が塞《ふさ》ぐ眺めです。女は物語を素直に受け入れ、だまされるために生まれたようなものですね。物語の中に真実の話は少ないのに、それを知りつつ、いい加減な話に心を奪われ、ころりとだまされます。五月雨《さみだれ》の暑苦しい季節に、髪が乱れるのも知らずに書き写しているとは」と言って笑いながら、「こんな昔の事を書いた物語以外に、紛れる事のないうっ屈した気分を慰めるものはないかもしれません。

それにつけても、こうした作り話は、本当にそうだと人を感心させつつ、もっともらしく言葉を書き連ねています。一方で、つまらぬ作り事とわかっていながら、わけもなく感動し、可憐《かれん》な姫君が物思いに沈んでいるのは、多少なりとも心惹かれます。

また、これはありえない話だと思っても、仰々《ぎょうぎょう》しく書き立てているところに目が奪われる事もあります。とはいえ、あとで静かにもう一度聞く時には、つまらなく思える反面、感心するくらいうまく書かれているものもあります。

この頃、明石の姫君に女房たちが時々読んでやっているのを立ち聞きすると、話のうまい者がこの世にいるのでしょう。物語は、絵空事《えそらごと》で、話し馴れた人の口から出まかせが語られているとも思われます。そうではないですか」と言うと、玉鬘は「誠にその通りです。作り話に馴れた人が、様々に想像して書くのでしょう。わたくしにはただただ本当の事に思われてきます」と応じて、手許の硯《すずり》を押しやる。

源氏の君は、「不躾《ぶしつけ》にも物語をけなしてしまいましたが、物語というものは神代《かみよ》の昔から、この世に起こった事を書き記したものだそうです。『日本書紀』以下の官撰六国史《かんせんりっこくし》などは、そのほんの一面を伝えているに過ぎません。物語こそが人間の機微《きび》を詳しく書いているのかもしれません」と言って笑い、「物語は、ある人の身の上を、ありのままに言葉にしているのではなく、良い事も悪い事も、この世に生きる人の有様《ありさま》を、見聞きするだけでは足りない点を、後の世に伝えたいと願って、いろいろな事を心にしまっておく事ができずに、言葉に残そうとしたのです。

人を褒める時は良い事ばかり選び出し、読み手の心を惹く時は、滅多にないような悪い事をかき集める事になりますが、その両方ともに、この世にありえない事ではないのです。

異国の朝廷の詩才は違っていますし、この大和《やまと》の国でも、昔と今とでは違っていて当然です。内容の深さ浅さは異なっていても、物語をひとえに絵空言と言い切ってしまうのは、事の本質をついていません。

仏様が真摯《しんし》な心で説き置かれた仏典《ぶってん》も、方便《ほうべん》という事があって、悟りのない者は、あちこちで話が違っていると疑いを持つでしょう。そうした方便は、法華経など含めた方等経《ほうどうきょう》の中に多いのですが、結局のところ仏様の説く所はひとつです。菩提《ぼだい》と煩悩《ぼんのう》の差は、善人と悪人の違い程度のもので、人という点では同じです。詮《せん》じて言えば、すべて万事、無益な事はありません」

と、源氏の君は物語の大切さを強調したあと、「ところで、そうした古くからの物語の中に、私のように真面目一筋で馬鹿な男の話はありますか。物語の中の、ひどく世間離れして親しみにくい姫君でも、あなたのように空《そら》とぼけてつれなくしている人は、この世にいないでしょう。さあ、私たちの事を、これまでに例のない物語にして、世に伝えましょう」と、言い寄る。

玉鬘は顔を襟《えり》の中に隠すように俯《うつむ》いて、「世に伝えなくても、こんな風に珍しい事は、世間の噂《うわさ》になってしまいます」と応じたので、「やはり珍しい事と感じられますか。私のほうでも、またとない心地がします」と、源氏の君は言って寄り添って坐り、色好みそのままに詠歌する。

思いあまり昔の跡を尋ぬれど
親に背《そむ》ける子ぞたぐいなき

思い余って昔の例を探しましたが、親に背いて冷たい態度をした子は例がありません、という不満で、「親不孝は、仏の道に背くものです」と言い募るので、玉鬘は顔も上げずに、髪をかき上げつつ、やっとの事で返歌をする。

古き跡を尋ぬれどげになかりけり
　この世にかかる親の心は

わたくしも古い例を探してみましたが、この世で娘に言い寄る親の例などありませんでした、という難詰《なんきつ》であり、源氏の君は恥じ入るしかなく、それ以上無礼な態度はとらなかった。

一方、紫の上は明石の姫君からせがまれたのを機に、物語は捨て難いと思っていて、「こまのの物語」が絵本になっているのを見て、「とても上手《じょうず》に描いている」と感心し、明石の姫君が安らかに昼寝している姿に、自分の昔を思い出して、つい眺め入っていた。

源氏の君もそれを見て、「物語ではこんな子供でも、ませていて隅に置けません。そこにいくと私は、世の語り草になる程、人と違ってのんびり者でした」と冗談を言いながら、その実、例のない好き心を持っている自覚がなく、「姫君には、男女の色恋を扱った物語などは、読み聞かせないで下さい。隠れた恋心を抱いた娘の物語に、姫君が興味を持たないにしても、こんな事が世間にはあるものだと見馴れてしまうといけません」と、紫の上を諭した。

こんな言い草を、仮に玉鬘が聞いたとすれば、随分態度が違うと、あきれ果てるに違いなく、「浅はかな心で、物語の人物の真似《まね》をして恋心を抱《いだ》くのは見ていられません。『宇津保《うつほ》物語』の藤原の君の娘は、思慮深く、落度《おちど》もない人ですが、何げなく口にする言葉も女らしくなくて、手本にはなりません」と、紫の上が応じる。

源氏の君は「現実の人間も同じでしょう。人それぞれに考え方が違い、誰に対しても満足に振舞えないのです。それなりの教養のある親が、心を配って育てた人が、すくすくとおっとりしているのは長所だとしても、不充分な点があるのは、どうやって育てたのだろうかと、親の躾《しつけ》まで疑われて残念です。

とはいえ、その人なりの魅力があると、周囲から見られれば、それはそれで結構です。周囲の者がこれ以上はない程に褒め立てていたのに、本人の行いや言葉遣いに、そうした点が見られない時は、がっかりさせられます。結局のところ、つまらない人には、娘を褒めてもらいたくありません」と言って、明石の姫君の欠点を人からあげつらわれないように、万事に心配りをしていた。

紫の上も、継母《ままはは》が継子《ままこ》いじめをする昔物語も多々あるため、姫君が継母とはこういうものかと思っては困るので、手本を厳格に選んで、清書《せいしょ》させたり、物語絵も描かせたりした。

源氏の君は、夕霧の中将を、この紫の上に近づけないようにしている反面、明石の姫君の所に赴《おもむ》くのは大目に見ている。自分が生きているうちは、夕霧と明石の姫君の仲はどうでもいいものの、死んだあとを考えると、やはり親しくさせていたほうが、いずれは後見役《うしろみ》として重要に違いないと考え、寝殿の南の廂《ひさし》の間《ま》の中への出入りを許していた。

兄弟が少ないので、夕霧の方でもこの姫君を心から大切にしており、夕霧は総じてどっしりとした真面目な性格なので、源氏の君は安心して姫君を任せられた。姫君はあどけなくも、まだ人形遊びをしたがる風で、それを見るにつけ、夕霧はかつて雲居雁《くもいのかり》と一緒に遊んだ日々が思い出されて、姫君が遊ぶ人形の御殿で、しっかり宮仕えの遊び相手をしては、時折涙ぐんだ。

自分の恋の相手にふさわしい人は多くいて、夕霧はさりげなく言葉をかけるものの、相手がその気になってしまうような態度は控えている。深入りしても構わないと思われる相手に対しても、その場限りのつきあいに留《とど》めていて、夕霧にしてみれば、そうした色恋よりも、重要なのは、かつて緑の袍《ほう》を着て、六位《ろくい》の分際《ぶんざい》かと自分を蔑《さげす》んだ雲居雁の乳母《めのと》を見返す事であり、そのための立身出世であった。

執拗《しつよう》に懇願《こんがん》すれば、雲居雁の父である内大臣も根負けして許してくれるかもしれないが、それよりも、いつか見返してやると心に決めただけに、雲居雁には心からの誠意を見せつつも、表向きは大様《おおよう》に構えていた。

雲居雁の兄弟たちは、この夕霧を小憎らしいと思う事が多い。というのも、内大臣の長男である右中将は、玉鬘がどうしても気になり、かといって言い寄る手立てもないので、何かにかこつけては夕霧に近づいて来るものの、夕霧としては、雲居雁との仲を裂かれた意趣返《いしゅがえ》しで、「他人の色恋は邪魔したくなります」と言って、相手にせず、この対立は、かつての源氏の君と内大臣の関係に瓜《うり》二つだった。

内大臣は、正妻以下何人もの夫人との間に男の子供が多く、それぞれ母方の声望と本人の人柄に応じて、自らの名声と力によって、応分の地位に就《つ》けていた。残念ながら女の子供は多くなく、娘の弘《こ》徽殿《きでん》女御《のにょうご》を立后《りっこう》させる計画も、源氏の君が推《お》す梅壺《うめつぼ》女御が秋好《あきこのむ》中宮になって頓挫《とんざ》したため、この雲居雁に願いをかけていたところに、夕霧に懸想されて、当惑していた。

そんな事情の中で、しきりに思い出されるのは、あの夕顔の遺児である。頼りなかった母親のせいで、あの可愛《かわい》かった娘が、今は行方知れずになっているため、やはり、なべて女の子というものは、どんな事があっても手許に置いておくべきだった、今頃は、私の子だと言いつつも、みすぼらしく落ちぶれているのだろう、どんな有様であっても、名乗り出てくれるといいが、と切に願っていた。

息子たちにも言い聞かせて、「もしそう名乗り出る人がいれば、聞き逃《のが》さないように。若い頃は、若気《わかげ》の至りで、してはならない事を多くしたなかで、並の女と思わなかった人が、ちょっとした事で私を恨んだせいで、大切な娘のひとりを見失い、残念でならない」と、懸念《けねん》を口にする。女の子を大切に育てている例が周りに多いために、今まで忘れていた事が、今になって思い出されて、思い通りにならない事態が口惜《くちお》しくてならなかった。

そんな折、夢を見たので、夢占いがうまい者を呼び寄せて、夢解きをさせると、「ひょっとすると、ずっと親に知ってもらえなかった子を、誰かが養女にしているのかもしれません。いずれ耳にはいるでしょう」と言上《ごんじょう》する。内大臣は首を捻《ひね》りつつ、「女の子が他人《ひと》の子になるとは、普通にはありえない。一体どういう事なのだろう」と、益々困惑するばかりだった。

第三十三章　唐《から》車《ぐるま》

この「蛍《ほたる》」の帖《じよう》を書き終えたのは、法華三十講《ほつけさんじつこう》が五月二十二日に結願《けちがん》したあと、十日ばかり過ぎた頃だ。何のことはない。昼間は読経《どきよう》の声を耳にし、夜になって文机《ふづくえ》に向かう日々だった。もちろん、暗い中でも、土御門殿《つちみかどどの》のどこからか、読経の声は低く響いている。それを聞きながら、玉鬘《たまかずら》に言い寄る蛍の宮、つまり兵部卿《ひようぶきよう》宮の姿を書くのは、不謹慎《ふきんしん》そのものかもしれなかった。

しかし、遠くから届く読経の声は、闇を明るく照らす蛍の乱舞《らんぶ》によく似合い、忘我《ぼうが》の境地になった。

その一方で、ずっと気にかけている一事があった。何と自分に、「日本紀《にほんぎ》の御局《みつぼね》」という異名《いみよう》がついていたのだ。そっと耳打ちしてくれたのは弁《べん》の内侍《ないし》の君《きみ》で、言い出したのは、どうやら内裏《だいり》付きの女房《にようぼう》の左衛門《さえもん》の内侍らしかった。それとなく事情を聞くと、帝《みかど》が側付きの女房にこの源氏の物語を読ませていて、ふと口にされたのが、「この人は『日本紀』を読んでいるのに違いない」というひと言だったという。

帝の耳にはいっていたのが、物語のどの辺りだったかは知るよしもない。こんな渾名《あだな》が広まったら、どんな陰口を叩《たた》かれるか、わかったものではない。

以来、屛風《びょうぶ》に書かれた漢詩など、一切目にはいらない風を装った。ある日、余り親しくもない女房から、「ここに書かれているのはどういう意味でしょうか」と、屛風の前で訊《き》かれたときも、首を振って「読めるはずもありません」と答えた。

かつて中宮《ちゅうぐう》様に、ひそかに「新楽府《しんがふ》」をご進講していたことは、中宮様も道長《みちなが》様も口外されていないようだった。それに尾ひれがついて広まれば、今度は「白氏文集《はくしもんじゅう》の御局」などと呼ばれる恐れだってある。出仕《しゅっし》し始めた頃、藤式部と呼ばれるのに居心地の悪さを覚えたのは確かだ。今はこれが我が身にふさわしいと心から思う。呼ばれるたびに、父君の漢名である藤為時《とういじ》と、若いときの官名を思い出すからだ。

六月にはいって間もなく、この月の下旬に中宮様の内裏還啓《かんけい》が行われるとの達示《たっし》があった。これは帝からのご要請らしく、ひと目なりとも身重《みおも》な中宮様のお姿を確かめたいご意向のようだった。この時期、中宮様の様子も落ち着かれ、唐車《からぐるま》に乗っても体に障《さわ》る懸念《けねん》もないからだ。

還啓の準備に忙しくなったとき、弁の内侍の君から突然声をかけられた。

「今度は、わたしが物語の最初の読み手になります」

何のことかと聞き返すと、にっこり笑って答えてくれた。

「いつも、藤式部の君の物語を最初に書き写すのは小少将《こしょうしょう》の君なので、羨《うらや》ましかったのです。わたしはいつも三番手か四番手でした。それで今度は、小少将の君に頼んで、わたしが真っ先に書写します。いいですね」

そんなことに反対などしようがないので、「申し訳ありません」と頭を下げる。

「真新しい『蛍』の帖を、やっと書写し終え、他に回したところです。わたしもですが、筆写した人はみんな、あの蛍の場面を一生忘れないでしょう。玉鬘がいる御簾《みす》の中に、源氏が蛍を放つと、辺りがほのかに明るくなって、玉鬘の美しい顔が浮かび上がります。その美しさを、あの兵部卿宮が目にして、恋心にさらに火がつきます。書き写していて、しばし筆を止めて、その場面を胸に焼きつけました」

弁の内侍の君が興奮気味に言ったあと、さらに続ける。「この『蛍』の帖で、光源氏が花散里《はなちるさと》の側で一夜を過ごすでしょう。その花散里好きの宰相《さいしょう》の君が、大層喜んでいました」

「そうですか」

「わたしは空蟬贔屓《うつせみびいき》なので、二条東院に招かれて、心安く仏道《ぶつどう》にいそしんでいる姿に、ほっとしています。作者に感謝します」

笑顔で頭を下げられて、慌《あわ》ててしまう。

そんな多忙な中でも、弁の内侍の君は灯火《ともしび》をつけて、夜更《よふ》けまで筆を走らせていた。どうやらもう一冊、余分に筆写をしているようだった。

六月十四日の還啓当日、朝まだきから土御門殿には、十数両の牛車《ぎっしゃ》が押し寄せ、はいり切れない牛車と人は、土御門大路《おおじ》に立ち並んだ。

中宮様のために用意された唐車は、他の牛車とは全く異なり、牛までが美しく飾られていた。付人《つきびと》も装束《しょうぞく》を整えた官人が、左右の轅《ながえ》に六人ずつ配置され、牛が引くのか付人が引くのかわからない。

破風《はふ》型の屋根は檳榔《びんろう》の葉で葺《ふ》かれ、廂《ひさし》と腰にも檳榔の房《ふさ》が垂らしてある。前簾《まえすだれ》と後簾《うしろすだれ》、物見《ものみ》に使われているのは紅《あか》い錦織《にしきおり》で、立板や袖も鮮やかな彩色が施《ほどこ》されている。

まずは、中宮様が唐車に乗られるのを、女房たちで見送る。唐車は並の牛車と比べて床が高く、通常の榻《しじ》の台ではなく、梯子《はしご》になっている栈《はしたて》が使われる。身重の中宮様が、階《きざはし》から下りて栈を上るのを支えたのは、大納言《だいなごん》の君で、道長様はそのご様子を高欄《こうらん》から心配そうに眺《なが》めておられた。

唐車がそれこそ牛の歩みで進み出すのを見届けて、女房たちもそれぞれの牛車に乗り込む。小少将の君、宰相の君、弁の内侍の君と四人で乗り込んだのは、物見のない糸毛車《いとげのくるま》だった。物見がないだけに狭い感じは否《いな》めないものの、もう外を眺める必要はなかった。北門を出たところで、弁の内侍の君が待ち構えていたように口を開いた。

「書写し終わった『蛍』の帖は、全部で五冊です。内裏までの荷車に積ませています。これをあちこちに配るつもりでいます」

聞いてあきれる。ひとりで五部も書写するなど、聞いたことがない。

「源氏の君が、御簾の内で蛍をぱあっと放つ場面は、五回書写するたびに恍惚《こうこつ》となりました」

「あの場面は、白眉《はくび》です」

小少将の君が頷《うなず》く。「絵師なら、物語絵を描くとき腕をふるいたくなる件《くだり》です」

「もうひとつ、わたしが書写していて胸が熱くなったのは、光源氏が玉鬘の姫君に対して、あたかも、二人で新しい物語を作りましょう、とでも言うように迫ったところです」

弁の内侍の君の顔が少し赤らむ。「あんな言い寄り方をされたら、女は大方靡《おおかたなび》くのに、玉鬘はよくも踏み留《とど》まりました。どこかあの空蟬と似た面があります」

空蟬贔屓の弁の内侍の君らしい感想だった。

「その玉鬘は、あの内大臣が実の父親ですよね」

宰相の君がそう言って訊く。「最後は内大臣に引き取られるのですか」

「いえ、それは光源氏が絶対許さないでしょう。許すはずはありません。あの内大臣は夕顔を捨てた男ですから」

小少将の君が反論する。

「さあ、どうなりますか。『蛍』の帖は、内大臣が夕顔の遺児を息子たちに捜させ始めるところで終わっています。あの内大臣は、子沢山《こだくさん》といえども、娘が少ないので、夕顔腹の娘を今になって思い出したのです。どうなりますやら」

笑いながら弁の内侍の君が顔を向ける。訊かれたとしても、今はわかるはずもない。一条院に移ってから、じっくり考えるつもりにしていた。

「ともかく、書写し終えた『蛍』の帖は中宮様の許《もと》に持って行きます。中宮様も、お産を前にしてくつろいでおられるときなので、物語を楽しみにされています」

大納言の君が言う。

「しかし困っているのは、近頃、馬《むま》の中将の君が、書写した物語を見せてくれと、しつこく迫るのです。あの方には見せたくありません」

聞いて、意外の念にかられる。いつもこちらを見下《みくだ》すような物言いをするのが馬の中将の君で、あまり傍《そば》に寄らないようにしていた。

多分にあの態度は、父方の祖父が摂政《せっしょう》関白《かんぱく》だった兼家《かねいえ》様の異母弟であり、祖母が左大臣源《みなもとの》高明《たかあきら》様の娘だからに違いない。そんな馬の中将の君までが、陰で物語を書き写したがっているとなれば、筆写が一体どこまで広まっているのか。空《そら》恐ろしい気がする。とはいえ、そんなことを気にしていると筆が進まなくなる。ここは、書きっ放しが一番の良策だった。あとは野となれ山となれで、責任など負いたくもない。

二か月ぶりの一条院内裏は、以前のままで、前以《もっ》て何不自由ないように調度《ちょうど》も調《ととの》えられていた。東北の対《たい》が中宮様や道長様、そして敦康親王《あつやすしんのう》の住居であり、北の対が清涼殿《せいりょうでん》となって帝が住まわれていた。

東北の対の東の廂に、元通りに女房の局が並び、以前通り小少将の君と弁の内侍の君に挟まれた局に落ち着いた。

久しぶりに中宮様に接した敦康親王はいかにも嬉《うれ》しそうで、身重《みおも》な中宮様によくなつかれる。その仲睦《なかむつ》まじいご様子を見て、仮に、生まれて来る御子《みこ》が男であれば、敦康親王の地位はどうなるのだろうかと、案じられた。

そんな目の前の懸念を振り払いつつ、夜毎《よごと》、物語を書き進める。暑さも、夜になるといくらか和らぐ。額に汗しなくてもよかった。

暑くてたまらない夏のある日、源氏の君は春の町の東にある釣殿《つりどの》で涼んでいた。息子である中将の君の夕霧《ゆうぎり》も一緒である。親しい出入りの殿上人《てんじょうびと》も多く控えており、桂川《かつらがわ》から献上《けんじょう》された鮎《あゆ》や、近くの川で獲《と》れる鰍《かじか》のような魚が、御前で調理されて出された。

そこにいつも通り、内大臣家の子息たちが夕霧を訪ねて参上して来たので、「退屈して居眠りしかけていたのです。ちょうど良い折に来てくれました」と源氏の君は言う。皆で御酒を飲み、氷水《ひみず》も取り寄せ、冷水をかけた御飯などを食べつつ、興じていると、風は心地よく吹いてくるものの、日は長く、雲ひとつない空に日が傾き、西日になる中で、蟬《せみ》の鳴き声もかまびすしい。

「水の上の釣殿だけれど、何の役にも立たない今日の暑さです。ちょっと失礼させてもらいます」と言って源氏の君は横になり、「全くこうした暑さの折は、音楽も興醒《きょうざ》めです。とはいっても何もしないでいると、苦しみが増えます。宮仕《みやづか》えする若い人たちは、たまらないでしょう。帯も紐《ひも》も解《と》かないでいれば、なおさらです。

せめて、ここでは楽にして、近頃世の中で起こった事で、ちょっと珍しく、眠気を覚ましてくれるような話を聞かせて下さい。この頃は何となく、年寄りじみた心地がして、世間の事にも疎《うと》くなりました」と、所望《しょもう》しても、珍しい話などありそうもなく、みんなかしこまった様子で、風通しのよい高欄に背中をもたせかけていた。

そこで源氏の君が、「ある人が、どんなはずみからか、最近、内大臣が妾腹《しょうふく》の娘を捜し出して、大切にされていると話してくれましたが、本当ですか」と、内大臣の次男の弁《べん》の少将に訊く。

「そんなに大仰《おおぎょう》に言う程の事ではございませんが、この春、父が夢解きをさせたのです。実の娘が他人《ひと》の養女になっているという夢でした。

それを人づてに聞いた女が、自分に訴える事があると名乗り出たのです。それを兄の中将の朝臣《あそん》が聞きつけて、確かな証拠があるか、捜して尋ねたのです。私は詳しくは知りませんが、それが近頃珍しい話だと噂《うわさ》になっているようで、これは父のためにも、家門《かもん》のためにも恥ずべき事でございます」と、弁の少将は答えた。

噂は本当だったと思って、源氏の君は、「子沢山でいながら、そこから離れて育っている子供まで無理に捜し出すのは、欲張りでしょう。私は子供が少ないので、そんな娘を捜し出したいと思っていますが、名乗り出ても大した家柄ではないと思われているせいか、そうした話は一向に聞き及びません。それにしても、その娘の話は、全くの見当違いでもないでしょう。内大臣は若い頃、あちこちに忍び歩きをされていたので、ご落胤《らくいん》がいるはずです。しかし血筋の良くない女腹に生まれた子は、大した娘ではありますまい」と、冷笑しつつ言う。

夕霧もこの話は詳しく聞いていたので、吹き出しそうになり、弁の少将と三男の藤侍従《とうじじゅう》は、これは手厳しいと思って黙っている。

源氏の君は続けて、「夕霧、せめてそんな内大臣の落し胤《だね》を拾って、嫁にしたらどうでしょう。雲《くも》居雁《いのかり》への求婚を拒絶されて、不名誉な評判を後の世に残すよりは、同じ血の繋《つな》がった娘で我慢したほうがいいです」と、いかにも内大臣を愚弄《ぐろう》するような口振りで諭《さと》したのも、内大臣とは表向き良い仲だとはいえ、昔からしっくりいかない面もあり、ましてや夕霧を窮地《きゅうち》に立たせている薄情さに、腹を据《す》えかねていたからであった。

自分がこうして悪態をついているのを漏《も》れ聞いた内大臣に、この野郎と怒らせる心算もある一方で、内大臣の落胤話を聞いて、もし玉鬘を見せでもすれば、これは後生大事にもてなすに違いなく、何につけ格式ばって、もののけじめをつける内大臣なので、人の褒貶《ほうへん》も異常な程はっきりしていて、玉鬘の事を聞けば、自分の態度に腹を立てるはずである。とはいえ、思わぬところで玉鬘を差し出したら、大切に養育した恩を軽んじる事はあるまい、その時は黒白をはっきりつけてやろうと考えていた。

暮れかかるにつれて、吹く風が涼しくなり、若い公達《きんだち》は帰るのが億劫《おっくう》になっていると、「気楽にして涼んだらいいですよ。私はもう若い者に嫌われる齢《よわい》になりました」と、源氏の君が言い置いて東の町の西の対に向かったので、公達はみんな揃って見送りについて来た。
黄昏時《たそがれ》の薄暗い中、全員が同じ色の夏の直衣《のうし》姿であり、誰だか見分けがつかない有様《ありさま》であり、源氏の君は玉鬘の居所で声を掛けて、「少しばかり外に出たらどうでしょうか」と誘って、小声でつけ加えて、「弁の少将や藤侍従を連れて参りました。二人とも翔《と》んででも来たいと思っているのに、夕霧の中将が堅物《かたぶつ》なので、連れて来なかったのです。思い遣りのない男です。この人たちはみな下心がないわけではありません。

我が家の評判は、内々がつまらない割には、過分な程に世評が高いようです。この六条院には女君《おんなぎみ》が大勢いますが、男たちが好き事を言い寄るのにふさわしい人はいません。あなただけが例外で、恋心のある若い人たちの心根の深浅《しんせん》を、何とかして退屈しのぎに見たいと思っていました。その念願が叶《かな》いそうです」と言ったあとは、ひそひそ話になった。

玉鬘の西の対の前庭には、乱れた植栽などなく、美しい色の撫子《なでしこ》を取り揃えていて、唐《から》撫子の石竹と大和《やまと》撫子が、低い柵の中で色とりどりに咲き、夕日に映《は》えている風情《ふぜい》が素晴らしく、みんなその前で足を止め、思いのままに撫子を折り取れないのを残念がりながら、眺めている。

源氏の君は玉鬘にそっと、「たしなみ深い連中ですよ。心構えもそれぞれ立派です。内大臣の長男の右中将は、さらに落ち着いた人で、こちらが気恥ずかしくなるくらいです。その柏木《かしわぎ》の右中将は文《ふみ》を寄越《よこ》しますか。そうであれば、そっけなくして相手の面目《めんぼく》をつぶすのはよくないです」と諭しながら、「左中将の夕霧は、立派な公達揃いの中でも一段と美しく教養もあるのに、それを毛嫌いするとは、内大臣もけしからん人です。藤原一門だけでときめいているので、王族の血筋など古めかしいと考えているのでしょうか」と言う。

すると玉鬘が、「世の中には、どうか是非《ぜひ》とも嫁に来て下さい、と頼む人もあるようですのに」と言上《ごんじょう》して、暗に源氏の君が自ら息子の嫁取りを進めないのをたしなめたのは、「我家《わいえ》は帷帳《とばりちょう》も垂れたるを　大君《おおきみ》来ませ聟《むこ》にせん　御肴《みさかな》に何よけん　鮑《あわび》さだをか右陰子《かせ》よけん」という、催馬楽《さいばら》の「我家」を響かせたからであった。

源氏の君は、「いえいえ、そんな具合に御肴《みさかな》は何にしましょうかというような、華美《かび》な婿《むこ》の扱いは望んでおりません。ただ、幼少時から親しんだ二人の仲を裂いて、長年そのままにしている内大臣の心が憎いのです。夕霧の身分が低く、世間から軽く見られていると考えるのであれば、知らん顔して父の私に任せてくれれば、何の心配もないはずです」と、つい嘆息するのを見て、玉鬘はなるほどそれくらいに、二人の間柄はうまくいっていないのだと合点《がてん》がいく。となれば、実父である内大臣にこの身の存在を知らせるのが、いつの日になるのかわからず、悲しみで心が沈む。

月の光がないため、灯籠《とうろう》に明かりがつけられたものの、源氏の君は「近過ぎて暑苦しい。篝火《かがりび》にしましょう」と言って人を呼び、「篝火の台をひとつ、ここに」と命じつつ、風雅《ふうが》な和琴《わごん》があるのを引き寄せて、搔《か》き鳴らしてみる。

律《りつ》の調子は見事に調絃《ちょうげん》されて音もよく響くため、少し弾《ひ》いてから、「音楽のたしなみなど、あなたには無縁だとみくびっておりました。月の光が澄んだ秋の夜に、部屋の奥ではなく、庭の虫の声に合わせるように弾くと、和琴は親しみに華やかさが加わった音色《ねいろ》を出します。しかし改まった曲の演奏には不向きです。とはいえ、そのまま多くの楽器の調べや拍子《ひょうし》を取り込んで演奏できる点で、優《すぐ》れた楽器です。

大和琴《やまとごと》と言うと、たいした事がないように思えますが、誠に融通《ゆうずう》のきく楽器です。異国の事をあまり知らない女のために作られたのでしょう。どうせなら、心をこめて他の楽器と合奏する練習をするといいです。奥義《おうぎ》のようなものはないものの、弾きこなすのは実に難しく、現在では、父君の内大臣に肩を並べる人はいません。右手に琴軋《ことさき》を持ってちょっと弾く音に、あらゆる楽器の音がはいっていて、言いようのない音色を響かせます」と言う。

玉鬘は六条院に来て以来、和琴の事が少しわかりかけているだけに、何とかしてもっと上達したいと思いながら、「この邸でのしかるべき管絃《かんげん》の折には、聴く事ができるでしょうか。低い身分の田舎《いなか》人《びと》にも、習い覚えて弾く者があまたいると聞き、誰でも簡単に弾けるかと思っておりました。そうした優秀な方の演奏は格別のものがございましょう」と、父である内大臣の演奏が切に聴きたくなって言上する。

源氏の君は、「そうですね。和琴をあずまと呼ぶと、いかにも下等なものに聞こえます。しかし宮中の管絃の遊びの折、まずは書司《ふみのつかさ》の女官を呼び寄せるのは、他国ではどうか知りませんが、我が国ではこの和琴を最も大切にしているからです。

その中でも、あなたの親であり、かつこの道の達人である内大臣から、直接習われたら格別でしょう。この邸にも、しかるべき折にはいらっしゃるでしょうが、和琴の演奏を、技を惜《お》しまないで、すべて披露《ひろう》されるのは難しいでしょう。名人たるもの、どんな道でも、簡単には手の内を見せないものです。しかしいつかは、内大臣の演奏を聴く時が来るでしょう」と言いながら、少し曲を弾く。

その所作《しょさ》は艶《あで》やかで今めいていて、内大臣はこれにも勝《まさ》る音を出すのかと、玉鬘は実の親に会いたくなり、和琴にしても、いつになったら内大臣が親しく演奏してくれるのを聴く事ができるのだろうか、と思っていると、源氏の君が催馬楽の「貫河《ぬきがわ》」を優しく謡《うた》い出す。

〽貫河の瀬々《せぜ》の柔《やわ》ら手枕《たまくら》
柔《やわら》かに寝《ぬ》る夜《よ》はなくて
親離《さ》くる妻《つま》
親離くる妻は増してるはし
しかさらば
矢矧《やはぎ》の市《いち》に靴《くつ》買いにかん
靴買わば線鞋《せんがい》の細底《ほそじき》を買え
さし履《は》きて上裳《うわも》取り著《き》て
宮路《みやじ》通わん

「親離くる妻」のところで、源氏の君は微笑《びしょう》し、さりげなく弾き鳴らすと、深く心に沁《し》みる音であり、親である自分を避ける玉鬘を暗喩《あんゆ》していた。

「さあ、弾いてごらんなさい。芸事は人前で演じるのを恥ずかしがってはいけません。『想夫恋《そうふれん》』の曲だけは、内心で弾きたくても弾けないでしょうが、他の曲なら遠慮せずに誰とでも合奏するのがいいです」としきりに玉鬘に勧めたが、筑紫《つくし》の片田舎で、都人《みやこびと》だと自称していた皇族筋の老女から習っていただけに、間違いもある気がして、手も触れない。

源氏の君がもっと弾いてくれれば、聴いて覚えられるだろうと玉鬘は思い、和琴への興味からにじり寄り、「どんな風が吹き合わせて、こんな素晴らしい音色が出るのでしょうか」と言上したのは、古歌《ふるうた》の、琴の音に峰の松風通うらし　いずれの緒《お》より調べそめけん、を下敷にしていた。

体を傾けた玉鬘の姿は、篝火に映えて実に美しく、「耳の良い人には、身に沁《し》む風が吹き添ってくれます」と、源氏の君が答えて和琴を押しやったので、玉鬘ははっとしながら、源氏の君の口調には、音を聴き分ける耳は持っているのに、自分の心根を聞き分ける心はないのですね、という皮肉がこめられていたのだと悟った。

源氏の君は、近くに女房たちが控えているので、いつもの色事めいた戯事《ざれごと》もできずに、「撫子を充分に見ないまま、人々は帰ってしまいました。何とかしていつかは、この花園を見せたいものです。世は無常というにつけ、昔、雨夜《あまよ》の品定《しなさだ》めの晩に、何かのついでに、あなたの事を口にされたのが、つい今の事のように思い出されます」と、往時を振り返って言うと、玉鬘が悲しい顔になったため、源氏の君は詠歌《えいか》する。

撫子のとこなつかしき色を見ば
　もとの垣根を人や尋ねん

いつ見ても懐しい撫子の色、あなたの姿を見れば、内大臣はきっとあなたの母上の行方《ゆくえ》を知りたがるでしょう、という感慨であり、「とこなつかし」には撫子の別名の常夏を掛け、「もとの垣根」は夕顔を暗示していた。「この事が心配の種であり、私のところにあなたを繭《まゆ》ごもりさせているのが申し訳ないのです」と、この繭ごもりは、柿本人麻呂《かきのもとのひとまろ》の、たらちねの親の飼う蚕《こ》の繭ごもり　いぶせくもあるか妹《いも》に逢わずして、を下敷にして付け加えたので、泣きながら、玉鬘は弱々しい声で返歌する。

山賤《やまがつ》の垣《かき》ほに生《お》いし撫子の
もとの根ざしを誰《たれ》か尋ねん

卑《いや》しい身分に生まれたわたくしの素性《すじょう》まで、一体誰が捜し出してくれましょうか、という反論であっても、暗に実父に会いたい望みを響かせていて、これはかつて夕顔が『古今和歌集《こきん》』の、あな恋し今も見てしか山賤の　垣ほに咲ける大和撫子、を踏んで詠《よ》んだ歌、山賤の垣ほ荒《あ》るとも折々にあわれはかけよ撫子の露、に呼応していた。今にも折れそうな様子で言う玉鬘の姿は、優美かつ若々しい。「ここに来なければよかった」と、源氏の君は思わず言いつつも、玉鬘への執心《しゅうしん》は苦しくも抑え難かった。

西の対に渡るのが余りに足繁《あししげ》くなったので、源氏の君は女房たちから変に思われるのを避けるべく、代わりに何かの用につけ頻繁《ひんぱん》に文を送った。明けても暮れても心から去らない、自らも、どうしてこんなに気の休まらない思いをするのか、もう思わないで我慢しようとするのも無理で、玉鬘を我がものにすれば、軽率な振舞だと世のそしりは免《まぬか》れず、そうなれば自分はいいとしても、玉鬘には気の毒である。

限りないこの恋情も、紫の上に並べられる愛情であるとは自分ながら思えず、かといって、一段と劣る妻のひとりとして迎えるのは、あじけない、自分は太政大臣《だいじょう》であるといっても、面倒を見ている妻が大勢いる中で、末席を占めさせては大した愛情ではなくなる。これでは、中納言《ちゅうなごん》や大納言程度の者が、玉鬘ひとりを大切にするのにも、劣る事になると思うと、玉鬘が気の毒になり、蛍兵部《ほたるひょうぶ》卿宮《きょう》、あるいは鬚黒大将《ひげくろのたいしょう》にやってしまおうか、そうなると縁が切れて、その家にはいってしまい、物思いもなくなり、それはそれで仕方ないと、弱気になる時もあった。

しかしそれでも源氏の君は西の対に赴《おもむ》き、玉鬘の顔を見、今では和琴を教えるのを口実にして、身近に寄り添うと、玉鬘も初めの頃は気味悪く嫌らしいと思っていたが、源氏の君の態度は穏やかで、下心はないように感じられ、少しずつ目馴《めな》れてきたので、毛嫌いせず、折々の返歌も、馴れ馴れしくはならない程度に取り交わすようになる。

源氏の君にとっては会うたびに、玉鬘の愛らしさが増し、華麗さも加わり、やはり他の男にはやれないと、思いを新たにする一方で、この邸で結婚させて、これまで通り世話をしてやり、何かの折につけ密会をして心を慰める手もあると考える。

今は男を知らない身なので、口説《くど》くのは難事でも、結婚してしまえば、夫が厳しく守るとしても、女は男女の愛がわかるようになり、こちらとしても女が気の毒だという遠慮もなくなり、思うままに振舞える。思いが募《つの》れば、人の目もたいして気にならないはずであり、これはちょうど、古歌の、**人知れぬ我が通い路の関守は　宵々ごとにうちも寝ななん**、と、**筑波山端山繁山《つくばやまはやましげやま》しげけれど　思い入るには障《さわ》らざりけり**、の通りだと、源氏の君は底意地悪くも思い至る。

その頃、内大臣は、引き取っている近江《おうみ》の君を邸の誰もが姫君とは認めずに軽蔑《けいべつ》し、世間でも馬鹿な事をしたと噂していると聞き、胸を痛めていた。その上、次男の弁の少将から、源氏の君が近江の君の噂を皮肉ったと言われ、忌々《いまいま》しくてならず、「源氏の大臣《おとど》が言うのも、もっともだ。私の所では、長年消息のわからなかった卑しい身分の娘を、大切に育てている。滅多に人の悪口を言わない源氏の大臣が、この家の事になると、聞き耳を立てて悪口を言っておられるとは。しかしこれも、源氏の大臣に一目置かれている証拠ではある」と言う。

弁の少将が「あの六条院夏の町の西の対に置いてある姫君は、これといって欠点のない方のように見受けられます。蛍兵部卿宮などは、大変熱心で、求婚するのに苦労されています。姫君の美しさは並々ならぬものだと、人々は想像しています」と言うのを聞いて内大臣は、「それは、源氏の大臣の娘だと思うから、評判が高いのです。人の心とは、そんなもので、本人の美しさは大した事はないのではないでしょうか。人並の出自《しゆつじ》であれば、今まで噂になっていたでしょう。

源氏の大臣は、悪口など微塵《みじん》も言われず、この世に過ぎた声望と身分ながら、惜しい事に、れっきとした奥方には、生まれて大切にされ完璧《かんぺき》だと評判を取るような姫君がいません。もともと子供の数が少ないので、将来が心もとないのでしょう。身分の低い明石《あかし》の君腹に生まれた姫君は、あのように世にも稀《まれ》な幸運の持主でしょうが、今話に出た姫君は、ひょっとすると実の子ではないかもしれません。源氏の大臣は一筋縄ではいかない人なので、大事に育てているのでしょう」と悪口を言う。

さらに、「とすると、婿を誰に決められるでしょうか。兵部卿宮がそこはうまく自分のものにされるでしょう。源氏の大臣とは元から特に仲がいいし、人柄もよく教養も深いので、似つかわしい」と言ったものの、自分の娘の雲居雁が残念でならず、玉鬘のように心憎いまでに大切に扱って、婿には誰がなるだろうかと、他人に気をもませたかったのに、夕霧という邪魔がはいったのが口惜《くちお》しく、夕霧の官位が、我が家にふさわしくなるまでは、結婚などまかりならぬとの思いを強くする。仮に源氏の大臣が丁重《ていちょう》に腰を低くして頼み込んでくれば、それに根負けした形で許してやってもいいが、しかし今のところ、夕霧方は焦《あせ》る様子もないのが、不愉快でもあった。

内大臣は様々に思い巡らすうちに、不意に思い立ち、弁の少将を連れて雲居雁の部屋を訪ねると、ちょうど雲居雁は昼寝の最中で、羅《うすもの》の単衣《ひとえ》を着たまま横になっている姿は、暑苦しくは見えず、可憐《かれん》で美しく、きめ細かい肌も透き通るようで清らかである。可愛《かわい》らしい手で扇を持ったまま、腕を枕にして眠っていて、投げ出された髪は、そんなに長く多いとはいえないにしても、髪裾は見事に整えられていた。

女房たちも物陰に寄って休んでいるので、雲居雁はすやすやと眠りこけて、内大臣が手にした扇を鳴らすと、何げなく見上げた目元が可愛らしい。頰の辺りがほんのり赤いのも、親の目にはただただ美しく見えたものの、「うたた寝はいけないと、日頃から注意しているのに、こんな不躾《ぶしつけ》な恰好《かっこう》で休むとはもっての外《ほか》です。女房たちが側にいないというのも、いけません。女たるもの、常に注意深く身を守るのが肝腎《かんじん》です。気を許してだらしない恰好でいるのは、下品です。

とはいってもしっかりと身を固め過ぎて、不動明王《ふどうみょうおう》の前で呪文《じゅもん》を唱え、印《いん》を結ぶようなのは、憎たらしいです。生身の人間に対してよそよそしく、物を隔てるようにして対応するのは、上品らしく見えるようであっても、小憎らしく、心優しい態度とは言えません」と、内大臣は釘をさす。

そして、「源氏の太政大臣が、将来の后《きさき》候補である明石の姫君にしておられる教育は、いろいろな方面の知識を偏《かたよ》る事なく広く身につけさせ、それでいて目立つような才覚は持たせず、また不案内でまごつかないような、大らかなものです。なるほどそうではあっても、人というものは心の面でも行いの面でも、好みというのがあるので、成長するにつれて、特色が出てきます。明石の姫君が大人になり、入内《じゅだい》される時の様子を、是非《ぜひ》とも見たいものです。

それにつけても、そなたを東宮妃《とうぐうひ》にと思っていた事は、例の一件で難しくなってしまいましたが、何とかして世間の物笑いにならないようにしてやろうと思いながら、世の様々な人の身の上を耳にするたび、悩みます。気を引こうとして、いかにも誠意があるように見せかけて言い寄る男には、当分の間靡《なび》いてはいけません。私に考えがありますから」と、我が娘可愛さに、内大臣はそう言い置いて退出した。

雲居雁としては、昔は深くも考えなくて何げなく振舞い、夕霧には気の毒な騒ぎになった折も、父親には遠慮なく会っていたのが懐しく、今になって思い返すと胸が塞《ふさ》がる。三条院からこの内大臣邸に移って以来、祖母である大宮からは、会えなくなったのを恨《うら》む文が届いてはいたものの、父親の訓《くん》告《こく》があるので、遠慮して会いに行けないのが残念だった。

内大臣の今ひとつの悩みは、北の対にいる新しい姫君、近江の君であり、身勝手な思い込みで迎え入れたものの、人の評判が悪いからといって、今更送り返すのも軽率で、非常識で、逆にこのように邸に閉じ籠《こ》めていれば、本気で大切に育てているのかと、世間の噂になるのも忌々しい。ここは今、邸に里帰りしている弘徽殿女御《こきでんのにょうご》の許で、女房勤めをさせて、一種の道化者《どうけもの》にしてしまう手もある。人がひどく不細工だと言っている容貌《ようぼう》も、そこまでひどくはないはずで、かくなる上はと決心する。

弘徽殿女御を訪れて、「近江の君を出仕させます。見苦しいところなどは、年配の女房に言いつけて、遠慮なく叱《しか》って教育しながら、使って下さい。若い女房たちの笑い種《ぐさ》にならないように祈るのみです」と、内大臣が笑いながら頼むと、「そんなにひどい人であるはずはありません。柏木中将が、比べるものがないくらい素晴らしい姫君だと言っていた前評判程ではない、という事なのでしょう。こんなに騒がれて、姫君もきまりが悪いはずです」と、弘徽殿女御の思い遣りのある返事に、内大臣は気恥ずかしくなる。

弘徽殿女御の容姿は、すべてが整って美しいとはいえないものの、気品と優しさが備わっていて、風情のある梅の花が咲き初《そ》める明け方のような感じで、言葉を惜しみながら微笑《ほほえ》んでいる様子は、内大臣にも格別のものに思えたので、「柏木はまだ未熟で思慮深くないので、近江の君を連れてきてしまったのです」と内大臣は言う。

内大臣がそのまま近江の君の部屋に向かって覗《のぞ》いて見ると、近江の君は簾《すだれ》を体で押しやるようにして、侍女《じじょ》の五節《ごせち》と双六《すごろく》をしていた。手をしきりに擦《す》り合わせて、「小賽《しょうさい》、小賽」と願っている声は、またとない早口だったので、これはひどいと思った内大臣は、供人《ともびと》が声を出そうとしたのを手で制し、妻戸《つまど》の隙間《すきま》から、開いている襖《ふすま》越しに見通せる所まで行き、さらに覗き見する。

相手をしている五節も同じく意気込んでいるようで、「お返ししますよ、お返しです」と言い、捻《ひね》った筒からすぐに賽《さい》を打ち出さないで、心をこめている二人の様子は、何とも浅ましい。

近江の君の顔は小さめで愛敬《あいきょう》があり、髪も見事ではあり、前世の因縁《いんねん》は悪くなさそうなのに、額が余りに狭いのと、軽薄な声がそれを台無しにしている。取り立てて美人とはいえないものの、それを赤の他人だと突き放そうにも、鏡に映る自分の顔とそっくりであり、前世からの縁が内大臣には恨めしい。

「こうして暮らしているのは、慣れずにしっくりしない面があるでしょう。私の方も多忙だったので訪ねませんでした」と、内大臣が声をかけると、近江の君は例の早口で、「こうして暮らしているのに、心配な事など、ちっともありません。長い間会えないで、どんな方かと気がかりで、会いたいと思っていた父君の顔を、常に見られないのが、双六の見事な一手を打てない心地でした」と言上する。

「確かに、私の世話をさせる女房も余りいないので、そうしたかたちで常に側に置き、顔を合わせようとは思っていましたが、それもできませんでした。並の身分の侍女であれば、何につけ、他の女房たちの間に立ち交じり、人の耳目《じもく》にとまらず気楽だったでしょう。しかし誰それの娘、あの人の子ともうわかっている身分なので、親兄弟の面目をつぶす事がありそうな気もしますし、まして内大臣の娘となれば」と、内大臣がそこで言いさす態度は、威厳があったが、近江の君は屈託《くったく》なく、「何の何の、気位《きぐらい》を持って出仕したのでしたら、何かと窮屈な思いをするでしょうが、わたしは便器取りでも何でもします」と言う。

内大臣は思わず笑ってしまい、「それは似つかわしい役ではありません。こうしてようやく会えた親に孝行する心があるなら、もの言う声を今少しゆっくりにして聞かせて下さい。そうすれば、私も長生きしそうです」と、もともと剽軽《ひょうきん》な面のある内大臣が苦笑《にがわら》いする。

近江の君が、「早口は、舌の生まれついたものです。子供の時でさえ、亡き母がいつも気にして教えていました。産屋《うぶや》に妙法寺《みょうほうじ》の別当大徳《べっとうだいとこ》が控えていたため、その早口が移ったのだと、嘆いていました。何とかしてこの早口をやめるように努めます」と真顔《まがお》で言う。

内大臣は孝養の心が深いのに感心しつつ、「その産屋に入り込んでいた大徳こそ、困り者でした。早口はその坊様が前世で犯した罪の報《むく》いでしょう。ものがうまく言えないのは、大乗経《だいじょうきょう》の悪口を言った罪だと言われていますから」と言い、我が子ながらこっちが気恥ずかしくなるような立派な人柄の弘徽殿女御に、この近江の君を会わせるのをためらう。いったいどんな素性調べをしてこんな卑しい娘を引き取ったのかと女御が思い、周囲の女房たちも近江の君に接して、悪い噂を言い散らしたら、それこそ元も子もなく、近江の君の出仕を諦《あきら》めようとしたものの、このままでいいはずはなかった。

内大臣は、「女御がこの邸に里下がりの折には、時々伺《うかが》って女房たちの仕事振りを見習うといいでしょう。これといって取柄《とりえ》のない人でも、自然と人に接し、ある程度の立場につけば、何とかなるものです。その心づもりで女御にお目通りして下さい」と言い、近江の君が、「それはとても嬉しいです。ただひたすら、こちらの皆様方に娘として認めてもらう事を、長年ひたすら寝ても覚めてもその事ばかり考えてきました。宮仕えを許してもらえれば、水を汲《く》んで頭の上に載せてでも、お仕えします」と、これまで以上の早口でまくし立てる。

内大臣はたまらず、「そこまで一所懸命に薪《たきぎ》を拾わなくても、参上するだけでいいのです」と言ったのは、行基《ぎょうき》の歌に、**法華経《ほけきょう》を我が得しことは薪こり　菜摘み水汲み仕えてぞ得し**、とあるからで、「ただ、あの早口の坊さんだけは近づけないで下さい」と、内大臣が冗談めかして言うのも、近江の君は理解できないでいる。

父親が大臣の中でも類がない程堂々として華やかであり、並の人間は前に出るのも憚《はばか》られるような人柄であるのもわからずに、「ところで、何日に女御様の許に参上しましょうか」と近江の君が問うので、内大臣は「吉日《きちじつ》がいいでしょうが、いえ、そう重大に考える程でもないでしょうから、思い立てば今日でも」と言い捨てて、退出する。

立派な四位五位《しいごい》の侍従たちが、恭《うやうや》しく供をして内大臣が戻るのを見送った近江の君は、五節に、「何と素晴らしい父君でしょう。このような家の子胤《こだね》でありながら、何と卑しい小さな家で育ったものです」と言うと、「本当に、余りに立派で、こちらが恥ずかしくなる程です。並程度の親で、心から大事にしてくれる人に見つけ出されたほうがようございました」と、五節が無茶な事を口にする。

「何という事を言うのですか。いつもの癖で、人の話を台無しにしてしまう。本当に憎らしい。もうわたしに気軽に口出ししないで下さい。わたしは将来、格別の身分になる人ですよ」と、腹を立てる近江の君は、気さくで可愛げがあり、ふざけたところも愛敬があって、目くじらを立てる程でもない。
近江の君はまさしく田舎人《いなかびと》で、卑賤《ひせん》な身分の者の中で生まれ育ったために、言葉遣いも知らず、もともと大した意味のない言葉も、声をゆるやかにして静かに言い出すと、耳には格別なものに聞こえる。面白くもない歌語りでも、その場にふさわしい声で、思わせぶりに、歌の上下《かみしも》の句を惜しむように控え目に吟《ぎん》じると、歌の背景が深遠なものに感じられて、耳を傾けたくなる。逆に、大変内容があって趣《おもむき》に富む事を言っても、早口ではそれが伝わらず、近江の君がせわしい口調で言う言葉は、ごつごつした訛《なま》りがある。わがまま放題に甘えた乳母《めのと》の懐《ふところ》に今も抱かれているように、態度も作法を欠いて品がなく、とはいっても、何の取柄もないわけではなく、三十一文字《みそひともじ》の上下が繋がらない歌を早口で次々に作る。
「父君が女御様の許に参上せよと言ったのに、もたもたしていると渋っているように思われて、気を悪くするに違いない。今夜行く事にしましょう。父君がどんなにわたしを大切にされても、女御様たちにすげなく扱われれば、この邸にはいられません」と、近江の君は軽はずみに言って、さっそく弘徽殿女御に手紙を出した。

葦垣《あしがき》の近くに控えていながら、今まで影も踏まなかったのは、勿来《なこそ》の関《せき》が間にあったような感じです。武蔵野《むさしの》の血の繋がりがあると言うのも畏《おそ》れ多く、あなかしこや、あなかしこや。

何とも四角ばった書き方で、その裏にも書き綴《つづ》った。

本当に今宵《こよい》にでも参上しようと思い立ったのは、嫌われるといけないと思ったからです。本当に本当に、見苦しい字は水無瀬川《みなせがわ》のように、見放して下さい。

更には端っこのほうに歌を書き加えた。

草若《くさわか》み常陸《ひたち》の浦のいかが崎
　いかであい見ん田子《たご》の浦波

「常陸」「いかが崎」「田子の浦」と、てんでばらばらの地名を並べて、結局は、何とかしてお目にかかりたい、の意味で、最後に「大川水《おおかわみず》のように急いでいます」とあり、それでも歌の「草若み」に合わせた青い色紙に、万葉仮名の草体《そうたい》の角ばった筆遣いで、何流の書風でもなく、文字の下を長く引き延ばした気取った字で、行の書き方は紙の端に向かって斜めに傾いて倒れていた。

近江の君は、うまくできたとほくそ笑み、手紙は女らしく細く小さく巻いて結び、撫子の花につける。文《ふみ》使いの役をしたのは、こうした事には馴れている便器を洗う樋洗童《ひすましわらわ》の小ぎれいな新参者で、女御がおられる対の台盤所《だいばんどころ》に寄って、「この手紙を差し上げて下さい」と言った。下仕《しもづか》えの者はその女童《めのわらわ》を知っていて、「北の対に仕える童だ」と言って受け取り、大輔《たいふ》の君という女房が持って上がり、文を解《と》いて女御に見せる。

読んだ女御は苦笑して手紙を置くと、脇にいた中納言の君という女房がそれを横目で見て、「随分と今風の文のようでございますね」と、いかにも見たそうにしているので、女御は「わたくしには、この草仮名が読めません。歌も本《もと》と末《すえ》が続いていないようです」とおっしゃって、中納言の君にその文を渡した。

女御は「この返事は、このように勿体《もったい》つけて書かないと、軽蔑されます。そのますぐに、あなたが書いて下さい」とおっしゃったので周囲にいた若い女房たちは、おかしがってくすくす笑う。

使いの樋洗童が返事を請《こ》うようなので、中納言の君は、「風流な引き歌が連ねてあるので、返歌しにくうございます。代筆だとわかったら、お気の毒です」と言いつつ、女御の文のようにして書き、「近くにいても会えないのは心苦しい限りではあります」と綴って歌を添える。

常陸なる駿河《するが》の海の須磨《すま》の浦に
波立ち出《い》でよ箱崎《はこざき》の松

常陸の駿河の海の須磨の浦に、どうぞ来て下さい、箱崎の松のように待っております、という意味の、皮肉たっぷりに地名を入れた歌であり、女御に読んでお聞かせすると、あきれて苦笑しつつ、「これがわたくしの歌だと吹聴《ふいちょう》されたら、困ります」とおっしゃる。

「いえ、それは聞いた人がちゃんとわかります」と中納言の君は応じ、文を包んで使いにことづけると、返事を見た近江の君は感心しきりで、「本当にお洒落《しゃれ》な歌です。待つと書いてあります」と言う。甘い薫物《たきもの》の香《こう》を何度も夜に薫き染《たしめ》め、頬紅を念入りにつけて、髪を梳《す》いている様子は、それなりに華やかで愛敬があり、ご対面の折、さし出がましい振舞に及びそうな勢いだった。

第三十四章　土御門殿退下《つちみかどどのたいげ》

「常夏《とこなつ》」の帖《じょう》は、思いがけず筆が進み、内裏《だいり》にいる間に書き終えた。ひとつには、雲居雁《くもいのかり》や近江《おうみ》の君《きみ》といった、格式ばらない女君《おんなぎみ》を登場させたからだろう。身堅い玉鬘《たまかずら》を描くときの慎重な筆運びとは異なり、気楽に書き綴《つづ》れたのだ。

もうひとつ、近江の君が裏表のない単純な人柄だけに、内大臣《ないだいじん》の邸《やしき》にいること自体、滑稽《こっけい》だったせいもある。言うことなすこと、すべてが場違いなので、何度も含み笑いをしつつ、筆はひとりでに走った。

三、四日して、早くも筆写を終えたのか、弁《べん》の内侍《ないし》の君《きみ》に渡廊《わたろう》で呼び止められた。

「あの近江の君の早口、あの人にそっくりですね。思わず笑いました」

小声で言われて、返事に窮《きゅう》する。否定すれば嘘《うそ》になる。そうだと言えば、たちまちその噂《うわさ》が広まって、当人の耳にはいると、いよいよ疎《うと》まれてしまう。ここは「いいえ、どうでしょうか。すべて仮の話ですから」と、微笑《びしょう》するしかなかった。

弁の内侍の君は、わかっています、とでも言うように、にっこり頷《うなず》いてくれた。

ところがそのまた三、四日後、小少将《こしょうしょう》の君から思いがけない話を聞かされた。

「あの馬《むま》の中将《ちゅうじょう》の君が、この早口の近江の君は、あの兵衛《ひょうえ》の君にそっくり、とわたしに耳打ちしたのです。誰が読んでも、馬の中将の君そのものだと思うのに、本人には自覚がないのですね。びっくりしました」

言われて、こちらもびっくりする。確かに兵衛の君も早口ではあるものの、馬の中将の君とは比較にならない。

「それは不思議です」

気の置けない小少将の君だけに、正直に笑えた。

幸い、馬の中将の君本人からは、話しかけられなかった。「あれは兵衛の君でしょう」と問われて、「はい」と答えれば、兵衛の君に悪い。「いえ、あなたです」と正直に言えば、どういう意趣返《いしゅがえ》しをされるかわかったものではない。

れっきとした家柄の出なのに、あの急《せ》いた口振りは、多分に生まれつきのものではなく、下々《しもじも》の人に対して矢継《やつ》ぎ早《ばや》に命令してきたからのような気がする。相手の反応をじっくり構えて見ていれば、あんな口調にはならない。

「でも、近江の君と中《ちゅう》納言《なごん》の君の和歌のやりとりでは、つい笑ってしまいました」

小少将の君がにんまりとする。「よくもあんな歌を考えついたと、感心します。必ずや後世に残ります」

「残っては困ります」

とんでもないと思って首を振る。

「残らないはずはないです」

小少将の君がなおも言う。「草若《くさわか》み常陸《ひたち》の浦のいかが崎　いかであい見ん田子《たご》の浦波。その返しは、常陸なる駿河《するが》の海の須磨《すま》の浦に　波立ち出《い》でよ箱崎《はこざき》の松――。頭にこびりついて離れなくなりました」

「そんな歌、早く忘れないと、せっかくの和歌の才が台無しになります」

そう言って、二人で笑い合う。

しかしその夜、こともあろうに道長《みちなが》様からの文《ふみ》がもたらされた。中宮《ちゅうぐう》様の身近に、源氏の物語が置かれているのを見て、からかいたくなったと言い、梅の実とともに和歌が添えられていた。

すきものと名にし立てれば見る人の
折らで過ぐるはあらじと思う

梅の実の酸っぱさに、好（す）き者（もの）を掛けて、あなたが色好みだという噂が立っているので、みんな枝を折ろうとして、言い寄って来るでしょう、と冷やかしていた。

あの契《ちぎ》りがあって以来、道長様と接したことはなく、自分の嫉妬心《しっとしん》から、冗談交《ま》じりに釘を刺したのだ。

すぐに、滅相《めっそう》もないという戯言《ざれごと》を歌にして返した。

人にまだ折られぬものを誰かこの
すきものぞとは口ならしけん

あなた以外にまだ身を許してはいないのに、好き者と言いふらしているのは、あなたではないでしょうね、と釘を刺し返した。

しかしあの日、道長様に日記を記すように命じられて以来、物語とともに日々の出来事を綴る忙《せわ》しさが加わったのは確かだった。物語は手放しても、日記だけは人に見せるわけにはいかない。ひたすら書き綴って、いつか道長様に手交《しゅこう》するまでは、秘匿《ひとく》しておかねばならない。


内裏《だいり》に戻ってから、中宮様の身重《みおも》なお体がはっきりしてきた。とはいえ、お苦しそうではなく、毎日のように、帝《みかど》のおられる北の対《たい》の清涼殿《せいりょうでん》に向かわれた。ときには敦康親王《あつやすしんのう》もご一緒だった。敦康親王も、久しぶりに中宮様に会い、まるで実の母のようにまとわりつき、中宮様もそれが嬉《うれ》しくてたまらないご様子だった。敦康親王に仕《つか》えている女房《にょうぼう》たちも、目を細めてその有様《ありさま》を眺《なが》めている。

それを見た小少将の君が、そっと耳打ちしてくれた言葉は忘れられない。日頃から気にかけていたことと同じだったからだ。

「生まれて来るのが姫君であれば、何の心配もありません。しかし男君《おとこぎみ》であれば、先が思いやられます」

男君なら、道長様は文字通り欣喜《きんき》雀躍《じゃくやく》されるだろう。その歓喜の度合が大きければ大きいほど、敦康親王の立場は微妙になる。年の差は、わずか九歳だ。将来、どちらかが東宮《とうぐう》、そして帝に進まれるとき、年の順にはならず、競合する。

生まれて来るのが姫君のとき、次に男君が生まれても年齢差は十以上になる。十二、十三歳の差なら、競い合わずに、順送りになってうまくおさまる。

道長様が望まれているのは、言うまでもなく男君で、男君なら、前の后《きさき》だった定子《さだこ》中宮の子である敦康親王よりも、我が孫を優先させるのは目に見えている。

そのとき、帝はどうされるだろうか。あくまでも年の順だと言って、敦康親王を先行させられるだろうか。ご意向としてはそうだろう。何しろ、敦康親王は定子中宮の忘れ形見なのだ。

しかし東宮にしても帝にしても、その位《くらい》に就《つ》くのには重々しい後見が欠かせない。敦康親王の祖父で摂政関白《せっしょうかんぱく》だった道隆《みちたか》様は、もう亡くなって久しい。伯父《おじ》の伊周《これちか》様と、叔父《おじ》の隆家《たかいえ》様の二人は、復権されたとはいえ、道長様のご威光に比べればその力は微弱だ。

となれば、道長様のごり押しに対して、帝とて抗《あらが》うのは容易ではない。そう考えると、あの無邪気な姿の敦康親王は、そのまま親王《みこ》で終わってしまうしかない。

そんな女房たちの推測とは裏腹に、彰子《あきこ》中宮様は、あたかも我が息子のように敦康親王を可愛《かわい》がっておられる。それは眺めていて心和《なご》む光景だった。二、三度、帝が清涼殿からこの東北の対にお越しになり、中宮様と敦康親王のお相手をされたとき、その仲睦《なかむつ》まじさは遠くから眺めていても、本当の親子のようだった。

とはいえ、中宮様と敦康親王の再会も束《つか》の間《ま》だった。出産は内裏ではできない。血で穢《けが》してしまうからだ。

一条院内裏にいたのは、わずかひと月ばかりで、再び、退出の準備に追われ、七月十六日、無事に土御門殿《つちみかどどの》に戻った。

その翌日、帝からの御見舞が届けられた。腰を抜かさんばかりに驚いたことに、その勅使《ちょくし》は弟の惟規《のぶのり》だった。帝の身辺に仕える蔵人《くろうど》だから不思議ではないとしても、勅使に任命されるとは、限りない名誉だ。とはいえ、その姿は遠くから眺めるのみで、まして言葉を交わすことはできない。できれば父君や母君の様子を尋ねたかった。中宮様のお産が無事に終われば、あるいは里下がりも叶《かな》うかもしれなかった。

勅使を迎えたあと、中宮様の弟の頼通《よりみち》様、教通《のりみち》様、その付人たちを交えて、道長様が小宴《しょうえん》を始められた。夕暮れ近くになって、道長様からお呼びがかかった。弟が来ているので顔を出してはどうかとの誘いだった。断るわけにもいかず、寝殿《しんでん》に向かう。

もちろん御簾《みす》越しでの面会ではあったものの、相応の立派な装束《しょうぞく》に身を固めているのがわかり、こちらを向いて何か言いかけたものの、聞こえない。しかしその顔の赤さから、かなり酔っている様子だ。いざりながら近寄って来る動きも緩慢《かんまん》で、泥酔《でいすい》に近いのかもしれない。

「お会いできて、嬉しゅうございます」

そう言うのも、途切れ途切れだ。

「父君、母君も元気にされていますか」

たしなめるようにして訊《き》く。

「はい。弟も妹も。そして賢子《かたこ》も、元気で家の内外を走り回っております」

ようやく正気を取り戻したように惟規が言ったとき、胸が熱くなる。久しく見ていない我が子の姿が思い浮かんだ。走り回っているのは、母を捜し求めているのかもしれないと思い、涙ぐむ。いやそうではあるまい、妹が面倒を見てくれているはずだ。走り回るのは元気な証拠だ。

涙でかすむ目で、弟が中宮様の代理の道長様からひと抱えもある絹を貰《もら》う姿を眺める。かしこまって拝《はい》したあと、今度は頼通様から豪華な綾《あや》織物を被《かず》けられて、再度頭を下げたものの、重さと酔いでよろめき、どこからともなく笑いが起こった。

やっとのことで階《きざはし》を下りて退出するまで、恥ずかしさで顔から火が出る思いをした。あとで道長様から冷やかされる言葉まで頭に浮かんだ。

「藤式部《とうしきぶ》の弟は、そなたと違って剽軽者《ひょうきんもの》だのう」

そのまま口で言われれば、軽くいなすこともできる。しかし和歌で詠《よ》みかけられると、返歌は少し面倒になる。泥酔した弟を恨《うら》みたくなった。

ご出産の準備であたふたするなかで、次の帖を書き進める。慌《あわ》ただしさとは正反対の静かな、それでいて情念が燃え盛《さか》る場面になりそうだった。

この頃、世間では内大臣が迎えた珍妙な姫君の事が噂の種になっていて、それを聞いた源氏の君も気の毒がる。「どうにもこうにも、人知れず家の中に籠《こも》っていた娘を、仰々《ぎょうぎょう》しく迎え入れ、女房にして人のさらし者にするとは情けない。内大臣は白黒をはっきりさせないとすまない性質《たち》なので、慎重に事を運ばずに派手に捜させたのでしょう。ところが気に入らない娘だったので、長女の弘徽殿女御《こきでんのにょうご》の許《もと》に女房として出仕《しゅっし》させたのです。何事も穏便《おんびん》に事を運べばいいのに、それができないのが内大臣です」と、源氏の君からも聞き、また近江の君の噂も耳にした玉鬘は、この六条院に引き取られたのをありがたく感じた。

内大臣が実の父とはいえ、長年別々に暮らした末に引き取られていれば、必ずや恥ずかしい目に遭《あ》ったに違いなく、右近《うこん》にその旨《むね》を言うと、右近もその通りですと頷いた。

源氏の大臣《おとど》に下心があるのは充分にわかるものの、決して無理強《むりじ》いはせず、愛情を深めている様子が見て取れて、玉鬘のほうでも少しずつ打ち解ける様子を見せている。

秋になって初風が涼しく吹くようになり、人恋しさが募《つの》る心を抑えられず、源氏の君はしきりに夏の町の西の対に渡り、一日をそこで過ごして、玉鬘に和琴《わごん》を教えたりしていた。

五日六日の月初めの夕月は早く沈み、少し雲がかかった空に、荻《おぎ》の葉音もようやく心に沁《し》み る頃になり、源氏の君は和琴を枕にして、玉鬘の横で添い寝をしていた。こんな間柄でありながらも、男女の仲ではないのは、世の中にまたと例はなかろうと、溜息《ためいき》をつきながら、このまま夜を過ごせば、女房たちが咎《とが》めるに違いないと思って、帰ろうとした。

庭の篝火《かがりび》が少し消えかけていたので、供をしている右近大夫《うこんのたいふ》に命じて、焚《た》きつけさせる。涼しそうな遣水《やりみず》のほとりに、枝を広く低く伸ばした檀《まゆみ》の木があり、その下に松の割り木が目立たないように置かれて、篝火は少し離れた所に点《とも》してあるため、玉鬘の部屋には涼しげな光が淡く届き、玉鬘の姿を美しく浮かび上がらせた。

その髪の手触りは冷ややかで気品豊かであり、身を硬くしている様子が、実になまめかしく、源氏の君は帰りづらくなる。供人《ともびと》に「いつもそこに控えていて、火を絶やさないように。夏が残っている月のない夜は、庭の明かりがないと薄気味悪く、心細いものです」と言って、玉鬘に向かって詠歌《えいか》する。

篝火にたちそう恋《こひ》の煙《けぶり》こそ
世には絶えせぬ炎なりけれ

篝火の煙に添って立ち昇る恋の煙は、いつまでも消える事のない私の情炎なのです、という求愛であり、「恋（こひ）」には火を詠《よ》み込んで、「いつまで続く私の恋心でしょうか。燻《くすぶ》る火ではなくて、誰にも言えない辛《つら》い恋です」と言うと、玉鬘も確かに奇妙な仲だと思いつつ返歌する。

行方《ゆくえ》なき空に消ちてよ篝火の
たよりにたぐう煙とならば

行方の知れない空に消えて下さい、篝火と共に立ち昇る恋の煙であるならば、という取り成しで「人が不審に思いますよ」と言って困った様子なので、「それではそうしましょう」と、潔《いさぎよ》く源氏の君が立ち去りかけると、東の対から美しい笛の音《ね》が箏《そう》の琴《こと》に合わせて響いて来た。

どうやら夕霧《ゆうぎり》中将がいつものように、親しい連中と合奏をしているようで、「あの笛は、内大臣の長男の頭中将《とうのちゆうじよう》らしい。実に素晴らしい音色《ねいろ》だ」と、源氏の君はしばし足を止めて聴き入る。

人をやって「西の対には、火影《ほかげ》の涼しい篝火があって、つい長居しています」と誘うと、三人が連れ立ってやって来た。「笛の音が、風の音で秋になったのが忍ばれると言っているようです」と源氏の君が言ったのも、『古今《こきん》和歌集』の、秋来《こ》ぬと目にはさやかに見えねども　風の音にぞおどろかれぬる、を踏まえていて、「もうこうなると、耐えられません」と言い、和琴を引き出して、そっと弾きはじめる。

夕霧は盤渉調《ばんしきちょう》で見事に吹き、頭中将の柏木《かしわぎ》は気をつかう余り謡《うた》い出しにくそうにしている。「早く謡いなさい」と、源氏の君に促されて、頭中将の弟の弁の少将が拍子《ひょうし》を打って静かに謡うと、その美声は鈴虫を思わせる程で、二度ばかり謡わせて、源氏の君が和琴を柏木に譲った。確かにその演奏は父の内大臣に匹敵《ひってき》する程で、華麗で趣《おもむき》に富んでいる。

「御簾《みす》の内には、音楽のわかる人がいるようですから、今宵《こよい》は盃《さかずき》は控えて下さい。年を取った私のような人間は、酔って泣いて、余計な事をしゃべらないとも限りません」と、源氏の君が言ったので、玉鬘は柏木の和琴にしみじみと聴き入る。

全く姉と弟という前世からの血縁は、切っても切れないものであり、御簾の中から二人の弟の姿を目に焼きつけ、その声と音も耳に留めていると、柏木は、まさか姉だとは知らず、この好機に思慕《しぼ》の念を募《つの》らせて、思いのすべてを傾けて弾きたいものの、表向きは平静を装い、弾き乱れる事はなかった。

第三十五章　安産祈願《きがん》

「篝火《かがりび》」の帖《じょう》は、もう少し長く、笛や和琴《わごん》の響き合う光景を描きたかった。玉鬘《たまかずら》が初めて弟二人の姿を目にし、柏木《かしわぎ》中将《ちゅうじょう》の和琴から父内大臣《ないだいじん》の匠《たくみ》の技を想像できたからだ。それが思いがけず、寸描《すんびょう》になってしまったのは、中宮《ちゅうぐう》様の出産準備がたけなわになったからだ。

それでも、早々に書写し終えた小少将《こしょうしょう》の君《きみ》から、「篝火の場面が美しく、いくつもの和歌を思い浮かべました」と言われたのは嬉《うれ》しかった。

「まずは『古今《こきん》和歌集』の、篝火にあらぬ我が身のなぞもかく　涙の河にうきてもゆらん、です。それから」

小少将の君が言う前に、篝火の影となる身のわびしさは　流れて下に燃ゆるなりけり、と口にする。

「そうです、そうです」

と小少将の君は笑って言い継ぐ。「『後撰和歌集』にあるのは、篝火にあらぬおもいのいかなれば涙の河にうきてもゆらん、です。もう一首——」

と言われる前に「大井河うかべる舟の篝火に　おぐらの山も名のみなりけり」と応じた。「そうです、そうです。さらにこれもあります。篝火の所さだめず見えつるは　流れつつのみたけばなりけり」

さすがに、その歌は知らず、小少将の君の造詣《ぞうけい》の深さに脱帽する。

この時期、一方で頭の中を占め続けていたのは、道長《みちなが》様から下命《かめい》された日記だった。出産に向けての日々の様子を、できるだけ事細かく書かねばならなかった。

中宮様が退下《たいげ》されたこの土御門殿《つちみかどどの》は、まさに秋の気配が漂い、言いようのない風情《ふぜい》があった。池の周辺に植えられた樹々や、遣水《やりみず》のほとりの草叢《くさむら》は、それぞれに色づきはじめ、夕映《ゆうば》えの空も美しく、そこに途切れのない安産祈願《きがん》の読経《どきょう》の声が響いて趣《おもむき》を添えている。風の気配と、絶えない遣水のせせらぎ、そこに読経の声が加わっている様子は何とも形容しがたい。

中宮様の御前《おまえ》に仕《つか》える女房《にょうぼう》たちも、無聊《ぶりょう》を慰めようとしていろいろお話し申し上げる。出産間近のお体は辛《つら》いはずなのに、中宮様は周囲に気を遣わせまいとして、平静を装っておられる。その気高《けだか》いお姿を見ていると、出仕《しゅっし》して沈むことの多かった心も、どこか忘れられる気がする。

夜が深くなって、月の光も曇りがちになった頃、「格子《こうし》を上げましょう」「掃司《そうし》の女官《にょかん》はまだ来ておりません」「女蔵人《にょくろうど》は集まるように」と、言い合う声がする。

ちょうど、明け方の後夜《ごや》の鉦《かね》が鳴り響いて、五壇《ごだん》の御修法《みしほ》の時刻になる。導師につき従う伴僧《ばんそう》の声が、遠く近くから響いて来て、仰々《ぎょうぎょう》しくも尊《とうと》い感じがする。

観音院《かんのんいん》の僧正《そうじょう》が、東の対から二十人の伴僧を率いて加持《かじ》をしに来る足音が、渡殿《わたどの》の橋をどかどかと踏み鳴らして、日頃の静けさを打ち破る。

法性寺《ほっしょうじ》の座主《ざす》は馬場《うまば》に面した御殿《おとど》にいて、浄土寺《じょうどじ》の僧都《そうず》は伴僧ともども浄衣《じょうえ》姿で、由緒《ゆいしょ》ありげな唐橋《からはし》を渡り、樹々の間を分けて戻って来る。その様子が遥かから見ても優雅そのものだ。斎祇《さいぎ》の阿闍梨《あじゃり》も、五壇の西壇の大威徳明王《だいいとくみょうおう》の前で、腰をかがめていた。

ほのかに霧の出ている朝、渡殿の東の戸口にある局《つぼね》で眺《なが》めていると、露もまだ落ちやらないうちに、道長様が姿を見せられた。随身《ずいじん》を呼んで、遣水に散っている葉を掃《はら》わせる。寝殿《しんでん》と東の対を結ぶ橋廊《はしろう》の南に、真っ盛りに咲いている女郎花《おみなえし》を家臣に一枝《いっし》折らせる。

それを手にして几帳《きちょう》の上から、道長様がお顔を覗《のぞ》かせた。そのお姿を、化粧もしていない自分の顔と比べて、気恥ずかしくてならない。

「これを詠《よ》み込んで歌を。すぐに」

と道長様がおっしゃったので、これ幸いと背中を向けて硯《すずり》に寄って、歌を書きつける。

おみなえしさかりの色を見るからに
　露のわきける身こそ知らるれ

女郎花の盛りの色を見るにつけ、露から見放されたわが身が思いしらされる、という慚愧《ざんき》の念であり、『後撰和歌集』にある、女郎花匂うさかりを見るときぞ　わが老いらくは悔しかりける、を下敷にした。

和歌を道長様に差し出し、「返歌をすぐに賜《たまわ》りたく」と微笑《ほほえ》みつつ言って筆を手渡した。道長様は筆を執《と》り、捧《ささ》げ持った硯に当てると、同じ紙にさらさらと書きつけた。

どうだ、と言わんばかりに筆と紙を返し、笑みかけてから、さっと退出された。手許《てもと》の紙には、堂々とした筆遣いで歌が詠まれていた。

白露はわきてもおかじおみなえし
こころからにや色の染《し》むらん

白くて清い露はまだかかっていますよ、女郎花は心の持ち方で、美しい色になるものです、という激励で、この機転の速さと配慮は、いかにも道長様らしかった。

その翌日の静かな夕暮れ時、宰相《さいしょう》の君がやって来て、二人で他愛ない話をしていると、今度は道長様の長男三位《さんみ》の君の頼通《よりみち》様が、簾《すだれ》を引き開けた。十七歳にしては大人びて、奥床《おくゆか》しい方なのに、一緒に話をしたそうな気配だった。

「女の心というものは、なかなか理解し難いものです」

と言う口振りからは、男女の仲に思い悩んでいるご様子が見て取れる。これまでは人の噂《うわさ》からも、まだ幼い人だと思っていたのが、反省させられるほどのご立派な態度だ。

宰相の君ともども答えようがなく、どぎまぎしていると、「おおかる野べに」と朗詠《ろうえい》しながら退出された。紛れもなく『古今和歌集』にある、**女郎花多かる野べに宿りせば　あやなくあだの名をや立ちなん**、の第二句だった。

宰相の君と顔を見合わせて、その下句の意味、「こんな所に長居していると、浮名《うきな》が立ってしまう」を言いたかったのだと、頷《うなず》き合う。おそらく道長様から女郎花の歌問答を聞いて、わざわざこの局まで赴《おもむ》かれたのだろう。

このやりとりを、隣の局にいる小少将の君が聞いていたとみえ、入れ違いにそっと顔を出した。三人でひとしきり、道長様親子の談義になった。もちろん、ひそひそ話だ。

「道長様は、男君《おとこぎみ》にも女君《おんなぎみ》にも恵まれ、このまま世が安泰《あんたい》ならば、次の世はさっきの頼通様が継がれるでしょう」

宰相の君が言ったので、小少将の君が言い足す。

「その弟が教通《のりみち》様で、頼通様とは違って、やんちゃな面があると聞いています。この二人で、次の世を保って行かれるはずです」

「道長様のもうひとりの后《きさき》である明子《あきこ》様にも、四人の男君がおられるので、頼通様と教通様の補佐役としては、万全この上ないです」

宰相の君の言う通りで、明子様との間にできた男君には、頼宗《よりむね》様、顕信《あきのぶ》様、能信《よしのぶ》様、長家《ながいえ》様たちがいる。こうした六人の男君たちが仲違《なかたが》いをせずに、道長様が整えた道を共に歩いて行けば、安寧《あんねい》な世の中が、あと二、三十年は続くはずだった。

「道長様に限りない宿運《しゆくうん》を感じてしまうのは、男君のみならず、女君にも恵まれている点です。北の方である倫子《ともこ》様に生まれたのが、中宮の彰子《あきこ》様で、その下に、妍子《きよこ》様、威子《たけこ》様、嬉子《よしこ》様がおられる。この三姫君が、道長様の次の布石《ふせき》になります。二、三代先の帝《みかど》のことまで、道長様は考えておられるはずです」

宰相の君が、この先の帝のことまでも口にしたので、はらはらする。今上帝《きんじょうてい》が元気にしておられるので、これは禁句だった。

「今の東宮《とうぐう》は、三代前の冷泉帝《れいぜい》と超子《とおこ》様の間にできた居貞親王《おきさだしんのう》です。その方にはもう、妍子様を入内《じゅだい》させる準備が整っているようです」

小少将の君が確信ありげに言う。多分に、召人《めしうど》として、道長様の口から直々《じきじき》に聞いたのに違いない。

「やはり、もう手は打たれているのですね」

宰相の君と二人で相槌《あいづち》を打った。

こうした下世話なやりとりをしながらも、文机を前にして筆を執ると、すっと源氏の君の物語の中にはいって行けた。もはやこれは習い性だった。


秋好《あきこのむ》中宮の住む秋の町の庭には、様々な秋の花が植えられていて、今年は例年より見所が多く、種類も多彩で、仕切りの籬《ませ》も皮つきの黒木《くろぎ》や皮をむいた赤木《あかぎ》を取り混ぜて、同じ花でも、枝ぶりや朝夕の露の光も、この世のものとは思えず、玉と見紛《みまが》う程に輝いている。

広々とした野辺《のべ》の色を眺めると、紫の上の住む春の町の山などつい忘れてしまう程、趣が深く、心も浮き浮きしてくる。例の春と秋の争いでは、古歌《ふるうた》の、**春はただ花のひとえに咲くばかり　もののあわれは秋ぞ優《まさ》れる**、にある通り、昔から秋に心を寄せる向きが多い中、春の町の名高い庭に心を寄せていた女房たちも、今は打って変わり、秋好みになっていて、まさしく世情が時勢におもねってしまうのと同じだった。

秋好中宮は、この庭が気に入り、里下りしているので、管絃《かんげん》の催《もよお》しもしたいところではあるものの、八月は父君の前東宮が亡くなった月なので、諦《あきら》めるしかなく、花の盛りが過ぎていくのを惜《お》しみつつ、日々を過ごしていると、庭の花がいよいよ美しさを増す頃に野分《のわき》が激しく吹き出す。ついには空の色もかき曇り、暴風になったので、風に当たった花は萎《しお》れ、秋の草花をさして好まない人でさえ、これは大変だと慌《あわ》て出した。

ましてや草叢《くさむら》の露の玉が風に吹き飛ばされるのを眺めて、中宮の心は動転し、『後撰和歌集』にある、**大空に覆《おお》うばかりの袖もがな　春咲く花を風に任せじ**、のように、この秋の空を覆う袖こそ欲しく思う。暮れて行くままに、物が見えない程に吹き荒れ、不気味《ぶきみ》さは限りなく、御格子を女房たちが下ろしても、それはそれで中宮は、花の様子が気になって仕方がない。

紫の上が住む東南の町でも、庭の前栽《せんざい》の手入れをさせている頃に、風が吹き出して、『古今和歌集』にある、**宮城野《みやぎの》のもとあらの小萩《こはぎ》露を重み　風を待つごと君をこそ待て**、とは異なり、根元がまばらな小萩は、風を待つどころか、吹き飛ばされそうな風の勢いで、枝は折れ、露は吹きやられる様子を、紫の上が縁側近くで不安げに眺めていた。

ちょうどその時、源氏の君は明石《あかし》の姫君の許《もと》にいて、夕霧中将も参上して、中央の寝殿と東の対を繋《つな》ぐ渡殿の、小障子の上から何げなく見ていると、妻戸《つまど》が開いている隙間《すきま》から、多くの女房たちの姿が目にはいったので、立ち止まって、音を立てずに観察していた。

風が吹くため、屏風《びょうぶ》は折り畳んで脇に寄せてあって、廂《ひさし》の間《ま》が丸見えであり、そこに坐っている女君は、他の人とは様変わりして気品があり、美しく、あたかも辺りを照らし出している感がある。ちょうど、春の曙《あけぼの》の霞の間に、趣のある樺桜《かばざくら》が咲き乱れているようで、じっと見つめている自分の顔にも、その美しさが振りかかってくる気がして、申し訳ない気がする程、実に二人といない美しさだった。

御簾《みす》が風で吹き上げられるのを、女房たちが必死で押さえているのを見て、笑ったその顔も佳麗《かれい》そのものである。風に乱れる庭の花たちが可哀想《かわいそう》で、見捨てておけず、奥にはいるのをためらっている様子であった。

仕えている女房たちの姿も清らかではあるものの、その女君の美しさは別格なので、なるほど、父の源氏の大臣《おとど》が自分をここに近づけないようにしていたのはそのためなのかと、夕霧は合点《がてん》する。見る人が心惑わされるような美貌《びぼう》なので、例の思慮深さから、息子に妙な心が起こるのを懸念《けねん》していたのに違いないと考えると、いけない事をしている自分が空恐《そらおそ》ろしくなって、その場を立ち去ろうとした。

ちょうどその時、西側の明石の姫君の所から、源氏の君が母屋《もや》の襖《ふすま》を引き開けて姿を見せて、「これはひどい突風です。格子を下ろしなさい。男たちがいるのに、丸見えになるといけません」と言う。紫の上と言葉を交わし、微笑んでいるのを遠くから見た夕霧は、自分の父親とはいえ、源氏の君が若々しく今が男盛りの美しさだと感じ入ると同時に、紫の上も今が女盛りであり、二人並んでいるところは、実に曇りひとつない似合いの夫婦の姿だと思った。

自分が立っている渡殿の格子も風に吹き飛ばされ、丸見えになったので、夕霧はおののきながらその場を離れて、今来たようなふりをして咳払《せきばら》いをし、簀子縁《すのこえん》伝いに歩み寄った。

「心配した通りです。丸見えだったかもしれぬ」と源氏の君は思い、やはりあの正面の妻戸が開いていたかもしれないと、懸念を持つ。一方の夕霧は、長年こんな二人の様子を見る機会がなかっただけに、『文選《もんぜん》』の「風賦」の「風は石を蹶《うごか》し木を伐ち林莽《りんもう》を捎殺《うちから》す」を思い起こし、大きな岩も吹き上げてしまうような風の強さであり、用心深い源氏の君と紫の上の心を、風が騒がしたお蔭で、得難い光景を見たものだと、感無量だった。

源氏の君の家司《けいし》たちも駆けつけて、「風の勢いがものすごくなりました。東北の方向から吹くので、この東南の春の町は静かなのです。東北の夏の町の馬場殿《うまばどの》や、この町の南の釣殿が危のうございます」と言上《ごんじょう》しつつ、あれこれと風への備えに立ち働いている。

姿を見せた夕霧に、「中将はどこから来ましたか」と源氏の君が問うので、「三条院にいたところ、風が吹き荒れそうだと人が言うので、六条院が心配になって参上しました。三条院の大宮《おおみや》は、心細いご様子で、子供のようになって風の音さえ恐がられています。それが心配ですので、これから向こうに参ります」と、夕霧が答える。

「それはそうです。早く帰って見舞ったほうがいいです。年を取ると子供返りするとは考えにくいのですが、大方《おおかた》みんなそうなるようです」と源氏の君は言い、「このような大嵐なので、夕霧中将にお世話を任せる事にしました」と伝言させた。

生来生真面目《きまじめ》な夕霧なので、日頃から三条院にいる祖母と、六条院の父を毎日のように訪れていて、内裏《だいり》の物忌《ものい》みで一定期間、外に出ずに身を清めて慎《つつし》む日以外は、多忙な公事《おおやけごと》や節会《せちえ》の暇《いとま》を見て、まずこの六条院に参上し、その後、三条院から出仕していた。こんな道中激しく風の吹き荒れる日でもものともせずに、あちこちに向かう姿はけなげでもあった。

三条院の大宮は、夕霧の来訪が嬉しく、頼もしいので、「こんなに年を取っていますが、これほどの激しい野分は初めてです」とひたすら震《ふる》えて言う。庭の大樹の枝が折れる音が不気味で、見ると、檜皮葺《ひわだぶき》の棟瓦《むねがわら》まで残らず吹き飛ばされていて、「よくぞ来て下さいました」と、大宮はやっとの思いで挨拶《あいさつ》した。

かつて太政大臣《だいじょうだいじん》の妻として、大きかった権威も、今ではひっそりと鎮《しず》まり、この夕霧がひたすら頼りなのも、栄枯盛衰《えいこせいすい》の世である。世間の声望が薄くないとはいえ、長男である内大臣は、この大宮とは疎遠《そえん》になっていた。

一晩中吹き荒れる風の音を耳にしながら、夕霧は物思いに耽《ふけ》りつつ、心にかけて恋しと思う雲居雁《くもいのかり》の事はさておき、先刻垣間見《かいまみ》た紫の上の面影《おもかげ》が脳裡《のうり》から去らない。これは一体どうした事だろう、とんでもない思いに取りつかれでもしたら、それこそ一大事になる、これではいけないと、別の事を考えようとしても、また頭に浮かんできて、今までも、そしてこれから先も、あれ程に美しい人はもはや見られないだろうと思った。

それにしても不思議なのは、六条院の夏の町にいる女君の花散里《はなちるさと》である。源氏の君は紫の上との夫婦仲が良いのに、比較にもならないあの人を、妻のひとりとして大切に扱っているのは、とても真似《まね》ができないと、夕霧は思い至る一方で、元来生真面目な人柄なだけに、紫の上を恋《こ》い慕うなど思いもよらない。あのような人を、どうせなら妻として日々見て暮らしたい、そうすれば限りある命も、少しは延びるに違いないと思い続けている。

暁方《あかつき》になると風はいくらか弱くなり、にわかに強い雨が降り出し、「六条院では、離れた家屋がいくつも倒れております」と、六条院の家司たちが報告して来た。

風が吹きすさぶ中、あの広大で見上げるような建物揃いの六条院では、源氏の大臣がいる春の町辺りは人が多いので心配はないものの、夏の町は人が少なく、花散里も心細いに違いなく、心配になった夕霧は、まだほの暗い中を、六条院に向かう。

道中、横なぐりの雨が冷たく牛車《ぎっしゃ》に吹き入ってきて、空模様も恐ろしげであり、妙に自分の魂が抜けていくようで、雲居雁の悩みの他にもうひとつ悩みが増えた心地がした。

昨夜の出来事が思い浮かぶにつれ、いや分不相応で正気の沙汰《さた》ではないと、打ち消しつつ、まず東北にある花散里の許に参上すると、すっかり怯《おび》えて疲れ果てた様子だったので、まずは「心配ありません」と慰める。家来を呼び、崩れた所を修理するように命じたあと、東南の春の町に行くと、まだ格子が下ろされたままであった。

源氏の大臣と紫の上がいる御座所《おましどころ》前の高欄《こうらん》に寄りかかって、周囲を見渡すと、築山《つきやま》の樹木がなぎ倒され、多くの枝が折れて落ちており、草叢《くさむら》はもちろん、檜皮、瓦、あちこちの立蔀《たてじとみ》、透垣《すいがい》などが散乱していた。

日がわずかに差し込み、悲しみに沈んだような庭の露がきらきらと光り、空は一面に霧がかかり、不意に落ちてきた涙を袖で拭《ぬぐ》って、咳払いをして来訪を告げると、「夕霧中将が来たようです。夜はまだ深いのに」と言う源氏の大臣の声が聞こえる。

起き出したようで、そのあと紫の上とどんな会話がなされたのか、源氏の大臣の笑い声がして、「昔でさえ、こんな早くの暁の別れはしなかったのに、今になってあなたをそんな目に遭《あ》わせるとは、心苦しい」と言って、しばらく二人で語らっている有様《ありさま》は仲睦《なかむつ》まじそうであった。紫の上の返事は聞こえないにしても、冗談を言い交わす感じからすると、揺るぎのない夫婦仲だと、夕霧は感激しながら立ち聞きする。

その時、源氏の大臣が自分の手で格子を上げたので、夕霧は余りに近過ぎると思い、少し下がって控える。

「どうでしたか。昨夜、大宮は喜ばれたでしょう」と、源氏の君から問われたので、「はい。ちょっとした事でも、涙もろくなられていて、お気の毒です」と、夕霧が答える。

源氏の大臣は笑いながら、「どうせそんなに長生きはされまい。心をこめて世話してあげて下さい。内大臣は配慮をしていないようで、大宮はそれを悲しんでおられます。内大臣は妙に派手好みの人柄で、男らしい性格なので、親孝行といっても上べだけの格式を重んじて、世間を驚かす事はしても、しみじみと情深い心はないように見受けられます。反面、思慮深く、賢くて、この末世《まっせ》には勿体《もったい》ないくらい、学才もあって立派な人です。

まあしかし、人として欠点がないというのは、この世にありえません」と夕霧を諭《さと》す。「随分《ずいぶん》とひどかった昨夜の風、秋好中宮の邸《やしき》には、頼りになる宮司《みやづかさ》は侍《はべ》っていたでしょうか」と言い、夕霧を使いとして、見舞の挨拶を送った。

夕霧が庭に下りて、春の町と秋の町を繋ぐ廊《ろう》の戸口を通って、秋の町に参上すると、朝日が当たったその顔は実に美しい。東の対の南の隅に立って、寝殿の御座所の方を見やると、格子は二間《ふたま》ばかり上げられ、ほのかな朝ぼらけの中で、御簾を巻き上げた奥に女房たちが坐っている。若い女房たちは、簀子縁の高欄に寄りかかっていて、誰も見てはいないと油断している様子で、まだ暗さが残る朝、様々な色の衣装《いしょう》を着た姿がどれも美しかった。

女童《めのわらわ》たちは庭に出て、虫籠《むしかご》の中の虫に露を与え、紫苑《しおん》や撫子《なでしこ》の襲《かさね》や、紫の濃い薄い袙《あこめ》に、女郎花《おみなえし》の汗衫《かざみ》など、秋にふさわしい衣を身につけている。四、五人が連れ立ち、方々の草叢に寄り、色とりどりの虫籠を多く手にして、あちこち歩き回りながら、痛めつけられた撫子の花を摘《つ》み取っている姿が、霧の間に見え隠れするのは、いかにも優艶《ゆうえん》な光景であった。

その上、寝殿から漂ってくる香《こう》のせいで、匂わない紫苑の花が匂っているような空も、香と、中宮が袖を触れた移り香が《が》混じり合っているのだろうかと考えるだけで、身は引き締まり、先に進みにくくなる。夕霧は低く小声で咳払いをして、歩み出ると、女房たちはさして驚いた風ではなく、滑《すべ》るようにに室内にはいってしまった。

秋好中宮が入内《じゅだい》した時、夕霧はまだ幼く、常に近くに上がって馴《な》れ親しんでいたので、女房たちもさしてよそよそしくはない。源氏の大臣《おとど》からの伝言を、女房を通じて中宮に言上させる。御簾の中には、顔見知りの宰相の君や内侍などがいるようなので、私事についても小声で話しかけていると、この秋の町の気品のある暮らしぶりが伝わってくる。

雲居雁や紫の上などをつい思わずにはおられないまま、春の町に戻ると、源氏の大臣が格子をすべて上げさせ、昨夜以来心配していた花々が無残な姿で萎《しお》れ伏しているのを眺めていた。

夕霧は階段に腰かけて、中宮からの返事を復命する。「暴風を防いでいただけるかと心配しておりましたが、こうして御見舞いいただき、ほっとしております」と言うと、源氏の大臣は頷いて、「本当に中宮はか弱いお方です。女だけでは空恐ろしく感じられた夜だったでしょう。そこに思い至らず、気の毒でした」と言って参上の用意をする。

源氏の大臣が直衣《のうし》などを着るため、御簾を引き上げて中にはいった際、短い几帳《きちょう》を引き寄せた袖口がかすかに見えたので、あれはきっと紫の上の袖口だと思うと、夕霧は胸に動悸《どうき》を覚えたものの、凝視《ぎょうし》するのはためらわれ、視線をはずす。

源氏の大臣は鏡を見て、小声で紫の上に、「夕霧中将の朝の姿は、清らかで美しい。今はまだ幼さが残っているとはいえ、立派に見えるのは親の欲目でしょうか」と言う。鏡に映る自分の顔を見て、まだ若いと少し気を張って続け、「中宮に会うのは気が引けます。これといって高貴ぶるところなどないのに、奥床しい面があって、何かと心遣いをしなければなりません。おっとりとして女らしいのに、それだけにとどまらない何かを持っておられる」と、言い置いて退出する。

夕霧が放心した様子で坐っているのを見て、何かを察した源氏の大臣は、すぐに引き返して紫の上に、「昨日、大風騒ぎの最中に、夕霧中将があなたを垣間見たのではないでしょうか。あの妻戸が開いていたでしょう」と問うと、紫の上は顔を赤らめながら、「そんな事はございません。渡殿の方では人のいる物音はしませんでした」と首を振る。源氏の大臣は、「いや怪しい」と独り言を言いながら秋の町に渡り、中宮の部屋にはいった。

夕霧は女房たちの局がある渡殿に寄り、何かと冗談めいた事を言ったものの、雲居雁や紫の上の事が頭に去来《きょらい》し、物憂《ものう》さが増すばかりであった。

中宮のいる秋の町から、そのまま冬の町に抜け、明石の君の邸を見ると、頼りになる家司のような者の姿はなく、物馴れた下仕えの女たちが草の中でうろついている。女童たちは、きれいな衵姿でくつろぎながらも、明石の君が精魂こめて植えた龍胆《りんどう》や、朝顔が絡み合っている籬《ませ》が散り乱れているのを、探っては引き出していた。

明石の君は、何となく沈んだ心地のなか、箏《そう》の琴を出して、端近くで弾き慰めていた。ちょうどその時、源氏の大臣の先払いの声がしたので、急いで、くつろいだ衣装《いしょう》の上に小袿《こうちき》を羽織《はお》って、見事に身づくろいをする。源氏の大臣は端の方にちょっとだけ坐り、暴風の見舞のみをし、つれなく立ち帰ったため、明石の君としては不満が残り、つい独り言のように歌を詠む。

大方に荻《おぎ》の葉過ぐる風の音も
　憂き身一つにしむ心地して

　さっと荻の葉を通り過ぎた秋風の音は、心憂き我が身に一層身に沁《し》む、という寂寥《せきりよう》で、自分を「荻の葉」、源氏の大臣を「風」に喩《たと》え、下敷は『後撰和歌集』にある、**いとどしくもの思う宿の荻の葉に　秋と告げつる風のわびしき**、だった。

　夏の町の西の対では、玉鬘が恐怖の一夜を明かして寝過ごし、ちょうど今、鏡を見ているところであった。源氏の大臣が、「大仰《おおぎよう》な先払いはしないように」と注意していたので、さして音も立てずに中に入ると、屛風はみんな畳まれて、物などが散らばっている所に、朝の光が射し込んでいた。そこに玉鬘が清麗《せいれい》な姿で坐っていたので、源氏の大臣は近くに坐り、暴風見舞にかこつけて、例によって好色めいた冗談話をもちかける。

　それが嫌な玉鬘は、「こんな自分の身が情けなく、昨夜の風と一緒にどこかに行ってしまいたくなりました」と機嫌が悪そうに言うと、源氏の大臣も大笑いして、「風と共に去りたいとは、軽率極まります。それとも、どこかに留《とど》まる所があるのですか。それで、益々私を厭《いと》うとすれば、まあ道理ではありますす」と言う。

　玉鬘もつい思いのままに口を滑《すべ》らしたと気づいて、微笑《びしよう》すると、実に美しい頰の色である。あたかも酸漿《ほおずき》のようにふっくらとし、髪のかかった隙間も艶《あで》やかに見え、目元がやや快活なのが、高貴ではないものの、それ以外は全く欠点がない。

　源氏の大臣が親しそうに玉鬘と話しているので、何とかして玉鬘の顔を見たいと思っていた夕霧は、隅の間の御簾が几帳はついているものの乱れていたため、そっと引き上げると、視野を遮《さえぎ》る物は片付けてあり、丸見えであった。

源氏の大臣がこんなに気楽に好色な話をしているのが奇妙ではあり、親子とはいえ、こんなに親密に馴れ馴れしい間柄かと、不思議さが増す。源氏の君から見つかると恐ろしいものの、好奇心にかられ、さらに凝視すると、玉鬘が柱の陰にいたのを、源氏の大臣が引き寄せ、髪が横にたなびいてははらとこぼれかかるのを、玉鬘は嫌がっている風ではありながら、抗《あらが》う様子はなく、そのまま体を預けた。

二人の関係はすっかり馴れ親しんでいるようなので、これは一体どうした事だろう、父君は女には抜け目のない性分であるし、幼い頃から手許に置いて育てなかったために、かくも色好みの心を持ったのだろうか、無理もないとはいえ、困った事だと、夕霧は感じながら、父に対してそう感じる自分の心も恥ずかしかった。

玉鬘の美しさは、もう格別で、姉弟とはいえ、幾分血筋の薄い腹違いの姉だと思うと、間違いを犯しかねない程であり、昨夜見た紫の上には多少劣っているかもしれないものの、愛敬《あいきょう》のある点で魅力があり、肩を並べてもよいくらいである。八重山吹《やえやまぶき》の咲き誇る盛りに、露がかかり、夕日に照り映えている美しさを、ふと思いうかべずにはいられない。

秋の季節にははずれるが、紫の上が樺桜なら、玉鬘は山吹である。花の美しさは限りがあり、しかも中には見苦しい雄《お》しべ雌《め》しべが交じっているので、人の顔の美しさは、花以上のものがあった。

近くに女房たちの姿はなく、源氏の大臣は親しげに小声で話していたが、不意に真剣な顔で立ち上がったので、玉鬘が歌を詠んだ。

吹き乱る風の気色《けしき》に女郎花
　しおれしぬべき心地こそすれ

激しく吹き乱れる風の力に、女郎花は萎れてしまいそうな心地です、という懸念で、「風」は源氏の君、「女郎花」は玉鬘自身を指していた。

夕霧の耳にはよく聞こえないが、源氏の大臣が玉鬘の歌を口ずさむ。憎らしくもあり、最後まで見届けたかったものの、近くにいたのを悟られてはいけないと、夕霧はそっと立ち去ったため、確かめる事はできなかった。源氏の大臣の返歌は次の通りだった。

下露になびかましかば女郎花
　荒き風にはしおれざらまし

木の下の露に靡《なび》いていたなら、女郎花は強い風にも萎れません、という説得で、「露」が源氏の君、「女郎花」はやはり玉鬘であり、「風に靡いても折れない、なよ竹を見て下さい」と、言い添えて退出し、西の対から花散里のいる所に渡った。

今朝《けさ》は急に寒くなったので、体裁などかまっておられないのか、花散里の前では、たくさんの年を取った女房たちが裁縫《さいほう》をしていて、細櫃《ほそびつ》に真綿を広げている若い女房もおり、実に美しい朽葉《くちば》色の薄物や、今様《いまよう》の薄紅《うすくれない》色に染め、砧《きぬた》で打って艶《つや》を出した布が、あちこちに散らかっていた。

源氏の君は「これは夕霧中将の下襲《したがさね》ですか。宮中の壺前栽《つぼせんざい》の宴《うたげ》も中止になったでしょう。こんなに吹き散らかったあとでは、何もできません。まさしく興醒《きょうざ》めの秋になりました」と言い、色とりどりの布が実にきれいなので、なるほどこうした裁縫や染色の面では、紫の上にも劣らないと感心する。直衣は花模様を織り出した綾《あや》で、最近摘んだ露草《つゆくさ》から染め出したもので、好みにぴったりであり、「夕霧中将には、これを着せるといいでしょう。若い人の直衣には最適です」と言い置いて、紫の上のいる春の町に戻った。

こちらが緊張するような女君を訪問する源氏の大臣について回った夕霧は、疲れてしまい、野分見舞の文《ふみ》を雲居雁に書くにも、日が高くなったのを悔《く》やみつつ、明石の姫君の許に参上すると、「まだ寝殿の西の方におられます。風に怯《おび》えて、今朝はまだ起きてはおられません」と、乳母《めのと》が言う。

「ものすごい風なので、夜はお側に控えていようと思っていたのですが、三条院の大宮が心配だったので、そこにいました。雛《ひいな》の御殿《おとの》は大丈夫でしたか」と夕霧が訊くと、女房たちが笑いながら「扇の風を送るだけでも大変だと姫君は思っておられるのに、昨夜の嵐はここを壊してしまいそうでした。雛の御殿の扱いに困っています」と言上する。

「普通の紙でよいので下さい。あれば硯もお願いします」と言う夕霧の頼みに、女房は姫君の置き戸棚に寄って、紙一巻を硯の蓋《ふた》に取り下ろしたので、「いや、これは后がねの姫君のものと思うと、畏《おそ》れ多い」と言ったものの、西北の町に住む明石の君の身分を考えれば、そう気を遣う事もないと考え直して、文を書く。

紫色の薄手の鳥の子紙であり、心をこめて墨をすり、筆の先に気を配り、時々筆を止め、考えつつ慎重に書く様子は、見ていて心地いいとはいえ、歌は型にはまっていて、さして面白くはなかった。

風騒ぎむら雲まがう夕べにも
忘るる間なく忘られぬ君

大風で雲が群がり動いた夕べでも、忘れる時なく、忘れられないあなたです、という恋心で、何の工夫もない、その手紙を、風に乱れ飛んだ刈萱《かるかや》に結んだので、女房たちが異を唱えて、「古物語の交野《かたの》の少将は、紙の色と同じ花に結びつけました」と言上する。

夕霧は、「そうですか。そんな色の事も知りませんでした。どの辺りの野辺に咲いている花がいいでしょうか」と言って馴染《なじ》みの女房たちとも、言葉少なにやりとりする。気安くしないところが生真面目であり、それがまた気高くもあり、もう一通文をしたため、家来の馬の助《すけ》に手渡した。馬の助はその二通を、小ぎれいな童《わらわ》と随身にそれぞれことづけ、何やら小声で命じたので若い女房たちは、いったいどこに文が届けられるのか、胸をときめかせて知りたがった。

明石の姫君が紫の上の所からこちらに帰って来るらしく、女房たちがそそくさと几帳を引き直したので、夕霧は、先刻見た紫の上と玉鬘の二人の美しさと、つい比べたくなる。

普段は垣間見など興味がないのに、妻戸の御簾に半身を入れ、几帳の間から覗くと、明石の姫君が何かの陰からちょうど姿を見せたが、女房たちが行ったり来たりするので細部はしかと見えない。もどかしくはあったものの、姫君が薄紫色の衣を着て、まだ背丈まで伸びていない髪の末端が、広げたようにふさふさしていて、ごく細くて小さな体は痛々しくも可憐《かれん》そのものであった。

一昨年《おととし》、偶然に姿を見た時に比べると、また一段と美しく成長していて、年頃になればどんなに美しくなるだろうと、夕霧は思いながら、先程見た紫の上を樺桜、玉鬘を山吹に喩《たと》えるなら、明石の姫君は藤の花というべきで、小高い木から咲き垂れて、風に靡く美しさはまさに姫君にぴったりであった。こうした美しい人たちを明け暮れ見ていたいものだと夕霧は思うものの、それはできない間柄であり、父の源氏の大臣が三人に自分を近づけないようにしているのがしゃくにさわり、生真面目な夕霧の心は何となく落ち着かない。

三条院の大宮の許に参上すると、静かに仏前の勤行《ごんぎょう》をしているところで、小ぎれいな若い女房たちがここにも仕えているが、物腰や雰囲気、装束《しょうぞく》など、今を盛りの六条院とは比較にならない。それでも、顔の整った女房たちが大宮と一緒に尼になり、墨染《すみぞめ》の衣を着ている質素な姿は、こうした静かな邸では、それなりに味わい深く感じられた。

内大臣も参上して来たので、部屋に明かりを点《とも》し、母の大宮とのどかな対話になった。「雲居雁の姫君を長い間見ていないのが、辛いです」と言いつつ大宮が涙にくれるため、内大臣は「近いうちに、こちらに来させましょう。物思いに沈み、やつれているのが何とも口惜《くちお》しいです。娘というのは、やはり持つべきではありません。何かにつけ、心配の種になります」と応じた。

大宮が、夕霧と雲居雁を親しくさせたのをまだ根に持っている風であり、大宮も雲居雁との対面を強く主張もできずにいる。

「実は、誠に出来の悪い娘を引き取って、ひどい目に遭っています」と内大臣が大宮に愚痴《ぐち》を言いつつ苦笑すると、「それは不思議。あなたの娘が出来が悪いなど、そんなはずはないでしょう」と大宮が言うため、「それが、見苦しいまでの娘なのです。こちらの方は、何とかしてお目にかけましょう」と内大臣は言った。

第三十六章　薫物合《たきものあわ》せ

「野分《のわき》」の帖《じょう》を書くことで、今まで漠然《ばくぜん》としていた六条院の様子が明確になったのは、予想外の収穫だった。同時に、そこに住まう女君《おんなぎみ》たちの人柄も、自分なりにくっきりとした輪郭《りんかく》になった。これを基にすれば、今少し書き続けられそうな気がする。

「野分」の帖をいち早く書写し終えた小少将《こしょうしょう》の君《きみ》の感想は、それとは別の側面を照らし出していた。

「これで、夕霧中将《ゆうぎりちゅうじょう》が孝《こう》の人であるのが、よくわかりました。大宮《おおみや》の住む三条院と六条院を行ったり来たりして、祖母孝行と父孝行を怠《おこた》らないのですから」

と言ったあとで、「これが内大臣《ないだいじん》のまめまめしさとは異なります。内大臣は万事につけ配慮を怠らない人ですが、母の大宮をないがしろにして、近づきません」とつけ加えたのだ。

その通りで、この「生真面目《きまじめ》な孝の人」が夕霧を貫《つらぬ》く人柄であり、光源氏とはいささか性質《たち》を異《こと》にするのだ。さらに小少将の君は少し笑いながらつけ加えた。

「夕霧中将が六条院の女君を垣間見《かいまみ》したお蔭で、わたしたちも女君の美しさを確かめることができました。紫の上は樺桜《かばざくら》、玉鬘《たまかずら》が八重山吹《やえやまぶき》、明石《あかし》の姫君が藤の花です。その他にも、花の喩《たと》えはなくても、秋好中宮《あきこのむちゅうぐう》は秋の町で気高《けだか》く暮らし、冬の町の明石の君はひっそりと箏《そう》の琴を弾《ひ》き、夏の町の花散里《はなちるさと》は染色《せんしょく》や裁縫《さいほう》に余念がありません。

夕霧の目からすると、さして若くも美しくもない花散里を、光源氏がどうして大切にしているか、不可解でしょう。しかしこの花散里こそが、縁の下の力持ちで、六条院を見えないところから支えています。花散里贔屓《びいき》の宰相《さいしょう》の君が読めば、大喜びすること請合《うけあ》いです」

そう言ってから、小少将の君が真剣な顔付になった。「でも心底驚いたのは、この『野分』の帖の書き出しに、いくつもの和歌がちりばめられている点です。書き写していて、次々に歌が思い起こされました。『後撰和歌集』にある伊勢《いせ》の歌、**植えたてて君が標結《しめゆ》う花なれば　玉と見えてや露も置くらん**。『古今《こきん》和歌集』にある小野小町《おののこまち》の歌、**色見えでうつろうものは世の中の　人の心の花にぞありける**。『拾遺和歌集』にある紀貫之《きのつらゆき》の歌、**春秋に思いみだれて分きかねつ　時につけつつ移る心は**」

次から次へと小少将の君は歌を口にする。驚いていると、なおも、指摘は続いた。「もっとあります。『古今和歌集』の、**宮城野《みやぎの》のもとあらの小萩《こはぎ》露を重み　風を待つごと君をこそ待て**。同じく、『玉の緒とけてこきちらし　あられみだれて霜こおり』の長歌《ちょうか》もあります。こうした歌の数々を、文の裏に響かせているのは、全く神業《かみわざ》です。書写していて、歌が楽《がく》の調べのように頭の中で鳴り響くのです」

拙《つたな》い文に、そこまで工夫を読み取ってくれることこそ、神業かもしれなかった。

「ありがとうございます」

そう感謝して頭を下げるしかなかった。小少将の君のような優《すぐ》れた読み手がひとりでもいれば、書いた苦労は報《むく》われたと言ってよかった。

中宮様のご出産が間近いとはいえ、それだけにとどまらない、様々な催《もよお》しが細切《こまぎ》れにあり、物語の続きを書く合間にも、日記を欠かさず綴《つづ》らねばならなかった。

面白かったのは八月上旬、播磨守《はりまのかみ》の藤原行成《ゆきなり》様が、碁《ご》に負けたため、負けわざとして勝った相手に仰々《ぎょうぎょう》しく贈り物やご馳走《ちそう》をした様子だった。行成様の相手は、何と道長《みちなが》様で、大納言《だいなごん》の君から聞いた話では、最初から行成様の優勢が続き、最後に道長様が妙手《みょうしゅ》を考えられて、形勢が逆転したのだという。

「日頃、冷静な行成様の、歯ぎしり寸前の顔は真っ青でした。その前で道長様は胸を張るのではなく、申し訳ないといった風情《ふぜい》でした」

「大威張《おおいば》りではなくて、ですか」

宰相の君が不思議な顔をする。

「道長様も、我ながら巧妙極まる一手だったのでしょう」

大納言の君が頷《うなず》く。「もともと行成様の碁は、粘り強く堅実だと噂《うわさ》されています。一方の道長様は、大らか、それでいて思いがけない一手で、逆転するのが特徴です。これまでも断然行成様が強かっただけに、口惜《くちお》しさは一入《ひとしお》だったのでしょう。大袈裟《おおげさ》な負けわざは、その恨《うら》みの現れかもしれません」

大納言の君が、人柄に似合わない辛辣《しんらつ》な批評を時折するので、はっとさせられる。

その大納言の君が言った通り、台盤所《だいばんどころ》に持ち込まれた饗応《きょうおう》の品々は大層なものだったらしい。家《けい》司《し》が三人、下仕《しもづか》えの庖丁《ほうちょう》も五、六人は率いて来たというのも、長々と続いた宴《うたげ》からして、なるほどと思われた。その大盤振舞《おおばんぶるま》いには、道長様以下、頼通《よりみち》様、教通《のりみち》様、その他の招かれた客が大いに満足した旨《むね》は、あとで中宮様から聞かされた。

「あの質実な行成殿が、よくもこうした散財をしたものだと、道長殿が言っておりました」

中宮様が含み笑いをされる。「ずっと質実だったからこそ、蓄財《ちくざい》ができたのでしょう、と言い添えてやりました」

聞いていた女房《にょうぼう》たちは、笑ってはいけないと思いつつも、くすくす笑いをせずにはいられなかった。

翌日、宴に使われた御膳台《ごぜんだい》を見ると、豪華に彫刻された脚を持っていて、宴席の中央に置かれた飾り物の島台《しまだい》も凝《こ》りに凝っていた。洲浜台《すはまだい》の上に松竹梅と鶴亀の造り物が置かれ、水際には葦手書《あしでがき》で歌が詠《よ》み込まれていた。

紀の国のしららの浜にひろうという
　この石こそはいわおともなれ

いかにもと納得させられる賀歌《がのうた》であり、「浜」には碁のあげはまを掛け、「この石」も碁の石を掛けている。本歌が、円融院《えんゆういん》と資子《すけこ》内親王《ないしんのう》乱碁《みだれご》歌合せで詠まれた、心あてに白良《しらら》の浜に拾う石の　巌《いわお》とならん世をしこそ待て、であるのは、すぐにわかる。

八月二十日過ぎ、主《おも》だった上達部《かんだちめ》や殿上人《てんじょうびと》はみんな、宿直《とのい》の夜が多く、橋廊《はしろう》や簀子《すのこ》にうたた寝をしながら、起きては笛や箏《そう》を奏じて夜を明かした。かと思うと一方で、若い殿上人などは、読経《どきょう》の声や節回《ふしまわ》しを競い合ったり、今様歌《いまようた》を謡《うた》ったりして興《きょう》じていた。

ある夜などは、宮の大夫《だいぶ》斉信《ただのぶ》様、左の宰相中将経房《つねふさ》様、兵衛《ひょうえ》の督《かみ》憲定様、美濃《みの》の少将済政《なりまさ》殿などが召されて、くだけた管絃《かんげん》の遊びが催された。とはいえ正式な管絃会《え》は、道長様の意向からか、実施されなかった。

この頃になると、里に下っていた女房たちも出仕《しゅっし》して来て、騒がしくなり、静かな日など過去のものとなった。

御薫物《たきもの》合せがあったのは、八月二十六日だった。用意されていたのは、沈香《じんこう》、白檀《びゃくだん》、桂皮《けいひ》、安息香《あんそくこう》、丁子《ちょうじ》の他、珍しいものでは、山奈《さんな》や甘松《かんしょう》、藿香《かっこう》、大茴香《だいういきょう》、龍脳《りゅうのう》、さらに当然ながら麝香《じゃこう》と貝香《かいこう》も添えられていた。

中宮様のご指示で、女房たちがそれぞれ二つ三つを取って、蜂蜜《はちみつ》あるいは甘葛《あまずら》で練り合わせる。しまいには部屋中が香《こう》に満ち満ちて、匂いの区別もつかなくなる。

それでも、出来上がった十数種の丸い香をそれぞれがかいで、感想を述べ合う。「心憎いほどの静やかさ」とか、「優れてなまめかしい」「心躍る高貴さ」「天上の香を思わせる」「夢見がちにうっとりする」「小川のせせらぎを聞くような」、あるいは「目を覚まされて驚くような」「昔の幼い頃の匂い」とか、勝手気ままに形容して、最後は中宮様がかがれる。

「これはおっとりとして優しい」

などと中宮様が評され、ひとつひとつを女房たちに分配された。「この奥床《おくゆか》しい香は藤式部《とうしきぶ》へ」とおっしゃって下賜《かし》された香は、多くの中でも心に残った薫物だっただけにありがたかった。とはいえ、痛感させられたのは、香を言い表す難しさだった。

その翌日、中宮様の許《もと》から局《つぼね》に戻る途中、宰相の君の局をそっと覗《のぞ》くと、昼寝の最中だった。

表が蘇芳《すおう》で裏が青の萩《はぎ》の襲《かさね》に、表が薄紫で裏が青の紫苑《しおん》の襲など、様々な色を重ねた袿《うちき》を着て、その上に砧《きぬた》で打って光沢《こうたく》を出した打目《うちめ》を重ねている。顔は袖の下に隠れていて、何と枕になっているのは硯《すずり》の箱だった。

その寝姿の額《ひたい》辺りの美しさは、まるで絵に描いた姫君そっくりだ。そっと中にはいって、口を覆《おお》っている衣《ころも》を引き上げて、耳許で言う。

「物語に出て来る女君のようですよ」

すると宰相の君が目を少し開けた。

「ま、こんな恰好《かっこう》を見られて恥ずかしい。寝ている者を起こすなんてひどい」

そう言って少し起き上がった顔は、ほんのりと赤く、本当に上品な美しさだ。改めて宰相の君が好きになった。

毎日が矢のように過ぎていくなかでも、暇を見ては物語を書き継ぐ。あたかも、時を盗むような感じであり、そんなときこそ筆が進むのは不思議だった。「忙しい人には時間があるが、暇な人には時間がない」と、いつか大納言の君が真剣な顔で言った通りだ。

源氏の君の悩みの種は、やはり玉鬘の処遇で、何とか親しく世話をしようとしても、それが却《かえ》って玉鬘からは嫌がられる。挙句《あげく》の果ては、紫の上が思っていた通り、源氏の君の軽薄さが人の噂にもなりつつある中で、仮に玉鬘と男女の仲になれば、あの内大臣は物事をはっきりさせる性質《たち》なので、実父である立場から、自分を婿《むこ》扱いするはずであり、それも馬鹿馬鹿しいと源氏の君は思案する。

その年の十二月、大原野《おおはらの》の行幸《ぎょうこう》があり、世の人は残らず大騒ぎしていて、六条院からも、女君たちが次々と牛車《ぎっしゃ》を出して見物に出かける。

行列は早朝の卯《う》の刻に宮中を出発し、朱雀大路《すざくおおじ》を下り、五条大路を西に折れる。それを見るために桂川《かつらがわ》のほとりまで、見物の牛車が隙間《すきま》なく並んでいた。行幸といっても、通常はこれほど仰々《ぎょうぎょう》しくはなく、その上、今日は親王《みこ》たちや上達部が格別に馬や鞍《くら》を整え、随身《ずいじん》や馬副《うまぞい》の顔立ちと背丈を揃えて、装束《しょうぞく》も華やかに飾り立てて、前例がない程だった。

左右の大臣、内大臣はもちろん、納言《なごん》以下の人々も残らずお供に連なり、青色の袍《ほう》と薄い紫色の葡《え》萄染《びぞめ》の下襲《したがさね》を、殿上人以下の五位、六位の者までが着ている。雪が少しちらつき、道中の空までが風情に満ちて、親王や上達部たちの中で、鷹狩《たかがり》に加わる者は、各自見事な狩装束《かりしょうぞく》を用意していて、近衛府《このえふ》の鷹飼《たかがい》たちは、それぞれ珍しい摺衣《すりごろも》を着ており、意気軒昂《けんこう》であった。

稀有《けう》な行事なだけに、京の人々も我先にと出かけてみたものの、その数が夥《おびただ》しいため、身分も低く、貧弱な牛車に乗っている者たちは、車輪がひしゃげて、哀れな様子になり、桂川を渡る浮橋《うきはし》の辺りでは、風情豊かな牛車が適当な場所を探し、行き交っていた。

夏の町の西の対《たい》にいる玉鬘も、見物に来ていた。華美を競った大勢の供人《ともびと》の顔や姿に目を奪われる中で、赤色の袍を着ている帝《みかど》の端正《たんせい》な横顔は他に比べようがない程高貴である。玉鬘は人に知られないように、実父である内大臣を注視する。美しく堂々として男盛りではあるものの、やはり限度があり、通常よりは優れた臣下という感じで、御輿《みこし》の中の帝よりほかに目移りするような人はない。
若い女房たちが、美男だとか素晴らしいと死なんばかりに慕っている柏木《かしわぎ》中将とか弁《べん》少将、または誰それの殿上人など、物の数ではなく、やはり帝がひときわ傑出していた。今日は欠席している源氏の大臣《おとど》の顔立ちは、帝とそっくりではあるものの、帝の方が少し威厳があり、畏《おそ》れ多い感じがするのは、気のせいだろうかと考えると、帝のような方は、世に類がない事がわかる。

高い身分の方々はみなきれいで、雰囲気《ふんいき》も格別のものがあると、普段は源氏の大臣と夕霧《ゆうぎり》親子を見《み》馴《な》れて思っていたが、こうして眺《なが》めると、供人たちは同じ目鼻を持った者と思えないくらい、見劣りがする。その中には兵部卿宮《ひょうぶきょうのみや》もいて、常々重々しく気取っていた鬚黒右大将は、今日の衣装《いしょう》は華やかで、矢を入れる胡籙《やなぐい》を背負って供をしていた。色が黒くて鬚《ひげ》だらけで、どうも好感が持てず、もともと男の顔を、女の化粧した白い顔色と比べるのが無理な話ではあるものの、若いだけに玉鬘は右大将を見下《みくだ》す思いがする。

それにつけても思い出されるのは、いつか源氏の大臣が勧めた宮仕《みやづか》えの件で、「宮仕えはやはり馴《な》染《じ》めそうもなく、恥をかくばかりだろう」と思う反面、「帝の寵愛《ちょうあい》を受けるか否《いな》かは別にして、普通に宮仕えして、帝にお目通りが叶《かな》うなら、それも面白いかもしれない」と玉鬘は考えた。

こうして一行が大原野に着くと、御輿をとどめて、上達部が平張《ひらばり》の中で食事をし、衣装を直衣《のうし》や狩《かり》衣《ぎぬ》などに着替えているところに、六条院から酒や菓子などが献上《けんじょう》されて来た。今日は供をするようにと前々から帝の意向は伝えられていたが、物忌《ものいみ》のため、参加できない旨を言上《ごんじょう》しており、帝は蔵人《くろうど》の左衛門尉《さえもんのじょう》を使者として、雉一枝《きじひとえだ》を源氏の大臣に贈り、和歌を添えた。

雪深き小塩《おしお》の山にたつ雉の
　古き跡をも今日は尋ねよ

雪深い小塩山に飛び出つ雉の、古い足跡、昔の行幸の跡を、今日尋ねてもよかったのに、という不満で、不参を残念がっておられるのも、太政《だいじょう》大臣がこうした大原野の行幸に供をした前例があったからかもしれず、六条院の源氏の君は使者をもてなしたあと、返歌をした。

小塩山みゆきつもれる松原に
　今日ばかりなる跡やなからん

小塩山に雪が積もる松原には、行幸が何度もありましたが、今日ほどの素晴らしい例はないのではないでしょうか、という言祝《ことほぎ》で、「みゆき」にはみ雪と行幸（みゆき）を掛けていた。

翌日、源氏の君は西の対の玉鬘に、「昨日、帝の姿を見られたでしょうか。そして宮中出仕の件は、どう思われますか」と、文《ふみ》を送り、白い紙の大層うち解けた手紙で、好色めいたところがないのが却って趣《おもむき》があった。「これは意外、よくもこちらの心を推《お》し量《はか》られたもの」と、玉鬘は苦笑して返事をしたため、「昨日は何もかもわからない事ばかりでした」と書いて、歌を添えた。

うちきらし朝曇りせしみゆきには
　さやかに空の光やは見し

霧が立ち込めて朝曇りした中の行幸でしたので、み雪のためにはっきりと空の光、帝の姿は見る事ができかねました、という感想で、「みゆき」はもちろんみ雪と行幸を掛けていた。

源氏の君はこの文を紫の上に見せて、「帝への出仕を勧めてみたのですが、秋好中宮も私の養女ですので、このまま私の娘と思われたまま宮仕えするのも不都合でしょう。内大臣に実はあなたの娘だと知らせても、その長女の弘徽殿女御《こきでんのにょうご》が参内《さんだい》している中での出仕は、ためらうでしょう。若い女人《にょにん》で、宮中に仕《つか》えるのに何の支障《さわり》もない場合、帝をひと目見たあと、宮仕えを嫌だと思う者はいないでしょう」と言うと、「そうでしょうか」と紫の上は異を唱えて、「帝を素晴らしいと思って、自分から宮仕えを思い立つのは、出過ぎた事ではないでしょうか」と、微笑《ほほえ》みながら言う。

「いえいえ、そういうあなたにしても、帝には夢中になるはずです」と、源氏の君は応じながら玉鬘への返歌を届けた。

あかねさす光は空に曇らぬを
　などてみゆきに目をきらしけん

茜《あかね》色に輝く光は空に射し、曇ってはいなかったのに、どうしてあなたは行幸の日のみ雪に目がくらんだのでしょうか、という問いかけで、ここでも「みゆき」に行幸とみ雪を掛けていて、「やはりここは、宮仕えがいいですよ」と付記した。

その後も出仕を勧める一方で、その前に、何はともあれと思い、まず女の成人式である玉鬘の裳着《もぎ》をすます事にする。そのための調度品《ちょうどひん》に、細工が凝った立派な物ばかりを取り揃えた。もともと通常の儀式ですら、つい大袈裟でいかめしくなるのに、まして今回は、「これを機に内大臣に事実を知らせよう」と思い立ったため、飾り立てた調度の数は置き場所がない程に多かった。

裳着の儀式は来年二月がふさわしいと、源氏の君は考え、「女というもの、名家《めいか》の娘として名を隠す必要のない身分の者でも、どこかの箱入り娘として育てられている間は、必ずしも氏神《うじがみ》への参詣《さんけい》は表立ってせずに年月を過ごせる。しかし源氏の娘として宮仕えが実現すると、玉鬘は本来藤原氏の出自《しゅつじ》であり、その氏神である春日大社《かすがたいしゃ》の神の御心に背《そむ》く事になる。

結局、最後まで素性《すじょう》を隠すのは難しく、隠し事をしたという世評がのちのちまで残るのは不本意である。並の身分の女であれば、この際、氏《うじ》を変えるのはたやすいが――」と、源氏の君の思案は尽きない。

「親子の縁は切っても切れない。となれば、真相をこちらから内大臣に伝えるしかなかろう」と決心して、裳着の式の腰紐《こしひも》を結ぶ重要な役を内大臣に頼むべく、依頼の手紙を送ったところ、大宮《おおみや》が昨年冬から病《やまい》を得て以来、快方に向かわないのを理由に、内大臣からは辞退する旨の返事が届いた。

この頃、夕霧中将も、三条院に明け暮れ詰めて、熱心に大宮の看病をしていたので、時期も悪く、どうしたものかと源氏の君は思案し、「この世は本当に定め難い。仮に大宮が亡くなられたら、玉鬘は孫として当然喪《も》に服さねばならない。知らない顔のままそれをやり過ごしたら、これは罪深い。とすれば、大宮の存命のうちに、真相を打ち明けよう」と決心する。

見舞かたがた三条院に参上したが、太政大臣になった今、忍びやかに動こうとしても、その移動は行幸に劣らない程大仰《おおぎょう》なものになり、その上、光り輝くばかりの容貌《ようぼう》は、この世のものとは思えない程で、そうした娘婿の姿を見た大宮は、気分の悪さもどこかに散じた心地がして、起き上がり、脇息《きょうそく》に寄りかかって、弱々しくはあるものの、あれこれを話す事ができた。

源氏の君も安心して、「このように大して悩まれていないのに、あの愚息《ぐそく》の中将が大袈裟に取り乱していたので、どんな具合でおられるのか、心を痛めておりました。内裏《だいり》にも格別の用事がない限り参上せず、朝廷に仕える身としては似つかわしくないくらい、引き籠《こも》っております。いきおい、万事につけ、勝手がわからず、出歩くのも大儀《たいぎ》になってしまいました。私よりも年長の人でも、腰が曲がっても出仕している例は、昔も今もあるようですが、私は妙に愚かな性質《たち》に加えて無精者のようです」と言上する。

大宮は涙を流しながら、「老年ゆえの患《わずら》いと思いながら、もう数か月が過ぎました。今年にはいってからは、先の望みもないように思われていたので、もう一度会ってお話をする機会もないまま終わるのかと、心細い限りでした。そんな折、こうしてお会いでき、今日こそはまた少し寿命が延びる気が致します。今はもう命を惜《お》しむ程の事はございません。

親しい人々にも先立たれたあと、老いてひとり生き残っている例を、今までは他人《ひと》の事として、大変不愉快だと思っておりました。それだけに、あの世への旅立ち支度《じたく》を急ごうと思うばかりでした。しかしこの夕霧中将が、本当に心をこめて大切にしてくれるので、あれこれと引き留められて、こうして命長らえております」と、涙にくれながら言う声も震《ふる》えている。

源氏の君は胸を痛めつつ、あれこれと昔の事や今の事を言上したあと、本題にはいり、「内大臣は日を置かずに参上しているでしょうが、そうした折に会う事ができれば幸いです。何とかして知らせようと思っている一事がありながら、適当な機会がないので果たせずにおります」と言うと、大宮は

「公務が忙しいのか、親を思う心が薄いのか、大して見舞にも来てくれません。伝えなければならない一事とは何でしょうか。あの夕霧中将が雲居雁《くもいのかり》との件につき、恨めしく感じている点については、今になって二人の仲を裂いたところで、却って見苦しく、当初立った噂は消せるものでもない、と言い聞かせております。このままにしておく方が、却って世間はおこがましいと思うものだと諭《さと》すのですが、内大臣は昔からいったん思い込んだ事は曲げないのが性分で、聞く耳を持たないようです」と答えた。

大宮はどうやら勘違いしているようであり、源氏の君は笑いながら首を横に振って、「内大臣が今更仕方ないと二人の仲を許すようだと聞いて、私もそれとなく口にしましたが、ひどく腹を立てられたのみで、口出ししたのを後悔しています。何事につけ、禊《きよ》めという事があって、雲居雁の名誉を元通りに清められないはずはないと、思っております。しかし残念ながら、かくも濁ってしまったあとに、それを清らかに澄ませてくれるような水は出て来ないのが、この世でございます。

何事もあとになればなる程雲居雁の評判は悪くなっていくもので、これは内大臣にとっても残念な事ではないかと心配しております」と言って、身を乗り出しながら、「実は、内大臣が世話するべき人を、うっかり間違えて、思いがけず捜し出して引き取っております。その当時は、本人が間違いとは打ち明けなかったので、強《し》いて事情を調べる事もせず、もともと私には子供が少ないので、大目に見て、たいして世話をしないまま年月が過ぎてしまいました。

ところがどこで聞かれたのか、帝から尚侍《ないしのかみ》としての宮仕えを打診されたのです。現在、尚侍が欠員のため、内侍所《ないしどころ》の仕事も滞《とどこお》っていて、女官《にょかん》なども公務がおろそかになっているようです。目下《もっか》のところ、古老の典侍《ないしのすけ》二人の他、しかるべき者たちが、それぞれ尚侍への任官を願い出ているものの、最適な者はいないそうです。

やはり昔から、家柄が高く、人の評判も悪くなく、自分の家の仕事もしなくていい人が、尚侍になっております。堅実で賢い者であれば、名門の出でなくても、年功によって昇進した例もあります。ところがそれもいないようなので、世間の評判を基準にして選出しようと、帝は内々に打診されたのです。

私が引き取っている姫君がそれに適任ではないと、内大臣がどうして思ったりするでしょう。宮仕えというもの、身分の上下にかかわらず、帝の寵愛を期待して出仕するのが、当然の心がけです。これに対し、一般の女官として内侍所の事務に従事し、祭事を取りしきる事は、やり甲斐《がい》がなくつまらない事のように思われがちですが、そうではありません。

ただ本人の人柄次第で万事は決まるようなので、その姫君がふさわしいと思い、当人に年齢を尋ねてみたのです。するとどうやら内大臣が捜し出すべき人なのです。ここは事実を内大臣に打ち明けたいのですが、機会がなくて叶いません。既《すで》に何かにかこつけて、方策を練り、手紙を送ったものの、内大臣はあなた様の病気にかこつけて、気がすすまないと辞退してきました。確かに時期も悪いと思いとどまっておりましたが、こうしてお目にかかると、ご気分も悪くないようなので、是非《ぜひ》とも会見の場を設けていただければと存じます」と言上する。

大宮は「それは一体どうした事でしょう。内大臣の邸《やしき》では、子供だと名乗り出ている人を、嫌がらずに引き取っているようですのに、その姫君は、どう間違えて申し出られたのでしょうか。近頃になって、あなたの事を知り、娘になったのでしょうか」と不審がったので、源氏の君は「それにはわけがあります。詳しい事情は、いずれ内大臣も耳にされるでしょう。取るに足らない下賤《げせん》の者の間にあるような話なので、真相を打ち明けるにしても、世間ではふしだらな事だと噂になりかねません。息子の夕霧中将にも、まだ知らせていませんので、どなたにもお漏《も》らしにならないように」と頼んだ。

こうして太政大臣の源氏の君が三条院を訪問した事を聞いて、内大臣も考え直し、「あの立派な太政大臣を、大宮はどんな淋《さび》しさで迎えられたのだろう。前駆《さきが》けの者を厚くもてなし、席を整えたりする者もさしていなかったはずだ。あの夕霧中将も供の一行に加わっていたに違いない」と内心で驚く。

息子たちの公達《きんだち》や、親しくしている殿上人たちに、大宮の許に行かせる用意をさせ、「果物や酒など、粗相《そそう》なく差し上げるように。私自身も伺《うかが》うべきだろうが、それではいかにも大袈裟過ぎる」と言っているところへ、大宮からの手紙が届く。

六条の大臣がお見舞に来て下さいました。こちらは人も少なく、物淋しくもあり、傍目《はため》にもみっともなく、太政大臣にも申し訳ありません。大仰にわたくしが願ったという形ではなく、お越し下さいませんか。対面した上で、申し上げたい事もあるようです。

という文面を読んで、内大臣はまた考えを巡らし、「一体、何事だろう。こっちの雲居雁とあちらの夕霧中将の件に関して、訴えたい事があるのだろうか」と思ってさらに考え、「残りの命も少ない大宮がこの事を切実に訴え、源氏の大臣もこの一事を、恨みがましくもなく自分から言い出してくれれば、こちらから反対する事はできない。あの夕霧中将がつれなく素知《そし》らぬ顔でいるのを見るのも、実に忌々《いまいま》しい。この際、しかるべき契機でもあれば、お二人の要望に負けた形で、許してしまおう」

と決心する。

その一方で、「大宮と源氏の大臣が心をひとつにして言うとなると、拒絶ができなくなるのも気にくわず、簡単には承諾《しょうだく》すまい」と強情なのも、内大臣の一筋縄ではいかない性質《たち》ゆえであり、「とはいっても、大宮がこのように言われ、太政大臣も対面を待っているとなれば、申し訳ない。とりあえずは、参上してご意向に従おう」と思い至る。装束を特に念入りに整えて、先払いも大仰にしないで邸を出た。

とはいえ、子息たちを引き連れて三条院にはいる様子は、いかにもものものしく、内大臣は背が高く、肉づきもよく、貫禄十分で、顔付と歩き方も、大臣にふさわしく、薄紫色の葡萄染《えびぞめ》の指貫《さしぬき》に、表が白で裏が蘇芳《すおう》色の桜の下襲をつけ、ことさらゆったりと構えている様子は、なるほど立派であった。六条院の太政大臣のほうは、桜襲の唐《から》の薄絹の直衣に、今様の濃い紅梅《こうばい》色の表を何枚も重ねて、皇族らしいくつろいだ姿であり、比類《ひるい》のない見事さで、そもそもが光り輝くばかりの美しさがあり、いかめしく装いの限りを尽くした内大臣とて、比べようがなかった。

内大臣の子息たちも、それぞれ清楚《せいそ》で立派な兄弟揃いである。内大臣の異腹の弟で亡き大臣の息子たちも、今は藤《とう》大納言や東宮《とうぐう》大夫として出世しており、その他にも、評判のよい高貴な家柄の殿上人や蔵人頭《くろうどのとう》、五位の蔵人、近衛《このえ》中将や少将、弁官《べんかん》など、華やかな人ばかり十数人が集まっていて、盛大な感じになる。それ以下の位《くらい》の者も多く、酒盃が何度も巡らされ、酔った挙句に各自が、源氏の君を娘婿にし、立派な息子たちに恵まれた大宮の幸せを言祝《ことほ》いだ。

内大臣も久しぶりの対面に、往事がしのばれて心が和《なご》み、離れていると些細《ささい》な事で張り合う気になりがちで、実際に相対していると、お互いに懐しくも忘れ難い事が様々に思い出され、いつものように心の隔てなく、昔や今の事を物語っていくなかで、日が暮れていく。

源氏の君に盃《さかずき》を勧めつつ、内大臣が「こちらから伺わなければいけないところでしたのに、お呼びがないので遠慮しておりました。仮に今日のお誘いを辞退していたら、一層のお咎《とが》めを受けていたところでした」と言うと、「いえいえ、お叱《しか》りを受けるのはこちらです。申し訳ないと思う事が多くあります」と、源氏の君が意味深長《しんちょう》に言う。

やはり雲居雁の一件かと内大臣は思い、あれこれ考えるのも面倒で、恐縮したままでいると、源氏の君は「昔から私たちは、公私にわたって心の隔てなく、事の大小にかかわらず話し合い、意見を述べ合ってきました。二人して翼を並べながら朝廷を支えて来たと、思っておりました。

しかし年月が経ち、往事に考えていたのと違う事も、時にはございましたが、これも内々の私事に限られたものでしょう。大方の心根は何も変わっていません。何となく年齢ばかり積み重なるにつれ、昔の事が恋しくなります。対面する事も非常に稀《まれ》になり、内大臣という地位ゆえの厳粛《げんしゅく》なお振舞とは思うものの、親しい間柄では、そのいかめしさを控え目にされ、訪問されたらよいのにと、折につけ恨めしく思っております」と言う。

内大臣は「本当に昔は馴《な》れ馴れしく、身の程もわきまえずに親しくしてもらい、何の心隔てもなくつきあいをさせていただきました。朝廷に出仕してからは、翼を並べる仲になるとは思いもよらず、類のない引き立てをいただきました。取るに足らない身で、内大臣までになり、朝廷に仕えているのは、ありがたい限りです。とはいえ、年を取ってくると、おっしゃるように、ついつい気のゆるみが出て参ります」と、恐縮して応じた。

そこで源氏の君が玉鬘の一件をそれとなく切り出し、内情を打ち明けると、「そうでしたか。稀に見る心打たれる話でございます」と内大臣は涙を流しながら、「あの当時から、どうなったのか行方《ゆくえ》を捜しておりました。どんな折だったたか、悲しみの余り、あなたにお話ししたような気がします。

そうですか。今はこうして私が多少なりとも人並の身分になったのにつけ込んで、取るに足らない者たちが、おのおのの縁で私の子供だと言って、さ迷い申し出て来るのが、嘆かれます。そんな連中を馬鹿でみっともないと思いながらも、それぞれ並べてみるといとおしいとも感じます。そんな時、真っ先にあの娘が思い出されるのです」と、言う。

二人共、あの若い日の雨夜《あまよ》の品定《しなさだ》めの夜に、様々に語られた男女の内輪話を思い起こし、それから先は一緒に泣いたり笑ったりして、最後には打ち解ける。夜がすっかり更《ふ》けてから、それぞれ大宮に暇乞《いとまご》いをしつつ、「このように参上して一緒になると、遠い昔の事がついつい思い出され、恋しさの余り、立ち去る心地もしません」と、普段は気弱ではない源氏の君も、酔い泣きなのか、目を赤くして言上する。

大宮は、早逝《そうせい》した葵《あおい》の上を思い出し、以前より格段に優《まさ》っている源氏の大臣の姿と威勢の良さを見て、悲しさの余り涙が止まらず、そのさめざめと泣く尼衣《あまごろも》の風情は心に沁《し》みるものだった。

こうして対面が叶ったのに、源氏の君は夕霧中将の件を一切口に出さなかった。というのも、内大臣には思い遣りが欠けていると思い込んでいるためであり、ここで口にするのもみっともないと感じたからであった。

内大臣も、相手にその気がないのに、こちらから出過ぎた事はできず、どことなくもやもやした心地が残るまま、「今夜もお供をして見送りをすべきですが、突然お騒がせするのも気がひけます。今日の御礼は、日を改めまして参上致します」と言上し、源氏の君も、「大宮の病状も大して悪くなさそうなので、先日お知らせした玉鬘の裳着の日には必ずお越し下さい」と、念を押しながら退出した。

二人の機嫌は良く、それぞれが帰っていく様も威風堂々《いふうどうどう》としている。それを見て、内大臣の供をしていた子息たちは思いを巡らす。「何事があったのだろうか。久方ぶりの対面で機嫌が良かったのは、ひょっとすると、太政大臣の位を譲る話でも出たのだろうか」と勝手に誤解し、自分たちの姉の話だとは予想もしていなかった。

内大臣のほうも、突然の話だったので、我が娘に早く会いたいものの、「急に娘を受け取って親ぶるのも、不都合だ。太政大臣が捜し出して、手許に置いた事情も考えると、そのまま、すっと手放すはずはない。れっきとした妻妾《さいしょう》が揃っているので、その中に入れるのも憚《はばか》られ、面倒臭くなり、また世評も気にかけて、こうやって打ち明けられたのだろう」と思う。

その一方で、「とはいえ、源氏の大臣に庇護《ひご》されているのは欠点ではないし、体裁が悪い事でもない。このまま娘を帝に宮仕えさせようと考えているのかもしれない。しかしそうなると、既に側に仕えている長女の弘徽殿女御がどう思うか、これも心配になる」と考えた末に、「ま、ともかくここは源氏の大臣の指示には逆らえない」と思い至った。

こうした話があったのは二月の初旬で、十六日が彼岸《ひがん》の入りになって、日柄はうってつけであり、占いにも「この近くには他に吉日なし」と出た上、大宮の容態《ようだい》も悪くなかったので、源氏の君は裳着の準備を急ぐ。いつものように玉鬘の部屋に行き、父の内大臣に打ち明けた際の様子を詳しく伝えるとともに、当日のしきたりを細々《こまごま》と教えたので、「これ程までの行き届いた心遣いは、実の親でもできまい」と玉鬘は思う一方で、実の親と会えるのが嬉《うれ》しかった。

源氏の君は夕霧中将にも、内々に事情を話して聞かせたので、「どこか変だとは思っていたが、なるほどそういう事だったのか」と、夕霧は父が玉鬘に添い臥《ふ》していたのを思い浮かべながら、玉鬘と自分が姉弟ではないとすると、つれない雲居雁よりも、こちらの方が気になり出す。「全く気がつかなかった」と自分の無知を恥じながらも、「ここで玉鬘に心を移すのは、不謹慎《ふきんしん》極まりない」と反省したのも、夕霧の稀有《けう》な生真面目さゆえだった。

裳着の当日、三条院の大宮から、ひっそりと使いが来て、御櫛《みくし》の箱など、急だったにもかかわらず、あれこれと優雅に揃えてあり、手紙には和歌も添えられていた。

お祝いを申し上げるのにも、こちらは忌《い》むべき尼姿なので、今日は館《やかた》に籠っております。それでも、わたくしを長生きの見本とは認めて下さるかと思います。心揺さぶられたこのたびの事実を、今わたくしが口にするのは僭越《せんえつ》ですので、あなたの心に従うままにします。

二方《ふたかた》にいいもてゆけば玉櫛笥《たまくしげ》
我が身離れぬ懸子《かけご》なりけり

太政大臣と内大臣の二人の縁からしても、あなたはわたくしの血筋にある孫なのです、という感激で、「二方」には蓋（ふた）を掛け、「懸子」は箱の内箱を示し、「子」には玉鬘を響かせていて、古めかしい筆遣いで、震える手で書かれている。これを玉鬘が読んでいるところへ、最後の点検をするために、源氏の君は姿を見せる。

大宮の文を手に取り、「古風そのものの書風ですが、大したものです。昔は書の名人でしたが、年を召すにつれて、不思議にも文字も老いていくものですね。本当に筆跡が震えています」と言いつつ眺め入り、「それにしても、よくぞ玉櫛笥にこだわっておられる。蓋や身、懸子など、三十一文字《みそひともじ》の中に、玉櫛笥と縁のない言葉はほんの少ししか使われていません。実に至難《しなん》の業《わざ》です」と、そっと笑う。

秋好中宮からは、二つとない立派な白の裳《も》と唐衣《からぎぬ》、装束、髪上げの道具が贈られ、例によって数々の香壺《こうご》に、唐の薫物の特に香りの高い物が添えられている。その他、紫の上や花散里《はなちるさと》からも、それぞれに心をこめた装束に加え、仕えている女房用に櫛や扇まで用意されていた。いずれも優劣がつけ難く、精魂こめて競い合った品々なので、その雅《みやび》やかさは言いようがない。

二条東院に住む空蝉《うつせみ》は、こうした準備について聞き及んでいたものの、祝言《ことほぎ》を伝える立場にはないので、そのままにしていたが、末摘花は妙に律儀《りちぎ》なところがあり、こうした節目《ふしめ》の祝いを看過《かんか》できない昔風の気質のため、「他人事《ひとごと》として知らない顔はできない」と思い、形式通りの祝いを準備したのも殊勝《しゅしょう》な心がけではあった。

青鈍《あおにび》の細長一襲《ほそながひとかさね》、黒ずんだ紅の落栗《おちぐり》色の物やその他、昔の人が好んで着た袷《あわせ》の袴《はかま》一揃え、紫色の白っぽくなっている霰《あられ》の小紋を打ち出した小袿《こうちき》を、立派な衣装箱に入れ、上包みも入念にして贈呈し、文も添えられている。

「お見知りいただくような身ではないので、気がひけますが、こうした折には、お祝いをせずにはいられません。本当に粗末なものではございますが、お側の人にでもやって下さい」と、おっとりとした筆遣いで書かれているのを見た源氏の君は、あきれて、いつもの事だと顔を赤らめつつ、「本当にあきれるくらい古風な人だ。人と交わるのが嫌いな人なら引っ込んでいたほうがいいのに、恥ずかしい。

しかし返事はしたほうがよいでしょう。でないと先方に悪いです。父である親王《みこ》はこの方を大変可愛《かわい》がっておられました。それを思うと、他の人々以下に扱うのはよくありません」と、玉鬘に助言しながら見ると、小袿の袂《たもと》には、いつものように同じ趣向《しゅこう》の歌が添えてあった。

わが身こそ恨みられけれ唐衣
　君が袂に馴れずと思えば

我が身が恨めしいです、あなたと親しくさせていただけないと思います、という卑下《ひげ》で、「身」には衣の身頃を、「恨み」に裏、「馴れ」に萎（な）れを掛けていて、筆跡は昔の通り縮みまくり、深く彫ったように強く角ばっている。源氏の君はこれはまずいと思う反面、おかしさをこらえられず、「この歌を詠むのは大変だったでしょう。今は頼れる侍従《じじゅう》もいなくて、歌を作るにも手助けがなかったはずです」と気の毒がり、「さてこの返事は、多忙中ではあっても、私がしましょう」と言って、少し腹立たしくなり、「人が思いつかないような変な心遣いは、しないほうがよろしいでしょう」と記して返歌も添えた。

唐衣また唐衣唐衣
　かえすがえすも唐衣なる

あなたの歌は、いつもいつも唐衣なのですね、という皮肉で、『古今和歌集』の、**唐衣日も夕暮になる時は　返す返すぞ人は恋しき**、を踏まえていて、「あの人の好みに合わせて書いてやりました」と言って見せると、玉鬘は華やかに笑いつつ、「まあ、お気の毒です。からかっているように見えます」と末摘花に同情した。

内大臣はもともと気乗りがしなかったのに、思いがけなく我が娘の玉鬘の事を聞いて以来、一日も早くという気になって、当日は早々と六条院に参上する。儀式など、規則通りの作法以上に、目新しい趣向も凝らされているので、「やはり源氏の大臣は特段の配慮をしておられる」と感じて恐縮する一方、実の親でもないのに並外れていると思っていた。

夜が深くなって、源氏の君から御簾《みす》の中に案内されると、慣例通りの設定は言うに及ばず、腰結役用の席も比類なく立派に設けられていて、酒と肴《さかな》が出て、御殿油《おおとのあぶら》も普通の裳着の場よりも明るく、風情たっぷりにもてなされた。

早急に過ぎるとはいえ、玉鬘の顔を見たくなり、裳の腰紐を引き結ぶ時も、確かめたい一心だったところに源氏の君が釘をさして、「今宵《こよい》は、過去の経緯《いきさつ》など口にはいたしませんので、普通の腰結役と同じにして下さい。内情を知らない人の目もあり、世間並の作法で御願いします」と言う。

内大臣は、「誠に、何と申し上げてよいやら」と盃を受けながら応じて、「とても言葉には尽くせない心からの御礼を申し上げたい反面、今までどうして内密にされていたのかという恨みも、つい申し添えたくなります」と言って歌を詠む。

うらめしや沖つ玉藻《たまも》をかずくまで
　磯がくれける海人《あま》の心よ

恨めしい事です、沖の海に潜《もぐ》って藻を採るまで磯辺《いそべ》に姿を隠していた海人のように、裳を着るまで、父親の私に隠れていた娘の心は、というぼやきで、「恨《うら》めし」に浦、「玉藻」に裳、「潜《かず》く」に被く、が掛けられていて、内大臣はこらえきれずに涙にくれる。

玉鬘は気恥ずかしくなる程立派な二人を前にして、気後《きおく》れの余り返歌などできないので、源氏の君が代わりに返歌する。

よるべなみかかる渚《なぎさ》にうち寄せて
　海人も尋ねぬ藻屑《もくず》とぞ見し

よるべなく、私の所に身を寄せて、海人も拾わない藻屑同然に、親にも見捨てられた娘かと思っていた、という反論で、「寄《よ》るべ無《な》み」に波を掛けて、「娘を隠していたというのは、言いがかりでございましょう」と付言すると、内大臣も、「ごもっともです」としか答えようがなく、御簾から出た。

親王たちを始めとして、それ以下の人々も残らず集まっており、その中には玉鬘に思いを寄せる人たちも大勢いて、内大臣が御簾の中に入って、なかなか出て来ないので不審がったのは、その子息たちであった。柏木中将やその弟の弁の少将は、薄々感じていて、人知れず恋慕《れんぼ》していたのが残念でもあり、また姉弟と知って嬉しくもあり、「よくぞ、我が思いを口に出さなかった」と弁の少将が呟《つぶや》く。

「何とも不思議な源氏の大臣の趣向だろう」「秋好中宮と同じように、宮中に入れる算段なのだろうか」と子息たちがおのおの言うのを耳にして、源氏の君は内大臣に、「ここはしばらく用心されて、世間で非難が起こらないようにして下さい。気楽な身分の者なら、いい加減にもできましょうが、私もあなたも立場上、様々な人が縁組みを願って来るはずで、悩みの種になりましょう。通常の人とは異なり、それは厄介《やっかい》でもあり、ここは波風立てずに、世間がどうのこうのと言わないようにするのが賢明でしょう」と助言する。

「万事、あなたの方針に従います。こんなにまで世話していただき、比類ない庇護ではぐくまれたのも、前世の縁が特別に深かったのでしょう」と内大臣は答えた。

内大臣への贈物は言うまでもなく、引出物や禄《ろく》など、身分に応じて、源氏の君は慣例以上につけ加え、またとなく立派に施《ほどこ》し、大宮が病気を理由に出席を辞退した経緯《いきさつ》から、大袈裟な管絃の遊びはなかった。

「裳着がすんだ今、もはや求婚を断る口実もありますまい」と切々と訴えたのは蛍《ほたる》兵部卿宮だったが、「帝から出仕のお誘いがありました。いったんは辞退を申し上げたものの、さらにまた仰《おお》せ言があれば再考する予定ですので、他の事は後回しにしております」と、源氏の君はそっけなく答えた。

一方の内大臣は、玉鬘の顔をほのかにしか見られなかったのが心残りであり、「何とかして今一度見たいものだ。どこか欠点があるようだったら、源氏の大臣もここまで大事に世話してはこられなかっただろう」と、それ以来、しきりと恋しく思うようになる。かつて、娘がどこかで養育されている事を見た夢も、今になるとこの事だったのだと納得がいき、娘の弘徽殿女御にだけは、こうした異腹の娘がいる旨を伝えた。

世間の噂にならないように、この一事は口にせず秘め事にしていたものの、口さがないのは世の常であり、自《おの》ずと話が漏れ、噂が広まるにつれ、あの厄介者の近江《おうみ》の君の耳にもはいり、弘徽殿女御の許に、柏木中将や弁の少将が伺候《しこう》しているところにやって来た。

息巻きながら、「内大臣は、姫君をお迎えになるのですね。めでたい事でございます。太政大臣と内大臣が大切にされているとは、どんな人でしょうか。聞くところによれば、その方も卑《いや》しい劣り腹の生まれのようですが」と、あけすけに言う。

弘徽殿女御は聞くに耐《た》えられず、言葉もなく、たしなめたのは柏木中将で、「そうやって大切にされるのは、それなりの理由があるのでしょう。それにしても誰が言った事を、唐突《とうとつ》に言い出すのですか。口の軽い女房に聞かれでもしたら、厄介です」と言うと、近江の君は「お黙り下さい。わたしはすべて聞いています。その人は尚侍《ないしのかみ》になるそうですね。わたしがこちらの宮仕えに急いで参ったのも、そういう恩恵もあるかと思ったからです。並の女房たちでさえやらない事まで、一生懸命にやってきたのに、女御様は薄情でいらっしゃいます」と恨み節《ぶし》を口にする。

柏木中将や弁少将たちは苦笑しつつ、「尚侍に欠員があれば、拙者がなりたいと考えていたのに、事もあろうにあなたが狙っていたのですか」と言うと、近江の君は腹を立てて、「立派な兄弟の中に、わたしのような取るに足らない者は、はいってはいけなかったのです。中将の君こそ薄情そのものです。お節介にもわたしを迎えに来ていながら、軽蔑《けいべつ》して笑い者にしてしまう。並の者には、暮していけない邸です。おお恐《こわ》、おお恐」と言って、後ろにいざりつつ、睨《にら》みつけ、憎々しげではないものの、腹立たしげに目じりを吊《つ》り上げた。

柏木中将は、近江の君が言う事にも一理あり、自分のした事は失敗だったと思っているだけに、神妙な顔をしていると、弟の弁の少将が笑いながら、「このように下働きを一生懸命やっておられるので、女御様も目を留めておられましょう。ここはどうかお心を鎮《しず》めて下さい。堅い岩も沫雪《あわゆき》のように粉々にしてしまうような勢いですので、望みが叶う時がありましょう」と、天照大神《あまてらすおおみかみ》が弟の素戔嗚尊《すさのおのみこと》を迎えて、堅石《かたいし》を雪の如く踏み散らした故事を踏まえて諭す。

「そうです、そうです。ここは天《あま》の岩戸《いわと》を閉ざして、引っ込んでいるのがいいでしょう」と、柏木中将が言って席を立ったので、近江の君は、ほろほろと泣きながら、「この兄君たちさえ、みんなわたしを軽々しく扱います。それでもここに仕えているのは、女御様が優しくして下さるからです」と言いつつ、腰も軽くまめまめしく、下働きの女や女童《めのわらわ》が手も出さないような雑用を、賢明に立ち走りしてこなす。

「どうかわたしを推薦《すいせん》して尚侍にして下さい」と、近江の君からせがまれて、弘徽殿女御は困惑するばかりで、「自分の立場をどう考えているのだろう」と思いつつ、返事する気にもならなかった。

内大臣は近江の君の希望を聞いて、大笑いし、何かの折に女御の許に行って、「近江の君はどうしていますか、こちらへ」と呼ぶと、「はい」と元気よく答えて近江の君がやって来る。「よく仕えている様子で、これは朝廷に仕える者としては、あるべき姿です。尚侍の件は、どうして早く私に言わなかったのですか」と、真面目な顔をして問いかける。

近江の君は大いに喜び、「そのようなご意向が欲しいと思っていましたが、この女御様が自然に伝えてくれると、期待に胸を膨《ふく》らませていました。そんな時、他の方に決まったように聞いて、夢の中で金持になったみたいに思っていたのに、夢から覚めてがっくりしています」と言上する弁舌は淀みがない。

内大臣は笑い出したくなるのをこらえながら、「弁舌は妙にさわやかなのに、言いたいことははっきり言わない性分です。そうした望みを実際に持っていたのであれば、まず誰よりも先に帝に奏上《そうじよう》したでしょう。太政大臣の娘がどんなに高貴な身分であっても、この私が請《こ》い願った事は、帝も聞き入れて下さいます。今からでもきちんと中文《もうしぶみ》を作り、立派に書いたらどうでしょう。長歌《ちようか》など趣のあるのをご覧になれば、見捨てたりなさらないでしょう。帝は特に情け深い方ですから」と、大変うまく言いくるめたのも、全く人の親らしくない感心できない仕打ちではあった。

「和歌は下手《へた》ながらも、何とか詠めます。漢文での中文は、父君のほうから願い出てくれれば、それにわたしが付け加えます。どうか宜《よろ》しく御願いします」と、近江の君が手を揉《も》みこすって言うので、几帳の陰で聞いていた女房たちは、死にそうな程おかしくて、笑いをこらえられない女房は、几帳から滑《すべ》り出て、ようやく笑いをおさえる。

弘徽殿女御も顔を赤らめて、何とも見苦しいと感じるばかりで、内大臣は「気が立っている時は、近江の君を見ると気が紛れる」と、もっぱら笑い種にするため、そんな様子を世間では、「自分の恥なので、ああして慰み物にしているのだ」と噂し合った。

第三十七章　敦成親王誕生《あつひらしんのう》

「行幸《みゆき》」の帖《じょう》を書き上げる最後のところでは、思わず笑ってしまった。書きながら笑うなど、明石の入道の耄碌《もうろく》した勤行以来だったので、滑稽《こっけい》な近江《おうみ》の君《きみ》に感謝したくなった。

近江の君の言葉遣いで参考になったのは、幼い頃、堤第《つつみだい》に出入りしていた娘たちの会話だった。初めは意味がわからないものの、何度か聞くと、なるほどそういうことかと意味が通じる。圧倒されたのが、その威勢のよさで、まるで鳥がさえずるように言葉が飛び出し、こちらが口を挟む隙《すき》もない。呆気《あっけ》にとられていると、先方はもうわかってもらったかのようにして帰って行く。

そんな小娘の化身《けしん》のような近江の君が、内大臣《ないだいじん》の家に住まい、弘徽殿《こきでん》女御《にょうご》の許《もと》で暮らしているのだから、書いていても小気味《こきみ》よく、つい吹き出してしまったのだ。

逆に苦労したのは、行幸《ぎょうこう》の実際の様子だった。玉鬘《たまかずら》が、光源氏と藤壺宮《ふじつぼのみや》の間に生まれた帝《みかど》の姿を見る機会など、どう転んでも設定できない。それには帝を内裏《だいり》の外に連れ出す必要があり、女たちが見物できる場としては鷹狩《たかがり》が最適だった。鷹狩で有名だった大原野《おおはらの》に赴《おもむ》くためには、桂川《かつらがわ》の浮橋《うきはし》を渡る必要がある。帝は輿《こし》から降りて、ゆっくりと浮橋を渡らねばならない。そのとき女君《おんなぎみ》たちは、河岸《かわぎし》に詰めかけた牛車《ぎっしゃ》の中から、その姿を自分の目で見ることができる。

もうひとつ、鷹狩が行えることは、帝の御代《みよ》が栄えている証《あかし》でもある。光源氏の太政大臣《だいじょう》にとっても、治政を補佐する身として、世の安泰《あんたい》を示す結果にもなる。とはいえ問題は、久しく鷹狩は行われていなかったことで、その様子を知るには書物に頼るしかなかった。

確かに道長《みちなが》様からは、この土御門殿《つちみかどどの》の文殿《ふどの》を自由に使っていいと言われてはいた。しかし彰子《あきこ》中宮《ちゅうぐう》様のご出産間近に、女房《にょうぼう》が文殿入りをしたとあっては、何の陰口を叩《たた》かれるか、わかったものではない。

記憶にあるのは、今を去る二百年くらい前の桓武《かんむ》天皇や嵯峨《さが》天皇の時代に盛んに行われ、百年前の宇多《うだ》天皇と醍醐《だいご》天皇にも継承されたという史実のみだった。しかしその鷹狩の実態などは、全く知らない。

ここは父君に頼るしかなく、久しぶりに文《ふみ》を送った。鷹狩の行幸について詳細を書き記した書物はないかという質問を、使いの者に託したあと、母君や妹、惟規《のぶのり》や惟通《これみち》、そして我が子の賢子《かたこ》の様子を尋ねるのを忘れていることに気がつく。全く用件だけの文章になったのを悔《く》いた。

父からの返書はその日のうちに、古書と共に届けられた。書物は『吏部王記《りほうおうき》』で、代々の帝の治政下で行われていた行事が、事細《こま》かに記されていた。最も参考になったのは、今から八十年ほど前の延《えん》長《ちょう》六年（九二八）の十二月五日に行われた、醍醐天皇の大原野行幸だった。

何刻《なんどき》に内裏を出て、どの道順を通り、その行列に従う人の配置、衣装《いしょう》の形と色、浮橋を渡る順番と様子、設営された御座所《おましどころ》の様子と膳の中味、着替えのあとの狩見物、そのあとの管絃《かんげん》の遊び、などが、これでもかという具合に記録されていた。

ここでさらに参考になったのは、このときの行幸に、醍醐天皇の父である宇多上皇《じょうこう》が参加しなかった事実だった。上皇までも加わるとなると、天皇の威光が減じてしまう。これは道理で、物語でも、光源氏は自邸に留め置いて供奉《ぐぶ》させず、饗応《きょうおう》の品々だけを贈らせることにした。

こんな書物を蔵している父君と代々の先祖に感謝したかった。『吏部王記』を読み終えて、改めて父君の手紙を読むうちに涙が流れてきた。賢子の成長ぶりの他、母君や妹、弟二人のことが過不足なく書かれ、堤第のことは心配するな、そなたの中宮様の許での働きぶりはここまで伝わって来る、父はそなたを誇りに思う、と付記されていたからだ。誠に我が身は、藤原為時《ためとき》の娘だった。

父君、母君共に元気で、母君は今でも家事を取りしきり、暇《いとま》を見つけては和琴《わごん》や箏《そう》を弾《ひ》くという。妹の雅子《まさこ》には男子が生まれ、間もなく、母子とも夫君の邸《やしき》に移るらしい。堤第は寂しくなるものの、妹にとっては正妻としての地位が固まったわけで、慶賀《けいが》の至りだった。惟規は蔵人《くろうど》として多忙であり、通う女も当然ながらできていた。惟通はまだ官位がなく、学問に打ち込む日々らしかった。

そして賢子は、その惟通から読み書きを仕込まれ、母君からは和歌の手ほどきを受けているという。「賢子を見ていると、そなたの幼い頃そっくりだ」と、父君が書いているのも嬉《うれ》しかった。

この「行幸」の帖も、弁内侍の君に手渡して、次の帖の執筆に取りかかった。同時に、道長様から頼まれた日記も記さねばならず、また女房としての日々の務めもあり、寝る間も惜《お》しんでの毎日になった。宰相《さいしょう》の君のように昼寝でもしたいものの、性来、昼寝はできない性質《たち》だった。横になると却《かえ》って目が冴《さ》えてくるのだ。

そんな宰相の君から真顔《まがお》で訊《き》かれたのは、「行幸」の帖を弁の内侍の君に渡した三日後だった。

「やはり、人は氏《うじ》より育ちでしょうか」

唐突《とうとつ》な問いに驚いたあと、近江の君のことだと思い当たる。もう宰相の君が書写を終えているのにもびっくりする。

「育ちだけですむものではないような気がします。近江の君のことですね」

聞き返すと、宰相の君が頷《うなず》く。

「わたしは近江の君をあからさまには笑えないのです、可哀想《かわいそう》な気がして。あの人の母君は、内大臣と契《ちぎ》ったくらいですから、そんなに下賤《げせん》な身分ではなく、近江守《おうみのかみ》の娘辺りでしょう。つまり受領《ずりょう》の娘の子です。よほど周囲の訓育に恵まれなかったのでしょう。そうでなければ、あんな人となりにはならないはずです。それが気の毒でなりません」

宰相の君がしんみりと口にした、受領の娘の子という言葉に胸を打たれる。何のことはない、賢子がまさしくそうだった。

「よっぽど、放漫に育てられたのでしょう。周囲も教え導かなかったのではないでしょうか」

そう答えるしかないものの、宰相の君は頷いてくれた。

あとになって、どうして宰相の君が近江の君に同情したのか、その理由に思いが至る。宰相の君は、れっきとした公卿《くぎょう》の娘であり、彰子中宮様の従姉妹《いとこ》でもある。それが出仕《しゅっし》の身になったのも、母君の身分が低かったからに違いない。

そうなると、やはり氏より育ちで、宰相の君の素養《そよう》の深さには常々感心させられる。同じように、賢子が周囲から最大限の教えを受けているのは幸いだった。

重陽《ちょうよう》の節句の九月九日、道長様の北の方である倫子《ともこ》様から、菊の着せ綿《わた》が贈られて来た。持参したのは兵部《ひょうぶ》のおもとの君だった。

「これはわざわざ、北の方が作らせた菊の着せ綿です。これで老いを拭《ぬぐ》いなさいと言われました」

ありがたいとは思いつつ、多少の反発を覚えて、その場で返歌をしたためる。

菊の露若《わか》ゆばかりに袖ふれて
花のあるじに千代《ちよ》はゆずらん

菊の露で若やぐというので、ちょっと袖に触れるだけにして、千代の命は花の主《あるじ》である倫子様に譲ります、という意で、兵部のおもとの君に渡そうとした。

「もう北の方は帰られましたので」

と兵部のおもとの君が言ったため、無用の歌になってしまう。前の夜に菊の花を真綿《まわた》で覆《おお》っておくと、翌朝には夜露に濡《ぬ》れて、綿には香りが移る。その綿で老いの汚《けが》れを拭い取れと言われても、三十六歳の今、まだ老いてはいないという自負はある。むしろ僭越《せんえつ》ながら、倫子様のほうが必要なのかもしれなかった。歌は用なしになったものの、倫子様が気にかけて下さったのは、嬉しかった。

その日の夜、中宮様の許に行くと、月の光がさやけく、御簾《みす》の下から簀子《すのこ》の端に、女房たちの美しい裳《も》の裾が出ているのが目にはいった。小少将の君や大納言《だいなごん》の君などがもう側に侍《はべ》っていた。

香炉《こうろ》に薫《た》かれているのは、先月二十六日の薫物合《たきものあわ》せに使われた香《こう》だった。中宮様の優雅な有様《ありさま》や、葛《くず》の色の紅葉《もみじ》が待ち遠しいなど、口々に申し上げていると、いつもよりご気分が悪そうで、加持祈禱《かじきとう》の準備が急がれているようだった。その騒がしさに余計不安になり、中宮様の近くにいると、人から呼ばれて、自分の局《つぼね》に下がった。お産はまだのようなので、そのまま寝入ってしまった。夜中になって、道長様以下の人々が大声で呼び合う声がした。

翌日十日の早朝、中宮様は出産のために東の対《たい》から寝殿《しんでん》の御座所《おましどころ》に移られ、白一色の御帳台《みちょうだい》にはいられた。同時に衣装も白に更衣《こうい》される。道長様をはじめとして、子息の公達《きんだち》や四位五位《しいごい》の人たちが、御帳台の四面に垂らす帷《とばり》や、帳台に敷く上筵《うわむしろ》や茵《しとね》を持ち寄って、その騒がしさは格別になった。

この日は一日、中宮様も不安な様子で、起きたり臥《ふ》したりされていた。生霊《いきりょう》や死霊が憑《つ》くのを避けるために、祈禱や呪法《じゅほう》をする者たちが、物の怪《け》を五人の憑坐《よりまし》に駆《か》り移して、調伏《ちょうぶく》する声が響き合う。これには、日頃から土御門殿に出入りする僧侶は無論のこと、方々の山や寺を訪ねて、修験《しゅげん》の行者《ぎょうじゃ》は残りなく集められていた。

あたかも、前世《ぜんせ》と現世、来世の三つの世の仏が、空に翔《か》け回っているように感じられる。陰陽師《おんみょうじ》も世にある限り呼ばれており、これによって八百万《やおよろず》の神もしっかり耳を傾けておられるに違いない、とみんなで囁《ささや》き合う。誦経《ずきょう》の使いたちが、大声を出してあちこち動き回る音が続いて、その夜も明けた。

白木《しらき》の御帳台の東面《ひがしおもて》には、帝付きの女房たちが伺候《しこう》して参集している。西面《にしおもて》には、屏風《びょうぶ》一双《そう》を立て巡らせて部屋にし、その入口には几帳《きちょう》が立てられている。修験者《しゅげんじゃ》がひとりずつ交代でやって来ては、憑坐を調伏していた。南面《みなみおもて》には、位《くらい》の高い僧正《そうじょう》や僧都《そうず》が重なり合って集《つど》い、読経《どきょう》をしているので、今にも不動明王《ふどうみょうおう》が姿を現しかねない勢いで、声を張り上げているため、声はみな嗄《か》れてしまっていた。

北側には御帳台と障子《しょうじ》の間の非常に狭い所に、四十人ほどの女房が集まっていた。微動だにせず、上気した顔で我を忘れている様子だ。最近になって出仕した女房たちは、中に坐らせてもらえず、裳の裾や、衣の袖をどこに置いていいかもわからずにいる。古参の女房たちは、お産を案じて、忍び泣いていた。

十一日の早朝、難産のため、北の障子を二間《けん》分取り除いて、北の廂《ひさし》の間《ま》に中宮様が移された。観音院権僧正《かんのんいんごんそうじょう》や、興福寺別当《こうふくじべっとう》の権大僧都、東寺《とうじ》の権法務《ほうむ》僧都などが参上して、加持の読経をする。法性寺座主《ほっしょうじざす》の院源《いんげん》僧都が、昨日道長様の書いた安産祈禱の願文《がんもん》に、さらに筆を加えて読み上げた言葉は、実に尊《とうと》く、頼もしいこと限りなかった。道長様もそれに添うようにして仏を拝むお姿もまた、頼もしかった。

とはいっても、これは難産であり、「まさかのことはあるまい」とは思いながらも、悲しみは去らず、女房たちは涙をこらえきれずに、「泣いてはいけない」「却って忌《い》むべきこと」と呟《つぶや》き合っては、涙する。

人が多く、混み合っているため、中宮様の心地も良くなかろうと、道長様が女房たちを南面と東面に移動させ、主《おも》だった五人のみが廂の二間に残った。道長様、宰相の君、道長家の女房である内蔵《くら》の命婦《みょうぶ》、さらに几帳の中には、仁和寺《にんなじ》の僧都と三井寺内供奉《みいでらないぐぶ》僧の二人がはいった。道長様が必死に無事を命じる声に気迫《けお》されて、僧たちの声も消されてしまうようだった。

もう一間には、大納言の君、小少将の君、宮の内侍《ないし》、弁の内侍、中務《なかつかさ》の君、大輔《たいふ》の命婦、帝のお言葉を伝える宣旨《せんじ》の大式部のおもとがいた。いずれも古参の女房方であり、おしなべて心配そうな表情である。古参ではない自分も末席を汚《けが》しているひとりで心をひとつにして無事のお産を願った。

さらにまた、後方の端に立てた几帳の外には、道長様の倫子様腹の次女で尚侍《ないしのかみ》である妍子《きよこ》様の中務の乳母《めのと》、三女威子《たけこ》様の少納言《しょうなごん》の乳母、四女嬉子《よしこ》様の小式部《こしきぶ》の乳母などが控えた。

元の御帳台と新しい白木の御帳台の間にある細い通路を、行ったり来たりしている人々の顔は、いちいち見分けがつけにくい。それでも、道長様の子息の頼通《よりみち》様と教通《のりみち》様以下、宰相中将や四位の少将は言うに及ばず、左宰相の中将や宮大夫など、日頃は近づき難い人々さえもが、時々几帳の上から中を覗《のぞ》いては、泣き腫《は》らした目を見られるのも恥ずかしくない様子だ。頭には、邪気《じゃき》を祓《はら》うための散し米が雪のように降りかかっていて、萎《しぼ》んだままの衣も見苦しいながら趣《おもむき》がある。

余りの難産なので、仏の加護《かご》を頼んで、中宮様に剃髪《ていはつ》の作法をして、受戒《じゅかい》が授けられる。この功徳《くどく》で安産を祈願するためではあるものの、やはり悲しく、困惑させられる。

東面に寄り集まった人々のうち、小中将の君は左の頭《とう》の中将の君と顔を見合わせて、驚き呆《ほう》けている。小中将の君は、化粧など念入りにして美麗《びれい》な人なのに、明け方に化粧で整えた顔が、今は泣き腫れて、涙のためにひどく化粧崩れがして、その人と見分けがつかない。宰相の君も同様で、化粧が台無しになっている様子は、なかなか見られるものではない。まして器量の良くない自分は、惨憺《さんたん》たる有様だろうが、幸い、誰もが取り乱していて、気づかれないのはありがたかった。

いよいよご出産が間近になり、憑坐に駆り出された物の怪が口惜《くちお》しがって喚《わめ》く。中宮付きの源の女《にょ》蔵人《くらうど》が受け持つのは心誉阿闍梨《しんよあじゃり》、兵衛の女蔵人には何某《なんのなにがし》の僧、右近の女蔵人には法住寺《ほうじゅうじ》の律師《りっし》、宮の内侍の局にも知尊《ちそん》阿闍梨などがいたものの、憑坐のほうが物の怪に引き倒されて、調伏ができない。そこで今度は、念覚《ねんがく》阿闍梨も呼ばれて調伏に加わる。

こんなに調伏が成就《じょうじゅ》しないのも、阿闍梨の霊験《れいげん》があらたかでないのではなく、物の怪が手強《てごわ》いのだ。宰相の君の局に、物の怪を招き寄せる験者《げんじゃ》を加えて、一晩中祈禱が続けられる。誰もが声を嗄らして祈るものの、物の怪は憑坐に移らず、騒然となった。

ようやく真昼時になって、ご出産にこぎつけ、朝日が射した心地がする。皇子《おうじ》であり、その喜びは格別だった。昨日から涙にくれ、今朝《けさ》も朝露の涙を流した女房たちは、それぞれの局に戻って休んだ。中宮様の側には、産後の処置をわきまえている女房たちが残った。

後産《あとざん》はまだなのに、無事ご出産の報に、広い母屋《もや》や南の廂、高欄《こうらん》の隅々まで立錘《りっすい》の余地もないくらい集まっていた僧や、官人などは、ひとしきりどよめいて、額《ぬか》ずいた。

道長様も中宮様の母君の倫子様も姿を見せて、このひと月、修法《ずほう》や読経をした僧の他、この二日間で招かれた僧などに布施《ふせ》を下される。典薬寮《てんやくりょう》の医師《くすし》や陰陽師にも、その効があったとして禄《ろく》を授ける。その一方で沐浴《もくよく》の儀式を調《ととの》えるよう命じられた。

女房たちの局には、大きな袋や包みが運び込まれ、刺繡《ししゅう》の施《ほどこ》された唐衣《からぎぬ》や、裳、袖口を飾る螺鈿《らでん》などが用意された。それらの品を人に見られぬように隠し、「扇を持って来て下さい」などと言い合って、女房たちは化粧をし直すのに懸命《けんめい》だ。

渡殿《わたどの》にある局から外を見ると、妻戸《つまど》の前に中宮職長官《かみ》や東宮職長官などの上達部《かんだちめ》が多く控えていた。そこへ道長様が出て来られて、このところ埋もれてしまっていた遣水《やりみず》の修理を命じる。

人々は浮き浮きした様子であり、心の中で思案している人もあろうが、今はただ、喜びに満ちた世であるのは間違いない。中宮職長官などは特に笑顔を見せているわけではないものの、喜びは自《おの》ずと顔に出ていた。右宰相中将と、権中納言《ちゅうなごん》が、対《たい》の簀子ではしゃいでいる姿も見えた。

内裏から頭中将頼定《よりさだ》様が、帝から下賜《かし》された守刀《まもりがたな》の御佩刀《みはかし》を持参した。ちょうどこの日は、伊勢《いせ》神宮に奉幣使《みてぐらつかい》を発遣《はつけん》する日であり、帰参するまでは、内裏で物忌《ものいみ》が解けないため、土御門殿で産穢《さんえ》に触れた頼定様は、そのまま内裏に殿上《てんじょう》するのは憚《はばか》られた。道長様も中にはいれず、立ったままで、安産の旨を奏上《そうじょう》するよう申し渡し、禄を与えられた。

臍帯《さいたい》を竹刀《あおひえ》で切る役は倫子様で、初乳《しょにゅう》を与える御乳付《おんちつけ》は橘《たちばな》の三位《さんみ》の徳子《のりこ》様だった。乳母の役は、もとから中宮付き女房で、心優しい大左衛門《おおさえもん》のおもとに決まった。備中守《びっちゅうのかみ》の娘で、蔵人の弁の妻だった。

夕方になって、ようやく御湯殿《おゆどの》の儀式が始められた。灯火《ともしび》を点《てん》じて、中宮職の下役の女たちが、深緑の衣の上に白い絹の袍《ほう》を重ね、湯浴《ゆあ》みの準備をする。桶《おけ》を置いた台など、すべて白い布に覆われていた。尾張守知光《おわりのかみちかみつ》殿と中宮職の侍長《じちょう》の仲信《なかのぶ》殿が、厨子《ずし》二つを御簾《みす》の近くに持参する。

清子《きよいこ》の命婦と播磨《はりま》の命婦が取り次ぎ、湯を水でうめて適温にする。別の女房が産湯《うぶゆ》に用いる瓫《ほとぎ》に十六口湯を注ぎ、余った湯は湯槽《ゆぶね》に入れた。薄い絹織物の表着《うわぎ》、細かく固く織った絹布の裳、唐衣、髪上に使う釵子《さいし》をつけ、白い元結《もとゆい》をしている。なかなか見所のある頭飾りだった。

湯殿の係は宰相の君で、迎え湯は大納言の君であり、二人共、湯水がかからないように白い生絹《すずし》を腰に巻いて、いつもと異なる風情《ふぜい》に満ちて、趣充分だ。

道長様が皇子を抱かれ、御佩刀は小少将の君が持ち、魔除《まよ》けの虎の頭《かしら》の作り物は宮の内侍の君が持って先を歩く。その唐衣は松の実の紋、裳は波や魚、貝などの海辺を表す模様が織り出されている。腰の部分の大腰は薄い絹に唐草《からくさ》が縫い込まれていた。小少将の君の唐衣は、秋の草叢《くさむら》に蝶《ちょう》や鳥の模様が銀糸で刺繡されている。織物には限度があるので、思うままに趣向を凝《こ》らせず、腰の部分のみに特別の工夫がなされていた。

道長様の代わりに、頼通様と教通様、右近衛少将の源雅通《みなもとのまさみち》様などが、大声を出しながら散米をして魔を祓うなかで、浄土寺《じょうどじ》の僧都が護身《ごしん》の修法を行う。散米が頭や目にも当たって、若い女房たちが扇で顔を隠して笑い合う。

御湯殿の儀に、漢籍の由緒《ゆいしょ》ある一節を読むのは、蔵人右少弁《うしょうべん》で文章《もんじょう》博士の藤原広業《ひろなり》殿だった。高欄に立って、『史記《しき》』の第一巻、「五帝本紀《ほんぎ》」の黄帝《こうてい》の条を読み上げる。同時に、魔除《まよ》けのための鳴弦《めいげん》には、五位の者十人、六位の者が十人、二列に並んで、弓の弦をはじいて鳴らした。

真夜中の御湯殿の儀式も同じで、読書博士《ふみはかせ》だけは、明経《みょうぎょう》博士で伊勢守の中原致時《なかはらのむねとき》様にかわったようで、読まれたのは『孝経《こうきょう》』の「天子章」の一節だった。その後も御湯殿の儀は七日間、朝夕二度実施され、読書の儀は、藤原広業殿と中原致時様、そして文章博士の大江挙周《おおえのたかちか》殿が交代で務め上げた。

すべての調度《ちょうど》やしつらいが白一色なので、女房たちの姿や髪の色合いが、際立って鮮明に見える。ちょうど墨絵に、髪などを描いたようでもある。そこに立ち交じるのも気が引けて、身の置き所もなく、それでいて華やかな心地がするので、昼の間は局から出ないでいた。

東の対にある局から、参上する人々を眺《なが》めると、禁色《きんじき》を許された上臈《じょうろう》の女房たちは、赤青の唐衣に白一色の袿《うちき》を着ているので、趣があるものの、その心の内までは見えない。禁色の身分の女房たちのうち、大人びている人は、みっともない飾り立てはせず、瀟洒《しょうしゃ》な三枚重ねや五枚重ねの袿に、表着は平絹の無紋の唐衣を地味に着ている。重袿《かさね》には綾の薄物を着ている女房もいた。

扇などは派手にせず、目立つのを避けている。扇面には、由緒ある詩文の一句が書かれ、それが偶然にも同じ文句だったりして、同年輩の女房たちが見せ合っている。誰もが心をひとつにしているのは明らかだった。

裳や唐衣の縫物は言うまでもなく、袖口や裾を金銀糸で細かく縁取《ふちど》りをしたり、裳の縫目にも銀糸を紐《ひも》のように組み、銀箔《ぎんぱく》を紋柄に押してある。そんな白い衣装や銀扇の有様は、まるで雪の深い山を、月の美しい夜に見渡している心地がする。きらきらと輝き、細部までは見えず、ちょうど鏡に映したように見えた。

こうした騒々しい土御門殿ではあるものの、寸暇《すんか》を惜しんで物語を書き進めた。小少将の君や大納言の君、宰相の君も、それぞれ、時を盗むようにして物語を書写しているようで、それぞれ重役を担ってくれているのが、嬉しくもあり、申し訳なくもあった。

しかし筆を手にして物語を書くのは、暇がたっぷりあればいいというものではない。むしろ多忙なときほど、文机《ふづくえ》に向かうと想念が湧《わ》いてくる。局の外の人の気配、衣《きぬ》ずれの音、誦経の声などが身近にあると、筆が弾《はず》むのは、自分ながら不思議だった。

この頃は、誰もが尚侍《ないしのかみ》としての宮仕《みやづか》えを勧めるようになり、玉鬘はそれが悩みの種で、親とも思っている源氏の大臣《おとど》さえも、気心が許せないこの世ではあり、まして宮仕えするとなれば、秋好《あきこのむ》中宮や弘徽殿女御《こきでんのにょうご》の思惑もからんでくるはずで、自分を疎《うと》んじる事態になれば、い辛《づら》くなるのは確実であった。

我が身の頼りなさはかくの如《ごと》しで、源氏の大臣にも内大臣にも、大切に扱ってもらう程の縁もなく、加えて世間も、自分を軽蔑《けいべつ》するようになっているような気がして、源氏の君との仲を勘ぐり、物笑いの材料にしようとして、人の不幸を願っているような人々も実際いるので、何につけても嫌な事ばかりが起こって来そうで、分別のある年頃だけに、種々に思い乱れ、人知れず嘆いていた。

このままの状態でいるのも悪い事ではないにしても、源氏の大臣の内心が嫌らしく煩《わずら》わしく、何とか機会を得て、きっぱりと縁を切り、世間の人があれこれ勘ぐるのを断ってしまえば、心もすっきりするような気がする。実の父の内大臣も、源氏の大臣の思惑に遠慮して、誰に遠慮なく娘を受け取って、親らしく振舞う事もされないようであり、かといって宮仕えするのも、また色恋沙汰《ざた》に巻き込まれてしまうのは必至《ひっし》で、「ほとほと我が身は、世間に騒ぎをもたらすようにできている」と思われた。

実際、内大臣と対面して以来、源氏の君が言い寄る態度は如実《にょじつ》になり、玉鬘の悩みはいや増すばかりであるにもかかわらず、この悩みの全部でなく、ほんの一部でも打ち明ける母親がいるわけでもない。まして源氏の大臣と内大臣は立派過ぎて、こういう事情を筋道立てて相談するのは至難《しなん》の業《わざ》であった。

こうして世間一般の人にはありえない身の上を嘆いては、趣のある夕暮れの空を縁近くに寄って、眺めやっている姿は、何とも美麗で、病床にあった大宮《おおみや》が亡くなった今、薄い鈍色《にびいろ》の地味な衣を端正《たんせい》に着ているため、常とは異なる色合いによって、顔立ちが一層華やいで見える。側近の女房たちはその有様に、笑《え》みを浮かべてうっとりと見とれていた。

ちょうどその折、夕霧《ゆうぎり》の宰相中将が、同じ鈍色ながら、亡き大宮に育てられた近い縁なので、もっと濃い直衣《のうし》を着て参上すると、通常は垂らしている冠の後ろの纓《えい》を、服喪《ふくも》のために巻き上げている姿は、雅《みやび》やかで美しい。

当初から、夕霧宰相は玉鬘を姉君と思って好意を持っており、玉鬘もそっけない態度を取ってこなかっただけに、御簾に几帳を添えただけの対面は、取り次ぎの女房なしになる。源氏の君の使者として、帝からの宮仕え下命《かめい》の内容をそのまま玉鬘に伝えると、玉鬘の返事は、おおらかで感じがよく、実に洗練されていた。

夕霧としては、あの野分《のわけ》の日の朝に偶然見た化粧前の顔や、源氏の君に寄り添っていた、見てはいけないものを垣間見《かいまみ》た光景が思い出され、姉弟ではないという事実を知った今は、恋しさが募《つの》るばかりである。

「父の太政大臣《だいじょう》は、玉鬘が宮仕えをしたからといって、自分の思いを捨てる事はなさるまい。傍目《はため》にも素晴らしく似合いの二人の間柄であるだけに、今後は色恋の方面で面倒な事が、必ず出てくるに違いない」と夕霧宰相は胸塞《むねふさ》がる思いでいたものの、さりげなく玉鬘に、「誰にも聞かせるなと、源氏の大臣が申された話を、しようと思うのですが、如何《いかが》でしょうか」と、意味ありげに言うので、近くにいた女房たちは少し退《ひ》いて、几帳の後ろで素知《そし》らぬ顔をしていた。

夕霧は作り事の伝言をあれこれ言って聞かせ、要は、帝は宮仕えを熱望されているので、それを承知の上で用心したほうがよいでしょう、といった内容だったので、玉鬘は返事のしようがない。溜息《ためいき》ばかりついていて、その様子も美しく心惹《ひ》かれるので、夕霧はこらえきれず、そのまま続けて、「大宮が亡くなったのは三月二十日なので、喪服も今月二十日には脱がれると思いますが、日柄がよくありません。十三日がよく、賀茂《かも》川の河原で除服《じょふく》の祓《はら》いをするので、出かけて下さいとの源氏の大臣の言葉がありました。私も御供させていただきます」と言う。

「ご一緒下さると、大袈裟《おおげさ》にならないでしょうか。目立たないようにしたほうが、よいように思えます」と、玉鬘が応じる態度には、この服喪の裏にある事情を、世間の人には広く知らせまいとする、深い配慮が窺《うかが》われる。

夕霧は、「大宮の孫である事を、人には漏《も》らすまいとされているのが、私には辛い事です。私が今着ている喪服は、いとおしい大宮の形見であり、脱ぎ捨てるのも大変耐え難いものがあります。それにしても不思議なのは、あなたがここ六条院におられる事です。この喪服の事がなければ、あなたとの繋《つな》がりも理解できなかったでしょう」と言う。

それに対して、「何につけても分別のないわたくしには、どういう筋道なのか理解できかねます。とはいえ、この喪服の色こそは、しみじみと悲しく心に沁《し》み渡ります」と答える玉鬘の様子は、いつもより打ち沈んでいた。それが夕霧には、かえって可憐《かれん》に見えた。

夕霧の手には、美しい藤袴《ふじばかま》の花の一房が握られていて、何かの折にと考えて持って来ていたのを、今だと思って、御簾の端から差し入れ、「この花をご覧下さい。どういう縁かはおわかりでしょう」と言う。藤袴の花の薄紫は、紫のゆかりを意味し、玉鬘は夕霧にとって母方の従姉弟《いとこ》だからであり、玉鬘が何げなく藤袴を手に取ろうとしたのに、夕霧は花の枝を放さず、玉鬘の袖を引き寄せて、詠歌《えいか》した。

同じ野の露にやつるる藤袴
あわれはかけよかことばかりも

同じ野原で露に萎《しお》れている藤袴のように、藤色の喪服を着ている二人ですので、どうか少しは優しい言葉をかけて下さい、という恋情であり、下の句の「かことばかり」から、『古今《こきん》和歌六帖』の古歌《ふるうた》、あづま路の道の果てなる常陸帯《ひたちおび》の　かことばかりも逢い見てしかな、を想起した玉鬘は、自分への思いに当惑しつつも、素知らぬふりをして奥に引っ込んで返歌した。

尋ぬるにはるけき野辺《のべ》の露ならば
　薄紫やかことならまし

尋ね来て、それが遥かな野辺の露のように、わたくしたちの関係が縁遠いものでしたら、藤袴の薄紫色も口実にはなるでしょうが、二人共大宮の孫です、という反論で、古歌の、武蔵野は袖ひつばかり分けしけど　薄紫は訪ねわびにき、を下敷にしていて、「こうして話す以上の深い間柄ではありません」と玉鬘が応じる。

夕霧も少し笑って、「縁が深いか浅いかは、あなたもよくわかっておられると思っています。本当を言えば、畏《おそ》れ多いあなたの宮仕えを知って、私の思いを抑える事ができません。この心の内を知っていただきたいと思いつつ、却って嫌われるのが辛くて必死でこらえておりました。しかしこうなっては同じ事と思って、打ち明けた次第です。

柏木《かしわぎ》の頭中将があなたを恋しく思っていたのは、お気づきでしたか。あの時は他人事《ひとごと》と気にしていなかったのに、今それが自分の身になり、自分の愚かしさが身に沁みます。柏木中将は、あなたと実の姉弟とわかってから、一生側にいられると心を慰めています。それが私には羨《うらや》ましくもあり、妬《ねた》ましくもあるのです。こんな私を哀れと思って下さい」と、細々《こまごま》と胸の内を伝える様子は、傍目にも見苦しかった。

玉鬘は困惑して、少しずつ奥に引っ込んだので、「これは心外です。私が過《あやま》ちなどしない性質《たち》であるのは、もうとっくにおわかりのはずなのに」と夕霧は言う。このついでに心の内を今少し漏らそうとしたものの、玉鬘は、「妙に気分が悪くなりました」と言って、奥にはいってしまったので、夕霧はがっくりと落胆《らくたん》して座を立った。

「言わないでいい事を口に出してしまった」と夕霧は後悔する一方で、玉鬘以上に恋しく思われた紫の上を、「先刻の御簾と几帳越しぐらいに、せめて声だけでも、いつか聞いてみたい」と考えながら、源氏の大臣の許に参上した。

源氏の君が出て来たので、玉鬘の返事を伝えると、源氏の君は、「このたびの宮仕えは、どうやら気乗りしない様子です。蛍兵部卿宮《ほたるひょうぶきょうのみや》などは、こうした色恋の道には通じていて、真心《まごころ》を尽くして口説《くど》かれていいます。そのため悩んでおられるようで、気の毒です。確かに、大原野《おおはらの》の行幸で帝を見て、実に素晴らしい方だと感じ入ってはいます。若い女ならほんのちょっと帝を見れば、宮仕えの話には飛びつくだろうと思って、この件も取り計らったのですが」と言う。

夕霧も、「それにしても、玉鬘の姫君の人柄は、帝と蛍兵部卿宮のどちらにぴったりするでしょうか。宮中では、秋好中宮があのように頭ひとつ抜けておられますし、弘徽殿女御も身分が高く、世評も大したものです。帝の寵愛《ちょうあい》がどんなに深くても、このお二人と肩を並べるのは難しいように思います。

蛍兵部卿宮は熱心に求愛しておられるので、このたびの入内《じゅだい》のご依頼が正式なものでないにしても、無視されたと遺憾《いかん》に思われるでしょう。父君と蛍兵部卿宮は兄弟であるだけに、実に気の毒ではありります」と、十六歳の年齢にしては思慮深い言い方をした。

源氏の君は、「これは難題で、私の心ひとつでどうにでもなる事柄ではありません。あの鬚黒《ひげくろ》大将も、私を恨《うら》んでいると聞いています。玉鬘の苦境を見過ごす事ができずに手助けしたのに、逆に根拠のない恨みを買うなんて、やはり軽率だったかもしれません。

実を言えば、あの人の母君の遺言が忘れられず、姫君が心細い山里にいると聞き、内大臣に伝えたところ、耳も貸してくれず、私の方に泣きついたので、可哀想に思って引き取ったのです。私の所でこうして大事にされているため、内大臣も一人前の我が娘として扱われているようです」と、もっともらしく言う。

さらに、「人柄は、蛍兵部卿宮の夫人として最適でしょう。今の世に合った優雅さがあり、賢く、過ちなどするはずがなく、似合いの夫婦になりましょう。一方、宮仕えしたとしても、十二分の条件を備えていて、美貌《びぼう》で才気もあり、それでいて公務もてきぱきとこなして、帝の期待に背《そむ》かないはずです」と言い募る。

夕霧はそんな表面上の事よりも、真意が知りたくなり、「これまで年余にわたって世話されたのを、世間では違った風に噂《うわさ》しています。内大臣もそう思われているようで、鬚黒大将が、内大臣側のつてを頼って求愛された際も、父君と姫君の関係を推測して断られたようです」と正直に言上《ごんじょう》すると、大笑いしながら源氏の君は「世間の噂も、内大臣の断りようも、見当はずれです。宮仕えにしても、実父である内大臣が決めた事に従うべきでしょう。女というもの、幼くては父に従い、嫁いでは夫に従い、老いては子に従うものです。その順番を間違えて、私の意に従うなどは、あってはいけない事です」と、弁解した。

夕霧は、「内大臣の内々の話ではこうなっています」と前置きして、「この六条院には立派な女君《おんなぎみ》たちが長年連れ添っているので、その方々の数の中に玉鬘を入れるわけにはいかず、内大臣に押しつけて手放すつもりだろう。その際、支障《さわり》のない宮仕えの形にして、源氏の大臣が自分のものにしようとされているのは、実に賢いやり口だと、内大臣は感謝しておられたと、確かな筋から聞いております」と、理路整然《りろせいぜん》と言ったため、源氏の君は半ば首肯《しゅこう》しつつも反論する。

「何とも内大臣はひねくれた見方をしたものです。物事の裏の裏まで勘ぐる性分だからでしょう。宮仕えにしても結婚にしても、いずれそのうちはっきりするはずです。全く内大臣は、物事の四隅《よすみ》まで気を利《き》かす人だ」と、笑って見せたものの、夕霧の疑問は晴れない。

その一方で、源氏の君も内心で内大臣の気の回し方を不気味《ぶきみ》に感じつつ、「確かにここで人の推量する通りになれば、こちらの立場が悪くなる。あの内大臣には何とかして我が身の潔白を知らせる必要がある。宮仕えという形で、玉鬘との間柄をぼかしてきたこちらの策略を、よくぞ気づいたものだ」と思った。


八月になって除服の儀が行われ、九月は結婚の忌《い》み月であるため、源氏の君は玉鬘の参内《さんだい》を十月と思い定め、帝に奏上《そうじょう》する。帝もそれを待ち遠しく思っていたので、それまで言い寄った者たちは、それぞれに口惜しがり、参内前に何とかしたいと念じ、おのおの懇意《こんい》にしている仲立ちの女房のつてを頼って泣きついたものの、それは、吉野の滝を堰止《せきと》めるよりも困難で、どの女房も「やりようがありません」と答えるばかりであった。

夕霧宰相も、なまじ言う必要のない事を漏らしたあと、「どんな風に思っておられるか」と気がかりだったので、六条院をあちこち駆け回り、普通のお世話をする体裁で、玉鬘の機嫌を取るのに心を砕きつつ、もはや軽々しく言い寄ったりはせず、自制しながらの振舞に終始する。

実の兄弟の君たちは、玉鬘に近寄る事はできず、宮仕え後の世話をしようとして、その時を各自心待ちにしており、柏木頭中将は、それまで熱心に言い寄っていたのが、ぴったりと止み、女房たちは「何とも不思議な豹変《ひょうへん》ぶり」と苦笑していた。

そんな折、柏木中将が内大臣の使者として訪問して来る。表向きには姉弟という事実は伏せられており、こっそりと手紙などは交わしていたので、月の明るい夜、柏木が桂《かつら》の陰に隠れて立っていると、それまで一切見向きもしなかった玉鬘は、一変して南の御簾の前に柏木を迎える。

まだ直接言葉を交わすのはためらわれ、お付きの女房の宰相の君を通して、言上を聞くと、「父大臣が私を選んで使者としたのは、人を介してではなく直接に伝言させるつもりだったからでしょうが、こう隔てがあるのは心外です。私自身は物の数にもはいらない人間です。しかし血縁は切っても切れぬという喩《たと》えもあります。それを頼りにして参上したのです」と、柏木が不満げに言う。

「確かに、長年の積もった思いなども申し上げたいのですが、このところ妙に気分が優《すぐ》れず、起き上がる事もできません。これほどまで、わたくしを咎《とが》めなさるのも、却って肉親らしくない感じが致します」と応じる玉鬘の返事には、真心が感じられる。

「気分が悪いのであれば、せめて几帳の傍《そば》にでも、近寄れないでしょうか。いえいえ、こう申し上げるのも、浅慮《せんりょ》でしょう」と言う心配りは、誰よりも優れていて、好感が持て、「参内なさる際の段取りなど、詳細はお伝えできませんが、その点は、内々に相談して下さい。万事人目があるので、こちらに参る事もできず、話もできかねる事を、申し訳なく思っております」と、柏木は内大臣の言葉を伝える。

ついでに、自分の事も言い添え、「いえもうこれからは、懸想文《けそうぶみ》などは送る事はできません。姉弟であるにせよ、そうでないにしろ、私の心をないがしろにされるのは、恨めしく思います。第一に、今宵《こよい》のもてなし方です。堅苦しい南面《みなみおもて》ではなく、身内用の北面《きたおもて》のような所に招き入れてもらいとうございました。

あなたのような上臈女房は迷惑するでしょうが、せめて下仕《しもづか》えのような人々と、私は話がしたいのです。こんな他人行儀の扱いなど御免蒙《ごめんこうむ》ります。実に世にも奇妙な私たちの間柄です」と、柏木は首をかしげつつ、宰相の君に恨み言を言う。

宰相の君はそれを面白がって、玉鬘にそのまま取り次いだため、「誠に、内大臣の言われる通り、急に親しくするのも外聞が悪く、年頃ずっと胸の内にしまっていた思いを口にできないのは、辛《つろ》うございます」と、玉鬘は、内大臣の言葉のみに応じた返事をしたので、柏木はきまりが悪く、それ以上は言いたい事も我慢して、歌を詠《よ》んだ。

　　妹背山《いもせやま》深き道をば訪ねずて
　　　緒絶《おだ》えの橋にふみまよいける

実は姉弟という、深い事情も知らずに、恋文を送るなどして、叶《かな》わぬ恋に踏み迷った私でした、という慙愧《ざんき》の思いであり、「ふみ」には文と踏みを掛けていて、玉鬘も返歌する。

まどいける道をば知らず妹背山
たどたどしくぞ誰《たれ》もふみ見し

あなたが踏み惑っているなどとは知らず、わたくしもどうしていいかわからないままに、あなたの文を見ておりました、という感慨で、「踏《ふ》み見」に文見が掛けられている。宰相の君は、「手紙が弟の立場でなのか恋人の立場でなのか、姫君はよくわからないようでした。万事につけ、大層世間の事を気にされているので、返事もできなかったのです。これからは、そうでもなくなるはずです」と言上する。

柏木は「わかりました。長居するのもみっともないので、恨み言は、これから先、姉君のためにさんざん働いてからにしましょう」と言い置いて退出した。

月は明るく中天にあって、空の様子もしみじみとした風情がある中で、柏木の直衣姿は華やかに照り映え、顔立ちも美しいとはいえ、夕霧宰相の雰囲気《ふんいき》と容貌《ようぼう》には比肩《ひけん》できそうもない。柏木と夕霧は従兄弟《いとこ》であり、これほど素晴らしい一族もあるまいと、若い女房たちは感嘆しきりだった。

鬚黒右大将は、柏木が同じ右近衛府の次官《すけ》であるため、常に呼びつけては親しく話をし、内大臣にも玉鬘の事を宜《よろ》しくとお願いしていた。人柄も良く、いずれは朝廷の後見役《うしろみ》になるべき器なので、内大臣も何の不都合もないと考えていたものの、源氏の太政大臣が玉鬘の宮仕えを決めている以上、反対もできず、何か相応の理由もあるはずと思い、最終決定は太政大臣に一任する事にしていた。

鬚黒大将は、朱雀《すざく》院の承香殿女御《しょうきょうでんのにょうご》の兄にあたり、太政大臣と内大臣を除けば、それに次いで、帝の信頼の厚い、高貴な人である。年齢は三十二、三歳、北の方は紫の上の姉君で、式部卿宮の長女でもあり、大将よりは三、四歳年上なのは仕方ないとして、人柄がどうだったのか、鬚黒大将は婆さん呼ばわりをして、何とかして別れたがっていた。

六条院の源氏の君が、鬚黒大将と玉鬘の縁組に乗り気でないのは、こうした事情によるものだったが、決して好き心からではなく、鬚黒大将は縁組みのために熱心に立ち回っていた。「内大臣は、自分の事を問題外とは思っておられないようだ。玉鬘の姫君も、宮仕えを気が進まないと思っている様子だし」と思い定め、手づるが多いだけに宮廷の内情に詳しく、「ただ源氏の大臣だけが異論を持たれているようです。ここは実の父の内大臣の心を裏切らなければ、事はうまく運びます」と言って、何とかして仲介をするように弁のおもとを責め立てていた。

九月になり、初霜が降りた趣のある朝、いつものように、それぞれ仲介役の女房たちが、素知らぬふりで何通もの手紙を持参して来ると、玉鬘はそれには見向きもせず、ただ女房が読み上げる手紙のみ、耳を傾けていた。鬚黒大将の文には、「今もなお、あなたの心を頼みにしており、日々過ぎて行く空の景色に気がもめるのです」と書かれ、歌が添えられていた。

数ならばいとひもせまし長月《ながつき》に
　命をかくるほどぞはかなき

私が物の数にはいる人間であれば、嫌いもしただろうが、忌月《きづき》の九月に、あなたを得ようと命を懸《か》けるとは、はかない企《くわだ》てでしょうか、という捨て身の情念が示され、「月が改まったら」と付言されているのを、玉鬘は聞き留めたように見えた。

兵部卿宮からの手紙には、「今更言っても仕方ない私共の仲は、どうしようもありませんが」と書かれ、やはり歌が付けられている。

朝日さす光を見ても玉笹の
　葉分けの霜を消《け》たずもあらなん

朝日が射すような素晴らしい帝をご覧になっても、笹の葉の霜のようにはかない私を、忘れないでいて下さい、という未練の心中で、『古今和歌六帖』にある、玉笹の葉分けに置ける白露の　いまいく世へん我ならなくに、を踏まえていて、この宮の使いは、萎《しお》れきった笹に霜がついたままの枝に文をつけて持参しており、宮の胸の内にぴったりではあった。

式部卿宮の子息の左兵衛督《さひょうえのかみ》は、紫の上の兄弟であり、親しく出入りしていたので、詳しい事情も知っているだけに、玉鬘のつれない態度を恨み続ける心を歌にしていた。

忘れなんと思うものの悲しきを
　いかさまにしていかさまにせん

あなたを忘れようと思っても、この悲しみを一体どうしたらよいのでしょう、という恋心であり、古歌の、忘るれどかく忘るれど忘られず　いかさまにしていかさまにせん、を下敷にしていた。

各人の手紙は、紙の色や墨つき、薫き染《たし》めた匂いなど、それぞれに工夫がなされているため、「皆この方たちが諦《あきら》めてしまわれるのは、寂しいものです」と女房たちが言っていると、どう思ったのか、玉鬘は蛍兵部卿宮にだけ返歌した。

心もて光にむかうあおいだに
　朝おく霜をおのれやは消《け》つ

自ら光に向かう葵でさえ、朝置く霜を自分で消したりはしません、まして自分は心ならずも出仕する身なので、あなた様の事は忘れません、という底意が示されており、受け取った兵部卿宮は、ほのかな墨つきの筆跡を、格別な事として読み、玉鬘が自分の心根をよく理解しているのが、歌に表現されていて、嬉しかった。

このように、玉鬘の態度は控え目だったので、各方向から恨み言も多かったものの、太政大臣と内大臣は同様に、「女の心映えはこの姫君こそ手本にすべきだ」と、大いに評価した。

第三十八章　産養《うぶやしない》

中宮様《ちゅうぐう》のご出産後の多忙ななかでも、この「藤袴《ふじばかま》」の帖《じょう》を真っ先に筆写したのは小少将《こしょうしょう》の君《きみ》だった。

「玉鬘《たまかずら》の身の上がどこに託されるのか、はらはらさせられます。そんななかで、柏木《かしわぎ》と夕霧《ゆうぎり》の立場が入れ替わるのが面白かったです」

小少将の君がにっこりとする。「夕霧はこれまで姉君だと思って恋心を自制していたのが、従姉弟《いとこ》だとわかって、情愛に火がつきます。一方の柏木は、異腹の姉だと知って、どこかほっとして恋心を引っ込めます。お互いに競い合っている者同士の心が、反転するのですから、うふふと笑いたくなるのです。そしてこの夕霧、大人になりました」

小少将の君が自分で頷《うなず》く。

「どの辺りが」

と訊《き》くのも野暮《やぼ》ではあった。

「あれこれと父の光源氏を問い詰め、光源氏は例によって言葉巧《たく》みに、煙《けむ》に巻いてしまいます。結局、光源氏は玉鬘を尚侍《ないしのかみ》にしたいのでしょうが、各方面から贈って来た和歌に、返歌をしたのは、蛍兵部卿宮《ほたるひょうぶきょうのみや》だけです。そこにおさまるのでしょうか」

「いえ、それはちょっと」

正直に首を振る。

「やはり尚侍ですね。そうすると、尚侍は当然、帝《みかど》の寵愛《ちょうあい》を受けます。それでいて尚侍には帝以外が言い寄っても、支障《さわり》はありません。すると光源氏も限りなく言い寄れます。実の親子が玉鬘を巡って争うのですから、これはややこしくなります」

全くその通りで、確かに複雑な三人の間柄になってしまう。頷くしかない。

「朱雀《すざく》帝の尚侍だった朧月夜《おぼろづきよ》の君もそうです。入内《じゅだい》する前に光源氏と契《ちぎ》り、尚侍となったあとも、五壇《ごだん》の御修法《みしほ》の隙《すき》を見て密会します。瘧病《わらわやみ》で里に下がっていたとき、密会していたところを右大臣《うだいじん》に見つかって、これが須磨《すま》退去のきっかけになりました。そのあとも光源氏を慕《した》って文《ふみ》をやりますが、光源氏の帰京後は、過去を悔《く》いたためか、もう会おうとはしません。最後まで朱雀院の尚侍であろうと、心に決めたのでしょう。さて、玉鬘がどうするか、これからが楽しみです。朧月夜の君の轍《てつ》は踏まないと思いますが」

問いかけるような小少将の君の口振りなので、答えようとすると遮《さえぎ》られた。

「それは次の帖の愉《たの》しみにしておきます。玉鬘は若い頃、西国《さいごく》で苦労しているので、右大臣の娘だった朧月夜の君とは、振舞いが違ってくるはずです」

それはそうだと思っていると、小少将の君は背を向け、忙しそうに台盤所《だいばんどころ》の方に向かった。寸暇《すんか》を惜《お》しんで物語を書いている自分と、寸暇を惜しんで書写してくれている小少将の君は、今ではもはや二人三脚も同然だった。

気がつくと土御門殿《つちみかどどの》は、二日間にわたって続いた中宮様の難産が、無事に終わって、一気に秋晴れの日が射し込んだように感じられる。入れ替わり立ち替わり訪れる、上達部《かんだちめ》の足取りも軽く、殿上人《てんじようびと》の声も明るい。忙しく立ち回る女房《にようぼう》たちの表情も、出産前と違って、輝くような笑顔になっている。

そんな中で、道長《みちなが》様と渡殿《わたどの》で行き合い、声をかけられた。

「例の日記は、ちゃんと書きつけているでしょうね」

「はい、包み隠さず書いております」

お答えすると、道長様の笑顔が一瞬戸惑《とまど》いを見せた。しかしすぐに元に戻って、「そなたの一部始終の筆、楽しみにしています」と言われた。

小少将の君や宰相《さいしょう》の君と違って、自分は産後も特別の任務は与えられていない。あたかも画工《えだくみ》のように、この土御門殿のめでたい日々を書きつけるのが仕事だった。

驚いたのは、最も多忙なはずの大納言《だいなごん》の君から、そっと耳許《みみもと》で言われたときだ。

「読みましたよ、あの『行幸《みゆき》』の帖。玉鬘の姫君が源氏の大臣《おとど》と瓜二《うりふた》つの帝を見て、心を動かされたでしょう」

「はい」

「そうすると、やがて出仕《しゅっし》し、帝の寵愛を得て、皇子《みこ》誕生となります。実父の内大臣にとっては、願ってもないこと。ちょうど道長様と同じ立場」

大納言の君がにっこりする。「図星でしょう」

「はい、いいえ」

ここはもう言葉を濁すほかない。それにしても、この多忙の中で大納言の君までが、既《すで》に「行幸」の帖を読んでいるのは、驚きだった。書写された「藤袴」の帖は、例によって小少将の君から、宰相の君に渡され、いずれ大納言の君に届くはずだ。読みながら、多少雲行きが違うと首を捻《ひね》りつつ筆を執《と》る姿が目に浮かぶ。そして書き写された「藤袴」の帖は、しばらくして彰子《あきこ》中宮様に届けられる。まさか中宮様がそれをすぐ読まれることはなかろう。

ご出産のあとに待ち構えているのが、一日置きに行われる誕生祝いの産養《うぶやしない》だった。

産後三日目の夜は、中宮職《ちゅうぐうしき》とその官人による産養である。中宮大夫《だいぶ》の藤原斉信《ただのぶ》様が、沈《じん》の香木《こうぼく》で作った懸盤《かけばん》や銀の皿などを、中宮様の許《もと》に運ぶ。権中納言《ごんのちゅうなごん》中宮権大夫《ごんのだいぶ》の源《みなもと》俊賢《のとしかた》様と、参議《さんぎ》中宮権亮《ごんのすけ》藤原実成《さねなり》様は御衣《みそ》、襁褓《むつき》、衣筥《ころもばこ》の折立《おたて》、衣を包む入帷《いれかたびら》、衣筥を包む布、さらには筥の覆布《おおいぬの》、下机などを手にしている。すべてが白一色で、そこに人々の無垢《むく》の心が反映されていた。

中宮亮近江守《おうみのかみ》の源高雅《たかまさ》様が、催《もよお》し全般の進行役だった。東の対《たい》の西廂には、上達部が北を上座に二列に並ぶ。南廂に殿上人の座があり、そこは西を上座にしていて、白い綾の屏風《びょうぶ》が、母屋《もや》と廂を隔てる御簾《みす》の外に立てられていた。

五日目の夜は、道長様主催の産養である。ちょうど九月十五日の満月は、雲ひとつなくて風情《ふぜい》たっぷりだ。池のほとりには篝火《かがりび》が置かれている。折敷《おしき》の上に強飯《こわいい》を丸く固めた屯食《とんじき》が、下々《しもじも》の者たちに配られた。卑賤《ひせん》の者たちが話しながら立ち歩く姿さえ、得意顔で晴れがましい様子だ。主殿寮《とのもりょう》の役人たちが、ずらりと並んで篝火を焚《た》く姿もかいがいしく、辺りはあたかも昼のように明るい。

ここかしこの岩の陰や樹木の下には、上達部を警固する随身《ずいじん》たちが群をなしていて、おのおの語らい合っている。待ちに待った皇子誕生を喜び、どの顔も笑いに満ちていた。

この道長様の邸《やしき》に仕《つか》える人々は、物の数にもはいらない五位《ごい》の者たちまでが、浮き足だって腰をかがめて行き交い、いそいそと忙しそうにして得意顔だ。

中宮様に御膳を差し上げる女房は八人で、同色の衣を着ている。髪の頂《いただき》に髻《まげ》を丸めて結び、釵子《さいし》を挿《さ》し、白い元結《もとゆい》をして、白い御盤《ごばん》を捧《ささ》げ持っている。今夜の陪膳《ばいぜん》役は宮の内侍《ないし》の君で、おごそかで美しい装いであり、白い元結から黒髪の下がっている様が、常よりも際立って見える。扇の端から覗《のぞ》く横顔も清楚《せいそ》そのものだ。

その他にも髪上げをした女房は、加賀守重文《かがのかみしげのぶ》様の娘の源式部《げんしきぶ》、故備中守道時《びっちゅうのかみみちとき》殿の娘の小左衛門《こざえもん》、左京守明理《さきょうのかみあきまさ》様の娘の小兵衛《こひょうえ》、伊勢の斉主輔親《さいしゅちかすけ》殿の娘の大輔《たいふ》、左衛門大夫頼信《さえもんのたいふよりのぶ》様の娘大馬《おおうま》、左衛門佐道順《すけみちのぶ》様の娘小馬《こうま》、蔵人庶政《くろうどちかただ》殿の娘小兵部《こひょうぶ》、木工允平信義《もくのじょうたいらののぶよし》殿とかいう人の娘の小木工《こもく》だった。すべて容貌《ようぼう》の美しい若い女房たちばかりで、四人ずつ相対して座っている姿は、見る甲斐《かい》がある。というのも、通例として御膳を供する女房は髪上げをしなければならず、格別の晴儀《はれのぎ》のために今夜選ばれた八人の女房たちは、身分が高く、上達部の前に髪上げ姿を晒《さら》すのを嫌がって、ひどく泣いていたのだ。

御帳《みちょう》の東面二間に、三十余人が居並んでいる光景こそは、見物《みもの》だった。儀式の日に菓子や干物などを供する、下仕《しもづか》えの采女《うねめ》も集まっていた。

寝殿の東廂の南側にある妻戸《つまど》に、湯殿《ゆどの》を隔てる屛風を、南向きにも立て、白い厨子《ずし》をひとつ置いた。

夜が更《ふ》けても月は冴《さ》え渡り、采女や、飲み水や粥《かゆ》を担当する水司《もいとりづかさ》や御髪上《みぐしあ》げ、火燭《かしょく》や輿車《こしぐるま》を受け持つ殿司《とのもり》、掃除をする掃司《かもりづかさ》の女官など、顔を知らない人たちが多くいる。後宮《こうきゅう》の門の鍵や出納を管理する闈司《みかどづかさ》の女官たちだろうか、真剣そのものの顔で、大仰《おおぎょう》な髪挿《かんざし》をして、寝殿の東の廊《ろう》や、渡殿の戸口までも、すべて鍵をかけてしまったので、人も通られなくなった。

膳を配り終わって、女房たちは御簾の外に出て来る。灯火《ともしび》の火影《ほかげ》がきらきらする中、大式部のおもとの裳《も》や唐衣《からぎぬ》に、大原山の小松原を刺繍《ししゅう》で模様にしたのが実に美しい。大式部のおもとは、陸奥守《みちのくのかみ》の妻で、道長様の宣旨《せんじ》だ。

それに対して大輔の命婦《みょうぶ》は、唐衣には細工を加えず、裳に銀泥《ぎんでい》で美しく大海を描いていて、派手でないのが素晴らしい。

弁の内侍の裳は、銀泥で洲浜《すはま》に鶴が立っている様が描かれて斬新そのものだ。刺繍模様は松であり、鶴の千年と松の常盤《ときわ》の齢《よわい》を競わせているところなど、いかにも才気に満ちている。

少将のおもとの裳は、以上の女房とは少し劣った銀箔《ぎんぱく》であり、人々はそれを見せ笑い合った。この人は信濃守佐光《しなののかみすけみつ》殿の妹で、道長様の古参女房である。

そんな夜の御前の様子を、他の人たちにも見せたくなり、貴人の護身のため夜間に側近に詰めている夜居《よい》の僧のいる屛風を開けてやった。

「この世でこんなにめでたいことは、見たことがないでしょう」と言うと、「ああ、勿体《もったい》のうございます」と言って、本尊はそっちのけで、こっちの方を拝んで喜んだ。

上達部が座を立って、東の対と寝殿を結ぶ橋廊《はしろう》に移動する。道長様たちも参加されて、双六《すごろく》が催された。賭《か》けられたのは料紙で、上《かみ》に立つ人々が賭事をする姿は、全くもって見苦しい。確か今上帝は、彰子様が入内される前年の長徳《ちょうとく》四年（九九八）に、双六禁断の令を出されていたはずだ。

歌詠《よ》みの催しもあって、「女房方、盃《さかずき》を受けて返盃する間に歌を詠みなさい」と言われ、各人がどんな和歌にしようかと口ごもる。指されたときの準備として、こんな歌を用意した。

めずらしき光さしそうさかずきは
もちながらこそ千代《ちよ》もめぐらめ

めでたい皇子誕生という光が射している祝宴の盃は、手から手へと望月《もちづき》のまま千代も続いて巡るでしょう、の意味で、「盃《さかずき》」は栄月（さかづき）、「持《も》ち」は望（もち）、「さし」は差しと射しを掛けた。

「歌を四条の大納言藤原公任《きんとう》様に差し出す際は、歌の良し悪しはともかくとして、声の出し方に注意したほうがいい」

女房たちはお互いにそう言い合っている。数が多いので、夜が更けてしまい、格別に指名がないまま、公任様は退出された。

これらの催しのあと、禄《ろく》が配られた。上達部には、女の装束《しょうぞく》に御衣と襁褓が添えられた。殿上人の四位の者には、袷《あわせ》ひとかさねと袴《はかま》、五位の者には袿《うちき》ひとかさね、六位には袴一具《ぐ》のようだった。

翌日、十六夜《いざよい》の月が冴え渡る夜に、若い女房たちが舟遊びをした。色とりどりの衣装《いしょう》ではなく、みんな白装束であり、黒髪が鮮明に見える。中宮女房の小大輔《こだいふ》、源式部、宮木《みやぎ》の侍従《じじゅう》、五節《ごせち》の弁、右近《うこん》、小兵衛、小衛門《こえもん》、馬《うま》、さらに童女《わらわめ》のやすらいや伊勢人《いせ》などが、端近くにいたので、左の宰相中将や道長様の五男の中将教通《のりみち》様が手招きして舟に乗せた。棹《さお》さすのは、右の宰相の中将兼隆《かねたか》様だ。乗れなかった女房たちは、そっと端近くに出て、羨《うらや》ましそうに眺《なが》めている。真白な砂を敷いた庭に月の光が当たって、実に興趣《きょうしゅ》がある。

土御門殿の北の門に、牛車《ぎっしゃ》が多く集まっているのは、帝に仕えている内裏《だいり》の女房たちが来ているためだった。藤三位《とうさんみ》をはじめとして、侍従の命婦、藤少将の命婦、馬の命婦、左近《さこん》の命婦、筑前《ちくぜん》の命婦、少輔《しょう》の命婦、近江《おうみ》の命婦たちらしく、詳しく知っている人たちではないので、間違っているかもしれない。

舟遊びをしていた人々も戻り、道長様も大満悦《だいまんえつ》のお姿を見せて、みんなを歓待して、冗談を言い交わしたあと、贈物などを、身分に応じて下賜《かし》した。

七日目の産養は、朝廷主催だった。蔵人の少将の藤原道雅《みちまさ》様が使者で、贈答の品々を書いた目録を、柳筥《やないばこ》に入れて参上した。目録が受理されて、すぐに引き返して行く。そのあと勧学院《かんがくいん》の学生たちが、別当《べっとう》に引率《いんそつ》されて参入した。作法に従っての練歩《れんぽ》であり、参賀の人々の連名簿を啓上《けいじょう》する。これも中宮様がすぐに返し、禄などを授けられた。今宵《こよい》の儀式はこれまでと比べて、仰々《ぎょうぎょう》しく、騒がしい。

そっと、中宮様の御帳の中を覗くと、国母《こくも》になったと騒がれているようなご様子は全くなく、やや疲れた感じで面瘦《おもや》せし、寝ている有様《ありさま》は、日頃よりも弱々しく、若くて可憐《かれん》だ。小さな灯火が御帳の中に置かれていて、辺りが隈《くま》なく照らされ、いつもより顔色が透き通って清らかに見える。豊かな髪は、臥床《がしょう》のために結ばれていて、実に美しい。中宮様のご立派さをどう筆先で表現したらいいのか、眺めつつ、頭の中で思案していた。

大方の催しは、五日目の産養と同じだった。上達部の禄は、御簾の中から、女の装束に若宮の御衣などを添えて出した。殿上人と二人の蔵人頭をはじめとして、いざり寄って取次ぐ。その他の禄は、大袿や衾《ふすま》、巻絹など、公式の慣例にのっとったものらしかった。

初乳を皇子に与えた橘《たちばな》の三位に対する贈物は、通常の女の装束に、織物の細長《ほそなが》を添えてあり、銀箔の衣筥とその包みも真っ白だった。その他にも贈物があったようである。

誕生後八日目になって、白装束から、普通の色とりどりの装束に変わった。

そして九日目の産養の夜は、道長様の長男で、東宮権大夫《とうぐうのごんのだいぶ》の頼通《よりみち》様の主催だった。白い厨子をひとつ据《す》え、儀式はことさら今様《いまよう》である。銀の衣筥には、海浦《かいふ》が描かれており、その模様の中に蓬萊《ほうらい》山がそびえているのは、定式通りであるものの、新しい趣向が凝《こ》らされている。そのひとつひとつを、これまたすべて記憶しようとして、途中で諦《あきら》める。

今宵は、白の几帳《きちょう》から、朽木《くちき》の模様のある几帳に替えられており、人々も白一色ではなく、紅色の濃い打衣《うちぎぬ》を着ている。これまで白に馴《な》れていた目には、心憎いまでに新鮮に映る。砧《きぬた》で打って艶《つや》を出した打衣の色が、薄い唐衣を通して輝き、人の姿も鮮明に見渡せる。

この夜は、若女房の少《こま》のおもとという人が、酒に酔って失態を演じた。殿方から酒を勧められるままに飲み続け、挙句《あげく》は簀子《すのこ》から転げ落ちたのだ。若さゆえ、大事に至らなかったものの、白い脚が丸見えになった。

長々と続く産養の様子を、見聞きしたまま書きつけるかたわら、物語の先を綴《つづ》るのは奇妙な感覚だった。昼間はもっぱら中宮様の側近くに交代で侍《はべ》り、局《つぼね》に戻って筆を執る。宵《よい》の口からは、毎回　趣《おもむき》の異なる産養の有様を、また別の料紙《りょうし》に書く。あたかも二つの世界を、あたふたと行き来している感じがした。

源氏の君は、「玉鬘とあなたの間柄が、帝の耳にはいると畏《おそ》れ多い。当分の間は、世間には漏《も》らさないように」と、鬚黒《ひげくろ》大将に釘を刺したにもかかわらず、我慢しきれないのが大将であった。幾度も通って契《ちぎ》りを重ねたものの、玉鬘の方は少しも打ち解ける様子はなく、思いの外《ほか》、情けない宿運《しゅくうん》だったと思い沈んでいるようで、それが鬚黒大将には恨《うら》めしかったが、結ばれたのは、並々ならぬ縁《えにし》の深さがあったからだった。

大将はそれが心底嬉《うれ》しい上に、玉鬘は見れば見る程素晴らしく、これ以上はない美貌《びぼう》であり、これが他人のものになっていたらと思うだけでも、胸がつぶれそうで、これまで祈願《きがん》し続けた石山寺《いしやまでら》の観《かん》音《のん》様と、手引きをしてくれた弁《べん》のおもとを、並べて拝みたい心地になる。その一方で、弁のおもとはこの件があって以来、玉鬘から疎《うと》まれて、今では出仕もできずに籠《こも》っていた。

これまで玉鬘に懸想《けそう》してきた多くの人の苦労を、様々に見てきたが、石山寺のご利益《りやく》は、この浅はかな弁のおもとを通して、鬚黒大将に現れたのだった。

源氏の君も口惜《くちお》しく不満ではあるものの、もう後の祭りであり、内大臣《ないだいじん》たちも許している今、反対の意を述べたところで、玉鬘にとっては却《かえ》って不都合になると思って、婚礼の儀を、またとない形で執《と》り行う。

鬚黒大将は、一日も早く玉鬘を自邸に引き取りたいのは山々なれども、北の方が障害になっていて、「やはりここは慌《あわ》てずに、ゆっくりと、どこにも角《かど》が立たないようにしたほうがよいでしょう」という源氏の君の勧めもあった。

玉鬘の実父の内大臣も、「宮仕《みやづか》えよりも、この結婚のほうが心安らかです。格別に後見人《うしろみ》もいない人が、中途半端に宮仕えしても、辛《つら》い思いをするだけでしょう。帝の側には、もうひとりの我が娘の弘徽殿女御《こきでんのにょうご》がいるので、この玉鬘の扱い方も難しくなります」と、内々に言うように、確かに、相手が帝となれば、他の方々よりも軽く扱われ、たまに寵愛を受けるだけの存在になるなら、これは軽はずみな選択になるはずだった。

契ったあとの三日《みか》の夜《よ》の祝いも、源氏の大臣《おとど》の手で立派に行われたと聞いて、内大臣は、源氏の君の配慮がかたじけなく、心から感謝する。

こうして隠密裡《おんみつり》に運ばれた結婚ではあったものの、自然と人の噂《うわさ》になり、稀有《けう》な語り草になっているのが、帝の耳にはいったので、「残念ながら、私と結ばれる縁ではなかったとはいえ、もともと尚侍《ないしのかみ》にという意向ではあったし、男女の仲にならない宮仕えなら、構わないのではなかろうか」と、帝も思案して出仕を示唆《しさ》した。

十一月にはいると、神事も多く、内侍所《ないしどころ》でも行事が多くなり、女官や掌侍《ないしのじょう》たちが、尚侍である玉鬘がいる六条院に次々と参上して、華やかかつ騒々しくなり、そこに髭黒大将が昼も夜も隠れるように籠っているのが、玉鬘にはうっとうしい。他方、蛍兵部卿宮《ほたるひょうぶきょうのみや》は口惜しく思うばかりであり、兵衛督《ひょうえのかみ》は妹である髭黒大将の北の方までが、笑い者になっているのが悩みの種ではあるものの、ここで恨み言を言っても仕方がなく、耐えるしかなかった。

髭黒大将は、もともと堅物《かたぶつ》で知られ、長年浮いた噂も皆無《かいむ》だったのに、今では一変して人が変わっ見ていく様子も艶《つや》っぽく、それを見たように好き者になり、宵の口に忍び入り、暁《あかつき》のうちにそっと出ていく様子も艶《つや》っぽく、それを見た女房たちが面白がっている。当の玉鬘は、生来の明るく華やかな性質《たち》が影をひそめ、塞《ふさ》ぎ込む毎日であり、自ら求めてこうなったのではないものの、源氏の大臣の思惑や、蛍兵部卿宮の情愛に満ちた配慮を思い出すにつれ、口惜しくてならず、鬚黒大将に心を添わせる気はさらさら起こらなかった。

源氏の君は、これまで傍《はた》迷惑にも、人々が玉鬘との仲を疑っていたのに対して、潔白だった事を証明できたわけで、自らも、軽はずみで歪《ゆが》んだ恋愛などは好まなかったと、過去の経緯《いきさつ》も思い起こして安心し、「玉鬘との仲を疑っていたでしょう」と紫の上にも冗談めかして言うくらいだった。今更《いまさら》例の悪い女癖が出てはいけないと思うそばで、やはり玉鬘への思いを抑えきれない時、我がものにしようと思ったくらいなので、未練を断ち切れないまま、鬚黒大将が来ない昼頃、玉鬘の許に赴《おもむ》く。

玉鬘はひどく具合が悪そうであり、元気がなく、涙にくれる有様ではあったが、源氏の君が来たので、少し起き上がり、几帳の陰に隠れるようにしていると、源氏の君も配慮しながら、多少よそよそしい態度で、さしさわりのない話をする。

玉鬘にしてみれば、このところ無骨《ぶこつ》で並の人間である大将とばかり会っていたせいで、源氏の君が以前にもまして素晴らしく感じられ、思いもかけない境遇《きようぐう》になった自分が情けなく、身の置き所がなくて、涙がこぼれてくる。

源氏の君の話は、次第に情愛がこもるようになり、近くの脇息《きようそく》に寄りかかって、少し几帳の中を覗きながら言葉をかけていると、玉鬘の美しさは格別で、面《おも》やつれしている様子がなお愛らしく、このまま他人のものしてしまうのは、心残りであり、詠歌《えいか》する。

おりたちて汲《く》みはみねども渡り川
　人のせとはた契らざりしを

あなたと深い仲にはならなかったものの、三途《さんず》の川をあなたが他の男と一緒に渡るとは、約束しなかったのに、という無念であり、「せ」は背と瀬を掛けていて、女が三途の川を渡るのは、初めて契った男の背に負われてだという故事を踏まえており、「本当に思いもかけない結果になってしまいました」と、源氏の君が泣きながら洟《はな》をかむ様子に胸を打たれた玉鬘は、顔を隠しつつ返歌する。

みつせ川わたらぬさきにいかでなお
　涙の水脈《みお》の泡《あわ》と消えなん

三途の川を渡らない前に、何とかして涙河に浮かぶ泡になって消えてしまいたい、という心境であった。

「涙河で消えたいなどとは、幼い考え方です。三途の川は避けがたい道なので、せめて手でも引いて助けてやりたいのです」と、源氏の君は微笑《びしょう》して、「冗談はさて置き、私がどんな男かはもう知っているでしょう。あなたを我がものにできたのに、そうしなかった愚かさ、そしてまた信用できる点でも、世に稀《まれ》である事はおわかりですね」と言う。

玉鬘はそんな言葉を聞くにつれ、余計に気が滅入《めい》る様子なので、源氏の君は気の毒がって話題を変え、「帝が望まれているのが気になるので、やはりここは少しの間でも、参内《さんだい》いたしましょう。鬚黒大将があなたを自邸に引き取ってからでは、出仕が難しくなります。宮仕えしたあとに結婚という、私が考えていた段取りとは違いますが、二条の内大臣も、これには満足しているようです」と言うのを、玉鬘は恥ずかしい思いで聞き、涙にくれるばかりだ。

その姿が哀れなので、源氏の君は思いのままに色めいた振舞は控えて、宮中でのしかるべき作法や心構えを教えてやり、鬚黒大将邸に移るのは、まだ許可しない方針を決める。

玉鬘の参内を不安に思う鬚黒大将も、この機会に、出仕したあと宮中から自邸に引き取るつもりで、短期間の宮仕えを許可した。鬚黒大将は六条院に人目を忍んで通うのは慣れていないだけに、自邸の修理に着手し、長い間、荒れ放題で埃《ほこり》まみれだったのを、調度《ちょうど》などを調《ととの》え、諸事の作法を改めて、迎える準備を急ぐばかりで、北の方が思い嘆いていることに思い至らない。可愛《かわい》がっていた子供たちにも目もくれず、心優しく情け深い心を持っている人間であれば、何につけ恥になるような事は遠慮するものではあるが、この大将はその配慮を欠き、北の方が全く眼中になかった。

この北の方は、人に劣るようなところは全くなく、父である式部卿宮《しきぶきょうのみや》が大切に育てただけに、世の評判もよく、美貌も備えていたものの、このところ執念《しゅうねん》深い物の怪《け》に悩まされ、何年も常人とは思えない状態で、正気を失っている事が多い。大分前から夫婦仲も冷えていたとはいえ、それでも正室として並びない形で、鬚黒大将は大事にしていた。にもかかわらず、珍しく玉鬘に心を奪われ、その優美な姿とともに、人々が噂していた源氏の君との仲も清い事がわかり、これは稀有《けう》な逢瀬《おうせ》だったと思い、執心《しゅうしん》はいやが上にも深くなっていった。

こうした事態が式部卿宮の耳にもはいり、「こうなってしまった今、若々しくて華やかな人が鬚黒大将に迎えられ、大事にかしずかれるのに、その片隅でみっともない姿で正妻に留《とど》まっているのは、外聞も悪く耐え難いだろう。私が生きている間は、人から笑われるような状態で放ってはおけない」と思い、宮邸の東の対《たい》を調えて、そこに迎える支度《したく》をしていた。

北の方は、親の許とはいいながら、夫と絶縁の身で帰るのは情けないと思い乱れ、心地も悪くなってそのまま寝ついてしまい、もともとはおっとりして穏やかな方なのに、時々乱心《らんしん》して人が目を背《そむ》けたくなるような行動をとるようになった。北の方の部屋が乱雑極まり、美しい飾りもなくてうっとうしいのを見て、玉鬘の玉を磨いたような六条院の部屋を見馴れた鬚黒大将は、何の魅力も感じられないが、長年慈《いつく》しんだ情愛は急に変わるものではなく、内心では不憫《ふびん》に思う。

「昨日今日始まった薄い夫婦の仲でも、ある程度の身分であれば、耐え忍んで添い遂《と》げるようです。あなたの身がひどく苦しそうなので、言い出したい事も言えずにおりました。これは長年約束してきた事でもあります。世間の人とは違う状態になっているあなたを最後までお世話するつもりで、いろいろ我慢しながらやって来ました。実家に戻るなど、それ程、私を嫌っているのですか。幼い子供たちもいるので、あなたを軽々しく扱わないと、かねてから言っていた通りです。それなのに女特有の乱心から、こんなに私を恨んでおられる。私の心の内を見届けられないうちは、それも仕方ないでしょうが、ここは私を信頼して、見守って下さい。

式部卿宮が事情を聞かれて、私を嫌い、ここはさっさと邸に引き取ろうと考えておられるのは、軽率というものでしょう。本気でそう思っておられるのか、それとも私を懲《こ》らしめるおつもりなのだろうか」と笑いながら言う鬚黒大将の様子が、北の方には不愉快で妬《ねた》ましい。

日頃から鬚黒大将の召人《めしうど》のようになっていた木工《もく》の君や中将のおもとという人たちでさえ、今後を案じて心穏やかではないのに、まして北の方は正気に戻っている時だったので、いじらしい様子で泣きながら、「わたくしの事を呆《ほう》けているとか、まともでないとか言って、恥ずかしめるのは道理かもしれません。しかし父宮までも一緒にして言うのが、耳にはいりでもすれば、嘆かわしい事です。情けないわたくしのせいで、世間からそしられるでしょう。わたくし自身はあなたの悪口には耳馴れているので、何ともありませんが」と言って背を向ける姿は、けなげであった。

もともと小柄な人で、日頃の病気で痩せ衰え、弱々しく、美しく長かった髪も、今では分け取ったように少なくなっており、梳《けず》る事も滅多にないので、涙で固まってちぢれているのが痛ましい。曇りのない美しさではないものの、父宮に似て優美な顔立ちであるのに、化粧もせずに放っているため、華やかさは全く失《う》せていた。

髭黒大将は、「式部卿宮の事を、軽々しく言うなど、そんなつもりはありません。それは恐ろしい事で、人聞きの悪い事は言わないで下さい」となだめすかし、「私が通っている例の場所は、玉の御殿のように眩《まばゆ》い所で、慣れない私が堅苦しい恰好《かっこう》で出入りするのは気がひけます。もっと気楽にするつもりで、玉鬘をここに移してしまおうと思っています。源氏の太政大臣《だいじょう》の世に類《たぐい》ないような声望は言うに及ばず、思慮深くて立派そのものです。そこにあなたの玉鬘に対する憎み心が伝われば、何とも申し訳ない事です。ここは心穏やかにして、仲良くしてやって下さい。

そしてまた、たとえ父宮の邸に移ったとしても、あなたを忘れる事はありません。どっちにしろ、あなたを思う心は変わりませんが、別居となると、世間の笑いものになり、私にとっても不名誉な事になります。ここは長年の夫婦の契りを守り、お互いに助け合って暮らしましょう」と言う。

北の方は、「あなたの薄情さは、もうどうでもいいのです。こんな世間でも滅多にない不幸な身の上を、父宮も嘆いておられます。その上、そこにわたくしが戻るとなれば、また一段と物笑いにされると、悩んでいるようです。そんな所にどうして戻れるでしょうか。

　源氏の大臣の北の方である紫の上は、わたくしとは赤の他人ではありません。あの方は、わたくしたちが知らないような境遇で育っていながら、今となっては親のような顔をして玉鬘の世話をしています。父宮はそれを不快に思い、人にもそう言っているようです。わたくしはそれは気にしていません。ここは紫の上がどうされるか、またあなたがどうするのか見ているだけです」と返す。

　鬚黒大将は、「そうした話し方であればよいのですが、いつもの乱心が起これば、困った事態になるでしょう。この件は、源氏の大臣の北の方が関与しているわけではありません。紫の上は箱入り娘のように大切にされている方で、軽く扱われている玉鬘の事までは知らず、親ぶったところもありません。こんな事が耳にはいりでもすれば、困った事になりますよ」と諭《さと》しながら、一日中、北の方の部屋に籠って話をした。

　日が暮れると、鬚黒大将は気が浮き立って、何とかして出かけようとしたが、外はひどい雪で、こんな空模様の時に外出するのも、人目が気になる。北の方の機嫌が悪くて憎々しく恨みがましい状態であれば、それを口実に出て行けるのだが、今は穏やかであり、それもできない。どうしたものかと思い惑いつつ、格子《こうし》を上げたまま、端近くに寄って考えあぐねていた。

　それを見て北の方が、「生憎《あいにく》、雪のようですが、その雪をどうやって踏み分けて出かけるのですか。夜も更けていきますよ」と勧める。どうやら、もうこれで終わり、引き止めても叶《かな》わないと考えている様子は、何とも痛ましいので、「こんな雪の夜に、どうして出かけられましょうか」と大将は言ったものの、思い返して「とはいえ、ここしばらくは通わねばならないでしょう。通わないと六条院の女房たちも噂をし、太政大臣と内大臣たちもその噂で、あれこれ心配されるでしょう。通い途絶えがあっては具合が悪いのです。どうか心静かに、私のする事を見ていて下さい。こうやってあなたが普通にしていれば、私の方も他の女に心移りする心も消え、いとおしくなるのです」と言う。

「ここに留まっても、心が他の所にあるのなら、却ってわたくしも辛いでしょう。よそに行っても、わたくしを思い出して下さるならば、袖の氷も解けるでしょう」と北の方は、『後撰和歌集』の、**思いつつ寝なくに明くる冬の夜の　袖の氷はとけずもあるかな**、の下の句を響かせて応じた。

北の方は香炉《こうろ》を取り寄せて、大将のために一層香を薫き染《たし》めさせ、自分の衣はよれよれでしどけなく、痩せて弱々しく、沈んでいる様子が痛々しく、目は泣き腫《は》らしていて、見苦しくもあった。鬚黒大将はそれをしみじみと眺めて、長い年月を共に過ごしてきたのに、他の女に心を移した自分は軽薄だったと思うものの、玉鬘恋しさは増すばかりで、上べだけの溜息《ためいき》を何度もつく。

外出の装束を整えて、香を袖に薫き染め、程良く着馴らした装束と容貌は、比類《ひるい》ない源氏の君の美しさには負けるものの、目の覚めるような男らしさで、並の人には見えず、立派そのものだった。

侍所《さぶらいどころ》で供の者たちの声がして、「雪が少し止んでいます。出かけないと夜も更けます」と、供の者たちは遠慮して大声ではなく、そっと促して、それぞれが咳払《せきばら》いをする。中将のおもとや木工の君たちは、「お気の毒なご夫婦」と語らい嘆きながら臥《ふ》している。

北の方はじっと思いつめ、可憐な様子で脇息に寄り臥していたが、突然起き上がり、大きな伏籠《ふしご》の下にあった香炉を手に取り、大将の後ろに近寄って、さっと灰を浴びせかけた。一瞬の出来事で、鬚黒大将は為すすべもなく、呆然《ぼうぜん》とし、細《こま》かな灰が目鼻にも入って、何が何だかわからず、払い落としたものの、灰はもうもうと立ち昇り、もはや衣装を脱ぐしかなかった。

正気でこんな事をすれば、二度と顔を見たくもないが、例によって物の怪の仕業《しわざ》であり、大将が北の方を憎むようにしたのだろうと、女房たちは気の毒がって大騒ぎする。その中で、大将は衣装を取り替えようとするものの、鬢《びん》に厚くついていた灰が舞い上がり、どこもかしこも灰だらけになった気がして、こんな姿では、あの清らかな玉鬘の在所に赴けず、乱心のせいとはいえ、これまで北の方が見せた事のない振舞なので、北の方が疎ましくなった。

不憫だと思う心もかき消えたとはいえ、ここで事を荒立てれば、一大事になるだろうと心を鎮《しず》め、夜中にもかかわらず、僧たちを呼び寄せて、加持《かじ》などをさせてやる。北の方が罵《ののし》る声を聞くにつれ、鬚黒大将が愛想をつかすのも道理だった。

一晩中、北の方は加持のため、打たれては引きずられて泣き明かし、疲れて寝てしまうと、その隙に大将は玉鬘の許に文を送り、「昨夜は急に気を失った人がいて、雪も積もって出かけにくく、迷っているうちに体も冷えてしまいました。あなたがどんな心でおられたのか、また女房たちがどう取沙汰《とりざた》したか、気になります」と生真面目《きまじめ》に書きつけ、歌を添えた。

心さえ空にみだれし雪もよに
ひとり冴えつる片敷《かたしき》の袖

雪ばかりでなく私の心も乱れた雪の夜に、独り寝の袖もすっかり冷えてしまいました、という弁明で、「空にみだれ」に雪空の乱れと、うわの空の心の乱れを掛け、「耐え難い思いです」と白い薄手の鳥の子紙に重々しい筆致で書いてあり、特に趣があるわけでもない。筆跡は整っていて、漢字の才はあるらしく、受け取った玉鬘は、鬚黒大将が通って来ないのを何とも思っていないのに、大将がこんなに胸躍《おど》らせて書いているのが興醒《きょうざ》めであり、見向きもせず、もちろん返事もしなかったので、大将は胸がつぶれる思いで、一日を過ごすしかなかった。

北の方はまだ苦しんでいて、加持祈禱《きとう》がまたもや始められ、鬚黒大将も心の内で、ここしばらくは正気であって欲しいと祈ったのも、北の方の本来の性質《たち》がけなげで情があるのを知っているからで、そうでなければ我慢できず、気味《きみ》悪く思ったに違いなかった。

ようやく日が暮れてから、例によって急いで外出しようとしたものの、北の方の病のせいで、装束などもきちんと整わず、みっともない恰好《かっこう》であり、これには日頃から文句をつけていたのだが、今更新しい直衣《のうし》などは間に合わないままであった。昨晩の衣は焼けて穴が空き、異様な焦《こ》げた臭いが、下の衣にも移ってしまい、これでは北の方に嫉妬《しっと》されたのがわかり、玉鬘にも嫌われるのは間違いなく、脱ぎ換えて湯浴《ゆあ》みをして、身づくろいすると、木工の君が香を薫きながら、歌を詠みかけた。

ひとりいてこがるる胸の苦しきに
　思ひあまれる炎とぞ見し

かくも焦がしたのは、ひとり残された胸の苦しさから恋焦がれ、燃え出した炎のゆえでしょう、という忠告で、「ひとり」は独りと火取り、「思ひ」には火も掛けていた。「こうやって北の方を見捨てられるのは、傍《そば》で見ているわたし共も、平静ではおられません」と、口を袖で覆って言う目元が美しく、どういう心でこの女に言い寄ったのだろうと思い返したが、返歌する。

憂《う》きことを思いさわげばさまざまに
くゆる煙《けぶり》ぞいとど立ちそう

昨日の騒動をあれこれ思い出すと、何かと後悔の煙が立ち昇っていく、という反省であり、「悔《く》ゆる」には燻（くゆ）るが掛けられ、「全くもってこんな椿事《ちんじ》が玉鬘の耳にでもはいれば、双方から見放されてどっちつかずの身になってしまう」と内心で嘆いて邸を出た。

一晩会わなかっただけに、玉鬘の美しさは一段と優《まさ》っているように思われ、他の女に心を配る事などできないと感じた大将は、もはや北の方が嫌になり、玉鬘の許に籠り続ける。北の方には修法《ずほう》をしてやるものの、取り憑《つ》いた物の怪は去らず、罵り騒ぐだけであり、それを伝え聞いた鬚黒大将は、これはとんでもない不名誉であり、悪い評判が必ず立ってしまうと恐ろしくなった。

にわかには寄り付き難く、ようやく自邸に戻っても、別の対《たい》に離れて住み、子供たちだけを呼びつける。十二、三歳の娘がひとりと、その下に男の子が二人いた。この数年は北の方の病気のために夫婦の仲も冷えていたとはいえ、やはり正室としての位置は揺ぎがなかったのに、今はもうおしまいだと北の方は思い、仕える女房たちも悲しかった。

これを耳にした式部卿宮は、「鬚黒大将からこんなに疎略《そりゃく》に扱われているのに、北の方が意地を張って残っているのは、嘆かわしく物笑いになりかねません。私が生きている間は、そんなにしてまで大将邸で忍従《にんじゅう》などさせません」と言って、急ごしらえで迎えの人々を送る。この頃、北の方は多少なりとも正気を取り戻して、夫との仲を嘆き、情けないと感じていて、そこに父宮からの迎えが来たので、覚悟を決め、「無理をしてここに留まり続け、夫との絶縁を見届けてから決心するのは、いよいよ世間の物笑いになる」と思って、出て行く決心をした。

北の方の兄弟のうち、兵衛督は上達部なので、大袈裟《おおげさ》になるため、中将や侍従、民部大輔《みんぶのたいふ》などが、牛車を三両連ねて迎えに来ると、いつかはこうなると、かねてから予期していた女房たちも、今日が最後と思って、ほろほろと泣き合う。「長い間離れていた父君の邸に、北の方が住まわれるのも、狭くて居心地が悪いはずで、多くの女房はご一緒できまい。ここは各自いったん里帰りして、北の方が落ち着かれてから出仕しよう」と思い定めて、女房たちは各自、身の回りの品々を自分の里に送り、散って行く。

北の方の調度品など、しかるべき物をきちんとまとめる間、身分の上下を問わず、みんなが泣き騒ぎ、そんな忌《い》まわしい有様の中、子供たちは無邪気《むじゃき》に歩き回っている。北の方は子供たち三人を呼びつけて、「わたくし自身は、前世から定められた薄幸《はっこう》の身を見定めてしまったので、この世に未練はなく、この先、何があっても構いません。しかしあなたたちが散り散りになるのは、何とも悲しい限りです。

姫君は、ともかく、わたくしについて来なさい。男君《おとこぎみ》たちは、わたくしについて来ても、この邸とは行き来する事もあろうし、父君とも会えるでしょう。しかし父君はしっかり世話はしてくれず、どっちつかずの浮いた身の上になるはずです。わたくしの父宮が生きている間は、型通りの宮仕えができても、今の世は源氏の太政大臣と内大臣の意のままです。その二人から目をつけられて疎まれれば、その後のひとり立ちも難しくなります。かといって、わたくしを追って出家でもされると、後の世まで悔いが残ります」と言って泣く。

子供たちは深い意味はわからないまま、べそをかき、乳母《めのと》たちも、「昔の継子《ままこ》物語を見ても、世間一般の愛情深い親でも、時が経つうちに心変わりして、後妻の言うがままに、我が子を粗末に扱うようになっています。まして鬚黒大将は父親だといっても形ばかりで、かつての愛情など残っておらず、子供たちの頼りにはならないでしょう」と言い合い、北の方と一緒に嘆き続ける。

日も暮れ、雪も降って来るような空の気色になった。心細さが募《つの》る夕べになり、「荒れた天気になりそうです。急いで下さい」と迎えに来た北の方の兄弟君たちが、涙を拭《ぬぐ》いながら促すと、姫君は父君からひどく可愛がられていただけに、すぐには立ち去れず、「父君に会えないまま行ってしまうと、もう二度と会えない気がします」と言って、うつ伏して、「お母様の里には行けません」と抗《あらが》う。

「そんな風に思うのは情けない事です」と北の方は姫君をなだめるが、「今すぐにでも父君が帰って来るかもしれません」と言うので、しばらく待った。

とはいえ、こうして日が暮れる折、鬚黒大将が玉鬘の許から戻って来るはずはなく、姫君は、日頃から寄りかかっていた東面《ひがしおもて》の柱を、他人に譲ってしまうのがいかにも切なく、檜皮《ひわだ》色の紙を重ねたのに、歌を少しばかり書き綴り、柱の割目に笄《こうがい》の先で押し込んだ。

今はとて宿離《か》れぬとも馴れきつる
真木《まき》の柱は我を忘るな

今日を限り馴れ親しんだこの家を去っていくわたしを、真木柱《まきばしら》は忘れないでおくれ、という訣別《けつべつ》の歌で、書き終えないまま泣いているのを、「さあ、行きましょう」と北の方が催促《さいそく》し、歌を詠んだ。

馴れきとは思い出《い》ずとも何により
　立ちとまるべき真木の柱ぞ

馴れ親しんだのを思い出してくれるとしても、この真木柱のある邸に留まっているわけにはいかない、という説得であり、仕えている女房たちも、それぞれ悲しい思いで、常日頃は何とも思わなかった庭の草木が名残《なごり》惜しく、眺めやりながら鼻をすすって泣く。木工の君は鬚黒大将付きの女房なので、ここに残る事になり、中将のおもとが別れの歌を贈る。

浅けれど石間《いしま》の水はすみ果てて
　宿《やど》もる君やかけ離るべき

石の間にたまった水は、浅いながらも最後まで澄んでいる、殿との縁が浅いあなたがここに残り、宿の主《あるじ》の北の方が出て行かれるとは、という感慨であり、「石間の水」は木工の君、「宿もる君」は北の方を指し、「すみ」に澄みと住み、「かけ」に影が掛けられていて、「本当にこんな風に別れるなんて、思いもしませんでした」と中将のおもとが言うと、木工の君が返歌する。

ともかくも岩間の水の結ぼほれ
　かけとむべくも思おえぬ世を

何はともあれ、岩間の水が凍って滞《とどこお》っているように、わたしの心も乱れて、先行きは定かでありません、という不安で、「岩間」に何とも言えませんがという意味の言わま、「かけ」に影が掛けられ、「いやもう、この屋敷にはいられません」と木工の君は泣く。

北の方は、牛車を引き出してから後ろを振り返り、再びこの邸を見る事はないだろうと、空《むな》しい心地で、庭の木の梢《こずえ》が見えなくなるまで後ろを見、菅原道真公《すがわらのみちざね》の歌、**君が住む宿の梢の行く行くと隠るるまでにかえりみしはや**、のように、いとおしい君が住んでいるからではなく、長年住み馴れた邸が名残惜しいためだった。

北の方一行を待ち受けていた父の式部卿宮は悲しみ、母の大北の方《おおきたのかた》も泣き騒いで、「あなたは源氏の太政大臣を立派な縁戚《えんせき》と考えているようですが、わたくしが考えるに、あの方は昔からの宿敵《しゅくてき》でした。我が家から入内《じゅだい》させた女御《にょうご》を折につけ冷遇しているのも、昔の恨みに対しての意趣返《いしゅがえ》しだろうと、あなたは言っていたし、世間でもそう思っているようでした。

しかしわたくしは、とても納得ができず、あの紫の上を唯一《ゆいいつ》の奥方として大事にするのであれば、その縁に繫《つな》がる者たちをも大切にするのが通例ですのに、そうはされませんでした。その上この頃に至っては、わけのわからない継子を大事にして慰み者にした挙句、きまりが悪くなって、真面目一途《いちず》の鬚黒大将を丸め込み、籠絡《ろうらく》するというのは、実にひどいやり口です」と、息も継がずに源氏の君を非難する。

「聞くに耐えない事を言わないで下さい」と式部卿宮はたしなめ、「世間では非の打ち所がないとされている源氏の大臣を、口任せに難詰《なんきつ》するのはいけません。あのように賢い人なので、深く思いを巡らして、こうした仕返しをしてやろうと考えておられたのでしょう。そのように思われた私たちこそ、不幸と言えます。

あの方は、須磨に流謫《るたく》されていた時の仕返しを、良し悪しに応じてさりげなく、実行されているのです。私ひとりは、あの紫の上の父というゆかりから、先年も人の評判になったくらい、六条院での私の五十賀を盛大に催して下さったのです。それを一生の名誉と思って満足すべきでしょう」となだめると、大北の方はいよいよ腹を立て、口を極めて忌まわしい言葉を喚《わめ》き散らすので、この方こそが、口の悪い厄介者《やっかいもの》ではあった。

一方、鬚黒大将は、北の方が父宮邸に移ったと聞いて狼狽《ろうばい》して、「全く以《もっ》て不愉快。結婚したての夫婦のような面当《つらあ》てをしたものだ。北の方はせっかちに物事を決める性質《たち》ではないので、これは式部卿宮の軽率な差し金に違いない」と思う。

子供たちもいて、世間の目も気になるので、玉鬘に対して、「かくかくしかじかの面倒な事が起こりました。あの人が出て行ったのは、せいせいするものの、一方では邸の隅に隠れ住んでくれるはずと安心していたのです。父宮が仕組んだ事に違いありません。このままでいると世間から薄情者と思われるので、ちょっと式部卿宮のところに行って参ります」と言って出かける準備をする。

正装の袍《ほう》に、表は白で裏が青の柳の下襲《したがさね》を着て、青鈍《あおにび》色の薄地の唐綾織《からあやおり》である錦の指貫《さしぬき》で、その姿はいかにも堂々としているので、「玉鬘の君の夫として、不似合いなところはいささかもない」と女房たちも言い合う。一方の玉鬘自身は、こうしたごたごたを聞いて、余計に自分が情けなくなり、大将の見送りもしなかった。

式部卿宮に恨み言を述べに行くついでに、自邸に立ち寄ると、木工の君たちが出て来て、事の次第を報告する。邸を出ていく時の姫の様子を聞いて、鬚黒大将は男らしくこらえていたものの、涙がこぼれるのを抑えきれず、見ていても気の毒なくらいであり、「それにしても、世間の並の男と違って、あのような尋常《じんじょう》でない振舞をこらえてきた私の辛さを、北の方はわかっていなかったのだ。気ままな男だったら、今まで連れ添ってはいられないはずだ。よし、こうなればあの人はどっちにせよ尋常でないと見えるのだから、放っておけばよい。しかし子供たちは、どうするつもりなのか」と嘆く。

姫君が歌を詠んだ紙を挟み込んだ真木柱を見ると、子供っぽい筆遣いで、悲痛な思いの歌が綴られていて、それがいかにも可哀想で、恋しくてならないまま、涙を拭いつつ宮邸に参上したが、北の方とは会えそうもない。

引き留めているのは式部卿宮で、「会う必要はありません。昔から大将は時勢に追従《ついしょう》する人で、今更考えを変える事はないでしょう。あなたが見苦しい姿を世間にさらし続けるだけです」と北の方を制して、鬚黒大将には会わないほうがよいと忠告した。

それを伝えると大将は、「それは全く大人げない事です。見捨てられない子供たちがいるから、軽はずみな事はされまいと暢気《のんき》に構えていたのは、私の罪であり、いくら詫《わ》びても詫び尽くせません。今となっては、私をお許しになり、すべての責任は私にあると世間にも知らせた上で、ここに残られたほうがよいと思います」と苦しい言い訳をする。

「せめて姫君だけでも、会えないでしょうか」と懇願《こんがん》したものの、会えたのは、息子二人だけで、長男は十歳で、童殿上《わらわてんじょう》をしていて、可愛らしく、評判も良く、顔はそうでもないものの、利発で、分別もつきはじめている。次男は八歳くらいで、姫君に似て高貴なところもあり、大将はその頭を撫《な》でつつ、「お前を恋しい姫君の形見と思う事にしよう」と、涙を流しながら、いろいろと話をする。

式部卿宮にも面会したかったが、「風邪のため臥せっております」という返事がもたらされただけで、居辛くなって退出し、息子たちを牛車に乗せ、話をしながら帰途《きと》についた。

六条院に連れて行くわけにはいかず、自邸に寄って二人を残して、「お前たちはここにいなさい。私が会いに来るのも、ここなら気楽だからね」と言うと、息子たちは父の顔を不安げに眺めて見送る。その姿が痛々しく、またひとつ、悩み事が増えたと大将は思いながらも、玉鬘の容姿の美しさは、奇矯《ききょう》な北の方とは雲泥《うんでい》の差であり、それを思うとすべてが慰められた。

その後、鬚黒大将からは音沙汰《おとさた》もなく、式部卿宮は、さては先日の冷たいあしらいを口実にしていると思いつつ、溜息しきりであり、これを聞いた紫の上も、「このわたくしも恨まれるのは、辛い事です」と嘆く。

源氏の君も同情しながら、「これは難題です。私の一存ではどうにもできない方々です。帝も私に対してご機嫌が悪いようで、またあの蛍兵部卿宮も私を恨まれていると聞いています。とはいえ、宮は道理をわきまえている方なので、万事を理解して、恨みを解かれているようにも思います。男と女の仲は隠していても、自《おの》ずと明らかになるものです。あれこれと、私たちが気にするような罪はないはずです」と、源氏の君は紫の上を納得させた。

他方、玉鬘は、こうした揉《も》め事から、益々気分が晴れず、これを見た鬚黒大将も申し訳ない気がして、「玉鬘の参内が立ち消えになったのは、私のせいだと帝もお恨みのようだ。源氏の大臣や内大臣のような方々も、私に不信感を抱かれているようだ。宮仕えの女を妻にしている男がいないわけでもなかろうに」と考えて、年が改まって、玉鬘を参内させる。その年は正月十四日の男踏歌《おとことうか》行事があり、参内にも相応の格式が添えられ、実に華やかな催しになった。

源氏の太政大臣や内大臣の威光に、鬚黒大将の権勢も加わり、夕霧宰相中将も心をこめた配慮をし、玉鬘の弟にあたる内大臣の息子たちも、こうした機会に集まり、機嫌を取るべく心を配っている様子も、晴れやかであった。

尚侍《かん》の君としての玉鬘の局は、清涼殿《せいりようでん》に近い承香殿《しようきようでん》の東面があてられ、西には式部卿宮の女御が住み、その間はわずかに馬道《めどう》を挟んだだけの近さだったが、二人の心は、遥かに離れたものである。その他にも後宮《こうきゆう》の女御や更衣《こうい》が居並んでいる様子は、内裏の繁栄ぶりを示していて、その秩序を乱すような更衣たちも多くはおらず、秋好《あきこのむ》中宮、内大臣の娘の弘徽《こき》殿《でん》女御、式部卿宮女御、左大臣の娘の女御などが入内していて、更衣としては、中納言の娘や宰相の娘などがいた。

男踏歌の行事には、こうした方々の実家から、縁者たちが大挙して見物に来ていて、格段に賑《にぎ》やかな催事になる。女房も、誰もが美しさを競い、衣の袖口の重なり具合も見映え良く整えられ、東宮《とうぐう》の母女御は、朱雀院《すざくいん》の承香殿女御で鬚黒大将の姉であり、一層華やいだ装いをしていて、東宮はまだ若いものの、すべてが今様だった。

踏歌は、帝の御前、秋好中宮、朱雀院の順で、披露《ひろう》され、夜も更けたため、六条院まで行くのは省かれ、朱雀院から戻って来る。東宮の方々の辺りを巡り歩くうちに、夜も明けて、ほのぼのとした朝ぼらけに、ひどく酔ってしまった踏歌の人々が、催馬楽《さいばら》の「竹河《たけかわ》」を謡《うた》っているのが見えた。

そこには内大臣の子息が四、五人交じっていて、殿上人の中でも声が良く、容姿も美しい、童姿の八郎君《はちろうぎみ》は本妻腹であり、内大臣も特に可愛がっていた。その様子は愛らしく、鬚黒大将の長男と並んでいるのを見た玉鬘は、他人とも思えず、じっと眺めている。

身分が高く、宮仕えに慣れている方々よりも、玉鬘の局の女房たちの袖口や、雰囲気はいかにも今様に斬新で、同じ色合いと重ね具合であっても、一段と華やかである。玉鬘も女房たちも、「こんな素晴らしい心地でいられるのなら、しばらくここに留まっていたいもの」と考えるくらいだった。

どこでも同じように、踏歌楽人《がくにん》や舞人《まいびと》たちへの被《かず》け物があるとはいえ、ここ玉鬘の局では特に趣向が凝らされている。巡行《じゅんこう》の一行に酒食を提供する水駅《みずうまや》にもなっていて、特別な配慮がなされ、賑わいを見せており、定められた饗応《きょうおう》も、鬚黒大将が十二分に気を配ったものであった。内裏の宿直所《とのいどころ》に鬚黒大将は一日中いて、玉鬘に同じ事を何度も伝え、「今晩にでも、あなたを退出させるつもりです。これを好機と考えて、このまま宮仕えを続けられたら心配でたまりません」と促すも、玉鬘からの返事はない。

代わりに、お付きの女房たちが「源氏の大臣は、慌ただしい短期間の宮仕えではなく、滅多にない機会だから、帝が退出を許されるまでは留まりなさい、とおっしゃっていました。今夜急にというのは、余りにもそっけないのではございませんか」と苦言を呈《てい》したので、大将は薄情な仕打ちと思いつつ、「あれだけ言い聞かせていたのに、思い通りにならない夫婦の間柄だ」と、嘆くしかなかった。

蛍兵部卿宮は、御前の管絃《かんげん》の遊びに参列していて、そわそわと心穏やかでない。玉鬘の局が気になって仕方がなく、たまりかねて文を書くと、近衛府《このえふ》の詰所《つめしょ》にいる鬚黒大将の名を使って、女房が手紙を持参したので、玉鬘はしぶしぶ文を見る。

深山木《みやまぎ》に羽うちかわしいる鳥の
またなくねたき春にもあるかな

奥山の木に羽を並べて睦《むつ》まじいあなたたち二人を、この上なく嫉妬する春です、という悋気《りんき》であり、「妬《ねた》き」には音（ね）が掛けられ、「その囀《さえず》る声が耳について、気になります」と、『古今《こきん》和歌集』の、百千鳥《ももちどり》さえずる春はものごとに　あらたまれども我ぞふりゆく、を下敷にして、付言されていたので、玉鬘は戸惑い、顔を赤くしたまま、返事に窮《きゅう》していると、そこに帝がお姿を見せた。

月の光の中で、その容姿は何とも美しく、あの源氏の大臣と瓜二つであり、こんな美しい人が、もうひとりいたのだと、玉鬘は見上げる。

源氏の大臣の心遣いは浅くなかったとはいえ、悩ましさが伴っていた。この帝にはそういう事があるはずはないと思えたが、帝は優しい言葉で、自分の希望が叶わなかった恨み言を口にされたので、玉鬘は困る。扇で顔を隠したまま、返事もできないでいると、「妙にはっきりしない態度ですね。今回の叙位《じょい》で、私の心の内はわかっておいでと思っていたのに、何にも聞き入れて下さる気配がないのは、これはもうあなたの性分《しょうぶん》ですね」とおっしゃって、帝は歌を詠む。

などてかく灰あいがたき紫を
　心に深く思いそめけん

どうしてこうも逢い難い紫の衣の人を、心に深く思い染めてしまったのだろうか、という自問で、「灰」は、紫染めの媒染《ばいせん》に使う灰を掛け、「合《あ》い」には逢い、「染《そ》め」には初（そ）めが掛けられていた。紫衣は三位《さんみ》の礼服の色であり、「これ以上に深い仲にはなれないのでしょうか」と言い添える姿も若々しく、また美しく、こちらが気後《きおく》れしそうだったものの、玉鬘は、帝とはいえ、源氏の大臣とそんなに違っておられるわけではあるまいと、自分に言い聞かせて、心を落ち着かせ、出仕もしないうちから新年の叙位にあずかったお礼をこめて、返歌する。

いかならん色とも知らぬ紫を
心してこそ人はそめけれ

どういう色かも知らないで賜《たまわ》った紫は、帝の深いご配慮からだったのですね、という謝意で、「これからは帝の思《おぼ》し召《め》しを、よく心得ておきます」と申し添える。

帝が「これからというのは、もう甲斐《かい》なき事です。私の心中をわかる人がいれば、その人の判断を聞いてみたいものです」と、恨み言を述べるご様子は真剣なだけに、憂鬱《ゆううつ》だと玉鬘は感じ、帝に愛想《あいそう》良い振舞はするまいと決めた。実に男女の間柄は厄介だと思いつつ、身を硬くして控えていると、帝も心の内の色めいたお言葉は口にせず、そのうち馴れ親しんでくれるに違いないと思う。

帝が玉鬘の局を訪れたと聞いた鬚黒大将は、気が気でなくなり、早目の退出を勧め、玉鬘も、このままでは不都合な事も起こりかねない、と心は穏やかではない。大将は内大臣に、もっともらしい口実をつけて訴える。

内大臣もうまく取り繕《つくろ》って、帝からの許可を貰《もら》おうと考えて奏上《そうじょう》すると、「それなら仕方ないでしょう。これに懲《こ》りて二度と出仕をさせない人もあるので、残念至極《しごく》です。誰よりもあなたに心を寄せていたのに、その人に先を越され、今ではその人の機嫌を取るようになってしまい、昔、平中《へいちゅう》が女を藤原時平《ときひら》に奪われた例を、引き合いに出したい気がします」と、帝は玉鬘におっしゃる。

噂に聞いていたよりも、実際に見る玉鬘は、この上なく美しく、初めはそれほど思わなかったにせよ、このまま見過ごす気にはなれない。玉鬘が大将のものになっているのが妬ましく、無念ではあるものの、浮気心だけの人間と思われたくないので、帝は真心をこめて先の事も約束し、親しみやすくしようとするだけに、玉鬘としては畏れ多く、戸惑い、自分はそれには値しないと思うばかりだった。

輦車《てぐるま》を寄せて、太政大臣と内大臣両家からの玉鬘の世話人たちは、玉鬘の退出を今か今かと待ち受ける。鬚黒大将も玉鬘の近くをうろうろして、急《せ》き立てるため、「近衛大将がここまで厳重に警固するのは、不愉快極まる」と、帝はご機嫌斜めになって詠歌する。

九重《ここのえ》に霞《かすみ》隔てば梅の花
ただかばかりも匂い来《こ》じとや

こう幾重《いくえ》にも霞が隔てていると、梅の香も匂って来ないように、鬚黒大将が厳しくあなたを隔離するなら、もはやこの程度でもあなたが宮中に戻る事はないのでしょうか、という恨み言であり、「九重」には宮中と幾重を掛け、「かばかり」には、この程度と香だけが掛けられていて、それほどまでの歌ではないものの、帝の姿や振舞に直《じか》に接しているだけに、何とも言えない趣がある。

「古歌《ふるうた》の、**春の野にすみれ摘みにと来し我ぞ　野をなつかしみ一夜寝にける**、のように、あなたと一夜を明かしたいところです。しかしあなたを手放したがらない人を、我が身になって考えると気の毒です。これから先、どうやって便りをしたらいいものでしょうか」と思い悩む帝を見て、玉鬘は畏れ多い限りだと思いつつ、返歌する。

かばかりは風にもつてよ花の枝《え》に
　立ち並ぶべき匂いなくとも

この程度のほのかな便りは、風にことづけて下さい。後宮におられる方々の美しさにはかなわないわたくしですが、という謙遜《けんそん》で、「かばかり」には香ばかりを掛けていて、さすがに冷たくあしらわない玉鬘の態度を、帝はいとおしく思い、振り返り振り返りしつつ在所に戻られた。

今宵こそ自宅に連れて帰ろうと思った鬚黒大将は、前以て申し出ては許可が出るはずはなく、口実を思いつき、「急にひどい風邪をひいてしまいまして、気兼ねしない所で休もうと思いますが、玉鬘と別々では気がかりですので」と、角の立たないようにして、そのまま玉鬘を自邸に連れて帰る。

余り唐突《とうとつ》なので、父の内大臣は、形式を重んじない軽々しいやり方だと思ったものの、反対するのも大将が気を悪くするはずで、「どうなりと、随意《ずいい》にして下さい。もともと私の自由にはならない方なのですから」と返事をする。源氏の君は、本来は六条院に戻って来るはずのものが、突然に変更されて、鬚黒大将邸に直行するのは不本意であるとはいえ、表立っては何もできず、黙るしかなかった。

玉鬘も、古歌の、**須磨《すま》の海人《あま》の塩焼く煙風をいたみ　思わぬ方にたなびきにけり**、のように、思いがけない方向に靡《なび》いた我が身を浅ましいと思う。ひとり鬚黒大将のみが、してやったりと盗み取った思いがして、嬉しく安堵《あんど》していたが、帝が玉鬘の局にはいられた事に対して、大将が嫉妬心から恨み言を述べるので、玉鬘は機嫌を損《そこ》ね、大将がつまらぬ男に見え、益々冷たくあしらうばかりであった。

一方の式部卿宮は、鬚黒大将に対して激怒したのを、今となっては悪かったと反省していたが、そんな宮邸を大将は訪問などせず、ただただ願いが叶って北の方にした玉鬘だけに、明け暮れ一徹に世話を焼いた。

二月になり、源氏の君は六条院で気の晴れない日々を過ごしていて、全く非情な鬚黒大将の仕打ちではあり、ここまで大胆に玉鬘を掠《かす》め取り、自分のものにしてしまうとは予想もしなかっただけに、悔しくもあり、体裁も悪い反面、玉鬘の事はいつも心から離れず、恋しく思い出される。

こうなったのは前世からの縁《えにし》を軽視できないものの、自分がのんびり構えていたからでもあり、自業自得《じごうじとく》とはいえた。寝ても覚めても、玉鬘の面影《おもかげ》がちらつく一方、あの愛想《あいそ》に欠ける鬚黒大将に連れ添っているのでは、冗談めいた戯《たわむ》れ言も言うのも憚《はばか》られ、何かが欠けたようで、気が抜けた日々が続いた。

ひどく雨が降り、静かでしんみりとした日、こんな無聊《ぶりょう》な時には玉鬘の所に行って話し込んでいたのを源氏の君は思い出し、たまらなく恋しくなって、手紙をしたためて、今は玉鬘に付き添って鬚黒大将邸にいる右近の許に、こっそり届けさせる。右近がどう思うかも気になり、思いの丈《たけ》は書きつけられず、読み手の推量に任せた文面になった。

かきたれてのどけき頃の春雨《はるさめ》に
ふるさと人をいかに忍ぶや

雨の降り続くこの春ののどかな折、六条院の古里にいる人をあなたはどう思っていますでしょうか、という哀切《あいせつ》であり、「降《ふ》る」には古を掛けて、「こんなつれづれの雨につけても、恨めしく思い出される事が多いのですが、それを今は口にするわけにもいきません」と付言した。

右近が鬚黒大将のいない隙を見て、手紙を差し出すと、玉鬘は思わず涙して、自分でも、時が経つにつれて思い出される源氏の大臣ではあるが、「恋しい。何としても会いたい」などとは、正面きって言えるはずもない。仮の親であり、対面の方法があるようにも思われず、悲しさが募るばかりであった。

右近には、源氏の大臣が時折、こちらが困惑するような色仕掛けをした事については、打ち明けられず、心の内に秘めての思いだったものの、右近はうすうす感じ取りつつも、二人の間には何があったかは、しかとはわからないままであった。玉鬘は、「返事をするのも恥ずかしいのですが、しないのも気がひけます」と言って返歌をしたためる。

ながめする軒《のき》のしずくに袖ぬれて
うたかた人を偲《しの》ばざらめや

長雨で軒の雫《しずく》を眺めていると、わたくしも涙で袖を濡《ぬ》らし、片時もあなたの事を偲ばずにおられません、という悲嘆であり、「長雨《ながめ》」には眺めが掛けられ、「別れて久しいこの頃は、おっしゃる通り、つれづれの寂しさを感じます。慎《つつし》んで」と書き加える。

返事の手紙を広げた源氏の君は、古歌の、雨止まぬ軒の玉水かずしらず　恋しきことのまさるころかな、のように、涙が玉の雫のように流れる思いがした。人から見られると具合が悪いので、平静さを装いながらも、思いは胸に満ち、かつて尚侍《かん》の君の朧月夜《おぼろづきよ》を、朱雀院の母后《ははきさき》が自分に逢わせないようにした事を思い出しつつも、今は目の前の玉鬘の事がことさら切なく感じられる。

「自分のような好き者は、自ら求めて悩みの種を作るものだ。今となっては、何に心を乱す事があろう。あの人はもう自分にはふさわしくない恋の相手だ」と、恋心を冷やそうとしても無駄で、和琴《わごん》を出して弾《ひ》き鳴らすと、玉鬘が優しく弾いた爪音《つまおと》が思い出されてしまう。

〽鴛鴦《おし》　鸍《たかべ》　鴨《かも》さえ来居《きい》る
　蕃良《はら》の池の　や
　玉藻《たまも》は真根《まね》な刈りそ　や
　生《お》いも継ぐがに　や
　生いも継ぐがに

こうして源氏の君が謡う様子を、玉鬘が見たなら、より一層心を動かされるに違いなかった。

一方、帝もほのかに見た玉鬘の顔や姿が忘れられず、古歌にある、立ちて思い居てもぞ思うくれないの　赤裳《あかも》垂れ引きいにし姿を、の下の句を何度も口ずさむので、耳馴れない古歌がつい口癖になってしまう。物思いに沈みながらも、便りだけはこっそりと届けさせたが、玉鬘は我が身を情けないと思うばかりで、帝との打ち解けたやりとりには応じず、ひたすら思い出されるのは、源氏の大臣の類《たぐい》稀な深い配慮だった。

三月になって、六条院の庭の藤や山吹が咲き初《そ》めて、夕映えの下、実に美しいのを眺めて、源氏の君は玉鬘の美貌とたたずまいを思い起こさずにはいられず、紫の上がいる春の町を出て、夏の町の西の対《たい》に行って、庭に目をやると、呉竹《くれたけ》の垣根に、山吹《やまぶき》が自然と寄りかかっている様が誠に美しい。ふと口に出た古歌は、**思うとも恋《こ》うとも言わじ口なしの　色に衣を染めてこそ着め**、であり、山吹の花から、梔子《くちなし》の実で染めた濃い黄色を思い起こしつつ、独詠する。

思わずに井手《いで》の中道《なかみち》隔《へだ》つとも
言わでぞ恋うる山吹の花

思いがけず井手の中道が、二人の仲を隔てているが、心の中では山吹のようなあの人を恋い慕っている、という恋慕で、「井手」は山吹の名所であり、「中道」は鬚黒大将を指していて、「あの人の面影がちらつく」と言いつつ、古歌の、**夕されば野辺に鳴くという顔鳥《かおとり》の　顔に見えつつ忘られなく**に、の通りだと思うものの、こんな胸の内を聞いてくれる人もいない。

今となってはもう手の届かない所に行ってしまった玉鬘だと、痛感せずにはおられず、鴨の卵《こ》が夥《おびただ》しくあるのを見て、それを柑子《こうじ》や橘の実に見立てて飾りつけさせ、さりげなく玉鬘に贈る。添えた手紙は、人目についた時を用心して、あっさりとした内容にして、「思いもよらぬ形で会えなくなって久しくなりました。心外な事と恨んでも、これはあなたの一存ではなかったと聞いております。もはや特別の機会でもなければ、お会いできないのが残念です」と親めいた書き方をして、歌を添えた。

おなじ巣にかえりしかいの見えぬかな
いかなる人か手ににぎるらん

私の家で孵《かえ》った卵のようなあなたなのに、その甲斐もなく、どういう人の手に握られているのでしょうか、という未練であり、「卵《かい》」に効（かい）を掛けて、「どうしてそんなに大将は厳しいのでしょうか」と付言する。

この文を見た鬚黒大将は笑い出し、「女というもの、実の親の家でも、特別の用事以外は気安く帰って会うものではありません。ましてや、源氏の大臣が諦めきれずに恨み言を口にするのは論外です」と呟《つぶや》く。それを、玉鬘は憎いと思いながら、「わたくしからは返事を出せません」と書きづらい旨《むね》を言うと、大将が「よし私が書こう」と言って、代作をしたのも玉鬘には心外だった。

巣隠れて数にもあらぬかりの子を
いずかたにかは取り隠すべき

巣の中に隠れて物の数にも入らない養女を、どこに隠したりするものですか、という反発であり、「雁《かり》の子」は仮の子を掛け、「御機嫌斜めの様子に驚いて、男が女の代筆をしました」と書き足して源氏の君に届けさせる。受け取った源氏の君は、「あの大将がこんな戯事《ざれごと》をするとは知らなかった」と大笑いする一方、心の内では、こうやって玉鬘をひとり占めしている鬚黒大将を憎たらしい奴だと思った。

鬚黒大将の元の北の方は、月日が経つにつれ、夫の余りにひどい扱いに塞ぎ込み、一層物事の分別もつきにくくなっていたが、鬚黒大将はひと通りの生活の世話は滞りなくしていて、子息二人も大切にしているので、北の方としても縁切りをせずに、生計面では大将を頼りにしていたものの、大将がたまらなく恋しく思っている娘の真木柱には、どうしても会わせようとはしなかった。

真木柱は幼な心にも、悲しく寂しい思いをしていて、式部卿宮邸の誰もが、父の鬚黒大将を許さず、恨んでいるのが心外でもあった。父の許にいる二人の息子は頻繁《ひんぱん》に式部卿宮邸に参上して、玉鬘尚侍《かん》の君の様子を何かにつけ真木柱に報告して、「あの方は、私たちを可愛がり、大切にしてくれます。明け暮れ、面白い事ばかりしています」と言う。

真木柱は羨ましくなり、「どうして男の子に生まれてこなかったのか」と残念がっていて、これを見ると、本当に玉鬘は不思議にも、男にも女にも物思いをさせる人ではあった。

その年の十一月、玉鬘は大変可愛らしい男君を出産し、これこそ鬚黒大将の望み通りであり、特別に大切にしているのは、言うまでもない。実父である内大臣も、思い通りに玉鬘に幸運がついてきたと満足する。

自分が大切に育てた弘徽殿女御たちにも、玉鬘の容貌は決して劣ってはおらず、長男の柏木《かしわぎ》頭中将も、この尚侍の君の玉鬘を、心から親しみを感じる姉として、行き来していたものの、未練はある。玉鬘が正式に入内《じゅだい》して皇子《みこ》を産んでいたらと思う。生まれた甥《おい》が可愛らしいのを見るにつけ、「帝は、今まで皇子がないのを嘆いておられた。もしこれが皇子だったら大変な名誉だったのに」

と、欲ばった事を考えていた。

玉鬘は尚侍《ないしのかみ》としての公務は自邸でしかるべくこなしていたが、内裏への出仕は、当然ながら自然と沙汰《さた》止《や》みになる。他方、内大臣の娘で、尚侍を望んでいた近江《おうみ》の君は、例の癖から色気づいて落ち着かない様子であり、内大臣をうんざりさせていた。弘徽殿女御も、近江の君が何か厄介な事でもしでかさないかと、心配でならず、「今は人前に出ないように」と、内大臣が注意するのも近江の君は上《うわ》の空で、何かと人の中に出て来る癖が止まらない。

とある秋の夕べ、優れた殿上人のみが弘徽殿女御の前で、楽器を奏《かな》で、くつろぎつつ拍子《ひようし》を取っていた。情趣《じようちよ》のある夕べだけに、宰相の君の夕霧も御簾の近くに寄って、冗談を言い合っているのを眺めて、女房たちが、「やはり他の人とは違うお方」と褒《ほ》めていると、近江の君が女房たちを押し分けて出て来た。「これは、とんでもない事です」と、慌てて女房たちは近江の君を引き留め、奥に引き入れようとするが、近江の君は睨《にら》みつけ、御簾を外に押しやったまま動かない。

何か不都合な事でもしないかと、女房たちはつつきあいながら心配でならないでいると案《あん》の定《じよう》、この世にも稀《まれ》な真面目人間の夕霧に向かって、「この人、この人」と褒め騒ぐ声がはっきりと聞こえ、女房たちが困り果てる中、堂々たる声で近江の君は歌を詠んだ。

おきつ舟よるべなみ路《じ》にただよわば
棹《さお》さし寄らん泊り教えよ

沖の舟が寄る辺《べ》なく波路に漂っているように、雲居雁《くもいのかり》君との仲が決まっていなければ、わたしが近づきましょう、今夜の泊まり所を教えて下さい、という恋情ではあり、「波《なみ》」に無みを掛け、一応は古歌の、堀江漕ぐ棚無し小舟漕ぎかえり　おなじ人をや恋いわたりなん、を下敷にしていて、「あの棚無し小舟漕ぎ返り、のように同じ人を思っておられるのですか。これは失礼」と言い足した。夕霧はわけがわからず、弘徽殿女御の側にこんな無作法な者が仕えているのを不思議がり、はたとあの時の人と思い当たり、おかしくなって返歌した。

よるべなみ風の騒がす舟人も
思わぬかたに磯づたいせず

寄る辺がなく、風で翻弄《ほんろう》されている私のような舟人でも、思ってもいない人の所には磯伝いはしない、という拒絶であり、やはり「波《なみ》」には無みを掛けていたので、近江の君も、ぐうの音《ね》も出なかったようだった。

第三十九章　土御門殿行幸《つちみかどどのみゆき》

多忙であったからこそ、この「真木柱《まきばしら》」の帖《じよう》を書き終えられたような気がした。暇であったら、あれこれと考えあぐねて、こうした大団円《だいだんえん》にはならなかったろう。

思えば、玉鬘《たまかずら》は登場させたときから、人騒がせな人だった。母の夕顔《ゆうがお》を早く亡くして、その面影《おもかげ》はかすかにしか記憶にない。実父にも見捨てられた不幸な身の上であり、乳母《めのと》に連れられて、はるばる筑紫《つくし》まで下って、苦労を重ねる。二十歳《はたち》を過ぎてからは、その美貌《びぼう》のために、地方の好き者たちに言い寄られ、夜逃げのようにして、舟旅で京まで辿《たど》り着く。しかしもはや京に身寄りはなく、漂泊《ひようはく》の身は変わらなかった。

光明《こうみよう》が見えたのは、偶然にも石清水八幡宮《いわしみずはちまんぐう》で、かつて夕顔に仕《つか》えていた右近《うこん》と出会ってからだった。この右近を女房《にようぼう》として手近に置いていたのが、光源氏であり、これも、縁《えにし》のある人を決して見捨てない光源氏の厚情ゆえであった。

光源氏は夕顔をはかなく死なせてしまった罪の意識から、玉鬘を養女にして、田舎人《いなかびと》を都人《みやこびと》にするべくあらゆる手立てを講じる。玉鬘の美貌はいやが上にも輝きを増す。

その玉鬘を餌《えさ》のようにして、源氏の君は男たちを六条院に引き寄せては楽しむ。この悪趣味は、自らが玉鬘に抱《いだ》く恋情に、歯止めをかけるためでもあった。他方で、実父である内大臣《ないだいじん》を口惜《くちお》しがらせる方便とも言えた。

とはいえ、この玉鬘をどうするかは、最後まで迷った。光源氏の新しい伴侶《はんりょ》にしては、紫の上の立場がなくなる。帝《みかど》に参内《さんだい》させると、秋好中宮《あきこのむちゅうぐう》への面当《つらあ》てにもなってしまう。弟の蛍兵部卿宮《ほたるひょうぶきょうのみや》に嫁がせては、いかにも口惜しい。

ここで、次代を担う実力者である鬚黒《ひげくろ》大将に玉鬘を任せたのは、物語のこれからの広がりを確得するためだった。光源氏の落胆《らくたん》は大きく、玉鬘もどこか不本意だったかもしれない。

しかし身を落ち着ける場所のなかった玉鬘にしてみれば、堅物《かたぶつ》の鬚黒大将に嫁ぐのが無難だと思ったに違いない。もちろん夢のように美しい六条院で、はぐくんでくれた光源氏への恩義と謝意は、今後も胸に抱き続けるはずだった。

時折、物の怪《け》が取り憑《つ》く、鬚黒大将の北の方を実家に追いやった負い目は、北の方の二人の息子を立派に育て上げることで、いくらかでも払拭《ふっしょく》すればいいのだ。

光源氏にとって、北の方の母で、式部卿宮《しきぶきょうのみや》の正妻である大北《おおきた》の方《かた》から誤解されて、またしても恨《うら》まれるというのは、残念な結果だったかもしれない。とはいえ、あの式部卿宮は紫の上の父君でもあるので、五十賀《ごじゅうのが》の祝いを催《もよお》してやっており、ひととおりの礼儀は尽くしたつもりだった。大北の方の逆恨《さかうら》みは、世によくあることとして甘受《かんじゅ》すべきだろう。

それにしても玉鬘のいなくなった六条院の寂しさは、思いもかけない辛《つら》さであり、改めてあのどこまでも控え目だった玉鬘の存在の大きさに気づかされる。この空虚さを少しでも埋めるためには、どうすればよいのか、これが光源氏の思案のしどころではあった。

「近江《おうみ》の君も歌が上手《じょうず》になりました」

声をかけてくれたのは、早くも「真木柱」の帖を書写し終えた小少将《こしょうしょう》の君《きみ》だった。「おきつ舟よるべなみ路《じ》にただよわば　棹《さお》さし寄らん泊り教えよ。以前の歌と比べると格段の出来です」

「歌が以前のままだと、余りにも可哀想《かわいそう》ですから」

苦笑しつつ応じる。

「そうなると、近江の君をこれから応援してやりたくなります」

そう言われても、近江の君の将来については考えていない。内大臣に取り入るために、近江の君を貰《もら》いたいという殿上人《てんじょうびと》なり、上達部《かんだちめ》が出て来るかもしれないが。

「今ひとつ、応援したいのは真木柱です。父を亡くしたのと同様の身になって、先が思いやられます。何とか真木柱のように真直ぐに伸びて、幸せになってもらいたいです」

そう言って、小少将の君が真木柱に肩入れするのも無理はなかった。小少将の君の身もかつて、父君が若くして出家したので、父を亡くしたも同然になってしまったのだ。

「真木柱は不幸にはできません」

断言すると、小少将の君は嬉《うれ》しそうに頷《うなず》いた。この先、小少将の君を落胆させるような道に、真木柱を迷い込ませると、こちらが恨まれそうだった。

彰子《あきこ》中宮様がお産みになった皇子《おうじ》は、十月四日、帝の侍従《じじゅう》である大江匡衡《おおえのまさひら》様が先例や故事、吉凶を調べ上げての勘中《かんじん》によって、敦成《あつひら》と名付けられた。

この間、中宮様はずっと御帳《みちょう》の中におられて、女房たちはその側に昼も夜も侍《はべ》り続けた。そこへひっきりなしにお姿を見せたのが道長《みちなが》様だった。乳母が抱いている若宮《わかみや》を見ようとして、懐《ふところ》を掻《か》き分けたりする。迷惑なのは乳母で、うとうとしている折でも、道長様が覗《のぞ》き込むので、乳母ははっとして寝ぼけ顔のまま、若宮を見せてさし上げる。道長様としては、長い間、待ちに待った我が孫の皇子誕生なので、無理もなかった。

あるとき、例によって道長様が若宮を抱き上げると、若宮のおしっこが道長様に降りかかった。道長様は少しも驚かず、直衣《のうし》の入紐《いれひも》を解《と》いて脱ぎ、几帳《きちょう》の後ろにある灯火《ともしび》で衣をあぶらせた。

「若宮のおしっこで濡《ぬ》れるとは、何という嬉しさか」

と道長様は喜色満面《きしょく》だった。「着物を濡らされ、あぶっているこの今こそ、願いが叶《かな》った証《あかし》ではある」

居並ぶ女房たちにも、その喜びのほどが痛いほど感じられた。その一方で、前の后腹《きさきばら》の長子《ちょうし》である敦康親王《あつやすしんのう》の今後がどうなるのか、彰子中宮様が我が子のように慈《いつく》しんでおられただけに、先が案じられた。

この時期、道長様から内々に相談されたのが、中務宮《なかつかさのみや》、つまりあの懐しい具平《ともひら》親王の娘隆姫《たかひめ》についてだった。

「そなた、若い頃、中務宮家に仕《つか》えていたと聞いている。その姫君と、長男の頼通《よりみち》との縁組を考えているが、何かお近づきになるいい手立てはないだろうか」

「確かに仕えておりましたが、ずっと以前のこととて、具平親王との縁は遠いものになっております」

そう答えるしかなかった。しかし胸の内では、かつて厚情にあずかった具平親王のことが思い出されて涙が出そうになった。あの日々がなければ、今の自分があるはずはない。誠にあの具平親王、そしてもう亡くなられた慶滋保胤《よししげのやすたね》様こそが、我が人生の恩人だった。

若宮の誕生以来、帝は道長様に対して、早く母子を一条内裏《だいり》に参入させるように催促《さいそく》されたらしい。道長様が十一月十七日とお答えすると、帝はそれは遅過ぎる、それならこちらから土御門殿《つちみかどどの》に赴《おもむ》くと言われ、行幸《ぎょうこう》の日は十月十六日と定められた。

これによって、土御門殿は、帝を迎えるための大がかりな段取りが始まった。まずは、あちこちから優《すぐ》れた菊の花を集めさせて、庭に移植する。色も様々であり、特に黄色が鮮やかで、朝霧が消えかかったときに見渡すと、なるほど菊の露を飲むと若返るという故事が、本当のように思えてくる。

とはいえ、心の底は不思議に裏腹だった。この土御門殿の華やかさと雅《みやび》を目にするにつれ、気分は妙に沈んでいく。普通であれば、慶事や面白いことを見聞きすれば、心も浮き立つはずなのに、そうはならない。むしろ外の世界が輝いていればいるほど、心は暗くなる。もうこれは生まれつきの性《しょう》分《ぶん》であり、諦《あきら》めるしかない。

この憂《う》さから逃《のが》れるただひとつの道は、出家《しゅっけ》ではあるものの、この世での悩みは極楽往生《ごくらくおうじょう》の障碍《しょうがい》にもなるという。堤第《つつみだい》にいる両親や我が子の手前、万が一にもできるはずはなかった。もの憂さは深まるばかりで、日が昇り、庭を眺《なが》め、池の水鳥たちが無邪気に遊んでいるのを見やる。

水鳥を水のうえとやよそに見ん
われも浮きたる世をすぐしつつ

水鳥が水の上に浮いているのは他人事《ひとごと》とは思えない。傍目《はため》には気楽に遊んでいるように見えても、うわついて定まらない生活は、同じだった。

折しも、里下りしていた小少将の君から文《ふみ》が来て、返事を書いていると、時雨《しぐれ》にみまわれて暗くなり、使いの者が「疾《と》く」と急がせる。「空の景色も騒がしくなったので云々《うんぬん》」と書いて、何ともくだらない返事を書いた。

すると暗くなる頃、再び使者が文を持って来た。濃い紫に雲の形を染め出した紙は、時雨の空に合わせたもので、歌が書かれている。

雲間なくながむる空もかきくらし
　いかにしのぶる時雨なるらん

物思いに沈んで眺める空も、雲の絶え間なく暗くしぐれている、どんなにかあなたを慕って降る時雨なのでしょうか、の意で、「しのぶる」には降るが掛けられ、暗に小少将の君が、こんなわたしを慕ってくれていることを暗示していた。

小少将の君も、土御門殿の華やかさを身に浴びれば浴びるほど、心の内は暗くなっていく人で、道長様の北の方倫子《ともこ》様の姪《めい》でありながら、幸薄《さちうす》い面では我が身と似ていた。

先に送った手紙の文言《もんごん》がどうだったか思い出せないまま、急ぎ返歌をする。

ことわりの時雨の空は雲間あれど
ながむる袖ぞかわくまもなき

冬という時節柄、当然に降る時雨は、時々晴れる事はあっても、わたしもまたあなたを慕って、物思いに耽《ふけ》っていつも泣いています、という心中を綴《つづ》った。華やかに見えても、女房生活の辛さは格別で、それに耐えられているのは、小少将の君や大納言《だいなごん》の君、宰相《さいしょう》の君など、幾人かは心の通じる人がいるからだった。

行幸当日の十月十六日、新造の二艘《そう》の船を岸に寄せて、道長様が点検する。船首には龍頭《りゅうとう》と鷁首《げきしゅ》が、まるで生きているかのように造られていた。

行幸があるのは昼前というので、夜明け前から人々はあれこれと支度《したく》をして落ち着かない。上達部が坐るのは西の対《たい》なので、女房たちのいる東の対は騒々しくもない。しかし西の対におられた内侍督《ないしのかみ》である妍子《きよこ》様の方では、人々の装束《しょうぞく》などを滞《とどこお》りなく調《ととの》えられているようだった。

夜がようやく明ける頃、小少将の君が里から戻って来て、二人で髪を整える。

「日が昇る頃の行幸ではあっても、どうせお着きになるのは、昼ちょっと前くらいでしょう」

小少将の君が気を鎮《しず》めるように言う。

まだ余裕があると思うと、余計に迷いが生じて、どんな髪飾りと装いにしようかと、決まらない。特にぱっとしないのが扇で、もっとましなのはないかと、下仕《しもづか》えの者に取りにやらせる。それが来るのを待っている間に、帝の到着を知らせる鉦鼓《しょうこ》の音が鳴り響いた。新しい扇を手にして急いで局《つぼね》を出たのも、我ながら見苦しかった。

二つの船に分乗した唐楽《からがく》と高麗楽《こまがく》の楽人《がくにん》が、雅やかに演奏する中、帝の乗る鳳輦《ほうれん》が到着する。鳳輦を寝殿《しんでん》の南階《みなみきざはし》に寄せるとき、御輿《みこし》を舁《か》く前の方の駕輿丁《かよちょう》は、御輿を水平に保つために、階から階上に上って俯《うつぶ》せになる。いかにも苦しげであり、そのみじめさは、自分と変わりなかった。高貴な方々に仕える者にも、その分際に応じた苦しみがあるのだと、改めて思わされる。

帝の御座《おまし》は、御帳《みちょう》の西側に設けられており、南の廂《ひさし》の東の間《ま》に、着席用の御倚子《ごいし》が立てられていた。そこから一間《ひとま》隔てた東の離れの隅が、女房たちの席になっていた。

南の柱の横にある簾《すだれ》を少し開けて出て来たのは、左衛門《さえもん》の内侍と弁の内侍の二人だ。この日の髪上げの美しさは、まるで唐絵《からえ》さながらだった。三種の神器《じんぎ》のひとつ御佩刀《みはかし》を持つ左衛門の内侍は、青色の無紋の唐衣《からぎぬ》を着て、裾の方を濃く染めた裳《も》をつけ、肩から両脇に垂らす裙帯《くんたい》は、糸を浮かせて模様を織り出した櫨《はぜ》色のだんだら染《ぞめ》だ。表着《うわぎ》は、表が薄蘇芳《うすすおう》で裏が青の菊襲《きくがさね》で、その下の掻練《かいねり》の打衣《うちぎぬ》は紅色で、姿つき、振舞いとともに、遠くから見た横顔は華やかで美しい。

御璽《ぎょじ》のはいった筥《はこ》を持つ弁の内侍のほうは、紅の表着に、葡萄染《えびぞめ》色の袿《うちき》、裳、唐衣は左衛門の内侍と同じだった。小柄な可愛《かわい》らしい人なので、いかにも慎《つつ》ましく緊張している様子が窺《うかが》われた。扇も含めて、持物と装いは左衛門の内侍よりは優れており、領布《ひれ》は薄紫と白のだんだら染である。これが夢のようにひらひらと翻《ひるがえ》り、昔、天から降りた羽衣《はごろも》の乙女の姿も、こうだったのではないかと思われるほどだ。

近衛府《このえふ》の役人たちは、それにふさわしい姿で御輿を取り扱っていて、堂々たる美しさである。左衛門の内侍に御佩刀を手渡したのは、藤中将《とうちゅうじょう》の藤原兼隆《かねたか》様だった。

御簾《みす》の中に目をやると、禁色《きんじき》を許された高貴の人たちが、青や赤の唐衣に、白地に藍《あい》で模様を摺《す》った裳をつけ、表着はなべて蘇芳の織物である。ただ馬《うま》の中将だけは葡萄染だった。打衣は濃い色や薄い色の紅葉《もみじ》を散らしたように変化があり、中の衣も、表裏とも黄色の梔子襲《くちなしがさね》や、表薄紫で裏が青の紫苑襲《しおんがさね》や、裏が青い菊襲など、人それぞれである。

綾《あや》織物の赤と青の唐衣を許されない女房たちは、年配者は無紋の青か蘇芳などを着て、重袿《かさねうちき》は五枚にしている。大海を描いた摺裳《すりも》の水の色は、くっきりと鮮やかで、裳の大腰は紋様を浮かさずに固く織った織物が多い。袿は表は白で、裏は蘇芳色の菊襲を三重か五重にしていた。

若い女房たちは、菊襲の五枚の重袿の上に、唐衣をそれぞれ思いのままに着て、三枚重ねの袿は、上が白、中は蘇芳、下が青の菊襲であったり、上は薄い蘇芳で次々に濃くして、中に白を交ぜている人もいて、意匠《いしょう》に気を利《き》かせている。何とも言えない程珍しく、仰々《ぎょうぎょう》しい扇を持った女房もいる。

日頃打ち解けたときには、整っていないと思われた容貌《ようぼう》も、こうして入念に化粧してしまうと、欠点も見えなくなり、あたかも女絵に描かれている人のようだ。年配の女房も若い女房も、髪の少し衰えている様子も、まだふさふさと豊かな様子も、今いる所から見渡せる。しかし扇の上から出た額《ひたい》の形こそ、不思議に人の容姿を上品にも下品にも見せてくれる。こういう中で、素晴らしいと見える人こそ、とびきりの容姿端麗《たんれい》といえるようだ。

かねてから帝付きの女房で中宮方も兼ねている五人も参上していた。内侍が二人、命婦《みょうぶ》が二人、御賄《まかな》いが一人である。

御膳《ごぜん》を運ぶため、筑前《ちくぜん》の内侍と左京《さきょう》の内侍が、髪上げ姿で、隅の柱近くから出て来た。これが全く天女《てんにょ》のようだ。左京の内侍は、青色の表着に、表は白で裏が青の柳襲の無紋の唐衣を着ている。筑前の内侍は、表が白で裏が青色の菊襲の袿五枚の上に、青色の唐衣を着ている。裳は例によって、白地に藍で模様を摺り出した摺裳である。御賄いの橘《たちばな》の三位《さんみ》は、青の唐衣に、唐織物の綾の、表が黄で裏が青の黄菊襲の袿を表着にしていた。まげを頭頂に丸く結《ゆ》っている姿は、柱の陰になって、よくは見えない。

　道長様が若宮を抱いて、帝の御前に奉《たてまつ》り、帝が若宮を抱かれたとき、若宮が若々しい泣き声を上げた。弁の宰相の君が、若宮に賜《たまわ》った御佩刀を抱いて来て、母屋《もや》の中戸から西にある部屋に持って行く。そこには道長様の北の方の倫子様がおられ、若宮もそこに預けられた。

　帝は御簾の外の廂の間に移られ、宰相の君が、女房たちのいる東の廂の間に戻って来る。

「本当に晴れがまし過ぎて、身が縮む思いでした」

と言い、その赤らんだ顔が何とも美しい。着ている装束も、人よりは目立って華やかだった。

　暮れゆくままに、管絃《かんげん》の遊びが始まった。上達部が帝の御前に居並び、隋楽《ずいがく》の「万歳楽《まんざいらく》」、唐楽《とうがく》の「天平楽《たいへいらく》」「賀殿《かでん》」といった舞が披露《ひろう》され、舞人《まいびと》が退出する際には、「長慶子《ちょうげいし》」が奏《そう》された。そうした演奏をしながら、楽船《がくせん》が池の中を進み、中島の築山《つきやま》の向こうに姿を消すとき、笛の音や鼓《つづみ》の音も遠くなり、松風の音と吹き合わせる趣《おもむき》が、何とも言えない。

　手入れがされた遣水《やりみず》も、水をたっぷりとたたえ、波が少し立ち、少しずつ寒くなったのに、帝はただ束帯《そくたい》の下襲《したがさね》と単《ひとえ》の間に、衵《あこめ》二枚を着ておられるだけだ。左京の命婦が、自分が寒いだけに、帝もお寒いだろうとしきりに同情するので、みんな、そっと笑う。

「東三条院詮子《ひがしさんじょういんあきこ》様がまだ元気でいらした頃は、この土御門殿への帝の行幸は、頻繁《ひんぱん》にありました」

と話し出したのは筑前の命婦で、あれやこれやと往時の思い出話を持ち出す。こんな晴れの行幸に泣かれては困るので、みんな相手にせず、几帳を間に置いた。「そんなときもありました」と相槌《あいづち》でも打つ女房がいれば、みんなどっと涙を流しかねなかった。

いよいよ、帝の前での祝賀宴《しゆくがのうたげ》が始まる。はしゃぐ若宮の可愛らしい声が、こちらまで聞こえてくる。階の下では楽人が「万歳楽」の演奏を始める。

「この『万歳楽』は、ちょうど若宮の声にぴったりでございます」

と言ったのは右大臣《うだいじん》だった。そこで左衛門督《さえもんのかみ》の藤原公任《きんとう》様以下の人々が、声を揃えて慶賀の朗詠《ろうえい》をする。

〽嘉辰令月《かしんれいげつ》　歓《よろこ》び極《きわま》り無く　万歳千秋《せんじゆう》楽しみ未《いま》だ央《なかば》ならず

「何という感激」

と、酔いも加わって道長様も感涙《かんるい》をこらえきれない。「今までも行幸のたびに感激していたが、今日の栄光に比べれば、大したことではなかった」

聞いている一同も、同様の感激に浸《ひた》っていた。

このあと道長様は奥の方に行かれ、帝も奥の御座所《おましどころ》にはいられた。右大臣が呼ばれて、筆を執《と》って、加階《かかい》の名簿をしたためる。中宮職《ちゆうぐうしき》の官人や、道長様の家司《けいし》など、しかるべき人々が加階された。その草案は、蔵人頭《くろうどのとう》の左中弁《さちゆうべん》が作成したようだった。

若宮の親王宣下《せんげ》の御礼言上《ごんじよう》のために、道長様の一族の公卿《くぎよう》たちが、南簀子《すのこ》に一列に並んで頭を下げる。同じ藤原氏でも、道長様と門流が別の人々は、そこには加わっていなかった。

敦成親王家の政所《まんどころ》の長官に任じられたのは、中宮大夫右衛門督《ちゅうぐうだいぶえもんのかみ》藤原斉信《ただのぶ》様だった。侍従宰相の藤原実成《さねなり》様が中宮亮《すけ》になった。その他、加階された人々は次々と立って、拝礼の作法を披露する。

帝が彰子中宮様の御簾の中にはいってほどなく、「夜が更《ふ》けました」「御輿を寄せます」と叫ぶ声が響く。

帝が退出されたのは、真夜中過ぎだった。

翌朝、内裏からの使いが、朝霧のあるうちにやって来たのは、寝坊したせいで見逃してしまった。今日が若宮の髪の産剃《うぶぞ》りの日になったのも、行幸前に剃ぐのは、それが殺（そ）ぐに通じて忌《い》まわしいからだった。

この日、親王家の家司や長官、侍者《じしゃ》などの人事が決められた。前以《もっ》て自分の縁者を推挙する機会などなかったので、父君や弟たちの人事は沙汰《さた》止みになり、残念ではある。

日が暮れて、月が趣ある風情《ふぜい》の頃、中宮権亮《ごんのすけ》の藤原実成様が、どうやら加階の喜びを中宮様に申し上げるついでに、お礼参りのためか、こちらの方に立ち寄った。東廂から渡殿《わたどの》に通じる妻戸《つまど》を開け、さらに東廂の北寄りにある若宮の湯殿《ゆどの》を開け、そこも人の気配がしないので、渡殿の東の隅にあった宮の内侍の局まで来る。

「ここにおられますか」

と実成様が訊《き》いても返事は当然ない。するとこっちの局まで来て、鍵をかけていない格子《こうし》の上を押し上げた。

「ここにいますか」

と問われるも、姿を見せられるはずがない。

すると中宮大夫の藤原斉信様も一緒で、「ここではないですか」と言う。このまま黙っているのも仰々しくなるので、曖昧《あいまい》な返事をするしかない。

「訊いているのに、しかじかとした返事はありません。中宮大夫を差別していますね。こんな所で身分の差をつけるとは心外です」

と冗談めかしてけなす声がして、催馬楽《さいばら》の「安名尊《あなとうと》」を謡《うた》った。

〽あな尊
今日の尊さや
古《いにしえ》も　はれ
古もかくや有りけんや
今日の尊さ
あわれ　そこ良しや
今日の尊さ

夜が更けていくにつれて、月が明るく澄み渡っている。

「格子の下半分を開いて下さい」

二人が語気を強めるものの、できるはずもない。いくら私邸とはいえ、上達部が女房たちの局にはいるなど、不届千万《ふとどきせんばん》ではある。若い上達部であれば、若気《わかげ》の至りで許されようが、これは悪ふざけであり、格子の下は絶対に開けなかった。

こういう椿事《ちんじ》があると、その後も不意に格子を叩《たた》かれはしないかと、物語を書き進めていても気が散りやすい。特に夜に灯火《ともしび》を点《つ》けて、文机《ふづくえ》に向かっているときなど、渡殿に人の足音がしないか、つい耳を澄ましてしまう。

次に書かねばならないのは、光源氏がいよいよ明石の姫君を東宮に入内させる前に、箔《はく》をつけるために、何を画策するかだろう。かつて秋好中宮に箔をつけるために催したのが、絵合せだった。あれは目の楽しみだった。耳の楽しみは音楽で、これは小出しにしている。残るのは香りの楽しみだろう。つまり薫物《たきもの》合せだ。

源氏の君が明石《あかし》の君との間にもうけた、唯一《ゆいいつ》の娘である明石の姫君が十一歳になった。三十九歳の源氏の君が、娘の裳着《もぎ》の儀式を意を尽くして準備に取りかかったのも、ちょうど朱雀《すざく》院の皇子《おうじ》の東宮《とうぐう》の元服《げんぷく》が、同じ二月に予定されており、明石の姫君をそのまま東宮に入内《じゅだい》させる思惑があったからだった。

正月の月末、源氏の君は公私ともに暇な折を見つけて、薫物の調合に精を出し、大宰府《だざいふ》の大弐《だいに》が献上したいくつかの舶来《はくらい》の香《こう》を見ているうちに、同じく舶来の昔の香と、優劣をつけたくなる。二条院の倉を開けさせて、そこから取り寄せた香を、じっくり比べてみて、「やはり錦《にしき》や綾などと同じく、香も昔の物の方が上質で好感がもてる」と言い、さらに他の身近な調度品《ちょうどひん》もいろいろと吟味《ぎんみ》する。

物の覆《おお》いや敷物、座布団の縁《ふち》など、今の物と、故桐壺《きりつぼ》院の治政《ちせい》の初め頃に、高麗人《こまびと》が献上した綾や、緋《ひ》色の金襴《きんらん》の類《たぐい》とを比較すると、やはり昔の物が格別に優《すぐ》れていた。その他の物も見比べたあと、今回大弐が献上した綾や、羅《うすもの》などは、女房たちに与え、他の数々の香も、昔の物と今の物を取り揃えて、女君《おんなぎみ》たちに配布する。

「どうか二種類ずつ、上手に調合して下さい」と言って、女君たちに宿題を課したため、裳着に参列してもらう上達部への贈物や禄《ろく》など、六条院の内外に配るべく、材料を念入りに選ぶのに余念のない日々が続く一方で、香木を搗《つ》くための鉄臼《かなうす》の音が、あちこちから響いて、かまびすしくなった。

源氏の君はひとり寝殿にいて、仁明《にんみよう》天皇が男子への伝えを禁じたという秘伝の調合法二つを、どうやって知り得たのか、一心不乱に試みていた。一方の紫の上は、東の対《たい》に障子《しようじ》などを取り払って、母屋《もや》と廂の間をひとつの空間にして、そこで、仁明天皇の皇子《みこ》であり、薫香《くんこう》の名手《めいしゆ》だった本康《もとやす》親王の調合法を調べ上げ、源氏の君と密《ひそ》かに競い合っている。

「匂いの深さ浅さも、勝負の大事な要素ですよ」と、源氏の君は負けてなるものかという勢いで言う。何とも子を持つ父親らしくない子供じみた競争心であり、お互いに秘術なので、側に仕える女房たちは少人数に限っていた。

調度類も美しい物を選び抜き、薫物を入れる香壺《こうご》や、それを収める箱も、色と形を整え、香炉《こうろ》の意《い》匠《しよう》も当世風に斬新《ざんしん》な感じにした。香は、いくつもの種類をあれでもない、これでもないと工夫を凝《こ》らし、その中から優れた物を選んで香りを比べつつ、秘策を練った。

そして二月の十日、雨が少し降り、庭の紅梅《こうばい》が今を盛《さか》りでこの上なく香も匂う時に、蛍兵部卿《ほたるひようぶきようの》宮《みや》が参上したのも、裳着の支度が今日明日に迫り、忙しいのを見舞うためである。

昔から親しい仲なので、胸襟《きようきん》を開いてあれこれと相談しながら紅梅を賞《め》でているところへ、前斎《さい》院《いん》の朝顔の姫君から文《ふみ》と贈物が届いた。散って花が少なくなった梅の枝に、手紙が結びつけられており、かつて源氏の君と朝顔の姫君の間柄が、人の口にのぼった事もあるので、蛍兵部卿宮は興味津々《しんしん》になる。

「あちらから、どういう文が届いたのでしょうか」と訊《き》くと、源氏の君は照れ笑いをしながら、「実は厚かましいお願いをしたのですが、姫君のほうでは几帳面《きちょうめん》にも、急いで作られたとみえます」と答えて、手紙のほうは隠してしまう。

贈物は、香木の沈《じん》の箱に、瑠璃《るり》の坏を二つ入れ、薫物が大きく丸めて収められ、坏にはそれぞれ組《くみ》紐《ひも》や彫金《ちょうきん》の飾りがつけられていて、紺瑠璃の坏には五葉松《ごようまつ》の枝に黒方《くろぼう》、白瑠璃の杯には梅が彫られて、梅花香《ばいかこう》が入れられ、結ばれている糸の様子も、女らしく優美だった。蛍兵部卿宮が「実に優艶《ゆうえん》極まる仕様です」と感心しながら、さらに見ると、文が結びつけられていて、うっすらとした筆跡だったのに、わざと大きな声でそれを詠じた。

花の香《か》は散りにし枝にとまらねど
うつらん袖に浅く染《し》まめや

花の香は、散った枝には残っていません、しかし香を薫き染《たし》めた姫君の袖には、深く染みる事でしょう、という祝意であり、盛りを過ぎた自分を梅の枝に喩《たと》え、若い明石の姫君を讃《たた》えていた。

夕霧《ゆうぎり》宰相中将は、使いの者を捜して引き止め、酒をふるまい、したたかに酔わせたあと、表が紅梅で裏が蘇芳の紅梅襲の唐《から》の細長《ほそなが》を添えた、女装束《おんなしょうぞく》ひと揃いを被《かず》ける。源氏の君も庭先の梅の花を折らせ、同じ色の紙に返事を書き出した。

「どんな文面か、気になります」と蛍兵部卿宮が言い、「何か隠し事があるのではないでしょうか。隠す必要などないのに」と中味を見たそうな様子なので、源氏の君は、「いえ、何でもありません。隠し事をしていると思われるのも、心外です」と答えながらも、そっと返歌をしたためた。

花の枝にいとど心をしむるかな
人の咎《とが》めん香をばつつめど

梅の枝には本当に心惹《ひ》かれます、人が咎めるので香りは隠していますが、という未練で、「花の枝」に朝顔の姫君を喩《たと》え、『古今《こきん》和歌集』の、**梅の花立ち寄るばかりありしより　人のとがむる香《か》にぞしみぬる**、を下敷にしていて、「正直なところ、私の物好きも度が過ぎているとは思いますが、こうするのが親の務めだろうと考えまして」と、源氏の君は言う。

さらに「不細工な娘なので、疎遠《そえん》な方に裳着の腰結《こしゆい》を頼むのは気がひけます。それで、秋好《あきこのむ》中宮に六条院に里帰りをお願いしようと思っています。馴《な》れ親しんだ間柄ではあっても、あの方は奥床《おくゆか》しいので、何事も世間並にしては申し訳ないのです」と言うと、「明石の姫君が秋好中宮にあやかるというのも、妙案ではあります」と、蛍兵部卿宮も賛同した。

この機会にと、六条院の女君たちに使いを出して、「今日の夕暮れの雨のしめり具合は、薫香に最適なので、是非《ぜひ》」と言葉を添えると、方々の女君から、それぞれに趣向を凝らした薫物が届けられた。

源氏の君は、「これらの優劣を、どうか判じて下さい。あなた以外に、誰に見せられるでしょうか」と、『古今和歌集』の、**君ならでたれにか見せん梅の花　色をも香をも知る人ぞ知る**、を下敷にして言う。蛍兵部卿宮も「私など、知る人ではありませんが」と、その古歌《ふるうた》を踏んで、謙遜《けんそん》しながらも、源氏の君が取り寄せたいくつもの香炉で匂いを判じ出した。何とも言えない匂いが辺りに立ちこめる中で、匂いの優劣や、調合された香料一種《ひとくさ》の欠点などをかぎ分ける。

源氏の君は、例の自分で調合した秘伝の薫物二種を、今になって取り出させる。仁明天皇が、右近衛府の官人の詰所《つめしょ》下に流れる水のほとりに埋めた故事にならい、西の渡殿の下から湧《わ》き出る泉の汀《みぎわ》近くに埋めていたのを、宰相に任官したばかりの惟光《これみつ》の息子の兵衛尉《ひょうえのじょう》に命じて掘り出させ、夕霧宰相中将が受け取って、差し出した。

「源氏の大臣の調合を判じるとは、何とも煙たい、難しい判者《はんじゃ》になったものです」と、蛍兵部卿宮も困惑顔である。

同じ調合法はあちこちに広まっているにしても、それぞれが好みで調合した香りの深浅《しんせん》をかぎ分けるのは、興味が尽きず、全く優劣がつけ難い中で、冬の薫物である前斎院の黒方が、奥床しく落ち着いた匂いで、秋の薫物で源氏の君が調合した侍従香《じじゅうこう》は、優美そのもので、優しさに満ちていると、蛍兵部卿宮は判定する。

紫の上が調合した三種の中では、春の薫物である梅花香が、華やかで今風であり、鋭く匂い立つように工夫されていて、珍しく、「この時節の風に匂わせるには、これに勝《まさ》る香はないでしょう」と、蛍兵部卿宮は判じた。

夏の町の花散里《はなちるさと》は、他の女君たちが競っている中で、いくつも差し出す事はないと思い、控え目に、夏の薫物である荷葉《かよう》を一種調合していて、これは趣が変わって、しんみりと懐しい匂いである。

冬の町の明石の君は、季節に基づく香が決まっているので、消されてはたまらないと思い、衣を薫き染める薫衣香《くのえこう》を調合しており、宇多《うだ》天皇の調合法を、今の朱雀院が引き継ぎ、宇多天皇に仕えた薫香の名手　源公忠《みなもとのきんただ》が、特に選んだ百歩《ぶ》の方を参考にしているだけに、類稀《たぐいまれ》な優美さであり、その思いつきが素晴らしいと、蛍兵部卿宮が褒《ほ》め上げた。

結局、どの調合も良い面ばかりを見て判定したので、「全く角《かど》が立たないような判じ方ですね」と、源氏の君は微笑《びしよう》する。

月が出たので、酒盃《しゆはい》の席になり、昔の話などを語り合い、月の光が霞《かす》んで興趣《きようしゆ》のある中、風が少し吹いて、梅の香が漂って来て、邸《やしき》の中の薫物の香と、外からの梅の香が匂い満ちて、居並ぶ人たちの心も浮き立つ。蔵人所《くろうどどころ》の方にも、明日に控えた管絃の遊びの稽古のために、多くの殿上人が参集していて、琴《こと》や琵琶《びわ》などが用意され、妙《たえ》なる笛の音《ね》が聞こえる中で、内大臣の長男の柏木《かしわぎ》頭中将や、次男の弁の少将なども、挨拶《あいさつ》のみで退出しようとするのを源氏の君は引き留めた。

琴などの楽器を取り寄せ、蛍兵部卿宮には琵琶、源氏の君は箏《そう》の琴、柏木頭中将には和琴《わごん》があてられ、華やかに合奏が始まると、何とも言えない趣があった。そこに夕霧宰相中将も横笛で加わって、時節に合った調べを、雲居《くもい》の天まで届けとばかりに吹くと、弁の少将が拍子を取りつつ、催馬楽の「梅枝《うめがえ》」を謡い出す。

〽梅が枝に　来《き》いる鶯《うぐいす》や
春かけて　はれ
春かけて鳴けども
いまだや雪は降りつつ

あわれ　そこよしや
　雪は降りつつ

この弁の少将は、童《わらわ》の頃、韻塞《いんふた》ぎの遊びの時、同じく催馬楽の「高砂《たかさご》」を謡った人で、声が良く、蛍兵部卿宮も源氏の君も一緒になって謡うと、仰々しくはないものの、風情たっぷりの夜の管絃の催しになり、源氏の君に盃《さかずき》を差し出しながら、蛍兵部卿宮が祝いの和歌を詠《えい》じる。

鶯の声にやいとどあくがれん
　心しめつる花のあたりに

鶯のような美声の唄を聞くと、魂が消え入りそうです、この心惹かれる花の辺りに、という、花のような六条院を祝福する歌であり、「千年も過ごしてしまいそうです」と言い添えたのも、古歌の、いつまでか野辺に心のあくがれん　花し散らずは千代も経ぬべし、を踏まえていて、源氏の君も返歌する。

色も香もうつるばかりにこの春は
　花咲く宿をかれずもあらなん

花の色も香も移って染まるくらいの今年の春は、梅花の咲くこの宿を絶えず訪れて下さい、という勧誘であり、柏木頭中将に盃を渡すと、受けて歌を詠《よ》む。

鶯のねぐらの枝も靡《なび》くまで
なお吹きとおせ夜半《よわ》の笛竹

鶯の寝ぐらになっている梅の枝がたわむまで、この笛を夜通し吹いて下さい、という夕霧の笛を讃える挨拶であり、頭中将が盃を夕霧中将に渡すと、受けて夕霧も詠歌《えいか》する。

心ありて風の避《よ》くめる花の木に
とりあえぬまで吹きや寄るべき

風がそっと避けて吹くような紅梅に、無闇《むやみ》に近寄って笛を吹いてよいのでしょうか、という謙遜で、「とり」には鳥を掛けて、「そんなのは梅の花に対して薄情です」と夕霧が言い添えると、みんなが笑い、次は弁の少将の番だった。

霞《かすみ》だに月と花とを隔てずは
ねぐらの鳥もほころびなまし

霞が晴れて、月と花がはっきりすれば、寝ぐらの鶯も月の光を朝日と間違えて鳴き出すでしょう、という機知《きち》だった。

本当に朝を迎え、蛍兵部卿宮は退出したので、源氏の君は贈物として、自分の御料《ごりょう》の直衣《のうし》一揃いに、まだ手を触れていない薫物二壺を添えて、牛車《ぎっしゃ》まで届けさせると、返礼として蛍兵部卿宮は詠歌した。

花の香をえならぬ袖にうつしても
　事あやまりと妹《いも》や咎《とが》めん

この梅花香を素晴らしい袖に移して帰ったら、浮気をしたと妻が咎めます、というひとり身ならではの冗談だったので、「それは妻の尻に敷かれていますよ」と、源氏の君も冗談を飛ばし、ちょうど牛車に牛を繋《つな》ぐところで追いついて返歌した。

めづらしと古里人《ふるさとびと》も待ちぞみん
　花の錦《にしき》を着て帰る君

これは珍しい事だと、帰りを待っている奥方は見るでしょう、花の錦を着て帰るあなたを、という戯言《ざれごと》で、『史記《しき》』の、「項羽本紀《こううほんぎ》」の記述である「富貴《ふうき》にして故郷に帰らずは　錦を着て夜行くが如《ごと》し」を踏まえつつ、「外泊などしないあなたにしては、滅多にない事と奥方は思うでしょうね」と、源氏の君が皮肉を言う。ひとり身の蛍兵部卿宮は苦笑するしかなく、源氏の君はそれ以下の公達《きんだち》にも、大袈裟《おおげさ》にならないくらいに、細長や小袿《こうちき》などの女房装束を与えた。

この遊宴の翌日の夜、源氏の君は秋好中宮が里帰りしている秋の町に赴き、寝殿の屏風《びょうぶ》などを取り払って広くする。御髪上《みぐしあ》げ役の内侍《ないし》なども参上し、紫の上もこの機会に、秋好中宮と対面をし、二人に仕えている女房たちも集まって来て、その数は数えきれない程になった。

ちょうど真夜中近くに、明石の姫君の裳着が始まり、ほのかな明かりの下で、秋好中宮は姫君の器量が実に素晴らしいと思っていると、源氏の君が「お見捨てにはなるまいと思って、失礼な娘の童女《め》姿をお見せしております。こうやって中宮様に裳着の腰結役を願うのも、後の世の先例になろうかと、厚かましくも考えております」と言う。

「そんなに深く考えずに引き受けたのです。後世の先例などと言われますと、重荷になってしまいます」と応じる中宮の様子は、若々しく愛敬《あいきょう》に満ちていた。

源氏の君も、中宮と紫の上、明石の姫君三人が集《つど》う光景が、期待通りの和《なご》やかさなので安心する一方で、ひとつ気になるのは、実母の明石の君で、こんな機会にこそ出席したいと思っているはずであり、誘いたいのは山々であったが、世間の評判を気にして思いとどまった。

他方、東宮の元服は二月二十日過ぎに実施され、充分に大人らしいので、しかるべき人々が娘を入内《じゅだい》させようと希望する中、源氏の君が特別に娘を入内させようとしているのが知れ渡る。

これでは中途半端な宮仕えはやめたほうがいいと、左大臣たちも諦めかけていたので、源氏の君は「それは忌々《いまいま》しい事です。宮仕えというもの、大勢いる中で、わずかの優劣をつけて選ぶのが本来の姿です。あちこちにいる優れた姫君たちが、そのまま家に引き籠《こも》られたら、この世は栄えません」と言って、明石の姫君の入内は延期にする。

その次にと遠慮していた左大臣は、源氏の君の意向を耳にして、三の宮を入内させ、麗景殿女御《れいけいでんのにょうご》になった。

明石の姫君用の将来の宿舎は、源氏の君の昔の宿直所《とのいどころ》の淑景舎《しげいしゃ》を改装したものであった。入内が延期になったので、東宮から待ち遠しい旨《むね》を伝えられ、源氏の君もそれならと四月の入内を決めた。

調度類も、元からあった物に加えて、自分でも道具の雛形《ひながた》や図案などを見て、その道の匠《たくみ》たちを招き、立派に調えさせ、箱に入れる歌集の類も、手習《てならい》の手本になるようなものを選び、昔の一流の書家が後世に遺《のこ》した筆跡も、その中に多く収める。

「万事が昔に比べて劣り、浅くなっていく末世《まつせ》ですが、仮名《かな》だけは今の世で頂点に達しています。古い筆跡は、一定の筆法があっても広々とした心の豊かさがなく、どれもが一様に見えます。見事で上手な字は、今の世になって、ようやく書ける人々が出ています。私が平仮名を一心不乱に習っていた頃、程良い手本を数多く集めていました。その中に、今の中宮の母親である御息所《みやすどころ》が、さりげなく書いた一行があったのです。無雑作《むぞうさ》なその一行が実に素晴らしく、そのため、思いもよらぬ浮名《うきな》を流してしまったのです。

御息所は後悔されていたとはいえ、私のほうは心を尽くしていました。今はこうやって秋好中宮の後見《うしろみ》をしているので、思慮深かった御息所だけに、見直して下さるでしょう。そして中宮の筆遣いはと言えば、細《こま》やかな情緒はあっても、才気は今ひとつです」と小声で言う。

さらに、「亡くなった藤壺宮《ふじつぼのみや》の筆跡は、誠に深みがあって優美ではありましたが、なよなよした点があり、華やかさは今ひとつでした。朱雀院の尚侍《ないしのかみ》である朧月夜《おぼろづきよ》の君は、当代の名手ではあっても、軽妙洒脱《しゃだつ》過ぎるという難点があります。かの尚侍と前斎院の朝顔の姫君、そしてあなたが能筆《のうひつ》だと思います」と、紫の上を褒《ほ》めると、紫の上は、「いえ、あのお二人の中に入れられるのは、恥ずかしい限りです」と首を振る。

「そんなに卑下《ひげ》しなくてもいいです。あなたの伸び伸びした筆遣いは格別です。一般に真名《まな》が上達すると、仮名には不恰好《ぶかっこう》な文字が交《ま》じるきらいがあります」と言いつつ、まだ書写していない草子《そうし》類を追加して、表紙や紐《ひも》も立派に整える。

源氏の君は、「蛍兵部卿宮や、能筆の左衛門督などにも書いてもらいましょう。私自身も一揃いは書くつもりです。あの能筆たちに劣らないと自負していますから」と自画自賛した。

墨や筆も極上の品を揃えて、例によって方々に格別の依頼をする。これは難儀だと辞退する向きもあるはずであり、心をこめて依頼文をしたため、紙の中には、薄い高麗紙《こまがみ》の特に優美なのがあったのを出して、「これで風流好みの若い人たちを試してみましょう」と言う。

夕霧宰相中将、式部卿宮の子息の兵衛督《ひょうえのかみ》、柏木頭中将などに手紙を送り、「これに、葦手《あしで》や歌絵《うたえ》を、思い通りに書いて下さい」と言い添えたので、みんなそれぞれに競い合って工夫を凝らした。

源氏の君はいつものように、ひとり寝殿で草子を書き出し、桜の花の盛りは過ぎ、浅緑色の空もうららかな日なので、古歌《ふるうた》も静かに脳裡《のうり》に浮かべつつ、心の赴くまま、万葉仮名の草体《そうたい》の草仮名《くさがな》も、普通の仮名も、そして女手《おんなで》の仮名も、見事に書き分ける。

近くには人は少なく、女房が二、三人いるのみで、墨をすらせ、由緒《ゆいしょ》ある古い歌集などを、これはどうだろうかと選ぶ。話がわかる女房だけが伺候《しこう》しており、御簾はすべて上げ、脇息《きょうそく》の上に草子をのせ、端近くにくつろいだ姿で、筆の尻をくわえ、思案している光景は、傍目にも美しく見飽きる事はない。白や赤など、墨色がはっきりする紙の色は、特に留意して、筆を執《と》り直しながら、慎重に書く様子も、書の心得のある人であれば、感心する程の情趣《じょうしゅ》があった。

そこへ、「蛍兵部卿宮がお越しになりました」と女房が告げたので、驚いて直衣を着て、敷物をもう一枚用意させて、そのまま待っていると、牛車を寄せた階《きざはし》を、蛍兵部卿宮は優雅に上って来た。女房たちは、御簾の中からその姿を眺め、美しいと感心していると、蛍兵部卿宮は源氏の君に丁重《ていちょう》に挨拶をする。お互い礼儀正しくしている姿は、実に素晴らしく、「所在なく籠っているのも辛いと思っていたところです。よくぞいらっしゃいました」と、源氏の君は謝意を表した。

蛍兵部卿宮は依頼された草子を持参していて、格別上手な筆遣いではないものの、才気のにじむ非常に垢抜《あかぬ》けた字で書かれており、和歌も技巧《ぎこう》を凝らし、ことさら風変わりな古歌が選ばれていた。歌一首を三行書きにして、漢字を多く、仮名は少なくされていて、好感が持てるため、源氏の君はそれを見て驚きながら、「ここまで上手とは思いませんでした。全く私など筆を投げ出してしまいたい程です」と口惜《くちお》しがってみせる。

「依頼された名手の中で、あつかましくも筆を執ったのですから、いくら何でもまずくはないと思います」と、蛍兵部卿宮も冗談めかした。

源氏の君が書いた草子類も、別段隠す必要もないので、取り出して、二人で眺めると、硬い唐紙《からかみ》に、草仮名が書かれているのが特に優れていると、蛍兵部卿宮は感じる。

高麗紙で、きめ細かく柔らかく、優雅な、控え目な色遣いの紙に、おっとりした女手を形良く心をこめて書かれているのも、比類《ひるい》なく美しく、見ている者が感激して流す涙が、筆跡に従って流れるような感じさえして、見飽きない。さらに我が国の官営の製紙所である、紙屋院《かんや》で作られた色紙で、色合いが華やかな紙には、文字を散らした草仮名の歌が、筆に任せて書かれていた。見所は限りなく、型にとらわれない自由闊達《かったつ》な筆遣いに、蛍兵部卿宮は見とれてしまい、他の草子には目をやらない。

左衛門督は、勿体《もったい》ぶった仰々しい書風であるが、垢抜けせず、技巧を凝らしすぎていて、和歌も奇をてらった選び方である。女君から贈られた草子は、取り出して蛍兵部卿宮には見せず、前斎院の朝顔の姫君の書は、ことさら秘めたままである。

若い人たちに書かせた葦手の草子は、じっくりと見せた。それぞれに工夫が凝らされて、見所たっぷりである中で、夕霧宰相中将が書いた葦手は、豊かな水の勢いを書き、葦の乱れ生える様は、難波《なにわ》の浦を思わせ、字と葦があちこちにうまく散らされて、すっきりと仕上がっている一方で、実に大胆に趣を変え、字体や石のたたずまいを、自在に書いた紙もある。

「これは素晴らしい。読み解くにも時間がかかります」と蛍兵部卿宮も絶賛し、何事にも風流を第一とする親王《みこ》なので、感嘆するのは尚更《なおさら》である。

先日は薫物談義だったので、この日は終日筆跡についての話になり、種々の色の紙を継《つ》いで巻物にした手本を、いくつか選び出す段になり、蛍兵部卿宮は自邸に所蔵している手本類を、息子の侍従に取りにやらせる。

嵯峨《さが》天皇が『万葉集』を選んで書いた四巻と、醍醐《だいご》天皇が『古今和歌集』を様々に書いたものが届けられ、後者は、唐《から》の薄い藍色の浅縹《あさはなだ》の紙が継がれ、表紙は同色の濃い紋様《もんよう》の薄手の錦である綺《き》で、軸の両端は玉で飾られ、紐はだんだら染《ぞめ》の唐風に組まれている。優美さは限りない上に、巻毎《ごと》に書風が変えられて、書の美の極みと言えるので、「これはいつまで見ていても、見飽きはしません。これに比べると、今頃の人の書は一部分のみに気を配っているに過ぎません」と、源氏の君は感極まった。

蛍兵部卿宮も「私にたとえ娘がいたとしても、たいして見る目がない者には、伝授しても無駄ですし、私が持っていても宝の持ち腐れです」と言って、『万葉集』と『古今和歌集』の古筆を源氏の君に贈呈したので、源氏の君は返礼として、侍従にふさわしい唐の書籍を、沈《じん》の香木の箱に入れ、高麗《こま》笛《ぶえ》を添えて進呈《しんてい》する。

そのあと源氏の君は仮名の品定めをし、世間で評判の能書と噂《うわさ》される上中下の身分の人たちを捜し出して、書を所望《しょもう》し、明石の姫君の入内用の箱には、身分の低い者の書は入れず、家柄や身分を峻《しゅん》別《べつ》しつつ、草子や巻物、その他を書かせた。

こうして明石の姫君の入内用の調度品は、何もかもが珍しい宝物ばかりになった。異国の朝廷でも集められないような品々であり、その中でも、源氏の君が集めた数々の手本は、若い人たちの好奇心をかき立て、是非見たいと思う者が多い。その他の絵なども準備するかたわら、源氏の君は例の須磨《すま》で綴った絵日記を、子孫にも伝えたいと思ったものの、まだ時期尚早で、明石の姫君がもう少し世間の事がわかってからにしようと、考え直した。

その頃、内大臣は明石の姫君の入内準備を聞いて、他人事《ひとごと》とは思えず、気もそぞろになる。娘の雲《くも》居雁《いのかり》は、女盛りに成長して、この上なく可愛らしいにもかかわらず、所在なげに打ち沈んでいる姿は、悩みの種であった。一方の夕霧宰相といえば、いたって冷静で、こちらから折れて歩み寄るのも体裁が悪く、向こうが熱心だった時に、雲居雁との仲を許しておけばよかったと、反省もされ、夕霧ばかりを責める気にはなれずにいた。そんな内大臣の弱気な迷いを耳にした夕霧は、ひと頃、冷淡だった内大臣の心を恨めしいと思いつつ、平静さを装っていたが、雲居雁以外の女に心を動かす気にもなれない。意地を張っている自分が情けないと思う反面、あの時浅緑の六位の分際でと侮辱《ぶじょく》した乳母たちに、いずれ中納言《ちゅうなごん》に昇進して堂々たる姿を見せつけてやりたくなった。

源氏の君も、妙に宙ぶらりんになっている結婚話だと、心配はしていた。

「雲居雁の姫君を断念したのなら、右大臣や中務宮《なかつかさのみや》などが、あなたを婿《むこ》に迎えたい意向を、それとなく伝えてきています。ここは、どうするか、あなた自身で決めなさい」と源氏の君から言われて、夕霧は返事ができずに、ただ畏《かしこ》まっているだけである。

源氏の君は、「こういう問題は、私でさえも父帝の畏《おそ》れ多い教訓に従おうとしなかったので、口はばったいのですが、今考えてみると、あの教訓は後々までの掟《おきて》とすべきでした。いつまでもひとり身でいると、何か高貴な女でも望んでいるのかと、世間の人は勘ぐるものです。かといって運命のまま、普通の身分の女と一緒になるのは、尻すぼみでみっともない事です。とはいえ逆に高望みしても、思い通りにはならず、限界があるので、浮気心は禁物です。

私自身は小さい時から宮中で成長したので、思い通りにはならず、窮屈《きゅうくつ》な思いをしていました。内裏《だいり》でほんの少しでもまずい事をすれば、軽率だと非難されるのは必至《ひっし》で、慎重に振舞っていました。それでもやはり好き者の咎めを受けて、世間から冷たい仕打ちを受けたのです。

位《くらい》が低くて気楽な身分だと思って、気を許して、奔放《ほんぽう》な振舞はしない事です。驕《おご》り高ぶる心があって、それを鎮《しず》める妻がいないと、賢明な人でも、女で失敗をした例は昔からあります。道ならぬ恋にうつつを抜かして、相手の名を汚《けが》し、その結果、自分も恨まれるのは、一生の不覚になります。

また結婚に失敗したと思いながら一緒に暮らしている相手が、望み通りの理想には遠く、我慢できない面があっても、要は我慢です。思い直して、妻の親の真心に免じて大切にし、親がなくて生活が不如意《ふにょい》であっても、その人柄がいじらしい人であれば、それを取柄《とりえ》として暮らすべきです。大切なのは、自分のため、相手のためを思い、末長く添《そ》い遂《と》げる深い心です」と、暇を見ては、夕霧にあれこれ教訓を伝えた。

夕霧はこの教えを守り、遊び心で他の女に言い寄るような事は一切せずにいたので、他からは可哀想だと見られる程であった。雲居雁も、父の内大臣がいつもより悩んでいる様子なので、恥ずかしく情けない我が身と思うものの、表向きはさりげなく、物思いの日々を送っている。

夕霧の方でも、恋心に耐え難くなった時など、しみじみと心のこもった手紙を雲居雁に送り、受け取った雲居雁は思わず、『古今和歌集』の、**いつわりと思うものから今さらに誰《た》がまことをか我はたのまん**、を思い浮かべながら、「本当に夕霧宰相を信じていいのだろうか。かといって他にあてになる人もいない」と思いつつ、手紙を繰り返し読んでいた。こんな場合、恋に馴れた女であれば、男の心を疑うのが常であるものの、うぶな雲居雁はそうではなかった。

そんな折、「中務宮が、どうやら源氏の大臣の意向も聞いて、あちらの姫君と夕霧宰相の縁組を約束されたようです」と、女房から聞いた内大臣は、なおの事胸塞《むねふさ》がれて、そっと雲居雁に、「実はこんな噂を耳にしました。夕霧宰相は薄情な方だったようです。源氏の大臣が、あなたと夕霧宰相の縁組を口添えされたのに、私が強情にも突っぱねたので、他を頼られたのでしょう。今更こっちが、弱気心から頭を下げても、人から笑われるでしょう」と、涙を浮かべて言う。

そんな内大臣を見て、雲居雁も忸怩《じくじ》たる思いから涙がこぼれ、みっともないので後ろを向いている姿は、この上なく可愛らしい。

内大臣は、「どうしたらいいだろうか。やはりここは、こちらから申し出て、先方の意向を訊いてみようか」と言って立ち上がり、端近くに寄り、迷うままに物思いに沈む。雲居雁も、「つい弱い心から涙を流してしまった。父上の胸の内はどうなのだろうか」と、思案にくれているところに、夕霧からの文が届いた。

薄情な人とは思いつつも、読まずにはいられずに見ると、真情のこもった手紙で、和歌が添えられていた。

つれなさは憂き世の常になりゆくを
　忘れぬ人や人にことなる

あなたのつれなさは、この世の常かもしれませんが、忘れられない私は変わり者なのでしょうか、という恋心の告白であり、中務宮家との縁談については触れていないので、やはり薄情な人だと思いつつ、返歌する。

限りとて忘れがたきを忘るるも
　こや世に靡く心なるらん

もうこれまでと、忘れられないはずのわたくしを忘れ、他の人の婿になるのは、やはり世情に従うあなたの心でしょう、という非難であり、返歌を受け取った夕霧は、何の事を言っているのか理解できず、首をかしげるしかなかった。

第四十章　五十日《いか》の祝い

短期間のうちに書き上げた「梅枝《うめがえ》」の帖は、堤第《つつみだい》から取り寄せた香道《こうどう》に関する資料がなければ、到底書けるものではなかった。

蔵人《くろうど》の惟規《のぶのり》に文《ふみ》をやり、堤第の書庫で探してもらい、使いにことづけてもらった。そこには父君からの短い手紙が添えられていた。

そなたが薫物《たきもの》に関する書物を探していると聞いて、また久しぶりに書庫にはいった。確かこの辺りにあったはずと、惟規、惟通《これみち》の二人と共に探して、やっと見つけ出した。おそらくそなたの曽祖父にあたる兼輔《かねすけ》殿の蔵書かと思われる。堤中納言《ちゅうなごん》と称されただけに、歌と漢籍に造詣《ぞうけい》が深かった。その書物がそなたの役に立つとは、泉下《せんか》で喜んでおられるに違いない。

書物を漁《あさ》っていて、種々の珍しい物を見つけた。そなたにとっては懐しい、亡き祖母君の父である定方《さだかた》殿の自筆の歌集もあった。あの方は右大臣《うだいじん》にまで昇りつめた歌人であり、今はその歌集を繙《ひもと》いては眺《なが》めている。誠に我が家の書庫は、祖先の血と汗の結晶だと今更ながら思い知らされる。

賢子《かたこ》は不思議にも、そんな書庫の匂いが好きなようで、まだ確かには読めない漢籍を手に取っては、めくっている。真名《まな》はおぼつかなくても、仮名《かな》はもう自在に書けて読め、惟規を驚かせる程だ。

そなたの妹の雅子《まさこ》も、時折、子供を連れて里帰りして来る。母子ともに元気でいる。そしてそなたの母も、私同様息災《そくさい》でいる。いずれまた、国守《こくしゅ》の詔《みことのり》が下る事も考えられる。そなたと越前《えちぜん》に赴《おもむ》いてから、もう十二年が経つ。再度の国守任命がいつあってもよいように、心構えは常に怠《おこた》ってはいない。

出家した定暹《じょうせん》からは、稀《まれ》ながら文が届く。性来《せいらい》病弱だったので、修行が体に障《さわ》らないか、それだけが心配だ。そなたがいずれ、里帰りできる日を、首を長くして待っている。

読み終わったとき、涙がにじんでいた。父君の言う通り、あの堤第の書庫こそは、我が揺籃《ゆりかご》だったような気がする。そこに父君と母君、そして祖母君がいて、揺籃はいつまでも優しく揺られていたのだ。

今こうして堤第とは全く違う道長《みちなが》様の屋敷にいても、心の内ではあの古《いにしえ》の揺籃が小さく揺れているのを感じる。

可哀想《かわいそう》なのは、母親が傍《そば》にいない賢子だろう。これだけは、いくら謝っても謝りきれない。どうか祖父母君と叔父・叔母君の薫陶《くんとう》で、すくすくと育って欲しい。そう祈っていると、また涙がこぼれ、嗚咽《おえつ》まで漏《も》れそうになり、必死でこらえた。

「梅枝」の帖を書き終えた四、五日後の朝、大納言《だいなごん》の君《きみ》から声をかけられた。

「わたしは、あの蛍兵部卿宮《ほたるひょうぶきょうのみや》を贔屓《ひいき》にしています」

そう唐突《とうとつ》に言った大納言の君の目は、少し腫《は》れぼったい。毎夜、彰子中宮《あきこちゅうぐう》様の傍《かたわ》らに臥《ふ》して夜伽《よとぎ》をするため、熟睡はできないのだろう。

「光源氏が日の光なら、蛍兵部卿宮は月のような方で、何か事があるたびに兄の光源氏から呼ばれて、素直に従います。蛍を放たれて玉鬘《たまかずら》の美しさに眩惑《げんわく》されたり、絵合《えあわ》せでは判者《はんじゃ》を務め、今度も薫物合《たきものあわ》せで判者になり、光源氏と一緒に、明石《あかし》の姫君の入内《じゅだい》に際しての仮名草子《かなぞうし》も選びます。教養のある人として、光源氏も認めているからでしょう。それでいて北の方に死なれてからは、男やもめの身ですから、気の毒と言えば気の毒、何とかしてやって下さい」

笑いながら言われて、「はい」と答えてしまう。

「この蛍宮は琵琶《びわ》の名手《めいしゅ》でしょう。その音色《ねいろ》も、しっかり聴きたいものです」

「はい、いずれは」

そう答えて後悔する。蛍宮の琵琶の腕前までとなると、それにふさわしい管絃《かんげん》の場を設定しなければならない。これは容易ではない。

それでも大納言の君は満足げに頷《うなず》いてから、自分の局《つぼね》に戻って行った。

若宮《わかみや》誕生後の五十日《いか》の祝いは、十一月一日に催《もよお》された。例によって上達部《かんだちめ》や殿上人《てんじょうびと》が集まっている光景は、絵に描かれた歌合《うたあわ》せや扇合せ、菊合せ、貝合せなど、左右に分かれて物を出しあい、優劣を競う、遊宴の様子にそっくりだった。

御帳《みちょう》の東の座の端に、奥の障子《しょうじ》から廂《ひさし》の柱まで、びっしりと几帳《きちょう》が立てられ、南面《みなみおもて》に若宮の御《ご》膳《ぜん》が調《ととの》えられた。西側には中宮様の食膳が、沈《じん》の香木《こうぼく》で作った折敷《おしき》に調えられている。台も由緒《ゆいしょ》ある物が使われているようだが、遠くて、しかとは見ることが叶《かな》わない。

中宮様の陪膳《ばいぜん》をするのは宰相《さいしょう》の君で、取り次ぐ女房《にょうぼう》たちとともに、髪上げの釵子《さいし》や元結《もとゆい》をしている。若宮の陪膳役は大納言の君で、東の方に坐っている。小さな台や皿、箸《はし》の台、池や浜辺の風景を模した台盤《だいばん》すべてが、まるで雛遊《ひいなあそ》びの道具のようだ。それよりも東にある廂の御簾《みす》を少し上げて、弁《べん》の内侍《ないし》や中務《なかつかさ》の命婦《みょうぶ》、小少将《こしょうしょう》の君など、しかるべき女房たちが取次に加わる。これも奥の方からなので、詳細は見えにくい。

今宵《こよい》、内裏《だいり》女房の少輔《しょう》の乳母《めのと》が、禁色《きんじき》を許され、ゆったりとした様子で若宮を抱き上げ、御簾の中で道長様の北の方の倫子《ともこ》様が抱き取られた。いざり出たときの北の方のお姿が、灯火《ともしび》に照らし出される光景は、実に麗《うるわ》しい。赤色の唐衣《からぎぬ》と地摺《じずり》の裳《も》を美しく身にまとっているお姿も、見ていて畏《おそ》れ多いほどだ。一方の彰子中宮様は、葡萄染《えびぞめ》の五重《いつえ》の衣に蘇芳《すおう》の小袿《こうちき》を着ている。道長様が餅《もち》を箸に取られ、若宮の口に含ませた。

上達部の座は、いつものように東の対《たい》の西面《にしおもて》であり、右大臣の顕光《あきみつ》様と内大臣公季《ないだいじんきんすえ》様も出席していた。二人共、寝殿《しんでん》に続く渡殿《わたどの》の橋廊《はしろう》の上に来て、酔いにまかせて大声を上げている。寝殿の方から、帝《みかど》に近侍《きんじ》する人々が、折敷に入れた食物や籠《かご》に入れた果物を運んで来て、高欄《こうらん》に一列に並べる。手に持つ松明《たいまつ》の光が暗いので、四位《しい》の右近衛少将《うこんえのしょうしょう》たちを呼んで、手持ち用の脂燭《しそく》の明かりで見えるようにした。

内裏の台盤所に持っていくべき折敷物や籠物《こもの》は、明日からは物忌《ものいみ》らしく、みんな急いで取り下げた。宮大夫《だいぶ》が御簾の近くまで行き、中宮様に「これらは上達部に差し上げます」と言上《ごんじょう》する。許しが出て、始めに道長様に差し上げ、全員に配られた。東の対の階《きざはし》近く、東の間を上座《かみざ》にして、東の妻戸《つまど》の前まで、上達部と殿上人が居並ぶ。女房たちも二重三重《ふたえみえ》になって並ぶ。御簾を、近くにいる上達部が戯《たわむ》れに巻き上げると、そこには、大納言の君と宰相の君、小少将の君、宮の内侍がいた。

そこへ酔った右大臣が近寄り、几帳の垂れを引き上げる。六十五歳にもなっての乱行《らんぎょう》だと、みんながつつき合って笑うのも耳にはいらないようで、女房たちの扇を取り上げる酔態《すいたい》は実に見苦しい。見兼ねた宮の大夫の斉信《ただのぶ》様が盃《さかずき》を取って、右大臣に差し出すと、催馬楽《さいばら》の「美乃山《みのやま》」を謡《うた》い出した。

〽美濃山《みのやま》に
繁《しんじ》に生いたる玉柏《たまがしわ》
豊明節会《とよのあかり》に
会うが楽しさや
会うが楽しさや

その次の間の東の柱に、右大将の実資《さねすけ》様が寄って、女房たちの衣装《いしょう》の裾や袖口の枚数を数え出す。その様子は、人とは違い、奇妙な振舞いではある。おそらく今上帝が何度も贅沢《ぜいたく》禁止令を出されているので、華美《かび》の度合いを計っているのかもしれない。みんなが酔い乱れているので、こちらが誰かもわからないはずなので、実資様に「何をされているのですか」とわざと声をかけてやった。さすがに驚いて手を引っ込める。

酔い痴《し》れている人たちよりも、この実資様こそが異様だった。あるいは盃が回って来て歌を求められるのを恐れていたのかもしれず、順番が来たとき、和歌ではなく、神楽歌《かぐらうた》の「千歳法《せんざいのほう》」を謡ってお茶を濁した。

〽千歳千歳千歳や千歳や　千年《ちとせ》の千歳や
万歳《まんざい》万歳万歳や万歳や　万世《よろずよ》の万歳や
なお千歳
なお万歳
千歳千歳千歳や　千年の千歳や
万歳万歳万歳や　万世の万歳や

すると突然、左衛門督《さえもんのかみ》の公任《きんとう》様の声がした。

「恐縮ですが、この辺りに若紫はいないでしょうか」

源氏の物語の作者のことを言っているらしく、隣にいた小少将の君が、「あなたのことですよ」と、袖口を引っ張った。こんな所に光源氏がいるはずはなく、また若紫の紫の上がいるはずもないので、黙ったままでいた。

しかし文人《ぶんじん》として名高い公任様までが、源氏の物語の「若紫」の帖を読んでいるのは確かで、嬉《うれ》しさよりも畏れ多さが勝《まさ》った。

「次は三位《さんみ》の亮《すけ》、盃を取れ」

と道長様のおっしゃる声がして、侍従《じじゅう》の宰相の実成《さねなり》様が立ち上がる。父君の内大臣は、息子が自分の前を通らず、わざわざ南の階下から道長様の前に出たのを見て、礼儀をわきまえた振舞いと光栄に感じ入り、酔いの余り涙を流した。

そのとき、権《ごん》中納言の隆家《たかいえ》様が、隅の柱に寄って、中宮女房の兵部《ひょうぶ》のおもとの袖を無理に引っ張り、耳にも汚いみだらな言葉をかけた。道長様は、この酔態を大目に見て、注意もしない。

これは恐ろしい酔狂《すいきょう》の夜になったと見て、祝宴が終わるなり、宰相の君と言い合わせて、早々に隠れようとした。ところが東面《ひがしおもて》に道長様の子息である頼通《よりみち》様と教通《のりみち》様、道長様の甥《おい》である兼隆《かねたか》宰相中将がいて、騒がしい。宰相の君と二人で御帳の後ろに隠れていると、道長様が御帳を取り払わせたので、捕まってしまった。

「こんな所に隠れているとは情けない。今宵を言祝《ことほ》ぐ和歌をそれぞれ詠《よ》めば、許しましょう」

道長様がおっしゃるので、これはかなわないと観念して歌を詠んだ。

いかにいかがかぞえやるべき八千歳《やちとせ》の
　あまり久しき君が御代《みよ》をば

何とまあ、どうやって数えましょうか、八千年もの間長く続くはずの若宮の寿命は、と祝意をこめ、「いか」には五十日（いか）を掛けた。

「なるほど、上出来です」

道長様は二度ばかり復唱させたあと、すぐに返歌をされた。

あしたづのよわいしあらば君が代の
千歳の数もかぞえとりてん

私に葦《あし》の水辺の鶴のように千年の齢《よわい》があれば、若宮の将来をいつまでも見届けたい、という願いであり、こんなに酔っているのに、若宮のことを気にかけておられる道長様に同情しつつ、無理もないと思う。若宮の誕生がこれ程までに喜ばれているのであれば、万事につけ栄光が待っているはずだ。千年でも足りない若宮の将来を、数ならぬ自分でも願わずにはいられなかった。

「中宮様、お聞きになりましたか。いい歌を詠みましたよ」

と道長様が、自画自讃される。「私は中宮様の父としてふさわしいでしょう。私の娘として、中宮様も素晴らしい。母君もまた、良い婿《むこ》を持って幸いだと感じて、満足しておられるでしょう。持つべきものは、良い夫だと思っておられるはずです」

と冗談めかしておっしゃるのも、酔いにまかせてのことのようだった。しかし酔態というほどのことはなく、はらはらしながらも、道長様の本意が出た戯言《ざれごと》のように感じた。

ところが、機嫌を悪くされたのは北の方の倫子様だった。不意に席を立とうとしたので、道長様がうろたえる。

「母君が退出される。送らないと恨《うら》まれます」

と言って、中宮様のおられる御帳の中を通って、北の方の後を追われる。

「ここを通って申し訳ない」と中宮様にも謝り、「親が賢いので、子供も賢いのです」と小声でおっしゃったのを、女房たちはこぞって笑った。

　実のところ、道長様が倫子様に頭が上がらないのは無理もなかった。倫子様の父は、宇多《うだ》天皇の孫の左大臣　源《みなもとのまさざね》雅信様であり、この豪華な土御門殿《つちみかどどの》とて、倫子様が両親から相続されたものだ。その上、彰子様以下、妍子《きよこ》様、威子《たけこ》様、嬉子《よしこ》様の四人の子女、頼通様、教通様という二人の子息を産まれたのも倫子様だった。幸せだと思うべきなのは、こうした立派な妻を持った道長様のほうだったのだ。


　五十日の祝宴が終わったあと、中宮様と若宮の一条院内裏への還啓《かんけい》は、十七日と決まった。準備期間は十六日しかなく、忙しい日々がまた始まる。

　そんな折、中宮様から呼ばれた。

「実は、内裏に戻るにあたって、あなたが書いた物語の完全な冊子を作りたいのです」

　言われて驚く。

「あれはまだ途中です。物語はようやく道半ばに達したところでございます」

「その道半ばのところまでで、いいのです。わたくしが読み終わったのは、兵部卿宮が蛍《つわり》の光で、あの美しい玉鬘《たまかずら》の姫君の姿を見たところです。あなたも知っている通り、その前の悪阻の間も、物語を読んで、気を紛《まぎ》らすことができました。改めて礼を言います」

　感謝されて、咄嗟《とっさ》に言葉が出ない。頭を下げるのみだった。

「内裏に戻ったとき、また最初からゆっくり読み直したいと思っています。そのためにも、一帖も欠けていない、最近まで書き綴《つづ》ったものを、持参したいのです。どうでしょうか」

「ありがとうございます。これ以上の光栄はございません」

答えながら、思わず涙が出た。確かにこれまで、忙しい宮仕《みやづか》えの日々に、時を盗むようにして、書き綴った。途中で筆を投げ出さなかったのは、小少将の君や宰相の君、大納言の君などの励ましがあったからだ。

そして途中からは、明石の君や玉鬘、紫の上、雲居雁《くもいのかり》や真木柱《まきばしら》、秋好《あきこのむ》中宮など、物語に登場させた人々が、もっと自分のことを書いてくれと、せがんでいる感覚にとらわれた。登場人物が、背中から催促するのだ。

そして今、中宮様にまでねだられている。これ以上の栄誉は、もうこの先ないような気がする。

「そして内裏に戻ったら、今度はわたくし自身で筆を執《と》って書写し、帝に献上しようと思っています。帝も、あなたのことは覚えておられます。手許《てもと》にあっただけは既《すで》に読まれて、あなたを清少納《せいしょうな》言《ごん》になぞらえておられました」

「清少納言でございますか」

心外と思いながら聞き直す。

「あの女房が六、七年前にまとめた『枕草子《まくらのそうし》』が、世に出回っているので、あなたも目にしたことがあるやもしれません。帝も手元に置いておられました。清少納言は、先の中宮定子《さだこ》様お気に入りの女房で、帝も才女だと評しておられました。だからこそ、わたくしはあなたの物語を帝に献上したいのです。あの才女も、あなたに比べれば色褪《いろあ》せることを知っていただきたいのです」

「それは畏れ多いことでございます」

答えながらも、才女と目《もく》される清少納言の半端な知識を改めて思い出し、嫌悪《けんお》を覚えた。『枕草子』は、宮の内侍の君から見せられ、借りて一晩で読み上げた。ひと言で評すならば、したり顔の文章だった。もてはやされたという漢学の知識など、上べだけで、裏が透けて見える。

「この源氏の物語の冊子作りには、道長殿も肩入れしていて、上質な料紙《りょうし》を集めさせています。女房たち十人ほどで手分けすれば、数日で仕上がるでしょう。どうかお願いします。いずれ若宮が大きくなれば、あなたの物語を読むはずです」

中宮様はにっこりと笑《え》みを浮かべられた。

それから先は、さらに忙しい日々になった。夜明けとともに何度も中宮様の前にお伺いし、色とりどりの料紙を選び、それにこれまでに書き終え、さらに手を入れた草稿を添えて、能書《のうしょ》で名の通った方々に書写を頼む。もちろんそれには依頼の文も添える必要があり、書き写されて戻って来た紙は、帖毎《ごと》に綴《と》じなければならない。中宮様とご一緒に朝から晩まで、休む暇もない。そこに顔を出したのが、道長様だった。

「一体何の了簡《りょうけん》で、産後の者がこんなことをしているのです。体が冷えます」

と嘆きつつも、薄手の鳥の子紙や筆、墨などを持参される。立派な硯《すずり》まで持って来て、中宮様に差し出される。

「これは藤式部《とうしきぶ》の君が貰《もら》い受けなさい。対馬《つしま》産の若田石《わかたいし》でできています」

中宮様がおっしゃったので、道長様は不満顔になった。

「藤式部も、こんな奥まった所まで来て、冊子作りをするなど、やり過ぎですよ」

と咎《とが》めながらも、あとでこれまた上質な墨と筆を贈呈された。

実はこれに先立って、堤第に残しておいた草稿は、惟規を介して土御門殿に持って来させていた。

まだまずい箇所も多く、何とか読めるようにと書き直している最中だった。それを局の隅に隠し置いていたのを、こちらが中宮様の前に伺候《しこう》していた隙《すき》をついて、こともあろうに道長様が、局にはいって残らず持ち去られた。それをすべて、次女の内侍の督《かみ》妍子様に献上したらしかった。まだ未完成稿であっただけに、妙な評判が立つのが気がかりだった。

この頃、若宮はもう声を発せられるようになっておられた。それだけに、帝も早く会いたいと思われておられるに違いなかった。

冊子作りが一段落しかけた十一月中旬、わずか二日間の里下りの許しが出た。二日間になったのは、倫子様が里下りに反対され、それを中宮様がとりなした結果だった。ちょうど寝殿の前庭にある池に、日毎《ごと》に水鳥たちの数が増える頃だった。この分であれば、内裏に還啓される前に雪が降るやもしれなかった。そうなると、この土御門殿の雪景色の素晴らしさが想像できた。とはいっても里居《さとい》の二日の間には、まだ雪は降らないだろうと高《たか》を括《くく》って退出する。

堤第では、両親と弟たち二人、そしてちょうど里帰りしていた妹、大きくなった賢子に会い、久しぶりに言葉を交わすうちに涙が出た。賢子は初めのうちは、どこかよそよそしかったものの、すぐになつき、手習いしたものを次々と持って来ては見せる。どれもこれも、親の贔屓目《ひいきめ》を抜きにしても、上出来だった。

賢子が傍で、手習いの程を見せてくれるのを眺めつつ、この堤第の木立《こだち》に目をやると、何の見所もなかった。思い起こされるのは、宮仕えに出る前、ここで悶々《もんもん》としていた日々だった。

花の色、鳥の鳴く声を見聞きしつつ、季節の移り行く空の景色や日の光、霜や雪を見ても、そんな時期になったと思うだけで、大した感慨も湧《わ》かなかった。この先どうなるのか、先立つのは不安のみで、物語を書きつけては、気心の合う人と手紙を交わしていた。つてを辿《たど》って、縁故の人にも文を書いて、気を紛らしながら、物語を綴っていたのだ。

自分は物の数にもはいらない身と思いながら、そんな境遇から逃《のが》れられるかもしれないと感じて、宮仕えを選んだのだった。しかし今、我が身の憂《う》さはいよいよ身に沁《し》むばかりだ。

気晴らしにと、自分が書いた物語を読んでみると、自分が書いたものとは思えないくだらなさだった。これでは、親しく心を交わし合った人たちまでも、わたしを厚かましい浅薄《せんぱく》な女と軽蔑《けいべつ》しているに違いなく、それを思うと身が縮み、手紙も出せない。

一方で奥床《おくゆか》しい人は、手紙を書いてもどうせ読んではくれないと思っているはずで、疎遠《そえん》になっていた。それも道理で、仲が悪くなったわけでもないのに、自然に交流が途絶えた例も数多い。

住む所さえ、内裏や土御門殿、そしてこの実家と定まらないので、訪問してくれる人もなくなったここは、もはや別世界になっていた。沈んだ心はどうしようもない。

とはいえ、いつも語り合い、心を交わし、些細《ささい》なことまで相談した、仲の良い女房だけが、はかなくも思い出されるのが、情けなかった。あの大納言の君は、中宮様の御前《おまえ》近くに寝て何かと話を交わしている頃で、その光景が思い浮かぶのも、やはり俗世にとっぷりと浸《つ》かったせいかもしれなかった。つい、大納言の君の揺ぎのない毅然とした態度が恋しくなり、歌を贈った。

浮き寝せし水の上のみ恋しくて
鴨《かも》の上毛《うわげ》にさえぞおとらぬ

あなたと仮寝した中宮様の御前のみが恋しく、鴨の上毛が冷たくなるのにも劣らず、里居の自分は寒々としています、という胸中で、「浮き」は憂きと掛けていた。

さすがに大納言の君の返歌は、すぐにもたらされた。

うちはらう友なきころの寝覚めには
つがいし鴛鴦《おし》ぞ夜半《よわ》に恋しき

上毛の霜を払い合う友のいない夜半の寝覚めには、鴛鴦《おしどり》のように、いつも一緒にいたあなたを恋しく思います、という意中が歌われていた。

筆跡も実に見事で、誠に欠点のない方だと改めて感心する。

その他にも、小少将の君や宰相の君からも手紙が届いた。

「降った雪を中宮様もご覧になり、あなたが里下りしているのを、非常に残念がっておられます」

この手紙を追いかけるようにして、北の方の倫子様からの文も届けられた。

「わたくしが止めた里下りだったので、ともかく急いで帰って、すぐに戻って来ますと言ったのは嘘《うそ》で、いつまでも実家にいるのですね」

半ば冗談の手紙だとしても、恐縮至極《しごく》であり、ここは土御門殿に戻るべきだった。実を言えば、堤第での二日間も、多少は物語の先を綴っていたのだ。妙なもので、一日怠ると筆先が鈍る気がした。

明石の姫君の去就が決まった今、残るのは夕霧の恋の落とし所だった。

明石の姫君の入内《じゅだい》の支度《したく》が急がれている折、夕霧《ゆうぎり》宰相中将は物思いに沈み、心ここにあらずの妙な気分であり、「我が心とはいえ、実に執念《しゅうねん》深い。ここまで恋しく思うのであれば、先方の内大臣は目をつぶって許そうと、気弱になっているとも聞くので、あとひとふんばりして意地でも最後まで待っていよう」と思い定めてみるものの、苦しさは増すばかりであった。

一方の雲居雁も、父内大臣から聞いた夕霧と中務宮《なかつかさのみや》の娘との縁談が気にかかり、「もしそうなれば、わたくしの事など、もう忘れてしまうだろう」と嘆く。

二人の心はすれ違いになっていたものの、相思相愛の仲には変わりがなく、あれだけ片意地を張っていた内大臣も、ここまで来るとどうにも始末がつかなくなっていた。「中務宮の方で、娘と宰相の縁組みを本決めされたら、こっちもまた別の結婚相手を捜さねばならない。そうすると、乗り換えたようで、新たな相手にも悪く、こっちにもいい加減な扱いだとの不評が立って笑われるに違いない。隠そうとしても、既にあの二人がとっくの昔に恋仲になっていたという醜聞《しゅうぶん》は、世間に漏れているはずだ。ここは世間体を繕《つくろ》って、こちらが折れるしかなかろう」と決心する。

表面は取り繕っていても、恨みが解けていない夕霧との仲なので、藪《やぶ》から棒に切り出すのも躊躇《ちゅうちょ》され、「ここで改まって言い出すのも、世間からは馬鹿にされる。どういう機会に話題にしたらいいのか」と考えているうちに、三月二十日の大宮《おおみや》の命日《めいにち》になり、極楽寺《ごくらくじ》に参詣《さんけい》した。

子息をみんな引き連れた内大臣の威光は申し分なく、多く集《つど》った上達部の中に、ちょうど夕霧宰相もいて、その威風はひけを取らず、堂々としていた。美しく成長した容貌《ようぼう》も今が盛りといった重々しい感じであり、心の内では内大臣のやり方をひどいと恨んで以来、何げなく対面するのも気が引けるものの、夕霧は努めて平静を保っていた。

一方の内大臣もいつもよりは、目配りを忘れずにおり、読経《どきよう》に際して、六条院からも僧侶たちへのお布施《ふせ》が贈られていた。夕霧は祖母の大宮の法事責任者になり、万事に真心をこめて取り仕切った。

夕方に、それぞれが帰途についた頃、桜は散り乱れて霞《かすみ》が立ちこめ、内大臣は大宮の生前を思い出し、上品に歌を口ずさむ。夕霧も情感豊かな夕べの景色に、物思いを深め、供の者が「雨が降りそうです」と騒いでも、なお物思いに沈んでいた。

その様子を見た内大臣は、雲居雁ゆえの物思いに違いないと考え、心をときめかせて、夕霧の袖を引きながら、「どうしてそんなに私を厳しく責めるのですか。今日の法要の縁《えん》に免じて、私の罪を許して下さい。もはや余命少ない老いの身です。このまま見捨てられるとすれば、恨みます」と言う。夕霧も恐縮しながら、「亡き大宮も、内大臣を頼りにするようにというご意向でした。しかし私をお許しでないようなので、遠慮していました」と答えた。

慌《あわ》ただしい雨風になり、みんな散り散りに帰途につき、夕霧は、なぜあの内大臣がいつもと違った態度であんな事を言ったのか、気になって仕方がなく、これまでずっと気にかけていた内大臣家の事なので、ほんのちょっとした言葉が耳に残り、あれこれ思案しつつ夜を明かしていた。

長年、夕霧が雲居雁を思い続けて来た甲斐《かい》あってか、内大臣のほうでもこれまでと打って変わって気弱になっていて、ちょっとした機会で、わざとらしさがないような、ふさわしい折はないかと考えていた。

四月の初めを選び、ちょうど庭先の藤の花が実に趣《おもむき》良く咲き乱れている時期であり、普通の色と比べても見事なだけに、そのまま散らしても惜しいような花盛りを賞《め》でつつ、管絃の遊びを催し、夕暮れが迫るにつれ、花の色がいよいよ美しくなったので、手紙を持たせて柏木《かしわぎ》頭中将を夕霧の許にやった。
「先日、花の下でちょっとお会いしただけでは物足りなく、お暇でしたら拙邸《せってい》に立ち寄りませんか」と文には書かれ、和歌が添えられていた。

わが宿の藤の色こきたそかれに
尋ねやは来《こ》ぬ春の名残《なごり》を

私の家の藤の花の色が美しいこの夕べ、行く春を惜《お》しみに訪問しては下さらないか、という招待で、『白氏文集《はくしもんじゆう》』にある一節「惆悵《ちゆうちよう》す　春帰りて留《とど》め得ざるを　紫藤《しとう》の花の下《もと》　漸《しばら》く黄昏《たそがれ》たり」を踏まえ、また紀貫之《きのつらゆき》の、**君にだに訪《と》われでふれば藤の花　たそがれ時も知らずぞありける**、を示唆《しさ》していた。和歌は、藤の花が美しく咲いている枝につけられ、あたかも雲居雁を藤の花になぞらえているようであり、心待ちにしていた手紙だっただけに、夕霧は心をときめかせ、恐縮しつつ返歌をする。

なかなかに折りやまどわん藤の花
たそがれ時のたどたどしくは

却《かえ》って藤の花を折るのはまごつくのではないでしょうか、黄昏時の薄暗がりでは、という躊躇《ちゅうちょ》で、暗に、暗い中で雲居雁との仲を許されても、戸惑《とまど》うやもしれません、とほのめかしていた。「情けなくも、気後《きおく》れがした歌になり、手直しをしてくれませんか」と夕霧が柏木頭中将に答えると、「それではお供しましょう」と柏木が誘ったのを夕霧は、「あなたのような仰々《ぎょうぎょう》しい近衛中将の随身《ずいじん》は、身に余ります」と言って断り、その場は一旦《いったん》帰らせた。

夕霧がこの件を源氏の君に伝えると、「これは、何か考える事があっての招待でしょう。先方から折れて来たのであれば、これまでの内大臣の仕打ちに対する恨みも解けるはずです」と言う姿は、これまでにも増して得意げである。

夕霧が、「いえ、そうでもないと思います。対屋《たいのや》の前の藤が、例年になく美しく咲いているとの事で、公事《くじ》の少ないこの時期、管絃の遊びをするだけではないでしょうか」と応じると、「だとしたら、わざわざ使いを寄越《よこ》したのですから、早く行ったほうがよいでしょう」と源氏の君が勧めても、夕霧は不安そうにしている。

「こんな時、直衣《のうし》は色が濃過ぎると、軽い身分と見られます。今着ている濃い色は、非参議《ひさんぎ》の者や、たいした身分でない若者用ですから、着替えたほうがいいです」と、源氏の君は促しつつ、自分の衣装で特に見事な物を選び、その下に着る衣も上等な物を供に持たせてやった。夕霧は自分の曹司《ぞうし》で念入りに化粧をし、父から貰った衣装を身につけ、黄昏時も過ぎて、先方がじれったくなっている折に、参上した。

内大臣の子息の柏木頭中将以下、七、八人が打ち揃って出迎え、どの子息もいずれ劣らぬ立派な器量の持主ではあったが、やはり夕霧はそれ以上に美しく端正《たんせい》で、優雅そのものである。

内大臣が座席を整えさせる心配りは、ひととおりでなく、冠《かんむり》をかぶりつつ、脇にいた北の方や若い女房たちに対して、「ほら、覗《のぞ》き見て下さい。全く以《もっ》て、年とともに立派になられている。振舞も落ち着き払い、堂々としている。大人びた点では、源氏の大臣《おとど》より勝っているかもしれません。源氏の大臣は、ひとえに優雅で愛敬《あいきょう》があり、見ると心和《なご》み、この世の憂さを忘れさせてくれるような方です。いきおい公事は多少疎《おろそ》かになり、厳しさに欠ける面があったのは、仕方がありません。そこへいくと夕霧宰相中将は、学才も優《すぐ》れ、心構えも男らしく、一本筋が通っていると評判されています」と言い置いて、夕霧に対面しに行く。

堅苦しい挨拶《あいさつ》は抜きにして、すぐに花の宴《うたげ》を催して、「春の花はどれも、咲き出すと目も覚める美しさですが、こちらの気心など構わず、散り急ぐのが、恨めしい限りです。ところがこの藤の色だけは、ひとり遅れて咲きます。ちょうど古歌《ふるうた》に、**夏にこそ咲きかかりけれ藤の花　松にとのみも思いける**かな、とあるように、奥床しいのが心憎いです。この紫の色はまた、血縁を意味していますし」と内大臣は言って、笑顔を向ける様子も、気品に満ちて美しい。

月は昇ったものの、まだ薄暗く、花の色がはっきりしないまま、花を賞《め》でる宴に移り、酒が供され、管絃の遊びが始まると、内大臣は酔ったふりをして、夕霧に無理やり酒を勧める。

夕霧が用心深く、断るのに苦労していると、「あなたは、この末世《まっせ》には勿体《もったい》ない程の天下の識者です。私のような年寄りを見限っておられるのは、恨めしく思います。書物にも父子の礼が書かれています。孔子《こうし》の教えは、よく知っておられるはずなのに、随分と私を苦しめなさいました。恨み申し上げます」と内大臣は、酔い泣きしながら、意中をそれとなく吐露《とろ》した。

夕霧は、「どうしてそのような事を口にされるのでしょう。亡き祖母の大宮、また母の葵《あおい》の上が思い起こされ、その代わりの縁者の方々には、我が身を捨ててもお仕《つか》えしようと思い定めておりました。内大臣がそのように思われているのであれば、これはひとえに、私の愚かさ、至らなさのゆえでございます」と詫《わ》びを入れたので、内大臣は頃合を見計らって、賑《にぎ》やかに古歌を朗詠《ろうえい》する。

春日《はるひ》さす藤の裏葉のうらとけて
　君し思わば我も頼まん

あなたが心許してわたくしを思ってくれれば、わたくしもあなたを頼りにします、という恋心を内大臣は雲居雁になり代わって訴えると、その意向を受けた柏木頭中将は、色濃く花の咲いた藤の房の長いのを折って、夕霧への盃に持ち添えた。夕霧は受け取ったものの困惑気味であり、内大臣が尚も歌を詠みかける。

紫にかことはかけん藤の花
　まつより過ぎてうれたけれども

不満は紫の藤の花である雲居雁のせいにしましょう、あなたの申し込みを待っていたのに、辛くも今日になってしまいました、という弁明であり、「松《まつ》」には待つが掛けられ、さらに「うれ」には藤の末（うれ）を掛けていた。夕霧が盃を持ちながら、軽く拝舞《はいぶ》の礼を尽くす様子は、優雅そのものであり、即座に返歌した。

いくかえり露けき春を過ぐし来て
　花のひもとくおりにあうらん

何度も涙を流した春を過ごしたあと、こうして思いが叶う日が巡って来ようとは、という嬉しい感慨がこめられていて、夕霧から返杯を受け取った柏木頭中将も、歌を添える。

たおやめの袖にまがえる藤の花
　見る人からや色もまさらん

美麗《びれい》な女の袖にそっくりの藤の花は、それを見る人によって、美しさが一層増すでしょう、という賛美であり、雲居雁が夕霧との結婚で、より美しくなる事を暗示していた。

盃は次々に巡り、歌も詠まれたものの、酔いに任せてのもので、これら以上の秀歌はなかった。ちょうど七日の夕月夜《ゆうづくよ》であり、かすかな月の光なのに、池の水面《みなも》は鏡のように澄み渡っていて、木立の葉はまだ若くて繁《しげ》っていないこの時期、松だけが風情《ふぜい》のある枝を横に伸ばしている。あまり高くない所に、藤の花がこの上なく美しく咲いており、例によって次男の弁の少将が、うっとりする美声で催馬楽《さいばら》の「葦垣《あしがき》」を謡う。

〽葦垣真垣《まがき》

真垣掻《か》き分け
ちょう越すとおい越すと　誰
ちょう越すと　誰か
誰か此《こ》の事を親に申譏《もうしよこ》し申しし
轟《とどろ》ける　此の家
此の家の弟嫁《おとよめ》
親に申譏しけらしも
天地《あめつち》の神も
神も證《そう》し賜《た》べ
我は申譏し申さず
菅《すが》の根のすがな
すがなき事を　我は聞く
我は聞くかな

女をさらって逃げようとして、失敗した男の歌だったので、「これは奇妙な歌が出ました」とさすがに内大臣が言い、「轟ける此の家」の部分を「年を経たこの家」と言い替えて謡い直すと、その声も見事だった。

興《きよう》に満ちた宴遊はみんなをくつろがせ、年来のわだかまりが解けていき、次第に夜が更《ふ》けるにつれ、夕霧は酔いつぶれたふりをして、「気分が悪くなりました。帰るにしても、おぼつかなく、どこか泊まる所はないでしょうか」と柏木頭中将に頼む。

内大臣が応じて、「柏木中将、休む所を用意しなさい。私は酔っ払ってしまって、無礼をしでかしそうなので、引っ込みます」と言い残して退出する。

「花の許の一夜の旅寝になりますね」と案内しながら柏木が言い、「一夜だとすれば、苦しい案内役です」と、夕霧と雲居雁の契《ちぎ》りが一夜だけになるのを懸念《けねん》する。

「松にからまる藤の花は徒花《あだばな》ではありません。縁起でもない事を言わないで下さい」と夕霧が応じたので、柏木は内心で忌々《いまいま》しく思うものの、夕霧の人柄が立派で、かねてからこういう結末になって欲しいと願っていただけに、ここは心置きなく、雲居雁の寝所《しんじょ》に案内した。

夕霧は夢かと思う反面、こうした結末になったのも自分の美点のゆえだと、胸の内では鼻高々であった。雲居雁は顔も合わせられないくらい、恥ずかしがっているものの、一段と女らしくなった容姿は、艶《あで》やかそのものであり、「恋死《こいじに》して世の噂《うわさ》にもなりかねない私でした」と夕霧は、古歌の、**恋いわびて死ぬということはまだなきを　世のためしにもなりぬべきかな**、を響かせて言い寄る。

「その思い詰めた私を、内大臣は心から許されたようです。それなのにあなたは、私の一途《いちず》な思いをわかって下さらない。何とも冷たい態度です」と恨み言を述べ、「先程、弁の少将が謡ったのは聴かれたでしょう。あの『葦垣』の歌心はおわかりですね。ひどい人です。私は『河口《かわぐち》』を謡って、やり返したかったです」と付言する。

催馬楽の「河口」は、「河口の　関の荒垣《あらがき》や　関の荒垣や　守れども　はれ　守れども出《い》でて我寝ぬや　出でて我寝ぬや　関の荒垣」という内容で、男が女を盗んだ「葦垣」とは逆に、女の方が垣を越えて男と寝たという唄だったので、さすがに雲居雁はいたたまれず、歌を詠む。

浅き名を言い流しける河口は
　いかが漏らしし関の荒垣

あの時浮名《うきな》を広めたあなたは、ひどい人です、どんな風にして世間に漏らしたのでしょうか、という不満であり、詠歌した姿は無邪気そのものだったので、夕霧も微笑《びしょう》して返歌する。

もりにける岫田《くきた》の関を河口の
　浅きにのみはおおせざらなん

あんな騒ぎになったのは、守《も》り役のあなたの父君のせいなので、私の過《あやま》ちとは言わないで下さい、という反論で、「もり」は漏りと守りを掛けていて、「積年の恋心が切なくも耐え難く、もう何が何だかわからなくなりました」と口にする夕霧は、酔いにかこつけて苦しそうで、夜が明けていくのもわからない様子である。女房たちも起こしかねていて、「初夜であるのに、得意顔の朝寝になっている」と、内大臣は不満顔だった。

とはいえ、夕霧はやはりまだ夜が明けないうちに退出し、その寝乱れた朝の顔は、誰が見ても美しく、後朝《きぬぎぬ》の文は、これまで通り内密に雲居雁に届けられた。

今日は、これまでと違って雲居雁は返事に難渋《なんじゅう》しているため、物見高い女房たちはそれを見て、あれやこれやと言う。そこに内大臣が来合わせて、娘の困惑にも構わず、手紙を手に取った。

夕霧の文には「一向に心を許さないあなたの態度に、私の身の程が思いやられ、辛さに心が消えてしまいそうです」と書かれ、和歌が添えられていた。

とがむなよ忍びにしぼる手もたゆみ
今日あらわるる袖のしずくを

責めないで下さい、今日までは涙で濡《ぬ》れた袖をこっそり絞《しぼ》ってきましたが、今日は絞る手も緩んで、垂れる雫《しずく》が人目につきます、という安堵《あんど》であり、いかにも物馴《な》れた書き振りに、内大臣もにんまりとする。「筆遣いも随分と上達されたものだ」と満足する様子には、夕霧を疎《うと》ましく思っていた昔の名残はなく、雲居雁が返事を書きあぐねているので、「返事をしないのは見苦しいです」と注意した。

娘が恥じらっているのを見て、退出して、使いの者への禄《ろく》は、特別な物を与える。頭中将も使者に酒肴《しゅこう》を振舞い、これまで夕霧の文をこっそり運んで来た使者は、今日ばかりは晴れがましい顔で、接待を受けた。この者こそ、夕霧が心を許して使っている、配下の右近将監《うこんのぞう》だった。

源氏の君も昨夜の経緯《いきさつ》を耳にして、夕霧宰相中将が、いつもより晴れやかな面持《おももち》で参上したのを、じっと見つめて訓戒《くんかい》を垂れる。「今朝《けさ》はどうしましたか。文を先方に送りましたか。賢い人でも、女に溺《おぼ》れてしまう例があります。あなたは思い詰めて自暴自棄《じぼうじき》にもならず、焦《あせ》る事もなく、じっと耐えて来たのですから、多少は人より優れた心根です。

これまで内大臣のやり方が余りにも頑《かたく》なであり、今になって急に折れてしまったのは、世間でも評判になるでしょう。かといって、あなたが得意顔になり、浮気心を出してはいけません。内大臣は表向きは大らかで、度量も広いように見えますが、内心は男らしくなく、せせこましい面があって、つきあいにくい人です」と言いながら、内心では夕霧と雲居雁を、これは似合いの縁組だと思った。

端《はた》から見ると源氏の君は、夕霧と親子には見えず、ほんの少し年上の兄のように映り、別々にいる時は、同じ顔をしているように見えるものの、二人一緒の時は、それぞれに見ごたえのある特徴を持っていた。

源氏の君は薄縹《うすはなだ》色の直衣《のうし》を着て、その下の白い袿《うちき》は唐織《からおり》で、花鳥文様《かちょうもんよう》が鮮やかに透けて見え、三十九歳という年齢でありながら、なお若々しく気品に満ちて美しい。一方の夕霧宰相は、父親よりは少し色の濃い縹の直衣に、焦茶がかった丁子染《ちょうじぞめ》と、白い綾織物の柔らかい袿を身につけており、いずれも前の日に源氏の君から贈られた衣装で、特に優艶《ゆうえん》さが加わっていた。

この日はちょうど釈迦《しゃか》誕生の四月八日であり、源氏の君は六条院で灌仏会《かんぶつえ》を催し、誕生仏を寺から移し、導師《どうし》の僧は遅くなって参上した。日が暮れてから、六条院の女君《おんなぎみ》たちが女童《めのわらわ》を使いにして、宮中の作法にならってお布施などを届ける。また内裏の清涼殿《せいりょうでん》の儀式にならい、諸家の公達《きんだち》たちも参集し、格式ばった帝の前での催しと違って、六条院ではくだけた中にも華麗さがあり、公達たちも気後れしがちだった。

この日以降、夕霧は夜になると、いそいそと化粧をして衣装を整え、内大臣邸に赴くので、それを眺めて、夕霧が召人《めしうど》として抱えている若い女房などの中には、恨めしく思う者もいたが、長年堰止《せきと》められていた思いが叶った仲だけに、夕霧と雲居雁は水も漏らさないようなしっくりとした夫婦になった。

内大臣は、近くから見る花婿がいよいよ素晴らしく思え、心をこめて待遇して、根負けしてこちらから折れてしまった口惜《くちお》しさは残るものの、今ではわだかまりは消え、生真面目《きまじめ》な夕霧だけに、長年他の女に心を移さずにいた事実を、凡人にはとてもできない事だと感じ入る。

雲居雁の容姿は、異母姉の弘徽殿女御《こきでんのにょうご》よりも華やかで艶やかなので、その母君で内大臣の正妻や、女御の女房などは心穏やかではなく、陰口をきく向きもあったが、雲居雁を産んだあと按察《あぜち》大納言に嫁《か》した実母は、二人の縁結びを嬉しく思っていた。

他方、明石の姫君の入内《じゅだい》は、四月二十日頃になり、紫の上は上賀茂《かみがも》神社に参詣を決め、六条院の他の女君たちを誘ったものの、紫の上に従っての参詣は面白くないと、女君たちは辞退したので、仰々《ぎょうぎょう》しくない一行の牛車《ぎっしゃ》は二十両程になった。前駆《さき》の下仕《しもづか》えの人数も多くなく、簡素にしたので却って趣がある。

賀茂祭の当日、早朝に参詣したあと、帰途に勅使《ちょくし》の行列を見物する桟敷席《さじきせき》に着き、六条院の他の女君付きの女房たちも、牛車を後ろに連ね、紫の上の桟敷の前に恰好《かっこう》の場所を占めた。その光景はいかにも豪華で、あれが紫の上の一行だと、遠目にもその勢いの程がわかる。

源氏の君は、かつて秋好《あきこのむ》中宮の母である六条御息所《ろくじょうみやすどころ》が、牛車を後方に押しやられた折の事を思い出しながら、「時の権勢を頼んで驕《おご》り高ぶり、あのような事件になったのは、実に情けない事でした。御息所をはなから無視したあの葵の上も、御息所の嘆きを身にかぶる形で亡くなりました」と紫の上に言う。

詳細については言葉を濁して、「後に残った子供が夕霧宰相で、今は臣下としてそこそこ出世はしています。一方、御息所の娘である秋好中宮は、この上ない后《きさき》の位《くらい》に就《つ》かれています。これを考えると感慨無量です。何事も無常なのがこの世の定めなので、生きている間だけでも思い通りにこの世を過ごしたいものです。しかし私の死後に残ったあなたが、晩年になって落魄《らくはく》の身になるのが心配でなりません」と紫の上にしみじみと語り、向こうの桟敷に上達部などが参集したのを見て、席を立つ。

賀茂祭の勅使は柏木頭中将であり、上達部たちは内大臣邸で柏木の出発を見送った足で、この源氏の君の桟敷に参集していた。

惟光《これみつ》の娘である藤典侍《とうないしのすけ》も使者になっており、この藤典侍は各方面から重用《ちょうよう》されているため、帝や東宮を筆頭に、六条院からも祝いの品々が所狭しと贈られ、その贔屓《ひいき》ぶりは歴然《れきぜん》としていた。

夕霧は、典侍が出発した惟光の邸《やしき》に文を届ける。この二人は密《ひそ》かに情を交わす仲だっただけに、夕霧が今では内大臣という権勢の家の婿になって、典侍のほうは心穏やかでないのは確かである。夕霧の文には和歌が記されていた。

なにとかや今日のかざしよかつ見つつ
　おぼめくまでもなりにけるかな

今日の祭に頭に挿《さ》す草花は、何という名だったか、目の前に見ても思い出せなくなりました、と典侍との仲が遠くなったのを嘆いていた。賀茂祭での挿頭《かざし》はもちろん葵であり、逢う日を暗示していて、機に応じた歌だったので、典侍も感得したのか、慌ただしい乗車の折にもかかわらず返歌した。

かざしてもかつたどらるる草の名は
桂《かつら》を折りし人や知るらん

頭に挿しても思い出せない草の名は、学問をしたあなたこそ知っているはずです、という皮肉で、「あなたは博士なのでしょう」と書き添える。「桂を折る」とは、官吏《かんり》登用試験に合格する事であり、菅原道真公《すがわらのみちざね》がやはり進士《しんし》になった時、その母が詠んだ、**久方《ひさかた》の月の桂も折るばかり　家の風をも吹かせてしがな、**を下敷にしていた。返歌を貰った夕霧は、上手《じょうず》な歌ではないが、一本取られたと思い、この典侍が忘れられず、その後も内密に通い続けた。

こうして明石の姫君の東宮への入内の日を迎えると、通常は源氏の君の北の方である紫の上が付き添うべきであるが、「あなたでは、ずっと姫君に付き添ってもいられないでしょうし、この際、あの明石の君に後見《うしろみ》をさせましょうか」と、源氏の君が思いを紫の上に伝えると、「本当は実の母子《おやこ》が一緒になるべきだったのに、このように別々に暮らしているのは、明石の君も思い嘆いておられるでしょう。姫君も、今はこうして成人されていますが、母君を恋しく思われているはずです。このお二人から、わたくしが心憎いと思われるのも耐え難いです」と紫の上も述懐《じゅっかい》する。

さらに、「これを機に、明石の君を世話役になさって下さい。姫君はまだ十一歳で弱々しい年頃であり、お付きの女房たちも若い人が多く、乳母たちの配慮にも限りがあるでしょう。わたくしも、付きっ切りの世話はできかねます。そこを明石の君に任せれば、もう安心です」と答えると、源氏の君も紫の上の配慮に感謝する。

その旨《むね》を伝えられた明石の君は、願いが叶ったと嬉しく思い、女房の衣装や、その他万端《ばんたん》を、養母の紫の上に劣らないように急いで準備をした。大堰《おおい》の邸に残っている明石の尼君《あまぎみ》も、やはりこの孫娘の将来を見届けたいと、心の底から願いつつ、姫君に今一度会う機会も来るだろうと思い、それまでは命長らえようと念じていたものの、明石の姫君が東宮妃《とうぐうひ》になれば、それが実現する機会も遠のいてしまうので、悲嘆にくれた。

入内の夜、まずは紫の上が付き添い、姫君が乗るのは輦車《てぐるま》で、明石の君はその後ろを歩いて従い、世間体は悪くても、自分は何ら気にしてはいないものの、こうして立派に成長して東宮妃になった姫君にとって、自分が玉の瑕《きず》になり、こうして生き長らえているのが、辛くはあった。

入内の儀式は、仰々しくならないように源氏の君は配慮していたが、自《おの》ずと通常とは違った立派なものになった。姫君をこの上ないほど大事に養育してきた紫の上は、可愛《かわい》さの余り、他人には渡したくなく、自分にもこのような子がいたらと、ないものねだりを考えてしまう。源氏の君も夕霧も、ただこの一点、紫の上に実子のない事を残念に思っている。宮中で婚礼の儀式の三日間を過ごして、紫の上は退出の準備をした。

入れ替わって、明石の君が参内《さんだい》する夜、紫の上は対面して、「姫君がこのように成長されて嫁がれた今、これまで離れ離れで暮らされた歳月の長さがよくわかります。今となっては、わたくしたちのわだかまりも、なくなったのではないでしょうか」と、明石の君に親しげに語りかけ、四方山《よもやま》話になる。

この対面が二人を親密にする契機になったようで、紫の上はあれこれ話をする明石の君を見て、なるほど、受領《ずりょう》の娘に似合わない端正な人で、これなら源氏の君が心を寄せたのも無理はなかったと、見直す思いがする。一方、女盛りで気高《けだか》く美しい紫の上に接して、明石の君は、やはり多くの女君の中でも、特別に源氏の君に愛されて並ぶ者がいないのも、もっともな事だと得心して、そういう方と、今では我が娘の親として、肩を並べるまでになった自分の運の良さを感じた。

紫の上が退出する際の儀式は、実に華麗であり、輦車での移動にも勅許《ちょっきょ》が出て、女御並の待遇だったので、明石の君は身分の差を感じざるを得なかった。

とても美しく人形のように成長した姫君を見て、明石の君は夢見るような心地になり、涙が止まらない。『後撰和歌集』にある、**嬉しきも憂きも心はひとつにて　分かれぬものは涙なりけり**、のように、悲しい時の涙とは別であり、積年何かにつけて嘆き悲しみ、何とも辛い運命だと嘆いていたが、我が娘を見た今、寿命をさらに延ばしたい思いがした。気が晴れるにつれ、これこそ住吉《すみよし》の神の霊験《れいげん》なのだと納得する。

思う存分に姫君にかしずく明石の君の世話は、非の打ち所がなく、教養もあるので、周囲の人たちの評判もよく、明石の姫君も、並はずれて美しい容姿であり、若い東宮も特別な寵愛《ちょうあい》ぶりになった。

寵愛を競っている他の方々付きの女房たちは、母の明石の君が娘の側についているのが欠点だと、言い立てたりもしたが、そんな難癖《なんくせ》を打ち消す程の、一頭地《いっとうち》を抜く姫君の今風の美しさである。奥床しく優雅な人柄も格別のものがあり、それを、ほんのちょっとした折にも、明石の君が上手に世話をして盛り立てたので、いきおい、姫君のいる所は、殿上人が風流を競い合う社交の場になった。

それだけに、姫君に仕える女房たちについても、殿上人から懸想《けそう》される女のたしなみと振舞まで、明石の君は気を配ってやる。

しかるべき折には、紫の上も参内したが、明石の君との仲も親しいものになったとはいえ、馴れ馴れしく出過ぎないのが明石の君のたしなみで、人から軽蔑される態度は微塵《みじん》もなく、不思議な程に何事にも行き届く人柄だった。

源氏の君にとって、この入内こそは、いつまでも生きられない命の間に成就《じょうじゅ》させたい一事だっただけに、それも滞《とどこお》りなくやりおおせ、一方では、自分から望んで見苦しい浮き草のようなひとり身だった夕霧宰相も、過不足ない結婚生活にはいり、もう思い残す事もなくなった。

今度こそ、念願だった出家を思い立つと、気がかりなのは紫の上であるが、養女でもある秋好中宮がいるので、強い味方になってくれるはずであり、また明石の姫君も、表向きは親である紫の上を大切にするに違いなく、この二人に紫の上を任せておけば、後顧《こうこ》の憂《うれ》いはない。

夏の町に住む花散里《はなちるさと》は、華々しさもなく静かに暮らしているが、後見《うしろみ》として夕霧が控えているので、こちらも何の心配もなさそうだった。

年が明ければ、源氏の君は四十歳になるため、その四十賀《しじゅうのが》の祝いに向け、朝廷を始めとして、世の中全体が準備に取りかかり、その年の秋、源氏の君は太上《だいじょう》天皇に準じる位を授けられて、封戸《ふこ》が加増され、加階《かかい》された。

そうでなくても、この世で自由にならないものはなかっただけに、今はその極みといってよく、先例に従って、上皇《じょうこう》に仕える院司《いんじ》たちも任命され、格別に威厳がつけられて、気軽に宮中に参内できなくなる。それを源氏の君は物足りなく思っていると、帝はそれでも源氏の君に対する配慮が足りないと思い、皇位の譲位《じょうい》を考えるものの、世間体《せけんてい》からはそれもできかね、これが朝夕頭痛の種ではあった。

内大臣も昇進して太政大臣《だいじょうだいじん》になり、夕霧宰相中将は中納言に任じられ、その御礼詣りに出かける姿は、光が加わり、容貌も見飽きない程であり、その婿の様子を眺め、新太政大臣も雲居雁を、なまじっか競争が激しい入内をさせるより、これで良かったと思い直す。夕霧は、かつて雲居雁の大輔《たいふ》の乳母から「六位の分際で結婚など」と侮蔑《ぶべつ》された宵の事を、折につけ思い出し、菊が美しく紫色に変色したのを大輔に送り、歌を添えた。

浅緑若葉の菊を露にても
濃き紫の色とかけきや

六位の浅緑の袍《ほう》を着ていた若い私が、濃い紫の袍を着るようになろうとは、つゆにも思わなかったのではないですか、という皮肉で、「あの時の辛かったひと言は忘れません」と、笑《え》みを浮かべながら大輔に言いかけると、大輔の乳母はさすがに困惑して、顔向けができず、それでも夕霧が素晴らしいと思い、返歌する。

二葉《ふたば》より名だたる園《その》の菊なれば
浅き色わく露もなかりき

幼少時から名門の園に育ったあなたですので、浅葱《あさぎ》の色で差別する気などありませんでした、という弁解であり、「浅き色」に浅葱色を掛けて、「どのように気を悪くされたのでしょうか」としらばっくれながらも、内心では申し訳なく思った。

夕霧中納言の勢いが増すにつれ、二条院での仮住まいでは手狭になり、故大宮の旧宅の三条院に移り、多少荒れていたのを修理して、大宮が起居していた所に手を加えて住む。昔がしみじみと思い出される住居になり、前栽《せんざい》など、かつては小さかった樹木も、今では大きな日陰を作っていて、薄《すすき》もちょうど『古今《こきん》和歌集』の、**君が植えし一叢薄《ひとむらすすき》虫の音《ね》の　しげき野辺《のべ》ともなりにけるかな**、のように、生え乱れていたのを刈り込ませ、遣水《やりみず》の水草も掻《か》き集めて除いた。

水はたっぷりと流れている邸で、夕霧と雲居雁は美しい夕暮れを眺めながら、情けなかった幼時の思い出を語りあった。恋しい事も多かったあの当時、人からどう思われていたのかを思い起こすと、雲居雁は気恥ずかしくなる。

大宮に仕えた女房たちで、里に帰らず、自分の曹司に残っていた者たちも、寄り集まり、喜び合う中で、夕霧は詠歌する。

なれこそは岩もるあるじ見し人の
ゆくえは知るや宿の真清水《ましみず》

岩から漏れ出す清水のおまえこそ、この邸の守り人《もりびと》であるが、かつて見た大宮がどこにおられるか知らないか、という追慕《ついぼ》で、「もる」に漏ると守るを掛けていて、雲居雁も歌を添えた。

なき人のかげだに見えずつれなくて
心をやれるいさらいの水

亡き人の影さえ映さず、心地よさそうに流れている遣水は、薄情な事です、という愛惜《あいせき》であり、

『後撰和歌集』の伊勢《いせ》の歌、なき人の影だに見えぬ遣水の　底は涙に流してぞ来《き》し、を下敷にしていた。

そんな折、雲居雁の父の太政大臣が、内裏からの帰途、紅葉《もみじ》の美しい色に心を誘われて立ち寄ると、亡き大宮が住んでいた昔日《せきじつ》と、雰囲気も大して変わらず、屋敷の隅々まで配慮が行き届き、華やかに住んでいる有様《ありさま》に、感激する。

畏《かしこ》まって応対する夕霧中納言は、涙で少し顔を赤らめ、しんみりとした様子であり、見たところ実に似合いの夫婦で、雲居雁も他に追従《ついしょう》を許さないような容貌であり、夕霧もこの上なく美しい。

古参の女房たちも、太政大臣との対面を許され、致仕大臣《ちじのおとど》夫妻の昔話を持ち出していると、太政大臣は先刻二人が詠み交わした歌が書き散らされているのを見て、致仕大臣と大宮を思い出し、ほろりとする。「私もこの遣水に宿の主《あるじ》の行方《ゆくえ》を尋ねてみたいのですが、年寄りは涙もろいので」と言って、歌を詠む。

そのかみの老木《おいき》はむべも朽ちぬらん
　植えし小松も苔生《こけ》いにけり

その昔の老木が朽ちたのも当然です、あの折に植えた小松が苔が生える程に成長したのですから、という感慨であり、「老木」は致仕大臣と大宮、「小松」は夕霧と雲居雁を指していた。居合わせた夕霧の乳母は、夕霧に対する、昔の太政大臣の仕打ちを忘れず、得意げに詠歌する。

いずれをも蔭とぞたのむ二葉より
根ざしかわせる松のすえずえ

このご夫婦を今では頼りにしています、幼時から仲睦《なかむつ》まじくここで育った方々ですので、という諧《かい》謔《ぎゃく》であり、他の老女房たちも、二人を祝福する歌を次々と詠むので、夕霧中納言は悦《えつ》に入《い》り、雲居雁は恥ずかしくて顔を赤らめ、もう聞きたくない心地ではあった。

十月二十日過ぎに、六条院に行幸《ぎょうこう》があり、ちょうど紅葉の盛りなので、興に満ちた行幸になるはずなので、朱雀《すざく》院にも誘いがかかった。天皇のみならず上皇までもの訪問は、稀有《けう》な事であり、世間の人々も心躍《こころおど》らせ、主人側の六条院では、細心の注意を払って、眩《まばゆ》いばかりに邸内を磨き上げ、万端整える。

昼前に行幸があり、まずは馬場殿《うまばどの》に左右の馬寮《めりょう》の馬がずらりと並ぶ。左右の近衛府《このえふ》の官人が馬に付き添って立ち並ぶ儀式は、端午《たんご》の節会《せちえ》と瓜《うり》二つであった。

昼過ぎになって東南の春の町の寝殿に、帝と上皇が移動し、通り道になる反橋《そりはし》や渡殿には錦《にしき》を敷き、外から見える所には幔幕《まんまく》がいかめしく張られた。東の池には舟数艘《そう》を浮かべ、御厨子所《みずしどころ》の鵜飼《うかい》の長《おさ》が、六条院の鵜匠《うしょう》を呼び、鵜を水に放させたので、鵜が小さな鮒《ふな》を何匹か食べる光景も見られたが、帝と上皇はことさら眺めるわけではなく、移動途中での余興ではあった。

築山《つきやま》の紅葉は、他の町にも見劣りしなかったが、西南にある秋の町の紅葉は格別で、間を仕切る廊《ろう》の壁を崩し、中門《ちゅうもん》も開かれたので、秋霧に遮《さえぎ》られないようにして、紅葉が充分に観賞できる。

帝と上皇用の御座《おまし》が二つ整えられ、源氏の准《じゅん》太上天皇の座は下にあったのを、帝の宣旨《せんじ》があって、同列に改められた。これも慶事になったものの、帝としては、規定以上の礼を尽くせないのが心残りではあった。

池の魚を左近衛の少将が採り、蔵人所《くろうどどころ》の鷹匠《たかじょう》が北嵯峨野《きたさがの》で捕まえた鳥ひとつがいを、右近衛の少将が捧《ささ》げ持つと、二人は寝殿の東から御前に出て、階《きざはし》の左右に膝をついて奏上《そうじょう》する。太政大臣が帝の言葉を伝え、調理をさせ、御膳に供され、親王《みこ》たちや上達部たちの食膳にも、常とは違って珍しいものが用意されていた。みんな酔いが回り、日の暮れがけ、楽所《がくしょ》の楽人《がくにん》たちが姿を見せ、大がかりな舞楽《ぶがく》ではなく、清らかな演奏に乗って、殿上童《てんじょうわらわ》たちが舞い、かつて桐壺《きりつぼ》帝が朱雀院に行幸して催した紅葉の賀宴や、昔の事が思い出された。

「賀皇恩《がおうおん》」という曲が奏《そう》される時、太政大臣の末子で十歳くらいの子が見事に舞ったので、帝が着ていたものを脱いで、下賜《かし》すると、太政大臣は庭に下りて、我が子に代わって拝舞の礼をしたので、源氏の君は菊を折らせ、往時に太政大臣と共に「青海波《せいがいは》」を舞ったのを思い起こし、歌を詠む。

色まさる籬《まがき》の菊もおりおりに
袖うちかけし秋を恋《こ》うらし

今日、色がいよいよ濃くなった籬の菊も、袖を打ち掛けて舞った昔日を思い出しているようです、という追憶《ついおく》で、太政大臣の昇進を言祝《ことほ》いでおり、当時二人で同じ舞を舞った当の太政大臣は、自分もこの地位まで昇った身ではあるものの、やはり源氏の君の准太上天皇の地位には、圧倒される思いがした。時雨《しぐれ》が頃合を見たかのように、さっと降り、詠歌する。

紫の雲にまがえる菊の花
濁りなき世の星かとぞ見る

紫雲《しうん》かと見間違える菊の花は、濁りのない聖代《せいだい》の星のようです、という讃歌であり、『古今和歌集』の、秋をおきて時こそありけれ菊の花 移ろうからに色のまされば、を踏んでいて、「いよいよ栄えの時代を迎えました」と、太政大臣は言い添えた。

夕風に吹き散らかった紅葉が、色の濃いも薄いも庭一面を覆い、まるで錦を敷いた渡殿のようになる。その錦の庭の上で、由緒《ゆいしょ》ある家の子弟である可愛い童たちが、短い曲を少しずつ舞い、着ている袍は、黄色がかった暗緑色の青白橡《あおしらつるばみ》や、薄い橙色《だいだい》の紅白橡で、蘇芳《すおう》と葡萄染《えびぞめ》の下襲《したがさね》という、いつもの装いであった。例によって、髪を左右に分けて耳の辺りで結った角髪《みずら》に、飾りとしては、額《ひたい》に天冠《てんかん》をつけただけで、舞ったあと、次々と紅葉の葉陰に帰って行くのを見ていると、日が暮れるのも惜しまれる。

楽所などは大仰《おおぎょう》に設けず、貴人たちだけの堂上での管絃の遊びが始まり、楽器や文具などを管理する書司《ふみのつかさ》から、琴の類《たぐい》が持ち出され、感興がたけなわになった時、三人の御前に琴が届けられた。宇多天皇が愛した和琴《わごん》の名器である「宇多の法師」は、昔と変わらぬ妙《たえ》なる音色《ねいろ》であり、朱雀院は、稀有な音だと感慨深く耳を傾け、歌を詠む。

秋を経て時雨《しぐれ》ふりぬる里人も
　かかる紅葉のおりをこそ見ね

幾度も秋を重ねつつ、時雨の降る里に住む私も、こんな美しい紅葉の時節は初めてです、という詠《えい》嘆《たん》であり、「ふり」に降りと古りが掛けられていた。もはや退位して内裏外に住んでいるのを、恨めしく感じている様子だけに、帝が慰撫《いぶ》するように返歌する。

世の常の紅葉とや見るいにしえの
　ためしにひける庭の錦を

通常の紅葉と思って見ておられるのでしょうか、これは先例にならって引いた庭紅葉の錦です、という思い遣りで、かつて朱雀院が東宮として参加した、桐壺帝時代の紅葉の賀を讃えていた。

帝の容姿は成長して一段と美しくなり、源氏の君と瓜二つであり、近くに仕えている夕霧中納言も、また別の顔とはいえない程に似ている。気品と高貴さの点では帝のほうが勝ってはいるものの、清らかな美しさにおいては、夕霧が勝っていた。

笛が回って来たので源氏の君が優雅に吹くと、その譜《ふ》を、階に控えている殿上人が声を揃えて唱歌《そうが》し、この中ではやはり弁の少将の声が優れており、両家にこのように優秀な二人が揃っているのも、前世からの宿縁《しゅくえん》のように思われた。

第四十一章　内裏還啓《だいりかんけい》

この「藤裏葉《ふじのうらば》」の帖《じょう》を最初に書き写したのは、例によって小少将《こしょうしょう》の君《きみ》だった。

「明石《あかし》の姫君が東宮《とうぐう》に入内《じゅだい》して、光源氏が准太上天皇《じゅんだいじょう》になり、六条院に今上帝《きんじょうてい》と朱雀院《すざくいん》が行啓《ぎょうけい》されます。これで物語は大団円《だいだんえん》です。一応めでたしめでたしと言えます。確かにほっとしました。でも心配なんです」

小少将の君が少しばかり眉《まゆ》を寄せる。「まさか、これで終わりではないでしょうね」

「いいえ、とんでもありません」

そう思われても仕方がないと思いつつ、正直に否定する。

「よかった」

心配そうな顔が笑顔に変わる。「このまま終わると、夕霧《ゆうぎり》も柏木《かしわぎ》も可哀想《かわいそう》だし、明石の姫君の今後だって気になります。でも、まだ続きがあるのなら、楽しみです」

小少将の君はもう一度「よかった」と言って、きびすを返す。その小柄な後ろ姿を見ながら、自然と重い荷を背負わされた気がした。

もちろん物語は、ここでは終われない。終われるはずもない。それははっきりしている。しかし、問題はどうやって話を続けるかだ。

六条院も今上帝と前帝を迎えて、栄華の極みに達している。光源氏も今は准太上天皇であり、三人は共に帝《みかど》として同列に扱われる。何ひとつ不足のない頂点に、光源氏は到達した。

物語を続けるには、この完成した構図を打ち破らなければならない。容易でないのは直感できる。難題なのは確かだ。物語の起伏《きふく》で言えば、峠《とうげ》の難路だ。この難路を避けて迂回《うかい》する手もある。しかし、目の前に難路があれば、それを牛歩《ぎゅうほ》で踏破《とうは》していくしかない。これこそが、今まで源氏の物語を書き継いだ果てに、学んだ事実だった。易《やす》きに付くのは邪道《じゃどう》なのだ。難渋こそが、物語の優劣を決める渡河点とも言えた。劣った物語はそこを渡らないのだ。


いよいよ彰子《あきこ》中宮《ちゅうぐう》様と若宮《わかみや》が、一条院内裏《だいり》に還啓《かんけい》される十一月十七日になった。出発は暮れてしまう頃と聞いていたのが、夜更《よふ》けになった。そのため、正装して待つ女房《にょうぼう》たち、三十数人の顔も見分けられないほどだった。控えている場所は、東の母屋《もや》中央に置かれた御帳台《みちょうだい》の東から東廂にかけてだ。妻戸《つまど》を隔てた南の廂には、内裏の女房たちも十数人が集まっていた。

中宮様がお乗りになる葱花輦《そうかれん》の御輿《みこし》に陪乗《ばいじょう》したのは、宮の宣旨《せんじ》である。糸毛車《いとげのくるま》には、道長《みちなが》様の北の方の倫子《ともこ》様、そして若宮を抱いた少輔《しょう》の乳母《めのと》だ。金色《こんじき》の金具で飾った牛車《ぎっしゃ》には、大納言《だいなごん》の君と宰《さい》相《しょう》の君が乗る。それ以下の檳榔毛車《びろうげのくるま》には、まず小少将の君と宮の内侍《ないし》の君が乗った。次の牛車が用意され、藤式部《とうしきぶ》の名に続いて、馬《むま》の中将の君の名前が呼ばれた。

「これは悪い人と乗り合わせた」

馬の中将の君が不満げに言ったのは、自分の名前があとに呼ばれたからに違いなかった。確かに馬の中将の君の家柄は高く、女房としても先輩だった。それだけに、若輩《じゃくはい》よりあとに呼ばれたのが不愉快だったのだ。牛車に乗る際には、馬の中将の君に先に乗ってもらう。格式にこだわる人には、こうするのが得策だった。

それに続く牛車には、殿司《とのもり》の侍従《じじゅう》の君と弁《べん》の内侍の君、左衛門《さえもん》の内侍の君と道長様の宣旨の大式部《おおしきぶ》の君という組み合わせで乗車する。

一条院内裏に向かう間も、馬の中将の君の機嫌は直らず、あたかもひとりで牛車に乗っているかのような顔付だった。こちらも敢《あ》えて口をきかずに、目を伏せていた。

昔から牛車に乗る順番は、女房たちの関心事だった。あらかじめ乗車順は名簿に書き付けられ、係が上から読んでいく。上臈《じょうろう》女房は二人ずつ、下臈《げろう》になるにつれて四人ずつ乗る。簾《すだれ》の中で、女房たちは耳をそば立て、いつ呼ばれるか、はらはらしながら待つのだ。乗車順にこだわらなければならないところに、宮仕《みやづか》えの憂鬱《ゆううつ》さが現れているとも言えた。

「源氏の君の物語は書き続けていますか」

いつまでも黙っているのは気が引けたのか、馬の中将の君が訊《き》く。

「はい。ちょうどひと区切りついたところです」

「そうですか。こんな忙しい折にも、書けるのですね」

どこか皮肉の籠《こも》った口振りだったので、「はい」と神妙《しんみょう》に答えるしかなかった。

忙しいからといって筆を執《と》らなければ、こんな物語は永遠に書けないのだ。時を盗むようにして文《ふ》机《づくえ》に向かってこそ、物語の行く末が頭に浮かんでくる。そんな頭の働きなど、馬の中将の君にはわかるはずはなかった。

実際、小少将の君が言ったように、ここまで三十三帖を書き終えて、光源氏の時代は一段落したと見なせる。これから先、物語を動かしていくのは、夕霧と柏木になるはずだった。しかしそれが、かつての光源氏と頭中将の間柄と重なるようでは、興醒《きょうざ》めだ。また別の軋《きし》みを考えなければならない。物語を書き進める力、また読み手を引きつける原動力になるのが、この軋みだった。

ちょうど今、牛車の車軸が軋んでいるように、物語はゆっくりゆっくり喘《あえ》ぎながら進む必要がある。駿馬《しゅんめ》が駆けるようであってはならないのだ。

しかしこの先、どこまで物語を書き続けられるだろう。これは命との兼合いだ。命が許せば書き続けられる。夕霧と柏木の物語の先まで行けるかもしれない。そこで止まるかもしれない。そのときはそのときだ。

眠たい頭でそう考える。目の前にいる馬の中将の君は、眠気に耐えられずに、こっくりこっくりしていた。一条院に到着して外が騒がしくなったとき、目を覚まし、眠っていたのを恥じるかのように背筋を伸ばし、また険《けわ》しい顔になった。

外は月の光が明るい。これで足元は見えるものの、自分たちの眠気顔も見えるはずだった。降りる際も、馬の中将の君に先を譲った。そのあとを懸命に歩く。今度はどの辺りが自分の局《つぼね》になるか、全くわからない。月明かりの下なのに、手探りと同じだった。こんな様子を後ろに続く人たちに見られていると思うと、恥ずかしい限りだった。

割り当てられたのは、東の対《たい》の廂の北から三番目の局だった。疲れて横になっていると、隣の局の小少将の君が顔を出した。真夜中なのに眠気があるような顔ではなく、いつものように美しい。

「また隣同士になってよかった」

小少将の君が笑う。「さすらい人というのは、わたしたちのことでしょうね」

「さすらい人は、地に足がついているので、まだましでしょう。浮草《うきぐさ》かもしれません」

そう応じると、小少将の君が「なるほど憂《う》き草です」と悲しげな表情をする。

寒さでこわばった衣《ころも》を脱いで、代わりに厚ぼったい衣を着て、香炉《こうろ》に火を入れて暖《だん》をとる。

「体が冷えているのか、心が冷えているのか」

小少将の君が火に手をかざしながら呟《つぶや》く。

「体はこの火で温まっても、心までは温まりそうもない」

なるほど言い得て妙だった。頷《うなず》いていると、局の外で殿方《とのがた》の声がした。侍従の宰相の藤原実成《ふじわらのさねなり》様や左の宰相の中将の源経房《つねふさ》様、そして右近衛中将の藤原公信《きんのぶ》様で、挨拶《あいさつ》がてらの訪問だという。こんな夜更《よふ》けに、ありがた迷惑とはこのことだ。今夜はそっとして欲しいと思っているのに、女房たちの局を聞いて、やって来たのに違いない。

「また明日、顔を出します。今夜は冷えて、体もこごえそうです」

こちらが迷惑そうにしているので、そう言い置いて向こうに行ってしまう。三人はこれから自邸に帰って行くのだろうが、そこに待っている妻は、どれほどの女であるかはわからない。こう言いたくなるのは、自分の身の上に照らしてではなく、あくまで小少将の君を思ってのことだ。

高貴な生まれで、これほどの美しい人が、幼いときに父君が出家され、そのあとは幸運に恵まれず、女房の身に至ってしまったのだ。小少将の君が、ふとした折に見せる憂《うれ》い顔は、香炉くらいでは温まらない心の氷のゆえに違いなかった。

翌日、昨夜の道長様から中宮様への贈物を、つぶさに見ることができた。櫛《くし》や笄《こうがい》、鋏《はさみ》などの髪の手入れ道具のはいった二段重ねの箱は、言いようのないくらい立派だった。その他には、手回りの品を収める箱や、白っぽい紙で綴《と》じた冊子《さっし》があった。『古今《こきん》和歌集』に『後撰《ごせん》和歌集』『拾遺《しゅうい》和歌集』の抄冊など、三部の勅撰《ちょくせん》集が各五帖あり、一帖は四巻から成っている。従って各勅撰集が二十巻という大部のものだ。書き手は、能書《のうしょ》二人、藤原行成《ゆきなり》様と僧延幹《えんかん》様。表紙は薄絹の羅《うすもの》で、紐《ひも》も同じ薄絹を用いた唐様《からよう》の組紐で、懸子《かけご》の上にいれられている。

その下にはいっているのは、大中臣能宣《おおなかとみのよしのぶ》や清原元輔《きよはらのもとすけ》など、昔の歌人の家集だ。書き手は僧延幹様と清原近澄《ちかずみ》殿という人で、これも今様《いまよう》の実に立派なものではあるものの、手近に用いられる家集なので、名も知らない書家も起用されていた。

二十日は五節《ごせち》の舞姫《まいひめ》が参上する日である。中宮侍従の宰相の実成様に、舞姫が着る装束《しょうぞく》が配られた。舞姫には公卿《くぎょう》と受領《ずりょう》の娘が二人ずつ選ばれるのが通例で、この年は、実成様の娘と宰相中将兼《かね》隆《たか》様の娘二人と、丹波守《たんばのかみ》と尾張《おわり》守の娘が選ばれた。兼隆様は、舞姫の冠の飾り物になる日蔭の鬘《かずら》が欲しい旨《むね》を上申《じょうしん》され、許された。それを賜《たまわ》った返礼として、箱に薫物《たきもの》を入れ、飾り梅の花の造花を添えた物が献上《けんじょう》された。

急に準備される通常の年よりも、今年は競い合って見事な催《もよお》しになるという評判である。

御前の正面にある立蔀《たてじとみ》には、隙間《すきま》なく灯火《ともしび》が並べられて、まるで昼以上の明るさになった。そこに舞姫たちがしずしずと登場して来ると、顔や姿があからさまになり、気の毒で、よくぞ平気でいられるなと感じ入るものの、これは他人事《ひとごと》ではなかった。

昨夜、殿方たちが無遠慮にも局を覗《のぞ》きに来たように、自分たち女房が姿をさらけ出しているのは、舞姫たちと違い、ただ殿上人《てんじょうびと》にまともに顔をさらし、脂燭《しそく》をつきつけられていないだけなのだ。幔《まん》幕《まく》を引いて下人《しもびと》たちを追いやろうとしても、なかなか去らない。この衆人環視《かんし》の有様《ありさま》は、自分たち女房も同じだと思うと憂鬱《ゆううつ》になる。

丹波守の娘の介添《かいぞ》えをする女童《めのわらわ》たちは、錦《にしき》の唐衣《からぎぬ》が闇の夜でも、くっきりと浮き上がって美しい。『漢書《かんじょ》』の「項籍伝《こうせきでん》」にある「錦を衣《き》て夜行くが如《ごと》し」と、まさに反対で、衣装《いしょう》を多く重ねているので、動くのも大変な様子だ。

殿上人も、この夜は特別な配慮で万事を取りしきり、帝も中宮様の居間に来て見物される。道長様までが引戸《ひきど》の北に来ておられるので、女房たちは気ままにくつろげず、気が張るばかりだ。

尾張守の娘の介添役は、背丈が同じ女童を揃え、優雅さは心憎いほどであり、他にひけをとっていない。兼隆様の娘の介添役も、できる限りの装いをされている。その中でも下仕《しもづか》えの二人が太っている様子が、いかにも田舎《いなか》めいていて、見物人の目には微笑《ほほえ》ましく映る。四人目の中宮侍従宰相の実成様の娘の介添役は十人で、今めかしい装いが、他より勝《まさ》っているように見えたが、これは中宮付きの女房の贔屓目《ひいきめ》なのかもしれない。

孫廂《まごびさし》が実成様の舞姫の控え所になっていて、下ろされた御簾《みす》からこぼれだした衣装の褄《つま》などが、火影《ほかげ》に照らし出されて実に美しい。

翌二十一日が、帝の御前での五節の舞の日だった。朝から殿上人が参上する。毎年の行事ではあっても、この数か月の間、晴れがましいことがなかっただけに、若い人たちの浮き浮きした様子が見てとれる。とはいえ、公卿たちが着る祭服《さいふく》の小忌衣《おみごろも》は、どこにも見えなかった。

その夜、舞姫を出す丹波守には、薫物が贈られた。大きな箱に香《こう》が山積に盛られていた。尾張守には、道長様の北の方倫子様が贈物をされた。

夜は帝の御前での披露《ひろう》なので、中宮様は一条院中殿の清涼殿《せいりょうでん》に移って見物される。若宮もご一緒なので、魔除《まよ》けのため、大きな声を伴って散米《うちまき》がされた。

そんな晴れがましい光景を眺《なが》めているうちに、気分が悪くなる。ここは、局でしばらく休んで、頃合を見て中宮様の許《もと》に行くつもりでいた。

すると小兵衛《こひょうえ》の君と小兵部《こひょうぶ》の君も、火鉢《ひばち》の近くにいて、「狭い所に人が多くいて、見物しようにも何も見えません」と嘆く。それももっともで、「見えないくらいですから、ここで休んでいたほうがましです」と答えたところに、事もあろうに背後で道長様の声がした。

「どうして、こんなむさくるしい所にいるのですか。一緒に行きましょう」と、無理やり三人を急《せ》き立てる。お断りするわけにもいかず、しぶしぶ清涼殿まで行く。

行った甲斐《かい》があり、舞姫たちの舞はやはり格別のものがあった。しかし途中、尾張守の舞姫は気分が悪くなったのか、退出した。いずれにしても夢のような催《もよお》しであり、舞が終わって中宮様は下がられた。

公達《きんだち》たちの間で交わされた会話は、もっぱら東の対にある舞姫たちの控え所の雅《みやび》やかさについてだった。

「御簾の端や、簾や几帳《きちょう》の上に張った横布まで、それぞれ異なった趣《おもむき》がある。隙間から見える頭や、中のたたずまいなどもそれぞれ違う。どれもが見所たっぷり。目が離せない」

そんな品定めを聞いていると、嫌な気分になった。

翌二十二日は、童女御覧《わらわごらん》の日であり、舞姫に付き添った女童たちを、帝が清涼殿で見分《けんぶん》される。女童たちの心中は並大抵《なみたいてい》であるはずはなく、まして今年は若宮誕生の年だ。早く見たいものだとみんなが思っているところに、一同が並びながら歩み出て来た。

こうして人の目に晒《さら》されている様子は、気の毒で可哀想でもある。かといって、特別に知っている女童がいるわけでもない。ともかく各方面から自信を持って差し出された娘たちだから、優劣などつけられるはずもない。今めいた人なら、その優劣も判じられようが、自分のような古い時代の人間にはできない相談だ。

とはいえこんな真っ昼間に、扇もしっかり持たないまま、びっしりと寄り集まった公達の前に姿形を晒すのはどんな気分だろう。それぞれに応じた身の程と心意気で、他の者には負けるものかと競う胸中は、やはり錯綜《さくそう》したものに違いない。

丹波守の女童は、刈安《かりやす》と紫草で染めた、青白 橡《あおしらつるばみ》の汗衫《かざみ》を着ていて美しい。一方の宰相の女童は、黄櫨《はぜ》と茜《あかね》で染めた、赤味がかった紅白橡を着ている。介添役の下仕えの女が着ている青白橡の唐衣との対比が心憎い。薫炉《くんろ》を捧《ささ》げる火取《ひとり》の女童の顔はよく見えない。

そして、宰相中将の童女は端正な体つきで、豊かな髪が特に美しい。中でも火取の女童は振舞いが堂々としていて、見物人も感心しきりだ。表着《うわぎ》と単衣《ひとえ》の間に着る衵《あこめ》は、すべて濃い紅色であり、表着はそれぞれが異なっている。

尾張守の女童の汗衫は、みな袖口や裾のふき返しが五重になっていて、表紫裏赤の葡萄染《えびぞめ》だけを着ている。なかなか由緒《ゆいしょ》のある風情《ふぜい》がして、衣装の色艶《いろつや》も極上だ。侍《はべ》っている下仕えの女の中に顔の美しい者がいて、帝の前で扇を取る際、六位の蔵人《くろうど》が近寄って手助けしようとする前に、自らさっと扇を投げやった。その仕草《しぐさ》は優雅ではあったものの、女らしい振舞いとは言えない。仮に自分があの立場であれば、おろおろして身の置き所に困るはずだ。

中宮様に出仕《しゅっし》する前は、まさかこんなにまで男たちに姿を晒すとは考えてもみなかった。しかし、人の心は何につけても馴《な》れていくものらしい。これから先も女房生活を続けていけば、最後には鉄面皮《てつめんぴ》になるのではないか。そう考えると連想が連想を呼び、男たちの中に立ち交わる自分を想像して身震《みぶる》いがしてくる。

侍従の宰相の舞姫の控え所は、中宮様の御前の広々とした所で、仕切りに立蔀が置かれていた。その上から、先刻書いた通り、簾の端も見えている。

後方で男の声がした。「弘徽殿女御《こきでんのにょうご》の許に、以前は内裏女房で、今は女御に仕《つか》えている左京《さきょう》の馬という女房がいて、それが今回は介添役になっていました。さすがに馴れた物腰でしたが」

以前から顔を知っている宰相中将の兼隆様の声だ。

「そうです、今夜限りの介添役なのでしょう」

と答えているのは源雅通少将だった。

このやりとりを中宮付きの女房たちが聞いて、「これは面白そうです。からかってやりましょう」と、そっと示し合う。

「昔は上品ぶって内裏に住みついていたのに、今は舞姫の介添役に成り下がるとは情けないです。自分では隠れているつもりでしょうが、これを機会に正体を暴《あば》いてやりましょう」とみんなで思い立った。

というのも、左京の馬の母は巫女《みこ》で、道長様の父の兼家《かねいえ》様に重用《ちょうよう》されていた。その娘なので、弘徽殿女御義子《よしこ》様の女房に推挙されたのに違いなかった。この義子様の弟が、今回舞姫を出した宰相実成様であり、その縁《えん》で介添役に選ばれたのだ。

弘徽殿女御義子様といえば、その父は兼家様の末弟の公季《きんすえ》様だ。そして母は、醍醐《だいご》天皇の皇子の有《あり》明《あきら》親王の娘だった。それ程義子様の身分は高く、帝には中宮定子《さだこ》様のあとに入内し、中宮彰子様よりは先任でもあった。

それだけに、彰子中宮様の女房たちは、義子様付きの女房には反発を覚えていたのだ。

中宮様の御前に沢山《たくさん》ある扇の中から、まず蓬莱山《ほうらいさん》が描かれている扇を選んだ。蓬莱山は不老不死の仙境《せんきょう》であり、老女の左京の馬をあてこするにはもってこいだった。箱の蓋《ふた》を広げて、日蔭の鬘を丸め、両端を反《そ》らした刺櫛《さしぐし》に、化粧の白粉《おしろい》を結びつけた。これも、若女房向けの品々であり、古女房をあてこすった品だ。さらに煉香《ねりこう》の黒方《くろぼう》を押し丸め、両端を不恰好《ぶかっこう》に切って、正式な書状の立文《たてぶみ》を添える。

「こんなとき、歌を詠《よ》むのは、藤式部の君しかいません」と言ったのは大納言の君で、小少将の君や宰相の君までも同調する。仕方なく詠み、書いてくれたのは能書の大輔《たいふ》の命婦《みょうぶ》の君だった。

おおかりし豊《とよ》の宮人さしわきて
しるき日かげをあわれとぞ見し

豊明《とよあかり》の節会《せちえ》に奉仕する宮人が多い中で、特に目立ったあなたの日蔭の鬘を、感慨深く拝見しました、という諧謔《かいぎゃく》で、左京の馬の老いた姿を皮肉り、「さし」に射す、「日かげ」に日影を掛けた。

「どうせ贈物をするのでしたら、扇も多数やったらどうですか」

事の次第を知った中宮様も、乗り気でいらした。「いえ、仰々《ぎょうぎょう》しくするのも、この場合は似つかわしくございません。わざわざ下賜《かし》されるのであれば、こっそりと意味ありげにするのではなく、ここは私事《わたくしごと》に留《とど》めたほうがよろしいかと存じます」と言上《ごんじょう》して、顔の知られていない下仕えの者をさし向け、高らかに口上《こうじょう》させた。

「これは弘徽殿女御様の手紙でございます。中納言《ちゅうなごん》の君から左京の君にさし上げるように言われました」

向こうで引き留められでもしたら、ややこしくなると心配していると、使いは走って戻って来た。その後ろから女の声が、「そなた、いったいどこから、はいって来たのか」と訊いたので、どうやら本当に女御からの文《ふみ》だと思ったのは確かなようだった。

「大成功、大成功」とみんなで笑い合った。


五節が過ぎると、急に寂しくなって格別の行事もなくなる。そんな折、十一月二十八日の賀茂《かも》の臨時祭に向けて、巳《み》の日の夜に行われた雅楽《ががく》の稽古《けいこ》の調楽《ちょうがく》は、実に見ごたえがあった。若い殿上人なども名残《なご》り惜《お》しげで、終わったあとは所在なげだった。

そんな折に困ったのは、一条院内裏に還御《かんぎょ》した夜以来、まだ小さな公達たちが女房の局にはいるのを許されたことだった。

道長様の第二の妻である明子《あきこ》様の子息たちが、いつも女房の局に出入りする。年輩であるのを理由にして隠れているしかなかった。五節の舞姫を思い出してか、中宮様付きの女童のやすらいや、若女房の小兵衛《こひょうえ》の君などの裳《も》の裾や汗衫などにまとわりつき、小鳥のようにさえずっては戯《たわむ》れていた。

臨時祭当日の奉幣使《みてぐらつかい》は、道長様の五男、右近衛権少将《ごんのしょうしょう》の教通《のりみち》様だった。この日は物忌《ものいみ》だったので、道長様も内裏に宿直《とのい》され、上達部《かんだちめ》も祭の舞人《まいびと》になる公達も泊まった。そのため夜通し、細殿《ほそどの》の辺りは騒々しかった。

そして祭の日の早朝、弘徽殿女御の父である内大臣公季様の随身《ずいじん》が、道長様の随身に手渡した物があった。その随身が去ったあとで見ると、過日、左京の馬の許に持たせてやった箱の蓋に、料紙《りょうし》や冊子を入れる銀製の箱が置かれていた。中には鏡や沈《じん》の香木《こうぼく》製の櫛や銀の笄が入れられていて、奉幣使になった教通様の髪を整えるための贈物のようだ。

箱の蓋に、葦手書《あしでがき》されているのは、あのときの和歌の返事らしい。葦手書のために文字が二つ落ちており、何とも返歌の趣旨がくい違っている。どうやら、内大臣があの贈物を中宮様からのものだと勘違いして、大袈裟《おおげさ》に返礼したようだった。ほんのちょっとした悪戯《いたずら》が、大仰《おおぎょう》な結果になっていた。女房たちはとんでもない行き違いに、顔を見合わせて、知らぬが仏を決め込んだ。

奉幣使が出発する前、清涼殿の東庭で、使いの一行に宴《うたげ》が張られた。息子教通様の晴姿《はれすがた》を見るため、北の方の倫子様もお姿を見せた。教通様は冠に藤の造花を挿《さ》して、堂々とした成長ぶりである。乳母の内蔵《くら》の命婦は、それを見て涙を流し、舞人の姿など眼中にないようだった。

物忌の日なので、賀茂の社《やしろ》から使いが帰って来たのは、真夜中をとっくに過ぎた頃だった。東庭で再度神楽《かぐら》が演奏された。神楽人の長《おさ》で、教通様たちの舞の師である尾張兼時《かねとき》殿は、舞の名手《めいしゅ》で、去年までは流石《さすが》と感心したのに、今年はすっかり衰えが目立った。夫の宣孝《のぶたか》殿が神楽人長《にんじょう》だったのを思い出して、関係のない人の身の上ではあるものの、感慨深かった。

こうした行事続きの間にも、物語の筆は進めた。書き継ぐためには、栄華を極めている六条院に軋みを生じさせなければならない。その軋みの要因を考えるとき、立ち戻る出発点は故桐壺《きりつぼ》院の遺言だった。桐壺院の病《やまい》が重くなったので、朱雀《すざく》帝が見舞に行く。そのとき院の遺言は二つあった。ひとつは、東宮の将来を託すことであり、もうひとつは、源氏の大臣の後見《うしろみ》の依頼だった。

ひとつ目は、退位と同時に東宮に位《くらい》を譲って、遺言の通りにした。しかし二つ目の源氏の大臣を重用したか否《いな》かについては、全《まっと》うしたとはいえなかった。一時的にせよ、須磨《すま》に流してしまったという後悔は、今になっても消えない。もう少し厚遇《こうぐう》すべきだったという悔恨《かいこん》は、胸の内で疼《うず》いている。そのためにはどうすればいいのか、朱雀院は悩んでいるはずだった。

一方、桐壺院の光源氏に対する遺言は、兄の朱雀帝を助けよ、であった。しかし大臣として兄を補佐したかといえば、充分ではなかった。あれよあれよという間に、太政《だいじょう》大臣になり、やがて准太上天皇という閑職《かんしょく》に就《つ》いてしまっていた。朱雀院の境遇を考えるとき、兄を補佐しなかったという悔《く》いがついて回った。

この兄弟の悔恨を解消するためには、どうすればいいのか。この先、二人を動かしていくのは、その水面下のもがきに違いない。しかし、それは激しいもがきではない。本人たちも気がつかないような、静かな心の動きにならねばならない。そう思い定めると、文机に向かう気構えができた。

先帝の朱雀院は、六条院で催された紅葉《もみじ》観賞の行幸《ぎょうこう》のあと、体調を崩して、元来病気がちであったものの、今度の病悩は少し異なり、心細さが募《つの》ったので、「長年出家したいと思っていたのを、踏みとどまっていたのは、母君の弘徽殿大后《おおきさき》が存命だったからです。余命がないような気がしてならず、出家願望が時折頭をもたげます」と言い、出家の下準備にとりかかる。

朱雀院の子息は東宮のみで、子女は四人いて、四人の姫君のうちのひとりは、藤壺《ふじつぼ》という方が母君であった。この藤壺の方は桐壺帝の前の帝の皇女《こうじょ》で、内親王《ないしんのう》とならずに源《みなもと》姓を賜《たまわ》った姫君であり、朱雀院がまだ東宮だった時に入内《じゅだい》した。后《きさき》にも就くべき方であったものの、格別な後見がなく、その母君も高貴な家柄ではなく更衣《こうい》でしかなかったため、入内後も目立たない存在であった。

その後、弘徽殿大后が妹の朧月夜《おぼろづきよ》の尚 侍《ないしのかみ》を朱雀帝に入内させ、その寵愛《ちょうあい》を受けて並びなき勢いになったため、藤壺の方は気圧《けお》されてしまう。朱雀帝はそれを心中では気の毒と思っているうち、譲 位《じょうい》して院に退いてしまうと、藤壺の方も無念の思いのまま亡くなった。

あとに残された忘れ形見の女三の宮を、朱雀院は特に可愛《かわい》がり、大事に育てていて、年の頃はまだ十三、四なので、「俗世を離れて出家したあと、この姫君のみがひとり残される。一体誰を頼りにして生きて行けばよいのか」と、その将来を考え、嘆息するばかりである。

都の西山《にしやま》に寺を造営して、移る用意をする一方で、この姫君の裳着《もぎ》の儀も準備させ、院の御所にある立派な宝物や調度《ちょうど》の類《たぐい》はもちろん、遊びの道具類まで、多少なりとも由緒《ゆいしょ》のあるものはすべて、この姫君に譲り、残った物を、順次他の皇子《おうじ》と皇女に与えた。

朱雀院が病《やまい》を得、その上、出家の意向だと聞いた皇子の東宮は、さっそく院の御所を訪問した。母君である承 香 殿 女御《しょうきょうでんのにょうご》も一緒に参上すると、女御は特に朱雀院の寵愛を受けていないものの、その子が東宮になっているので、前世からの宿縁《しゅくえん》は素晴らしく、朱雀院はこれまでのいろいろな事を女御と語らい、東宮にも、世の中の万事の他に、政治に対する心構えなどを教示する。

東宮はこの時十三歳で、年齢の割には大人びており、その後見に関しても、母の承香殿女御の兄に鬚黒《ひげくろ》左大将、妻である明石の姫君の父は源氏の准太上天皇、妻の兄は夕霧中納言がいて、安泰《あんたい》そのものであった。

朱雀院は、「もうこの世に思い残す事はありません。ただ心配なのは、出家後に残る姫宮たちです。これを思うと、あの世にも赴《おもむ》けません。これまで他人《ひと》の身の上を聞いてわかった事は、女というものは、自分の心とは裏腹に、世間から軽々しくあしらわれる運命にあるようで、それが残念です。あなたが即位されたあと、女君《おんなぎみ》たちの事を気にかけて、どうか世話を怠《おこた》らないで下さい」と言い、「後見がしっかりしている女君は安心していいのですが、三の宮だけがまだ幼く、ただ私ひとりが頼りでした。私が出家してしまえば、頼る所がなく、苦労するはずです。それが心配でたまりません」と最後は涙声になる。

承香殿女御にも目をかけてやって欲しいと依頼したものの、かつて藤壺の方が他よりも寵愛が深かっただけに、二人の間はしっくりせず、それが尾を引いていて、藤壺の方が亡くなった今、憎くはないものの、その姫君を手厚くもてなすとは考えられず、朱雀院は希望が持てなかった。

朝な夕なに、朱雀院が気にかけるのは女三の宮の事ばかりで、年も暮れるにつれ、病は重くなり、外出もままならなくなった。これまで物の怪《け》のため病が重くなる事は時々あったものの、今回のように小康《しょうこう》期間もない程に苦しむのは初めてで、今度こそもう最期だと思い定める。

もう譲位後であっても、在位中に恩顧《おんこ》を受けた后たちの他、朱雀院の人柄を慕って参上していた人々は、みんな心から残念がる。六条院からも、しばしば見舞の品が届けられ、源氏の君自身も近々参上すると聞いて、朱雀院は喜んで心待ちにした。

まず参上したのは夕霧中納言だったので、院は御簾の中に呼び入れて、しんみりと語り合い、「亡き桐壺院が臨終《りんじゅう》の際、多くの遺言をされました。その中に、源氏の君と今上帝《きんじょうてい》について、特別に言い置かれた事がありました。ところが天皇になってしまうと、何かにつけて制約があるので、胸の内では好意を持っていても、小さな行き違いが生じて、源氏の君に恨《うら》まれるような事もあったと思われます。

ところが、この長年の間、その恨みを何かにつけて見せられた事などないのです。いかに賢人であっても、我が身の事になると、別の心が働いて、必ずやその恨みを晴らして、道にはずれた結果になった例は、昔にも数多くありました。どういう折に、源氏の君がその恨みの心を現すのか、世間の人も疑っていたのですが、ついに心の内にしまわれ、東宮にも好意を寄せられています。

そして今また、この上なく親しい仲となり、ねんごろに心を通わせておられるのは、感謝に堪《た》えません。とはいえ、私の方は、生来の愚かさもある上に、古歌《ふるうた》にあるように、子を思う親心の闇に迷い込んでおります」と、帝がしみじみ述懐《じゅつかい》するのも、『後撰和歌集』に、**人の親の心は闇にあらねども子を思う道にまどいぬるかな**、とあるからであった。

さらに、朱雀院は、「そのため、東宮への好意に対する感謝の意も、頑《かたく》なに申し上げないままでおります。今上帝への譲位に関しては、あの故桐壺院の遺言通りにしたので、現在の末世《まっせ》における名君として、私の代の面目《めんぼく》なさを挽回《ばんかい》しておられるのは、本当に嬉《うれ》しく思っています。

この秋の行幸以降、往時の事が何かにつけて頭に浮かび、源氏の君に会いたいと思うのです。対面の上で、お話ししたい事もございます。必ずご自身で見舞に来ていただくよう、お伝え下さい」と、涙ながらに夕霧中納言に言う。

夕霧は「過ぎ去った事については、私も判断しにくい面がございます」と応じて、「成人して朝廷に出仕している間に、世の中の事は経験させてもらいました。ところが父君は、公事《おおやけごと》についても、身内の話をする折にも、昔の辛《つら》かった時代に関しては、何の話もしません。

ただ、太政大臣を途中で辞し、准太上天皇となって、朝廷の後見を途中で投げ出した点に関しては、故桐壺院の遺言に背《そむ》いたと思っておられます。あまつさえ、今は出家の意志を固め、ひとえに籠《ろう》居《きょ》の暮らしをされています。朱雀院の在位の間、年齢も若く、器量も未熟な上、賢い方々が多く、立派に仕え申したいという思いを、朱雀院に見せられなかったのも、遺言に反したと悔いておられます。

今は朱雀院がこのように譲位され、静かにお暮らしになっておられるので、心を隔てる事なく、参上してお話を伺いたいと考えているものの、准太上天皇という窮屈な身の上のため、それも叶《かな》わない、と嘆き、溜息《ためいき》をつきながら月日を送っておられます」と奏上《そうじょう》する。

夕霧中納言はまだ二十《はた》歳《ち》前の年齢でありながら、立派に成長して、容貌《ようぼう》も今を盛りに匂い立つようで、実に美しく、朱雀院はそれを凝視《ぎょうし》して、扱いに困っている女三の宮の後見として、この中納言はどうだろうかと、心中で思いつく。

「今は太政大臣の家に縁づかれたそうですね。長年解《げ》せない噂《うわさ》は聞いておりましたので、縁づきを知って安堵《あんど》した反面、残念でもあるのです」と朱雀院が口にすると、夕霧はその真意を量《はか》りかね、首をかしげる。

思い巡らすと、朱雀院は姫君の今後を心配し、適当な後見があれば託して、心安く出家したいと漏《も》らしていた事に気がつき、さてはその件かと思い至ったものの、受諾《じゅだく》などできるはずはない。「未熟な私には、妻になってくれる人など、いるはずがございません」と奏上するにとどめた。

覗き見していた朱雀院の女房たちは、口々に「本当にありえないような、素晴らしいお姿です」と囁《ささや》き合っているのを聞いて、老女房も「さてどうでしょう。父君の准太上天皇があの年齢の頃と比べると、とても太刀《たち》打ちできません。本当に眩《まぶ》しいくらいの美しさでした」と言う。

それを、朱雀院も耳にして、「その通りです。あの方は格別優れた人でした。今ではまた重みが加わって、光るとはこの人の事かと思われる優麗《ゆうれい》さになっています。威厳もあって実務の面でも、鮮やかで瞠目《どうもく》させられます。他方、打ち解けた面では、冗談も口にして、遊び心も豊かで、親しみやすく愛敬《あいきょう》があります。

本当にこの世に稀《まれ》な人で、何事につけても、前世からの因縁《いんねん》が思いやられる程の立派な方です。宮中に生まれ育って、桐壺帝がこの上なく愛して可愛がり、我が身に代えても惜しくないと思われていたのです。

ところが源氏の君は、それを驕《おご》り高ぶらず、むしろ自分を卑下《ひげ》して、二十歳までは中納言にもならなかったのです。やっと二十一歳になってからでしたか、宰相で大将を兼任されました。それに対して、夕霧中納言は、昇進が順調で、これも代々、親より子の信頼が深まるからでしょうし、実際、公務のための学問や心構えについては、一頭地《いっとうち》を抜いていて、老成している点では父親以上かもしれません」と、院は夕霧を賞讃した。

女三の宮が可愛らしく、無邪気《むじゃき》であるのを見るにつけ、朱雀院の焦燥《しょうそう》も募るばかりで、「この姫君を大切に世話をし、かつまだ未熟な部分はそっと教え聞かせてくれるような、信頼できる人に預けたいものです」と周囲に漏らして、経験豊かな乳母たちを呼び寄せ、裳着の儀式の用意をさせる。

朱雀院は、「六条院の源氏の君が、式部卿宮の娘の紫の上を育てられたように、この姫君を預かって育成してくれる人がいればいいのですが。臣下にはそのような人はいません。入内させるにしても、冷泉帝《れいぜい》には秋好中宮《あきこのむ》がおられるし、他の女御たちも高貴な身分の方々ばかりで、そこに姫君が立ち交じっても、しっかりした後見もいないので辛い目に遭《あ》うでしょう。あの夕霧中納言がまだひとり身の時に、そっと話をもちかけておくべきでした。年若ではあっても人物容姿とも申し分なく、前途有望な人と思われます」と乳母たちに言う。

すると乳母たちが「夕霧中納言は、元来生真面目《きまじめ》な方で、長年、雲居雁《くもいのかり》の姫君に心を寄せ、他の女君には見向きもされませんでした。その思いが成就《じょうじゅ》した今、もう心は揺るがないと思います。その点、六条院の源氏の君の方が、今に至っても、新しい女君を求める心地が消えていないようです。特に高貴な方への執心《しゅうしん》が強く、前斎院《さいいん》である朝顔の姫君を忘れ難くて、便りを差し上げておられるようです」と応じたので、朱雀院は首を振って、「いやいや、その相変わらずの浮気な性分《しょうぶん》こそ気がかりなのです」と制した。

一方で、多くの女君たちの中で苦労はするかもしれないが、親代わりという形で、源氏の君に預けるのも一考だとも朱雀院は思い、「なるほど、大なり少なり世間並の結婚をさせたい娘を持つ親であれば、どうせなら源氏の君に添わせてやりたいものです。短いこの世に生きているうちは、あの六条院での満ち足りた暮らしが念願でしょう。私が女であれば、姉と弟という間柄であっても、あの源氏の君とは必ずや親しくなっていたはずです。若い時などそう思っていました。まして女があの人に夢中になるのは、道理にかなっています」と述懐する。その脳裡《のうり》には、朧月夜の尚侍《かん》の君と源氏の君の一件が思い浮かんでいた。

女三の宮の世話係の中に、特に重用されている乳母がいて、その兄の左中弁《さちゅうべん》は六条院の殿人《とのびと》であり、乳母は女三の宮の事も心配しながら仕えていたので、参上した折に、兄に向かって、「朱雀院のかくかくしかじかの胸の内を、六条院に伺候《しこう》した際、源氏の君に伝えてくれませんか。内親王は、ずっとひとり身でいるのが通例ですが、やはり何事につけ、しっかりした後見人があれば、頼もしいものです。

今のところ、姫君には朱雀院の他に、真心をもって世話をしてくれる方はいません。わたしたちが仕えたとしても、何の力にもなりません。わたしの一存では何もできませんし、そのうち妙な男君《おとこぎみ》でも通い始めるような、軽はずみな事にでもなれば、一大事です。

朱雀院がご存命中に、この一件が落着すれば、わたしとしても心ゆくまでお仕えができます。高貴なお血筋とはいっても、女の宿命は定め難いので、この先何が起きるかわかりません。四人いる子女の中で、朱雀院が特に心を懸けておられるのが女三の宮です。それだけに妬《ねた》みも多いはずですし、何とかして瑕瑾《かきん》がつかないようにしてさしあげたいのです」と、話を持ちかける。

兄の左中弁は、「となると、どうすればいいのでしょうか。源氏の君は、不思議な程、心変わりをなさいません。いったん見初《みそ》めた人は、深く心を寄せた方はもちろん、そうでない方も、それぞれ引き取って世話をされています。そうやって集められた女君たちの中でも、一番大切にされているのは何と言っても紫の上です。そこに寵愛が偏《かたよ》っているため、本意でない暮らしをしている方々も多いようです。そんな中、宿縁から女三の宮があそこに行かれると、姫君を邪慳《じゃけん》に扱われる事はないと思われますが、いくら寵愛が深い紫の上でも、やはり案じられる面は多々あります。

実を言えば、源氏の君は准太上天皇になるという栄華も、末世のこの世では過分であり、この身に不足はないものの、女との関係では、人から後ろ指を差され、自分でも忸怩《じくじ》たるものがある、と内々の話として胸中を述べておられ、これは私共もその様子を拝見して、なるほどと納得します。

源氏の君が六条院に庇護《ひご》されている方々は、みんな卑《いや》しい身分の女君ではありません。とはいえ、やはり身分には限りのある人ばかりで、准太上天皇という位にふさわしいような方はいません。そこへ、朱雀院の望み通り、姫君が嫁がれれば、身分に適《かな》った仲になられるでしょう」と、乳母に答えた。

乳母はさっそく朱雀院との話のついでに、この事を奏上して、「例の件を、ある朝臣《あそん》にほのめかしたところ、こう答えました。六条院の源氏の君は、この申し出を必ずや受諾されるでしょう。長年の願いが叶ったと思われるはずで、朱雀院のお考えが真《まこと》であれば、六条院の殿に伝えましょう、と言っております。となると、この一件をどう扱いましょうか。

源氏の君は、女君の身分をそれぞれに配慮しながら、格別の厚情《こうじょう》をかけておられます。そういうお方ですが、普通の身分の者でも、自分以外に寵愛を受ける女が近くにいるのは、煩《わずら》わしく感じます。まして姫君にとっては、何をか言わんやです。源氏の君の他にも、姫君の後見役を望んでいる殿方はたくさんおられます。ここは熟考されるに越した事はございません。

この上なく高い身分の方でも、今の世の中では、勿体《もったい》ぶらずに、夫婦の仲を世の流れに合わせて過ごしておられる女君もおられるようです。しかし女三の宮は、まだ世の常の事柄に疎《うと》く、頼りなげにお見うけしますので、仕える女房とて限りがございます。そうしますと、主人の心向きをいち早く察して、それを支えるような賢明な下仕えが必要になります。その際もやはり、特別に頼りになる後見がおられないと、どうしても心細い結末になるのではありますまいか」と伝える。

朱雀院は、「その点については、私もいろいろ考えています。本来は未婚で通すべき皇女たちが、世の人同様に縁づいているのは、やはり見苦しいものです。また高貴な身分ではあっても、女が男と一緒になったばかりに、悔やみ嘆く事態も自《おの》ずから生じるはずで、姫君もそうなりはしないかと思い乱れます。

他方、頼るべき親に先立たれたあと、未婚のまま世をすごす場合、心穏やかな昔の人は、身分違いの結婚などありえないと考えていたので、波風は立たなかったようです。これが今の世になると、好色ゆえの乱れがましい事も、何かと噂になっています。昨日までは身分の高い親の許で大切に育てられた娘が、今になって身分の低い好き者にもてあそばれ、だまされた挙句《あげく》、亡き親の面目をつぶし、一家の名声に汚点を残す例は、数多く耳にします。

こうなると、未婚で通すのも、縁づくのも、どっちにつけ安心できないのは同じです。身分がどうあろうと、宿縁などは人知《じんち》の及ぶところではなく、万事が不安定なのです。良きにつけ悪しきにつけ、しかるべき親などが定めたままに、女が結婚して世の中を渡り、各自の宿縁によって、後に衰えた時も、それは本人の過失ではありません。

また反対に、当人の好みで一緒になり、後にこの上ない幸せに恵まれ、見た目には悪くないようであっても、これは考えものです。親にも内緒で、しかるべき人が許さないのに、内密に男を通わすと、女の身にはこの上ない汚点になります。

これは臣下の並の身分の間でも、軽率極まる行為と言えます。自らの意志を無視して事が進んではなりませんが、我が意に反して男を迎え、宿縁がこれで定まってしまうのも、軽々しい限りで、当人の振舞を軽蔑《けいべつ》したくなります。

この点でも女三の宮は妙に頼りない面があり、これを乳母や女房たちが、様々に取り繕《つくろ》ってやっているようですが、これが、世間に漏れでもしたら、憂慮すべき事態になります」と、出家後に残される姫君の身の上を心配するので、乳母たちはいよいよ頭を痛める。

朱雀院はなおも心配げに、「今少し姫君が思慮深くなるまで世話しようと、ずっと思い続けては来たのです」と言って顔を曇らせ、「しかし出家の宿願《しゅくがん》がもはや叶いそうもなく、気は焦《あせ》る一方です。あの六条院の源氏の君は、確かにああではあっても、ものの道理はわきまえておられ、安心できる点では、これ以上の方はおりません。

あそこに多くおられる女君たちの事は、この際、目をつぶっておくとして、問題となるのは、ひとえに夫たる人の配慮でしょう。源氏の君は、泰然《たいぜん》としていて、世の鑑《かがみ》とも言える人で、頼れる点では並ぶ者もいません。源氏の君以外では、ふさわしい人として誰がいるでしょうか。

蛍《ほたるひょう》兵部《ぶ》卿《きょうのみや》宮は、人柄が良く、同じ皇子ではあります。しかし、他人事《ひとごと》に突き放して悪口を言ってはいけないのですが、風流人の軟弱さがあり、貫禄に欠けて軽々しい感じがするので、頼もしいとは言えません。また大納言の朝臣は、女三の宮の家司《けいし》になりたがっています。そうした面では真面目に務めてくれるはずですが、婿《むこ》としてはどうでしょうか。並の身分なので、不満が残るでしょう。

昔も、このような婿選びでは、何につけ並の人とは別格の、名声のある人に決まったものでした。他の女には見向きもしないで、妻ひと筋に思う点を重視して、婿選びをするのも、物足りず、不満が残ります。

この点では、柏木衛門督《かしわぎえもんのかみ》が内々に心を寄せていると、朧月夜尚侍《ないしのかみ》から聞いています。あの人だけは、位がもう少し高ければ、婿に最適かと思うものの、まだ年が若く、身分が軽過ぎます。柏木衛門督は、高貴な女君との結婚願望が強く、今までずっとひとり身でいます。落ち着いた態度を崩さず、見上げた気位《きぐらい》を持っている点では、一頭地を抜き、学才もあり、ゆくゆくは国の中枢を担うべき人物です。将来有望とはいえ、今この姫君の婿に決めるには、限界があります」と言って、悩みは尽きない。

朱雀院が途方にくれているのは、この女三の宮のみで、女一の宮、女二の宮は心配の種ではなく、内々の話ではあったものの、この朱雀院の悩みは自《おの》ずと世間に漏れ出て、女三の宮に目を向ける殿方が増える。

この件は太政大臣の耳にもはいり、「長男の柏木は、これまでずっとひとり身を通し、皇女《こうじょ》以外は嫁にしないと思い定めている。朱雀院が悩んでおられるなら、柏木の事を申し上げ、内諾《ないだく》をいただければ、これは申し分ない。叶うなら、自分としても面目が立ち、どんなに嬉しい事か」と考える。周囲にも漏らし、北の方を通して、妹の朧月夜尚侍に伝えて、様々に言葉を尽くして朱雀院に奏上してもらい、院の意向を待ち受けた。

他方、蛍兵部卿宮は、鬚黒《ひげくろ》左大将の妻になった玉鬘《たまかずら》を貰《もら》い損ない、その後、噂が玉鬘の耳にもはいるに違いないと思い、下手《へた》な女には手を出さずにいたところに、降って湧《わ》いたような女三の宮の婿選びの話に、あれこれと気をもんで焦り出す。

もうひとり藤《とう》大納言は、長い間朱雀院の別当《べっとう》として院司《いんのつかさ》を束《たば》ね、親しく仕えてきているだけに、朱雀院が出家入山してしまうと、頼りにするものがなくなり、心細くなるのは必至《ひっし》で、ここは女三の宮の後見になるのが最上策であり、事ある毎《ごと》に朱雀院に願い出るのに執心していた。

さらに夕霧中納言も、こうした婿選びを聞くにつれ、人づてではなく朱雀院からも直接それをほのめかされていただけに、他人事ではなくなり、何かの折に、自分もその候補からはずさないように伝えて、心をときめかす瞬間もあったものの、今では雲居雁が打ち解けて、頼り切っているので思い留まる。

「年来、雲居雁のつれなさを口実にして、他の女に言い寄ってもよかったのに、浮気心を我慢してここまで来ている。今更あの姫君に心を寄せて、雲居雁を嘆かせていいはずがない。ああいう高貴な方と関係を持てば、何につけ思い通りにならず、雲居雁にも姫君にも気を遣い、苦しむのは我が身だろう」と、元来、好き心のない夕霧だけに、内心を胸の中にしまい込んではいたが、やはり女三の宮の婿が他の人に決まるのは面白くなく、成行きを看過《かんか》できなかった。

こうした事情は朱雀院の皇子である東宮の耳にもはいり、「ここは、さし当たっての目先の事よりも、後世の先例にもなる事柄なので、熟考の上にも熟考されるべきです。人柄がよくても、並の身分の人では、姫君との釣合がとれません。朱雀院が強《し》いて結婚させるおつもりであれば、あの六条院の源氏の君に、親代わりとして譲られるのがいいでしょう」と、朱雀院への何かの手紙のついでに、そうした自分の意向を書き添える。

東宮も女三の宮の降嫁《こうか》に賛成だと知って、朱雀院は心を決め、「全くその通りだ。東宮はよくそこまで熟慮してくれた」と膝を打つ思いで、左中弁《さちゆうべん》を六条院に送り、自分の意向を源氏の君に伝えた。

女三の宮の身の振り方について、朱雀院が心を痛めている様子は、かねてから耳にはいっていただけに、源氏の君は、「それは頭の痛い事でしょう。確かに、朱雀院の寿命がそう長いものではないにしても、私とて、あとどのくらい生きられるかわかりません。そんな身で、姫君の後見にはとてもなり得ません。

なるほど、順番通りに年少の私が今少し生き残るのであれば、四人の皇女たちを見捨てるわけにはいきません。また他の三人とは別に、この女三の宮を朱雀院が特に心配されているとなれば、特にお世話をしなければなりません。しかし、どちらが先に逝《い》くのかわからないのが、世の定めです」と左中弁に答える。

そして、「ましてや、私が婿になって馴れ親しんだあと、朱雀院に続いて私の寿命が尽きれば、姫君に申し訳なく、私自身にとってもこの世に未練が残ります。ここは、夕霧中納言こそ、まだ年若く経験も未熟ですが、将来も長く、人柄もいずれは朝廷で重きを成す前途を有しています。この夕霧を朱雀院が選ばれても、悪い事ではありません。しかし夕霧は生真面目で、望みの女君がもう決まっているようなので、朱雀院も躊躇《ちゅうちょ》なさっておられるのでしょう」と言う。

どうやら源氏の君は気乗り薄だと見た左中弁は、残念でならず、また朱雀院が思いつきで決めた事ではないので、あれこれ説得を試みて、朱雀院が内々にこうした決心に至った経緯《いきさつ》を縷々《るる》言上するので、源氏の君もさすがに動揺する。

「朱雀院が手塩にかけて育てられた姫君のようなので、結婚に際して、先例や後世の範《はん》になるように、深慮を巡らしておられるのでしょう。ここは今上帝に差し出されてはどうでしょうか。内裏には、高貴な女御たちが以前からいても、気にするには及びません。支障《さわり》にもなりません。後から入内したからといって、最後になった姫君が、おろそかに扱われるとは決まっていません。

亡き桐壺院の御代《みよ》には、弘徽殿大后《こきでんのおおきさき》が東宮の頃からの最初の女御として、権勢を奮《ふる》っていました。しかし最後に入内したあの亡き藤壺宮《ふじつぼのみや》に、しばらくは圧倒されました。この女三の宮の母君の女御は、確かあの藤壺宮の異腹妹だったはずです。その容貌も、姉に次いで実に素晴らしいと言われた方でした。父朱雀院とその母君の双方の血筋からして、その女三の宮は、よもや並の美しさではありますまい」と、多少は興味を覚えながら答えた。

年も暮れ、朱雀院は病気が快方に向かう気配もないので、慌《あわ》ただしくも出家を決め、その前に女三の宮の裳着《もぎ》の儀式を準備する様子は、後にも先にも例がない程に厳格で大がかりになった。式場は、朱雀院内の東北にある柏殿《かえどの》が選ばれ、飾りつけられ、西面《にしおもて》に御帳台《みちょうだい》や几帳《きちょう》を置き、日本の綾《あや》や錦《にしき》は使わず、唐土《もろこし》で使われる飾りを主にして、端正かつ大袈裟《おおげさ》に輝くばかりに調《ととの》えられた。

腰結《こしゆい》の役は、以前から太政大臣に依頼していたが、当の太政大臣は性来《せいらい》堅苦しい方で、到底受諾できないと思ったものの、昔から朱雀院に従わない事などなかったので、この際も参上し、他の二人の大臣や残りの上達部たちも、万障《ばんしょう》を繰り合わせて、参集する。

親王《みこ》は八人にて、殿上人はもちろん、内裏や東宮の人々もすべて寄り集まり、盛大な儀式になるのは必至で、これが朱雀院の最後の催し事だろうと残念に思いながら、帝や東宮を始めとした人々が、自邸の蔵人所《くろうどどころ》や納殿《おさめどの》にある舶来の品々を、朱雀院に数多く贈った。

もちろん六条院からの祝儀《しゅうぎ》も夥《おびただ》しく、朱雀院からの返礼の品や、参列した人々への禄《ろく》、太政大臣に対する引出物は、六条院からの献上物が使われた。

秋好《あきこのむ》中宮からの贈り物は、格別に調えられた装束や櫛の箱で、その中に、かつて中宮が今上帝に入内する際に、朱雀院が贈った櫛箱があった。その髪上げの道具を由緒深く、元の趣を失わないよう、その品とわかる具合にして、当日の夕方、女三の宮に贈ると、朱雀院の殿上にも仕える中宮の権亮《ごんのすけ》が使者として、姫君の許へ届け、その中に朱雀院に向けた歌が添えられていた。

さしながら昔を今に伝うれば
玉の小櫛《おぐし》ぞ神《かむ》さびにける

櫛を挿しつつ、昔の恩を今までこの身に受けているので、美しい小櫛は古びてしまいました、という感謝であり、「挿《さ》しながら」には、然（さ）いいながらを掛けていた。それを見た朱雀院は往時を思い出し、秋好中宮に、いずれは帝の后になるように願って贈った、価値ある櫛だっただけに、中宮が母の御息所《みやすどころ》と共に、斎宮《さいぐう》として伊勢《いせ》に下った際の感傷に浸《ひた》りつつ返歌した。

さしつぎに見るものにもが万代《よろずよ》を
黄楊《つげ》の小櫛の神さぶるまで

あなたに続いて、この姫君の幸せが見たいものです、万世《ばんせ》を告げるこの小櫛が古くなるまで、という祝歌《いわいうた》であり、「黄楊」には告げが掛けられていた。

病悩が辛いのを我慢しながら、朱雀院は思い立った裳着の儀式を終えて、三日の後、髪をおろして出家の身になった。並の身分の者さえも、これを最後として姿が変わるのが出家であり、女御や更衣たちも悲しみに沈んだ。

尚侍の朧月夜が終始側に仕え、嘆いているのを、朱雀院は慰めかねて、「あなたへの愛情に比べると、子を思う親心には限りがあります。あなたが思い詰めている様子を見るのは、耐え難いです」と言う。出家の意志も鈍《にぶ》りそうだったが、それをこらえて脇息《きょうそく》に寄りかかり、比叡山延暦寺座主《ひえいざんえんりゃくじざす》をはじめ、受戒《じゅかい》に立ち会う三人の阿闍梨《あじゃり》が伺候《しこう》して、法服をお着せし、俗世に別れを告げる作法の悲しさは、一入《ひとしお》だった。

そうした今日なので、人の世の限りを知った僧侶たちでさえ、涙をこらえきれず、まして、姫君や女御、更衣その他の人々も上下《かみしも》の身分の区別なく揃って泣き声を上げるので、朱雀院も心動かされ、この院ではなく、静かな所に籠《こも》るつもりでいた計画を思い留まった。それも娘の女宮のためであり、周囲にもそう伝えたので、今上帝を筆頭に、見舞がひきもきらないのは言うまでもなく、六条院の源氏の君も、朱雀院が少し気分が良い折を見て、見舞に参上した。

源氏の君が朝廷から受ける俸禄《ほうろく》などはすべて、帝位を譲った上皇《じょうこう》と同じだった。実際の太上天皇の儀式は格式ばらず、世の評判の高さや尊敬の念は格別であったものの、簡素にすませており、今回も例によって、仰々しくない牛車に乗り、上達部も人数を絞って牛車で供をさせた。

朱雀院は、心待ちにしていただけに、苦しさをこらえて、気を奮い立たせて対面するつもりで、形式ばらずに、いつもの御座所《おましどころ》で、席を整えさせて、源氏の君を迎えた。

朱雀院の様変わりした姿を見て、源氏の君は、来《こ》し方行く先も忘れ、悲しみで涙をこらえきれず、やっとの事で言葉をかけて、「亡き桐壺帝に先立たれた頃から、世の無常を感じて、出家する意志を固めておりましたが、心弱くて躊躇しているうち、このような院のお姿を見る破目《はめ》になってしまいました。

遅れてしまった私の、どっちつかずの心が恥ずかしくてなりません。出家などいつでもできると高《たか》を括《くく》って、決心しても、いざとなると耐え難い事が多々起こりそうで、できかねています」と、自らの心もおさまりがつかないまま奏上する。

心細いのは朱雀院も同様で、心を強く保てず、涙を流しながら、昔や今の話を気弱げに口にして、「出家は今日か明日かと念じながらも、月日が経ってしまいました。しかしこのまま打ち過ごして、念願の一端も果たさずに終わっては、何もならないと思い定めたのです。

出家してから余命がいくばくもなければ、修行の志《こころざし》も果たせないかもしれません。しかしとりあえず、この姿になって念仏だけでもと考えております。病の身でありながら、こうして生き長らえているのは、念仏の志ゆえかと感じる一方、今日まで勤行《ごんぎょう》に励まなかった我が身の怠慢《たいまん》が悔やまれます」と言い、これまで考えていた仏道についての考えを、詳細に語った。

そのついでに、願いの核心を口にし、「皇女たちを大勢残していくのが、心配でなりません。中でも、他にも頼むあてのない女三の宮が、特に気がかりなのです」と遠回しに言うと、源氏の君は気の毒がる。

源氏の君にとっても、女三の宮の存在は気がかりであり、放念できず、「確かに、臣下の者よりも、こうした高貴な方で後見がないのは、残念な事です。東宮はこのように将来の世継《よつぎ》として申し分なく、天下の頼み所として尊敬されています。この東宮を女三の宮の後見となされば、おろそかにはされず、将来の心配もなくなります。

しかし物事には限度があり、東宮が帝になられた時、政《まつりごと》に思う存分、力を発揮されるとしても、女三の宮の扱いには限りがあるはずです。となれば、女三の宮にとってしっかりした後見となるのは、夫婦の契《ちぎ》りを交わした上で、責任を持ってお世話できる人が、一番安心できます。どうしても将来を案じられるのであれば、しかるべき方を選んで、内密に婿を決めておくのが最適かと思います」と奏上する。

朱雀院は「そう考える事はありましたが、それも難しいのです。昔の例を聞くと、父が帝位にあって勢力が盛んな時の皇女ですら、人を選んでお世話役をつける事も多かったようです。まして今はこの世を去るのが近づき、婿を大袈裟に考えるのもどうかと思いますが、この世を捨てて行こうと考えても、捨て難い一事なのです。こうして様々に思い悩むうち、病は重くなるばかりで、取り返せない月日が過ぎて行き、心が急かされます。

ここは心苦しい限りですが、この幼い内親王ひとりを、どうか格別に守っていただき、しかるべき婿殿をあなたが心決めされて、その方に預けて下さるよう、御願いしとうございます。あの夕霧中納言がまだひとり身だった頃に、こちらから申し出るべきであったのですが、太政大臣に先を越されて、遺恨《いこん》が残ります」と弱々しく胸中を吐露《とろ》した。

源氏の君は「あの夕霧中納言であれば、真面目一方なので、内親王によく仕えるはずですが、何せまだ経験が浅く、思慮不足でございます。ここは畏《おそ》れ多い事でございますが、私が真心をもって後見すれば、内親王も父君の庇護《ひご》下と同様に感じて下さるかと思います。ただ私の余命も短く、途中でお仕えできなくなるのではと、それだけが懸念《けねん》されます」と、ついに源氏の君は後見を承諾する。

夜になり、朱雀院の人々も、源氏の君に随行《ずいこう》した上達部たちも、朱雀院の御前で饗応《きょうおう》にあずかった。儀式ばらない精進《しょうじん》料理であり、趣味の良さが窺《うかが》われ、朱雀院の前にあるのは、香木の浅香《せんこう》ででき た懸盤《かけばん》で、台の上に折敷《おしき》が載り、僧侶が使う大鉢がある。出家前とは異なる食事の仕方に、人々は涙を押し拭《ぬぐ》っているうちに、朱雀院と源氏の君の間で和歌も交わされ、夜が更けてから散会になる。

禄の品々が朱雀院から下賜され、別当大納言が源氏の君の一行を見送った。朱雀院は今日の雪で風邪《かぜ》が加わって、病悩がひどくなったものの、女三の宮の処遇が決まったので、安堵していた。

源氏の君は受諾はしたものの、この一件をどうやって紫の上に説明したらいいものか、懊悩《おうのう》した。以前から、こうした女三の宮の婿選びを耳にしていた紫の上は、「かつて前斎院の姫君の時も、熱心に言い寄られたようだが、最後には諦《あきら》めたようだし」と思いつつ、女三の宮の降嫁については問い質《ただ》さないでいる。源氏の君の目には、紫の上はこちらを信頼しきっているようで、不憫《ふびん》でならない。

「内親王が六条院に降嫁すれば、紫の上はどう思うだろうか。私の心は変わるはずはなく、降嫁によって、紫の上への思いはいよいよ深くなるような気がする。しかしそれを見定めるまでは、私の心を疑うに違いない」と思い乱れる。長年連れ添った仲だけに、今では心隔てもない二人であり、女三の宮の一件をなかなか言い出せないまま、その夜は休んで朝を迎えた。

翌日は雪で、空模様もしんみりとしていて、源氏の君は往時の事や、将来の事について、紫の上と語り合い、「朱雀院の病が重くなったので、見舞に参上したところ、多々可哀想な事がございました。女三の宮をこの世に残して去るのが辛いようで、降嫁について口にされたのを、気の毒な余り、辞退できませんでした。

この事を世間の人は大仰に言うかもしれません。今ではこうした姫君を迎えるなど気恥ずかしい限りなので、人を介して朱雀院が意向を漏らされた時には、逃げていました。ところが対面した際、くれぐれも頼むと言われて、すげなく断れなくなってしまったのです。

朱雀院が西山の寺に住まわれる頃には、女三の宮を六条院に連れて来ようと思っています。嫌な事と、あなたは思うでしょうが、どんな事があろうとも、あなたに寄せる思いに変わりはありません。どうか私を疎《うと》まないで下さい。これもひとえに、朱雀院が気の毒だからです。今後は、内親王が気兼ねしないようにもてなしましょう。みんなが心静かに暮らしてくれれば、これに優《まさ》るものはありません」と、紫の上に言う。

源氏の君のちょっとした遊び心さえ気にして、安心できない紫の上なので、じっと反応を窺うと、動揺する様子もなく、「それは、朱雀院も心痛の余りの御依頼でしょう。わたくしが疎ましく思う事などございません。女三の宮がわたくしを目障《めざわ》りにお思いにならない限りは、こちらも安心していられます。考えてみれば、内親王の母君は、わたくしの父の異腹の妹という血の繋《つな》がりがあります。そうした血縁の者として、わたくしに親しくしていただければと思います」と、紫の上はへり下って言った。

源氏の君は、「こう心優しい許しも、却《かえ》って気がかりです。あなたが私をそのように許して下さり、あなた方が理解し合い、心穏やかに暮らしてくれれば、よりあなたが慕《した》わしくなります。どうか、根も葉もない告げ口など、聞かないようにして下さい。すべて世の噂などは、誰かが言い出す事もなく、夫婦の間柄が事実とは違って言いふらされ、思わぬ事態が生じやすいようです。ここはあなたの心の内に鎮《しず》め置いて、流れに任せるのがよろしいかと思います。早まって騒ぎ立て、下手な嫉妬《しっと》などなさらないで下さい」と教え聞かせた。

とはいえ紫の上の胸の内は千々《ちぢ》に乱れていて、「このように突然、天から降って来たような事態なので、源氏の君も避け難かったはずであり、ここは憎まないでおこう。わたくしに気兼ねして、またわたくしの戒《いまし》めを受けるような、源氏の君の心に生じた懸想《けそう》ではない。朱雀院の御依頼と考えれば、この流れを堰止《せきと》める事などできない。

一方で、みっともない姿で思い悩む様子など、世間には知られたくもない。父君の式部《しきぶ》卿宮《きょうのみや》の大北《おおきた》の方が、いつもわたくしをけなし、あの鬚黒《ひげくろ》大将と玉鬘の結婚も、わたくしのせいだと、恨まれていた。今回の一件を耳にして、ついに報《むく》いが来た、してやったりと、やはり思われるだろう」と、いかにおっとりした心根ながらも、陰口が広まるのが気がかりであった。今はもう大丈夫と、今日まで矜持《きょうじ》を保って、翳《かげ》りもなく暮らして来た身の上が、人の物笑いになりはしないかと案じるものの、表面上は努めて平静を装った。


年が改まり、朱雀院では女三の宮を六条院に移す準備が始まり、後見する意向を持っていた蛍兵部卿宮や柏木衛門督、藤大納言などは落胆《らくたん》して残念がり、帝も女三の宮の入内を勧めているうち、こうした結果になったので、入内は沙汰止《さたや》みになった。

今年で源氏の君が四十歳になったため、四十《しじゅうの》賀《が》の祝いに関して、朝廷でも無関心ではいられず、以前から国の慶事として祝う予定が組まれていたが、世間に迷惑をかけるような大袈裟な事は、昔から好まない性格なので、源氏の君はすべて辞退した。

正月二十三日は長寿を祝う子《ね》の日にあたり、鬚黒大将の北の方である玉鬘から、賀宴に用いる十二種、若菜《わかな》、薊《あざみ》、ちさ、芹《せり》、蕨《わらび》、なずな、葵《あおい》、蓬《よもぎ》、水蓼《みずたで》、水寒《すいかん》、芝、菘《すずな》が献上され、前以《もっ》てそんな様子も見せずに、内密に準備されていた突然の贈物だったので、源氏の君は辞退する事ができない。内々の行事ではあるものの、玉鬘の父は太政大臣、夫は左大将なので、訪問の儀式は華々しい仕儀《しぎ》になった。

南東の町の西の放出《はなちいで》に、源氏の君の御座所《おましどころ》が整えられ、屏風《びょうぶ》や、母屋《もや》と廂《ひさし》の間に垂らした幕の壁代《かべしろ》以下、すべてが新調されていた。

格式ばった倚子《いし》は置かず、高麗縁《こうらいべり》の茣蓙《ござ》が四十枚、敷物や脇息の他、儀式用の道具も全部美しく誂《あつら》えられ、螺鈿《らでん》の厨子《ずし》が二揃い、衣服箱が四つ置かれ、夏冬の装束、香壺《こうご》、薬箱、硯《すずり》、髪洗い用の器である泔坏《ゆするつき》、髪上げの箱なども、美しく飾り立ててあり、挿頭《かざし》の花を載せる台は、沈香《じんこう》や紫檀《したん》で作り、見事な文様《もんよう》の彫《ほ》りが施《ほどこ》されていた。金具にしても色に工夫があり、これも尚侍《かん》の君の玉鬘の好みが当世風で、風流心と才気の双方を持ち合わせているためである。斬新《ざんしん》さを源氏の君は心掛けながらも、儀式の全体は、大仰にならないようにとどめた。

いよいよ人々が参上し、源氏の君が御座所に移る前に、玉鬘との対面があり、二人の心には、往時の事が様々に思い起こされ、感慨は尽きない。源氏の君はまだ若々しい美しさを保っていて、四十賀など数え間違いかと思われる程であり、優美そのものの姿は、とても子を持つ親とは見えなかった。久しぶりにその姿を見た玉鬘は、気後《きおく》れがするものの、さすがに心隔てもなく、いろいろと語り合う。

幼な子も可愛らしく育っていて、続いて生まれた年子については、玉鬘は源氏の君には見せたくはなかったのに、鬚黒大将はこの機会に是非《ぜひ》とも見せたいと言い張り、二人とも無邪気な振分《ふりわ》け髪の直衣《のうし》姿で参上する。

源氏の君は「年を取るのを、自分ではことさら気にもかけず、昔のままの若い気分で、変わり映《ば》えもしないと思っていました」と感慨深そうで、「しかしこのように孫ができると、自分の齢《よわい》を生々しく思い知らされます。あの夕霧中納言にも早々と子供ができたのですが、私を遠ざけるつもりか、まだ見せてくれません。
他の誰よりも先に齢を数えて、祝っていただいた今日の子の日が、恨めしいです。これがなければ、もうしばらくは老いを忘れておられましたのに」と、皮肉を言う。女盛りに風格も備わっている玉鬘を見て、再会した甲斐があったと嬉しく思っていると、玉鬘が祝賀の歌を詠んだ。

若葉さす野べの小松をひきつれて
もとの岩根を祈る今日かな

若葉が芽吹く野の小松を引き連れて、わたくしを育ててくれた岩根の千歳《ちとせ》を祈る今日です、という祝意と感謝で、「小松」は幼な子、「岩根」は源氏の君を指していた。
沈香の折敷が、四十賀になぞらえて四脚並べられ、若菜の汁物を形ばかり口にした源氏の君は、土器《かわらけ》を取って返歌する。

小松原末のよわいに引かれてや
野べの若菜も年を積むべき

小松原の将来の齢に引かれて、野辺の若菜も長生きするでしょう、という謝意で、「小松原」は孫、「若菜」は自分を指し、「積む」には摘（つ）むが掛けられ、下敷は『拾遺和歌集』の、春日野《かすがの》の**若菜ならねど君がため　年の数をもつまんとぞ思う**、だった。こうして詠み交わしているうちに参集した多くの上達部は、南の廂に着席する。

例の式部卿宮は、娘が鬚黒大将の前妻だっただけに、この祝賀の宴には出席しにくいと思っていたところに招待があり、親しい間柄にもかかわらず下心があると言われても体裁が悪いので、日が高くなって出かける。鬚黒大将が婿になった得意顔でいるのも気に障《さわ》る一方で、実の孫二人は、父からも継母《ままはは》の玉鬘からも源氏の君の縁続きなので、熱心に雑用を手伝っていて、気は休まった。

籠物《このもの》四十枝《よそえだ》、折櫃物《おりひつもの》四十個など、夕霧中納言を始めとして、しかるべき公卿《くぎょう》たちが次々と贈物を献上する。盃が流れ、若菜の吸い物を次々と食し、源氏の君の前には、沈香の懸盤が四つと食器類が、当世風の趣を添えられて用意されていた。

朱雀院が病気からまだ平癒《へいゆ》されていないため、楽人《がくにん》は招かれていない。笛などは太政大臣が準備していて、「世の中にこの四十賀よりも、優雅の極みを尽くしたものはありますまい」と言って、かねてから秀《ひい》でた楽人のみを用意していたので、内々の管絃《かんげん》の遊びが催された。

和琴《わごん》は太政大臣秘蔵の品で、名手の太政大臣が心を込めて演奏する音《ね》は、絶品であり、いきおい余人は弾《ひ》きにくくなっていたのを、源氏の君が、固辞する柏木衛門督《えもんのかみ》に無理強《じ》いすると、衛門督は実に見事に、父にも劣らない演奏をした。聴き入る人は、何事も、名人の跡継ぎとはいえ、これ以上の伝授はなかろうと、感嘆しきりである。

調べに楽譜のある弾き方や、形式が定まっている唐土《もろこし》伝来の曲などは、やはり習い易《やす》いものの、そうした譜がない和琴は、心に任せて他の楽器と合わせる即興《そっきょう》に優れている。妙《たえ》なる音色は妖艶《ようえん》なくらいに響き渡り、太政大臣は琴の緒《お》を緩《ゆる》く張って、調子を下げ、余韻《よいん》を響かせ、一方の衛門督は陽気な上り調子で、懐しく感じられる中にも気品がある調べで、親王たちも感じ入った。

七絃の中国伝来の琴《きん》は、蛍兵部卿宮が弾く。この琴は、歴代の御物《ぎょぶつ》を納める宜陽殿《ぎようでん》にあった品で、代々の帝から最高の名品とみなされていて、亡き桐壺院の晩年に、弘徽殿大后腹の女一の宮が好むというので下賜された品であった。この四十賀に趣を添えるため、太政大臣が女一の宮に願い出て、貰い受けた名器で、その由来を思い出すと、昔の事が恋しく想起され、蛍兵部卿宮も酔い泣きを我慢できない。源氏の君のこの琴に寄せる思いを聞いて、琴を前に差し出すと、源氏の君は感極まりながら、珍しい曲を一曲だけ演奏し、大仰にはならない、興趣《きょうしゅ》に満ちた夜の宴になった。

唱歌《そうが》の人々を階《きざはし》の近くに呼び、妙なる歌声が唱和され、調子も呂《りょ》から律《りつ》に変わり、夜が更けるにつれて、楽器の調べも親しみの籠った曲になり、春にちなんで催馬楽《さいばら》の「青柳《あおやぎ》」が謡われ出した。

〽青柳を片糸に縒《よ》りてや
おけや
鶯《うぐいす》の　おけや
鶯の縫うという笠は　おけや
梅の花笠や

その頃には、本当に寝ている鶯が目を覚ます程、宴は絶頂になる。公事と違った私事の催しだったので、源氏の君は、参集者への俸禄を奮発して立派な品にし、夜明けに、玉鬘尚侍《かん》の君が帰途につくと、源氏の君は玉鬘にも贈物を与えて礼を言う。

「こうして世を捨てたようにして日々を送っていると、年月の経つのもわからなくなってしまいます。そんな折、四十の齢を知らせていただき、いささか心細くなりました。今後も、時々は訪問されて、私がどんなに年老いたかを確かめて下さい。四十という齢に加えて窮屈な身分にもなり、気ままにお会いできないのが心残りです」と言いつつ、昔の事が切実に思い出され、ほんの束《つか》の間《ま》の対面で、玉鬘が帰って行くのが辛く感じられた。

一方の玉鬘も、実の親というのは単なる親子の宿縁だけであり、かつての養父としての源氏の君の細《こま》やかな愛情が、年月が経つにつれ、鬚黒大将の北の方という地位が固まった今こそ得難いものと思うようになっていたので、その感謝の念を、深々と源氏の君に伝えた。

こうして二月十日過ぎ、女三の宮は六条院にお輿入《こしい》れになった。源氏の君の準備は並大抵ではなく、春の若菜を食した西の放出《はなちいで》に御帳台《みちょうだい》を設け、西の第一と第二の対《たい》から渡殿《わたどの》にかけ、女房たちの局を含めて入念に磨き整えると、入内する姫君の作法にならって、朱雀院からも調度の品々が運ばれて来る。

お輿入れの儀式の盛大さは、今更言うまでもなく、供奉《ぐぶ》は上達部《かんだちめ》が数多く参集し、家司《けいし》を希望した例の藤大納言も、残念だと思いつつその供の中にいた。牛車を寄せた所で源氏の君が出迎えて、女三の宮を降ろしたのも、通例とは異なる臣下の礼で、臣下という関係上、万事に制約があり、入内の儀式とも違い、また通常の婿の大君とも違って、特異な夫婦の光景になった。

三日間は結婚の儀式が続き、朱雀院からも源氏の君からも、万事に配慮がなされて、盛大の限りを尽くした婚儀の様相を呈した。

これを機に寝殿《しんでん》から東の対に移った紫の上は源氏の君との間柄を、何かにつけ、心穏やかでなく感じている。女三の宮に劣って影が薄くなったわけではないとはいえ、これまでは比類《ひるい》ない座を占めていたために、こうして年若く華やかな姫君が、仰々しい勢いで降嫁して来たので、何となく気まずい思いをしていた。表向きは何げなさを装い、輿入れの時も、源氏の君と一緒に細々《こまごま》とした世話をして、そのけなげな姿を見た源氏の君は実にありがたい人だと感じ入った。

女三の宮は、やはりまだ小さく、大人には遠く、幼さから言えば子供であり、源氏の君は紫の上を見出《みいだ》した頃を思い出して、その違いを見せつけられる。紫の上は才気があって相手のし甲斐《がい》があったのに、姫君は本当に幼い感じが残っていて、これはこれで憎々しく出しゃばらないだろうと思う一方、万事取柄《とりえ》のない姫君に感じられた。

三日間は、型通り女三の宮の許に通ったので、紫の上にとって、こうした事は長年経験がなく、我慢しつつ胸塞《ふさ》がれながら、源氏の君の衣装に、入念に香を薫《た》き染《し》めながら、ふと物思いをしてしまう。その姿はいじらしくも美しい。

源氏の君は「事情があったとはいえ、どうして他に妻を迎える必要があったのだろう。軽々しい浮気心で、気弱になっていた自分の過《あやま》ちのせいだ。若いけれども、ここは夕霧に譲っておけばよかった」と反省して涙ぐみ、「今宵《こよい》ばかりは、三日《みか》の夜《よ》の餅《もちい》なので許して下さい。これ以上、あなたから離れる夜があれば、我が身が嫌になります。こんな気分が、朱雀院の耳に届けば、どう思われるかと、胸の内は苦しいばかりです」と言う。

紫の上は微笑《びしょう》して、「あなた自身でさえ、心を決めかねているのに、わたくしに道筋がわかるはずはございません。わたくしはどこに身を落ちつけるべきでしょう」と冷静に言うため、源氏の君は恥ずかしくなって頬杖をつき、脇息にもたれかかる。紫の上は、硯《すずり》を引き寄せて歌を詠む。

目に近く移れば変わる世の中を
　　行く末遠く頼みけるかな

　こんなにも変わってしまう夫婦の仲だったのに、行く末が長いと頼り切っていました、という恨みであり、『拾遺和歌集』の、秋萩の下葉につけて目に近く　よそなる人の心をぞ見る、を下敷にしていた。その他の古歌も手習《てならい》に書き添えられているのを見て、光源氏は何でもない言葉とはいえ、道理だと思って返歌した。

命こそ絶ゆとも絶えめ定めなき
　　世の常ならぬなかの契りを

　命は絶えても仕方がなく、無常な世の中と違って、私たち二人は変わる事のない仲なのです、という慰撫《いぶ》であり、源氏の君がすぐには出かけられないのを見て、紫の上は背中を押して、「わたくしが引き留めていると思われては、心外ですから」と促す。源氏の君は、紫の上が香を薫き染めた着馴《きな》れた衣を着て、薫香《くんこう》を漂わせながら出て行き、それを見送る紫の上の胸中は、やはり穏やかではなかった。

　この長年の間、光源氏が他の女に心を移すような事は、例の朝顔の姫君を諦めて以来、絶えていたので、紫の上はもう大丈夫と思っていた矢先だっただけに、今頃になって、思いがけず、世間が聞き耳を立てるような事態に陥り、これはもともと安心できる二人の仲ではなかった証《あかし》でもあり、今後ますます不安定になるような気がする。

それでもさりげない様子を装っているので、仕えている女房たちも気が気でなく、お互いに、「思いもよらぬ事になりました。源氏の君には、この六条院に明石《あかし》の君と花散里《はなちるさと》、あの二条東院に末摘花《すえつむはな》や空蝉《うつせみ》など、多くの女君がいらっしゃいますが、どの方も紫の上には遠慮し続けていたので、何事も起きず穏やかでした。それだけに、押し分けてはいってきた女三の宮に対し、紫の上がそのまま引き下がるとは思えません。となると、わずかな事につけても、不快な事が生じて、そのたびに紫の上は嫌な思いをされるに違いありません」と嘆く。

そうしたやりとりを、紫の上は知らない風を装い、これまで通りの優しい話しぶりを崩さずに、女三の宮の婚礼の夜なので、夜遅くまで起きていた。

それでも女房たちが、陰で様々に思ったり言ったりしているのを、さすがに紫の上は耳痛く感じてたしなめつつ、「この六条院には、幾人もの女君がおられますが、准太上天皇という源氏の君の心にかなった高貴で華やかな方とは言えず、どこか物足りなく感じておられたのでしょう。そこに女三の宮が降嫁されたのは、結構な事です。

わたくしも親しくしようと思っていますが、姫君はまだ子供心が抜けないようで、それをいい事に、周囲の者は、わたくしの方に心隔てがあると思っているようです。その上、身分の高低までも言い出す人がいて、聞き流すのにも不都合事が生じます。あの方には、気の毒な事情もあるようなので、親しくしていただこうと思っています」と言う。

中務《なかつかさ》や中将の君などの女房たちは、お互い目を合わせて、「余りに勿体ない心遣いです」と言い合う。この中務と中将の君の二人は、源氏の君がかつて召人《めしうど》にしていた女房であり、須磨流謫《るたく》の折に紫の上に仕え始めて十五年、今では二人共、紫の上の味方だった。

花散里や明石の君も、紫の上を気遣って、「どんなにか辛く思われているでしょう。わたしたちは初めから諦めていたので、気が楽ではありますけれども」と言って、気の毒がって見舞を送る向きもある。

紫の上は「そんなに思ってもらうのが、こっちとしては却って辛い。世の中が無常だとわかった今、思い悩んでばかりでは情けない」と思いながら、余りに遅くまで起きて源氏の君の戻りを待っているのも、普段にはない事であり、女房たちが心配するだろうと懸念して、横になると、女房が衾《ふすま》を掛ける。

源氏の君が女三の宮に通う三晩は、独り寝の寂しい夜を過ごすしかなく、なるほど、花散里や明石の君の心配する通りで、穏やかでいられるはずはなく、つい須磨の別れの時を思い出して、「あの時、これが最後の別れだと思っても、ただこの同じ世で無事でおられると聞けば、心が慰められた。自分の身の上の事など考えられず、ひたすら源氏の君を案じて、悲しかった。あの須磨退居という騒ぎの中で、わたしも源氏の君も命が絶えていれば、幸せだったのかもしれない」と思案していた。

風が吹いている夜は冷たく、なかなか寝つけず、近くに侍っている女房たちが心配するといけないので、身動きさえできない。やはり辛い我が身である事実は否定できない。夜深くなって、とうとう一番鶏の鳴き声を聞いてしまい、哀れさは一入《ひとしお》だった。

紫の上は源氏の君を恨んでいるわけでもなかったものの、このように思い乱れていたためか、女三の宮の許で寝ている源氏の君の夢の中に立ち現れた。はっと目を覚ました源氏の君は胸騒ぎを覚え、鶏の一番声を待って、夜がまだ深いのには気づかぬふりをして、急いで退出する。

女三の宮はまだ子供の域を出ておらず、乳母たちが近くに仕えていて、妻戸《つまど》を開けて、源氏の君が出て行くのを見送った。

まだ暗い明け方の空に、雪の光がぼんやりと見えていて、後に残った源氏の君の匂いに、乳母は『古今和歌集』の凡河内躬恒《おおしこうちのみつね》の歌、**春の夜の闇はあやなし梅の花　色こそ見えね香やは隠るる**、を口ごもった。

雪は所々に消え残り、真砂《まさご》の庭なので、雪か白砂か見分けがつきにくい時刻であり、源氏の君は白《はく》楽天《らくてん》の「庾楼暁望《ゆろうぎようぼう》」の一節、「子城《しじよう》の陰なる処《ところ》　猶《なお》残れる雪あり　衙鼓《がこ》の声の前　未《いま》だ塵《ちり》有らず」を静かに口ずさんで、紫の上のいる東の対《たい》の格子《こうし》を叩いた。長い間、暗いうちの朝帰りがなかったので、女房たちは寝たふりをして、しばらく待たせてから、格子を引き上げる。

源氏の君は「随分《ずいぶん》と待たされて、体が冷えてしまいました。これもあなたを恐がっている心情が強いからでしょう。とはいえ、三日間は通い続けないといけないので、私の罪ではないのです」と言って、紫の上の衾を引きのけた。紫の上は少し涙で濡《ぬ》れた単衣《ひとえ》の袖を、そっと隠す。

素直で優しい心映《こころば》えの人とはいえ、気を許そうとはしない紫の上の態度に、源氏の君は気後れがして、我が身が恥ずかしい。いかに高貴な身分でも、この紫の上のような人はいるまいと、つい女三の宮と比べてしまう。

様々に昔の事を思い出しつつ、紫の上の機嫌が良くないので、その日一日、源氏の君は東の対で過ごし、代わりに寝殿にいる女三の宮に、「今朝《けさ》の雪で具合が悪くなり、苦しいので、自分の部屋で休んでおります」という内容の文を送る。先方の乳母から、「そのようにお伝えしました」と、口上のみの返事があったので、心映えのしない返事だと思って、源氏の君は拍子《ひようし》抜けしてしまう。「朱雀院の耳にはいったら、嘆かれるだろう。当分の間は、人前を取り繕う事にしよう」と思いながらも、そうはできそうもない。「こうなるとはわかっていたが、弱った事態になった」と、悩み続ける。紫の上は紫の上で、こうやって源氏の君が女三の宮の許に行かないのは、自分が引き留めているからだと世間に思われそうで、源氏の君の女三の宮に対する思い遣りのなさが却って迷惑だった。

新婚五日目の朝を、紫の上の許で迎えた源氏の君は、女三の宮に文を送ろうとしたものの、特に思い入れをする気にもなれず、筆遣いだけは入念にして、外の雪に合わせて、白紙に書きつける。

中道《なかみち》を隔つるほどはなけれども
心乱るる今朝のあわ雪

私たちの仲を隔てる程でもありませんが、今朝の淡雪《あわゆき》に私の心も思い乱れています、という弁解で、下敷は『後撰和歌集』の、**かつ消えて空に乱るる淡雪は　もの思う人の心なりけり**、であった。文を白梅の枝に結びつけて人を呼び、「寝殿の西の渡殿から差し上げるように」と命じたのも、まずは女房が受け取るからである。

源氏の君はそのまま外を眺めつつ、端近くにいて、白い衣装を身につけ、梅の花を手に取ってまさぐっていると、大伴家持《おおとものやかもち》の歌、**白雪の色わきがたき梅が枝《え》に　友待つ雪ぞ消え残りたる**、が想起された。雪がまだ残っている上から、また雪が降っていて、近くの紅梅《こうばい》の梢《こずえ》で鶯が若々しい声で鳴くのも、あたかも『古今和歌集』の、折りつれば袖こそ匂え梅の花　ありとやここに鶯の鳴く、の通りで、花を手で隠し、御簾を押し上げて、じっと外を眺める様子には、夢にも人の親で世の重鎮とは思えず、若々しい優雅さがあった。

女三の宮からの返事が、少し手間がかかっているようなので、源氏の君は中にはいり、紫の上に梅の花を見せて、「花というものは、このように匂ってほしいです。この香りを桜に移したら、もう他の花を見る気はしないでしょうね」と言ったのも、古歌に、梅が香を桜の花に匂わせて　柳が枝に咲かせてしがな、があるからであった。「梅の花は、他の花に目移りがしない時期に咲くから、目を引くのでしょうか。桜の花の盛りと比べてみたいものです」と、しみじみ述懐していると、女三の宮からの返事が届けられる。

文は、鳥の子紙の薄くて紅い紙に包まれていて、いかにも恋文らしい派手さに源氏の君は、「筆遣いは実に幼稚。これは当分の間、人には見せられない。ことさら、隠すというわけではないが、軽々しくも人が見たら、高貴な身分に汚点が生じる」と思いながらも、文を隠しておくのも、紫の上が怪訝《けげん》がるはずなので、端の方を広げたままにする。紫の上は寄り臥《ふ》しながら、和歌を眺めた。

はかなくてうわの空にぞ消えぬべき
　風にただよう春のあわ雪

頼りなさで中空に消えてしまいそうです、風に漂う春の淡雪のように、という心細さが綴《つづ》られ、筆跡はなるほど未熟かつ幼稚である。この年になれば、こんな稚拙《ちせつ》な字は書かないものだと紫の上は思いながら、見ないふりをしていると、源氏の君も、「赤の他人であれば、こんな下手な字に注意を促すのだが、女三の宮が可哀想で、そうもできない」と落胆《らくたん》しつつ、「こんな方ですから、安心していいですよ」と、紫の上を慰めた。

この五日目の昼、源氏の君は女三の宮の許に赴く。念入りに化粧をした姿を、昼間初めて目にする女房などは、夜以上に素晴らしいと思うに違いなく、乳母などの年輩の女房たちは、「どうでしょう、このお方はご立派ですけど、姫君のほうはそうもいかず、どうなる事やら」と、心配が先に立つのも当然であった。

女三の宮は可愛らしくても子供っぽく、堂々として大仰に飾り立てられた調度類に囲まれ、頼りなげで、衣装の中に、無邪気に埋まっているようで、どこに体があるかわからないくらい、か細い。源氏の君に対しても恥ずかしがる風でもなく、人見知りしない子供に似て、素直でおっとりしているので、「朱雀院は、男らしい骨太の学問には不熱心だと、世間の人は言っていたものの、風流な教養と趣味の面では、人より優れておられた。それがどうして、こんなに大らかに育てられたのか。手塩にかけた皇女《こうじょ》と聞いていたのに」と、源氏の君はがっかりしたものの、可愛さだけは感じた。

とはいえ、こちらが言う事に従順で、返事にしても、思った通りをそのまま口に出すので、逆に見捨てておけない気にさせられ、昔であれば、興醒めして落胆したに違いないが、今では、人はそれぞれと思うようになっているので、大目に見てやる。

「あれこれと様々な女はいても、抜群の女であるのは難しい。それぞれいい所も悪い所もある。女三の宮にしても、傍目《はため》には申し分ないように映るのかもしれない」と思うにつけ、紫の上と常に離れずに暮らして来た歳月を振り返ると、紫の上程の人物はおらず、我ながらよくも立派に育て上げたものだと痛感する。それだけに、一晩会わないでいると紫の上が恋しくなり、愛情が増すばかりなので、どうしてこんなに恋しさが募るのだろうかと、源氏の君は不吉な予感さえ覚えた。

その日のうちに、朱雀院は西山の寺に移り、六条院にも心のこもった手紙を何度も届けさせた。そこには姫君を案ずる親心が綴られ、「自分の思惑など気にせず、そちらの心のままに世話してやって下さい」と書かれていて、その一方、出家の身でありつつも姫君の事が気にかかり、その幼さへの懸念が縷々《るる》記されていた。

紫の上にも、朱雀院からの文が届き、「幼い者が、分別もないままに、そちらに移り住んでおります。罪もない者として、どうかお目こぼし下さい。あなたとは従姉妹《いとこ》でもありますので」と書かれて、和歌が添えられていた。

背《そむ》きにしこの世に残る心こそ
入《い》る山道のほだしなりけれ

捨てたはずのこの世に残っているのが、子を思う親の心であり、これが山に入る私の妨げになっています、という憂いで、「この世」に子の世を掛け、『古今和歌集』の、**世の憂きめ見えぬ山路へ入らんには　思う人こそほだしなりけれ**、を下敷にしていた。さらに「例の親心の闇を晴らせずに、こう申し上げるのも愚かな身です」と、書き添えられていて、源氏の君もこの手紙を見て、「何とも真情の籠った手紙です。謹《つつし》んでご返事を申し上げなさい」と紫の上に言う。

女房を介して、文の使いにも酒杯を何度も勧め、紫の上は、どう返事をしたものか困惑したものの、大仰に風流さを示すような折でもないので、心に浮かぶままを書きつけた。

背く世のうしろめたくはさりがたき
　ほだしをしいてかけな離れそ

お捨てになったこの世が気がかりであれば、離れ難いあの方を無理に離したりしないのがよいのでは、という皮肉であり、使者に対しては、女の装束一式に細長《ほそなが》も添えて、禄にして帰す。

和歌の筆跡が実に能書なのを見て取った朱雀院は、何につけても気後れがするような立派な六条院で、我が娘がことさら幼稚に映るに違いないと、益々心を痛めた。

朱雀院がいよいよ入山する時、女御や更衣それぞれと別れなくてはならず、悲しみは募り、尚侍《ないしのかみ》の朧月夜は、亡き弘徽殿大后《こきでんのおおきさき》がいた二条院に戻る。姫君の女三の宮以外では、特に朧月夜に目をかけていたので、朱雀院も後ろ髪を引かれる思いであり、朧月夜もいっその事尼になろうかと思ったものの、そんなに急いで出家しては、後追いされるようで嫌だと朱雀院に言われ、少しずつの仏道精進《しょうじん》を心掛けていた。

源氏の君はこの朧月夜との一件で須磨に退居して以来、十四年の間、常に忘れず、再会を願っていて、その上で往事をしみじみ語り合いたいと思う一方、二人共、世間の噂になってはならない身分ではあり、遠慮された。

あの一件があったため、朧月夜の入内は一時中止され、世間を騒がせた過去が思い起こされるものの、すべては心に秘めて過ごした日々であり、今は尚侍を退き、世の中を静かに眺める身の上になったはずであった。

その様子を切に知りたくなり、あってはならないと思いつつも、通常の見舞文にかこつけて、真情溢《あふ》れる手紙を何度も送りつけると、若い者同士の色めいた間柄でもないので、朧月夜も、時折返事をする。その文からも、朧月夜の女盛りの成熟ぶりが窺えるので、源氏の君はかつての恋心をそそられ、以前手引きした朧月夜の女房の中納言の君にも、自分の思いを書き綴った。

一方で、その中納言の君の兄である和泉《いずみ》国前国守《こくしゅ》を呼び寄せ、若かった昔に戻って相談を持ちかける。「あの『後撰和歌集』の古歌、**いかにしてかく思うということをだに　人づてならで君に語らん**、のように、人づてではなく、直接申し上げたい旨があり、それを承知の上で、内密に参上したいと、先方に告げて下さい。

昔と違って今は窮屈な身分になり、忍び歩きもままなりません。これは隠密裡《おんみつり》の行動で、そなたが他の人には漏らさないと見込んでの頼みです。うまくいけば、見返りとしての任官は、そのつもりで」と、言い含めて、使者として送った。

その旨を伝えられた朧月夜は嘆息して、「それは困りました。世間の事が多少はわかって来た今、あの方の薄情さは充分味わったつもりです。あの一件のあと、父の右大臣はあの方を婿にしようと思われたのですが、すげなく断られ、わたくしは朱雀帝に請われるまま入内したのです。

それから十余年、朱雀院の出家の悲しみをよそに、どんな昔話をするというのでしょうか。いかに他人《ひと》が漏れ聞かれぬようにしたところで、問題はわたくしの良心です。『後撰和歌集』の古歌、**なき名ぞと人には言いてありぬべし　心の問わばいかが答えん**、の通り、我が心に問わずにはいられません」と答えて、再会などできないと返事をさせた。

源氏の君は、「昔、会うのも困難な時でさえ、あの方は私と心を通わされた。確かに、出家された朱雀院には後ろめたくはあるものの、なかったわけでもない二人の仲だ。今になって清らかで潔白だと言っても、立ってしまった私の浮名《うきな》は、もう消せるものでもなかろう」と思い、『古今和歌集』の、**群鳥《むらとり》の立ちにしわが名いまさらに　事なしぶともしるしあらめや**、を想起して、この和泉国前国守を道案内にして出かける決意をする。

紫の上に対しては口実を考えて、「二条東院に住む常陸《ひたち》の君の末摘花《すえつむはな》が、病《やまい》を患《わずら》って久しいのに、忙しさに紛れて、見舞もせずに打ち過ぎ、気がかりです。昼間の訪問は人目もあって都合が悪いので、夜に忍んで行くつもりです。誰にも知らせないでおきます」と心をときめかせながら言う。

日頃、さして口にもしなかった末摘花を急に源氏の君が持ち出したので、妙だと思った紫の上は、朧月夜との文通を思い出して、さてはと感づいたものの、女三の宮の降嫁《こうか》後は、かつてのような嫉妬《しっと》心《しん》は消え、多少なりとも隔て心がついているので、知らない風を装った。

その日、源氏の君は女三の宮のいる寝殿には行かず、文だけを送り、薫物などを入念にして一日を過ごし、宵が過ぎるのを待って、親しい者のみ四、五人を伴って出かけた。昔を思い出させるような粗末な網代車《あじろぐるま》に乗って赴き、まずは和泉国前国守をやって、挨拶させる。

受けたのは中納言の君で、源氏の君の来訪を朧月夜にそっと耳打ちすると、驚いたのは朧月夜であり、「これは何とした事でしょう。あの前和泉守は、源氏の君にどう伝えたのでしょうか」と不機嫌に言う。中納言の君は、「ここでつれなく帰されますと、却って恋心をほのめかすようで、不都合でございます」と取りなした上で、兄の和泉国前国守と策を巡らして、源氏の君を簀子《すのこ》から廂《ひさし》の間《ま》に通した。

参上した源氏の君はまずお見舞の挨拶をして、「どうか、近くまでお越し下さい。几帳越しでも構いません。昔の無謀な心など、今はございませんので」と懇願する。朧月夜は深々と溜息をつきながら、こちらにいざり寄って来たので、やはり思った通りだと源氏の君は膝を打ち、昔通りの靡《なび》きやすさだと思う。

几帳越しとはいえ、二人とも互いにそれとわかる気配がするため、感慨深さも一入《ひとしお》であり、場所は東の対《たい》で、源氏の君は東南の方角の廂の間《ま》に坐った。

母屋《もや》を仕切る襖障子《ふすましょうじ》の端は固く留められているので、「こんな用心をされると、若い者同士のような気になります。ここで藤花《とうか》の宴《うたげ》が開かれたのは二十年前です。その年月を間違いなく数えられるのに、このように知らないふりをなさるとは、情けないです」と、源氏の君が恨みがましく語りかける。夜はいたく更け、玉藻《たまも》に遊ぶ鴛鴦《おし》の声が風情深く聞こえて来て、ひっそりと人気《ひとけ》も少ない二条院の様子に、源氏の君も世の移ろいをしみじみと感じた。

恋心を伝えるために空泣《そらな》きをした平中《へいちゅう》とは異なり、本当に涙が催され、昔のせっかちさと違って、雄然《ゆうぜん》とした態度で話をしながら、このままではいられないと、襖障子を引き動かして、歌を詠みかけた。

年月《としつき》をなかに隔てて逢坂《おうさか》の
さもせきがたく落つる涙か

長い年月を隔てた後、こうして逢えたのに、間を隔てる関があるので、堪《こら》え難い涙が落ちてきます、という恋情で、「逢坂」に逢う、「関《せき》」に堰（せき）を掛けていて、朧月夜も返歌する。

涙のみせきとめがたき清水《しみず》にて
行き逢う道ははやく絶えにき

涙だけは、関の清水のように堰止められませんが、逢う道はもうとっくの昔に絶えております、という拒否であった。源氏の君を寄せつけまいとする一方で、昔が思い出され、あの須磨への流謫《るたく》という世間の大騒ぎは、誰のせいでもなく自分のせいだったと思い直して、そうであれば、もう一度会ってもいいのかもしれないと、気弱になる。

元来、慎重な面が薄い性向に加え、この数年はあれこれ男女の仲を知るようになり、過去を悔やんで、公私につけ、思うところが多く、自重した日々を過ごしてきたけれど、思いもよらぬ懐しい再会が実現し、あの当時がそんなに遠い事ではないような心地がして、つれない態度に終始できず、障子を開く。

朧月夜は、今でもなお奥床《おくゆか》しさがあって若々しく、魅力に満ちていて、朱雀院の尚侍として仕えていたという世間に対する遠慮と、源氏の君への思慕が交叉《こうさ》して、溜息が出るばかりである。そんな様子に、源氏の君は今初めて逢った以上に、新鮮な魅力を感じ、夜が明けて行くのが残念で、帰る気にもなれない。

朝ぼらけの美しい空に、百千鳥《ももちどり》の声が趣よく響き、桜はすべて散り、霞《かすみ》のかかった梢は、浅緑に変わり、源氏の君は昔藤花《とうか》の宴があったのは今頃だったと、思い起こす。あれは二十歳《はたち》の時であり、当時の事やそれ以降の事が、次々と思い出され、感慨深く、中納言の君が、見送るために妻戸《つまど》を押し開けた場所に立ち戻り、「この藤の花、どうしてこうも美しい色を染め出すのか。何とも言えない風雅《ふうが》さに、この花蔭を離れるのは難しい」と、『古今和歌集』の、**今日のみと春を思わぬ時だにも　立つことやすき花の陰かは**、を思い出して退出をためらっていた。

その姿は築山《つきやま》の際から昇って来る華やかな日射しに映えて、目も眩《くら》むように美しく、この上なく立派で、久しぶりに見た中納言の君は、全くこの世の人とは思えない程だと感嘆して、「この源氏の君と朧月夜の尚侍が、一緒に暮らしてはいけないのだろうか。尚侍《かん》の君はあくまでも尚侍であり、朱雀院の妃《きさき》でもなかった。あの故弘徽殿女御が二人の仲を裂かれて、須磨流謫という大変な騒ぎになり、軽々しい浮名が立って、仲はそれっきりになってしまわれた」と、往事を回顧して感慨深く思う。

尽きせぬ思いのままに、語らいを続けたい二人ではあっても、准太上天皇という身分を考えると、人目につくのも恐ろしく、日が昇って行くにつれて、気が急く。渡廊《わたろう》の戸口に牛車《ぎつしや》を寄せかけた供人《ともびと》たちも、小さく咳払《せきばら》いして退出を促すので、源氏の君は供人を呼んで、咲いている藤の花を一枝折らせて、和歌を添えた。

沈みしも忘れぬものをこりずまに
身も投げつべき宿の藤波《ふじなみ》

あなたゆえに須磨に沈んでいたのを忘れてはいないのに、また懲《こ》りもせずに、藤のようなあなたの美しさに負けて、身も投げたくなるこの家の淵《ふち》です、という切ない恋心であり、「こ（懲）りずま」には須磨を、「藤」に淵を掛けて、下敷は『古今和歌集』の、懲りずまに又も無き名は立ちぬべし人憎からぬ世にし住まえば、であった。思い悩んで高欄《こうらん》に寄りかかっている源氏の君を、中納言の君は不憫がり、朧月夜も今更のように思いが錯綜《さくそう》するものの、やはり源氏の君が懐しく、返歌した。

身を投げん淵もまことの淵ならで
かけじやさらにこりずまの波

あなたが身投げしたいという淵も、本当の淵ではないので、性懲《しょうこ》りなくも偽りの波には誘われません、という苦しい胸の内であり、「淵」にはやはり藤を掛けていた。

実に若々しい返歌なので、源氏の君は気が咎《とが》めるのも構わず、関守《せきもり》が厳しくないのに乗じて、次の逢瀬《おうせ》の約束を交わして退出したのは、まさに『古今和歌集』の在原業平《ありわらのなりひら》の歌、人知れぬわが通い路の関守は　宵々ごとにうちも寝ななん、の通りであった。その昔、誰よりも恋しく思った朧月夜への恋心だったのに、刹那《せつな》の契《ちぎ》りで終わった仲であり、それが今になって火がつかないはずはなかった。

人目を忍びつつ、六条院に帰って来た源氏の君の寝起きのしどけない姿を見て、紫の上はやはりそうだったかと感づいたものの、気づかないふりをしていた。源氏の君としては、それが嫉妬されるよりも辛く、紫の上から見捨てられたような感じがして、以前より一層変わらない紫の上への愛情を約束し、ここでも『伊勢《いせ》物語』にある古歌、忘るらんと思う心の疑いに　ありしよりけにものぞ悲しき、が想起される。

尚侍《かん》の君の事は、ここで言うべきではないとはいえ、紫の上は昔の出来事を知っているので、源氏の君は多少なりともほのめかしつつ、「物越しにほんの一瞥《いちべつ》しただけなので、心残りです。何とかして人に見咎められないようにして、再度逢いたい気がします」と、胸の内を打ち明けた。

紫の上は軽く笑って、「女三の宮を迎えられて、若返りなさったようです。昔の恋を甦《よみがえ》らせるのは、『伊勢物語』にある歌、いにしえのしづのおだまき繰り返し　昔を今になすよしもがな、の通りです。頼る所がなくなったわたくしは、辛い限りです」と涙ぐむその様子は、さすがに痛々しい。

源氏の君は、「あなたの不機嫌さが、私には辛いのです。いっそのこと、素直に私をつねって下さい。これまで心に思う事は何でも口にするように教えて来たのに、心に秘めるようになったのですね」と言い、紫の上の機嫌を取っているうちに、朧月夜との一夜をすっかり白状してしまい、女三の宮の許にも行けず、紫の上をなだめて終日を過ごした。

女三の宮は、源氏の君の来訪がないのを気にも留めずにいた。逆に乳母以下の付き人たちの不満そうな顔を見た源氏の君は、女三の宮が嫉妬するようであれば、何とか取りなさなければならないものの、そんな事には頓着《とんちゃく》しない様子なので安心し、素直で適当な遊び相手として好都合だった。

明石《あかし》女御は、東宮《とうぐう》に入内以来、その寵愛が深くて里居《さとい》ができず、暇《いとま》ができそうにもない。六条院での気楽な暮らしに慣れていた身には、堅苦しさを感じる日々であり、夏になって、気分が悪くなったのに、六条院への退出の許可が出なくて困り果てていると、これは懐妊《かいにん》のための体調不良であった。

まだ十二歳という幼さなので、源氏の君も紫の上も気にしていると、ようやく退出の許しが出る。女三の宮の住む寝殿の東面《ひがしおもて》が用意されていたので、そこに移って来て、明石女御の実母である明石の君が、今ではつきっ切りで世話しており、実に望ましい前世からの縁《えにし》と言えた。

紫の上は明石女御の許に赴いて対面したついでに、源氏の君に、「中の戸を開けて、女三の宮に挨拶を致しましょうか。以前からそうしたいと思っていたのですが、きっかけを摑《つか》めないでおりました。こうした機会に馴染《なじ》みになっておけば、今後は気楽でいられます」と言う。源氏の君も笑いながら頷いて、「それは名案です。女三の宮はまだ幼い面があるので、それとなく教えてやって下さい」と対面を許可した。

紫の上にとって気になるのは、女三の宮よりも明石の君であり、里居になった明石女御に実母としてせっせと仕えているはずで、養母である紫の上も気を張り、髪を洗って身も清めていた。

源氏の君は女三の宮の在所に赴いて、この件を伝え、「夕方、向こうの対にいる紫の上が、明石女御に対面するついでに、お近づきの挨拶をしたいと言っております。どうか心おきなく語り合って下さい。紫の上は心立てのとても良い方で、まだ若々しく、あなたの良き遊び相手にもなってくれるはずです」と言う。

女三の宮は頷きながら、「それは気後れがする事です。何を話せばいいのでしょう」と訊き返すので、源氏の君は、「返事というものは、成行きに任せるのが一番です。心隔てなく、相手をすればよいのです」と言って、細《こま》やかに教示した。

源氏の君としては、二人が仲良く過ごしてくれれば、何の憂いもない。あまりに無邪気な女三の宮の振舞が紫の上に知られるのが懸念されるものの、せっかくの申し出を断るのは不本意であった。

一方の紫の上は対面の準備を整えながら、これまで自分より上の女はいないと思っていたものの、確かな拠《よ》り所のない我が身を、ただ源氏の君に世話してもらっていただけの事だったと悟り、気が晴れず、書の手習をしていても、自ずと物思いに沈む古歌のみが、筆先に立ち表れて来る。やはり我が身には悩みが尽きなかったのだ、と思い知らされた。

源氏の君は女三の宮や明石女御の許を訪れ、二人の容姿を美しいと思う一方、その目で、長年見慣れている紫の上を眺めると、並の美しさなら驚きもしないが、それ以上の類稀《たぐいまれ》な美人であるのが、何ともありがたく、えも言えない気品は、こちらが気恥ずかしくなる程である。当世風の華やかさも身につけ、そこに優雅さと清らかさが加わって、まさに女盛りで、去年より今年のほうが美しく、昨日より今日のほうが新鮮であり、常に初めて会うような新しい魅力が備わっていて、どうしてこのように生まれついたのだろうかと、感心する事しきりだった。

源氏の君が姿を見せたので、紫の上は書き散らしていた反故《ほご》を、硯の下に隠したところ、それを目ざとく見つけた源氏の君が手に取って眺めると、筆遣いはそれ程ではないものの、気品と素直さに満ちた歌が書きつけられていた。

身にちかく秋や来《き》ぬらん見るままに
　青葉の山もうつろいにけり

わたくしの身に秋が訪れるのではないかと思っているうちに、青葉の山も様変わりしてしまいました、という嘆きで、「秋」には飽きが掛けられ、「青葉の山」は源氏の君を指していた。下敷になった古歌は二首、**白露はうつしなりけり水鳥の　青葉の山の色づく見れば**、と、**紅葉《もみじ》する秋は来にけり水鳥の　青葉の山の色づく見れば**、であり、源氏の君も遊び心で返歌する。

水鳥の青羽は色も変わらぬを
萩《はぎ》の下こそけしきことなれ

青葉の色は変わるが水鳥の青羽の色の私の心は変わっていないのに、萩の下葉であるあなたの心は色褪《あ》せてしまったようです、という反論であり、『古今和歌集』の、**秋萩の下葉色づく今よりも　ひとりある人のいねがてにする**、を下敷にしていた。

何かにつけて心苦しい胸の内が、隠しても自ずから顔を出して来るのを、紫の上がさりげなく打ち消そうとしているのを見て、源氏の君はそのけなげさに胸を打たれながらも、今夜は、紫の上や女三の宮は、対面の準備で忙しそうなので、二人の許には行かなくてすみそうであり、朧月夜の許に忍んで行く気分を抑え切れず、あるまじき事だと反省はするものの、どうにも制御できない好き心から、出かけた。

明石女御は、実母の明石の君よりも紫の上に親しみを感じて信頼していて、女御が今ではとても愛らしい大人になっているのを、紫の上は我が子のように慕わしく思って眺める。心を許して様々に語り合ったあと、中の戸を開けて、女三の宮と対面すると、何とも幼く見える姫君なので、安堵した余り、母親のような心地になった。

親同士が異母兄妹《きょうだい》なので、お互いは従姉妹《いとこ》という間柄を話して聞かせ、女三の宮付きの中納言の乳母を呼んで、「血縁を辿《たど》ると、畏れ多くも切っても切れない御縁であるのに、これまで挨拶の機会もないまま打ち過ごしておりました。今後は気兼ねなく、東の対《たい》にも赴いて下さり、こちらの至らぬところなど注意していただければ、嬉しゅうございます」と言う。

乳母も、「父君の出家、母君の死去で、後見《うしろみ》が失くなり、心細く思われているところに、このようなお許しがあれば、これ以上の幸せはございません。出家なされた朱雀院も、あなた様が今宵のようにして下さり、まだ幼さの残る姫宮を一人前にしていただきたいと、望まれておりました。わたし共にも常々そのように申されていました」と応じる。

紫の上も、「確かに畏れ多いお手紙をいただいて以来、御意向に添うようにと思っておりましたが、何事につけ、取るに足らない我が身の事ゆえ、行き届きませんでした」と、穏やかに、大人びた対応をしながら、女三の宮の気心に添うように、絵についての話や、この齢になっても雛《ひいな》人形が捨てられない心の内を、若々しく口にした。

女三の宮も、源氏の君が言った通りの気立の若々しい方だと親しみを覚え、この対面以後は、二人の間で常に文のやりとりが始まり、面白い催しがあると、特に親しい手紙の交換になった。

ところが世間の人は物見高く、特にこうした高貴な方々に対しては、いらぬ噂をしたがる。初めのうちは、「紫の上の胸中はどうなのか、源氏の君の寵愛もこれまで通りとはいかず、薄れるに違いない」と言い合っていたが、源氏の君の寵愛が前にも増して深まると、今度は紫の上と女三の宮の仲が悪くなるのでは、と言いふらすようになっていたところ、実際には二人が親しみ合っているので、口さがない噂も消えてしまい、三人に対する世評も高まった。

十月に、紫の上は源氏の君の四十賀の祝いとして、嵯峨野《さがの》の御堂《みどう》で薬師《やくし》仏供養《ほとけくよう》を催し、大袈裟になってはいけないと源氏の君が厳命《げんめい》したので、忍びやかさを心掛けた。仏像や経箱、経巻を納める帙《ぢ》簀《す》を整えた様は、真の極楽かと思うばかりである。最勝王経《さいしょうおうきょう》、金剛般若経《こんごうはんにゃ》、寿命《ずみょう》経など、多くの経が盛大に祈禱《きとう》され、大勢の上達部《かんだちめ》も参詣する。

御堂の趣も言い難い程であり、紅葉《もみじ》の木陰を踏み分けて進む野辺《のべ》はもちろん、いずこも見所充分の風情であった。そうした紅葉見物を兼ねての参詣でもあったので、一面霜枯れした野原に、馬や牛車の行き交《か》う音が響き渡る。誦経《ずきょう》の僧侶たちへのお布施《ふせ》の品は、六条院の女君《おんなぎみ》たちが競い合うようにして贈った。

十月二十三日は精進落《しょうじんお》としの日である。この六条院には多くの女君たちが住んでいるため、紫の上は我が住まいと思い定めている二条院を、賀宴の場として整えさせる。源氏の君の装束を始めとして、その他の支度《したく》も紫の上だけでしようとしたが、他の女君たちも自ら進んで役割分担をするようになり、東西の対が女房たちの局になっていたのを取り払い、殿上人《てんじょうびと》や昇殿を許されていない四位《しい》と五位《ごい》の諸大夫、六条院の官人、更には六位以下の下役人の席を、立派に用意した。

寝殿の放出《はなちいで》を例の如《ごと》く飾りつけ、螺鈿《らでん》の倚子《いし》を置く。寝殿の西の間には、御衣《おんぞ》を載せる台を十二脚十二か月分を置く。夏冬の装束や夜具の衾《ふすま》などをいつものように調え、その上から紫の綾《あや》の覆いを麗《うるわ》しくかけて、もちろん中の衣の模様は見えないようにした。

倚子の前には、飾物を置く机が二脚あって、上部は薄く、下は段々に濃くした唐地《からじ》の裾濃《すそご》の覆いがしてあり、挿頭《かざし》を立てる台は、沈香《じんこう》で作った華足《けそく》で、脚の尖端が外側に反《そ》り、黄金《こがね》の鳥が銀の枝にとまっているように彫刻されていた。これは明石の君が造らせたものだけに、趣たっぷりであり、倚子の背後にある四帖の屛風《びょうぶ》は、紫の上の父である式部卿宮《しきぶきょうのみや》が造らせた逸品で、例によって四季の絵に、斬新な趣向で山水や湖などが描かれていた。

寝殿の北の母屋《もや》と廂の間には、絹の壁代《かべしろ》が垂らされ、源氏の君の四十賀にふさわしく、置物を並べる厨子も二対、計四基置かれて、調度品も例の如く並べられる。南の廂の間は上達部用の席であり、左右の大臣や式部卿宮たちが居並び、ましてやそれ以下の人々も参上しない者はない程であった。舞台の左右には楽人用《がくにん》の幔幕《まんまく》を張って、雨風や光がはいり込まないようにし、西と東には、屯食《とんじき》八十人前と、禄の品を入れた唐櫃《からびつ》が四十行《つら》並べられている。

昼過ぎになって楽人が参上して、まずは「万歳楽《まんざいらく》」や「皇麞《おうじょう》」などが舞われ、日暮れ時には高麗楽《こまがく》の「乱声《らんじょう》」が奏《そう》され、笛の旋律《せんりつ》に太鼓《たいこ》や鉦鼓《しょうこ》が添えられて賑《にぎ》やかさが増す。やがてひとりで舞う「落蹲《らくそん》の舞」が始まると、もう日頃見馴れない極上の演舞になった。

それが終わる頃、今度は夕霧《ゆうぎり》中納言と柏木《かしわぎ》衛門督《えもんのかみ》が庭に下りて、短い入《い》り綾の舞を披露《ひろう》して、さっと紅葉の陰にはいった様は、名残があって、見物人はもっと見たいものだと残念がった。

かつて朱雀院行幸の時、源氏の君と頭中将が見事に「青海波《せいがいは》」を舞った夕暮れを思い起こした人々は、夕霧と柏木が親たちに劣らない後継《あとつぎ》になり、世評も容姿も振舞も素晴らしく、官位は当時の親よりも少し上であるものの、年齢は近く、やはり昔からの因縁でこうなるべき仲だったのだと、感嘆する。源氏の君も感激して涙ぐみ、往時をつぶさに思い出さずにはいられなかった。

夜になって楽人たちが退出するにあたり、紫の上の家政をつかさどる別当たちが部下を連れて、唐櫃の近くに寄り、ひとつずつ取り出しては楽人に与える。禄の白い衣を肩に掛け、築山の脇を回って池の堤《つつみ》付近を通り過ぎる時の姿は、あたかも千年の齢を重ねて遊ぶ鶴の羽根のようであり、いかにも長寿を祈る賀にふさわしかった。

やがて舞楽《ぶがく》から管絃の遊びに移って趣が変わり、演じられる琴《こと》の類は東宮が揃えていて、父の朱雀院から譲渡された琵琶《びわ》や琴《きん》、帝から貰った箏《そう》の琴など、いずれも昔の楽器ではあるものの、今様の音《ね》色《いろ》で合奏される。

源氏の君はそれを聴きながら、往時の思い出や宮中での暮らしが脳裡に甦り、「亡き藤壺宮が生きておられれば、このような祝賀は、自分が進んで準備したろうに、折につけ自分の真心を見せる機会は、ついに訪れないままだった」と、無念の思いを拭えなかった。

この源氏の君の四十賀に際しては、今上帝《きんじようてい》も母君の藤壺宮を亡くされて、気の抜けたように寂しい思いがしていたので、世間並の父と子の礼を尽くす事ができない代わりに、六条院への行幸をほのめかすと、「それは、各方面に多大の迷惑をかける事になります。どうかお取りやめ下さい」と、源氏の君が一度ならず辞退した。

帝は仕方なく断念していたが、源氏の君の念頭にあったのは、『白氏文集《はくしもんじゆう》』「新楽府《しんがふ》」の「驪宮《りきゆう》高《こう》」の一節で、皇帝がどこかへ出向けば、多くの官人が車や馬を連ね、朝な夕なに宴会が開かれ、莫大な費用がかかるという戒めだった。

十二月二十日過ぎ、秋好《あきこのむ》中宮が六条院に退出する仕儀になり、今年最後の祈願として、奈良の七大寺である東大寺、西大寺《さいだいじ》、興福寺《こうふくじ》、元興寺《がんごうじ》、大安寺《だいあんじ》、薬師寺《やくしじ》、法隆寺《ほうりゆうじ》に、お布施として布四千反《たん》、京都近辺の四十寺に絹四百疋《びき》を分けて贈る。これも源氏の君の四十賀にちなむ数であり、日頃から源氏の君の手厚い後見《うしろみ》には感謝してはいるものの、どのようにして謝意を表したものか考え、故東宮の父や母の御息所が存命であればこうしたであろうか、という思いも加えた結果ではあった。

帝も行幸を断念したくらいなので計画の多くを諦めて、簡素にしたつもりでいると、源氏の君は、「四十賀というのは、先例を辿ると、余命久しい例が少なかった頃のものです。だからこのたびは世間を騒がさない程度に留めて、本当に将来、五十、六十になった時に祝って下さい」と恐縮する。とはいえ、秋好中宮は公《おおやけ》の儀式として、やはり格式豊かに祝う事にした。

六条院の秋の町の寝殿を祝いの場として、これまでの玉鬘や紫の上による祝宴と同じく、上達部の禄なども正月二日の拝賀である大饗《だいきよう》に準じて、親王《みこ》たちには女の装束、非参議《さんぎ》の四位《しい》やそれ以下の殿上人には、白い細長一襲《かさね》や腰差《こしざし》などを、次々に与える。装束は極上の工夫を凝らし、名高い朝服《ちようふく》用の革帯《かくたい》や御佩刀《みはかし》などは、亡き父君の形見として相続している由緒ある品であり、古来第一の名品がすべて集められたような賀宴になった。

物を与えるのが一大事だという事は、『宇津保《うつほ》物語』などにも詳しく書かれている通りで、ここで、立派な人々への贈与の品々を細かに書く必要もなかろう。

今上帝も、賀宴の意向を諦められず、夕霧中納言に事を託す。その頃の右大将《うだいしよう》が病で職を辞したため四十賀に喜びを添えるべく、夕霧を突然右大将に任じたので、源氏の君は謝意を表しながらも、「このような昇進は、とても早すぎる気がします」と、へり下って奏上した。

六条院の花散里が住む夏の町が賀宴の場になったのも、花散里が夕霧の母親代わりだった縁であり、隠れたようにひっそりと準備したつもりだったものの、当日は朝廷主催の宴なので格別の扱いになった。六条院の各所への饗饌《きようせん》も、朝廷の内蔵《くら》寮《りよう》や穀倉《こくそう》院から調達され、屯食《とんじき》なども朝廷式になろう。

頭中将が宣旨《せんじ》を受け、親王五人、左右の大臣《おとど》、大納言二人、中納言三人、宰相五人、その他の殿上人も例によって、内裏の人々や東宮、六条院からの人々で溢れんばかりになり、参加しない者はいない程だった。

源氏の君の御座所《おましどころ》と調度については、太政大臣が詳しく勅旨《ちょくし》を受けて用意をした。当日は太政大臣も参上し、源氏の君は恐縮の態《てい》で席に着き、その母屋の席に相対して太政大臣の席が設けられる。太政大臣のどっしりと太って今を盛りの風格と威厳に対して、源氏の君の方はまだ若々しく、昔とさして変わらない。

屏風四帖には、薄紫の唐《から》の綾地《あやじ》の薄綵《うすだん》に、帝自らが筆を執《と》って絵を描いておられ、その出来映えは尋常《じんじょう》ではなく、趣ある春秋の墨絵を彩色したものより格段に素晴らしく、宸筆《しんぴつ》という思い入れもあって、目も眩《くら》む程に輝いて見える。置物を入れた厨子や、絃楽器と管楽器などは、蔵人所《くろうどどころ》から下賜《かし》された。

夕霧右大将にも風格が加わり、それだけに今日の奉仕ぶりは異例のものである。四十賀にならって馬四十疋、左右の馬寮《めりょう》、六衛府《ろくえふ》の役人が、位の順に馬を引き並べる頃には、日も暮れてしまい、例の如く、「万歳楽」や四人舞の「賀皇恩《がおうおん》」などの舞が、形ばかり披露された。

太政大臣もこちらに座を移したので、これは稀有《けう》の機会でもあり、みんなが心をこめて音楽を奏じる。例によって琵琶《びわ》は蛍兵部卿《ほたるひょうぶきょう》宮で、何事にも世に稀《まれ》なる名人だけに、比類《ひるい》ない音色であり、源氏の君は琴《きん》の琴、太政大臣は和琴《わごん》を前にする。

太政大臣の和琴は、長年聞き馴れているせいか、源氏の君も感興の余り、琴の腕前を充分に発揮して見事な音色を響かせて、演奏が終わると、昔の思い出話に花が咲いた。若い頃のように打ち解けて語り合い、盃を何度も傾け、一座の興は尽きず、二人とも酔いに紛れて感涙に耐えかねた。

源氏の君から太政大臣への贈物として、上質な和琴一張《はり》に趣味の高麗笛《こまぶえ》を添え、紫檀《したん》の箱一対に、唐《から》伝来の書物や我が国の草仮名の手本などを入れ、牛車まで追いかけていって献上する。帝から下賜《かし》された馬を迎えて、夕霧右大将が率いる右馬寮《うめりょう》たちが、高麗楽《こまがく》を奏して声を張り上げ、六衛府《ろくえふ》の官人たちへの禄は、夕霧右大将が与えた。

源氏の君の意向によって大仰な催しにならなかったものの、帝や東宮、朱雀院、秋好中宮など、すべて源氏の君とは縁者であり、その勢いは疑いようもなく、こうした賀宴になると、それが隠れようもなく照り映える。

夕霧右大将がひとり息子であるのを、源氏の君は不満で見劣りがすると案じていたが、人よりは優秀で、評判も上々で、人柄も優れていた。母である葵《あおい》の上と六条御息所《ろくじょうのみやすどころ》が葵祭で車争いをした遺恨は、今六条御息所の娘が秋好中宮になり、葵の上の息子の夕霧がその臣下として仕えて、立場が逆転し、二人共に異なる運命を背負っているように、源氏の君の目には映った。

この当日の源氏の君の衣装は花散里が用意し、禄などの大方の事は、夕霧の妻の雲居雁《くもいのかり》が準備した。折々の催物や内々の飾り事などで埒外《らちがい》に置かれていた花散里は、どうした理由で、このような重々しい方々の仲間入りをする事ができたのかと、不思議に思う一方で、やはりこれは夕霧との縁ではあったたと、感無量だった。

年が改まり、明石女御の出産が近くなったので、源氏の君は正月上旬から不断に安産祈願《きがん》の修法《ずほう》を行わせる。それというのも、夕霧を出産する際の葵の上の不幸事を経験しており、出産というのは恐しいものだと、心の底から思っていたからであった。

紫の上が出産とは無縁なのが残念ではあるとはいえ、一方では嬉しく思ってもいる。

明石女御の出産を喜ぶ心は一入《ひとしお》だったが、懸念されるのは年齢の若さであり、どんな不意の事が起こるかと、早くから心配していた。二月頃に妙に様子が変わって病がちになったので、源氏の君も紫の上も気が気でならない。陰陽師《おんみょうじ》たちも、住居を移して養生したほうがよいと進言したので、実母の明石の君の住居である冬の町に移す。

冬の町はただ大きな対《たい》の屋が二つあり、いくつもの廊《ろう》が廻らせてあったので、修法のための壇がびっしりと並べられ、著名な修験者《しゅげんじゃ》たちが参集して、大きな声で祈願をする。母の明石の君は、この出産に自らの運の良し悪しがかかっているように思い、人一倍気に掛けていた。

そして祖母の明石の尼君は、今では老耄《ろうもう》の人になっていて、九年ぶりに孫娘に会えるのが夢の心地がし、出産を待ちかねて早速に側に来て奉仕していた。

母の明石の君が長年、女御の近くに仕えていても、女御に往時の事を詳しく語って聞かせてはいなかったので、尼君が嬉しさに耐《た》えかねて、近くに寄って来ては、昔の事を涙ながらに声を震《ふる》わせて語って聞かせる。女御は、当初は妙な人だと思って、じっと尼君の顔を見るだけにしていたところ、こうした祖母がいる事は仄聞《そくぶん》していただけに、親しく接すると、尼君は女御の誕生した時の様子や、源氏の君が明石浦に逗留《とうりゅう》していた頃の有様を口にする。

「もうこれで別れだと言って、京に上《のぼ》ってしまわれたので、誰もが途方にくれ、これだけの御縁でしかなかったのだと嘆いていたところに、あなた様が生まれ、これが機縁となって、わたしたちの宿世《すくせ》が助けられたのでございます」と尼君が涙するので、女御も大変だった往時に思い至る。

尼君が話してくれなかったら、知らないままでいただろうと、明石女御は感涙にむせび、「わたくしの身は、本当はこんなに威張れるような身分ではなかったのに、紫の上の養育によって磨かれたおかげで、世の人々の見る目も人並以上になったのだ。それなのに人々をないがしろにし、宮仕えする時も、周りの者を無視したりして、驕《おご》り高ぶっていた。世間の人はそれを陰口していたかもしれない」と、心の内で思い知った。

母の身分については、祖母の話のように、低い身分の家柄とはわかっていたものの、自分が生まれた場所が京から遥かに遠い明石という田舎《いなか》だとは知らず、これも性来鷹揚《おうよう》な面があるからで、頼りない話ではあった。さらにまた、祖父である明石入道《にゅうどう》が、今では俗世を離れて仙人のような暮らしをしている旨を聞き、心苦しく思い、千々に心が乱れて、しんみりと物思いに耽《ふけ》っていた。

母の明石の君が来て、辺りには仕えているはずの女房もおらず、ひとり尼君が得意げに側にいるのに気がつく。日中の加持《かじ》のために、僧侶があちこちの部屋から参集して、大声で祈禱《きとう》する声が響き渡っている中で、「あら、これは見苦しい事です。丈《たけ》の低い三尺の几帳でも間に置いておくべきです。風が吹くと、綻《ほころ》びの隙間が生じて、人から見られます。年取った尼君がこんなに近くにいると、医師《くすし》に間違われます」と見苦しさを注意する。

尼君は万事用心して振舞っているつもりであるが、年を取って耳も遠くなっていて、「え、何でしょう」と首をかしげて坐っている。老人と言っても、まだ六十五、六歳で、清楚《せいそ》な尼姿は品良く、泣き腫《は》らした顔は、どうやら昔を思い出しているようなので、明石の君ははっとして、「大昔のつまらない話でもしたのでしょうか。この世にはありそうもない話と、記憶違いの昔話を取り混ぜて、奇妙な話になったのではないですか。昔の事は、もう夢の中と同じです」と苦笑《にがわら》いしながら、娘の女御を見る。

実に優雅で美しいのだが、常よりもひどく沈みがちに、何か考え込んでいる様子で、自分が産んだ子とは思えない程畏れ多く、「さては尼君が何か不都合な事を言ったために、思い悩んでおられるのかもしれない。いつか位を極めた折に、本当の事を言おうと考えていたのに、話を聞いたからといって残念至極というわけではないものの、やはりがっかりされているのだろう」と、明石の君は心中で考えた。

加持祈禱が終わって僧侶たちが退出したので、明石の君は果物などを女御の許に持参して、気がかりに思って「せめてこれくらいは、召し上がって下さい」と勧めた。尼君は、女御の美しく高貴な姿を拝するだけで涙が止まらず、顔では笑っていても口元はだらりと広がり、目元は泣き濡れており、もう離れるようにと明石の君が目配せをしても、知らぬふりをして詠歌する。

老《おい》の波かいある浦に立ち出《い》でて
しおたるるあまを誰《たれ》かとがめん

年寄になるまで生き長らえ、生き甲斐《がい》のある時を迎え、嬉し涙にくれるこの尼を、誰が咎められるでしょうか、という感慨で、「かい」には効（かい）と貝が、「海人《あま》」には尼を掛けて、「昔の世でも、わたしのような年寄は、何をしても大目に見てもらえました」と言上《ごんじょう》すると、明石女御も手許の硯箱の紙に返歌を記した。

しおたるるあまを波路のしるべにて
尋ねも見ばや浜の苫屋《とまや》を

涙に暮れている尼君を案内人にして、わたくしの生まれた明石の苫屋を尋ねてみたい、という切望であり、それを聞いた明石の君も、もはや耐えられずに落涙しつつ歌を添える。

世を捨ててあかしの浦にすむ人も
　心の闇ははるけしもせじ

俗世を捨てて明石の浦に住んでいる入道も、子を思う親心の闇は晴らせないでしょう、という郷愁《きょうしゅう》で、『後撰和歌集』の歌、人の親の心は闇にあらねども　子を思う道にまどいぬるかな、を下敷にしていて、明石の君は歌で涙を紛らわし、入道と別れた暁《あかつき》の出来事を、明石女御が少しも覚えていないのを、実に残念だと思った。

三月の十日過ぎに、出産は無事に済み、出産前は非常に心配されたのに、思ったより安産だった上に、男君誕生なので、万事望み通りになり、源氏の君は安心する。

明石女御のいるこの冬の町は六条院の裏側にあたり、奥行きが余りない所だけに、産後奇数日に催される産養《うぶやしない》の祝宴も、所狭しと賑やかに響き渡るため、明石の尼君の目には、かつて和歌で詠じた「かいある浦」の通りだと映った。

儀式には多少不向きな場所なので、女御の居所である東南の春の町に移る事になり、そのため紫の上はこの冬の町の産室まで赴く。白い装束を着た紫の上が、いかにも人の親然として若宮をしっかりと抱いている様子は、実に見映えがし、自らは出産の経験がなく、また他人《ひと》の赤子《あかご》を見た経験もなかったので、若宮が珍しくも愛らしくもあった。

若宮はまだ小さくて扱いにくい時なのに、紫の上がひっきりなしに抱きかかえるのを、明石の君はそのままにさせてやり、自分は湯殿《ゆどの》の儀式の奉仕に専念する。東宮の宣旨である典侍《ないしのすけ》が湯殿の儀式をとりしきり、その手伝い役として明石の君が迎え湯役に専念していて、その甲斐甲斐《かいがい》しさに典侍は感動する。典侍は明石の君の出自の低さを知っているだけに、少しでも粗相《そそう》があれば、女御のためには残念な事になると懸念していたものの、明石の君には気品が感じられ、なるほどこの人には特別な因縁があったのだと納得した。

産後六日目に、女御は春の町の寝殿に移り、七日の夜には、帝から盛大な産養の祝いが届けられたのも、東宮の父である朱雀院が出家されたので、その代役という趣旨からで、蔵人所からは頭《とう》の弁《べん》が宣旨を受けて、世にも珍しい程に奉仕する。禄としての絹などは、特に秋好《あきこのむ》中宮が担当し、公式の禄以上に盛大な物が下賜された。

親王たちや大臣家の人々も、この産養の儀こそが一大事と心得て、我先にとありったけの尽力をする。四十賀は大袈裟にならないようにしていた源氏の君も、この若宮誕生に関しては簡略どころか盛大に祝い、これまでにない世間の評判をとった。

生まれたばかりの若宮を抱いた源氏の君は、しみじみと「夕霧大将は、多くの子供に恵まれているようだが、まだ私に見せてくれないのを恨めしく感じていたところに、こんなに可愛い人を授かった」と思い、目に入れても痛くない程の可愛がり方だった。

若宮は、日に日に、物を引き伸ばすように成長し、乳母などについては、源氏の君は気心の知れない者はすぐには任命せず、既に六条院に仕えている女房たちのうち、家柄と人柄の良い者のみを選んで仕えさせせた。明石の君が若宮を世話する態度は、気高《けだか》く教養に満ちてはいても、しかるべき時には腰を低くし、出しゃばらずに目立たないようにしていて、これを賞讃しない者はいなかった。

紫の上もかつては憎く許せないと思っていたのが、対面を果たして、明石の君の振舞を目にしてからは、若宮誕生のお蔭で、仲良くなり、なくてはならない人だと思うようになる。もともとが子供好きの紫の上は、厄除《やくよ》けの天児《あまがつ》人形などを、自分の手で作っていて、その忙しそうな様子は、実に若々しく、朝から晩まで若宮の世話をしていた。

その反面、あの老いた明石の尼君は、この若宮を心ゆくまで見られないのが不満であり、なまじっか一度若宮を見ただけに、切なさを口に出しては、今にも命が絶えそうな思いでいた。

明石入道も、若宮誕生を人づてに聞き、俗世とは絶縁していた聖人ではあっても、歓喜の余り、「今こそ、この世から安心して離れられる」と、弟子たちに言う。住んでいる家を寺にして、付近の田畑は寺田とし、播磨《はりま》の国の山奥にある、人も通わないような土地も、自分の領地にしており、いずれそこに入山して、再び人とは会うまいと考えていたものの、まだ明石一族の将来について懸念する一事が残っていたため、俗世に留まっていた。だが、今はもう、その心配もなくなったと得心して、神仏の加護を頼んで、山の中に移り住んだ。

明石入道はこのところ京に向けては、特別な場合以外は、使いを寄越《よこ》す事もなかったが、尼君からの使者が来たので、尼君には一行なりともと文を書く。さらには俗世を離れて入山する別れとして、明石の君に手紙をしたためる。

ここ数年は、同じこの世に生き長らえておりましたのに、一方ではもうあの世に行ったつもりになり、特に用事のない時以外は文も書かず、貰《もら》いもせずにいました。というのも、仮名文を見ると目で追うのに時間がかかり、念仏も怠《おこた》る結果になるので、文のやりとりは無益だと感じたからです。

聞くところでは、姫君は東宮に入内し、このたび若宮が誕生されたとの由《よし》、心から喜びを申し上げます。実を言うと、自らはつまらない山伏《やまぶし》の身なので、今更この世の栄えを望むべくもなく、過ぎ去った何年もの間、この世への執心から、六時の勤行に際しても、ただあなたの身の上ばかりを考え、極楽浄土の願いをさし置いて、祈念《きねん》しておりました。

実は、あなたが生まれて来ようとした年の二月の夜に見た夢は、私が須弥《すみ》の山を右手に捧《ささ》げ持ち、その山の左右から月と日の光が鮮やかに射し出て、この世を照らし、私自身はその山の下《しも》の陰にはいっていたので、光は当たらず、山は広き海に浮かべたままにして、小舟に乗って西方《さいほう》浄土《じょうど》に向かって漕《こ》いでいく、というものでした。

夢が覚めて、その翌朝から、物の数にもはいらない我が身に、将来への望みが生じたのですが、いくら何でもそのような高望みなどできるはずがないと、心の内では思っていました。

その頃に尼君があなたを身籠《みごも》って以来、仏典《ぶってん》以外の儒書《じゅしょ》などを繙《ひもと》き、また仏典の内典の真意を尋ねても、夢は信じるべきだという一事が多く書いてあったので、賤《いや》しい心の内にも、これは勿体ない事だと思い知り、あなたを大切に育てて来たのですが、力及ばず、思案の末に、このような播磨の田舎に下る破目になったのです。

そうやって播磨の国守《こくしゅ》に成り下がった後には、もはや老残の身で京に立ち返るのは諦め、この明石に長年住んでいる間にも、あなただけに期待をかけ、我が心の内で多くの願《がん》を立てました。

今や願は成就し、その御礼詣りも安らかにできる時運に巡り合わせております。

あの姫君が国母《こくも》となって、願が叶った折には、どうか住吉《すみよし》の神社を始めとして、願果たしをなさって下さい。もはやこれ以上疑う事はありません。

姫君が国母になるという願いは、近い将来叶うはずなので、遥か西方、十万億土を隔てた極楽浄土の上品上生《じょうぼんじょうしょう》に往生《おうじょう》する望みも、疑いようもなくなりました。今はただ観世音菩薩《かんぜおんぼさつ》が蓮華台《れんげだい》を持って迎えに来られる、その臨終《りんじゅう》の夕べまで、水も草も清らかなこの山奥で、勤行をしようと思い、入山した次第です。

光出でん暁《あかつき》近くなりにけり
今ぞ見し世の夢語りする

光が射す暁が近くなって来たので、今初めて昔見た夢の話をしました、という告白であり、「光」には明石姫君の若宮が帝となるという暗喩《あんゆ》も込められていた。文には月日が記されて追伸があった。

私の命が終わる月日を、決して知ろうとしてはいけません。昔から人が染めていた喪服の藤《ふじ》衣《ごろも》に、身をやつす必要もありません。ただ私を神仏の化身《けしん》と思い、この老法師のために功徳《くどく》を積んで下さい。この世の楽しみを味わっても、後の世の事を忘れてはなりません。

祈願している極楽浄土に辿り着く事ができれば、必ずやまた会えるはずです。彼岸《ひがん》浄土に行けば、すぐ会えるのだと思って下さい。

その他にも、住吉神社に立てた願文は、大きな沈香《じんこう》の文箱に入れて封をし、明石の君に送った。一方、尼君宛の文には細々《こまごま》と書かれてはいない。

今月の十四日に、草庵《そうあん》を出て深い山にはいります。取るに足りないこの身を、熊や狼に施《ほどこ》そうと思っています。あなたは、若宮が帝の位に就《つ》くという世の中を、どうか見届けて下さい。極楽浄土で、また会いましょう。

この我が身を熊に食わせるという文面は、『拾遺和歌集』の、**身を捨てて山に入りにし我なれば熊のくらわんこともおぼえず**、を下敷にしていた。

読んだ尼君は、入道の使者である高僧の大徳《だいとこ》に子細《しさい》を尋ねると、「この手紙を書かれて三日目に、人跡絶えた山に移られました。拙僧《せっそう》たちも見送りに山麓《さんろく》までお供しましたが、皆を帰して、ただ僧ひとりと童《わらわ》二人だけを供として入山されたのです。今を限りと出家なさったあの当時こそが、悲しみの最後かと思っていたのに、その先にまだ悲しみが残っておりました。

年来、勤行の暇々に掻《か》き鳴らされた、琴《きん》の琴や琵琶《びわ》を取り寄せて、少し弾かれて御本尊に別れを告げられ、御堂《みどう》に納められました。その他の物も多くを納められ、弟子の僧たち六十余人、みな親しい者ばかりですが、その者たち相応に、遺産を分け与え、残っている分は、京にいる明石の君と姫君に送られました。

もはやこれが最後だと言って引き籠《こも》り、あのような遥か遠くの雲や霞《かすみ》の中に行ってしまわれたあと、空《むな》しくなった屋敷に残って、悲しく思っている者が大勢います」と答える。

この大徳も、童の頃に京から下った人で、今は老法師となって明石に残っていて、心細さを感じている。釈迦《しゃか》の弟子の聖僧でも、釈迦が入滅《にゅうめつ》した霊鷲山《りょうじゅせん》を信じてはいたものの、釈迦入滅の時の悲しみは深かったのであり、ましてや尼君の悲しい思いは一入《ひとしお》だった。

明石の君は、六条院の春の町にいて、「このような手紙が届きました」と告げられたので、こっそり尼君のいる冬の町に赴く。今では若宮の祖母になっただけに、軽々しく振舞えず、簡単には尼君の許には行けず、会う事もできなかったが、「悲しい便りがあった」と聞いて、じっとしておられず、忍んで赴くと、尼君が悲痛な顔で坐っていた。

灯《ひ》を近くに寄せて、文を見ると、やはり涙は堰止められず、他人《ひと》には何とも思えない事ではあっても、まずは昔の事、過ぎ去った事などが想起され、恋しいと思い続けていただけに、もはや父入道と二度と会えなくなったのは確かであり、もう何を言っても無駄で、こみ上げる涙を抑えられない。

手紙に書かれていた入道の夢物語を知り、これは正夢《まさゆめ》かもしれないと、将来に希望が持て、「父入道が偏屈《へんくつ》な心から、このわたしを源氏の君と会わせて、苦しみを与えたと、一時は恨んだものだが、なるほどこんな夢に望みをかけ、高貴な方を求めていたのだ」と、明石の君はようやく入道の思いを理解し得た。

その脇で、尼君は涙をこらえて、「あなたのお蔭で、嬉しく晴れがましい事が身に余る程になった反面、入道と別れ住むという悲しく胸塞がれる思いもありました。長年住み慣れた都を捨てて、明石に沈み住んだ事も、世間の人とは違う宿世《すくせ》なのだと思い定めたものの、そのあと、生きながら夫と離れて住むような運命だとは思いませんでした。

同じ蓮《はちす》の花の上に住むという来世に望みをかけ、これまでずっと年月を過ごして来た末に、あなたが源氏の君と結ばれるという運に恵まれ、一度捨てたはずの京に再び戻って来たのです。姫君が若宮を出産するという慶事を喜ぶ一方で、夫入道とは生き別れになって、悲しみがついて回り、ついにこうして相見ぬまま、この世の別れとなったのは、実に残念です。

官職にあった時から他人とは違った性格の人で、世に背を向けているようでしたが、若い時にはお互い信頼し合って、深い契りを結んでおりました。どういう理由で、こんな手紙のやりとりができる所にいながら、このような別れになってしまったのでしょう」と言って泣き崩れてしまう。

明石の君ももらい泣きして、「この先、人よりは優れている将来の事などどうでもよいのです。物の数にも入らないわたしは、何につけ、それなりの表立った扱いは受けて来ておらず、今ここで父君とも悲しい生き別れで終わってしまうのかと思うと、無念でたまりません。

万事、これからの栄えがあっても、それは父君がおればこそで、このようにひとり山に籠ってしまえば、定めなきこの世ですし、そのまま亡くなってしまえば、何の甲斐がありましょう」と、二人は一晩中、悲痛な事を言い合って夜を明かした。

明石の君は、「昨日も、源氏の君は、わたしが女御に付き添って春の町にいるものと思っておられます。それなのに許しもなく、こうやって急にこっそりと冬の町に来ているのは、軽率のそしりを免《まぬか》れません。わたしだけの身ならば、何の気兼ねもいりませんが、あのように若宮を出産された女御に不都合があってはならず、思い通りに身動きができないのが口惜《くちお》しいです」と尼君に言い、暁に帰ろうとする。

尼君が泣きながら、「若宮はどうしておられますか。何とかして会いたいものです」と懇願するので、「そのうちに会えます。女御も、あなたの事を懐しく思い出しておられるようです。源氏の君も、仮に世の中が思うように動いて、畏れ多くも御代《みよ》が代わるような事があれば、その時まで尼君には生きていて欲しいと、言っておられるようです。一体どのような考えからの事でしょう」と明石の君が言う。

尼君は笑顔になり、「そうですか。そうなれば、これは世にも珍しい宿縁になります」と喜んだので、明石の君は願文《がんもん》を入れた文箱《ふばこ》を侍女に持たせて、女御がいる春の町に戻った。

東宮からは、早く参内《さんだい》するようにと催促がしきりにあるので、紫の上も思案して、「東宮がそのように思われるのも道理です。若宮が誕生されたのですから、待ち遠しいのでしょう」と言い、若宮をこっそり東宮の許に参内させる準備をする。明石女御は、里下りの許可がなかなか出なかったのに懲《こ》りて、このついでにしばらくはここにいたいと思っていた。

幼い身で出産という恐ろしい経験をしたので、少し面瘦《おもや》せして、痛々しくも清らかな姿になっており、「このように身も細くなられたので、もう少し養生してからの参内がよろしいのでは」と、明石の君は女御の身を案じて光源氏に言上する。源氏の君は、「いやいや、このように面瘦せした身を、東宮にお見せするのも、情愛が湧くものです」と答えて取り合わなかった。

紫の上が自分の部屋に戻った夕方、しめやかな時に、明石の君は女御の許に来て、例の文箱について語って聞かせ、「あなたが国母になられるまでは、隠しておくべきだとは思いますが、この世は定め難く、この先どうなるかもわからないので、申し上げます。これも万事につけ、あなたが自分で判断がつくようになる前に、わたしが亡くなるような事になれば、その臨終の折にあなたに会えるような身分ではないので、気が確かなうちに、些細《ささい》な事でも耳に入れておいたほうがいいと思うのです。

読みづらい筆跡ではありますが、どうか見てやって下さい。この願文は、手近な厨子などに置いて、願文が成就したような折には、必ず読んで、書かれている通りの願果たしの数々を、実行して下さい。この事は、気心が知れない人には決して漏らしてはいけません。

あなたの将来も、こうして見通しが立った今、わたしも出家しようと思うようになり、万事心が急かされます。紫の上のご配慮を、決していい加減になさらないように。あの方は、この世にも稀な心の優しい思い遣りの深い方であり、わたしよりもどうか長生きして欲しいと願っています。

もともとわたしは、あなたの側に付き添っていられるような身分ではないので、最初から養育をあの方に任せていたのですが、まさか、これほどまでに心を砕いて下さる事はなかろうと、長い間、世間並に思っていました。しかし今は、過去も将来も、安心してお任せできると感じています」と、長々と言い諭《さと》すのを、女御は涙ぐんで聞いていた。このように母子《おやこ》として睦《むつ》まじくしていい仲ではあるのに、明石の君は女御の前でも、常に打ち解けない態度は崩さず、遠慮深かった。

入道の手紙の文句は、大変堅苦しく読みづらく、料紙は通常用いられる陸奥国紙《みちのくにがみ》で、古くなって黄ばみ、厚ぼったくなった紙五、六枚に、さすがに香を深々と薫き染めて書かれていた。それを読み進める女御は、哀れさを感じて、垂れた額髪《ひたいがみ》が少しずつ涙に濡れていく。その横顔は、気高く清楚な美しさであった。

ちょうどその時、女三の宮の居所にいた源氏の君が、女三の宮と明石女御の居所を隔てる襖障子《ふすましょうじ》を開けて、不意にこちらに姿を現したので、入道の文箱を隠す事ができないまま、明石の君は几帳を少し引き寄せて、姿を隠す。

源氏の君は「若宮はもうお目覚めでしょうか。少しの間でも見ていないと、恋しくなります」と言うので、女御はすぐには答えられず、代わりに明石の君が几帳越しに、「若宮は紫の上の方にお渡ししております」と言う。

「それは思いもよらぬ事です。紫の上は若宮をひとり占めして、懐《ふところ》から離さずに世話をして、おしっこで着物を濡らしては喜んで、衣装を着替えているようです。あちらに渡すのは軽率で、こちらでお世話するのが当然です」と源氏の君が注意したので、明石の君は、「それは見当違いな、思い遣りのない言い方でございます。たとえ若宮が女宮であっても、その点は心配ないので、あちらでお世話されるのがようございます。

女は外に出ないものではありますが、まして男宮ですので、どんなに尊い身分であっても、気軽に他の所に動く事ができます。冗談でも、そのように紫の上とわたしを分け隔てるような言い方は、なさらないで下さい」と反論する。

源氏の君は苦笑しながら、「なるほど、となると、あなたたち二人に任せておくのがいいのですね。今頃は、私だけが分け隔てられ、誰もが私をやかまし者だと、大人げなく言っています。ほら、先程もあなたは几帳の向こうにさっと隠れ、今こうやって私を難詰《なんきつ》しています」と言って几帳を引きやると、明石の君は母屋の柱に寄りかかっていて、その姿は清らかで美しく、こちらが気恥ずかしくなる程、立派であった。

先刻の文箱は、慌てて隠すのも具合悪く、そのままにしてあったので、「これは何の箱ですか。いわくつきのもので懸想している男が長歌《ながうた》を詠んで、しっかり封をしているような感じがします」と、源氏の君が冷やかすと、「人聞きの悪い事をおっしゃらないで下さい。今風に若返った癖のせいで、奇妙な冗談がつい口から漏れるのですね」と言って、明石の君は微笑む。

とはいえ、何かしら泣いていたような様子があり、源氏の君はどうもおかしいと思って首をかしげていると、明石の君は言い紛《まぎ》らすのも面倒なので、率直に「あの明石の岩屋から届いた、内々に作った祈禱の巻数《かんじゅ》や、まだ願解きをしていない願などでございます。いつかあなた様にもお知らせする機会が来るものと考えて、送って来ましたが、今はまだその時ではなく、開ける事はできません」と言ったので、源氏の君は、なるほど、それなら泣くのも当然だと思う。

「入道殿は、どんなにか修行を積まれた事でしょう。七十過ぎまで長生きしたお蔭で、勤行の功徳の蓄積も大そうなものでしょう。世間で立派かつ賢いと言われる僧侶でも、よく見ると、俗世の垢《あか》にまみれた迷いの深さからか、学問はあっても、その実、入道殿には及ばないでしょう。

入道殿は誠に悟りが深く、それでいて風流心にも富んでいました。聖者顔でこの世を捨てたという風ではなく、本心では全く別の世に行って修行しているように見えました。まして今頃は、この世に執着《しゅうちゃく》する係累《けいるい》もなくなり、解脱《げだつ》の境地《きょうち》におられるのではないでしょうか。気楽な身分であれば、こっそり赴いて会ってみたいものです」と、源氏の君は言う。

明石の君が、「今は、あの住み慣れた所も捨てて、鳥の鳴き声も聞こえない山奥にいるとの事でした」と伝えると、「なるほど、その遺言なのですね。手紙のやりとりはしているのですか。尼君はどう思っておられるのでしょう。夫婦の契りは、親子の仲よりも、深くて強いでしょうから」と言って源氏の君は涙ぐみ、「年を取って、世の中があれこれとわかってくるにつれ、なぜか恋しく思い出される入道殿の人柄です。ましてや深い契りの夫婦仲ですので、尼君もどんなにか悲しんでおられるでしょうに」と同情した。

入道が見た夢に関して、源氏の君が何か思い当たる節《ふし》があるかもしれないと感じて、明石の君は

「何とも知れない梵字《ぼんじ》に似た、入道の筆跡ではございますが、あるいは心当たりがおありかと思い、お見せ致します。あの折、これが最後と思って別れて来たのですが、やはり親子の情は簡単には切れません」と言って泣く姿は美しかった。

源氏の君は手紙を取って読み、しみじみとした口調で、「実にしっかりした、老齢を感じさせない筆跡です。筆遣い以外のすべてにおいて、有識《ゆうそく》ともいうべき人であったものの、世渡りは上手《じょうず》ではありませんでした。

入道殿の先祖の大臣は、大変立派な、世に稀な志を持って、朝廷に奉仕なさっていました。それが何の因果か、報いによって子孫が衰えたと噂する人もあったようです。しかしこのように娘の筋によってではあるものの、跡継ぎが絶えなかったのは、やはり入道殿の積年の修行の効験《こうけん》でしょう」と言いつつ涙を拭う。

そして例の夢物語の箇所に目を留めて、「入道殿は奇妙な偏屈者で、並はずれた高望みをしていると、人は非難し、また私自身もよからぬ振舞をする事よと思ったものです。しかしこの女御が生まれた時には、やはり前世からの契りだったかと考えながらも、目に見えない遠い昔の因縁はわからないまま、不安でたまりませんでした。

とすると、入道殿はこの夢を頼りに、私とあなたを結びつけたのですね。無実の嫌疑で私が流され、苦労をしたのも、この入道殿ひとりの宿願《しゅくがん》だったのです。入道殿は一体どういう願を立てたのでしょう」と言う。

源氏の君は心の内で拝むようにして、願文を手にして、「この願文とは別に、私が差し上げる願文もございます。それはいずれ申し上げます」と明石女御に言い、「このように昔の事を、あなたが知った今、紫の上の心遣いをおろそかにしないで下さい。もともと親しい仲である夫婦や親子の間柄は、当然であり、それよりも、他人《ひと》が特別の情けをかけたり、ひと言の愛情をかけたりしてくれるのは、並大抵の事ではありません。ましてや明石の君があなたの世話をしているのを見ながら、紫の上は初心通りに、あなたを深く慈《いつく》しんでいます。

昔から世の例を見ても、上べでは継子《ままこ》を可愛がって、内心では邪険《じゃけん》に扱う継母がおりますが、それでも継子が素直に愛情を受け取っていれば、継母も心を改め、邪険にすると罰が当たりそうな気がして、憎む心を捨てる事もありましょう。尋常ではない昔からの仇《かたき》同士でなければ、細かい食い違いはあっても、どちらかが憎まないでいれば、いつしか仲が良くなる例もあります。

大した事もないのに、利口ぶって難癖をつけ、人を嫌う性向《せいこう》の人は、もう仲直りはし難《がた》く、同情するに値しません。多くの経験はないのですが、人の心の動きを見ると、たしなみや教養、人並の才能があれば、万事うまく行くようです。

人はまた、おのおの長所があって、取柄がないわけでもありませんが、自分の妻として本当に選ぼうとすると、なかなか見つけられません。そんな中、真に気立ての良い人は紫の上で、この人だけは本当に穏やかな方です。しかしいくら気立てが良いといっても、だらりとして芯《しん》がないのは心許《こころもと》ないです」と、源氏の君が言うのを聞いて、明石の君は、まさしくこれは女三の宮への評言だと思う。

さらに「あなたはその点で物の道理をよくわきまえているので、本当に素晴らしい。どうか紫の上とは親しくして、この女御のお世話も協力しながらやって下さい」と、源氏の君がそっと言うので、明石の君は、「そのような仰《おお》せがなくても、紫の上のとてもお優しい心遣いを見るにつけ、朝な夕なに話の種にしております。わたしを余計な者だと思われて許されなかったら、ここまで目をかけていただけなかったはずで、こちらが恐縮する程の配慮をされるので、却って気恥ずかしくなるくらいです。

　物の数にもはいらないわたしであり、女御のためにもこんなつまらない実母だという世間の評判も心苦しく、気が引ける思いを抱《いだ》きつつ、ここまで生きて来られたのは、紫の上が陰日向《かげひなた》にわたしをかばって下さったからです」と答えた。

　源氏の君は頷きながら、「紫の上はあなたを特別扱いにしているのではなく、ただこの女御に終始連れ添って、充分な世話をする事ができないと思って、あなたに世話を譲っているのでしょう。あなたはあなたで、万事を取りしきって自分が母親だという顔などしないので、万事がうまく運んでおり、私はとても安心しています。

　些細な事でも、物の道理をわきまえない偏屈な人が、頭を突っ込んでくると、周囲の者は大迷惑するものです。しかしそんな直すべき欠点など、紫の上とあなたの間には一切ないので、心が安まります」と述懐するのを聞いて、明石の君自身も、確かによくも自分は、我が身を卑下しながら伺候して来たものだと感じる。

　源氏の君が紫の上のいる東の対《たい》に帰って行ったあと、しみじみと、「源氏の君の紫の上への愛情は、一層深まっているようだ。確かにあの方は誰よりも優れ、何もかも身につけておられる人柄で、源氏の君の賞讃ももっともで、得心がいく。

　他方、女三の宮に対して、源氏の君の扱いは上べは大変立派であっても、そこに赴く頻度《ひんど》は充分とはいえないようで、懸念される。女三の宮と紫の上は同じ血筋とはいえ、身分は女三の宮のほうが一段高いのに、それ相応の扱いを受けられていないのが気の毒だ」と胸の内で思う。

受領《ずりよう》の娘という身分である自分自身の運は、異例のものだと満足する。一方、高貴な身分の女三の宮でも、思い通りにはいかない夫婦の間なのに、まして自分はそうした仲間に入れるような身分ではないのだから、もはや今は何の不満もない。ただ、あの山奥に籠った父入道の山住《やまずみ》の生活を思うと、悲しくなる。

尼君も、入道の文に書かれていた、極楽浄土で会おうというひと言を心頼みにして、来世を考えながら、物思う日々だった。

夕霧大将は、もともと結婚を考えていたくらいなので、女三の宮が身近にいるのに無関心ではおられず、何かと折を見ては、東南の春の町の寝殿の西の対に赴くのを日常にしていた。その女宮の様子や人柄を自然と見聞きするにつけ、非常に若くておっとりとしているのみで、源氏の君がひとえに表面上の扱いは格式高く、先例となるくらいの世話はしているものの、実際には配慮の行き届いた奥床《おくゆか》しさは感じられない。

側に仕えている女房にも、大人びて落ち着いた者は少なく、若やいだ美人で、ひどく華やかに振舞って風流好みの者が、数えきれない程集まっていた。何につけ不自由のない生活とはいえ、何事も穏やかに心を抑えている者は、心の内を外には見せないので、胸の内に悩みがあっても、浮かれて楽しく暮らす者たちに立ち交じると、周囲に影響されて、つい同じ調子と雰囲気に合わせてしまうのが人情である。

一日中、雛《ひいな》遊びやお絵描きなどの、子供じみた遊びに興じている童女《わらわめ》の姿などを、源氏の君はしばしば目にして情けないと思うものの、形式ばって世事《せじ》を批判しない性質《たち》なので、そういう事も本人たちの意のままにさせ、目こぼしをして、厳重に注意してやめさせたりはしない。その反面、女三の宮自身の振舞のみは、充分教え聞かせたので、多少は改まった。

夕霧大将はこうした状況を見て、ついつい「なるほど、完璧《かんぺき》な人間というのは、なかなかいないものだ。その中で、紫の上の心映えや態度だけは、年月が経っても、妙な噂を見聞きする事なく、静謐《せいひつ》を本分《ほんぶん》として、心優しく、人を無視せず、自分も気高《けだか》く保って、実に奥床しい」と、かつて垣間見《かいまみ》た顔が忘れ難く、いつも思い起こしてしまう。

自分の北の方の雲居雁《くもいのかり》も愛らしさは上々であっても、堅実さや、人一倍の才覚が備わっているわけではなく、雲居雁との穏やかな生活に慣れて、心が緩《ゆる》んでしまうと、この六条院に集まっている女君たちのそれぞれに、魅力があり、心惹《ひ》かれるものがある。この女三の宮だけは身分に関しては最高であるのに、源氏の君の愛情は格別深くもなく、人の目を取り繕っているだけだと、理解はしていたものの、大それた考えからではなく、いつか見る機会はあるやもしれないと、関心は持っていた。

柏《かしわ》木衛門督《ぎえもんのかみ》も、日頃から朱雀院《すざくいん》の御所に参上して、親しく仕えていたので、朱雀院が女三の宮を、大切に育てていた心根を近くから細々と見ていた。種々の縁談があった頃、自分も婿になりたい意向を伝え、朱雀院もけしからんとは思っておられなかった折に、突然、源氏の君の許に降嫁したのは、口惜しくて胸が痛むくらいであった。

今になっても諦めがつかないまま、その当時に親しくなった女房から、女三の宮の様子を聞いて、はかない慰めにしていて、「紫の上には、やはり負けておられる」と世間で噂されているのが、柏木には辛く、「畏れ多くも、自分ならそんな思いはさせなかったろうに。こう思う自分は、類稀な高貴な身分の方には、ふさわしくないのだろうか」と無念がる。常に小侍従《こじじゅう》という、女三の宮の乳母の娘に愚痴《ぐち》を言いつつ、源氏の君が以前から切望している出家を成し遂げたら、その時こそが好機だと、機会を窺《うかが》っていた。

三月頃のうららかな春日和《びより》の日、六条院に蛍兵部卿宮と柏木衛門督たちが参上し、源氏の君も出て来て、世間話に花が咲いて、「ここでの静かな暮らしは、この頃、実に退屈で、気が紛れません。公私共に暇なので、何をして一日を暮らしましょうか」と源氏の君が言う。そして、「今朝、夕霧大将が姿を見せていましたが、どこに行きましたやら。何もする事もないので、例によって小弓《こゆみ》を射させて、見物でもすればようございました。小弓が好きな若い人たちがいたのに、残念至極、もう帰った頃でしょうか」と言って、夕霧がどこにいるのか捜させる。

夕霧が六条院の夏の町で、多くの人を集めて蹴鞠《けまり》をしているとの事だったので、「あれは騒々しい遊びですが、それでも技の優劣がはっきりしていて、面白いものです。こちらに来させましょう」と、源氏の君は乗り気になり、蹴鞠の連中に知らせたので、みんな参上する。

若公達《わかきんだち》が多く、源氏の君は夕霧に、「鞠は持たせましたか。どういう人たちが来ましたか」と訊くと、「誰々が来ました」と夕霧が参集者を知らせたので、「では、こっちに来てもらいましょう」と、源氏の君は誘った。

ちょうど明石女御が若宮を伴って参内したあとだったので、寝殿の東座敷がひっそりとしていた。遣水《やりみず》が合流した所が広くなっており、鞠が趣のあるかかりかたをするような樹木を見定めて、各自が位置について始めると、太政《だいじょう》大臣の若殿方は、頭弁《とうのべん》、兵衛佐《ひょうえのすけ》、大夫《たいふ》の君などの、年配者も若者もそれぞれに、他の人より蹴鞠の技は優れている。

次第に日が暮れるにつれ、風がなくなり、蹴鞠には恰好《かっこう》の日で、みんなも面白がり、とうとう弁《べん》の君も仲間にはいる。それを見た源氏の君は「弁官も黙って見ておれなくなったようです。上達部であっても、衛府司《えふづかさ》の若い者なら、破目をはずしてもいいでしょうよ。あなたたちも若い年齢なので、じっと見ているだけでは、面白くないでしょう。蹴鞠では、身分の差などなくなります」と言って、そそのかしたので夕霧大将も柏木衛門督も庭に下りた。

実に美しい桜の花の下を行き来する姿は、夕映えを受けて美しく、蹴鞠は静かな遊びではなく、不恰好な遊びではあるものの、それも場所と人柄によって様変わりするのだった。

趣《おもむき》のある庭の木立《こだち》に、春霞《はるがすみ》が深く立ち込め、色彩豊かに蕾《つぼみ》がほころぶ花の木の脇に、芽吹いた木々もある。その陰でこんな慰み事が競われ、技の優劣を見せつけようとして、負けてはならじという顔で挑み合う中に、柏木衛門督がほんの少し仲間入りしたところ、その足技に及ぶ者はひとりとしていない。美男で優美な柏木は、慎重な動きの中にもはっとするような俊敏《しゅんびん》さがあり、見映えがした。

蹴鞠は当初東庭で行われていたのに、次第に寝殿南面《みなみおもて》の中央の階段近《きざはし》くにある桜の木陰に移動し、桜の事も忘れる程に熱中している様子を、源氏の君も蛍兵部卿宮も、隅の高欄に出て眺めていると、熟練《じゅくれん》の技が次々と繰り出され、鞠を落とさない回数が増えていくにつれ、身分の高い人々も、我を忘れて冠《かんむり》も後ろにずらす。

夕霧大将が、位の高さなどどこ吹く風という感じで、動きまわっている姿は、他の誰よりも若々しく、表が白で裏が蘇芳《すおう》の桜襲《さくらがさね》の着馴《きな》れた直衣に、足首に括《くく》った指貫《さしぬき》が多少膨《ふく》らんでいて、それを少し引き上げる様子にも上品さがある。清らかに打ち解けた装いに、桜の花びらが雪のように降りかかるので、見上げてたわんだ枝を少しばかり折り、階の中程辺りに腰を下ろした。

すると柏木が後を追って来て、「花がどんどん散って行きます。風も桜を避けて吹けばいいのでしょうが」と言ったのも、古歌の、吹く風よ心しあらばこの春の　桜は避きて散らさざらなん、を意識したからであった。女三の宮の居所の方をじっと横目で見ると、例によって女房たちが気もそぞろになり、色とりどりの袖口を御簾《みす》の下に出したり、人影が透けて見えたりして、その様は春に供える色豊かな幣袋《ぬさぶくろ》を思わせた。

几帳がしどけなく脇に寄せられ、すぐ近くに女房がいて声も掛けられそうな所へ、小さくて可愛らしい唐猫《からねこ》を、少し大きな猫が追いかけて来て、突然、御簾の下から走り出たため、女房たちは恐がって大騒ぎする。

右往左往《うおうさおう》する気配や、衣ずれの音などが、耳うるさい程に聞こえてきて、猫はまだ人馴れしていないようで、綱《つな》が長くつけられていたため、物を引っ掛け回して逃げようとするうち、御簾の端が中が見える程引き上げられてしまう。咄嗟《とっさ》に直す女房もおらず、柱の近くにいた女房たちも、慌てふためいて、誰ひとり手を出せないでいると、几帳から少し奥の辺りに、くつろいだ袿《うちき》姿で立っている女房の姿があった。

階から西へ二つ目の東の傍《そば》なので、その立ち姿が隠れようもなく正視でき、表紅で裏紫の紅梅襲《こうばいがさね》だろうか、濃い色と薄い色を次々と幾重にも重ねているその色の変化も華やかで、色とりどりの紙で綴じた冊子《さっし》の小口《こぐち》のように見え、袿の上には、桜の模様を浮き出して織った絹の細長を着ている。髪はその先まで鮮やかに見え、あたかも糸を撚《よ》ったように後ろまで靡いており、髪の裾がふさふさと切り揃えられているのが美しい。

身の丈よりは七、八寸ばかり長く、着物の裾はゆったりと余裕があるのも、細身で小柄な体つきのためで、その姿や髪の振りかかっている横顔は、言葉で言い尽くせない可憐《かれん》さだった。夕陽の光は朧《おぼろ》なので、奥の方が暗くてはっきり見えないのが、柏木には残念でならない。

蹴鞠に夢中になっている若い公達が、鞠が当たって散りしきる桜を惜しがりもしない熱中ぶりを、女房たちは見たくなって寄り集まっていて、自分たちの姿が丸見えなのに気がついていない。綱の絡まった猫が鳴くので、女三の宮が振り返った時の顔や振舞は、ひどく大らかで、若くて可愛らしい女宮だと、柏木は一瞬のうちに見て取った。

それを見た夕霧大将は、みっともないと感じたものの、這《は》い寄って御簾を直しに行くのも、軽々しい振舞なので、気づくよう、咳払いをしたため、女三の宮はさっと中に入ってしまう。実のところ夕霧は、女三の宮が奥に消えたのが残念でならず、女房が猫の綱を解いたので、御簾が下り、思わず溜息をつく。

ましてや、心の中で思い焦《こ》がれている柏木は、胸一杯になり、大勢がいる中で、あの目立った袿姿の人こそが女三の宮に違いないと直感し、その有様が心に焼きついたものの、素知《そし》らぬふりを装っていた。当然、柏木は女宮の姿を見たに違いないと夕霧は感じて、困惑している。一方の柏木は胸一杯の夢見心地を鎮《しず》めようとして、猫を招き寄せて抱き上げると、女三の宮の移り香のたまらない匂いがして、可愛い声で鳴くので、もはや恍惚《こうこつ》の境地だった。

源氏の君はそんな二人の様子を見て、「上達部がそんな端の方にいてはいけません。こちらの方に行きましょう」と注意して、紫の上の居所である対の南面にはいったので、みんなそちらに参上する。蛍兵部卿宮も席を改めて移動して雑談になり、それ以下の殿上人には、簀子《すのこ》に円座《わろうだ》を敷かせ、くだけた雰囲気の中で、椿餅《つばきもち》や梨、柑子《こうじ》などを、様々な箱の蓋《ふた》などに盛って供する。

若い者たちははしゃぎながら食べ、魚貝の干物《からもの》を肴《さかな》にして酒を飲み出す中で、柏木衛門督は、ひどく思い悩んでいる風で、ついつい目が行くのは庭の桜の木であった。

夕霧大将もそれを見て、事情を知っているだけに、多分、偶然に御簾越しに見た、女三の宮の姿を思いやっているに違いないと感じる。他方で、あまりに端近くにいた女三の宮の粗忽《そそう》をはしたないと柏木は感じているに違いなく、こんなはしたない態度は、紫の上なら決して取らないはずで、皇女《こうじょ》で正妻という地位にあっても、源氏の君の愛着は今ひとつなのだろうと、夕霧は推量した。

そんな具合に女三の宮は、他人に対しても自分に対しても慎重さに欠け、子供じみた点では可愛さがあるものの、やはり安心できない方だと、夕霧は軽蔑してしまう。

一方の柏木は女三の宮のそうした、欠点には少しも気づかず、思いもかけず物の隙間から、その姿を見た事が、長年思慕《しぼ》していた心がようやく叶う前兆《ぜんちょう》かもしれないと感じて、この前世からの縁が嬉しくなり、女宮の事で頭が一杯になっていると、源氏の君が昔話を始める。

「太政大臣が万事につけ、私を相手にして勝負事をしたうちで、私がどうしても勝てなかったのが蹴鞠です。こんな遊び事には、秘伝などないはずですが、上手《じょうず》の血筋は疑いなくあるものです。あなたは目も覚める程に上手でした」と褒《ほ》められた柏木は微笑しながら、「政務については、大した事のないわが家の家風が伝授されても、蹴鞠の技が伝わっても何の益がございましょうか」と、『拾遺和歌集』にある菅原道真公《すがわらのみちざね》の母の歌、**久方《ひさかた》の月の桂も折るばかり　家の風をも吹かせてしがな**、を下敷にして答える。

「いえいえ、何事も人より秀でた点は、書き記しておくべきで、家伝などに書き留めておくと面白いですよ」と冗談を言う源氏の君の様子は、輝くように美しく、こうした立派な人の側にいると、心惹かれるのは当然であった。それに比べると自分は限りなく劣っていて、身分からしても女三の宮には近づき難いのが思いやられ、柏木は胸塞がれたまま退出した。

帰途の牛車で、柏木と同乗した夕霧が、「やはり、この頃の無聊《ぶりょう》な時には、六条院に参上して気を紛らすべきです」と言い、「今日のような暇な日を見つけて、花の盛りが過ぎないうちに、六条院に参上しなさいと、父の源氏の君も言っておられました。春を惜しみながら、この三月のうちに、小弓を持って来て下さい」と勧めて、柏木に約束させる。

お互い別れ道の所まで話をしたあと、柏木は女三の宮の事をどうしても口にせずにはおられず、「源氏の君は、やはり紫の上の所にばかりおられるようですね。愛情が特に深いからでしょう。あの女三の宮については、どう考えておられるのでしょう。朱雀院が並ぶ者がない程慈《いつく》しんで来られたのに、今はそうでなく、鬱屈《うっくつ》した様子であるのがお可哀想です」と、言わずもがなに言う。

夕霧は反感を覚えて、「とんでもない。そんな事はありません。紫の上の方は、幼少の時から育てたという親しさがあって、そこが異なるのでしょう。女三の宮については、何かにつけて、とても大切に思われています」と反論すると、「いえいえ、みんな聞き知っています。とても気の毒な時が頻繁《ひんぱん》にあるようです。朱雀院からとても愛された方なのに、あってはならない事です」と柏木は言って、女三の宮を気の毒に思って詠歌する。

いかなれば花に木伝《こづた》う鶯《うぐいす》の
桜をわきてねぐらとはせぬ

花の枝から枝へと移る鶯が、どうして桜を特に大事にして寝所《しんじょ》としないのだろう、という疑問であり、「鶯」は源氏の君、「桜」は女三の宮を指して、「春の鳥が桜にだけとまればよいものの、とまらないその心が、不思議でなりません」と、柏木が口ずさむように言う。夕霧は、「何たるおせっかいだろう。しかしこれは思った通りだ」と感じながら返歌した。

深山木《みやまぎ》にねぐら定むるはこ鳥も
　いかでか花の色に飽くべき

深い山の木にねぐらを定めているはこ鳥も、美しい花の色に飽きる事がありましょうか、という反論で、「はこ鳥」は源氏の君、「深山木」は紫の上、「花」は女三の宮を指し、「これはもう仕方のない事で、むきになって言い張るような事でもありません」と釘を刺し、煩わしさから、話を他の事にそらして、別れた。

柏木は、今もなお太政大臣邸の東の対《たい》に独り住まいをしていて、これも皇女を降嫁して貰いたいという思惑からである。年来の独身生活は、寂しさと心細さを時々伴うものの、自分は父が太政大臣という家柄の長男であって、望みがどうして叶わない事があろうかという自負はあった。

あの蹴鞠の夕べから、物思いに沈みがちで、どんな機会でもいいので、もう一度あんな風に、ほのかな垣間見の姿でも見たい反面、身分の低い者であれば、たやすく物忌《ものいみ》とか方違《かたたが》えでの外歩きも簡単にでき、自ずと隙を狙う機会もあろうが、自分にはそれも叶わない。八方塞がりなので、「深窓《しんそう》に住む女三の宮に、自分が深い愛情を抱いている事だけでも、何とかして伝えたいものだ」と、苦しい胸の内で思い定めた。

小侍従の許に例によって文を届け、「先日、春風に誘われて、六条院という御垣《みかき》の原に分け入る機会がありましたが、女宮は、垣間見た私を見下しなさったのでしょう。あの晩から、心が乱れて、今日一日物思いに沈んでいます」と綴って、和歌を添えた。

よそに見て折らぬ嘆きはしげれども
なごり恋しき花の夕かげ

遠くから見るだけで、折ることのできない嘆きは深いのですが、あの夕べの花がいつまでも恋しいのです、という恋心で、「嘆き」は投げ木が掛けられ、「花」は女三の宮を喩《たと》えていた。

文を受け取った小侍従は、先日の垣間見を知らないので、単なるありふれた恋煩いだろうと思いつつも、女三の宮の御前に人があまりいない時分だったので、この手紙を持参して、「この人が、こんなに忘れられないと言って、小うるさく手紙を送って参ります。この気の毒な様子を、見るに見かねて、自分ながら大それた事をしかねないような気がします」と微笑みながら言上する。

「不思議な事を言いますね」と女三の宮は無邪気に言って、柏木の手紙が広げてあるのを見て、あの思いがけない瞬間の御簾の端の出来事を思い起こし、つい赤面して、源氏の君の日頃からの戒《いまし》めが頭に浮かぶ。源氏の君が常々、「夕霧大将に姿を見られないようになさい。あなたは子供っぽい面があるので、自分では気づかなくても、大将から見られる事があるやもしれません」と注意していたのを思い出す。

あの時、夕霧大将も一緒だったはずで、夕霧から源氏の君に、こんな事件がありましたと告げ口があれば、どんなに叱《しか》られるかわかったものではないと心配になり、柏木から見られた事は眼中になく、ひたすら源氏の君を恐れる心中も、誠に幼かった。

いつもと違って女三の宮の返事がないので、小侍従はがっかりする。かといって無理強いする事柄でもなく、人目を忍んでこっそり、いつも通りに返事をしたため、「先日は、女宮への思いを隠しておられましたね。こういう事は失礼にあたるので、断っておりましたのに、女宮を見たとか見ないとか、思わせぶりな言い方です」と走り書きして、歌を添えた。

いまさらに色にな出《い》でそ山桜
およばぬ枝に心かけきと

今更、顔に出さないで下さい、手の届かない山桜の枝に思いを寄せる心を、という諫《いさ》めであり、「山桜」はもちろん女三の宮を指していて、「無駄なことです」と文を結んだ。

◇　◇

この「上若菜《じょうわかな》」の帖《じょう》は、予想通り長くなった。というのも、女三の宮が六条院に降嫁《こうか》して来る経緯《いきさつ》は、詳細に書かざるを得なかったからだ。しかも書いている間ずっと、胸塞がる思いがして、何度も何度も息を継いだ。これも紫の上への申し訳なさが、胸の底に澱《よど》んでいたからだ。女三の宮の降嫁で、春の町の寝殿の主であった紫の上を東の対に追いやってしまったのは、自分の筆だった。

他方、朱雀院の意向を重んじたばかりに、紫の上との間で板挟みになる光源氏の苦悩は、多分に須磨への流謫《るたく》以来だろう。

須磨・明石に住んだ時の光源氏は、まだ二十六歳と若かった。しかし今は四十歳の初老だ。かつては若さと勢いで乗り越えられた苦難だったろうが、今回は違う。熟慮と配慮でしかやり過ごせない苦しみのはずで、光源氏の脳裡《のうり》には絶えず後悔がつきまとったに違いない。

そもそも女三の宮を、六条院に正妻として迎えたのは、ひとつには初老の身に埋火《うずみび》のように燃えている好き心だ。これは自分の生まれつきの性向《せいこう》だから、制御《せいぎょ》のすべがない。

もうひとつは、女三の宮が、光源氏が終生忘れ得ない藤壺宮の姪《めい》だったからだ。あの慕《したわ》しい故宮の血を引くとあっては、見捨てては置けず、他の男に持って行かれるのも嫌だった。とはいえ、実際の女三の宮は、藤壺宮を彷彿《ほうふつ》させる姫君ではなかった。好色の相手としても物足りない。だが、もはや引き返すことはできない。苦慮しつつ突き進むしかなかった。

物語をひと筆ずつ書き進めながら、立派な人だと改めて思ったのは、紫の上だ。自分が形作った人物でありながら、この人にはほとほと感心する。いわば六条院の陰の主《あるじ》として、住んでいた春の町の寝殿を、女三の宮に譲って、東の対に移る。光源氏の振舞いに落胆しながらも、ここは波風が立たない忍従《にんじゅう》の道を辿るのが、最良の策だと思い定めるのだ。

正妻の座から引きずり下ろされた悔しさを、しばし慰めてくれたのが、養女として育てあげた明石女御の出産だった。そしてこの出産を機に、長年顔を見る機会もなかった明石の君と顔を合わせ、共に赤子の世話をする。

子供に恵まれなかっただけに、養女の産んだ東宮の皇子《みこ》を抱いた紫の上の喜びは、いかばかりだったろう。この皇子が将来、帝になるのはもう間違いない。紫の上は、これで我が人生は終えてもいいと思ったはずだ。

そして明石女御の実母である明石の君も、ようやく六条院冬の町から陽の当たる所に出て、孫を親身になって世話する。受領の娘である自分が産んだ娘が、東宮に嫁ぎ、皇子に恵まれる。この夢のような出来事が夢ではないと悟ったとき、紫の上への遺恨などは消え去り、残ったのは感謝だったに違いない。

この明石の君も、よくできた人だと思わざるを得ない。忍耐の人であり、自分の身の程をわきまえた潔《いさぎよ》さに胸を打たれる。

六条院の夏の町に住む花散里《はなちるさと》も、物語を書き進めながら、気になる存在だった。実に控え目で、決して出しゃばらない。あくまで日の当たらない場所から、光源氏を支え続ける人だ。家事万端《ばんたん》に関しては何をやらせても完璧《かんぺき》で、この堅実さが、預かった夕霧《ゆうぎり》をまっすぐはぐくんだと言える。花散里となら、生涯の友になってもいいと、物語の作者でありながら思ってしまう。

そしてもうひとり、あっぱれな女と言わなければならないのは、玉鬘《たまかずら》だ。光源氏の好敵手である頭中将《とうのちゅうじょう》、今の太政大臣《だいじょうだいじん》の子として生まれ、実母の夕顔《ゆうがお》は夭折《ようせつ》してしまうので、母を知らない。乳母夫妻が大宰少弐《だざいのしょうに》として筑紫《つくし》に下向《げこう》したとき、一緒に連れて行かれて、二十歳《はたち》までそこに留《とど》まるという、苦労をする。夕顔の死を自分の罪だと思う光源氏に、運良く見出されて、六条院夏の町の西の対に引き取られる。この玉鬘を手厚く世話してやったのも、花散里だった。

光源氏は夕顔の忘れ形見として、幾度も幾度も玉鬘に言い寄るものの、受け流し続ける。ここで許してしまえば、この六条院の均衡《きんこう》を破ってしまうという直感があったからだ。世に稀な美貌《びぼう》のゆえに、言い寄る男たちが数知れずいたのに、選んだのは鬚黒《ひげくろ》大将だった。しかも自分の優位を保ったままの契りなので、以後、鬚黒大将は一生、玉鬘には頭が上がらないはずだ。

この鬚黒大将は、もとはといえば右大臣の子であり、朱雀院の承香殿《しょうきょうでん》女御《にょうご》の兄という貴族であり、先妻は式部卿宮《しきぶきょうのみや》の長女だった。後に右大臣、さらには太政大臣に昇る程の有望な男を、玉鬘は選んだと言える。

玉鬘は光源氏への恩義を決して忘れず、他に先んじて光源氏の四十の賀宴《がえん》を盛大に催す。仮に六条院で光源氏と契っていれば、こうした将来もなかった。ここに玉鬘の賢明さが反映されている。

とはいえ、女三の宮の降嫁を光源氏が受諾《じゅだく》した経緯《いきさつ》が、読み手を納得させたかどうかは自信がなかった。物語を続けるためには、そして栄華の頂点にある六条院の均衡を破るためには、どうしても降嫁は必要だった。

しかし偶然の事象には頼りたくなかった。この偶然こそが、物語を書き初めたときから、排除した要素だ。偶然に頼ると、物語が弛《ゆる》んでしまう。緊張の糸が切れてしまう。

かといって、理由をだらだらと書き連ねると、弁解になって、物語の流れが澱んでしまう。緊密の度合を弛めないで、事実を積み上げて、読み手を納得させるのが、最善の方法なのだ。しかし自信はなかった。

書き終えた稿は、いつものように小少将《こしょうしょう》の君《きみ》に手渡した。ずっしりと重く、ぶ厚い料紙の束《たば》に、小少将の君は目を丸くした。

「こんなにも」

と言いつつ、嫌がるどころか喜色《きしょく》を顔に浮かべて、「これまでで、一番長い帖ですね」と言い置いて、局に消えた。

忙しい合間にも、小少将の君は夜に灯《ひ》を点《とも》して書写しているようだった。
二、三日して、「光源氏も、あれでは女三の宮を承引《しょういん》するしかなかったでしょう」と言ってくれたのには、小躍《こおど》りしそうになった。
「光源氏の胸の内には、ずっと朱雀院《すざくいん》に対して申し訳ないという心があったのです。須磨《すま》への流謫《るたく》を引き留めなかったのは朱雀帝です。京に戻してくれたのも朱雀帝ですが、やはり光源氏には恨《うら》みのようなわだかまりがあったはずです。

恨みを表に出すのは、厳《げん》に慎《つつし》んでいた反面、帝《みかど》の政《まつりごと》を進んで助けようとする熱意には欠けていました。それがあとになって糸を引き、後悔の念にかられてしまいます。兄である帝に、弟として怠惰《たいだ》な働きしかしなかった。しかも桐壺帝の遺言で、兄を助けるようにと言われていたにもかかわらずです。朱雀院の申し出を拒否できなかったのも、その慙愧《ざんき》たる思いが心の底にあったからでしょう。仕方がないです」

「上若菜」の帖の後ろの方は、まだ筆写し終えていないはずで、小少将の君はそう言ってから、「しかし光源氏は大層重たい荷物を抱え込んでしまいました。この先どうなりますか」と言い置いて、いそいそと中宮《ちゅうぐう》様の御座所《おましどころ》に向かった。

その後ろ姿に、手を合わせたい心地がした。

香子（紫式部）関係略図（三）

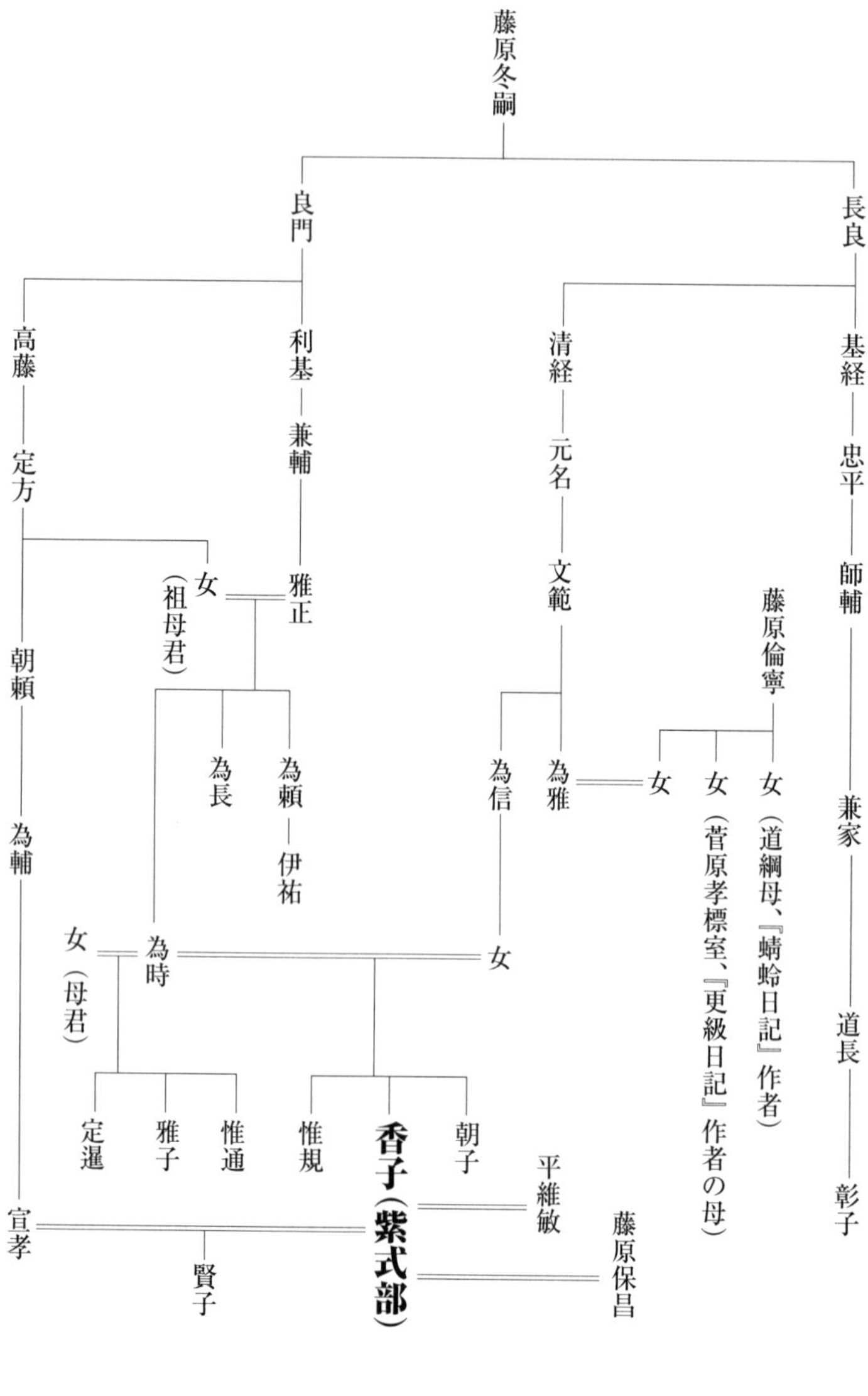
藤原冬嗣
長良
良門
基経
忠平
師輔
兼家
道長
彰子
清経
元名
文範
為雅
為信
藤原倫寧
女（道綱母、『蜻蛉日記』作者）
女（菅原孝標室、『更級日記』作者の母）
女
利基
兼輔
雅正
女（祖母君）
為頼
伊祐
為長
為時
女
女（母君）
朝子
香子（紫式部）
惟規
惟通
雅子
定暹
平維敏
藤原保昌
高藤
定方
朝頼
為輔
宣孝
賢子

藤原道長・彰子関係略図（三）

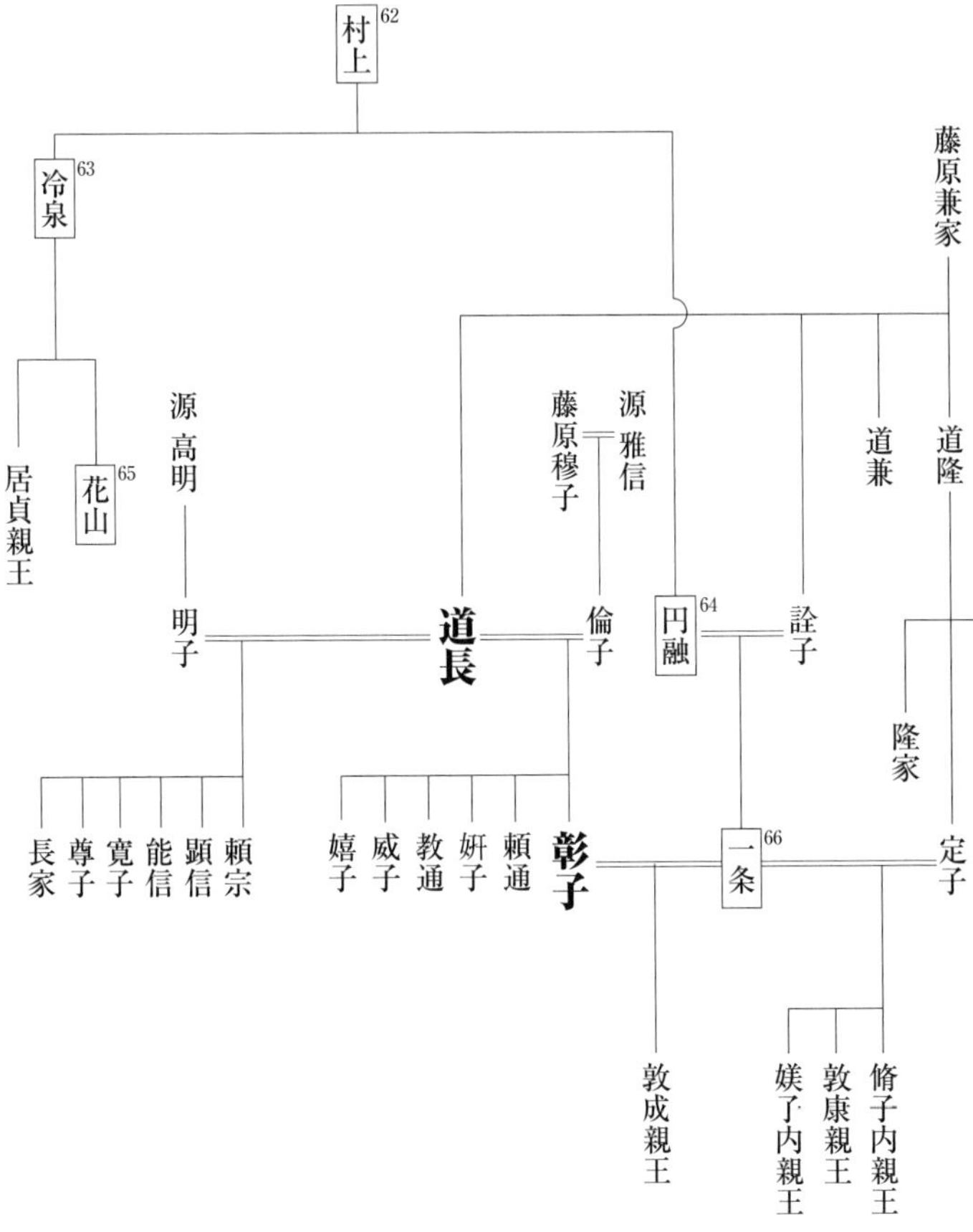

□は天皇、数字は歴代を示す。

本書は書き下ろし作品です。
本文中、現在は不適切と思われる表現がありますが、差別的な意図を持って書かれたものではないこと、また作品が歴史的時代を舞台としていることなどを鑑み、原文のまま掲載したことをお断りいたします。

装丁――芦澤泰偉
装画――大竹彩奈

〈著者略歴〉
帚木蓬生（ははきぎ　ほうせい）
1947年、福岡県生まれ。医学博士。精神科医。東京大学文学部仏文科卒業後、TBSに勤務。2年で退職し、九州大学医学部に学ぶ。93年に『三たびの海峡』で吉川英治文学新人賞、95年に『閉鎖病棟』で山本周五郎賞、97年に『逃亡』で柴田錬三郎賞、2010年に『水神』で新田次郎文学賞、11年に『ソルハ』で小学館児童出版文化賞、12年に『蠅の帝国』『蛍の航跡』の「軍医たちの黙示録」二部作で日本医療小説大賞、13年に『日御子』で歴史時代作家クラブ賞作品賞、18年に『守教』で吉川英治文学賞および中山義秀文学賞を受賞。著書に、『香子（一）（二）』『国銅』『風花病棟』『天に星 地に花』『受難』『悲素』『襲来』『沙林』『花散る里の病棟』等の小説のほか、新書、選書、児童書などにも多くの著作がある。

香《かおる》子《こ》（三）
紫式部物語

2024年3月12日　第1版第1刷発行

著　者　帚木蓬生
発行者　永田貴之
発行所　株式会社ＰＨＰ研究所
東京本部　〒135-8137　江東区豊洲5-6-52
文化事業部　☎03-3520-9620（編集）
普及部　☎03-3520-9630（販売）
京都本部　〒601-8411　京都市南区西九条北ノ内町11
PHP INTERFACE　https://www.php.co.jp/
組　版　朝日メディアインターナショナル株式会社
印刷所
製本所　図書印刷株式会社

ISBN978-4-569-85453-3